월든 숲속의 생활

Walden, or Life in the Woods

WALDEN

OR

LIFE

IN THE WOODS

월든
숲속의
생활

헨리 데이빗 소로우

안정효 옮김

HENRY DAVID THOREAU

수문출판사

목차

계산서

여기에 실린 대부분 글의 초고를 준비하던 무렵, 나는 매사추세츠 주 콩코드의 가장 가까운 인가로부터 1.5킬로미터가량 떨어진 월 든 호숫가 숲속에 내 손으로 직접 지은 외딴 오두막에서 혼자 살았 으며, 생활비는 내 힘으로 조달했다. 그곳에서 나는 2년 하고도 2개 월을 지냈다. 현재 나는 다시 문명사회의 삶으로 돌아와 낯선 나그 네처럼 지낸다.

나의 사생활에 대하여 굳이 독자들에게 이렇게 주제넘은 변 명을 늘어놓게 된 까닭은 내 생활 방식에 관하여 마을 사람들이 아 주 까다로운 여러 의문을 제기했기 때문인데, 어떤 이들은 내 일상 이 주제넘다고 지적했으나 내가 보기에는 전혀 독선적이지 않았고, 개인적인 상황을 고려하자면 오히려 아주 자연스럽고 타당한 처사 였다. 그들은 나더러 무엇을 먹고 사느냐, 혹시 외롭지는 않은지, 또 는 무섭지 않더냐 따위의 질문을 했다. 또 어떤 이들은 내가 수입 가운데 얼마 정도를 자선 활동에 기부하는지를 궁금해했고, 대가족을 거느린 몇 사람은 내가 가난한 아이들을 몇이나 부양하는지를 물었다. 그래서 이 책에서는 내가 그런 몇 가지 질문에 대하여 답변을 제시하더라도 각별한 관심이 없는 독자들일지언정 이해를 해달라고 용서를 구하고 싶다. 대부분의 저서에서는 1인칭 '나'를 생략하기가 보통이지만, 여기에서는 그대로 두겠는데, 자아를 존중한다는 점에서 그것은 중요한 의미를 갖는다. 어쨌든 이야기를 엮어나가는 화자가 언제나 1인칭이라는 사실을 사람들은 기억하지 못하기가 보통이다. 나 자신에 대해서 만큼이나 내가 잘 아는 어떤 사람이 있다면 나는 나에 대해서 그렇게 많은 이야기를 하지는 않을 것이다. 안타깝게도 경험의 한계 때문에 나는 나 자신에 관한 내용만 다룰 수밖에 없다. 뿐만 아니라 모든 작가들에게 내가 가장 강조하고 싶어 하는 사실은, 타인들의 삶에 대하여, 예를 들면 머나먼 타향에서 친지들에게 편지로 전해주는 그런 내용처럼, 남들한테서 들은 이야기만 늘어놓지 말고, 자신의 체험에 대하여 꾸밈없고 진지한 이야기를 하도록 권하고 싶은데, 진지하게 살아온 사람의 이야기는 머나먼 나라의 어떤 전설 못지않게 신기한 내용이겠기 때문이다. 이 글은 아마도 가난한 학생들에게 특히 큰 도움이 될 듯싶다. 나머지 독자들은 자신에게 적용되는 대목만 받아주면 충분하겠다. 솔기를 뜯어 늘려가면서까지 작은 옷을 억지로 입어야 할 필요가 없다고 내가 믿는 까닭은, 그 옷은 잘 맞는 사람한테 훨씬 쓸모가 있겠기 때문이다.

　　나는 중국인이나 샌드위치 제도* 원주민들보다는 지금 뉴잉글랜드에 사는 독자들에 대하여, 그리고 여러분이 처한 현실 상황,

특히 이 세상에서 그리고 이 마을에서 여러분이 겪는 외적인 조건이나 상황에 대하여, 그 상황이 무엇이며 꼭 지금처럼 나쁜 상황이어야만 하는지, 나아가서 그 현실이 개선될 가망은 없는지 여부에 대하여 언급하려는 의도를 밝혀두고 싶다. 나는 콩코드에서 여러 곳을 두루 돌아다녔는데, 상점과 사무실과 경작지 어디를 찾아가든, 그곳 주민들이 다양한 방식으로 바람직한 참회를 하는 듯싶은 인상을 받았다. 내가 들은 바로는 브라만 승려들이 동서남북 지펴놓은 불에 둘러싸여 앉아 태양을 똑바로 쳐다보거나, 활활 타오르는 불길 위에 거꾸로 매달린 채로 고개를 돌려 어깨 너머로 하늘을 쳐다보느라고 "결국은 자연스러운 본디 자세를 되찾지 못하고, 목이 뒤틀려 액체 말고는 아무것도 삼키지 못하게" 되거나, 나무밑동에 사슬로 묶인 채 평생을 보내거나, 광활한 제국들을 송충이처럼 기어서 횡단하거나, 말뚝 위에 한쪽 발로 서서 버틴다고 했는데—심지어 이런 자발적인 여러 형태의 고행조차도 내가 날이면 날마다 목격하는 장면들만큼 놀랍거나 불가사의할 정도는 아니었다. 내 이웃들이 겪어온 수난에 비하면 헤라클레스의 과업은 하찮기 짝이 없어서, 그들의 고역은 겨우 열두 가지로 끝나지 않았고, 이 사람들이 괴물을 죽이거나 사로잡았다고 해서 고행이 하나라도 마무리를 짓는 것도 아니었다. 그들에게는 히드라의 목을 불로 지져줄 이올라오스 같은 친구가 없고, 그래서 머리를 하나 잘라봤자

당장 그 자리에 두 개가 생겨날 따름이다.

우리 마을에서 나는 농장, 집, 헛간, 가축, 농기구를 물려받아 불행해진 젊은이들을 자주 만나는데, 그런 재산은 손에 넣기보다 없애기가 훨씬 더 어렵다. 그들은 차라리 드넓은 초원에서 태어나 늑대의 젖을 먹고 자랐어야 더 좋았을 노릇이, 그랬다면 그들이 노역을 떠맡게 된 들녘이 어떤 곳인지를 보다 밝은 눈으로 보게 되었을지도 모를 일이다. 누가 그들을 땅의 노예로 만들었던가? 한입의 흙을 쪼아 먹으라고 했더라도 인간에게는 힘겨웠을 저주인데, 왜 그들은 산더미를 먹어치워야 하는가? 왜 그들은 태어나자마자 제 무덤을 파기 시작해야 하는가? 그들은 앞을 가로막는 이 모든 곤경에 맞서 능력이 닿는 한 최선을 다하여 인간의 삶을 살아가야 한다. 아우게이아스*의 외양간처럼 한 번도 치운 적이 없는 마구간과 움집처럼 초라한 헛간을 보살피고, 광활한 땅을 경작하고, 잡초를 베고, 조림한 숲을 벌목하느라고 힘겨운 나날의 멍에에 숨이 막혀 죽을 지경으로 짓눌리다시피 하며 인생의 길을 기어가는 초라한 영혼들을 나는 얼마나 많이 만났던가! 그런 거추장스러운 유산을 물려받지 않아 쓸데없는 투쟁을 벌이지 않아도 되는 가난뱅이들이라고 해도 하찮은 육신을 다스리고 키워나가기가 힘겹기는 마찬가지다.

하지만 사람들은 잘못된 생각으로 인하여 고역을 치른다. 인간의 육신 대부분은 머지않아 흙에 파묻혀 거름이 된다. 이른바 필

---

*　Augeas, 엘리스의 왕. 엄청나게 크고 더러운 그의 축사를 하루 만에 청소하는 일이 헤라클레스의 열두 과업 가운데 다섯 번째였음.

연이라고 불리는 꺼풀 운명에 따라 그들은, 옛날 말씀 그대로, 오래지 않아 좀먹고 녹슬어 삭아버리고 도둑이 들어 훔쳐갈 재물을 긁어모으는 과업을 수행한다. 비록 미리 깨닫지 못할지라도 숨을 거둘 때쯤에는 그것이 어리석은 자의 삶이라는 사실을 사람들은 알게 된다. 전해지는 바에 의하면 데우칼리온과 피라[*]는 뒤를 향해 머리 너머로 돌을 던져 인간을 창조했으니―

Inde genus durum sumus, experiensque laborum,

Et documenta damus quâ simus origine nati.

이를 롤리[**]가 낭랑한 시어로 읊조린 바에 의하면―

"그리하여 우리 인간은 고통과 근심을 견디는 단단한 마음을 얻었으니, 우리의 몸이 돌과 같은 속성을 갖고 있음을 입증하도다."

그러니 머리 뒤로 돌을 던지고는 어디에 떨어졌는지 확인조차 하지 않고 어수룩한 신탁을 맹목적으로 따른 행위에 대해서는

---

[*]   Deucalion, Pyrrha. 그리스 신화에서 청동기시대 사악한 인간을 멸종시키려고 제우스가 9일 밤낮 대홍수를 일으킨다. 그런 사실을 아버지 프로메테우스에게서 미리 알아낸 데우칼리온은 판도라의 딸인 아내 피라와 방주를 만들어 재앙을 피한 다음 신탁을 받아 돌멩이를 하나씩 뒤로 던져 남자와 여자를 만들어 인류의 조상이 다시 태어나게 했다고 함.

[**]   Walter Raleigh. 인용문은 오비디우스의 『변신 이야기』에서 발췌한 대목으로, 월터 롤리 경이 영어로 번역했음.

더 이상 따지지 말기로 하자.

비교적 자유로운 이 나라에서도 대다수 사람들은, 단순한 무지와 오해로 인하여, 가당치 않은 세상살이 걱정들과 힘겹고 쓸데없는 노동에 너무나 시달리는 나머지, 보다 멋진 인생의 열매는 아예 맛볼 길이 없다. 힘겨운 노동에 시달려 워낙 둔감해진 그들의 손은 떨리기만 할 따름이요 제대로 열매를 거둘 수가 없다. 노동하는 사람은 사실상 하루하루를 참되고 성실하게 살아갈 겨를이 없고, 그가 일한 대가를 시장에서 제대로 받지 못할까봐 걱정이 되어—타인들과 가장 인간다운 관계를 맺을 여유 또한 없다. 그에게는 기계 말고는 아무것도 될 시간이 없다. 인간이 성장하려면 한없이 자주 지식을 동원해야 하건만—자신의 무지함을 그가 얼마나 잘 깨달을 수 있겠는가? 그를 심판하기에 앞서서 우리는 때때로 그런 사람들에게 먹을거리와 옷가지를 무료로 제공하고 성심성의로 맞아주어야 한다. 인간의 본성 가운데 가장 훌륭한 자질은 농작물의 꽃처럼 지극히 조심스럽게 가꾸어야만 보존이 가능하다. 그럼에도 우리는 자신이나 타인을 그처럼 살갑게 다룰 줄을 모른다.

우리들이 잘 알고 있듯이 어떤 사람들은 가난해서 먹고살기가 어렵고, 때로는 숨을 쉬기마저 힘들 지경이다. 내가 생각하기로는 이 책을 읽는 독자들 가운데 어떤 사람은 이미 먹어치운 모든 식량의 값, 그리고 낡아빠졌거나 벌써 닳아 없어진 옷과 신발의 값을 치를 능력이 없고, 또 누군가는 빚쟁이들로부터 한 시간을 빌리거나 훔쳐 겨우 짬을 내어 이 글을 읽는 사람도 분명히 있을 듯싶다. 여러분 가운데 얼마나 많은 사람들이 비참하고 조마조마한 생활을 하고 이어가는지 체험을 통해 예리해진 내 눈에는 아주 확실하게 보이는데, 언제나 궁지로 밀려나 장사라도 시작하여 빚을 청산하려고 밤낮으로 애를 쓰며, 어떤 동전은 놋쇠로 만들었던 탓으로 옛 로마인들이 라틴어로 æs alienum(다른 사람의 놋쇠)라고 칭했던 아주 오랜 구렁텅이인 빚더미로부터 벗어나려고 기를 쓰며, 여전히 타인의 놋쇠에 깔려 내일은 갚겠다고, 꼭 갚겠다고 끊임없이 약속하다가, 끝내 갚지 못하여, 이웃을 설득해서 신발이나 모자나 외투나 마차를 만드는 일감을 따내거나 일용품을 대신 구해주는 주문을 받아내려고, 고객을 잡기 위해서라면 감옥에 들어갈 만한 죄만 피해가며 거짓말을 늘어놓고 아첨을 떨고 맞장구를 쳐주고 온갖 방법으로 비위를 맞추느라고, 급기야는 콩알만 한 굴종의 모습으로 위축되거나 얄팍하고 거짓된 관대함으로 자신을 과장해가면서, 병들 때에 대비하여 무엇인가를 마련해두기 위해, 낡은 궤짝이나 벽 속에 숨긴 양말 속에, 아니면 보다 안전하게 벽돌로 지은 은행 가운데 아무 곳에라도, 아무리 많은 돈이거나 적은 액수일지언정 챙겨두려고 결국 병이 들 정도로 고생하며 사람들은 오늘을 살아가고, 오늘도 죽어간다.

남부와 북부에 다 같이 노예를 거느리려는 약삭빠르고 간교한 유지들이 많은데, 우리가 흑인 노예제도라고 일컫는 추악하며 상당히 낯선 행태를 추종할 만큼 경박해질 수 있다는 사실을 나는 가끔 의아하게 생각한다는 견해도 밝혀두고 싶다. 남부의 노예 감독은 달갑지 않은 존재이고, 북부에서는 더욱 그렇지만, 가장 나쁜 경우는 자신을 노예처럼 부리는 주인이 되는 상황이다. 인간이 내면에 신격의 속성을 지녔다고 누가 감히 말하는가! 밤이건 낮이건 한길을 따라 짐마차를 몰고 장터를 오가는 마부를 보면, 그의 내면에서 과연 어떤 신성한 기운이 일어나고 있으리라고 생각하는가? 가장 중요한 그의 의무는 말에게 물과 먹이를 주는 일이다! 물건을 옮긴다는 관심사가 그의 운명에서 어떤 크나큰 의미를 갖는가? 그는 그저 지체 높은 누군가의 심부름을 하느라고 마차를 몰고 다니는 사람에 불과하지 않을까? 그렇다면 그는 얼마나 신과 같은 존재이며, 어느 만큼이나 불멸의 존재이겠는가? 그가 얼마나 겁을 먹고 눈치를 살피는지, 하루 종일 얼마나 막연한 두려움에 쫓기는지를 보면, 그는 불멸의 거룩한 존재가 아니어서, 자신이 한 일에 대하여 듣는 칭찬, 그리고 그에 대하여 자신이 내린 평가에 얽매인 노예이자 죄수일 따름이다. 세간의 평판은 우리들이 자신에게 내리는 개인적인 비판에 비하면 그리 가혹한 편은 아니다. 인간의 운명을 결정하는 힘, 운명을 결정 한다기보다는 예시한다고 해야 할 힘은 자신을 어떻게 생각하는가 하는 인식이다. 서인도 제도에서도 헛된 공상과 상상만으로는 자주독립이 이루어지지 않았는데―우리에게는 어떤 월버포스*가 대신 그런 해방을 실현시켜 주겠는가? 그리고 또한 내일 닥쳐올 자신의 운명에 대하여 과민한 내색을 드러내지 않으려고 죽는 날까지 화장대 의자의 방석이나 짜고 있을 여자를 생각해보라! 마치 영겁의 시간을 더럽히지 않으

---

* 윌리엄 월버포스(William Wilberforce), 노예제도 폐지와 도덕성 회복 운동에 평생을 바친 영국의 정치가.

면서 한가한 시간을 보낼 수 있다는 듯 말이다.

수많은 사람들이 절망의 삶을 묵묵히 살아간다. 이른바 체념이라는 것은 절망에 순응하는 마음이다. 우리는 절망의 도시를 떠나 절망의 시골로 가서, 밍크와 사향쥐의 용기로부터 위안을 찾아야 한다. 의식하지 못하는 전형적인 절망은 인간이 즐기는 경기와 오락의 밑바닥에도 깔려 있다. 고된 일을 한 다음에야 찾아오는 그런 시간은 놀이가 아니다. 어쨌든 절망적인 행위를 하지 않으려는 성향이 지혜의 특성이다.

인생의 주요 목적이 무엇이고, 진정한 삶의 필수품과 자산은 무엇이지를 교리문답식으로 풀어보자면, 사람들이 의도적으로 공통된 생활 방식을 선택한 까닭은 그것이 가장 마음에 들었기 때문이라고 여겨진다. 그렇지만 사람들은 다른 선택의 여지가 없다고 진심으로 믿는다. 그러나 맑고 건강한 자연은 새롭게 떠오른 태양을 잊지 않는다. 우리의 갖가지 편견은 하루라도 빨리 버려야 한다. 아무리 오래된 생각이나 행동일지라도 입증되지 않으면 믿어서는 안 된다. 오늘 모든 사람이 이구동성으로 되뇌거나 그러리라고 묵인하는 진실이 내일은 연기처럼 실체가 없는 거짓으로 밝혀지기도 하고, 그들의 밭에 단비를 뿌려주리라고 어떤 사람들이 믿었던 구름이 연기처럼 덧없이 사라지는 헛소문으로 끝나기도 한다. 사람이 할 수 없으리라고 노인들이 말하는 일을 실제로 해보면 되기도 한다. 옛날 사람들에게는 옛날 방식이 제격이고 젊은 사람들에게는 새로운 방식이 제격이다. 선대 원시인들은 모닥불이 꺼지지 않게 하려면 땔감을 다시 더 넣어줘야 한다는 단순한 사실조차 아마도 한때는 잘 몰랐을 듯싶지만, 후대 사람들은 말린 장작을 가마솥 밑에 조금만 지펴도, 속된 말로 지난 시대 사람들이 놀라 자빠질 정도로, 새처럼 빨리 빙글빙글 돌아가는 공*을 만들어냈다. 연륜이라고 해도 별로 다를 바가 없어서, 나이가 들수록 얻는 것보다 잃는 것이 더 많기 때문에, 늙었다고 해서 젊은이보다 훌륭한 스승의 자격을 저절로 갖추지는 못한다. 아무리 지혜로운 사람일지언정 단순히 살아가는 일상으로부터 과연 절대적인 가치가 있는 무엇인가를 깨우치는지 여부는 의심해봐야 할 일이다. 실질적으로 노인이 젊은이에게 아주 중요한 아무런 조언을 해줄 수가 없는 까닭은, 그들 자신의 체험이 너무나 제한적일뿐더러, 그들 스스로 틀림없이 그렇게 변명하겠지만, 개인적인 여러 이유로 인하여 그들의 인생 또한 너무나 참담한 실패에 불과했으나, 비록 옛날만큼 젊지는 못할지언정 그래도 어쨌든 그들이 겪은 경험에 대한 알량한 자부심만큼은 버릴 줄 모르기 때문이다. 나는 이 세상에서 30년가량 살아왔지만, 어르신들로부터 유익하기는커녕 하다 못해 진지한 어떤 도움말이나마 단 한마디도 들어본 적이 없다. 그들은 나에게 쓸 만한 충고를 해준 적이 없고, 앞으로도 할 수가 없을 듯싶다. 인생이란 내가 아주 조금밖에는 시도해보지 못한 하나의 실험이건만, 어른들이 겪어온 얘기는 나한테 아무런 도움이 되지를 않는다. 내가 살아가면서 귀중하

✻ 고대 그리스 기계학자에 수학자인 헤론(Heron of Alexandria)이 발명한 증기기관의 원조 '헤론의 기력구(汽力球, aeolipile).' 솥의 물을 끓여 대롱으로 위에 장착한 공에 뜨거운 수증기를 주입한 다음 다른 두 개의 대롱으로 뿜어내어 회전하도록 설계했다.

게 여길 어떤 경험을 하게 될지는 모르겠지만, 나는 그것이 멘토르[*]들에게서 한마디도 얘기를 들어보지 못한 그런 체험임을 깨닫게 되리라고 확신한다.

어느 농부가 나에게 "채소는 뼈를 만드는 데 아무 도움이 되지 않으니까 사람은 푸성귀만 먹고는 못 살아요."라고 말했는데, 그는 뼈의 원료를 몸에 공급하기 위해 하루에 일정한 시간을 정성껏 바친다면서, 풀만 먹고 만들어낸 뼈로 온갖 장애물을 무릅쓰고 엄청나게 무거운 쟁기와 농부를 힘차게 끌고 가는 소의 뒤를 따라다니면서 끊임없이 이야기를 나눈다고 했다. 거동이 지극히 불편하거나 병에 걸린 사람들처럼 특정한 집단에게는 어떤 것들이 정말로 절대적인 필수품일지 모르지만. 똑같은 물건이 다른 사람들에게는 그냥 사치품이기도 하고, 또 어떤 사람들은 그런 것들이 존재하는지도 모르면서 살아간다.

인간의 삶에서, 높은 봉우리든 깊은 골짜기든, 모든 영역을 앞 사람들이 이미 다 섭렵했으며, 모든 문제가 말끔하게 정리가 끝난 듯 여겨지기 쉽다. 이블린[**]의 글에 따르면, "현명한 솔로몬 왕은 나무들 사이의 간격을 규정하는 법령을 제정했고, 로마 집정관들은 이웃집 마당에 들어가 땅에 떨어진 도토리를 주워도 몇 번까지는 무단주거침입죄에 해당되지 않으며, 도토리 가운데 주인에게 돌

---

[*]   보통명사로 '스승'을 뜻하는 Mentor는 호메로스의 『오디세이아』에 등장하는 나이 많은 현자로, 오디세우스는 트로이아 원정을 떠나기 전에 어린 아들 텔레마코스의 교육과 집안의 일을 친구인 멘토르에게 맡겼다.

[**]   John Evelyn, 영국의 귀족 원예가.

아갈 몫은 얼마인지를 밝히는 판결을 내렸다." 심지어 히포크라테스는 손톱을 어떻게 잘라야 하는지에 대하여, 손가락 끝에 맞춰 잘라야지 그보다 길거나 짧으면 안 된다는 지침까지 남겼다. 삶의 다양성과 즐거움을 고갈시킨다고 믿어지는 권태와 지루함 그 자체는 아담의 시대까지 거슬러 올라갈 만큼 오래되었다는 사실은 의심할 나위가 없다. 하지만 인간의 능력은 아무도 계산해본 적이 없고, 지금까지 우리가 시도해본 일은 워낙 제한적이고 보니, 인간 능력의 한계를 선례에 의거하여 판단해서는 안 된다. 지금까지 그대가 어떤 실패를 겪었든 간에, "네가 아직 시도하지 않았던 어떤 일을 누가 너에게 맡길지 알 길이 없나니, 괴로워하지 말라."✤

우리는 자신의 삶을 수많은 공식에 입각하여 점검해볼 수가 있겠는데, 예를 들면 내가 밭에 심은 콩을 여물게 하는 태양이 우리 지구와 같은 여러 행성을 동시에 함께 비추고 있다는 공식이 그러하다. 이런 공식을 기억하기만 했더라면 나는 몇 가지 실수를 미연에 면할 수가 있었을 터이다. 태양은 내가 괭이로 밭을 일구라고 존재하는 것이 아니다. 삼각형 별들은 하늘 꼭대기에서 얼마나 아름다운 무늬를 이루는가! 우주의 여러 머나먼 저택에서는 어떤 다양한 생명체들이 같은 순간에 같은 별들을 물끄러미 바라보고 있을까! 자연과 인생은 인간의 체질만큼이나 다채롭다. 누군가 인생이 다른 사람에게 어떤 미래를 펼쳐주겠는지를 누가 단언할 수 있겠는가? 우리는 서로 타인의 마음속을 단 한순간이나마 읽어내기가

✤   인도의 『비슈누 경전』 1권 11장에서 인용.

어려운데, 그런 통찰력을 능가하는 위대한 기적을 일으킬 가능성은 얼마나 될까? 우리는 한 시간 동안에 세상의 모든 시대를, 모든 시대의 모든 세상을 살아내야 한다. 역사와 시와 신화! ─다른 사람의 체험을 읽어내는 데 있어서 이보다 경이롭고 유익한 매체를 나는 알지 못한다.

이웃들이 선이라고 일컫는 대부분의 행위가 알고 보면 사실은 악이라고 나는 진심으로 믿으며, 혹시 내가 무엇인지를 후회한다면 그것은 나의 선행에 대한 후회일 가능성이 아주 크다. 어떤 악마에게 홀려서 나는 그토록 착한 행동을 저질렀을까? 어떤 면에서건 덕망을 쌓아가며 70년을 살아온 분이라면, 어르신이여, 그대는 나름대로 아주 지혜로운 말을 하고 싶겠지만, 내 귓전에는 그런 모든 지혜로부터 등을 돌리라고 말리는 거역하지 못할 목소리가 들려온다. 한 세대는 다른 세대가 쌓아올린 온갖 업적을 좌초한 난파선처럼 버리고 떠난다.

나는 우리가 안심하고 지금보다 훨씬 많은 믿음을 가져도 좋다고 믿는다. 사람들은 다른 곳에 열심히 관심을 쏟는 그만큼이나마 자신에 대한 걱정을 떨쳐버려도 될 듯싶다. 자연은 우리의 능력만이 아니라 인간의 나약함에도 쉽게 응한다. 어떤 사람들이 시달리는 만성 초조와 불안은 치료가 거의 불가능한 형태의 질병이다. 사람들은 천성적으로 자신이 하는 일의 가치를 과장하는 경향이 심하지만, 병에 걸리거나 다른 사연으로 해서 실제로 행하지 못하는 일은 또 얼마나 많은가! 우리는 회피할 수만 있다면 신앙에 의지하여 살지는 않겠다고 작정하건만, 그러면서도 낮이면 줄곧 경계심을 풀지 않고, 밤이 되면 마지못해 기도를 하면서 불확실성에 운명을 맡기고는 얼마나 부지런히 눈치를 살피는가! 인생에 굴종하고 변화의 가능성을 거부하며, 우리는 한없이 성실하게 그리고 진지하게 살아갈 수밖에 없다. 그것이 유일한 길이라고 우리는 말하지만, 실제로는 하나의 중심점에서 사방으로 뻗어나가며 원을 그려내는 무수한 반경만큼이나 길은 수없이 많다. 모든 변화는 진지하게 고려해야 할 기적이며, 그 기적은 모든 순간에 일어난다. 공자는 "아는 것을 안다 하고 모르는 것을 모른다 하는 것이 참된 앎이다."*라고 말했다. 상상 속의 사실을 어느 한 사람이 이해하여 납득이 가능한 사실로 정착시켰을 때, 그때는 모든 사람이 마침내 그 토대 위에 그들의 삶을 확립하게 되리라고 나는 기대한다.

* * *

내가 앞에서 언급한 초조와 불안이 대부분 어디에서 기인하는지, 그리고 그에 대하여 우리는 얼마나 걱정을 해야 하고 적어도 어느 정도 주의를 기울일 필요가 있는지를 잠깐 생각해보기로 하자. 옛 상인들의 낡은 거래 장부를 살펴보기만 하더라도 우리는 그때 사람들이 가게에서 가장 많이 구입한 물품이 무엇이고, 상점에 가장 많이 비축해둔 일용품은 무엇이었는지, 그러니까 생활에 절실하게 필요한 물건들은 무엇이고 그것들을 확보하기 위해 어떤 방법들을

---

*   『논어』 2편.

동원해야 하는지를 가늠하게 되고, 따라서 표면적으로는 비록 문명 사회의 한복판에서 살아가기는 할지언정, 원시적인 개척시대의 생활을 체험해보면 우리에게 상당한 도움이 되겠다. 지금 우리의 골격이 조상들의 골격과 별로 차이가 없듯이, 여러 시대에 걸쳐 이룩한 발전은 인간의 생존을 다스리는 기본적인 법칙에는 거의 아무런 영향을 끼치지 않기 때문이다.

'생활에 절실하게 필요한 물건'이라고 내가 지칭한 개념은 인간이 노고를 통해 얻는 모든 것들 가운데 처음부터 살아가는 데 워낙 중요했거나 오래 사용하는 사이에 요긴해져서, 야만인이거나 가난하거나 신념 때문에 혹시 아주 소수의 사람들이 기피하는 경우를 제외하고는, 아무도 그것이 없이는 살아갈 엄두를 낼 수 없는 그런 물건을 뜻한다. 이런 의미에서 보자면 많은 짐승들에서 절실한 물건이라고는 먹을거리 하나뿐이다. 초원의 들소에게는, 숲이나 그늘진 산자락에서 은신처를 찾는 경우가 아니라면, 필수품이란 맛좋은 한 떼기의 풀과 마실 물이 전부다. 미물은 먹이와 은신처 외에는 아무것도 필요로 하지 않는다. 지금과 같은 자연환경에서 사람이 살아가는 데 필요한 것들로는 식량, 집, 옷, 땔감에 속하는 몇몇 품목들이라고 꼽으면 상당히 정확한 판단이어서, 이들을 먼저 마련하기 전에는 성공을 기대하면서 자유롭게 삶의 진정한 문제들에 대응할 준비가 갖추어지지 않는다. 인간은 집뿐만이 아니라 옷을 발명하고 음식을 요리했으며, 아마도 불이 따뜻하다는 사실을 우연히 깨달은 결과였겠지만, 그것을 이용하는 방법을 결국 알아냈으며, 불가에 앉아 쬐는 즐거움이 처음에는 사치였겠으나, 이제는 난방이 필수적인 습성으로 굳어지고 말았다. 우리는 고양이와 강아지 역시 그와 마찬가지로 제2의 천성을 습득하는 과정을 확인하게 된다. 우리는 알맞은 거처와 의복으로 체내의 열기를 적절하게 보존하지만, 집과 옷 또는 연료의 사용이 적정선을 넘으면—그러니까 우리들 자신의 체온보다 외부의 열이 높아지면, 우리 몸은 음식처럼 진짜로 익어버리고 말지 않을까?

티에라 델 푸에고*의 원주민들에 대한 박물학자 다윈의 기록에 의하면, 그의 탐사대 일행은 옷을 단단히 챙겨 입고 불가에 가까이 앉아서도 전혀 더운 줄 몰랐지만, 원주민들은 불에서 가장 멀리 떨어진 자리에 벌거벗고 앉아서도 "살이 익어가기라도 하는 듯 땀을 줄줄 흘리는 모습을 보고" 굉장히 놀랐다고 한다. 그래서 우리들이 듣기로는 뉴홀랜드**에 가면 원주민은 알몸으로 돌아다녀도 멀쩡하지만 유럽인은 옷을 입고도 추워서 덜덜 떨어야 한다고 전해진다. 미개인들의 이러한 강인함을 문명인의 지성과 결합시키기는 과연 불가능하기만 할까? 리비히***에 따르면, 인간의 몸은 난로이고 음식은 폐 속의 내부 연소를 지속시키는 땔감과 같다. 우리는 날씨가 추울 때는 더 많이 먹고 따뜻하면 덜 먹는다. 동물이 지닌 열기는 천천히 진행되는 체내 연소의 부산물이어서, 연소가 지나치게 빨리 진행되면 병에 걸리거나 목숨을 잃으며, 연료가 부족하여 호

❊   Tierra del Fuego, 남아메리카 남단의 군도.

❊❊   네덜란드어로 Nieuw Holland. 오스트레일리아의 옛 이름.

❊❊❊ 유스투스 폰 리비히(Justus von Liebig), 독일의 화학자.

흡에 결함이 발생하면 생명의 불이 꺼져버린다. 물론 생명 유지에 필요한 체온을 불과 혼동해서는 안 되겠지만, 어쨌든 비유는 이 정도로 끝내겠다. 위에서 살펴본 바와 같이 결과적으로 '동물의 생명'이라는 표현은 '동물의 열'과 동의어나 마찬가지로 여겨지는데, 그 이유는 음식은 우리 몸속의 불을 유지시켜주는 연료라고 생각할 수 있지만―연료는 단순히 음식을 준비하는 기능뿐 아니라 외부에서 열을 가하여 우리 몸의 체온을 올려주는가 하면―집과 옷은 그렇게 발생한 열을 흡수하고 보존하는 역할을 맡기 때문이다.

그렇다면 우리 몸에 가장 절실하게 필요한 기능은 온기를 유지하고, 생명 유지에 필요한 우리 몸속의 열을 지켜내는 일이다. 그래서 우리는 의식주만이 아니라, 밤에 입는 옷이라고 해야 할 침대를 마련하기 위해, 굴속 가장 깊은 곳에 풀과 나뭇잎으로 잠자리를 만드는 두더지처럼 안식처 안의 안식처를 차리기 위해, 새들로부터 둥지와 가슴의 털을 훔치느라고 어떤 심한 고통을 감수해야 하는가! 가난한 사람은 세상이 너무 차갑다고 불평하기 마련인데, 육체적인 의미뿐 아니라 사회적인 의미로서의 차갑다는 말은 우리가 겪는 아픔 가운데 가장 큰 부분을 직접 지칭한다. 어떤 기후대에서는 여름이 되면 인간이 낙원에서와 같은 생활을 누리기가 어렵지 않다. 여름에는 음식을 요리할 때 말고는 연료가 필요하지 않으며, 태양이 불을 대신하게 되고, 여러 종류의 과일이 햇빛을 받아 충분히 익는가 하면, 먹을거리 또한 훨씬 종류가 다양해지고 구하기도 쉬울뿐더러, 옷과 집은 전혀 또는 반쯤은 필요가 없어진다. 내가 직접 경험한 바에 따르면, 오늘날 이 나라에서는, 몇 가지 상비품과 칼과 도끼와 삽과 외바퀴 수레 따위의 도구들, 그리고 공부를 좋아하는 사람을 위한 등잔과 필기구와 몇 권의 책이 생필품 다음으로 중요한 품목들이겠는데, 이들은 모두 푼돈으로 주변에서 장만하기가 어렵지 않다, 그럼에도 불구하고 현명하지 못한 어떤 사람들은 제대로 살아보기 위해서라며—그러니까, 편안하고 따뜻하게 살고 싶다며—지구의 반대편으로, 미개하고 비위생적인 지역까지 찾아가서는, 거래를 벌이느라고 10년이나 20년씩 보내고는 하던 끝에, 결국 뉴잉글랜드에 돌아와서 생을 마감한다. 사치스러운 풍요함을 추구하는 사람들은 그냥 편안할 정도로 따뜻하게 살아갈 줄을 몰라서 부자연스러운 정도로 덥게, 단지 유행에 뒤지지 않겠다는 마음으로, 앞에서 내가 지적했듯이, 몸이 익어버릴 정도로 뜨거운 나날을 보낸다.

대부분의 사치품 그리고 이른바 생활하기 편리한 여러 가지 물건들이란, 절대적으로 필요하지도 않을뿐더러, 오히려 인류의 진보에 방해가 되기만 할 따름이다. 편리한 생활용품과 사치품의 측면에서 보자면, 지금까지 알려진 모든 현명한 인물은 가난하다고 우리가 말하는 사람들보다 훨씬 소박하고 검소한 생활을 했다. 중국, 인도, 페르시아, 그리스의 고대 사상가들은 외적으로는 어느 누구보다 가난했지만, 내적으로는 누구보다도 풍족한 계층이었다. 우리는 그들에 대해 별로 아는 바가 없다. 그나마 지금만큼이라도 오늘날 사람들이 알고 있다는 사실이 오히려 놀라울 정도다. 좀 더 가까운 시대에 살면서 인류에 공헌한 인물들과 개혁가들도 마찬가지다. 이른바 자발적인 가난이라고 부르는 드높은 시점에서 보지 않고서는 아무도 인간의 삶을 공평하고 현명하게 관찰하기가 어렵다.

농업이나 상업, 문학이나 미술 어디에서나 사치스러운 생활에서 나온 열매는 사치뿐이다. 오늘날에는 철학을 가르치는 사람은 많아도 사상가는 없다. 그렇기는 하지만 한때는 그런 삶이 대단하다고들 여겼기 때문에, 가르치는 일도 존경을 받아 마땅하다. 사상가가 되기 위해서는 그냥 난해한 철학을 터득하거나, 어떤 학파를 세우는 데서 그치지 말고, 깨우친 가르침에 따라 소박함과 독립성과 너그러움과 믿음의 삶을 살아갈 만큼 지혜를 사랑해야 한다. 그러려면 인생의 어떤 문제들을 이론상으로 뿐만이 아니라 실질적으로 해결해야 한다. 위대한 학자와 사상가들의 성공은 군주답거나 사나이다운 성공보다 궁정신하의 성공과 같은 경우가 많다. 그들은 사실상 선조들이 그랬듯이 적당히 순응하며 그럭저럭 살아갈 뿐이어서, 어떤 의미에서이건 보다 거룩한 인류의 선각자들은 아니다. 하지만 인간은 왜 자꾸만 타락을 거듭하는가? 여러 집안들이 기울어 몰락하는 이유가 무엇인가? 민족의 기력을 소진하고 파괴하는 사치의 본질은 무엇인가? 우리들 자신의 삶에는 그런 요인이 전혀 없다고 단언할 수 있을까? 사상가는 삶의 외적인 면에서도 시대를 앞서간다. 그는 동시대 사람들처럼 먹거나 입거나 몸을 따뜻하게 하며 안식을 취하지는 않는다. 다른 사람들보다 더 좋은 방법으로 생명의 온기를 유지하지 않으면서 철학자가 되는 길은 무엇인가?

　내가 서술한 몇 가지 방법으로 몸을 따뜻하게 하고 나면, 그 다음에 인간은 무엇을 원하게 될까? 분명히 똑같은 종류의 따스함보다는 푸짐한 음식을 더 많이, 더 크고 멋진 집, 보다 고급스러운 옷을 더 많이, 훨씬 뜨겁고 꺼지지 않는 다양한 불 따위를 원하리

라. 살아가는 데 필요한 그런 것들을 모두 마련하고 나면, 사람들은 남아도는 필수품 대신 다른 선택을 찾아 나서서, 이미 시작한 하찮은 고역으로부터 벗어나 휴식을 취하려고, 현재의 생활에서 모험을 벌인다. 씨앗은 토양이 적합하다 싶으면 어린뿌리를 밑으로 내리고, 그런 다음에는 자신감을 얻어 싹을 위로 올리는 것이 당연한 이치다. 하늘을 향해 똑같은 높이로 솟아오를 가능성을 지녔으면서도 인간은 도대체 무엇 때문에 땅에 그렇게 단단한 뿌리를 내리려고 집착하는가? 보다 고결한 식물은 땅에서 멀리 올라간 공중에서 햇빛을 받아 꼭대기에 맺는 열매 때문에 귀하게 여겨지고, 하찮은 채소와는 다른 대우를 받는데, 채소는 비록 2년생일지라도 뿌리가 영글 때까지만 가꾸다가 목적이 달성된 다음에는 윗부분을 잘라버리기 때문에 꽃이 피는 계절에는 대부분 거들떠보지도 않는다.

천국이건 지옥이건 어디에서나 자신이 해야 할 일에만 충실하고 남들에게 신경을 쓰지 않으며, 어떤 부자보다도 더 화려한 집을 짓고 살고 누구보다도 많은 돈을 펑펑 쓰지만 가난뱅이가 될 턱이 없고, 그들의 삶이 어떤 지경인지를 알지 못하는 강하고 용감한 사람들에게 이래라저래라 규칙들을 제시할 일말의 생각이 나에게는 없으며—그리고 혹시 꿈에서나 만남직한 그런 사람이 정말로 존재한다면, 바로 지금 이 상황에서 그들로부터 격려와 영감을 받고, 그것을 사랑하는 사람처럼 애정과 열정으로 소중하게 받아들이는 이들에게 또한 내 뜻을 강요할 마음이 없으며—그리고 또 어느 정도까지는 나도 그들과 같은 부류일 듯싶지만, 어떤 상황에서든 좋은 직업에 종사하며 자신의 직업이 만족스러운지 아닌지를 스스로 인식하는 사람들에게도 따로 할 말이 없지만—그러나 자신이 타고난 운명이나 태어난 시대의 가혹함을 개선할 수 있음에도 불구하고 불만을 품고 불평만 늘어놓는 수많은 사람들에게는 각별히 하고 싶은 얘기가 있다. 어떤 사람들은 스스로 주장하듯이 그들로서는 할 바를 다하고 있기 때문에, 누가 뭐라고 위로하건 아랑곳하지 않고 극도로 맹렬하게 불평을 늘어놓기도 한다. 내가 역시 염두에 둔 대상은 겉으로 보기에는 부유하지만, 실제로는 지독하게 가난한 계층으로서, 쓸모없는 재물을 모으기는 했지만 그것을 어디에 쓸지를 알지 못하고, 어떻게 처리해야 할지 또한 몰라서, 결국 금과 은으로 족쇄를 만들어 차고 살아가는 사람들이다.

***

내가 지난 몇 년 동안 어떻게 살고 싶어 했었는지를 얘기하면, 독자들 가운데 실제로 그 내력을 어느 정도 알고 있는 이들은 좀 놀랄 테고, 전혀 모르는 사람들은 틀림없이 경악하고 말 것이다. 내가 소중하게 여겨온 몇 가지 도전에 대해서는 가볍게 암시하는 정도로 그치겠다.

어떤 날씨에도, 밤이든 낮이든 어느 시간에도, 나는 촌음의 순간을 최대한 활용하고 싶었으며, 나름대로 기록을 갱신하려고, 과거와 미래라는 두 영원이 만나는 바로 그 지점인 현재의 출발점에서서, 내가 마땅히 해야 할 의무를 성실하게 지키고 싶었다. 내가 종사하는 분야에서는, 비밀을 일부러 감춘다기보다는 글쓰기의 본질이 그러하기 때문에, 대다수 사람들이 하는 일에서보다 비밀이 많은 탓으로, 어느 정도 모호한 내용이 나오더라도 양해해주기 바란다. 나는 내가 알고 있는 모든 내용을 기꺼이 얘기하겠으며, '출입금지'라는 경고문을 내 집의 문짝에 써놓을 마음은 전혀 없다.

나는 오래전에 사냥개와 구렁말과 멧비둘기를 한 마리씩 잃어버렸고, 아직도 그들의 행방을 찾아다닌다. 길에서 만난 여러 나그네에게 나는 그들에 관한 얘기를 하면서, 그들이 잘 다니는 곳이 어디인지, 그리고 무슨 소리를 내야 그들이 응답하는지 따위를 설명해주었다. 사냥개가 짖는 소리나 말발굽 소리를 들었다거나, 심지어 구름 뒤로 사라지는 비둘기를 보았다는 사람을 한두 명 만났는데, 그들은 마치 자신이 잃어버리기라도 한 듯 간절하게 그것들을 찾고 싶어 했다.

해돋이와 여명만이 아니라, 혹시 가능하다면, 자연 자체를 남들보다 먼저 맞이한다는 것은 얼마나 가슴 벅찬 일이었던가! 여름이든 겨울이든, 일을 하려고 이웃들이 아무도 아직 일어나기 전에, 나는 이미 일을 먼저 시작한 아침이 얼마나 많았던가! 동틀 녘에 보스턴으로 가려고 집을 나선 농부나 일터로 가는 벌목꾼 같은 마을 사람들은 이미 할 일을 끝내고 집으로 돌아오는 나를 자주 길에서 만나고는 했다. 물론 해가 떠오르도록 내가 실제로 도울 수야 없는 일이었지만, 그런 핑계는 그 순간에 그냥 내가 그곳에 있었다는 감동에 비하면 그리 중요한 일이 아니었다.

얼마나 많은 가을날, 그리고 또 겨울날에 마을 밖으로 나가, 바람이 전하는 소리에 귀를 기울이고, 거기에 실려 온 소식을 신속하게 사람들한테 전하려고 내가 바친 시간들! 나는 거기에 전 재산을 털어넣다시피 했고, 바람을 거슬러 달려가느라고 숨이 막히는 고생쯤은 덤으로 치르는 희생이었다. 만일 그것이 두 정당 가운데 어느 한쪽에 관한 소식이었다면 정보를 접하자마자 《가제트》* 같은 신문에 재빨리 실렸으리라. 또 어떤 때는 전보를 쳐야 할 만큼 새로운 무슨 사태가 눈에 들어오지나 않을까 싶어 어느 절벽이나 나무 위에서 망을 보며, 저녁이 되면 하늘이 무너지기라도 할 정도로 중대한 무슨 일이 벌어지기를 산꼭대기로 올라가 기다리고는 했지만, 나는 별로 대단한 천재지변이라고는 만나지를 못했고, 그나마 조금 경이로운 풍경마저 해가 나면 꿀물처럼 다시 녹아 사라지기 일쑤였다.

오랫동안 나는 발행 부수가 별로 많지 않았던 어느 잡지사의 기자로 일했는데, 그곳 편집자는 내가 기고한 글 대부분이 게재하기에 적합하지 않다고 평가했으므로, 작가에게는 아주 흔히 있는 일이지만, 나로서는 고생한 보람이 별로 없었다. 그렇지만 내 경우에는 고생 자체가 곧 보상이었다.

여러 해 동안 나는 눈보라와 폭우를 감시하는 역할을 스스로 떠맡았으며, 간선도로는 아니지만 숲속 오솔길과 지름길을 답사하여 길이 막히지 않도록 조처하고, 사람들이 많이 다녀 쓸모가 입증된 경우에는 골짜기들을 이어 어느 계절에나 통행이 가능한 통행로를 마련하는 임무를 충실히 수행했다.

✺   The Boston Gazette, 정치적 영향력이 막강했던 신문.

나는 마을에서 걸핏하면 울타리를 뛰어넘어 착한 목동들에게 무척 애를 먹이고는 하던 사나운 가축들을 돌봐주었고, 사람들의 발길이 뜸한 농장의 한적한 구석구석을 살펴보기는 했어도, 딱히 내가 상관할 바가 아니었던 탓으로 오늘은 어느 집 누가 어떤 밭에서 일을 하는지까지 시시콜콜 알아두려고 하지는 않았다. 나는 건조한 계절에 물을 주지 않으면 말라죽을지도 모르는 빨간 월귤, 장미버찌, 팽나무, 적송, 흑물푸레, 청포도, 노랑제비꽃에 물을 주기도 했다.

자랑을 늘어놓고 싶은 생각이 조금도 없으니까 간단히 얘기하자면, 나는 내가 할 바만 신경 쓰며 이런 업무들을 오랫동안 충실하게 해왔건만, 마을 사람들은 끝내 나를 마을 관리들의 명단에 넣어주지 않았고, 하찮은 수당이 나오는 명목뿐인 한직이나마 나에게 돌아오지 않으리라는 사실이 점점 분명해졌다. 내가 성실하게 기록해왔다고 맹세할 수 있는 계산 장부는 한 번도 감사를 받은 적이 없었으며, 인정을 받지도 못하여, 결산과 지급은 꿈도 꾸지 못할 일이었다. 하지만 나는 그런 일을 마음에 새겨 두지는 않았다.

그로부터 얼마 안 되어서 어느 떠돌이 인디언 장사꾼이 우리 동네에 사는 유명한 변호사에게 바구니를 팔려고 집으로 찾아갔었다. "바구니를 사시겠습니까?"라고 그가 물었다. "아뇨. 그런 거 필요 없어요."라는 대답이 그에게 돌아갔다. 대문 밖을 나서면서 인디언은 "우리를 굶겨 죽일 작정이구나!"라고 한탄했다. 부지런한 백인 이웃들이 굉장히 잘사는 모습을 보고, 변호사가 변론을 바구니처럼 엮어내기만 하면 무슨 마술의 힘인지는 모르겠지만 부와 지위가 저절로 따라오는 것을 보고, 인디언은 이런 궁리를 했으리라―나도 사업을 시작해야 되겠는데, 내가 할 줄 아는 일이 그것뿐이니, 나는 바구니를 짜야 하겠다. 바구니를 만들기만 하면 그가 할 바는 다하는 셈이고, 바구니를 사는 일은 백인들이 당연히 해야 할 일이라고 그는 생각했다. 무엇인가를 누가 사게 하려면 다른 사람이 그럴 가치가 있다고 인정하거나, 아니면 그런 생각이라도 들게끔 설득해야 하고, 그것도 아니면 상대방이 사고 싶어 할 다른 물건을 만들어야 옳다는 사실을 그는 미처 깨닫지 못했다. 나도 짜임새가 섬세한 일종의 바구니를 만든 셈이었지만, 그것은 다른 사람이 사고 싶어 할 정도로 가치가 있는 바구니가 아니었다. 그렇기는 하지만 내 경우에는 바구니를 짜는 일 자체가 보람이 있어야 한다는 생각에, 나는 어떻게 하면 다른 사람들이 살 만한 바구니를 만들 수 있을까 고민하는 대신, 바구니를 팔아야 한다는 필요성을 떨쳐버리는 길이 없을지를 궁리했다. 남들이 성공했다고 평가하여 칭찬하는 인생은 오직 한 가지 뿐이다. 우리는 왜 다른 종류의 인생들은 모두 무시하면서 한 가지 인생만 내세워야 하는가?

법원이건 교회건 어디에서나 마을 사람들이 나에게 밥벌이를 할 자리를 내줄 기미가 보이지 않았던 터여서, 나는 자구책으로 나에게 보다 익숙한 숲에 그 어느 때보다도 더 절실하게 관심을 돌렸다. 나는 일반적으로 필요한 기본 자산이 마련되기를 기다리지 않고, 이미 갖고 있던 빈약한 밑천으로 당장 사업을 시작하기로 작정했다. 내가 월든 호수로 가기로 한 목적은 그곳에서 궁핍하게 살거나 호화롭게 살기 위해서가 아니었고, 최소한의 방해를 받으며 개인적인 사업을 벌이려는 생각에서였으며, 약간의 상식이나 모험심 그리고 사업적 재능이 부족해서 목표를 달성하지 못하더라도 슬프다기보다 어리석어 보이는 처지를 피하고 싶어서였다.

나는 엄격하게 일을 처리하는 사업 습관을 들이려고 항상 노력했는데, 그것은 누구에게나 없어서는 안 될 자질이다. 거래 상대가 천상의 제국*이라면, 세일럼 같은 항구에 회계 처리를 위한 작은 사무실 하나만 마련하면 고정 시설로는 충분하겠다. 많은 얼음과 소나무 목재 그리고 약간의 화강암처럼 모두가 이 나라에서 넉넉하게 생산하는 물건들을 항상 미국 선박에 실어 수출하면 된다. 이런 모험적인 사업들은 전망이 좋다. 모든 자질구레한 일은 사업자가 직접 감독해야 하니까, 수로 안내인과 선장 노릇 그리고 선주와 금융업자 역할을 겸해야 하고, 매매를 하면서 장부를 정리하고, 받은 편지는 일일이 읽고는 보낼 편지를 쓰거나 읽는 일도 하고, 수입품의 하역 작업을 밤낮 없이 감독하고—값비싼 물건은 저지 해안에 잘못 하역하는 경우**가 많으므로—해안 여기저기 부지런히 확인을 하러 찾아다녀야 하고, 전신기 역할까지 맡아 지칠 줄 모르고 열심히 수평선을 살피면서 해안으로 접근하는 모든 배의 통행을 일일이 확인하여 연락을 취하고, 거리가 엄청나게 멀거나 수지타산이 잘 맞지 않는 시장에 상품을 공급하기 위해 최선을 다해서 꾸준히 물건을 보내고, 여러 시장의 상황에 대한 정보를 입수하려고 현지에서 벌어질 전쟁과 평화의 가능성을 전망하고, 무

＊　　Celestial Empire(天朝), 중국을 뜻하는 시적인 표현.

＊＊　　당시 뉴저지 해안에서는 파선하는 배가 많았음.

역과 문명의 동향을 예측해야 하며,—모든 탐험대의 원정 결과를 파악하여, 새로운 항로와 개선된 항해술을 모두 활용하고—해도를 살펴보며 암초와 등대와 부표의 위치를 점검하고, 낯익은 항구에 무사히 도착해야 할 배가 어떤 계산 착오로 암초에 부딪혀 좌초하는 일이 발생하지 않도록—아직도 밝혀지지 않은 라 페루즈*의 운명을 생각해보라—대수표(對數表)를 끊임없이 점검하여 수정하고 또 수정하며, 한노**와 페니키아인들의 시대부터 오늘날에 이르기까지 모든 위대한 개척자와 항해자, 위대한 모험가와 상인들의 생애를 연구하여 보편적인 과학의 진보에 뒤떨어지지 않도록 노력해야 하고, 마지막으로는, 자신의 현재 상황을 파악하기 위해 정기적으로 재고를 조사해야 한다. 손익과 이자를 계산하고, 포장 용기와 중량을 산정하며, 온갖 종류의 측정을 수행하는 지식이 동원되는 문제들이라면—그것은 한 사람의 여러 능력을 한꺼번에 혹사시키는 힘든 일이다.

월든 호수가 사업을 하기에 좋은 곳이라고 벌써부터 내가 판단했던 까닭은 철도와 얼음 유통 때문만은 아니었고, 배를 접안하기 좋은데다가 지반이 단단한 덕에, 여기에서 공개하지 않는 편이 좋을 듯싶은 여러 가지 이점이 있어서였다. 어디에건 집을 지으려면 누구나 스스로 말뚝을 박는 수고쯤은 해야 하겠지만, 월든 호수에서는 네바 강변의 늪지대처럼 매립해야 할 필요가 없었다. 서풍

---

* Jean François La Pérouse, 파선을 당한 프랑스 탐험가.

** Hanno, 6세기에 아프리카 서해안을 탐험한 카르타고의 항해사.

을 동반한 밀물과 네바 강*의 얼음이 만나면 상트페테르부르크를 지구상에서 휩쓸어버릴 것이라고 사람들은 말한다.

* * *

이 일은 상식적인 수준의 자본이 없는 상태에서 시작할 작정이었으니까, 그런 경우일지라도 꼭 필요한 자금은 어디서 마련할 것인지를 추측하기는 쉽지 않겠다. 당장 실질적인 문제에 입각하여 의복을 따져보자면, 우리가 옷을 살 때는 진정한 실용성보다 색다른 물건에 대한 호감도와 사람들의 견해로부터 영향을 받는 경우가 훨씬 많을 듯싶다. 일을 해야 하는 사람이 옷을 고를 때는 첫째, 생명을 유지하기 위해 체온을 보존하고, 둘째로는 사회생활에 알맞게 알몸을 가려야 하기 때문에, 새 옷을 장만하지 않더라도 필요하고 중요한 어떤 일을 수행하기가 가능한지를 따지게 된다. 전속 재단사나 양재사가 지은 옷일지라도 한 번밖에 입지 않는 왕과 왕비는 몸에 잘 맞는 옷의 편안함을 알지 못한다. 그들은 깨끗한 옷을 입혀놓은 목마나 다를 바가 없다. 옷은 입는 사람의 성품을 찍어낸 듯 그대로 받아서 날이 갈수록 우리들 자신과 닮아가고, 급기야는 우리 몸의 일부가 되어버려 의료 기구로 치료를 해야 할 때나 무슨 엄숙한 의식을 치를 때 말고는 옷을 벗기를 망설여 한참씩 뒤로 미루고는 한다. 나는 옷을 기워 입었다고 해서 누군가를 얕잡아

* 서울의 한강처럼 상트페테르부르크를 관통하는 대수로.

본 적이 한 번도 없지만, 세상에는 건전한 양심을 간직하기보다는 유행에 더 많은 신경을 쓰거나, 적어도 깁지 않은 깨끗한 옷이 없으면 불안해하는 사람이 더 많으리라고 확신한다. 하지만 비록 찢어진 옷을 꿰매어 입지 않았다고 할지라도, 그것 때문에 드러나는 최악의 결함은 기껏해야 그 사람의 부주의한 습성이 고작이다. 나는 이따금 무릎에 헝겊을 대고 깁거나 두세 번 박음질한 더한 옷을 입고 다닐 자신이 있느냐는 질문을 해서 친한 사람들을 시험해보고는 한다. 대다수 사람들은 그랬다가는 앞날을 망치기라도 하리라는 듯싶은 반응을 보인다. 그들은 찢어진 바지를 입고 다니기보다 차라리 부러진 다리를 절뚝거리며 다니는 편이 훨씬 편하다고 생각한다. 다리가 부러지는 사고를 당하더라도 치료를 받아 고치면 그만이지만, 바짓가랑이에 비슷한 사고가 일어나서 찢어지면 원상복구가 불가능하기 때문인데, 그들은 정말로 존경할 만한 사람이 되기보다는 남들이 존경하는 대상이 무엇인지 세간의 이목에 더 많은 관심을 보이는 경향이 심하다. 우리는 바지저고리야 많이 알지만, 사람 자체에 대해서는 거의 아는 바가 없다. 최근에 입었던 옷을 벗어 허수아비한테 입히고, 그대는 옆에 알몸으로 서 있으면, 허수아비가 그대인 줄 잘못 알고 냉큼 인사를 하지 않을 사람이 얼마나 있겠는가? 얼마 전에 나는 옥수수밭을 지나가다가 가까운 곳 말뚝에 입혀놓은 모자와 저고리를 보고 그 땅의 주인이 누구인지를 쉽게 짐작했다. 밭을 지키는 허수아비인은 지난번에 만났을 때보다 비바람에 약간 더 낡아 보였다. 나는 어떤 개에 관한 이야기를 들었는데, 그 개는 낯선 사람이 옷을 입고 주인의 땅으로 접근하면 짖어대지만, 발가벗은 도둑 앞에서는 얼른 조용해진다고 했다. 사람에게서 옷을 박탈해버리면 그의 상대적 지위를 유지하기가 어디까지 가능한지는 흥미로운 의문을 제기한다. 그런 경우, 가장 존경받는 계층에 속하는 문명인 집단의 정체를 분명하게 구분할 길이 따로 있을까? 동쪽에서 서쪽으로 모험적인 세계 일주를 떠난 파이퍼 부인*은 그녀의 고향에서 아주 가까운 아시아 쪽 러시아**에 도착하여 당국자를 면담하러 갈 때가 되자 여행복이 아닌 정장을 해야 되겠다고 판단했는데, 그 이유가 "이제는 옷으로 사람을 판단하는 곳—문명의 땅에 들어왔기 때문"***이었다고 했다. 민주적인 이곳 뉴잉글랜드의 여러 마을에서조차 운 좋게 부자가 된 사람은 옷과 마차만 가지고도 그의 재산을 과시하여 거의 누구에게나 존경을 받는다. 하지만 그런 존경을 받는 부자들이 아무리 많을지언정 그들은 어디까지나 이교도에 지나지 않아서, 그들에게는 선교사를 보내줘야 마땅하다. 뿐만 아니라 옷이라면 바느질이라는 일이 따르기 마련인데, 특히 여자들의 의상은 아무리 만들어봤자 부족하여 옷 짓는 노동에는 끝이 없다.

할 일을 마침내 찾아낸 사람은 그 일을 하기 위해 새 옷을 장만할 필요는 없으니, 언제부터인지 알 길이 없을 만큼 오랫동안 다락방 먼지 속에 버려두었던 헌 옷이라도 그에게는 충분하다. 영웅

---

* Ida Pfeiffer(1797~1858). 독일의 여행가.

** 시베리아.

*** 『숙녀의 세계 일주(A Lady's Voyage Round the World)』(1852)에서 인용.

에게 시종이 있는 경우를 보면—하인보다 영웅이 신발을 더 오래 신는다고 해서 허물이 되지는 않으며, 인간은 신발을 신기 오래전에 맨발로 다녔으니, 영웅은 맨발로 다니더라도 개의치를 않는다. 저녁 행사나 의사당에 가는 사람 정도라면, 옷에 따라 사람이 수시로 달라지므로, 그때그때 갈아입을 여러 양복이 필요하다. 하지만 저고리와 바지, 모자와 신발이 신에게 예배를 드리는 데 부족함이 없는 차림이라면 그것으로 충분하지 않겠는가? 어느 가난한 소년에게 주어도 자선 행위라는 소리를 듣지 못할 정도로 낡은 저고리여서—어쩌면 아이가 자기보다 더 가난한 아이한테, 그러니까 훨씬 부족한 삶에 만족할 줄 아는 누구에게 주어버릴 만큼 낡은 옷들이 실제로 닳고 해져서 원래의 성분으로 분해될 지경에 이른 상태를 본 사람이 하나라도 있을까? 옷을 입은 새로움보다 새 옷 자체를 중요시하는 모든 사업과 직책에 현혹되지 않도록 조심하라고 나는 일러두고 싶다. 새로운 사람이 없다면 그 몸에 맞는 새 옷을 어떻게 만들겠는가? 무엇이거나 어떤 일이 그대에게 주어진다면, 헌 옷을 걸친 채로 시험해보라. 사람은 누구나 일을 할 때 필요한 조건이 아니라, 해야 할 일이 무엇인지, 그러니까 어떤 인물 노릇을 해야 하는지를 따진다. 어쩌면 우리는 그런 식으로 행동하며 모험을 벌이거나 항해를 해보고는, 자신이 헌 옷을 입은 새로운 사람처럼 느껴지고, 그런 상태가 헌 병에 새 술을 담아두는 것과 진배가 없다고 느껴질 때까지는, 헌 옷이 아무리 누더기가 되고 더러워져도, 절대로 새 옷을 마련하지 말아야 한다. 날짐승이 털갈이를 할 때와 마찬가지로 우리가 허물을 벗을 때는 틀림없이 삶이 위기를 맞는다. 되강오리는 외딴 연못에 숨어서 털갈이 위기를 보낸다. 그와 마찬가지로, 껍질은 몸의 가장 바깥쪽 표피이며 죽어버리는 둥근 꺼풀에 불과하기 때문에, 몸속에서 일어나는 어떤 현상과 팽창의 결과로, 뱀은 허물을 벗고, 송충이는 벌레 시절의 옷을 벗는다. 그러지 않으면 우리는 가짜 깃발을 달고 항해하다가 들킬 때처럼, 결국에는 우리 자신은 물론 인류에게도 필연적으로 버림을 받아 추방을 당하고 만다.

바깥쪽에 나이테를 하나씩 늘여가며 자라는 외인성(外因性) 초목처럼 우리는 옷을 겹겹으로 껴입는다. 우리가 바깥쪽에 걸치는 얇고 화려한 옷은 가짜 피부 노릇을 하는 인간의 표피여서, 생명 활동에는 참여하지 않는 까닭에 여기저기 벗겨져도 목숨에는 지장이 없고, 항상 입고 다니는 보다 두꺼운 옷은 세포질 피부, 즉 외피라 하겠으며, 속옷은 식물의 속껍질 인피(靭皮)나 목피에 해당하여, 이 것을 벗기면 나무껍질 속의 테를 제거하는 셈이어서 인간에게 치명적이다. 어떤 인종이든 사람은 계절에 따라 속옷에 해당하는 무엇인가를 몸에 걸친다고 나는 믿는다. 바람직한 옷차림은 아주 간편하여, 어둠 속에서도 손으로 자신의 몸을 만져볼 수가 있어야 하고, 적군이 도시를 점령한다 할지라도 고대의 어느 현인처럼, 전혀 불안해하지 않으며 태연하게 빈손으로 홀가분하게 문을 걸어 나갈 만큼 모든 면에서 간소하고 준비가 철저해야 한다고 나는 믿는다. 두꺼운 옷 한 벌은 대부분의 경우 얇은 옷 세 벌보다 부족함이 없고, 싼 옷이라면 정말로 고객이 흡족한 가격으로 마련할 수가 있어서, 5년 동안 입을 두꺼운 외투는 5달러, 두툼한 바지는 2달러, 소가죽

장화는 한 켤레에 1.5달러, 여름 모자는 25센트, 겨울 모자는 62.5센트면 구입이 가능하고*, 집에서 직접 만들면 비용이 거의 들지 않으니, 손수 벌어들인 돈으로 장만한 그런 옷을 걸친다고 해서, 아무리 가난한들 경의를 표해 줄 현인이 정말 아무도 없을 것인가?

어떤 특정한 형태의 옷을 내가 주문하면 마을 재봉사는 "요즘 사람들은 옷을 그런 식으로 만들지 않아요."라고 진지하게 일러주면서, 마치 인간이 거역하지 못할 운명의 여신들 같은 권위자의 말을 인용하는 듯 '사람들'이라는 말을 아무렇지도 않게 하는데, 재봉사는 내 말이 진심이라고 믿지를 않고 또한 내가 그렇게까지 무분별한 사람이라고는 생각하지 않는 눈치여서, 나는 내가 원하는 대로 옷을 맞춰 입기가 어렵겠다는 느낌을 받는다. 신탁이나 마찬가지인 그 한마디 말을 듣고 나서 나는 잠시 깊은 생각에 잠겨, 거기에 담긴 의미를 파악하려고 단어를 하나씩 곱씹어보고는, '사람들'과 '나'의 혈족 관계가 어느 정도로 가까운지, 그리고 나에게 그토록 긴밀한 문제에 대하여 그들이 어느 만큼이나 권위를 행사해도 괜찮은지를 따져보고, 그리고 마지막으로, 나는 재봉사와 똑같이 모호하게 '사람들'이라는 말을 전혀 강조하지 않으면서 이렇게 대답하고 싶은 충동을 느낀다—"얼마 전까지는 사람들이 옷을 그렇게 만들지 않았다는 건 사실이지만, 지금은 그렇게 만든답니다." 재봉사가 내 몸이 외투를 걸어두는 옷걸이라도 되는 듯 내 어깨의 폭만 재고 내 인품은 가늠하지 않는다면, 그런 식으로 나를 평가하

---

*   1850년도의 1달러는 2020년 현재 30달러, 한화로 35,000원 정도임.

는 작업이 무슨 소용이겠는가? 우리는 미의 3여신*이 아니라 유행을 숭배한다. 유행의 여신은 절대적인 권위를 휘두르며 실을 제멋대로 잣고, 짜고, 잘라버린다. 파리에서 우두머리 원숭이가 여행용 모자를 쓰면 미국의 모든 원숭이가 그대로 따라 한다. 나는 사람들의 도움을 받아 이 세상에서 퍽 단순하고 정직한 일을 해내려다가 가끔 좌절한다. 우선 그들을 강력한 압착기에 넣어 낡은 관념들을 모두 머리에서 짜내어, 그런 생각이 다시는 머리를 들지 못하게 해야 하는데, 그래도 그들 무리 중에는 언제 그랬는지 알 길이 없지만 파리가 이미 머릿속에 까놓은 알에서 부화한 구더기 한 마리를 담고 다니는 사람이 누군가는 있기 마련이고, 그런 벌레들은 불로 태워도 죽지 않을 테니, 결국 우리가 하려던 일은 헛수고로 끝나고 만다. 그렇기는 하지만 우리는 이집트의 밀알이 미라를 통해 우리에게 전해졌다는 사실은 잊으면 안 된다.

전체적인 안목으로 보자면, 이 나라에서든 다른 나라에서든, 옷을 입는 관습이 고상한 예술의 경지에 올라설 만큼 격이 높아졌다고 주장하기는 어렵겠다고 나는 생각한다. 오늘날 사람들은 형편이 닿는 정도의 옷만 지어 입는다. 난파한 배의 선원들처럼 그들은 쉽게 접근이 가능한 해변에서 구할 수 있는 옷을 걸치고는, 공간적으로나 시간적으로 거리가 좀 떨어진 곳에서, 저마다의 옷차림을 보고 서

✲　그리스 신화에 등장하는 찬란한 아름다움 아글라이아(Aglaia), 기쁨 에우프로시네(Euphrosyne), 만발한 꽃 같은 우아함 탈라이아(Thalaia)나 파르카이[Parcae. 로마 신화에 등장하는 운명의 3여신으로 운명의 실을 잣는 노나(Nona), 나눠주는 데키마(Decima), 끊는 모르타(Morta)].

로 웃어댄다. 어느 세대나 사람들은 유행에 뒤떨어진 옷차림은 비웃고, 새로운 유행은 열심히 추종한다. 우리는 헨리 8세나 엘리자베스 여왕의 의상을 보면, 마치 남해 고도 식인종 섬나라의 왕이나 여왕의 옷을 처음 보았을 때처럼 재미있어 한다. 사람이 벗어놓은 모든 의상은 하나같이 초라하고 기괴하다. 어떤 사람의 경우라고 할지라도 겉에 걸친 옷을 웃음거리로 삼지 못하고 성스럽게 해주는 힘은 그 옷을 입은 사람이 내면에서 겪은 성실한 인생과 그 삶에서 두 눈으로 흘러나오는 진지한 시선이다. 아를레키노*가 격심한 복통을 일으키면 그의 의상은 그 분위기에 맞추는 울긋불긋한 장식품이 된다. 병사가 포탄에 맞아 쓰러지면 찢어진 누더기는 자줏빛**으로 변한다.

새로운 무늬를 찾으려는 남자들과 여자들의 유치하고 야만적인 취향 때문에 얼마나 많은 사람들이 지금 이 세대가 요구하는 특정한 모양을 찾아내려고 변화무쌍한 만화경 속을 들여다보는가. 제조업자들은 이런 취향이 일시적인 변덕에 불과하다는 사실을 잘 안다. 실이 몇 가닥 더 많고 적거나 색깔의 차이밖에 없는 두 무늬 가운데 하나는 잘 팔리고 다른 하나는 선반 위에 쌓여 있기만 하다가, 철이 바뀌자 두 번째 무늬가 갑자기 최고로 유행하는 상품이 되는 일도 흔하다. 그에 비하면 문신은 흔히들 말하듯 그렇게까지 흉측한 관습은 아니다. 무늬를 바꾸지 못하도록 피부에 새겨놓았다는

❋　　Harlequin, 이탈리아 전통 희극에 나오는 어릿광대. 다이아몬드 무늬의 알록달록한 옷을 입었음.

❋❋　　왕족과 귀족 그리고 고위 성직자의 옷 빛깔.

이유만으로 문신을 야만적이라고 해서는 안 된다.

나는 우리의 제조공장 체제가 사람들이 옷을 구하는 최상의 방식이라고는 믿지 않는다. 작업자들의 상황은 날이 갈수록 영국의 사정과 비슷해져서, 내가 지금까지 듣거나 관찰한 바에 따르면, 그 주요 목표가 인류에게 정직하고 좋은 옷을 제공하기보다는, 의심할 나위가 없이, 기업체들을 부자로 만들 속셈이리라는 인식을 지울 수가 없다. 긴 안목으로 보면 인간은 자신이 세운 목적밖에는 달성하지 못한다. 그러니 지금 당장은 실패하더라도 높이 있는 무엇인가를 표적으로 삼는 것이 좋겠다.

* * *

주거 문제로 말할 것 같으면, 이곳보다 추운 지역에서 집을 짓지 않고 오랫동안 생활한 사람들의 사례가 없지는 않지만, 이제는 집이 생활의 필수 품목이 되었다는 사실을 나는 부정하지 않겠다. 새뮤얼 랭*은 "라피 사람**은 가죽 옷을 입고 가죽 침낭을 머리와 어깨에 덮어쓰고, 밤이면 밤마다 눈 바닥에서 그냥 잠을 자는데 ─ 그 정도의 추위라면 어떤 털옷을 입고서도 살아남을 사람이 없다."***라고 서술했다. 랭은 라피 사람들이 실제로 그렇게 자는 모습을 직

※   Samuel Laing(1780-1868), 스코틀랜드의 여행 작가.

※※   The Laplander, 핀란드 북부에 사는 사미(Sami)족.

※※※   『노르웨이 체류기(Journal of a Residence in Norway)』(1837)에서 인용.

접 목격했다. 하지만 "그들이 다른 종족보다 강인한 사람들은 아니다."라고 그는 설명을 덧붙였다. 그러나 어쩌면 인간은 지구상에서 얼마 안 살아본 다음에 이미 집안에서 지내는 생활이 얼마나 편리한지를 깨달았겠는데, 가정의 안락함이라는 개념은 본디 가족보다는 집이 주는 만족감을 의미했고, 어쨌든 집이란 우리에게 주로 겨울이나 우기와 연관을 지어서만 생각하기 마련이어서, 1년 가운데 3분의 2는 양산만 있으면 걱정이 없어 집 따위는 필요하지 않은 기후대에서라면 주거 시설이 주는 만족감은 지극히 부분적이고 일시적인 의미만 있을 뿐이다. 지금 우리가 살아가는 곳과 같은 환경에서는 여름철이면 집의 역할이 전에는 밤에만 덮는 이불과 거의 비슷했다. 인디언들이 그림으로 남긴 기록들을 보면, 원형 오두막 한 채는 하루 동안 이동한 거리를 상징했고, 나무껍질에 줄지어 새기거나 그려놓은 여러 채의 집은 그들이 야영한 날의 수를 나타냈다. 인간은 별로 몸집이 크거나 강하게 태어나지 못했으므로, 그가 사는 세상을 좁혀 자신에게 알맞은 공간을 벽으로 막아 가두는 방법을 찾아내야 했다. 처음에 인간은 벌거벗고 바깥에서 살았을 텐데, 이런 생활은 날씨가 잠잠하고 따뜻할 때야 낮 동안에는 아주 쾌적했겠지만, 뜨거운 뙤약볕은 말할 것도 없고 장마철이나 겨울이 닥치면 인류는 아마도 일찌감치 멸망하고 말았을 것이고, 그래서 원시인들은 옷을 만들어 몸에 걸치고 집이라는 거처를 지어야 했다. 전해 내려오는 속설에 의하면 아담과 이브는 옷을 입기 전에 나뭇잎으로 몸을 가렸다고 한다. 인간은 따뜻하고 안락한 곳인 집이 필요했고, 처음에는 육신의 따듯함을 그러고는 정서의 따듯함을 원했다.

인류 역사의 초창기에 진취적인 한 인간이 피신처를 찾아 바위틈으로 기어 들어갔으리라는 상상을 하기는 어렵지 않다. 모든 아이들은 어느 정도까지는 세상을 처음부터 다시 시작하는 셈이고, 그래서 비가 오거나 추울 때도 집 밖에서 놀기를 좋아한다. 아이들은 또한 그런 본능을 타고나기 때문에, 말타기놀이를 즐길 뿐 아니라 집짓기 또한 좋아한다. 어린 시절 선반처럼 튀어나온 눈썹바위나 동굴 비슷한 곳을 발견했을 때 느꼈던 호기심을 누가 쉽게 잊겠는가? 그것은 가장 원시적인 조상의 본능이 아직도 우리 내면에 살아남아 있기 때문에 느끼는 자연스러운 열망이다. 동굴로부터 시작하여 인간은 야자나무 잎사귀로, 또는 나무의 껍질과 가지로 지붕을 얹고, 나아가서 헝겊을 짜서 펼쳐 덮고, 그러고는 풀과 지푸라기, 널빤지나 너와, 돌과 기와를 사용하는 단계로 발달해왔다. 결국 우리는 노천에서의 생활이 어떤지를 알지 못하게 되었고, 그래서 이제는 흔히 생각하는 것보다 훨씬 많이 집에 의존하는 생활에 길들고 익숙해졌다. 아궁이에서 들판까지의 거리는 아주 멀다. 하늘의 별들을 우리의 시야로부터 가리는 모든 장애물이 사라지고, 그렇게 많은 시인이 지붕 밑에 숨어서 노래하지 않고, 성자가 집안에 그토록 오래 머무르지 않는 그런 곳에서, 우리들이 더 많은 낮과 밤의 시간을 보낸다면 살기가 훨씬 좋았을지 모른다. 새들은 동굴 속에서는 노래하지 않고, 비둘기는 새장에 갇혀서까지 순수함을 간직하지는 않는다.

그렇지만 직접 살기 위한 집을 지을 작정이라면, 자칫했다가는 소년원이나, 도저히 길을 찾기 어려운 미궁이나, 박물관이나, 구빈원*이나, 감옥이나, 으리으리한 영묘 같은 엉뚱한 건물을 만들어놓지 않도록, 조금쯤은 양키다운 총명함을 발휘할 필요가 있다. 우선 절대적으로 필요한 안식처라면 어느 정도로 간소하게 지어야 좋겠는지를 고려해야 한다. 나는 이 마을에서 주위에 눈이 거의 1미터나 쌓였는데도, 얇은 무명으로 엮은 천막에서 살던 페놉스콧 인디언**들을 본 적이 있는데, 아예 눈이 더 많이 쌓여 바람을 막아주면 그들이 좋아하리라는 생각이 들었다. 불행하게도 지금은 그런 감각이 좀 무디어졌지만 전에 언젠가, 나의 진정한 목표를 추구할 여유를 찾을 만큼의 자유를 누리면서 정직하게 살아갈 방법을 모색하는 문제가 지금보다 훨씬 나를 괴롭혔을 무렵에, 나는 철로변에 놓인 커다란 궤짝을 가끔 보았는데, 길이 2미터에 폭이 1미터 정도인 그 상자는 철도 인부들이 야간에 연장을 넣어두는 통이었으며, 그것을 보고 나는, 돈에 쪼들리는 사람이라면 아무나 1달러를 주고 그런 궤짝을 구입해서, 적어도 공기만큼은 통하도록 송곳으로 구멍을 몇 개 뚫어놓고, 비가 내릴 때나 밤에는 그 안에 들어가 뚜껑을 닫으면, 영혼이 자유를 찾고 사랑 또한 자유롭게 누릴 수 있겠다는 생각이 들었다. 그것이 최악의 삶은 아니고, 어느 모로 보나 경멸을 받을 만한 선택 역시 아닐 듯싶었다. 그런 집에서는 밤늦게 잠자리에 들지 않더라도 간섭할 사람이 없고, 자리에서 일어나

❋　　영국에서 불량 청소년을 교화하던 시설. 올리버 트위스트가 수난을 당하던 곳.

❋❋　Penobscot 또는 Panawahpskek, 미국 북부와 캐나다에 살았던 부족.

외국으로 먼 길을 떠날지라도 집주인이나 관리인이 집세를 내라고 괴롭힐 일도 없다. 이런 상자 속에서 지내면 얼어 죽을 걱정이 없건만, 보다 크고 훨씬 호화로운 궤짝에 들어가 살려고 수많은 사람들이 집세를 치르면서 죽을 지경으로 고생을 한다. 이것은 웃기자고 하는 소리가 아니다. 경제는 가볍게 다룰 분야가 아니어서, 함부로 취급해서는 안 된다. 주로 집밖에서 생활하던 거칠고 강인한 어느 부족은 전에 이곳에서 자연으로부터 손쉽게 구하는 재료만 가지고 편안한 집을 짓고 살았다. 식민지 시절 매사추세츠 지역의 인디언 감독관이었던 구킨은 1674년에 이런 기록*을 남겼다. "그들이 지었던 가장 좋은 집들은 나무에 물이 오르는 계절에 껍질을 벗겨서, 아직 푸른 물기가 마르기 전에 무거운 통나무로 눌러서 큼직하고 얇은 조각으로 만들어 단단하고 따뜻하게 아주 말끔한 모양으로 지붕을 덮었다. … 그보다 허름한 집들은 왕골의 일종으로 엮은 돗자리를 씌웠는데, 튼튼하고 따뜻하기는 별로 다를 바가 없었지만 너와를 얹은 집만큼 좋지는 않다. … 내가 본 어떤 집들은 길이가 20~30미터에, 너비가 10미터나 되었다. … 나는 그들의 원형 오두막에서 자주 묵었는데, 영국 최고의 주택들 못지않게 따뜻했다." 구킨이 덧붙인 설명에 의하면, 그런 집에는 대개 융단을 깔았고, 안에는 멋진 수를 놓은 방석을 줄지어 놓았으며, 다양한 가정용품을 비치해 두었다고 한다. 인디언들은 지붕에 뚫린 구멍에 덮개를 매달

❋   Daniel Gookin, 『뉴잉글랜드 인디언에 관한 사료집(Historical Collections of the Indians in New England)』(1792).

아두고 그것을 끈으로 조작하여 통풍 효과를 조절할 정도로 진보한 사람들이었다. 그런 숙소는 처음 지으려면 겨우 하루나 이틀밖에 걸리지 않았고, 다음부터는 불과 몇 시간이면 헐었다가 다시 조립이 가능했으며, 가족마다 이런 천막집을 하나씩 소유하거나 아니면 방 한 칸을 얻어 쓰며 살았다.

아무리 미개한 나라에서도 모든 가족이 상대적으로 소박하고 단순한 그들의 욕구를 채워주기에 충분하여 나름대로 최고라고 할 정도의 좋은 집을 한 채씩 소유하고, 하늘의 새에게는 둥지가 있고, 여우에게는 굴이 있으며, 인디언마저 천막집을 갖고 살아가는데, 현대의 문명사회에서는 자기 집을 소유한 사람이 채 절반을 넘지 못한다고 나는 조심스럽게나마 밝히고 싶다. 문명의 영향이 특히 널리 파급된 큰 마을이나 도시에는 거처를 보유한 사람의 수가 전체 인구 가운데 극히 일부에 지나지 않는다. 나머지 사람들은 누구에게나 겉옷처럼 여름과 겨울에 없어서는 안 될 필수품이 되어버린 안식처 때문에 인디언의 천막이 가득한 마을 하나를 통째로 살 수 있을 정도의 세금을 해마다 내야 하고, 그래서 그들은 죽을 때까지 가난하게 살아야 하는 신세를 면하지 못한다. 나는 지금 여기서 소유하는 대신 세를 낼 때의 불리한 점을 따질 생각은 없지만, 비용이 아주 조금밖에 들지 않기 때문에 인디언이 집을 소유하기가 쉬운 반면에, 문명인은 소유할 경제적 여유가 없기 때문에 대부분 빌릴 수밖에 없고, 세월이 흐른다고 해서 나중에나마 조금이라도 사정이 호전되지 못하리라는 분명한 사실만큼은 지적해두고 싶다. 하지만 가난한 문명인은 그냥 세금만 내면 미개인의 집에 비해 궁궐 같은 거처를 확보하지 않느냐고 반박할 여지는 있다. 요즘 우리나라의 1년 집세는 연간 25달러에서 100달러에 이르는데, 이 돈을 내면 수백 년에 걸쳐 이루어진 갖가지 발전의 혜택을 받아서 깨끗한 페인트와 벽지, 럼포드* 벽난로, 이중 단열 차단벽, 유리창 차양, 녹이 슬지 않는 놋쇠 배수관, 용수철 자물쇠, 널찍한 지하실, 그리고 그 밖에도 많은 훌륭한 사양을 갖춘 넓은 아파트먼트에서 지낼 수가 있다. 하지만 이런 혜택들을 누린다는 사람은 흔히 '가난뱅이' 문명인이라고 하는 반면에, 그러지 못하는 미개인은 야만인으로서는 풍족한 삶을 누린다는 현상을 어떻게 설명하겠는가? 문명이 인간의 생활 조건을 진정으로 개선한다는 주장으로 말하자면 ─ 나도 그런 주장이 옳다고 생각하지만, 오직 현명한 사람들만이 그런 혜택을 누리는 실정이므로 ─ 어떤 물건에 대한 값은 그것과 교환하기 위해 지금 당장 또는 먼 훗날에라도 치러야 하는 삶의 양이라고 정의하자면, 값을 올리지 않고도 문명의 힘이 더 좋은 집들을 생산했다는 여러 증거를 제시해야 옳겠다. 이 지역의 보통 집값은 800달러 정도인데, 노동자가 그 돈을 모으려면 부양할 가족이 없더라도 10년에서 15년은 걸리며 ─ 사람에 따라 노동의 가치 산정이 달라 저마다 더 많이 받기도 하고 덜 받기도 하기 때문에 노동자의 일당을 평균 1달러로 계산하자면 ─ 그가 자신만의 안식처를 마련하기 위해서는

---

* Benjamin Thompson, Count Rumford(1753-1814). 벽난로의 연기가 방안으로 들지 않고 굴뚝으로 올라가도록 획기적인 설계를 한 인물.

생애의 절반 이상을 보내야 한다는 계산이다. 그가 집을 장만하는 대신 집세를 낸다고 하더라도, 그것은 여러 가지 고난 가운데 하나를 부질없이 골라잡는 선택일 따름이다. 인디언이 그와 같은 조건으로 그의 오두막을 궁궐과 맞바꾼다면 그것이 과연 현명한 선택이겠는가.

이런 거추장스러운 재산을 미래에 대비하여 장만하는 자금으로 보유해서 얻는 최대한의 이득이란, 당사자 개인의 입장에서 보자면, 기껏해야 죽은 뒤에 장례 비용을 충당하는 정도가 고작이리라는 추측이 가능하다. 하지만 사람은 자신을 매장할 의무가 없다. 어쨌든 이런 사실은 문명인과 미개인의 중요한 한 가지 차이점을 드러내는데, 우리가 문명인의 생활을 하나의 인습으로 만들고 개인 생활의 상당한 부분을 전통이라는 체제로 흡수시킴으로써 인류의 삶을 보존하고 완성시키려고 한 의도가 우리들에게 이익이 되도록 하기 위해서였음은 의심할 여지가 없다. 하지만 나는 이런 혜택을 누리기 위해 사람들이 현재 어떤 희생을 치러야 하는지를 보여주고, 아무런 불이익에 시달리지 않으면서 모든 혜택을 즐기며 살아가는 삶이 가능할지도 모른다는 점을 제시하려고 한다. 가난한 이들은 늘 너희 곁에 있다*는 말이나 아버지가 신 포도를 먹었는데, 자식들의 이가 시다**는 속담은 무엇을 뜻하는가?

"주 하느님의 말이다. 내가 살아 있는 한, 너희가 다시는 이 속

---

*   「마태오복음」 26장 11절. 한국 천주교 주교회의에서 펴낸 성경을 참조했음.
**   「에제키엘서」 18장 2절.

담을 이스라엘에서 말하지 않을 것이다."*

"보아라. 모든 목숨은 나의 것이다. 아버지의 목숨도 자식의 목숨도 나의 것이다. 죄지은 자만 죽는다."**

내 이웃인 콩코드 마을의 농부들을 보면, 딴에는 다른 계층의 사람들 못지않게 잘 살아가는 그들은 대부분의 경우 저당권 따위의 부담을 안고 유산으로 물려받았거나 아니면 융자를 받아 사들인 농장의 진짜 주인이 되기 위해 20년이나 30년 또는 40년 동안 힘겨운 고생을 해야 하는데—그들이 겪는 고생에서 3분의 1은 농장 말고 집을 구하는 자금 때문이라고 봐야 되겠지만—어쨌든 아직 빚을 다 갚지 못한 경우가 허다하다. 사실상 부채가 농장의 시세를 웃도는 경우도 없지 않아서 토지 자체가 크나큰 부담이 되기도 하건만, 그런데도 누가 농장을 상속받는 이유는 흔한 말로 눈에 익어 정이 들었기 때문이다. 토지사정관들에게 문의해보던 나는 우리 마을에서 빚 없이 농장을 완전히 소유한 주인 열 명의 이름을 얼른 아무도 거명하지 못하는 것을 보고 놀랐다. 농장주들의 내력을 알고 싶으면 그 땅을 담보로 잡은 은행에 물어보면 된다. 사실 자신의 노력만으로 빚을 청산한 사람은 워낙 드물기 때문에 동네에서는 그들이 누구누구인지를 손꼽을 정도다. 그런 농부가 콩코드에 세 명이나 되려는지 나로서는 의심스럽다. 장사를 하는 사람들 가운데 거의 대다수가, 100명 가운데 97명에 이르는 상인들이 망한다고

---

* 「에제키엘서」 18장 3절.
** 「에제키엘서」 18장 4절.

흔히들 장담하지만, 이것은 농부들에게도 그대로 적용되는 말이다. 하지만 상인에 대하여 따지자면, 어느 상인이 체험에 입각하여 논리적으로 지적한 바로는, 그들의 실패가 대부분의 경우 단순히 재정적인 여유가 없기 때문이 아니라 사정이 여의치 않아서 계약을 이행하지 않았기 때문이어서, 도덕성이 무너진 탓으로 돌려야 한다고 주장했다. 이런 논리는 한없이 더 추악한 국면을 노출시켜서, 그나마 성공한 3인조차도 자신의 영혼을 구제하는 데 실패한 정도가 아니라, 정직하게 실패한 사람들보다 더욱 나쁜 의미에서 파산했다는 의심을 갖게 한다. 파산과 지급 거절은 우리 문명의 크나큰 부분이 도약의 발판으로 삼아서 묘기를 부리는 수단이지만, 미개인의 경우에는 굶어 죽어야 하는 무력한 궁지로 밀려난다. 그런데도 농업의 체제에서 모든 관절이 유연하게 작동하기라도 한다는 듯, 이곳에서는 미들섹스 농축산 경진대회*가 해마다 꼬박 꼬박 열린다.

농부는 살림살이를 생계라는 문제 자체보다 훨씬 복잡한 공식으로 해결하려고 진력한다. 구두끈 한 벌을 구하려고 그는 한 무리의 가축에 투자를 한다. 편안하게 자립하겠다며 완벽한 솜씨를 발휘하여 둥근 용수철로 기껏 덫을 만들어놓았는데, 돌아서자마자 제 발이 덫에 걸리는 격이다. 이렇기 때문에 농부는 가난하기 마련이고, 우리는 모두 온갖 사치품에 둘러싸여 있지만 비슷한 이유로 해서, 수많은 원시적 안락함에 비하면 하나같이 가난하다. 시인 채

---

* Middlesex Cattle Show, 매사추세츠 미들섹스 카운티에서 주최하여 1822-1898년에 가을마다 콩코드에서 열렸던 행사.

프먼은 이렇게 노래했다[*] —

"거짓된 인간의 세상 —
— 속된 위대함을 추구하느라고
천국의 온갖 안락함이 사라지도다."

그리고 집을 마련하고 나면, 집이 그의 주인 노릇을 하기 때문에, 농부는 더 부자가 되기는커녕 오히려 더 가난해질지도 모른다. 내가 이해하기로는, 미네르바가 지은 집이 "나쁜 이웃을 피할 수 있도록 이동식으로 짓지를 않았다."라고 지적한 모모스[**]의 불평은 타당한 비난이었으니, 우리들의 집은 너무나 간수하기 힘든 재산이어서, 사람을 보호하기보다 오히려 가두는 경우가 더 많으며, 피해야 할 나쁜 이웃이란 바로 지겨운 우리들 자신일지도 적지 않고 보면, 그 비난은 지금도 여전히 유효한 주장이다. 내가 알기로는 우리 마을에서는 적어도 한두 가족이 변두리에 있는 집을 팔고 읍내로 들어오려고 했지만, 한 세대가 거의 다 흘러가도록 아직도 뜻을 이루지 못하여, 죽어서나 해방을 맞게 되지 않을까 싶다.

대다수 사람들이 마침내 개량된 온갖 설비를 갖춘 현대식 주택을 소유하거나 임대할 수 있게 되었다고 가정하자. 문명은 끊임

---

[*]   George Chapman(1559?-1634), 「카이사르와 폼페이우스의 비극(The Tragedy of Caesar and Pompey)」, V, ii.

[**]   Momus, 그리스 신화에서 터무니없는 불평과 비난을 의인화한 신.

없이 우리 주택을 개량해 왔지만, 그곳에 들어가 사는 사람들까지 똑같이 개선하지는 못했다. 문명은 궁궐을 수없이 생산했지만, 왕과 귀족을 창조하기는 쉽지 않았다. 그리고 문명인이 추구하는 바가 미개인이 추구하는 것보다 그리 훌륭하지 못하고, 문명인이 단순히 천박한 필수품과 안락함만을 얻기 위해 생의 대부분을 보낸다면, 그가 군이 미개인보다 좋은 집을 차지해야 할 명목은 무엇인가?

그런데 가난한 소수는 어떻게 살아가는가? 외적인 여건으로 따지면 어떤 사람들이 미개인보다 우월한 처지에 이를지 모르지만, 어쩌면 같은 비율의 다른 사람들은 미개인보다 못한 처지로 전락했다는 사실이 밝혀질지도 모른다. 한 계층의 사치는 다른 계층의 빈곤으로 균형을 맞춘다. 한쪽에 궁궐이 있으면 다른 쪽에는 구빈원과 '침묵하는 빈민'[*]이 있다. 파라오의 무덤이 될 피라미드의 건축 공사에 동원된 무수한 사람들은 마늘로 연명해야 했고, 자신들이 죽어서는 장례조차 제대로 치르지 못했을 듯싶다. 궁궐의 처마돌림띠를 마무리하는 석공은 밤이 되면 아마도 인디언의 천막만도 못한 오두막으로 돌아갔으리라. 문명의 대표적인 상징물들이 나라에서 아주 큰 집단을 형성하고 살아가는 주민의 생활 조건이 미개인만큼 몰락할 리가 없으리라는 짐작은 잘못이다. 나는 지금 몰락한 부유층이 아니라 몰락한 빈민층을 논하고 있다. 이들의 현실을 알아보기 위해 나는 먼 곳까지 시선을 돌릴 필요가 없으니, 문명의 최신 발명품이라고 하는 기찻길을 따라 늘어선 판잣집들만 해

[*]   가난을 숨기며 살아가려는 사람들.

도, 날마다 산책을 나가면 내 눈에는 돼지우리에서 살아가는 인간들의 모습이 보이는데, 그들은 집안이 어둡기 때문에 겨우내 문을 열어놓고 지내야 하는가 하면, 당연히 있으리라고 상상이 가는 장작더미는 보이지를 않고, 늙은이건 어린아이건 모두가 추위와 비참한 삶에 찌들어 오래전부터 움츠리는 버릇으로 인하여 몸이 영원히 쪼그라들었고, 팔다리와 온갖 기능의 발달이 멈춰버린 상태다. 지금의 세대를 두드러져 보이게 하는 여러 업적이 그들의 노동에 힘입어 달성되었음을 고려한다면, 그들 계층을 주목하는 것은 당연한 일이다. 사실상 세상의 거대한 구빈원이나 마찬가지인 영국의 모든 지역에 거주하는 노동자들의 형편이라고 해서 크게 다를 바가 없다. 또는 지도에서 개화된 백인 지역들 가운데 한곳이라고 표시된 아일랜드를 살펴봐도 마찬가지다. 북아메리카 인디언과 남태평양 원주민 그리고 다른 모든 미개인 종족들이 문명인들과 접촉하여 퇴락하기 이전에 처했던 물리적인 조건을 아일랜드인의 여건과 비교해보자. 누가 뭐라고 하든지 간에 나는 그런 민족의 통치자들이 문명국의 어느 평균치 통치자들과 비교하더라도 누구 못지않게 지혜롭다는 사실을 조금도 의심치 않는다. 그들이 살아온 삶의 질을 보면 누추한 여건은 문명의 속성인지도 모른다는 사실을 증명해줄 뿐이다. 우리나라의 주요 수출품인 면화를 생산하는 사람들, 그리고 그들 자신이 남부의 주요 산물인 흑인 노동자들까지 여기에서 내가 굳이 언급할 필요는 없겠다. '평균치' 환경에서 살아간다고 하는 사람들에 대해서만 언급하면 충분하기 때문이다.

대부분의 사람들은 집이란 무엇인지에 대하여 따로 생각해본 적이 없는 듯싶지만, 그러면서도 이웃 사람이 소유한 그런 집을 꼭 가져야만 한다는 생각 때문에, 그럴 필요가 없음에도 불구하고 실제로는 평생 가난한 마음으로 살아간다. 그것은 재단사가 만들어주는 옷이면 아무것이나 좋다며 냉큼 받아 입고, 땅다람쥐 같은 짐승의 가죽이나 야자나무 잎으로 만든 모자는 점점 멀리하면서 왕관을 살 형편이 안 된다고 푸념을 하는 것과 똑같은 행태다! 지금 살고 있는 집보다 훨씬 편리하고 호화롭기는 하지만 그것을 구입할 능력이 없다는 사실을 모든 사람이 인정해야 하는 그런 주택을 발명하기는 어렵지 않다. 우리는 이런 것들을 더 많이 차지하려고 끝없이 고심하기만 할 따름인데, 때로는 더 적게 소유하고도 만족할 줄 모르는 것이 옳은 일일까? 구두와 우산, 그리고 오지도 않을 손님을 위한 빈방을—쓸데없이 많은 찬란한 물건들을 죽기 전에 젊은이가 마련해둬야 한다는 필요성을, 과연 존경을 받을 만한 시민이 젊은이들에게 언행으로 모범을 보이며 근엄하게 가르쳐야만 하는가? 왜 우리는 아랍인이나 인디언처럼 소박한 가구를 쓰면 안 되는가? 하늘의 전령으로서 신의 선물들을 인간에게 전해준 존재라고 신격화된 인류의 은인들을 생각해보면, 나는 그들이 추종자를 한 명이라도 이끌고 다니거나, 유행하는 최신 가구를 잔뜩 실은 차를 몰고 다니는 모습은 좀처럼 상상이 가지를 않는다. 또는 우리가 도덕적으로나 지적으로 아랍인보다 우월하니까 그에 따라서 우리들의 가구가 그들의 것들보다 훨씬 복잡해야 한다고 내가 인정한다면—그것은 기괴한 궤변이 아니겠는가! 오늘날에는 우리의 집들이 넘쳐나는 가구로 어지럽게 더럽혀진 실정이어서, 현명한 가정주부라면 그것들을 대부분 쓰레기 하치장에 내다 버리기 전에는 아침 일을 끝냈다고 할 수가 없을 것이다. 가정주부의 아침 일이라니! 아우로라가 얼굴을 붉히고 멤논의 음악이 울려 퍼지는 사이에[*] 남자가 해야 할 '아침 일'은 무엇일까? 한때 나는 책상 위에 석회암 수석 세 덩어리를 놓아두었는데, 내 마음속의 가구조차 미처 먼지를 다 털어내지 못했으면서 날마다 그 돌덩어리들의 먼지를 털어 줘야 한다는 생각을 하니 기가 막혔고, 그래서 역겨운 기분에 그것들을 창밖으로 던져버렸다. 그러니 내가 집에 무슨 가구를 들여놓겠는가? 사람이 땅을 파헤치지 않는 한 풀밭에는 먼지가 덮이지 않으니, 나는 차라리 바깥에 나가 앉아 있기를 좋아한다.

많은 사람이 그토록 부지런히 추종하는 유행의 씨를 뿌리는 집단은 사치와 방탕을 일삼는 사람들이다. 이른바 일류 여관이라는 곳에 투숙한 여행자가 이 사실을 곧 알게 되는 까닭은 숙박업소의 주인이 손님을 사르다나팔로스[**]이기라도 하는 듯 대접하기 때문이며, 나그네가 주인의 상냥한 호의에 자칫 말려들었다가는 결국 완전히 배알까지 빼앗기고 만다. 내 생각에는 사람들이 열차의 객실을 관리할 때 실용성 따위는 아랑곳하지 않고 안전과 편리함보다는 사치에 더 많은 돈을 쓰는 경향이 완연해서, 푹신한 긴 의자에, 나지막한 오토만식 의자와 차양, 그리고 중국에서 후궁의 여인

---

[*] 로마 신화에서 아우로라(Aurora)는 새벽의 여신으로서 그녀의 아들 멤논(Memnon)의 백성이 세운 그의 석상에서는 아침 햇살이 비추면 아름다운 소리가 났다고 함.

[**] Sardanapalus, 기원전 9세기 아시리아의 부패한 왕.

들이나 유약한 원주민들을 위해 만들어낸 물건들이기 때문에 그런 가구의 이름을 안다는 사실만으로도 평범한 미국인들은 얼굴을 붉혀야 마땅한 가구들을 비롯하여, 우리가 서양으로 들여온 수많은 동양의 물품들이 즐비해서, 기껏 객실이라고 해야 현대식 응접실보다 조금도 나을 바가 없다. 나로서는 여럿이 벨벳 방석에 비집고 앉기보다는 호박 하나를 편히 독차지하고 싶다. 나는 유람열차의 호화로운 객실에 앉아 탁한 공기를 줄곧 마시며 천국으로 가느니 차라리 소달구지를 타고 신선한 바람을 쐬며 땅 위를 돌아다니는 쪽을 택하겠다.

원시시대의 삶에서는 단순함과 헐벗음 자체가 적어도 인간이 자연 속에 잠시 머물다 떠나는 나그네로 살아가는 여건으로서 아무런 부족함이 없었다. 음식과 잠으로 원기를 회복하고 나면 그는 다시 길을 떠날 생각을 했다. 그는 이 세상에서 천막을 짓고 정착해서 살기는 했지만, 골짜기들을 누비고 돌아다니거나, 평원을 횡단하거나, 산꼭대기를 오르기도 했다. 하지만 보라! 인간은 자신이 사용하는 도구의 도구가 되어버렸다. 배가 고프면 제멋대로 열매를 따서 먹던 인간은 농부가 되었고, 나무 아래서 몸을 피하려고 머물던 그는 집을 간수하는 머슴이 되었다. 우리는 이제 더 이상 바깥에서 야영하며 밤을 보내지 않고, 땅 위에 정착하면서 하늘을 잊어버렸다. 우리가 기독교를 받아들인 까닭은 그것이 땅을 경작하는 농경 문화를 향상시킨 생활 방식이라는 단순한 이유 때문이었다. 우리는 현세를 위해 가족이 함께 기거하는 큼직한 집을 지었고, 내세를 위해서는 가족 묘지를 마련했다. 가장 훌륭한 예술 작품들은 이런 조건으로부터 자신을 해방하려는 인간의 투쟁을 표현했지만, 우리의 예술은 그냥 이처럼 열악한 상태를 편안하게 만들고 보다 높은 경지를 잊게 하는 효과를 내기가 고작이다. 사실 우리 마을에는 미술품이 혹시 어쩌다 들어온다 해도, 이곳의 생활상이나 집과 거리의 사정으로 인하여 그런 작품을 세워둘 변변한 전시대 하나 마련해주기 어려운 탓에, 마땅히 비치할 자리마저 없는 실정이다. 이곳에는 그림을 걸어놓을 못도 없고, 성자나 영웅의 흉상을 얹어놓을 선반도 없다. 우리들이 어떻게 집을 짓고, 그 비용을 어떻게 충당하는지 또는 제대로 갚지 못했는지를, 뿐만 아니라 그 집에서 살림살이를 어떻게 관리하고 유지하는지를 살펴보면, 찾아온 손님이 벽난로 위에 전시한 싸구려 장식품을 감상하는 사이에 마룻바닥이 무너져, 단단하기는 하지만 허름한 흙으로 밑바닥을 다진 지하실로 떨어지지나 않을까 걱정이 된다. 이른바 부유하고 세련된 이런 생활은 도약을 해야만 성취가 가능하다는 사실을 고려하면, 모든 관심이 도약이라는 문제에만 쏠리는 탓으로, 나는 그런 삶을 장식하는 미술품들을 감상할 여유가 없어지는데, 내가 기억하는 기록에 의하면, 인간이 근육의 힘만 가지고 달성한 가장 높은 도약은 어느 아랍 유목민 부족이 세웠는데, 그들은 평지에서 7미터나 뛰어올랐다고 한다. 인공적인 보조 장치의 도움을 받지 않고서는 인간은 그만큼 높이 올라가기 전에 다시 땅으로 떨어지고 만다. 그런 불가사의한 기록을 소유한 자에게 내가 가장 먼저 묻고 싶은 질문은 이것이다—누가 그대에게 그런 힘을 주었는가? 그대는 실패하는 97명에 속하는가, 아니면 성공하는 3인에 속하는가? 이 질문에 대답하는 말을 듣고 나서 그대의 진귀한 보물들을 둘러보면 아마도 나는 그것들이 장식에 불과하다는 생각이 들 것이다. 수레를 말 앞에 매면 보기도 안 좋고 실용적이지도 않다. 집을 아름다운 물건들로 장식하려면 우선 벽에 아무것도 남기지 말고 깨끗이 치워야 하듯이, 우리의 삶 또한 훌훌 털어버리고, 삶과 아름다운 집 관리를 기초로 삼아야 하는데, 아름다움에 대한 안목은 집도 없고 가정부도 없는 야외에서 가장 잘 자라난다.

에드워드 존슨은 『기적을 일으키는 섭리(Wonder-Working Providence of Sion's Saviour in New England)』(1654)에서 자신과 같은 시기에 살았으며 이 마을에 처음 정착한 사람들에 대하여 이렇게 서술했다. "그들은 어느 산기슭에 토굴을 파고 들어가 첫 안식처를 마련하고, 통나무들 위에 흙을 덮어 지붕을 얹고, 토굴의 가장 높은 쪽 흙바닥에서 연기가 꾸역꾸역 나는 불을 피웠다." 존슨은 이어서 말하기를, 그들은 "경작한 땅에서 주님의 은총으로 그들이 먹고 살 빵을 얻게 되기 전까지는 집을 짓지 않았으며," 첫해의 수확이 너무 초라했던 탓에 "기나긴 계절에 대비하기 위해 빵을 아주 얇게 썰어 먹어야 했다." 뉴네덜란드의 지방장관은 그곳에서 땅을 마련하려는 사람들에게 정보를 제공하기 위해 1650년에 네덜란드어로 보다 구체적인 설명을 해주었다. "뉴네덜란드, 특히 뉴잉글랜드에서 마음에 드는 농가를 짓고 싶으나 그럴 능력이 없는 사람들은 지하실을 만드는 방식으로 땅에 사각형 구덩이를 파야 하는데, 깊이는 2미터가량 내려가되 넓이는 적당하다고 생각되는 정도로 하고, 구덩이 안쪽에는 사방에 나무로 벽을 세우고, 흙이 무너져 내리지 않도록 말뚝들 사이사이는 나무껍질 따위로 막아야 하며, 그렇게 마련한 움집 바닥에 널빤지를 깔고 위에는 판자로 천장을 만들고, 다시 그 위에 속이 빈 통나무로 엮은 지붕을 높다랗게 얹고, 꼭대기에 나무껍질이나 푸른 뗏장을 덮으면, 이런 집에서는 눅눅함을 걱정할 필요가 없이 온 가족이 함께 2년이나 3년 또는 4년을 따뜻하게 기거할 수가 있으며, 가족의 규모에 따라 그 공간을 적당히 칸막이로 나눠 쓰기도 했다. 식민지 초기의 뉴잉글랜드에서는 부유한 지도층 인사들까지도 두 가지 이유 때문에 이런 식으로 첫 번째 집을 지었는데, 첫째 이유는 집을 짓느라고 시간을 낭비했다가 자칫 다음 추수를 할 때까지 버티지 못하고 식량이 떨어질까 봐 걱정스러워서였고, 둘째는 고국에서 데려온 수많은 가난한 노동자들의 기를 죽이지 않기 위해서였다. 3~4년의 세월이 흘러 그 지역의 농사가 자리를 잡으면, 그제야 그들은 수천 달러를 들여 멋진 집을 지었다.[*]

우리 선조들이 거쳐 간 이런 과정에서는 적어도 그들의 신중한 면모만큼은 나타나는데, 그들은 가장 시급한 욕구부터 충족시키는 것을 원칙으로 삼았던 듯싶다. 그렇다면 오늘날에는 보다 시급한 욕구들이 충족되고 있을까? 나름대로 호화로운 집을 하나 마련해볼까 생각하다가도 내가 단념하는 까닭은 이 나라가 아직은 인간 경작에 적합하지 않으며, 우리의 조상들이 밀가루 빵을 얇게 썰어 먹었던 것 이상으로 우리들이 영혼의 빵을 훨씬 더 얇게 썰어야

---

[*]   E. B. O'Callaghan, 『뉴욕 주의 역사(Documentary History of the State of New York)』 (1851).

한다는 생각 때문이다. 아무리 조악한 시대일지언정 건축의 모든 장식을 가볍게 봐서는 안 되겠지만, 우리들이 사는 집은 겉으로만 잔뜩 치장하는 대신 조가비의 내부처럼 우리의 삶이 직접 닿는 부분부터 먼저 아름답게 장식하는 것이 바람직하다. 그러나 안타깝도다! 내가 들어가 본 집 한두 곳으로 말하자면, 그렇지를 못했다.

비록 그토록 몰락하지는 않았지만 혹시 오늘 당장 동굴이나 천막에서 살거나 짐승의 가죽으로 만든 옷을 걸쳐야 하게 되더라도, 인류의 발명과 근면함이 제공하는 편의는, 비록 값비싼 대가를 치러야 얻기는 하지만, 받아들이는 편이 좋겠다. 이런 마을에서는 판자와 지붕널, 석회와 벽돌 따위가 살기에 적합한 동굴이나, 절단하지 않은 통나무나, 충분한 양의 나무껍질, 그리고 심지어는 잘 이겨놓은 진흙이나 납작한 돌멩이보다 구하기가 쉽고 값도 싸다. 나는 이론적으로나 실질적으로 체험을 통해 익숙해졌기 때문에 이런 문제를 잘 이해한다. 조금만 더 지혜를 동원하면 우리는 이런 자재들을 잘 이용함으로써 요즈음 가장 부자라는 사람들보다 더 많은 돈을 벌고, 우리 문명을 축복으로 바꿔놓을 수가 있다. 문명인이란 좀 더 경험이 많고 보다 현명해진 야만인에 지나지 않는다. 이제는 내가 했던 실험에 대한 이야기를 서둘러야 되겠다.

* * *

1845년 3월 말쯤에 나는 도끼 한 자루를 빌려 들고, 집을 한 채 짓기로 작정한 월든 호숫가에서 가장 가까운 숲속으로 들어가, 목재로 쓰기에 알맞은 키가 크고 꼿꼿한 백송들 가운데 아직 어린나무 몇 그루를 베어내기 시작했다. 남에게 아무것도 빌리지 않고 새로운 삶을 출발하기가 어려운 일이기는 했지만, 내가 착수하려는 계획에 친한 이웃들이 관심을 갖도록 허락하는 마음 또한 내 나름대로 지극히 너그러운 행위였는지도 모르겠다. 주인은 마지못해 도끼를 내주면서, 자기가 무척이나 아끼는 소중한 물건이라고 굳이 설명했으며, 나는 빌릴 때보다 돌려줄 때 도끼가 더 잘 들게끔 신경을 써서 손질하여 반납했다. 내가 작업을 벌인 쾌적한 산기슭에는 소나무가 울창하게 우거졌고, 나무들 사이로 호수가 보였으며, 숲속의 작은 빈터에는 어린 소나무와 호두나무의 새순이 여기저기 돋아났다. 호수의 얼음은 아직 녹지 않았지만 군데군데 해빙이 진행 중이어서, 그런 곳은 물을 흠뻑 머금어 온통 검은 빛깔이었다. 낮 동안에 그곳에서 일을 할 때면 이따금 가벼운 눈발이 흩날리기는 했지만, 집으로 돌아가는 길에 기찻길까지만 나오면 길게 펼쳐진 노란 모래더미가 흐릿한 바람 속에서 빛났고, 철로는 봄날의 햇살을 받아 반짝였으며, 우리들과 함께 새해를 시작하려고 일찌감치 찾아온 종달새와 딱새 같은 새들의 노랫소리가 내 귓전에 들려왔다. 봄철답게 기분 좋은 나날이었으며, 겨우내 쌓인 인간의 불만은 대지와 함께 녹아내렸고, 무기력하기만 했던 삶은 기지개를 켜기 시작했다. 어느 날 도끼자루가 빠지는 바람에 나는 푸른 호두나무의 생가지를 잘라 쐐기처럼 깎아 돌로 때려 박아 넣고는 나무가 부풀어 오르도록 도끼를 통째로 호수의 얼음 구멍에 집어넣었다. 나는 구멍을 통해 물속으로 도망치는 줄무늬 뱀 한 마리를 보았는데,

그는 15분이 넘도록 내가 지켜보는 동안에도 전혀 불편하지 않다는 듯 아랑곳하지 않고 호수 바닥에 엎드려 있었고, 나는 아마도 그가 겨울잠에서 아직 제대로 깨어나지 못한 모양이라는 생각이 들었다. 사람들도 그와 비슷한 이유로 현재의 비천하고 원시적인 상태에서 벗어나지 못하는 것은 아닐까 하는 생각이 들기는 했지만, 용솟음치는 봄의 기운을 몸으로 느끼기만 한다면 그들은 틀림없이 보다 숭고하고 보다 영묘한 삶으로 도약하리라고 나는 생각했다. 나는 전에도 서리가 내린 아침에 길을 가다가 여러 번 뱀을 보았는데, 그들은 몸의 이곳저곳이 여전히 무감각하고 뻣뻣해서, 햇빛이 피부를 녹여주기만 기다렸다. 4월 초하룻날에는 비가 내리면서 얼음이 녹았고, 그날 이른 아침에는 안개가 자욱하게 끼었는데, 길 잃은 기러기 한 마리가 홀로 호수 위를 이리저리 헤매면서 안개의 정령처럼 끼룩끼룩 울어대었다.

그렇게 며칠 동안 나는 도끼 한 자루만 가지고 나무를 베어 넘기고 토막을 내어 샛기둥과 서까래를 다듬었으며, 남들에게 전할 만큼 심오하고 학자다운 생각은 별로 하지 않은 채, 혼자서 노래*를 흥얼거렸다ㅡ

사람들은 아는 것이 많다고 말하지만
보라! 예술도, 과학도,
수많은 희한한 발명품도ㅡ

✿　소로우의 자작시.

모두 날아가 사라졌으니,

흘러가는 바람 말고는

우리가 무엇을 알겠는가.

나는 주요 부분에 사용할 원목들은 한 면의 폭이 20센티미터 쯤 되는 각목으로 재단했고, 샛기둥으로 쓸 나무들은 두 면만 그리고 서까래와 마루용 판재들은 한 면만 매끄럽게 다듬었으며, 그냥 내버려 두어도 톱질을 한 부분 못지않게 가지런한데다가 훨씬 튼튼하기까지 해서, 나머지 면에는 나무껍질을 그대로 남겨두었다. 이 무렵에는 다른 연장들도 빌려다 놓았기 때문에 나는 목재마다 손쉽게 밑동 부분에 꼼꼼하게 이음구멍을 파고 돌기(突起)를 깎아서 맞추었다. 날마다 낮에 숲에서 보내는 시간은 별로 길지 않았지만, 그래도 나는 거의 언제나 버터를 바른 빵을 도시락으로 싸 들고 갔으며, 정오가 되면 베어놓은 푸른 나뭇가지들 한가운데 앉아 점심을 쌌던 신문을 읽었는데, 두 손을 잔뜩 덮은 송진이 빵으로 옮겨 묻어 소나무 향내가 풍기고는 했다. 소나무를 여러 그루 베어내기는 했지만, 그러는 사이에 나는 그들과 훨씬 낯이 익어서, 일이 끝나기 전에 이미 소나무의 원수라기보다는 친구가 되었다. 때로는 숲속을 돌아다니던 떠돌이가 내 도끼질 소리에 이끌려 찾아와서, 우리는 내가 여기저기 흘린 나무 부스러기들을 깔고 앉아 즐거운 잡담을 나누었다.

일 자체를 한껏 즐기느라고 서두르지 않으며 천천히 공사를 계속한 결과로, 4월 중순이 되어서야 나는 집의 뼈대를 짜서 일으켜 세울 준비를 마쳤다. 나는 널빤지를 구할 목적으로 횟츠버그 철도회사에서 근무하는 아일랜드인 제임스 콜린스로부터 판잣집을 이미 사둔 상태였다. 콜린스의 판잣집은 대단히 훌륭하다는 정평이 나 있었다. 내가 그의 집을 구경하러 찾아갔을 때 콜린스는 출타 중이었다. 나는 바깥에서 서성거리며 이리저리 둘러보았지만, 창문이 높은데다가 깊숙이 박아놓았기 때문에 집안에서는 내가 찾아왔다는 사실을 처음에는 아무도 눈치를 채지 못했다. 규모가 자그마한 그 오두막은 뾰족한 지붕을 올렸다는 점 말고는 별로 눈에 띌 만한 특징이 없었으며, 집 주위를 둘러가면서 흙을 사람의 키만큼이나 높이 쌓아올렸기 때문에 마치 두엄더미처럼 보였다. 지붕은 땡볕에 말라 상당히 비틀어지고 삭아버리기는 했지만, 그래도 가장 튼실한 부분이었다. 문턱이라고는 아예 없어서, 문짝 밑으로는 닭들이 제멋대로 드나들었다. 콜린스 부인이 문간으로 나오더니 집안을 구경하라고 권했다. 내가 다가가자 닭들이 안으로 도망쳐 몰려 들어갔다. 집안은 컴컴했고, 대부분이 흙바닥이어서 눅눅하고 끈적거리고 써늘했으며, 걷어내기가 만만치 않아 보이는 널빤지가 이곳저곳 바닥에 박혀 있었다. 부인은 등잔 심지에 불을 붙여 지붕과 벽들의 안쪽은 물론이요 침대 밑으로 길게 깔아놓은 널마루까지 보여주면서 지하실에는 발을 들여놓지 말라고 주의를 주었는데, 60센티미터쯤 파내려간 지하실이라는 곳은 쓰레기 구덩이 같았다. 부인의 설명을 들어보니, "천장의 널은 훌륭하고, 사방 널빤지가 모두 훌륭하고, 창문도 괜찮은 편"이라고 했으며 — 본디 두 짝이었던 정사각형 창문에는 구멍만 남아 요즈음에는 고양이가 전용 통로로 사용한다고 그랬다. 집안 세간이라고 해야 난로 하나, 침대 하나, 앉을 자리가 하나, 이 집에서 태어난 아기 하나, 양산 하나, 금박으로 테를 두른 거울 하나, 그리고 어린 떡갈나무에 못을 박아 걸어놓은 최신형 커피를 빻는 기계가 전부였다. 그러는 사이에 집주인이 돌아왔기 때문에 흥정은 곧 마무리를 지었다. 그날 밤에 4달러 25센트를 내가 지불하면 그는 이튿날 아침 5시에 집을 비워주고, 그 사이에는 누구한테도 집을 팔지 않겠으며, 6시에는 집이 내 소유가 된다는 조건이었다. 그는 나더러 아침 일찍 오는 편이 좋겠다고 했으며, 자세히 설명을 하지는 않았지만 토지 사용료와 땔감에 대해 말도 안 되는 부당한 청구권을 주장하는 사람이 나타날지도 모른다고 알려주었다. 그것만이 유일한 걸림돌이라고 그는 나를 안심시켰다. 아침 6시에 나는 길에서 콜린스와 그의 가족을 마주쳤다. 침대, 커피 기계, 거울, 닭들—고양이 한 마리만 제외하고 전 재산을 그들은 커다란 보따리 하나에 몽땅 꾸렸는데, 나중에 내가 알게 된 바로는 고양이가 숲속의 야생으로 도망쳤지만, 결국 산짐승을 잡으려고 설치한 덫에 걸려 목숨을 잃었다고 한다.

나는 같은 날 아침에 못을 뽑아 판잣집을 허물고는, 그것을 여러 차례 수레에 담아 호숫가로 옮겨서, 햇볕에 하얗게 말리고 뒤틀린 모양을 바로잡기 위해 풀밭에 널어놓았다. 숲길을 따라 수레를 끌고 가려니까 아침 일찍 일어난 개똥지빠귀 한 마리가 노래를 불러주었다. 패트릭이라는 어린 소년으로부터 짓궂은 고자질을 접한 바에 의하면, 내가 호숫가로 판자를 옮기는 틈틈이 자리가 빌 때면, 이웃에 사는 실리라는 아일랜드 사람이 무너진 집터에 나타나서 아직 쓸 만하고 꼿꼿하며 잘 박히는 못과 꺾쇠와 대못 따위를 슬쩍 호주머니에 챙겨 넣고는 했다는데, 내가 돌아오는 바람에 어쩌다 마주치기라도 하면 그는 한가한 잡담을 나누러 왔다는 듯 걸음을 멈추고, 천연덕스럽게 헐린 집터의 폐허를 봄의 흥취에 젖어 새삼스러운 눈으로 둘러보고는, 일자리가 없어서 살아가기가 힘들다는 불평을 늘어놓았다. 실리는 구경꾼들의 대표 격으로 그곳에 버티고 서서는, 얼핏 보기에 하찮은 듯싶은 그의 절도 사건을 마치 트로이아의 신상들을 제거하는 과업*이라도 되는 듯 대단하게 생각하는 눈치였다.

나는 마멋 한 마리가 굴을 파놓은 남향 언덕 기슭에, 아무리 추운 겨울이라고 할지라도 감자가 얼지 않도록, 사방 2미터 너비에 2미터 깊이의 지하 저장실을 마련하느라고 거먕옻나무와 검은딸기의 뿌리들을 따라 내려가, 초목의 흔적이 사라지고 고운 모래가 나올 때까지 파내려갔다. 측면은 돌로 마무리를 하지 않은 채 완만한 경사를 그대로 두었지만, 햇빛이 전혀 들지 않았기 때문에 모래가 허물어질 염려는 없었다. 작업은 겨우 두 시간밖에 걸리지 않았다. 같은 위도에 위치한 거의 모든 곳에서는 땅을 파고 들어가면 깊이에 따라 온도가 균일하기 때문에, 나는 땅파기에서 각별한 즐거움

✿　트로이아에는 팔라디온이라는 아테나 여신의 상이 있었다. 트로이아 사람들은 그 신상이 하늘에서 떨어진 선물이어서, 그 상이 있는 한 트로이아는 절대로 함락되지 않으리라고 믿었다. 오디세우스와 디오메데스는 변장을 하고 성 안으로 침투하여 이 신상을 훔쳐 그리스 진영으로 옮겼다.

을 느꼈다. 도시의 가장 멋진 옛날 주택의 밑에도 근채류를 저장하는 똑같은 지하 저장실을 파놓아서, 지상의 건축물이 무너지고 오랜 세월이 지난 뒤에도 후세 사람들은 땅을 파고 들어간 지하실의 흔적을 확인하기가 어렵지 않다. 집이란 땅굴로 들어가는 입구에 세운 현관이나 마찬가지다.

5월 초순에 나는, 도움이 필요했다기보다는 이런 기회를 통해 이웃들과 친목을 보다 돈독히 하기 위해 몇몇 지인의 도움을 받으며, 마침내 집의 뼈대를 일으켜 세웠다. 목조 구조물을 올리는 사람들의 입장에서 보자면 나보다 큰 영광을 누린 사람은 아무도 없었다. 그들은 언젠가는 훨씬 고귀한 건물들의 상량식을 도와줄 운명을 타고난 사람들이었다고 나는 믿는다. 벽널을 붙이고 지붕을 올리자마자 7월 4일 독립기념일에 나는 내 집에 입주했는데, 벽 널들은 꼼꼼하게 가장자리에 깃털을 빈틈없이 겹쳐 붙였기 때문에 빗물이 조금이라도 스며들 염려가 없었으며, 널빤지 공사를 하기 전에 나는 호숫가에서 두 수레 분량의 돌을 주워 두 팔로 안고 언덕을 올라와서 한쪽 귀퉁이에 굴뚝의 기초를 세우는 기초공사를 했다. 가을에 밭을 일구고 나서, 나는 집안을 덥히기 위해 불이 필요해지기 전에 굴뚝을 올렸으며, 그때까지는 아침 일찍 집 밖으로 나가 땅바닥에서 취사를 했는데, 어떤 면에서는 일반적인 방식보다 그것이 훨씬 편하고 즐거운 방법이었다. 빵을 다 굽기 전에 비바람이라도 치면 널빤지 몇 장을 엮어 불 위에 지붕을 만들어 덮었고, 그 밑에 앉아 나는 익어가는 빵을 지켜보면서 즐겁게 몇 시간을 보냈다. 그 무렵에 나는 할 일이 워낙 많아 책을 거의 읽지 못했지만,

땅바닥에 떨어진 휴지 조각, 내가 사용하는 그릇, 식탁보에 적힌 글들이 나에게는 어느 책 못지않은 즐거움을 주었으며, 사실상『일리아스』와 맞먹는 역할을 했다.

* * *

예컨대 출입문, 창문, 지하실, 다락방이 인간 본성의 어떤 필요성에 부합하는지 근거를 따져보고, 나아가서 우리의 일시적인 갖가지 필요성보다 합리적인 이유를 찾기 전에는 건물의 상부 구조물을 절대로 짓지 않는다는 각오로, 나보다도 더 신중하게 공사에 임하면 그만큼 얻는 바가 많으리라. 집을 짓는 사람은 새가 둥지를 지을 때와 똑같이 적합성을 따져야 한다. 사람들이 제 손으로 직접 집을 짓고, 단순하며 정직한 노동으로 자신과 가족을 먹여 살리는 방식으로 살아간다면, 새들이 똑같은 활동을 하면서 하나같이 노래를 부르듯이, 인간의 시적인 기능 또한 하나같이 발달하지 않을지 누가 알겠는가? 하지만 안타깝도다! 우리는 다른 새들이 만든 둥지에 알을 낳고, 지나는 나그네에게 아무런 즐거움을 주지 못하는 시끄러운 목소리로 짖어대는 찌르레기나 뻐꾸기처럼 행동한다. 우리는 집을 짓는 즐거움을 영원히 목수에게 양보해야만 할까? 인간 집단의 경험에서 건축은 어느 만큼의 의미가 있을까? 나는 방방곡곡을 돌아다녔건만 자기 집을 짓는 단순하고 자연스러운 일에 종사하는 사람을 단 한 명도 만난 적이 없다. 우리는 모두 공동체 속에서 살아간다. 재단사 아홉 명이 있어야 사람 하나를 제대로 만든다는 말*은 목사와, 상인과, 농부에게도 똑같이 적용된다. 이런 노동의 분업은 어디에서 끝나고, 그것이 궁극적으로 소기하는 목적은 무엇일까? 분명히 어떤 사람이 나 대신 생각을 해주고 있을지 모르겠지만, 그렇다고 해서 내가 스스로 생각하지 못하게 막아버리는 상황은 바람직하지 않다.

실제로 이 나라에는 이른바 건축가라는 사람들이 존재하며, 그들 가운데 적어도 한 사람은 건축의 장식에는 진리의 핵심, 필연성, 그에 수반되는 아름다움을 반드시 담아야 한다는 신념을 계시처럼 여기며 섬긴다고 했다. 그의 관점에서 볼 때는 아주 훌륭한 주장일지 모르겠지만, 사실은 진부하고 순진한 이상주의적 몽환의 수준을 벗어나지 못하는 개념이다. 건축계의 감상적인 개혁가인 그는 기초부터 다지는 대신 처마돌림띠부터 공사를 시작한 격이다. 건축의 장식 안에 진리의 핵심을 담고 싶다는 일방적인 개념은 모든 알사탕에 아몬드나 회향 씨앗을 집어넣어야 좋다는 생각과 다를 바가 없어서—내 생각으로는 아몬드라면 차라리 설탕 없이 먹는 편이 건강에 가장 좋을 듯싶고—안에 들어가 살아갈 거주자가 집 안팎을 직접 건축하면 장식 따위는 저절로 해결되리라는 사실을 간과하는 처사다. 도대체 이성적인 사람이라면 누가 장식은 단지 외적인 요소이며 오직 껍데기에 불과하다고 생각해서—브로드웨이 주민들이 트리니티 교회를 지을 때 건축업자에게 하청을 주었듯

※   Novem vestitores fecerunt me hominem, 지금은 거의 사용하지 않지만 한때는 문학작품에 자주 인용되는 라틴어 속담이었음.

이, 거북의 점박이 등딱지나 조개의 영롱한 자개 빛깔을 남에게 주문하여 구했다고 믿겠는가? 그러나 거북과 등딱지 사이에 아무 연관성이 없듯 사람과 건축물의 양식 사이에도 아무런 관계가 없으며, 병사가 아무리 할 일이 없다고 해도 자신이 갖춘 미덕의 색깔을 그대로 깃발에 그려 넣지는 않을 것이다. 그랬다가는 적에게 자신의 정체를 들키고 만다. 그는 시련이 닥치면 파랗게 질리고 말리라. 내가 생각하기에 그 건축가는, 처마돌림띠 너머로 슬그머니 눈치를 살피며, 교양은 없지만 사실상 진실을 더 잘 아는 거주자들을 반쪽짜리 진실로 속이려는 듯 보인다. 지금 내가 이해하는 건축의 아름다움이란 내면에서 바깥으로 차근차근 자라며 나타나는 속성으로서, 유일한 참된 건축가인 거주자 자신의 여러 필요성과 성격으로부터 탄생하여―외양은 전혀 고려하지 않은 채 어떤 무의식적인 진실성과 고결함으로부터 기원하며, 여기에서 필연적으로 파생하는 이런 종류의 추가적인 모든 아름다움은 그와 비슷한 삶의 무의식적인 아름다움으로부터 연유한다. 화가들이라면 잘 알겠지만, 이 나라에서 가장 흥미로운 주택들은 흔히 가난한 사람들이 사는 통나무집과 오두막처럼 전혀 꾸밈이 없고 소박한 처소여서, 그런 곳을 한 폭의 그림처럼 만드는 면모들이란 온갖 특이한 외관이 아니라 그 집을 껍데기로 삼아 살아가는 거주자의 삶 자체이며, 도시인이 교외에 마련하는 허름한 별장 또한 주인의 소박한 상상력을 만족스럽게 그대로 반영하고 건물의 양식에 가능한 한 신경을 쓰지 않을 때는 마찬가지로 관심을 끄는 효과를 낸다. 건축의 장식은 상당한 부분이 흔히 말하듯 속이 빈 것이어서, 9월에 강풍이 불어 닥치기라도 하면 실체는 건드리지도 않은 채, 보기 좋으라고 가짜로 붙인 깃털처럼 흔적도 없이 사라진다. 지하실에 올리브나 포도주를 저장해놓지 못한 사람들이라면 '건축'이라는 개념은 관심조차 없다. 만약 문학에서 문체의 장식적인 요소를 놓고 이런 법석이 벌어진다면, 또는 성당을 짓는 건축가들이 처마돌림띠를 장식하는 데 들이는 시간처럼 성경을 집필하는 사람들이 구조 때문에 많은 시간 낭비를 했다면 어떻게 되었을까? 이른바 '순수문학'과 '순수예술', 그리고 그것을 가르치는 교수들은 그렇게 해서 생겨난 부산물들이다. 사람들은 기둥 몇 개를 머리 위로 비스듬히 올리거나 어떻게 바닥에 깔아야 좋겠는지, 또는 그가 사는 집의 지붕에 무슨 색을 칠한 것인지를 놓고 한심하게 많은 신경을 쓴다. 어떤 진지한 인식에 따라서이건 거주자가 제 손으로 기둥을 비스듬히 얹거나 무슨 칠을 한다면 어느 정도는 의미가 있겠지만, 주인의 정신이 사라진 다음에 남의 손으로 이루어지는 일이라면 그것은 자신의 관을 짜는 작업의 일부나 마찬가지여서—무덤의 건축가인 '목수'는 '관을 짜는 사람'이라는 뜻이 되고 만다. 어떤 사람이 절망에 빠졌거나 삶의 의욕을 잃은 나머지, 그대의 발밑에서 흙을 한 줌을 집어 주면서 그것과 같은 빛깔로 집을 칠하라고 권했다는 가정을 가정하자. 그는 자기가 마지막을 보낼 비좁은 집을 생각하고 있을까? 이왕이면 동전 한 닢*마저 던져줘야 격이 맞겠다. 참으로 무던히도 할 일이 없는 사람인 모양이다. 흙 한 줌은 도대체 무엇 하려고 집어 드

＊　저승으로 가는 망자에게 주는 노잣돈.

는가? 차라리 그대의 얼굴 빛깔로 칠해놓으면, 주인을 대신해서 집이 낯을 붉히거나 파랗게 질리는 수고라도 해줄 텐데 말이다. 오두막의 건축양식을 개량할 계획이라니! 혹시 누군가 나한테 어울리는 장식을 준비해준다면야 마다하지 않고 받기는 하겠다.

겨울이 닥치기 전에 나는 굴뚝을 세웠고, 이미 비가 새지 않도록 손질을 해놓은 벽에는 통나무에서 초벌로 벗겨내어 물기가 많은 울퉁불퉁한 널빤지를 매끈하게 대패로 다듬어 붙였다.

그렇게 해서 나는 널빤지를 촘촘히 붙이고 회반죽을 발라 완성한 집을 한 채 갖게 되었는데, 폭이 3미터에 길이는 5미터이며 기둥 높이가 2.5미터였고, 다락과 벽장을 갖추고, 사방으로 커다란 유리창을 하나씩 냈고, 밑으로 내려가는 바닥문이 두 개에 출입문은 한쪽 끝에 달았으며, 그 맞은편에 벽돌 벽난로를 들였다. 집을 짓느라고 들어간 정확한 비용은, 모든 작업을 내 손으로 했기 때문에 인건비를 제외하고, 사용한 자재에 대해서는 통상적인 시세를 적용하면 다음과 같은데, 이렇게 내가 자세한 내역을 밝히는 까닭은 집을 짓는 데 들어가는 비용을 정확히 아는 사람이 아주 드물고, 갖가지 자재의 비용까지 구체적으로 아는 사람은 더욱 드물기 때문이다.

널빤지	8달러 3.5센트	대부분 판잣집에서 조달
지붕과 벽의 판자	4달러	
윗가지	1달러 25센트	
중고품 유리창 2개	2달러 43센트	
헌 벽돌 1,000장	4달러	

석회 2통	2달러 40센트	비싼 가격이었음
말총과 머리카락	31센트	너무 많이 샀음
벽난로 부지깽이 걸쇠	15센트	
못	3달러 90센트	
경첩과 나사	14센트	
빗장	10센트	
분필	1센트	
운반비	1달러 40센트	대부분 내가 직접 날랐음
합계	28달러 12.5센트	

이것이 내가 집을 짓는 데 사용한 재료의 전부이며, 내가 임시로 점유한 땅에서 채취한 목재와 돌과 모래는 목록에 포함하지 않았다. 나는 집을 짓고 남은 재료를 이용해서 오두막 바로 옆에 붙여 작은 헛간도 하나 지었다.

현재 소유한 집과 마찬가지로 마음에 들고 건축비도 그보다 더 많이 들지만 않는다면 나는 웅장함과 호화로움에 있어서 누구에게도 지지 않을 그런 건물을 하나 콩코드 한복판에 당당하게 지어볼 작정이다.

그리하여 나는 안식처를 원하는 학생이 있다면 그가 해마다 내는 집세를 초과하지 않는 정도의 비용으로 평생 기거할 집을 마련하는 요령을 알게 되었다. 혹시 내가 황당하게 큰소리를 친다고 여겨질지 모르겠지만, 그것은 나 자신보다는 인류를 대신하여 외치는 호언장담이라고 변명하고 싶으며, 나의 여러 결함과 모순성은 내 말에 담긴 진실성에는 전혀 영향을 미치지 않는다. 나의 천성으로부터 분리하기가 어렵다고 자인하는 허물이어서, 어느 누구 못지않게 스스로 유감이라고 생각하는 바이지만—허풍과 위선이 심한 기질이 있기는 할지언정 나는, 그래야만 정신적으로나 육체적으로 체질에 맞을 듯싶어서, 이런 면에서만큼은 자유롭게 생각을 표현하고 과장도 마다하지 않을 마음이며, 겸손함이라는 미명하에 악마의 대변인이 될 생각은 추호도 없다. 나는 진실의 편에서 참된 말을 하도록 노력하고 싶다. 케임브리지 대학에서는 내 방보다 조금밖에 더 크지 않은 공간을 사용하는 학생들로부터 1년에 30달러의 방세를 받아내는데, 학교 당국은 한 지붕 밑에 서른두 개의 방을 나란히 지어 이득을 챙기는 반면에, 입주자는 시끄러운 여러 이웃 학생들 때문에 불편을 감수해야 하며, 자칫했다가는 4층에 방을 배정받을지도 모른다. 우리가 이런 부분에서 보다 참된 지혜를 발휘하기만 한다면, 사람들은 이미 습득한 바가 정말이지 많기 때문에 교육을 받아야 할 필요성은 줄어들겠고, 교육을 받는 데 들어가는 금전적인 비용 또한 상당히 줄어들리라는 생각을 나는 떨쳐버릴 수가 없다. 케임브리지나 어느 다른 곳에서 학생들이 필요로 하는 그런 갖가지 편의를 위해 치르는 비용은 학생과 경영자 양쪽이 함께 제대로 관리했을 경우에 감당해야 하는 부담보다 10배나 무거운 삶의 희생을 강요하는 실정이다. 돈이 가장 많이 들어가는 사항들은 학생들이 가장 원하는 대상이 절대로 아니다. 예를 들어 수업료는 학비 가운데 중요한 몫을 차지하지만, 학생들이 가장 교양 있는 동시대인들과 교류하면서 얻는 훨씬 소중한 교육은 무상으로 이루어진다. 대학을 설립하는 일반적인 방법은 몇 달러나 몇 센트씩 기부금을 모은 다음, 노동의 분업에 관한 원칙들을 물불을 가리지 않고 극단적으로 적용해야 하는데, 그런 원칙은 사실 용의주도한 관리를 하기 전에는 절대로 따라서는 안 되건만—어쨌든 다음에는 이런 일을 돈벌이 사업으로 삼는 건축업자를 부르고, 그러면 그는 실제로 기초공사를 맡아야 할 아일랜드 사람들이나 다른 노동자들을 고용하며, 그러는 사이에 입학하려는 지망생들에게는 대학의 요구 사항들을 충족시키라는 통고를 하게 되는데, 이런 허술한 과정들 때문에 다음 세대들이 두고두고 부담을 떠맡게 된다. 나는 대학으로부터 혜택을 받고자 하는 사람들이나 학생들이 직접 기초공사를 맡으면 이보다는 사정이 좋아지리라고 생각한다. 인간에게 반드시 필요한 어떤 노동을 교묘히 피함으로써 학생이 달콤한 여가와 휴식을 누린다면, 그가 얻은 여유는 비열하고 무익한 것이어서, 오직 그 자체만으로 여가를 가치 있게 만드는 경험을 자신에게서 스스로 편취하는 행위와 다름이 없다. "그러면 학생들더러 머리 대신 두 손을 쓰며 노동을 해야 옳다는 뜻인가요?"라고 누군가 따지리라. 정확히 따지자면 내 말은 그런 의미가 아니지만 그와 비슷한 오해를 살 여지를 어느 정도는 감안해야 할 듯싶은데, 그러나 내가 진심으로 하려던 얘기는 이렇게 비싼 돈이 들어가는 놀이의 비용을 공동체가 대신 내준다고 해서, 학생들이 그냥 인생을 놀이나 공부라고만 여기지 말고, 처음부터 끝까지 진지하게 '살아보라'는 뜻이다. 지금 당장 인생살이를 시도해보는 실험보다 젊은이들이 어떤 방법으로 삶을 더 잘 배우겠는가? 내 생각으로는 그것이 수학 못지 않게 그들의 머리를 단련시킬 듯싶다. 예를 들어 어느 청년으로 하여금 예술과 과학에 대하여 무엇인지를 배우도록 가르치고 싶다면, 나는 그를 어떤 교수가 사는 동네로 그냥 보내는 식의 평범한 방법은 쓰고 싶지 않으니, 그런 곳에서는 살아가는 기술과 전혀 관련이 없는 이론과 실천만을 교육하겠고―육안으로가 아니라 망원경이나 현미경으로 세상을 관찰하도록 가르치는가 하면, 화학은 공부해도 빵을 만드는 법은 가르치지 않고, 역학은 가르쳐도 밥벌이를 하는 방법은 알려주지 못하고, 해왕성의 새로운 달들을 발견하기는 할지언정 제 눈의 티끌은 찾지 못하는가 하면, 자기가 지금 어떤 불한당의 졸개 노릇을 하고 있는지, 그래서 사방에 우글거리는 괴물들에게 자신이 언제 잡아먹힐지는 알지 못하면서, 식초 한 방울 속에서 우글거리는 괴물들만 연구한다. 필요에 따라 관련 서적을 찾아 부지런히 읽어가며 자신이 직접 캐낸 광석을 녹여 사냥칼을 만드는 청년과―그러는 대신 연구소에서 금속공학 강의를 열심히 듣고는 아버지한테서 다용도 호주머니칼을 선물로 받은 청년―한 달이 흘러간 뒤에 그들 가운데 어느 쪽이 더 큰 발전을 이루었을까? 손을 베이는 실수를 더 잘 저지르는 쪽은 누구일까? 나는 내가 재학 중에 항해술 강의를 들었다는 사실을 대학으로부터 졸업할 때가 되어서야 얘기를 듣고 깜짝 놀랐는데!―솔직히 얘기해서, 항해술이라면 나는 단 한 번이나마 항구로 발걸음을 했더라면 훨씬 많은 지식을 얻었으리라는 생각이다. 가난한 학생까지도 정치경제학을 배우고 공부하지만, 철학과 동의어인 생활의 경제학은 미국의 대학에서 진지하게 가르치지를 않는다. 그러한 결과로, 스미드와 리카르도와 세[*]를 읽는 동안 학생은 그의 아버지를 돌이킬 수가 없는 빚구덩이 속으로 몰아넣는다.

우리나라 여러 대학에서 벌어지는 현상들은 이른바 무수한 '현대적 발전'의 경우에도 그대로 적용되어서, 발전이라는 개념은 항상 긍정적인 면만 있는 것은 아니고, 차라리 망상이라고 해야 옳겠다. 악마는 초기에 투자한 지분과 뒤를 이어 지속적으로 수없이 여러 번 투입한 자금에 대하여 끝까지 복리로 몫을 챙겨나간다. 인간의 발명품들이란 심각한 현실에 대한 우리의 경계심을 흐려놓는 예쁜 장난감이다. 이런 것들은 개선되지 않은 목적을 달성하려고 열심히 개선한 수단에 지나지 않아서, 보스턴이나 뉴욕으로 가는 철도처럼, 아주 쉽게 목적지에 다다를 수 있는 방편들이다. 우리나라에서는 메인 주에서 텍사스 주까지 전신망을 구축하려고 굉장히 서두르지만, 메인과 텍사스는 전보를 쳐야 할 만큼 서로 주고받아야 할 중요한 사항이 없을지도 모른다. 귀가 먼 어느 저명한 부인과 만나기를 간절히 바랐건만 막상 만나서 나팔 보청기 한쪽을 손에 받아 쥐기는 했지만 정작 하고 싶은 말이 없어 당황했다는 남자의 경우처럼, 메인과 텍사스는 소통할 내용이 없어서 곤경에 빠지고 만다. 전보의 주요 목적은 말을 조리 있게 전달하는 것이 아니라 빠

---

[*] 유명한 3대 경제학자로 영국의 애덤 스미드(Adam Smith, 1723-1790)와 데이빗 리카도(David Ricardo, 1772-1823), 그리고 프랑스의 장-바티스트 세(Jean-Baptiste Say, 1767-1832).

른 속도로 전하자는 논리가 고작이다. 우리는 대서양에 해저케이블을 깔아서 유럽 구세계와 아메리카 신세계의 통신 거리를 몇 주일 당기려고 열을 올리지만, 아마도 호기심이 가득한 미국인들의 팔랑귀로 전해질 첫 소식은 기껏해야 아들레이드 공주*가 백일해에 걸렸다는 내용 정도일 듯싶다. 어쨌든 1분에 1.5킬로미터를 달리는 말을 타고 오는 사람이라고 해서 꼭 가장 중요한 소식을 전해주는 인물은 아니어서, 그는 복음 전도자도 아니고, 메뚜기와 석청을 먹으며 오는 예언자**도 아니다. 나는 '날아다니는 귀공자'***가 옥수수 한 알이라도 방앗간으로 나른 적이 있으리라고는 믿지 않는다.

누군가 나한테 말하기를 "보아하니 자네는 돈을 모으려는 욕심이 없는 모양인데, 여행을 좋아하는 자네이고 보니, 오늘이라도 당장 돈을 쓰며 차편을 이용하여 휫츠버그로 가서 시골 구경을 하면 좋지 않겠는가."라고 했다. 하지만 나는 그렇게 할 정도로 어리석은 사람이 아니다. 가장 빠른 여행자는 걸어서 가는 사람이다. 나는 친구에게 제안했다. 누가 먼저 그곳에 도착하겠는지 알아보자. 거리는 50킬로미터 정도이고, 차비는 90센트다. 그 돈이라면 거의 하루 품삯에 해당한다. 바로 그 길에서 일하던 노동자들의 품삯이 한때는 60센트였다. 그러니까, 나는 한 주일 내내 그런 속도로 여행한 경험이 있기 때문에, 지금 내가 걸어서 출발한다면 날이 저물기

---

* 프랑스 루이 필립 왕의 누이.
** 세례자 요한을 뜻함. 「마태오복음」 3장 4절.
*** Flying Childers, 18세기 영국의 유명한 경마.

전에 넉넉히 그곳에 다다르게 된다. 그러는 사이에 자네는 우선 차비를 벌어야 할 테니, 내일쯤에나 목적지에 이르겠고, 운이 좋아서 때맞춰 일자리를 구하더라도 오늘밤에나 도착이 가능하겠다. 자네는 핏츠버그로 가는 대신 여기서 일을 하느라고 하루를 거의 다 보내리라. 그렇기 때문에, 기차가 지구를 한 바퀴 돌아봤자, 나는 항상 자네보다 앞서 가겠고, 시골 구경을 하는 그런 경험을 따지자고 덤비면, 더 이상 말이 통하지 않아 나는 자네와의 친분을 완전히 끊어야 옳겠다는 생각이다.

어느 누구도 무시하면 안 되는 보편적인 법칙이 그러하고, 그래서 철도를 놓고 따져봤자 모든 주장이 50보 100보다. 세계 곳곳에 철도를 놓아 인류 전체가 이용한다고 해봤자 지구의 표면 전체에 걸쳐 땅고르기를 하는 짓과 다를 바가 없다. 사람들은 이렇게 공동 자본과 삽질에 의한 활동을 계속하기만 한다면 언젠가는 모든 사람이 짧은 시간 안에 거의 공짜로 어디든 가게 되리라는 막연한 생각을 하지만, 막상 무리를 지어 정거장에 몰려들고 차장이 '발차!'를 외치고 나서, 화통의 연기가 걷히고 수증기가 물방울로 맺혀 가라앉은 뒤에 보면, 정작 열차에 탄 손님은 몇 명 되지 않고, 나머지는 기차에 치였다는 사실이 밝혀지겠는데―그러면 세상은 그것을 '구슬픈 사고'라 부르겠고, 사실 그 표현은 맞는 말이다. 차비를 넉넉히 벌어놓은 사람, 그러니까 그만큼 오래 살아남은 사람이라면 마침내 틀림없이 기차를 타게 되겠지만, 그때쯤이면 아마도 거동이 불편하여 여행하고 싶은 의욕이 사라진 다음이겠다. 이처럼 인생의 가치가 최하로 전락한 노년기에 신통치 않은 자유를 누리기 위해 돈을 벌겠다고 인생의 가장 좋은 시기를 낭비하는 사람을 보면, 훗날 고국으로 돌아가 시인으로서의 인생을 살기 위해 우선 돈부터 벌어야 한다고 인도로 떠났다는 어느 영국인이 생각난다. 그는 애초에 당장 다락방으로 올라갔어야 했다. "무슨 소리냐?" 백만 명의 아일랜드 노동자들은 이 땅의 방방곡곡 수많은 판잣집에서 벌떡 일어나 외친다. "우리들이 건설해놓은 이 철도가 훌륭하지 않다는 말인가?" 그러면 나는 이렇게 대답하겠다. 그렇다. 그대들은 이보다 더 가치가 없는 일을 하지는 않았으니까 상대적으로는 훌륭한 편이지만, 내 형제나 마찬가지인 그대들에게 바라건대, 이런 땅파기보다는 훨씬 훌륭한 어떤 일을 하면서 시간을 보내야 더 좋겠다는 생각이다.

* * *

집 짓는 일을 끝마치기 전에, 나는 예상치 않았던 지출을 충당하기 위해, 정직하고 마음에 드는 방법으로 10달러나 12달러쯤 벌어야 되겠다는 생각에, 집 근처 1만 평방미터 정도 되는 푸석푸석한 모래땅을 밭으로 가꾸어 주로 콩을 심었고, 한쪽 귀퉁이에는 감자와 옥수수와 완두콩과 무의 씨를 뿌렸다. 소나무와 호두나무가 자생하던 토지는 전체가 4만 평방미터 정도였으며, 얼마 전에 39달러 30센트에 팔린 땅이었다. 어떤 농부에게는 그곳이 "찍찍거리는 다람쥐를 키운다면 몰라도, 그밖에는 아무 짝에도 쓸모가 없는 땅"이었다. 나는 땅주인이 아니고 잠깐 빌려 쓰는 처지일 따름이어서, 이 땅에 어떤 종류의 거름도 주지 않았고, 내년에 다시 그렇게까지 많이 경작할 계획은 없었기 때문에 밭갈이를 한꺼번에 다 해치우지도 않았다. 나는 밭을 일구는 과정에서 그루터기와 굵은 뿌리를 여럿 캐내어 오랫동안 땔감으로 썼으며, 그루터기를 캐낸 자리는 작고 둥근 처녀지가 되어, 여름철에는 그곳에 심은 콩이 무성하게 잘 자라나는 바람에 유난히 눈에 잘 띄는 표지가 되었다. 집 뒤편의 죽은 나무들은 대부분 팔아먹지 못할 상태여서, 호숫가로 떠내려온 부목과 함께 모자라는 땔감으로 충당했다. 밭갈이를 할 때는 쟁기를 내가 직접 잡기는 했지만, 그래도 소 한 쌍과 인부 한 사람을 고용해야 했다. 농기구, 씨앗, 품삯 등으로 첫해의 밭경작을 위해 지출한 금액은 14달러 72.5센트였다. 옥수수 씨앗은 공짜로 얻었다. 남을 정도로 많이 심지만 않는다면 씨앗값은 별로 큰 문제가 되지 않는다. 내가 거둔 수확은 콩이 12자루, 감자가 18자루에, 약간의 완두콩과 사탕옥수수였다. 노랑옥수수와 무는 철을 놓치는 바람에 별다른 수확을 거두지 못했다. 그리하여 내가 농사에서 얻은 총수입은

    23달러 44센트였고

지출 14달러 72.5센트를 제하니

    8달러 71.5센트가 남았으며,

뿐만 아니라 그동안 내가 먹어 없앴거나 이 계산을 할 당시에 수중에 남아 있던 농작물의 가치는 4달러 50센트 상당이었으니 — 내

손에 들어온 돈은 직접 키우지 않은 약간의 건초를 마련하는 데 들어간 비용을 충분히 감당하고도 남았다. 모든 사항을 고려해볼 때, 다시 말해서 인간의 영혼과 오늘이라는 시점의 중요성을 고려할 때, 내가 이 실험 때문에 보낸 시간이 짧았음에도 불구하고, 아니, 어쩌면 실험의 덧없고 무상한 속성 바로 그것 때문에, 나는 그해 콩코드의 어느 농부보다 더 좋은 결실을 얻었다고 생각한다.

이듬해에 나는 더 좋은 성과를 거두었으니, 내게 꼭 필요한 만큼의 땅인 1,500평방미터만 가래질을 했고, 두 해의 경험을 통해 터득한 바에 따라, 아더 영*을 위시한 여러 사람들의 유명한 경작 지침서를 맹목적으로 따르지 않고, 소박하게 살면서 자신이 재배한 농작물만 먹되 먹을 만큼만 경작하며, 사치스럽고 값비싼 물건들을 부족하더라도 조금이나마 장만하고 싶어서 작물과 교환하지만 않는다면, 작은 면적의 땅만 부쳐도 충분할 터여서, 그러면 소를 부려 밭갈이를 하기보다는 삽질만 해도 되니까 돈도 덜 들고, 묵은땅에 거름을 주기보다는 가끔 새 밭을 일구고, 필요한 모든 농사일은 여름에 틈나는 대로 한가하게 해도 되니까, 지금처럼 황소나 말이나 암소나 돼지의 힘을 빌리지 않아도 된다는 사실도 깨달았다. 나는 작금의 경제적 및 사회적 여러 제도의 성공이나 실패에는 아무런 관심이 없는 사람으로서, 이 점에 대해서 어떤 편견도 없이 견해를 피력하고 싶다. 내가 콩코드의 어느 농부보다도 독립적인 까닭은, 집이나 농장에 얽매이지 않은 채, 모든 순간에, 아주 비뚤어진 나의

✿   Arthur Young, 영국의 농경학자.

천성이 이끄는 대로 살아가기 때문이다. 나는 이미 그곳 농부들보다 훨씬 잘 살아갔을 뿐 아니라, 집이 불타버렸거나 농사에 실패했더라도, 전과 거의 다름없이 편안하게 살았을 듯싶다.

나는 사람이 가축의 주인이기는커녕 가축이 사람의 주인이며, 가축이 사람보다 훨씬 자유롭다는 생각을 자주 한다. 사람과 소는 서로 노동을 교환하지만, 필요한 일이 무엇인지만을 따지자면 소가 무척 유리한 입장처럼 여겨져서, 사람이 사는 농가보다 소들이 사는 농장이 훨씬 크다. 사람은 소의 노동에 대하여 여섯 주일 동안의 건초 작업 노동으로 보상하는데, 그것은 아이들 장난이 아니다. 모든 면에서 단순하게 살아가는 사람들의 나라, 다시 말해서 철학자들로 이루어진 나라는 동물의 노동력을 이용하는 그런 큰 실수는 절대로 지지르지 않는다. 물론 철학자들의 나라는 과거에 어디에도 없었고, 앞으로 가까운 장래에 생겨날 것 같지도 않으며, 그런 나라가 존재하는 것이 과연 바람직한지도 나는 잘 모르겠다. 어찌 되었건 적어도 나만큼은 내가 할 일을 대신 시키려고 길들이기 위해 소와 말을 키우며 밥 시중을 들다가 그냥 마부나 목동의 처지로 전락하고 싶지는 않고, 그렇게 함으로써 사회가 어떤 덕을 볼지는 모르겠지만, 한쪽이 이득을 보면 다른 한쪽이 손해를 봐야 하는 것은 아닌지, 그리고 마구간에서 일하는 아이가 과연 주인과 똑같이 만족할 만한 이유가 있는지를 누가 자신 있게 장담하겠는가? 어떤 공공사업이 이러한 도움을 받지 않고서는 이루어지지 못하리라고 가정하더라도, 그리고 그렇게 해서 얻은 영광을 인간이 소나 말과 함께 나누리라고 인정하더라도, 그런 경우에 훨씬 더 큰 보람을 느낄 만한 어떤 다른 일을 인간이 같은 시간에 혼자서 수행할 수는 없었을까? 사람들이 가축의 힘을 빌려 불필요하거나 예술적인 정도가 아니라 사치스럽고 하찮은 일까지 하기 시작하면, 소들이 맡아야 할 일을 소수의 인간이 대신 떠맡아서, 결과적으로 가장 강한 자들의 노예로 전락하는 위상의 변화가 불가피해진다. 그리하여 인간은 그가 키우는 짐승뿐 아니라, 그런 교환 방식을 상징적으로 해석한다면, 직접 키우지 않는 외부의 다른 짐승을 위해서도 일하게 된다. 비록 사람들은 벽돌이나 돌로 지은 훌륭한 집을 수많이 소유하기는 하지만, 농부가 누리는 번영의 정도는 그의 헛간이 집보다 얼마나 알찬지에 따라 좌우된다. 우리 마을은 주변의 어느 동네보다 황소와 암소와 말들을 위해 훨씬 큰 규모의 집을 지어 놓았고, 공공건물들의 규모도 어느 곳보다 뒤지지 않지만, 이 지역에서 자유롭게 예배하고 자유롭게 발언할 수 있는 회관은 별로 없다. 여러 민족이 그들의 족적을 남길 방법을 찾으려면 건축물을 짓는 대신 추상적 사고력의 힘을 동원해야 옳지 않겠는가? 『바가바드 기타』*는 폐허로 남은 동양의 어떤 유적보다도 훨씬 더 깊은 감탄을 자아낸다! 탑과 사원은 군주들의 사치품이다. 소박하고 자주적인 정신의 소유자는 군주의 명령을 따르느라고 고군분투하지는 않는다. 천재는 황제의 신하가 아니고, 아주 미미한 수준이라면 모르

＊　힌두교의 경전으로 『스리마드 바가바드 기타(Śrimad bhagavadgitā)』 또는 약칭 '기타'라고 하며, 산스크리트어로 지고자(至高者) 또는 '신의 노래'라는 뜻이다. 기원전 2세기에서 기원후 5세기 사이에 집대성되었다.

겠지만, 권력자가 소유하는 은이나 금이나 대리석 같은 건축 재료 노릇을 하지 않는다. 정말이지 어떤 목적을 위해 그렇게 많은 돌을 사람들이 쇠메로 두들겨 깨트리는가? 아르카디아*를 찾아갔을 때 나는 돌을 부수는 광경을 한 번도 보지 못했다. 망치로 깨트린 바위가 남기는 부스러기의 양을 가지고 그들 자신에 대한 기억을 영구화하려는 미친 야망에 사로잡힌 민족은 하나둘이 아니다. 그런 노고를 차라리 그들의 품격을 닦고 다듬는 데 바쳤다면 어땠을까? 달나라까지 높이 쌓아올린 기념비보다는 한 조각의 건전한 인식이 훨씬 더 오랫동안 기억될 자산이다. 나는 바위들이 차라리 그냥 제자리에 남아 있기를 바란다. 테베의 웅장함은 천박한 웅장함이었다. 인생의 참다운 목적으로부터 멀어져간 테베를 둘러싼 백 개의 성문보다는 어느 정직한 사람의 밭을 둘러싼 한 자의 돌담이 훨씬 쓸 만한 구조물이다. 야만적인 이교도의 종교와 문명은 화려한 신전을 짓지만, 사람들이 기독교라고 부르는 종교만큼은 그러지 않는다. 한 민족이 다듬는 돌의 대부분이 오직 그들의 무덤을 짓는 데만 사용된다. 바위가 스스로 생매장을 당하는 셈이다. 피라밋으로 말하자면, 그 자체는 우리들이 감탄할 만한 이유가 전혀 없으니, 어느 야심찬 바보의 무덤을 건설하느라고 그렇게 많은 사람들이 평생을 바쳐야 하는 비굴함에 시달리기보다는, 차라리 어리석은 자가

* Arcadia 또는 Arkadhia. 그리스 펠로폰네소스 반도 중앙부에 위치한 주(州)로서, 고대 아르카디아는 사방이 높은 산과 강과 협곡으로 둘러싸여 언어·문화적으로 고립된 섬과 같아서 목가적 이상향이었다고 알려졌다.

스스로 나일 강에 빠져 죽어서, 그의 시체를 개들에게 먹이로 주게 하는 편이 훨씬 현명하고 사나이다운 처사였으리라. 피라밋 인부들과 어리석은 자를 옹호하기 위해 무슨 변명인가를 지어낼 수도 있겠지만, 나에게는 그럴 시간이 없다. 건축가들의 신념과 예술에 대한 사랑을 따져보자면, 이집트의 신전을 짓든 미국은행*을 짓든 사정은 세계 어디를 가나 다 비슷하다. 완성된 건물의 가치보다는 건축하는 데 들어가는 비용이 더 비싸다. 근본 원인은 허영심이고, 실속을 차리려는 욕심도 한몫을 거든다. 장래가 촉망되는 젊은 건축가 밸컴 씨는 비트루비우스**의 저서 뒷장에 딱딱한 연필과 자로 설계도를 그리고, 그런 다음에는 돕슨 일가(Dobson & Sons)가 운영하는 석재상에게 일이 넘어간다. 3천년의 세월이 그 건축물을 내려다보기 시작할 때***, 인류는 그것을 우러러보기 시작한다. 높은 탑과 기념비에 대하여 한마디 하자면, 중국에 도달할 때까지 땅굴을 파내려가려는 작업에 착수했던 미치광이가 언젠가 우리 마을에 살았다는데, 그는 중국의 솥과 주전자들이 딸그락거리는 소리가 들리는 곳까지 도달했노라고 큰소리를 쳤지만, 나는 그가 파놓은 구덩이를 구경하려고 일부러 틈을 내어 찾아갈 생각이 별로 없다. 많은 사람들이 동양과 서양의 기념비들에 관심을 보이고 — 누가 그것들

---

* the Bank of the United States, 국채 판매를 위해 1791년에 설립했다가 1811년에 문을 닫음.

** Marcus Vitruvius Pollio, 고전 『건축론(De Architectura)』을 남긴 로마의 건축가.

*** 소로우가 좋아했던 나폴레옹이 피라밋 앞에서 부하 병사들에게 4천년의 세월이 굽어보고 그들을 잊지 않으리라고 했다는 말을 인용했다고 믿어짐.

을 세웠는지 알고 싶어 한다. 나로서는 그 시대에 기념물을 세운 사람들보다는—그런 하찮은 공사 따위는 초월한 사람이 누구였는지가 더 알고 싶다. 하지만 내가 준비한 통계자료부터 살펴보기로 하자.

나는 내 손가락 수만큼이나 많은 직업에 종사해온 덕택에, 그 동안에도 마을에서 측량사와 목수 노릇뿐 아니라 그 밖에도 여러 가지 다양한 막일을 해서 13달러 34센트를 벌었다. 나는 월든에서 2년 넘게 살았는데, 7월 4일부터 이 계산서를 작성할 즈음인 이듬해 3월 1일까지 8개월 동안의 식비는—내가 직접 재배한 감자와, 약간의 푸른 옥수수와, 소량의 완두콩은 포함하지 않고, 마지막 날까지 내 수중에 남은 식량 역시 값을 따지지 않기로 하면, 이러하다.

쌀 ································· 1달러 73.5센트

당밀 ································ 1달러 73센트(가장 저렴한 종류의 사카린)

호밀 가루 ···················· 1달러 4.75센트

옥수수 가루 ··············· 99.75센트(호밀보다 저렴함)

돼지고기 ····················· 22센트

이하 항목은 모두 실험에 실패했음

밀가루 ························· 88센트(들어간 노고를 고려하면 옥수수 가루보
　　　　　　　　　　　다 비쌈)

설탕 ···························· 80센트

돼지기름	65센트
사과	25센트
말린 사과	22센트
고구마	10센트
호박 1개	6센트
수박 1개	2센트
소금	3센트

그렇다. 나는 통틀어 8달러 74센트를 식비로 썼지만, 내가 얼굴을 붉히지 않으면서 이렇게 내 죄를 밝히는 까닭은 독자들 대부분이 나와 같은 약점을 지녔으며, 글로 일단 적어놓으면 그들의 행적이 나보다 나을 바가 없으리라는 사실을 알기 때문이다. 이듬해에 나는 가끔 물고기를 잔뜩 잡아서 저녁으로 먹었고, 심지어 언젠가는 내 콩밭을 망쳐놓은 마멋 한 마리를 잡아 죽여서는―몽골의 달단족(韃靼族)이 말하는 윤회를 어설프게나마 실행해보겠다는 뜻에서―먹어보기까지 했는데, 사향 같은 맛이 났음에도 불구하고 잠시나마 즐거움을 맛보았으나, 여러 마리를 마을 푸줏간에 맡겨서 손질을 잘한다 해도 오랫동안 두고 먹기에는 좋지 않으리라는 생각이 들었다.

비록 이 항목에 올릴 내용이 거의 없기는 하지만, 같은 기간의 피복비와 그 밖의 자질구레한 비용은

8달러 40.75센트였고,

석유와 살림 도구 장만에는　　　2달러가 들었다.

　　대부분 외부에 맡겼지만 아직 청구서를 받지 못한 옷 수선과 세탁 비용을 제외하고 내가 지출한 총금액은 다음과 같은데—이런 내역은 이 지역에 사는 사람들이 부득이하게 지출해야 하는 일반적인 비용을 초과하는 규모다.

집	28달러 12.5센트
1년 치 농사 비용	14달러 72.5센트
8개월 치 식비	8달러 74센트
8개월 치 피복비 및 기타	8달러 40.75센트
8개월 치 등유 및 기타	2달러
합계	61달러 99.75센트

　　이제는 스스로 생계비를 벌어야 하는 독자들에게 알려주고 싶은 얘기를 하겠다. 위의 지출을 충당하기 위해 농작물을 팔아서 번 돈은

	23달러 44센트였고
노동으로 번 돈은	13달러 34센트였으니
합계	36달러 78센트이니,

지출 총액에서 이 금액을 제하고 나면 25달러 21.75센트가 부족하게 되지만—이것은 내가 숲에 들어갈 때 준비한 자금과 거의 비슷한 금액이어서, 훗날 발생할 경비의 규모를 가늠하는 척도가 되겠고—어쨌든 나는 여가와 자립과 건강을 얻었을 뿐 아니라, 내가 거주하기를 원하는 한 언제까지나 사용해도 되는 안락한 집을 한 채 얻었다.

　　이 통계 자료는, 얼핏 보기에 단편적이어서 별다른 정보의 가치가 없어 보일지 모르겠지만, 나름대로 완벽하게 작성되었으니 어느 정도의 도움은 제공하리라고 믿는다. 내가 사람들에게서 받은 모든 물품에 대하여 언급을 빠트린 사항은 하나도 없다. 앞에서 서술한 계산에 따르면, 식비로만 내가 쓴 돈은 한 주일에 27센트가 들어갔다. 그로부터 거의 2년 동안 나는 효모를 넣지 않은 호밀 가루와 옥수수 가루, 감자, 쌀, 소금에 절인 돼지고기 아주 조금, 당밀, 소금, 그리고 마실 물만 가지고 살았다. 인도의 철학을 무척이나 좋아하던 나로서는 쌀을 주식으로 삼았다는 사실이 당연하기 짝이 없는 일이이었다. 트집 잡기를 상습적으로 좋아하는 몇몇 사람들의 시비에 대비하는 목적으로, 나는 가끔 외식을 했다는 사실을 밝혀 두는 편이 좋을 듯싶은데, 늘 그랬으며 앞으로도 다시 그럴 기회가 생길 터이지만, 그런 행사는 늘 가계에 부담이 되었다. 하지만 이미 밝혔듯이 외식이 나에게는 일상의 일부가 되었기 때문에, 이런 상대적인 회계 보고에는 아무런 영향을 미치지 않겠다.

　　내가 2년 동안의 경험에서 터득한 바로는, 이런 지대에서일지언정 믿기 어려울 정도로 아주 적은 노력만으로 필요한 식량을 구하기가 어렵지 않으며, 사람이 동물처럼 간단한 식사를 하더라도 체력과 건강을 유지하는 데 아무런 문제가 없었다. 나는 옥수수밭에서 뜯은 쇠비름(Portulaca oleracea) 한 그릇을 데쳐서 소금으로 무쳐 만족스러운 식사를 여러 차례나 마련했다. 내가 구태여 쇠비름의 라틴어 학명을 밝힌 이유는 초라한 이름에 비해 맛이 워낙 훌륭했기 때문이다. 그리고 사리판단이 분명한 사람이라면, 평화로운 시절의 평범한 한낮에, 싱싱한 사탕옥수수 꼬투리를 잔뜩 따다가 삶아서 소금을 뿌려 먹는 점심 식사를 마다하고 무엇을 더 바라겠는가? 그나마 내가 음식에 약간의 변화를 준 까닭은 건강을 위해서가 아니라 입맛의 요구에 굴복했던 탓이다. 그럼에도 사람들이 종종 굶어 죽을 지경에 이르는 원인은 필요한 양식이 부족해서가 아니라 사치스러운 먹을거리를 탐내기 때문이건만, 내가 아는 어떤 고명한 여인은 아들이 물만 마셨기 때문에 죽음에 이르렀다고 우긴다.

독자는 내가 이 문제를 식생활보다는 경제적 관점에서 다루고 있다는 점을 눈치 챘을 테니까, 식료품 저장실에 고기를 미리 가득 채워놓기 전에는 나처럼 절제하는 생활 방식은 감히 시도하지 않으리라.

순전히 옥수수 가루에 소금만 조금 넣어서 내가 처음 만든 빵은 진짜 괭이빵*이었으며, 집을 짓느라고 통나무를 잘라내고 남은 끄트머리 토막이나 찌꺼기 나무 기와로 집밖에서 지핀 불 위에 반죽을 얹어 익힌 탓으로 빵에서는 걸핏하면 연기가 배어서 소나무 냄새

✿   hoe-cake, 괭이의 넓적한 날을 모닥불에 달궈 구워낸 빵.

가 나고는 했다. 나는 밀가루 빵도 만들어보았지만, 결국 호밀 가루와 옥수수 가루를 섞어서 구운 빵이 가장 만들기가 쉽고 맛 또한 괜찮았다. 추운 날씨에는 달걀을 이리저리 굴려가며 부화시키느라고 공을 들이는 이집트 사람처럼 적은 덩어리 여러 개를 계속해서 구워내는 재미가 여간 쏠쏠하지 않았다. 이 빵들은 내가 직접 키워낸 곡물의 결실이었고, 냄새 또한 나에게는 고귀한 어느 과일 못지않게 향기로워서, 그 향기를 최대한 오래 간직하기 위해 천으로 빵들을 싸서 보관했다. 나는 고대로부터 전해 내려왔으며 우리의 삶에서 필수불가결한 빵 굽기 기술을 알아보느라고, 널리 알려진 권위 있는 자료들을 참고하면서, 효모를 넣지 않은 최초의 빵이 만들어진 원시시대까지 거슬러 올라가 확인해보았는데, 그때는 야생의 나무 열매와 살코기로부터 인류가 처음으로 부드럽고 세련된 형태의 음식을 만들기에 이르렀고, 차츰 후대로 내려와서는, 밀가루 반죽이 시큼해지는 현상으로부터 효모가 생기는 과정을 우연히 발견한 다음부터 빵을 발효시키는 여러 방법을 사람들이 찾아내어, 마침내 "달콤하고 맛이 좋고 건강에도 좋은" 생명의 주요 양식이 탄생한 연유를 파악하게 되었다. 어떤 사람들은 효모가 '빵의 혼'이라고 주장하는데, 세포 조직을 가득 채우는 그 '숨결(spiritus)'은 베스타의 불*처럼 오랫동안 신성하게 보존되었으며—내 생각에는 아마도 한 병 가득히 어디엔가 담았음직한—효모가 메이플라워호에 실려 신대륙으로 처음 건너와서는 아

※　로마 신화에서 벽난로와 불의 여신 베스타(Vesta)를 위해 영원히 밝히는 성스러운 불.

메리카에서 효능을 과시했고, 그 영향력은 전국에서 지금도 곡물의 거센 파도에 실려 치솟고, 확산되고, 퍼져 나가는데—이 종자 효모를 정기적으로 마을에 가서 꼬박꼬박 사오고는 하던 나는 어느 날 아침 사용법을 착각하여 효모를 태워버리고 말았는데, 우발적인 이 사고 덕분에 나는 효모 또한 반드시 필요한 것은 아니라는 사실을 깨닫게 되었고—나의 발견이 의도적인 분석과 종합의 과정에 의해서 이루어지지는 않았던 까닭으로—그때부터 나는 잘됐다 싶어서 빵을 만들 때 효모를 쓰지 않았지만, 대부분의 주부들은 효모 없이는 안전하고 몸에 좋은 빵을 만들기가 불가능하다고 열을 올려 나를 설득하려고 했으며, 노인들은 내 기력이 머지않아 쇠진하리라고 장담했다. 그렇지만 나는 효모가 반드시 필요한 재료가 아니라는 사실을 알았고, 효모 없이 1년을 살았지만 아직도 멀쩡하게 살아서 돌아다니며, 뿐만 아니라 효모를 담은 병을 귀찮게 가지고 다니지 않아도 되어서 마음이 가벼워졌으니—그것을 호주머니에 불룩하게 넣고 다니다 자칫 터져 내용물이 쏟아지기라도 하면 여간 성가신 일이 아니었다. 효모는 넣지 않는 편이 훨씬 간편하고 바람직하다. 인간은 온갖 기후와 주변 환경에 적응하는 능력이 어떤 동물보다도 뛰어나다. 또한 나는 어떤 탄산소다나 다른 산성 및 알칼리성 재료도 빵에 넣지 않았다. 따라서 내가 빵을 만드는 방법은 기원 전 2세기 마르쿠스 포르키우스 카토*가 권장한 요리법에 가깝다고 하겠다. "Panem depsticium sic facito. Manus mortariumque bene lavato. Farinam in mortarium

---

* Marcus Porcius Cato, 고대 로마의 농경학자이며 『농경론(De agricultra)』을 저술했음.

indito, aquæ paulatim addito, subigitoque pulchre. Ubi bene subegeris, defingito, coquitoque sub testu." 이것을 내 나름대로 번역하자면 — "빵 반죽을 만들 때는 이렇게 하라. 손과 반죽 그릇을 잘 씻는다. 그릇에 가루를 넣고, 조금씩 물을 천천히 부어가면서 정성껏 이긴다. 충분히 반죽이 차지게 빚어지면 모양을 만들어 뚜껑을 덮고 굽는다."라고 했는데, 그러니까 솥에 넣고 구워야 한다는 뜻이다. 효모에 대해서는 한마디도 하지 않았다. 나는 생명의 양식인 빵을 늘 먹는 것도 아니다. 한때는 지갑이 비어서 한 달이 넘도록 빵 구경을 못한 적도 있다.

　　뉴잉글랜드 주민들은 누구나 호밀과 옥수수의 고장인 이곳에서 자신들이 먹을 각종 빵의 재료를 재배하기가 어렵지 않으니까, 그런 먹을거리를 구하려고 가격이 변덕스러운 머나먼 곳의 시장에 의존하지 않아도 된다. 하지만 사람들이 단순하고 독립적인 삶에서 멀어져버린 탓에, 콩코드에는 신선하고 맛있는 식량을 파는 상점이 별로 없어졌고, 훨씬 거친 종류의 굵은 옥수수 가루나 통옥수수를 요리하려고 구하는 사람 또한 드물어졌다. 대부분의 농부는 자신이 생산한 곡식을 소나 돼지한테 먹이고, 자신은 그보다 몸에 좋지도 않으려니와 가격만 더 비싼 밀가루를 가게에서 사다 먹는다. 나는 내가 먹을 호밀이나 옥수수 한두 자루는 재배하기가 어렵지 않으리라는 사실을 알게 되었는데, 호밀은 가장 척박한 땅에서도 잘 자라고, 옥수수 또한 최고로 비옥한 땅에서만 재배할 필요가 없었으며, 그런 곡물을 맷돌에 갈아서 먹으면 쌀이나 돼지고기가 없어도 문제가 되지 않았고 — 혹시 진한 당분을 꼭 섭취해야 할 필요가 생길 경우에는 호박이나 사탕무로 아주 좋은 당밀을 만들면 된다는 요령은 실험을 통해서 알아냈고, 그보다 더 쉽게 당분을 얻으려면 사탕단풍나무 몇 그루를 심으면 그만이고, 그 나무들이 자라는 동안에는 앞에 언급한 것들 말고도 여러 가지 대용품을 이용하면 된다는 방법도 터득했다. "왜냐하면," 우리 조상들이 노래*했듯이 —

"호박과 설탕당근과 호두나무 부스러기로
입술을 달게 적셔줄 술을 빚으면 되니까."

마지막으로, 식료품 가운데 가장 하찮은 품목인 소금으로 말하자면, 이것을 구하기 위해서는 바닷가로 놀러가는 기회가 오기를 기다리면 그만이겠고, 아예 소금을 전혀 섭취하지 않고 지낸다면 아마도 물 또한 덜 마시게 될 것이다. 인디언들이 소금을 구하려고 고생했다는 얘기를 나는 한 번도 들어본 적이 없다.

따라서 나는 식량을 확보하기 위한 온갖 거래나 물물 교환의 번거로움을 피할 수가 있었으며, 거처는 이미 마련된 터여서 옷과 땔감 문제만 해결하면 그만이었다. 내가 지금 입고 다니는 바지를 구한 곳은 어느 농부의 집이었는데 — 인간에게 아직도 이토록 많은 능력이 남았다는 사실을 하늘에 감사해야 할 노릇이, 내 생각으로는 농부가 노동자로 몰락한 현상은 인간이 농부로 몰락한 과정**만큼

❀   미국의 판화가이자 역사학자인 존 워너 바버(John Warner Barber)의 『코네티컷 역사(Connecticut Historical Collections)』(1839)에서 인용.

❀❀   에덴동산에서 쫓겨난 아담이 먹고살기 위해 밭을 갈아야 했던 상황을 뜻하는 비유.

이나 중대하고 심각한 사건이었으며—여하튼 새로 개간한 땅에서는 떨감은 여전히 골칫거리로 남았다. 한편 거주할 땅의 문제는, 만일 나에게 임시 차용이 아직까지 허용되지 않았다면 4,000평방미터를 내가 경작하는 땅과 같은 가격으로—그러니까 8달러 8센트를 주고 매입하면 그만이었다. 하지만 현실적으로 따져볼 때, 내가 임시로 점유함으로써 이 땅의 가치가 오히려 올라갔다고 나는 생각한다.

세상에는 남의 말을 좀처럼 믿지 않는 어떤 특이한 부류의 사람들이 있는데, 그런 이들이 이따금 나더러 채식만 하며 살아가기가 가능하냐고 묻고는 하지만, 그러면 나는 워낙 그런 질문에 익숙하다 보니—모든 문제의 근본은 신념이 풀어낸다는 생각에—거침없이 문제의 근본을 파헤치기 위해, 나는 쇠못만 먹고 살아갈 자신이 있다고 받아치고는 한다. 그 말을 알아듣지 못하는 사람은 내가 무슨 말을 하더라도 별로 이해하지 못한다. 어느 젊은이가 두 주일 동안, 절구를 사용하지 않고 이빨만 써가면서, 속대에 붙은 딱딱한 날옥수수를 먹으며 버티는 실험을 했다던데, 나로서는 그런 종류의 실험들이 이루어졌다는 이야기를 들으면 기분이 좋아진다. 똑같은 실험을 해서 다람쥐 족속은 성공했다. 인류는 이런 실험에 관심을 보이기는 하나, 그런 도전을 할 기력이 없거나 재산 가운데 3분의 1을 제분소에 투자한 몇몇 노부인들로써는 기가 막혀 혀를 내두를 얘기다.

* * *

내가 사용한 가구를 꼽아보자면, 침대 하나, 탁자 하나, 책상 하나에, 의자가 셋, 지름이 10센티미터쯤 되는 거울 하나, 부젓가락과 장작 받침쇠 한 벌, 솥 하나, 냄비 하나, 번철 하나, 국자 하나, 세숫대야 하나, 포크와 나이프 두 벌, 접시 셋, 물잔 하나, 숟가락 하나, 기름 단지 하나, 당밀 단지 하나, 옻칠한 등잔 하나뿐이었는데, 일부는 내가 직접 만들었고 나머지는 돈이 한 푼도 들지 않았기 때문에 계산서에 포함하지 않았다. 호박을 깔고 앉아서 살아야만 할 만큼 가난한 사람은 없다. 그것은 주변머리가 없는 짓이다. 마을에 내려가면 집집마다 다락방에 내가 가장 좋아할 만한 의자들이 얼마든지 많아서, 그냥 가져오기만 하면 된다. 맙소사, 가구라니! 나는 가구점의 신세를 지지 않고도 앉거나 서서 시간을 보내는데 아무런 어려움을 느끼지 않는다. 거지의 알량한 재산을 방불한 빈 궤짝 몇 개를 가구랍시며 수레에 싣고 벌건 대낮에 남들의 시선에 노출된 채로 시골길을 올라가면서 부끄러워하지 않을 당연한 사람이 철학자 아니고는 누가 있겠는가? 저것은 스폴딩(Spauding's)의 고급 가구를 끌고 누가 지나간다. 수레에 실린 저런 짐만 보고는 그것이 소위 부잣집으로 가는 물건인지 아니면 가난한 집으로 실려 가려는지 나로서는 전혀 분간할 길이 없는데, 사실 저런 비싼 물건의 주인은 가난에 쪼들린 사람인 경우가 많기 때문이다. 사실상 저런 물건을 많이 가진 사람일수록 그만큼 더 가난하기가 십상이다. 수레 하나에 실린 짐짝은 판잣집 십여 채에서 쓸 물건들을 모아놓은 듯 보이는데, 오두막이 가난뱅이의 집이라고 한다면, 저 수레의 주인은 십여 채의 가난을 싣고 가는 셈이다. 묻겠나니. 생애의 마지막에 이르러 이 세상을 떠나 새로운 가구가 갖추어진 저 세상으로 가야 할 때는, 이승의 재산 따위는 다 태워버려야 하는데, 그와 마찬가지로 불필요한 껍데기를 벗어버리기 위해서가 아니라면 우리는 도대체 무엇 때문에 이사를 다니는가? 이 모든 덫을 인간이 허리띠에 주렁주렁 매달고 다니는 셈이라고 치면, 그가 험악한 고개를 넘어 아무리 멀리 가려고 한들, 우리들이 그의 허리띠를 옭아놓은 밧줄들이 당겨서—그의 덫이 당겨서, 그는 더 이상 앞으로 나아갈 수가 없다. 덫에 걸린 꼬리를 잘라내고 달아난 여우야말로 운이 좋은 녀석이다. 사향쥐는 자유의 몸이 되기 위해서라면 세 번째 다리[*]까지 물어뜯어 잘라버린다. 인간이 그런 유연성을 잃어버렸다는 사실은 그리 놀랄 일이 아니다. 요지부동 집착의 노예로 전락하는 인간이 얼마나 많던가! "선생님, 감히 한 말씀 외람되게 묻겠습니다만, 도대체 무엇이 요지부동 집착이라는 건가요?" 그대가 통찰력이 뛰어난 사람이라면, 누군가를 만날 때마다 그가 소유한 모든 것, 그렇다, 아무리 그가 뒤에 숨겨두고 버리려는 시늉만 할지언정, 심지어 부엌세간과 온갖 하찮은 싸구려 물건들에 이르기까지, 그가 애착을 느껴 차마 불태워버리지 않을 물건들이 무엇인지를 알아차리게 되겠는데, 그래서 다시 보면 재물의 멍에를 짊어진 채 앞으로 나아가려고 발버둥을 치는 그의 진짜 모습이 보인다. 누군가 옹이구멍처럼 좁은 문을 간신히 비집고 몸이 겨우 빠져나가기는 하지만, 가

---

* 소로우가 콩코드의 사냥꾼 조지 멜빈(George Melvin)에게서 들은 얘기임. 이미 두 번이나 덫에 걸려 그때마다 다리 하나씩을 물어뜯어 잘라버리고 겨우 도망친 사향쥐가 세 번째 덫에 걸리자 다시 다리 하나를 잘라버렸지만, 남은 하나의 다리만으로는 도망칠 수가 없어 결국 덫 근처에서 주검으로 발견되었다고 한다.

구를 잔뜩 실은 수레가 너무 커서 그의 뒤를 따라 나가지 못한다면, 그런 사람이 바로 집착의 노예다. 허리띠를 졸라매고 출발할 준비를 끝내놓은 그가 끌고 가지 못할 '가구'가 혹시 보험에 들어 놓았는지 여부를 누군에겐가 묻는 소리를 들으면, 나는 겉으로야 자유롭고 빈틈이 없으며 튼튼하고 당차게 보이는 이런 집착의 노예에게 연민을 느낄 수 밖에 없다. "그렇다면 내 가구는 어찌해야 할까요?" 그렇게 묻는 사람은 거미줄에 걸려 몸부림치는 알록달록한 나비와 마찬가지다. 오랫동안 가구가 하나도 없이 살아온 듯 보이는 사람들도, 좀 더 꼬치꼬치 물어보면, 다른 사람의 창고에 무엇인가 좀 숨겨두었다는 사실이 밝혀지고는 한다. 내가 보기에 오늘날의 영국은 온갖 잡동사니를 태워버릴 용기가 없어서 오랫동안 집에 쌓아두고 살아가는 사람처럼, 큰 가방과 작은 가방과 판지 상자와 꾸러미 따위의 짐을 굉장히 많이 끌고 다니며 여행하는 노신사를 연상시킨다. 적어도 처음 세 가지부터 우선 버려야 한다. 침대를 짊어지고 걸어가기란 요즈음 건강한 사람한테도 힘에 부치는 고역일진대, 나는 병든 사람이라면 침대를 내려놓고 도망쳐야 한다는 충고를 꼭 해주고 싶다. 그의 전 재산을 담은 보따리를 짊어지어서 ─ 그의 목덜미에 자라난 거대한 혹처럼 보이는 짐이 버거워 ─ 비틀거리며 걸어가는 어느 이주자를 보았을 때, 내가 그를 동정한 까닭은 그의 전 재산이 그것뿐이라서가 아니라 그가 짊어지어야 할 짐이 그렇게 많았기 때문이었다. 어쩔 수 없이 덫을 끌고 다녀야 할 처지가 된다면, 나는 생명을 잃을 만큼 중요한 몸의 일부를 잘라내지 않아도 되도록 신경을 써가며 가장 가벼운 짐을 선택할 것이다. 하지만 아마도 현명한 선택은 아예 덫을 발로 밟지 않는 편이 되겠다.

내친김에 한마디 덧붙이자면, 내가 커튼을 다느라고 돈을 한 푼도 들이지 않았던 까닭은 집안을 들여다보지 못하도록 시야를 막아야 하는 대상이 해와 달뿐이었는데, 해와 달이라면 얼마든지 들여다보더라도 나는 개의치 않는다. 달은 내 우유나 고기를 상하게 하지 않을 테고, 해는 가구를 망가뜨리거나 양탄자의 빛이 바래게 하지 않겠으며, 어쩌다 이따금 해가 가까이하기에는 지나치게 덥다고 여겨지면, 가계비에 자질구레한 지출 항목을 하나 더 추가하기보다는 자연이 마련해준 그늘로 피신하는 편이 훨씬 경제적이라는 생각에서다. 언젠가 어떤 부인이 나한테 신발을 닦는 깔판을 주겠다고 선심을 썼지만, 집안에는 신발털이를 깔아놓을 공간이 없기도 했으려니와 집안에서나 바깥에서 그것을 털어줄 시간조차 아까워서 사양했는데, 그보다는 문 앞 뗏장에 발을 문질러 흙을 닦아내는 편이 훨씬 간단하기 때문이었다. 나쁜 일은 아예 싹부터 잘라버리는 것이 상책이다.

얼마 전에 나는 어느 교회 집사의 가재도구를 경매하는 곳에 가보았는데, 그는 살아생전에 꽤 많은 재산을 모았던 모양이었고 경매장은—

"사람들이 저지른 악행은 그들이 죽은 다음에도 살아남는다."

는 말*을 상기시키는 자리였다. 흔히 그렇듯이 그의 가재도구 태반은 아버지 대부터 모아서 쌓아둔 잡동사니였다. 그중에는 바싹 말린 촌충도 한 마리 있었다. 그리고 이제, 그의 집 다락방이나 다른 여러 먼지 구덩이 속에 처박혀 이미 반세기를 보내며 아직도 불태워 버리지 않은 그 물건들은 모닥불에 던져 말끔하게 치워버리는 대신, 경매에 나와 더 많은 잡동사니와 어울릴 참이었다. 마을 사람들은 경매에 나온 물건들을 구경하러 열심히 모여들었고, 그것들을 모조리 사들여 자기네 다락방과 먼지 구덩이로 조심스럽게 옮겼으며, 그들이 어디선가 새로운 삶을 시작하려고 다시 배치할 때까지 그 가재도구들은 구석에 처박혀 더 많은 세월을 보내게 된다. 사람은 죽을 때가 되어서야 발버둥을 쳐 먼지를 털어버린다.

어쩌면 우리가 몇몇 미개한 족속의 관습을 본받는 편이 유익할지도 모르겠다는 생각이 드는 까닭은, 적어도 그들은 해마다 헌 옷을 벗으려고 발버둥을 치듯 허물벗기와 비슷한 의식을 치르기 때문인데, 실제로는 허물이 없을지언정, 그들은 허물벗기의 개념을 늘 염두에 두고 있다. 무클라세**지역 인디언의 풍습이었다고 바트램***이 묘사한 '버스크'****는 "첫 수확의 축제"라는 의미인데,

---

* 윌리엄 셰익스피어의 희곡 『줄리어스 시저』 3막 2장에서 카이사르가 자신의 업적을 내세우며 뒤에서 저지른 악행들을 안토니우스가 지적한 연설.

** Mucclasse 또는 Muklasa, 앨라배마 부족이 살았던 마을로 "같은 민족"이라는 뜻.

*** William Bartram(1739-1823), 미국의 박물학자. 여기에 인용한 대목은 그가 1791년에 펴낸 여행기에서 발췌한 내용임.

**** busk, 송구영신의 의미로 벌이는 행사.

우리들도 그런 행사를 열었으면 좋지 않을까? 바트램은 이렇게 서술했다. "어떤 마을이 버스크를 행할 때는 새 옷과, 새 냄비, 새 번철, 그 밖의 가사용품과 가구를 미리 준비한 다음, 헌 옷과 온갖 다른 지저분한 물건들을 바깥에 내다 모아놓고, 집과 놀이터와 마을 전체를 말끔히 쓸고 오물을 깨끗이 씻어내고는, 거기에서 나온 쓰레기를 묵은 곡식과 다른 찌꺼기 식량과 함께 여기저기 공터에 산더미처럼 쌓아올리고 불에 태워 모조리 없애버린다. 그들은 약을 먹고 사흘 동안 단식을 한 뒤에, 마을의 불을 모두 꺼버린다. 이렇게 단식을 하는 기간 동안은 식욕과 욕정을 충족시키려는 일체의 욕구를 억제한다. 그리고 대사면이 선포되어, 모든 죄인은 자기 마을로 돌아가는 허락을 받게 된다."

"네 번째 날 아침에는 제사장이 마을 광장에서 마른 나무를 서로 문질러 불을 새로 지피고, 이 불을 가지고 마을의 모든 주민들에게 깨끗하고 새로운 불을 나눠준다."

그런 다음에 그들은 새로 수확한 햇곡식과 햇과일로 사흘 동안 잔치를 벌이고, 춤을 추며 노래를 부르고, "이어서 그들과 똑같은 방식으로 몸을 정화하며 준비를 마친 이웃 마을의 친구들을 맞이하여 나흘 동안 함께 즐긴다."

멕시코 사람들도 52년의 주기가 끝날 때마다 세상의 종말이 온다고 믿어서, 이와 비슷한 정화 의식을 치렀다.

사전을 보면 성사(聖事)를 "내면의 영적인 은총이 외면에 가시적으로 드러난 징후"라고 정의하는데, 나는 그보다 진실한 성사가 있다는 얘기를 별로 들어본 적이 없으며, 비록 그런 계시가 내렸다는 기록이 성경에는 없지만, 그렇게 하라는 영감을 그들이 본디 하늘로부터 직접 받았으리라는 사실을 나는 전혀 의심하지 않는다.

***

5년이 넘도록 나는 오로지 육체노동으로만 생계를 유지했으며, 1년에 여섯 주일만 일을 하면 먹고살기에 필요한 모든 생활비를 마련할 수 있다는 사실을 알아냈다. 그때는 여름 대부분 그리고 겨울 내내 나에게는 마음 놓고 맑은 정신으로 연구에만 전념할 여유가 있었다. 나는 언젠가 가르치는 일에 전념했던 적이 있는데, 교사다운 생각과 믿음으로 만사에 임해야 함은 물론이고, 제대로 수업 준비를 하고 옷차림에까지 신경을 쓰다 보니, 지출이 수입을 상쇄하거나 오히려 적자가 났을 뿐만 아니라, 거기다가 덤으로 시간까지 빼앗겨야 한다는 현실을 깨달았다. 나는 인류에 공헌하기 위해서가 아니라 단지 생계를 위한 수단으로 학생들을 가르쳤으므로, 그 노력은 낭패였다. 나는 장사도 해보았으나, 사업이 제대로 궤도에 오르려면 10년은 걸리겠고, 그때쯤이면 아마도 내가 사악한 인간으로 타락해 있으리라는 생각이 들었다. 훗날 이른바 성공한 사업가로 변신해 있을 나 자신을 상상하면 정말로 끔찍하다는 생각이 들었다. 그보다 전에 내가 생계를 위해 무슨 일을 하면 좋을지 알아보려고 갖가지 궁리를 했을 때는, 친구들의 요청에 따랐다가 맛본 서글픈 경험이 내 마음에 생생하게 되살아나 내 연약한 마음에 무거운 부담을 주었고, 그래서 야생 월귤을 따는 일을 해볼까 진지하게 두고두고 고려하기에 이르렀는데, 그런 일이라면 나로서는 분명히 감당할 만했고, 얼마 안 되는 수입이었지만 그런대로 충분할 듯싶어서—바라는 바가 조금밖에 안 된다는 점이 나로서는 가장 큰 장점이었으므로—그런 일이라면 밑천이 거의 들지 않고 평상시 내 기질에서 크게 벗어나지도 않겠거니 싶어서 나는 어리석은 판단을 내렸다. 내가 아는 사람들은 망설이지 않고 사업을 시작하거나 취직을 했던 반면에, 나는 월귤 채집이 그들의 직업과 가장 비슷하다고 생각했으므로, 여름 내내 산비탈을 헤매고 돌아다니며 닥치는 대로 월귤을 따 모아서는, 별로 신경을 쓰지 않고 아무렇게나 팔아치웠는데, 그것은 아드메토스*의 양 떼를 돌보는 짓과 다를 바가 없었다. 나는 또한 상록수를 잔뜩 수레에 싣고, 숲 생활을 그리워하는 마을 사람들이나 더 멀리 도시에 사는 사람들을 찾아가서 팔거나 약초를 채집해서 돈을 버는 망상도 했다. 하지만 시간이 더 흘러간 다음에 나는 사업에 관련된 모든 것이 돈벌이가 불러오는 저주를 받으며, 하늘의 말씀을 거래하는 사람이라 해도, 사업에 얽힌 모든 저주를 피할 길이 없으리라는 깨우침을 얻었다.

나는 호불호가 분명한 편이었고, 특히 자유를 소중히 여겼기 때문에, 비록 고생스럽게 살지언정 잘 버티어나가는 편이었으므로,

---

* 그리스 신화에서 제우스는 아폴론에게 1년 동안 테쌀리아 왕 아드메토스의 종이 되어 양 떼와 소 떼를 먹이라는 벌을 내렸다. 소로우는 이 일화를 세상이 알아주지 않는 예술가의 헛고생에 비유했다.

아직은 값비싼 양탄자나 다른 멋진 가구나 깨지기 쉬운 그릇, 또는 그리스나 고딕 양식의 집을 살 돈을 마련하느라고 내 시간을 낭비하고 싶지는 않았다. 그런 물건들을 손에 넣는 데 전혀 어려움이 없으며, 일단 손에 넣으면 그것들을 어떻게 쓰는지 아는 사람들이 혹시 있다면, 그런 것들을 탐하려는 노력을 나는 그들에게 당장 양보하겠다. 아마도 일을 부지런히 하면 더 나쁜 짓을 할 시간이 없어지기 때문인지는 모르겠지만, 일 자체를 사랑하는 듯 보이는 어떤 '부지런한' 사람들에 대해서라면 나는 지금 당장은 따로 할 말이 없다. 현재 누리는 여유보다 한가한 시간이 더 많아진다면 남아도는 여가를 어찌해야 좋겠는지 모르는 사람들에게 나는 지금보다 두 배로 열심히 일하라고—그래서 아무것도 하지 않아도 될 만큼 돈을 벌어 자유의 몸이 되라는 충고를 하고 싶다. 나는 날품팔이 일일노동자가 가장 자유로운 직업이라는 생각을 갖게 되었는데, 1년에 30일이나 40일만 일하고도 먹고살 형편이 되면 더욱 그렇다. 날품팔이 노동자의 일과는 해가 지면 끝나고, 그때부터는 돈벌이와 관계없이 자기가 하고 싶은 일을 하며 자유롭게 시간을 보낼 수 있지만, 그를 고용한 사람은 매달 고민에 고민을 거듭하느라 해마다 연말까지 휴식을 취할 겨를이 없다.

간단히 얘기해서, 우리가 단순하고 현명하게 살아갈 방법만 안다면 이 땅에서 생계를 유지하는 일은 고생이 아니라 오락일 따름이라는 확신을 나는 신념과 경험을 통해 터득했으니, 보다 소박한 민족들이 추구하는 삶의 목적은 보다 인위적인 생활을 하는 민족에 비하면 아직도 그냥 놀이에 가깝다. 타고난 체질이 나보다 섭

walden

게 땀을 흘리는 사람이 아니고서는, 생계를 꾸려나가기 위해 굳이 이마를 땀으로 적실 필요가 없다.

내가 아는 어느 젊은이가 상당히 많은 땅을 유산으로 물려받고는, 자기도 "그럴 요령만 안다면" 나처럼 살아야 되겠다는 결심을 했노라고 나한테 말했다. 그러나 그가 내 삶의 방식을 제대로 익히기 전에 나는 다른 생활 방식을 찾아낼지도 모를뿐더러, 세상 사람들이 되도록 다양한 삶을 살아가기를 바라는 마음에서, 나는 어느 누구이건 나의 생활 방식을 따르기를 결코 바라지 않으며, 그래서 사람들이 저마다 아버지나 어머니, 또는 이웃의 삶을 그대로 따르는 대신, 자신만의 독자적인 방식을 찾아내어 그 길을 따르기를 바란다. 그 젊은이가 집을 짓건 나무를 심건 항해를 떠나건, 아무도 그가 하고 싶다고 나에게 털어놓은 일을 못하게 방해해서는 안 된다. 뱃사람이나 도망친 노예가 오직 북극성을 지표로 삼고 방향을 잡듯이, 우리는 오직 수학적인 면에서만 현명할 따름이지만, 그 지표는 어쨌든 평생 동안 우리의 길잡이가 되기에 부족함이 없다. 우리는 정해진 기간 안에 항구에 도착하기 어려울지는 모르겠으나, 올바른 항로에서 벗어나지는 않으리라.

의심할 여지가 없이 이런 경우에는 한 사람에게 적용되는 원칙이 천 명에게는 더욱 확실하게 효과적이어서, 큰 집이라고 한들 분할 비례로 따지자면 작은 집보다 건축비가 더 많이 들어가지는 않으니, 하늘을 가리려면 지붕 하나로 충분하고, 밑에는 지하실이 하나면 되겠고, 공동주택에서는 벽 하나로 여러 칸을 나누기가 어렵지 않다. 하지만 개인적으로 나는 단독주택을 선호한다. 공유하는 벽의 이점을 남들에게 설득하기보다는 나 혼자 독채를 짓는 편이 훨씬 싸게 먹히는 경우가 많을 뿐만 아니라, 기껏 남들을 납득시켜 벽을 공유할 경우에는 필시 공사비를 줄이기 위해서 벽을 얇게 만들어야 하겠는데, 그랬다가는 나중에 나쁜 이웃이라도 만나면, 그가 사는 쪽의 벽을 제대로 수리하지 않아 내가 피해를 받을지도 모른다. 일반적으로 타협이 가능한 협력은 흔히 지극히 일방적이고 피상적이며, 그나마 겨우 이루어지는 진정한 협력이라고 해야 있으나 마나 한 정도여서, 인간의 귀에는 들리지 않는 미약한 화음이나 마찬가지다. 신념을 가진 사람이라면 누구하고나 똑같은 믿음을 보이며 협력하겠지만, 믿음이 부족한 사람은 어떤 무리와 어울리든 계속해서 나머지 사람들과 다를 바가 없이 살아가려고 한다. 협력이란 가장 낮은 의미에서만이 아니라 가장 높은 의미에서도 '함께 살아가기'를 의미한다. 얼마 전에 나는 두 젊은이가 함께 세계 일주를 떠나기로 합의했다는 이야기를 들었는데, 돈이 없는 한 사람은 여행을 계속하는 동안 선원이나 농장 일꾼으로 일하면서 여비를 벌고, 다른 한 사람은 수표책을 갖고 다닐 작정이었다. 한 사람이 전혀 일을 하지 않기로 했다면, 동행이든 협력이든 그들의 관계가 오래 가지 않으리라는 사실은 쉽게 짐작이 간다. 그들의 모험은 난감한 첫 위기가 닥치는 순간에 종지부를 찍을 운명이었다. 다른 사항들은 모두 차치하더라도, 내가 이미 암시했듯이, 혼자 여행할 사람은 오늘이라도 당장 떠나도 되겠지만, 타인과 함께 여행하는 사람은 상대방이 준비를 갖출 때까지 기다려야 하는 까닭에, 그들이 출발할 때까지는 오랜 시간이 걸릴지도 모른다.

***

그러나 우리 마을 사람 몇몇이 이 모두가 아주 이기적인 생각이라고 주장하는 말을 나는 들었다. 솔직히 고백하건대 나는 지금까지 박애주의적인 활동에 아주 조금밖에는 신경을 쓴 적이 없다. 나는 의무감에 밀려 몇 차례 희생을 받아들였는데, 거기에서조차 즐거움을 맛볼 줄 몰랐다. 우리 마을의 어느 가난한 가족을 돕는 일에 나서 달라고 나를 설득하기 위해 온갖 노력을 기울인 사람들도 없지 않아서, 혹시 내가 할 일이 전혀 없다면 ─ 한가한 사람은 잘못하다가 악마의 심부름이나 한다는 말마따나 ─ 심심풀이 삼아 그런 노력을 해봐도 괜찮겠다는 생각이 들기는 했다. 하지만 언젠가 그런 활동에 신경을 쓰기로 마음먹은 나는, 그들이 나만큼이나마 모든 면에서 안락하게 살게끔 이웃들에게 나름대로의 천국을 마련해주겠다는 책임을 자청하여, 몇몇 가난한 사람들을 돕겠다고 찾아가는 용기까지 내기는 했지만, 그들은 하나같이 그냥 가난하게 살겠노라고 내 제의를 단호하게 거절했다. 그렇다면 우리 마을의 남자들과 여자들이 그토록 여러 가지 방법으로 이웃의 행복을 위해 헌신하는 실정이니, 적어도 한 사람쯤은 덜 인간적인 다른 여러 목적을 추구하도록 내버려 두어도 좋으리라고 나는 생각한다. 어떤 다른 일에서나 마찬가지로 자선 활동을 하려고 해도 타고난 재능이 필요하다. '선행' 또한 이미 종사하는 인원이 넘쳐나는 분야들 가운데 하나다. 더군다나 나는 자선 활동을 제법 많이 해보았음에도 불구하고, 이상하게 들릴지 모르겠지만, 내 체질에 맞지 않는다는 편안한 결론에 도달하게 되었다. 아마도 나는 우주를 파멸로부터 구해야 한다고 사회가 나에게 요구하는 각별한 소명을 의식적으로나 고의적으로 저버리면 안 될 듯싶지만, 우주를 보존해주는 책무라면 훨씬 막강하고 불변하는 동류의 어떤 다른 존재가 맡아야 옳다고 나는 믿는다. 그러나 나는 어떤 사람이 타고난 재능을 발휘하지 못하게 방해는 하지 않겠으니, 내가 사양하는 활동에 온갖 정성과 영혼과 목숨을 바쳐가며 실천하는 사람에게 나는 이렇게 말하고 싶다―사람들이 분명히 그런 소리를 할 듯싶지만, 그대가 하는 활동을 세상이 아무리 악행이라고 할지라도, 꿋꿋하게 행하라.

나는 내 입장이 유별나다고는 생각하지 않으며, 많은 독자들이 비슷한 변호를 틀림없이 해주리라고 믿어 마지않는다. 어떤 일을 할 때는―그것이 훌륭한 일이라고 나의 이웃들이 단언하리라고 보장할 수야 없을지언정―나야말로 가장 먼저 고용해야 마땅한 적임자라고 말하기를 나는 주저하지 않겠는데, 나한테 무슨 일을 맡겨야 좋을지는 고용주가 알아서 결정할 사항이다. 상식적인 의미에서 말하는 '선행'은 나하고 관련된 경우, 사실 나의 주된 관심사가 아니었으며, 대부분의 상황이 나의 의도하고는 전혀 관련이 없는 상태에서 이루어진다. 실제로 사람들은 이렇게 말한다―좀 더 훌륭한 사람이 되겠다는 욕심을 버리고, 지금 모습 그대로, 꾸밈없이 시작하되, 착한 마음이 시키는 대로 그냥 좋은 일을 하라. 만일 내가 같은 내용의 설교를 해야 한다면, 나는 차라리 이렇게 말하겠다—우선 그대부터 먼저 착한 사람이 되려는 노력을 시작하라. 그것은 마치 태양더러 어떤 인간도 똑바로 쳐다볼 수 없을 정도로 눈부시게 빛날 때까지 온화한 열기와 은혜를 계속하여 증폭시키고, 그러는 한편으로 그에게 주어진 궤도를 따라 세상의 주위를 돌면서 선행을 베풀거나, 아니면 보다 진실한 철학이 밝혀냈듯이, 세상이 태양의 주위를 돌면서 은혜를 입도록 하는 대신, 달이나 6등성*정도의 밝기에 이를 때까지만 찬란하게 타오르면 거기서 활동을 멈추고는, 로빈 굿펠로**처럼 집집마다 찾아가 오두막 창문으로 몰래 들여다보고, 미치광이들을 홀리고, 고기를 상하게 하고, 어둠을 밝히는 장난이나 치다가 말라고 주문하는 격이다. 파에톤***은 선행을 베풂으로써 자기가 신의 아들로 태어났음을 증명하고 싶었을 때, 겨우 하루 동안만 태양의 마차를 빌려 타도록 허락을 받았지만, 질주를 하다가 잘 다듬은 궤도를 벗어나는 바람에 하늘나라의 아래쪽 거리에 늘어선 여러 마을의 집들을 불태우고, 지구의 표면 한쪽을 그을려놓아 그곳의 샘들이 모조리 말라붙어 광활한 사하라 사막이 생겨났으며, 그런 꼴을 지켜보다가 더 이상 참지를 못하게 된 제우스 신이 결국 벼락과 함께 그를 거꾸로 던져 땅으로 내리쳤고, 아들의 죽음을 보고 비탄에 빠진 태양은 1년 동안 빛을 잃고 말았다.

❋　　a star of the sixth magnitude. 별의 밝기를 여섯 등급으로 나누는데, 1등급은 가장 어두운 6등급보다 100배가 밝다.

❋❋　Robin Goodfellow, 영국 민담에 등장하는 장난꾸러기 요정.

❋❋❋　Phaeton, 그리스 신화에 등장하는 태양의 신 헬리오스(Helios)의 아들.

오염된 선(善)에서 풍기는 악취만큼 고약한 냄새는 없다. 그것은 인간이 썩은 고기요, 신이 썩어버린 고기다. 누군가가 나에게 선행을 베풀겠다는 노골적인 목적을 가지고 내 집으로 찾아온다는 확신이 들면, 그가 베푸는 선행에 조금이나마 은혜를 입었다가는—덩달아 스며드는 바이러스에 내 피가 감염될까 두렵기 때문에, 나는 숨이 막혀 죽을 때까지 입과 코와 귀와 눈을 흙먼지로 가득 막아버린다는 아프리카 사막의 메마르고 뜨거운 모래바람 시뭄(simoom)을 피하듯, 목숨을 구하기 위해 필사적으로 도망칠 것이다. 그렇다, 이런 상황이 닥치면 나는 차라리 자연스러운 방법으로 사악함에 시달리는 쪽을 선택하겠다. 내가 굶주릴 때 먹여주거나, 내가 추위에 떨 때 나를 따뜻하게 해주거나, 내가 어쩌다 혹시 시궁창에 빠졌을 때 나를 건져준다고 해서, 그가 나에게 꼭 좋은 사람이라고 하기는 어렵다. 그런 정도의 도움을 주는 뉴펀들랜드 종의 개는 찾아내기가 어렵지 않다. 박애주의는 가장 넓은 의미에서 같은 인간에게 베푸는 그런 사랑이 아니다, 하워드*는 의심할 나위 없이 나름대로 지극히 친절하고 훌륭한 사람이었으며, 그에 따른 보상도 당연히 받았겠지만, 상대적으로 따져보자면, 우리가 가장 도움을 받아 마땅할 때, 그들의 자선이 우리들의 실정에 가장 잘 맞는 도움을 전혀 주지 못한다면, 백 명의 하워드가 있다 한들 그들의 박애주의가 무슨 소용이겠는가? 나에게 혹은 나와 같은 사람들에게 조금이나마 도움을 주겠다고 진지하게 제안하는 박애주의 단체에 관한

＊　John Howard(1726-1790). 영국에서 교도소 체제의 개혁을 도모한 박애주의자.

얘기를 나는 들어본 적이 없다.

　예수회 선교사들은 화형을 당하는 인디언들이 자신을 괴롭히는 선교사들에게 새로운 고문 방법을 제안하는 바람에 당황했다고 한다. 육체적인 고통에 초연했던 인디언들은 선교사들이 제공하는 어떤 위안도 우습게 생각했으므로, 남에게 대접을 받고자 하는 대로 너희가 먼저 남에게 대접하라는 율법조차 인디언들의 귀에는 별로 설득력이 없었으니, 그들은 상대방이 무슨 짓을 하든 상관하지 않고 그들 나름대로의 새로운 방식으로 원수를 사랑했으며, 원수가 저지르는 모든 행위를 거의 모두 너그럽게 용서했다.

　가난한 사람들을 도울 때는 그들이 가장 필요로 하는 도움을 주도록 하며, 비록 그들이 도저히 따라오지 못할 지경으로 뒤처질지언정 그대가 귀감 노릇을 할 때도 마찬가지다. 돈을 줄 때는 그냥 돈만 그들에게 내버린다는 생각을 하지 말고, 그대 자신 또한 내주도록 해야 한다. 우리는 이따금 해괴한 실수를 저지른다. 가난한 자는 겉으로 보기에 더럽고 지저분하고 누추할지 모르지만, 실제로는 그렇게 춥고 배고프지 않은 경우가 많다. 그런 모습은 처지가 불운하기 때문이기보다는 어쩌면 그의 몸에 밴 취향일지도 모른다. 그에게 돈을 주면, 그는 아마도 그 돈으로 더 많은 누더기를 사 입을 가능성이 크다. 허름한 누더기를 걸치고 호수에서 얼음*을 잘라내

＊　19세기와 20세기 초에는 미국 동해안과 노르웨이의 얼음 무역이 대규모로 이루어졌는데, 처음에는 강과 호수의 자연빙을 가공하여 팔다가 나중에는 인공으로 생산해서 국내의 수요를 충당했음.

는 아일랜드계의 초라한 노동자들을 보면, 훨씬 말쑥하고 멋진 옷을 걸치고도 추위에 덜덜 떨던 나로서는 자주 불쌍하다는 마음이 들고는 했었지만, 그러다가 매서운 추위가 닥친 어느 날, 얼음판에서 미끄러져 물에 빠진 어느 노동자가 몸을 녹이려고 내 집으로 찾아왔고, 그는 바지 세 벌과 양말 두 켤레를 벗은 다음에야 맨살을 드러냈는데, 비록 옷이 정말로 더럽고 너덜너덜하기는 했지만, 그는 껴입은 '속껍질'이 넉넉했던 터라 내가 제공한 '겉껍질'을 사양하고도 얼마든지 버티었다. 그에게 진정으로 필요했던 것은 바로 그런 요령이었다. 그제야 나는 값싼 기성복 가게 하나를 그에게 통째로 넘겨주기보다 두툼한 내복 한 벌을 선물하는 편이 훨씬 큰 자선이 되리라는 사실을 깨닫고는 나 자신이 한심하다는 생각이 들기 시작했다. 악의 잔가지를 잘라내는 사람이 천 명쯤 된다면 그 뿌리를 통째로 쳐내려는 사람은 겨우 한 명뿐이고, 궁핍한 자에게 가장 많은 시간과 돈을 건네주는 사람은 그가 구제하려고 헛된 노력을 기울이는 바로 그런 비참한 빈곤을 조장하는 생활 방식에 가장 큰 기여를 하는지도 모른다. 그것은 열 명 가운데 한 명씩 노예를 팔아치운 수익금으로 나머지 노예들에게 일요일 하루 동안 예배를 드릴 자유를 마련해주는 신앙심 깊은 주인의 계산과 마찬가지다. 어떤 사람은 가난한 자들을 고용하여 부엌일을 시킴으로써 그들에게 선심을 베푼다. 그보다는 자신이 부엌일을 맡으면 더 큰 친절이 되지 않을까? 그대는 수입 가운데 10분의 1을 자선 활동에 쓴다며 뽐내려고 하는데, 그보다는 10분의 9를 같은 목적으로 쓰고는 손을 털어야 옳은지 모른다. 사회는 재산 가운데 겨우 10분의 1만 회수

한다. 그것은 재산을 손에 넣은 사람의 너그러움 때문일까 아니면 법을 집행하는 관리들의 무기력한 태만함 탓일까?

자선 행위는 인류가 그 가치를 제대로 인정하는 거의 유일한 미덕이라고 한다. 아니다. 그것은 과장이 너무 심한 평가이며, 그것을 과대평가하는 원동력은 우리의 이기심이다. 어느 화창한 날 이곳 콩코드에 사는 가난하지만 건강한 한 남자가 내 앞에서 어떤 마을 사람을 칭찬했는데, 그 사람이 가난한 이웃에게 친절하다는 이유에서였고, 그가 언급한 이웃은 자기 자신을 뜻했다. 우리 인류는 진정한 정신적 부모보다 친절한 아저씨와 아주머니들을 훨씬 더 존경한다.

언젠가 나는 어떤 목사로부터 영국에 관한 강연을 들었는데, 학식과 지성을 겸비한 그는 과학과 문학과 정치 분야에서 훌륭한 업적을 남긴 영국 위인들이라며 셰익스피어, 베이컨, 크롬웰, 밀턴, 뉴턴 등등을 열거한 다음, 영국의 기독교 영웅들을 언급하기 시작했는데, 자신의 직업 때문에 불가피하게 그랬겠지만, 기독교인들을 위대한 인물들 중에서도 가장 위대한 존재들로 떠받들었다. 그가 언급한 인물은 펜*과 하워드와 프라이 부인**이었다. 이런 주장을 접하면 누구나 틀림없이 거짓과 위선을 감지한다. 그들은 영국에서 손꼽히는 자선가였는지 모르겠지만, 절대로 가장 위대한 남녀가 아

❖   William Penn(1644-1718), 영국의 식민지였던 미국에 필라델피아를 건설하여 펜실베이니아를 정비한 퀘이커 교도.

❖❖   Elizabeth Fry(1780-1845), 역시 퀘이커 교도였으며 존 하워드와 더불어 영국의 교도소 개혁에 기여한 여성.

니었다.

　나는 자선 행위에 마땅히 돌아가야 할 찬사를 깎아내리려는 마음은 전혀 없고, 그냥 다만 자신의 삶과 업적으로 인류에게 축복을 가져다준 모든 사람을 정당하게 평가해주기만 바랄 뿐이다. 나는 어떤 사람을 평가할 때 정직성과 자비심을 가장 중요한 덕목으로는 보지 않는데, 따지고 보면 그것은 인간이라는 나무에서 줄기와 잎사귀에 지나지 않기 때문이다. 푸르른 생기를 잃고 시들어버린 다음 병자들을 위해 탕약으로 둔갑하는 식물은 하찮은 용도로밖에 쓸모가 없어서, 대부분 돌팔이 의사들에게나 선택을 받는다. 나는 인간으로부터 꽃과 열매를 원하며, 그에게서 내게로 어떤 신선한 향기가 풍겨오기를, 그리고 우리의 소통에 원숙한 맛이 담기기를 바란다. 인간의 선량함은 불완전하고 일시적인 행위가 아니라 모름지기 끊임없이 흘러넘쳐야 하며, 그에게서 아무런 희생을 요구하지 않기 때문에 자신이 의식조차 하지 않아야 한다. 자선은 온갖 죄악을 감추는 박애주의다. 자선가는 자신이 벗어버린 슬픔의 기억으로 인류를 대기처럼 뒤덮고는, 걸핏하면 그것을 공감이라고 칭한다. 우리는 절망이 아니라 용기를, 질병이 아니라 건강과 평안을 남들에게 베풀어야 하고, 악질이 퍼지지 않도록 조심해야 한다. 노예들이 통곡하는 소리가 남부의 어느 들판에서 들려오는가? 우리가 빛을 전해줘야 할 이교도는 어느 땅에 살고 있는가? 우리가 구제해야 할 무도하고 잔인한 인간은 누구인가? 만일 어떤 사람이 어딘가 탈이 나서 몸이 아파 그가 타고난 기능들을 제대로 발휘하지 못하게 된다면, 하다못해 뱃속이 불편하기만 할지라도 — 연민의 뿌리

는 그의 내면에 존재하기 때문에 ― 그는 즉시 세상을 개혁하는 과
업에 착수한다. 그는 자신이 소우주*임을 알게 되겠고, 그 깨달음
은 진정한 발견이기에, 발견의 당사자인 그는 세상 사람들이 늘 설
익은 사과를 먹어왔다는 사실 역시 깨닫게 되자, 그의 눈에는 지구
자체가 정말로 거대한 풋사과로 보이기에 이르며, 인간의 아이들이
익기 전에 그것을 베어 먹으면 위험하리라는 끔찍한 예감이 들어,
격렬한 박애 정신의 자극을 받아 곧장 에스키모와 파타고니아인을
찾아가는가 하면, 인구가 많은 인도와 중국의 마을들을 두루 돌아
다니게 되고, 그를 자신들의 이기적인 목적에 이용하려는 권력자
들로부터 도움을 받아가며 그렇게 몇 년 동안 자선 활동을 벌이는
사이에, 그는 자신의 소화불량을 스스로 치료하겠고, 지구는 드디
어 익기 시작하는 과일처럼 한쪽 볼이나 양쪽 볼이 희미하게 붉어
지고, 거칠었던 삶 또한 덩달아 훨씬 달콤하고 튼튼한 양상을 갖춘
다. 나는 내가 지금까지 저지른 극악함보다 더 큰 죄가 존재하리라
고는 상상조차 못하겠다. 나보다 더 나쁜 인간을 나는 알지 못했고,
앞으로도 결코 만나지 못할 것이다.

  내가 믿기로는 개혁가를 그토록 슬프게 하는 원인은, 그가 아
무리 거룩하기 짝이 없는 하나님의 아들이라고 할지라도, 고통을
받는 같은 인간에 대한 동정심이 아니라 자신의 개인적인 고민이
다. 이 고민이 해결되고 그에게 봄이 찾아오면, 그리고 그의 침대

❉   중세 유럽인들은 프톨레마이오스의 대우주(macrocosm) 개념에 견주어 인간을
    대우주의 축소판인 소우주(microcosm)라고 믿었음.

위로 아침이 밝아오면, 그는 아무런 사과도 하지 않고 너그러운 동료 개혁가들을 저버릴 것이다. 내가 잎담배의 애용을 반대하는 강연을 하지 않는 까닭은 그것을 씹어본 경험이 나한테는 없기 때문인데, 그런 강연은 담배를 씹다가 금연을 시작한 사람들이 받아야 하는 벌이며, 내가 씹어 먹어본 다른 것들 중에서도 해악에 대해 강연할 내용은 얼마든지 많다. 어쩌다 이런 자선 활동들 가운데 하나라도 혹시 무심코 행하게 되더라도, 오른손이 하는 일을 왼손이 모르게 해야 하는 까닭은, 그런 선행은 굳이 알릴 가치가 없기 때문이다. 물에 빠진 사람을 구해준 다음에는 신발 끈을 묶어야 한다. 그러고는 천천히 숨을 돌린 다음 하고 싶은 일을 찾아 떠나면 된다.

우리의 관습은 성자들과의 교류로 인하여 타락했다. 찬송가는 신에 대한 저주와 신에게 굴종하라는 영원한 인내의 노래로 요란하다. 선지자들과 구세주조차 인간의 희망을 지원하기보다는 인간의 두려움을 달래주는 쪽으로 치우쳤다고 여겨진다. 선물로 받은 생명에 대한 소박하고 벅찬 만족감을 표현하거나 신에 대하여 기억에 남을 만큼 찬양하는 대목은 어디에도 없다. 얼핏 생각하기에 아무리 멀리 떨어져 숨어 있는 듯 보여도 모든 성공과 건강은 나에게 필시 도움을 주는 반면에, 모든 질병과 실패는 나에게 아무리 많은 호의를 베풀고 내가 그에 공감할지라도 실제로는 나를 슬프게 하거나, 나에게 해를 끼친다. 따라서 만일 우리가 인류를 인디언처럼, 식물 위주로, 영적인 힘이나 자연에 의존하여 살아가는 본디 상태로 회복시키기를 진정으로 원한다면, 우선 우리들 자신이 자연과 마찬가지로 단순하고 건전해져야 하며, 눈앞에서 우리들을 어지럽히는 잡념을 걷어내고, 숨구멍으로 조금이나마 생명력을 빨아들여야 한다. 가난한 사람들을 관리하는 위치에 머물지 말고, 세상으로부터 존경을 받는 그런 인물이 되도록 분투해야 한다는 뜻이다.

쉬라즈의 큰 스승 사디*의 「꽃이 만발한 장미밭(Gulistan)」에는 이런 대목이 나온다―"사람들이 현자에게 묻기를, 지고한 신께서 창조하신 드높고 무성한 수많은 나무들 가운데 열매를 맺지 않는 삼나무 말고는 어떤 것도 자유로운(azad) 나무라고 부르지 않는데, 여기에는 무슨 오묘한 곡절이 숨어 있습니까? 현자가 대답하기를, 모든 나무는 정해진 철에 따라 저마다 적절한 열매를 맺어서, 한창 시절이 계속되는 동안은 생기가 넘치고 꽃이 만발하지만, 그때가 지나면 마르고 시들어버리는데 반하여, 삼나무는 만발하거나 시드는 적이 따로 없어서 언제나 우거지는데, 이런 속성이 곧 아자드요 자유로운 믿음이니―덧없는 대상에 마음을 묶어두지 않아야 하는 까닭은 디즐라(Dijlah)의 강 티그리스는 칼리프들의 시대가 멸망한 다음에도 계속 바그다드를 적시며 흐를 터이기 때문이고, 그러니 네가 손에 가진 것이 많거든 대추야자처럼 아낌없이 베풀고, 베풀 것이 없거든 삼나무처럼 자유로운 인간 아자드가 되어라."

❋   Sheik Sadi of Shiraz, 중세 페르시아의 유명한 시인.

가난함의 위선

불쌍하고 궁핍한 가난뱅이 그대여,

햇볕이 들지 않는 그늘진 샘터에 지은 초라한 오두막,

목욕통만 한 그대의 집에서 풀뿌리와 채소로

잘난 체하며 한가하게 약간의 선행을 베푼다면서

아름다운 줄기에 꽃처럼 미덕이 만발하는 마음으로부터

기운이 넘치는 인간들의 열정을 비틀어 없애

고르곤*이 농간을 벌이듯 그대의 오른손으로

인간 본성을 타락시키고 감각을 마비시켜

돌로 바꿔놓았으면서도 무엇을 잘했다고

하늘에서 한자리를 요구하다니, 주제넘기 그지없도다.

우리는 그대의 마지못한 절제나,

기쁨도 모르고 슬픔도 모르는 탓에

전혀 어울리지 않는 어리석음은 물론이요,

적극적인 용기보다도 더 많은 잘못된 찬양을 받는

---

* Gorgon, 그리스 신화에 등장하는 흉측한 세 자매로 그들과 눈을 마주치면 누구
든 온몸이 굳어져 돌로 변했음.

부자연스럽고 소극적인 강인함의 무기력한 손길은

그대에게서 바라지 않다. 평범함의 굴레를

벗어나지 못하는 이 미천하고 하찮은 무리는

그대의 비굴한 정신과 잘 어울리는 통속이겠지만 우리는

하나같이 비범한 경지로 도약하는 온갖 미덕을 원하노니,

용감하고 은혜로운 행위들, 장엄한 찬란함,

만물을 통찰하는 분별력, 한계를 모르는 너그러움,

그리고 비록 오랜 세월이 우리 이름을 기억하지는 못할지언정

헤라클레스나 아킬레우스와 테세우스가 남긴

그런 영웅적인 미덕의 족적을 따르려 한다. 그러하니 그대는

초라하고 역겨운 오두막으로 돌아가서,

눈부시게 빛나는 새로운 별들이 하늘에서 보이거든

그들이 어떤 위인들이었는지 존재를 확인하도록 하라.

—T. 캐리*

---

* Thomas Carew(1595-1640), 영국의 왕당파 시인. 인용한 시는 가면극 「브리타니아의 하늘(Coelum Britannicum)」(1634)에서 발췌.

내가 살던 곳, 내 삶의 목적

인생의 어느 시기에 이르면 우리는 모든 장소를 자신이 살 집터로 고려하는 습성에 익숙해진다. 그래서 나는 내가 사는 곳으로부터 사방 20킬로미터 이내의 시골을 모두 둘러보았다. 그곳 일대의 어느 농장이든 가격을 잘 알았던 나는 아무 땅이나 사들일 능력이 충분했기 때문에 온갖 농지를 차례차례 사들이는 상상을 해보았다. 나는 농부들의 토지를 하나하나 찾아가 답사하면서, 그들의 땅에서 자라는 야생 사과를 맛보고, 경작 방법에 관해 농부와 이런저런 잡담을 나누고, 머릿속에서 그가 부르는 가격 그대로 농장을 사들이고는, 그것을 다시 주인에게 저당 잡히되, 간혹 본디 가격보다 높은 값을 매겨가며―땅문서만 빼고는 모든 것을 인수하고―구두로 권리증으로 받아두고는―땅을 경작하기 시작했고, 나 혼자의 생각이었지만 어느 정도는 농부도 내 상상을 받아들인다고 느껴질 즈음에, 그만하면 충분히 즐겼다는 판단에 따라, 그가 농장을 그냥 계속해서 소유하도록 맡겨두고 물러났다. 이런 경험 때문에 친구들은 나를 부동산업자 비슷한 존재로 여기기에 이르렀다. 내가 어디에 자리를 잡든 거기가 곧 내가 살 곳이었고, 그렇게 마음을 먹으니 가는 곳마다 나를 중심으로 삼아 풍경이 사방으로 펼쳐져 나갔다. 집이란 따지고 보면 라틴어로 sedes(앉을 자리)에 지나지 않으며—이왕이면 시골에서 자리를 잡고 앉을 '의자'가 더 좋지 않겠는가? 나는 머지않아 개발될 기미가 보이지 않는 집터를 여럿 발견했는데, 어떤 사람들은 그곳이 마을에서 너무 멀리 떨어져 개발할 가치가 없다고 생각했을지 모르겠지만, 내가 보기에는 집이 아니라 오히려 마을이 너무 멀리 떨어져 있을 뿐이었다. 그래, 저기서 살면 좋겠구나 하는 충동을 받으면, 나는 실제로 거기서 한 시간 동안 머물며 상상 속에서 여름이나 겨울의 삶을 살아보고, 몇 년의 세월을 보내려면 어떻게 해야 겨울과 싸워 이겨내고 봄을 마지하게 될지를 머릿속에 그려 보았다. 앞으로 언젠가 이 지역으로 와서 살게 될 사람들은 어디에 집을 짓고 살지는 모르겠지만, 그들보다 먼저 누군가 이곳을 분명히 다녀갔으리라는 짐작을 하게 될지도 모른다. 눈앞의 땅을 어떻게 과수원과 숲과 목초지로 분할하고, 문 밖에는 어떤 멋진 참나무와 소나무를 그대로 남겨두고, 어디쯤에서 보아야 고사목들이 저마다 가장 멋지겠는지를 판단하는 데는 오후 한나절이면 충분했으며, 그러고는 결국 그 땅을 그냥 내버려 두고, 어쩌면 개발을 하지 않는 편이 좋겠다는 판단을 했는데, 인간은 탐내지 않고 양보하는 대상이 많을수록 그 여유만큼 마음이 풍족해지기 때문이었다.

나는 더욱 상상에 깊이 빠져 몇 농장의 선매권을 확보하기도 했지만—내가 원하던 바는 거기까지였고—실제로 소유하는 위험한 장난은 한 번도 저지르지 않았다. 내가 농장을 실제로 거의 소유할 뻔했던 경우는 할로웰의 토지를 매입했을 때였는데, 내가 씨앗을 선별하기 시작하고, 물건을 오락가락 실어 나를 외바퀴 수레를 만드는 데 필요한 재료들을 한참 장만하던 참에, 땅주인이 나에게 권리증을 넘겨주기 직전에—어디를 가나 그런 아내들이 있기 마련이지만—그의 아내가 마음이 변해서 땅을 처분하지 않겠다고 했으며, 그러자 난처해진 땅주인은 위약금으로 10달러를 줄 테니 계약은 없던 일로 하자고 나한테 양해를 구했다. 그런데 솔직히 얘기하자면 그때 내 수중에는 전 재산이 단돈 10센트밖에 없었으므로, 내가 10센트밖에 없는 사람인지, 농장을 가진 사람인지, 또는 10달러를 가진 사람인지, 그것도 아니면 세 가지를 다 가진 사람인지 내 산술 능력으로는 도저히 해답이 나오지 않는 처지였다. 어쨌든 그만하면 장난도 지나쳤다 싶어서 나는 10달러를 사양하고 땅도 주인더러 그냥 도로 가져가라고 말했는데, 굳이 따지자면, 농장을 사면서 그에게 아직 주지 않았던 대금만 관용을 베푼다는 뜻으로 돌려받지 않은 채 땅을 되팔아버리고, 부자가 아니었던 농부에게 선물로 10달러를 얹어준 셈이라고 해야 옳겠고, 그런 결과로 나에게는 처음부터 가지고 있던 10센트와 씨앗과 외바퀴 수레를 만들 재료가 고스란히 남았다. 그렇게 나는 내 가난함에 전혀 손해를 끼치지 않고도 부자 노릇을 해보았다. 하지만 나는 그곳의 풍경을 선물로 얻어 마음속에 간직했고, 그로부터 해마다 그곳에서 생산되는 수확을 외바퀴 수레가 없이 몰래 탈취했다. 그리고 경치에 관해서 한마디 하자면 —

"나는 내가 둘러보는 모든 세상의 군주이며
그런 내 권리를 문제로 삼으려는 자 아무도 없도다."[✹]

나는 어느 시인이 농장의 가장 귀중한 부분을 즐기고 슬그머
니 물러가는 모습을 자주 상상했지만, 무뚝뚝한 농부는 시인이 야
생 사과 몇 알 정도만 훔쳐갔으리라고 추측했으리라. 그렇다, 주인
은 그의 농장을 어느 시인이 여러 해 동안 상상 속에 담아, 눈에 보
이지 않는 지극히 환상적인 울타리 안에 안전하게 가둬놓고는, 우
유를 짜고, 위에 뜬 찌끼를 걷어낸 다음, 걸쭉한 더껑이를 몽땅 가져
가 차지하고, 탈지우유만 남겨놓았다는 사실을 물론 까맣게 몰랐다.

할로웰 농장의 참된 매력 몇 가지를 나더러 꼽으라면, 마을에
서 3킬로미터, 가장 가까운 이웃으로부터 1킬로미터나 떨어졌고,
넓은 들판이 찻길을 멀찌감치 가로막은 완전한 은둔처라는 점이
하나요, 강가에 위치했기 때문에 물안개가 봄철 서리로부터 농작물
을 보호해준다고 땅 주인이 자랑했지만 그것은 내가 관심을 가질
만한 사항이 아니었고, 폐허가 되다시피 한 집과 헛간의 우중충한
빛깔, 그리고 무너져가는 울타리를 보면 전 주인과 나 사이를 갈라

✹   윌리엄 카우퍼(William Cowper, 1731-1800)의 「알렉산더 셀커크가 썼음직한 시
(Verses Supposed to Be Written by Alexander Selkirk)」의 첫 2행. 셀커크는 영국에서
식민지 확장을 위해 공인한 해적인 사략선(privateer)의 선장으로 남태평양 무인
도에 표류하여 4년을 보냈음.

놓는 긴 세월이 느껴졌으며, 토끼들이 갉아 먹어서 속이 비고 이끼로 덮인 사과나무들은 내가 앞으로 어떤 동물들을 이웃으로 삼게 될지를 보여주었지만, 아주 어렸을 적에 배를 타고 강을 거슬러 올라올 때면 집은 울창한 숲을 이룬 꽃단풍나무에 가려 보이지 않는데 나무들 사이로 그 집에서 키우던 개가 짖는 소리만 들려왔던 잊지 못할 추억은 나에게 무엇보다도 소중한 매력이었다. 나는 농장을 그냥 내버려둘 방법을 찾아내기만 한다면 내가 원하는 그런 종류의 가장 풍성한 수확을 거두게 되리라는 사실을 처음부터 알았기 때문에, 땅주인이 여기저기 바위를 들어내고, 속이 빈 사과나무를 베어내고, 목초지 곳곳에 돋아난 어린 자작나무 몇 그루를 뿌리째 뽑아버리는 작업을 끝내기 전에, 간단히 얘기하자면 그가 개발을 조금이라도 더 진행하기 전에 그 농장을 사려고 서둘렀다. 그 모든 혜택들을 누리기 위해 나는 아틀라스처럼—그가 그런 고생을 한 대가로 어떤 보상을 받았는지는 확인해본 바가 없지만—세상을 어깨에 짊어지겠다는 각오로 내 계획을 실천해서, 땅값을 치를 돈을 마련하여 무사히 농장을 손에 넣겠다는 유일한 목적 말고는 어떤 다른 동기나 이유가 없이, 무슨 고난이건 감수하겠다는 각오가 충천했다. 하지만 그 결과는 이미 앞에서 밝혔듯이 나는 결국 농장을 사지 못했다.

그리하여 대규모 농작에 관하여 내가 할 수 있는 얘기라고는 (작은 텃밭이나마 꾸준히 가꿔왔던 덕택에) 씨앗만큼은 준비가 된 상태였다는 점이다. 시간이 흐를수록 씨앗이 좋아진다고 생각하는 사람이 많다. 좋은 씨앗과 나쁜 씨앗을 시간이 솎아낸다는 사실을 나는 의심하지 않아서, 오래 기다렸다가 마침내 씨를 뿌릴 때가 오면, 실망할 가능성이 그만큼 줄어든다. 그래서 나의 벗들한테 단호하게 해주고 싶은 얘기는, 가능한 한 오랫동안 구속을 받지 말고 자유롭게 살아가라는 당부다. 농장에 얽매이든 감옥에 얽매이든, 구속 받기로 치자면 별로 차이가 없다.

나에게는 《영농인》*이나 마찬가지로 지침서 노릇을 하는 『농업론(De Re Rusticâ)』에서 '어르신' 카토**는, 내가 읽어본 유일한 번역이 황당하기 짝이 없기는 하지만, 그래도 이런 훌륭한 조언을 한다. "밭을 마련하고 싶을 때는 욕심을 부리지 말고, 한 번 둘러보는 정도로 만족해서는 안 되고, 마음속으로 몇 번이고 곰곰이 따져보는 수고를 아끼지 말아야 한다. 정말 좋은 밭이라면, 자주 가서 보면 볼수록 더욱 마음에 들 것이다." 밭을 사게 되면 나는 욕심을 부리지 않고, 살아 있는 한 그 땅을 계속해서 둘러보고 또 둘러보겠으며, 죽으면 그곳에 가장 먼저 묻힘으로써 마지막으로 더 많은 기쁨을 찾으리라.

* * *

이제는 내가 그 다음에 행한 같은 종류의 실험을 다루려고 하는데,

❊   Cultivator, 1844년에 올버니에서 창간된 농업 전문 월간지.

❊❊   증조부 카토(Marcus Porcius Cato, the Elder, 234-149 B.C.)는 로마의 정치인에 역사가였으며, 이름이 똑같은 증손자 카토(95-46 B.C.)는 스토아학파의 철학자였음.

편의상 2년 동안의 경험을 1년으로 압축하여 좀 더 자세히 서술하려고 한다. 이미 밝혔듯이 나는 좌절을 칭송하는 찬가를 쓰려는 의도가 없으며, 비록 내 이웃들이나마 일깨우기 위하여, 횃대 위에 올라앉은 아침 수탉처럼 우렁차게 허세를 부려볼 작정이다.

내가 처음 숲속에 거처를 정한 날, 그러니까 낮에만이 아니라 밤까지도 그곳에서 지내기 시작한 첫날은 1845년 7월 4일, 공교롭게도 미국의 독립기념일이었는데, 아직 내 집은 월동 준비가 끝나지 않은 상태여서 겨우 비바람이나 막아줄 정도였고, 회반죽을 바르지 못하고 굴뚝조차 없었으며, 사방의 벽이라고는 자연에 시달려 거칠어진 널빤지로 얽어놓았을 뿐이어서 숭숭 뚫린 구멍들 때문에 밤에는 서늘하기 짝이 없었다. 하얗게 깎은 꼿꼿한 샛기둥과 갓 대패질을 한 문과 창틀 덕분에 집은 말끔하고 시원한 인상을 주었으며, 특히 목재에 아침 이슬이 촉촉하게 배어들면 더욱 그러하여, 점심때쯤이면 나무에서 혹시 달콤한 수액이 흘러나오지나 않을까 하고 나는 은근히 기대했다. 상상 속에서는 나의 집이 그 아련한 분위기를 하루 종일 다소나마 그대로 유지했고, 그래서 나는 1년 전에 찾아가 본 산속의 어느 집을 연상하고는 했다. 회반죽을 바르지 않아 바람이 잘 통할 듯싶었던 그 오두막은 길을 가던 나그네 신이 잠시 묵어가거나 여신이 긴 옷자락을 끌며 거닐기에 좋은 곳이었다. 내 처소의 지붕을 스쳐 지나가는 바람은 산비탈들을 휩쓰는 바로 그 바람이어서, 대지의 음악으로부터 끊어져 나온 선율들 가운데 천상의 소리만 조금씩 전해주었다. 아침 바람은 쉴 줄을 몰라서 창조의 시는 멈추지를 않았지만, 그 노래에 귀를 기울여주는 인간은 별로 없었다. 속세를 벗어나면 어디를 가나 올림포스 산이다.

전에 내가 소유했던 유일한 집이라고는, 배 한 척을 제외한다면, 여름철에 야영을 나갈 때 이따금 사용한 천막이 고작이겠는데, 천막은 둘둘 말아 아직 내 다락방에 처박아 두었지만, 배는 여러 사람의 손을 거치면서 세월의 강물을 따라 어디론가 흘러 내려가 사라졌다. 이제는 훨씬 튼실한 안식처가 마련되었으니, 나는 세상에 정착하는 쪽으로 상당한 진전을 이룬 셈이다. 별로 치장을 하지 않아 벌거숭이와 진배없는 이 구조물은 나를 감싸주는 일종의 결정체였고, 그것을 만들어낸 인간을 그대로 반영한 모습이었다. 그것은 어느 정도 윤곽만 그려놓은 그림을 연상시켰다. 집안의 공기가 신선함을 전혀 잃지 않았기에 나는 바람을 쐬러 굳이 밖으로 나갈 필요가 없었다. 아무리 비바람이 심한 날씨가 닥칠지언정, 나는 집안에 앉아 지내기보다는 그냥 문 뒤편에 숨어버린 꼴이었다. 「하리 가문의 혈통」*에서 이르기를, "새들이 살지 않는 집은 양념을 치지 않은 고기와 같다."라고 했다. 내 집은 그러하지 않았으니, 나는 어느덧 새들의 이웃이 되어버렸음을 깨달았는데, 내가 새를 잡아 집안에 가두어서가 아니라, 새들 가까이에 우리를 짓고 거기에 나 자신을 가둔 연유에서였다. 나는 텃밭과 과일나무들을 찾아 자주 들락거리는 몇 마리의 새들뿐이 아니라, 숲속에서 야생으로 자라 훨씬 신나게 목청을 돋우지만 마을 사람들에게는 좀처럼 또는 전혀 노래를 불러주지 않는―연작류, 개똥지빠귀, 풍금

❁   Harivamsa 또는 Harivansa, 산스크리트 문학의 걸작인 5세기 힌두 서사시.

새, 방울새, 쏙독새, 그리고 또 다른 많은 새들과도 가까운 사이가
되었다.

내 집은 콩코드 마을보다 약간 높은 지대이며 남쪽으로 2킬
로미터가량 떨어진 작은 호수의 물가에 자리를 잡았는데, 남쪽으로
3킬로미터쯤 더 내려가면 콩코드 격전지*로 이름났으며 우리 지역
의 유일한 평지인 링컨 마을이 있는데, 내가 사는 곳은 워낙 숲속에
낮게 파묻혀 가장 멀리 떨어진 지평선이라고 해봤자 나머지 지역
과 마찬가지로 역시 온통 나무들로 뒤덮인 1킬로미터 건너 맞은편
호숫가밖에 없었다. 처음 한 주일 동안 나는 호수를 내다볼 때마다
높은 산허리에 얹혀 있어서인지 밑바닥이 다른 호수들의 수면보다
훨씬 높은 권곡호(圈谷湖) 같은 인상을 받았는데, 아침 해가 떠오르
면 호수에서는 밤에 입었던 옷을 벗어버리듯 물안개가 피어올랐고,
여기저기 잔잔한 물결과 거울처럼 매끄러운 수면이 조금씩 모습을
드러냈으며, 그러는 사이에 안개는 무슨 은밀한 야간 집회를 막 끝
낸 유령들처럼 슬그머니 사방으로 흩어져 숲속으로 사라졌다. 산중
턱에서처럼 이곳 이슬은 평상시보다 훨씬 늦게 한낮까지 나뭇가지
에 매달려 반짝이는 것 같았다.

이 작은 호수는 8월에 가벼운 비바람이 오락가락하는 틈틈이
나에게 가장 소중한 이웃이 되어주었는데, 그럴 때면 하늘에 구름
이 잔뜩 끼었어도 대기와 물은 한없이 잔잔하며, 오후 한나절이지

＊　미국 독립전쟁의 도화선이 된 영국군과의 첫 전투로, 식민지 민병대가 렉싱턴
　　과 콩코드에서 승리를 거두었다.

　　　　　walden

만 저녁처럼 사방이 온통 고요했고, 개똥지빠귀가 곳곳에서 지저귀어 호숫가 어디로 가나 들릴 정도로 널리 울려 퍼졌다. 이때처럼 호수가 잔잔할 때가 없었으니, 물 위에 깔린 맑은 공기층이 워낙 얇은데다가 구름으로 덮여 어두워지기까지 하면, 빛과 그림자로 가득 찬 수면은 그 자체가 또 하나의 낮은 하늘이 되어 더욱 소중하게 느껴진다. 최근에 나무를 베어낸 집 근처 언덕에서 둘러보면, 호수 건너편 남쪽으로 넓은 전망이 기분 좋게 펼쳐졌는데, 그쪽 기슭을 이루는 언덕들 사이로 넓게 움푹 들어간 곳에는 서로 마주보고 비스듬히 내려간 골짜기에 나무가 우거진 계곡을 따라 시냇물이 흘러내리는 듯싶었지만, 실제로 그곳에는 실개천이 하나도 없었다. 같은 방향으로 가까운 푸른 언덕들 사이나 또는 그 너머를 잘 살펴보면, 거리가 좀 떨어진 비교적 높은 위치에, 지평선을 따라 푸른빛을 띤 산들이 눈에 띄었다. 발돋움까지 하고 서면 나는 북서쪽으로 훨씬 멀리 떨어진 산맥에서, 마치 하늘나라의 조폐국이 찍어낸 새파란 동전처럼 보이는 훨씬 더 푸른 몇몇 봉우리와 더불어 마을에 띄엄띄엄 흩어진 집들도 일부나마 간신히 찾아볼 수가 있었다. 그러나 이곳에서마저도 다른 어느 방향에서건 나를 둘러싼 숲 너머로는 내 눈에 아무것도 보이지 않았다. 근처에 물이 있으면, 대지에 부력을 발휘하여 땅이 떠오르게 해주기 때문에 좋다. 아무리 작은 우물이라고 할지라도 한 가지 가치를 갖추게 되는 까닭은 그 안을 들여다보면 땅이란 한없이 넓은 대륙이 아니라 작은 섬과 같은 속성을 지닌다는 사실을 깨닫게 해주기 때문이다. 이는 우물에 담가두면 식품이 시원한 상태를 유지하는 현상만큼이나 중요하다. 언젠가 이 언덕마루에 올라가 호수 너머 서드베리 초원*쪽을 내가 넘겨다보았을 때는, 장마철이라서 아지랑이가 어른거리던 계곡에 신기루가 피어났기 때문이었는지 모르겠지만, 마치 대야 속에 잠긴 동전이 작은 종잇장 같은 수면에서 굴절되어 무슨 얇은 껍질처럼 중간쯤까지 떠오르듯, 호수 너머의 땅이 격리되어 둥둥 떠다니는 형상으로 보였고, 그래서 나는 내가 사는 이곳은 역시 뭍**이로다 하는 진실을 새삼스럽게 깨달았다.

내 집의 문간에서 보이는 전망은 그보다 훨씬 옹색하기는 했지만, 나는 비좁거나 어디에 갇힌 듯한 기분은 전혀 느끼지 않았다. 상상의 나래를 펼치기에 충분한 넓은 초원이 내 앞에 펼쳐졌기 때문이었다. 건너편 호숫가에서는 어린 떡갈나무들이 뒤엉켜 우거진 나지막한 비탈이 경사를 이루며, 서부 대평원으로부터 몽골 대초원에 이르기까지 뻗어나가 유랑하는 모든 인간 가족에게 넉넉한 공간을 제공했다. 다모다라***는 자신의 소들에게 더 넓은 새 목초지가 필요해질 때면 "광활한 지평선을 한껏 즐기는 이들보다 행복한 사람은 세상에 없도다."라고 말했다.

장소와 시간이 모두 바뀌어, 나는 가장 나를 매료한 우주의 어떤 장소 그리고 역사의 어떤 시대에 더욱 가까이서 살게 되었다.

✿ 여름마다 강물이 자주 범람하던 지역.

✿✿ 「창세기」 1장 9절, 하느님께서 말씀하시기를 "하늘 아래에 있는 물은 한곳으로 모여, 뭍이 드러나라." 하시자, 그대로 되었다.

✿✿✿ Damodara, 힌두교에서 최고신이자 비슈누 신의 여덟 번째 화신인 크리슈나의 별칭.

내가 사는 곳은 밤이면 천문학자들이 관측하는 수많은 장소만큼이나 세상과 멀리 떨어졌다. 사람들은 소음과 번거로움으로부터 아득히 멀리 떨어진 곳이라면 우주의 어떤 외진 한구석, 카시오페이아 별자리의 뒤쪽 어디쯤 황홀하고 까마득한 안식처이리라고 상상하기가 쉽다. 나는 내 집이 실제로 그렇게 외떨어지고 한적한 곳이면서 영원히 새롭고 더럽혀지지 않은 우주의 어디엔가 자리를 잡았다고 믿었다. 플레이아데스* 성단이나 히아데스** 성단, 혹은 알데바란***이나 견우성 가까이서 살면 남부러울 바가 없겠지만, 나는 정말로 그런 곳에 정착한 셈이었으니, 내가 자리를 잡은 새 터전은 뒤에 남겨두고 떠나온 삶으로부터 그만큼 멀리 떨어져, 가장 가까운 이웃집에서도 달이 없는 밤에만 겨우 보일 만큼 희미하게 깜박이는 한 줄기 빛에 불과했다. 내가 잠시 거처를 정하고 얹혀사는 우주의 공간은 바로 그런 곳이었으니─

  "옛날에 양치기가 한 사람 살았는데
    한가하게 양 떼가 곁에서 풀을 뜯으면
  그가 하는 생각은 주변의 산봉우리만큼이나
    드높이 날아오르고는 했다네."****

❋　　 Pleiades, 그리스 신화에서 아틀라스와 플레이오네 사이에서 태어난 일곱 자매.

❋❋　 Hyades, 그리스 신화에 등장하는 천상의 님페.

❋❋❋ Aldebaran, 황소좌의 1등성.

❋❋❋❋ 작자 미상인 「무사이의 낙원(The Muses Garden)」(1610)의 노랫말.

혹시 목동이 하는 생각보다 양들이 자꾸만 더 높은 풀밭을 찾아 올라갔다면 그의 삶은 어떻게 되었을까?

하루하루의 아침은 나에게 자연 그 자체와 똑같은 소박함, 자연의 순결함과 더불어 살아가라는 즐거운 초대를 받는 시간이었다. 나는 그리스인들처럼 진심으로 새벽의 여신 아우로라를 숭배했다. 나는 일찍 일어나 호수에서 목욕을 했는데, 그것은 하나의 종교 의식이었고, 내가 가장 잘하는 일들 가운데 하나였다. 탕왕*은 그의 욕조에 이런 내용의 글을 새겨두었다고 한다. "네 심신을 날마다 새롭게 하되, 다시 새롭게 하고, 또 새롭게 하고, 영원히 다시 새롭게 하라." 나는 그 말에 공감한다. 아침은 영웅의 시대를 다시 불러온다. 아주 이른 새벽에 문과 창문을 열어놓고 앉아 있을 때, 모기 한 마리가 내 집안으로 몰래 들어와 내 눈에는 보이지도 않고 어디로 가는지 짐작조차 못하겠는 여행을 하느라고 희미하게 앵앵거리며 돌아다니는 소리를 내면, 그 소리는 누군가를 찬양하는 어떤 나팔 소리 못지않은 설렘을 나에게 가져다주었다. 그것은 호메로스의 진혼곡이었으며, 분노와 방랑을 노래하느라고 하늘에서 울리는 『일리아스』요 『오디세이아』였다. 그 소리에는 광대무변한 우주의 어떤 힘이 담겨서, 아직까지는 억압을 당해야 하는 세상의 영원한 활력과 번식력을 알리려는 외침으로 영원히 울려 퍼진다. 가장 소중한 기억의 절기를 꼽자면 하루 중에서는 깨어나는 시간인 아침이다. 이때는 졸림이 가장 적어서, 밤이건 낮이건 나머지 기간에는

❀　湯王. 중국 고대 은나라의 시조. 성탕(成湯)이라고도 한다.

온종일 잠에 취해 지내는 우리 몸의 어떤 부분조차 적어도 한 시간 동안은 정신을 차린다. 천상의 음악이 진동하는 소리와 함께 하늘을 가득 채운 향기에 휩싸여 내면으로부터 솟아나는 열망과 새로 얻는 힘의 도움을 받아 아침에 깨어나지 못한다면, 그러니까 우리의 일생을 지켜주는 천성의 수호신 대신 어떤 종복이 기계적으로 몸을 흔들어줄 때처럼, 공장에서 울리는 종소리를 듣고 잠자리에서 일어난다면, 그런 날을 과연 하루라고 불러도 되는지 모르겠지만, 어쨌든 그런 하루에서는 별로 기대할 바가 없으니, 잠들 때보다 깨어난 다음의 삶이 훨씬 더 고결해야만 비로소 어둠은 열매를 맺음으로써 낮의 빛 못지않게 소중하다는 존재성을 입증한다. 새로운 하루하루는 그가 아직 더럽히지 않은 신성하고 휘황한 이른 시간으로 시작된다는 사실을 믿지 못하는 사람은 삶에 절망하여 점점 어두워지는 내리막길을 따라 내려간다. 관능적인 삶을 한때나마 중단하고 나면, 인간의 영혼과 여러 기관들이 아침마다 활력을 되찾고, 천성의 수호신은 또다시 고귀한 삶을 일으키려고 최선을 다한다. 모든 보람찬 현상들이 아침을 맞아, 아침의 대기 속에서 분출한다고 나는 믿는다. 『베다』*에서는 "모든 지성은 아침과 함께 깨어난다."라고 했다. 시와 예술, 그리고 가장 아름답고 가장 기억할 만한 인간의 행위들은 바로 그런 시간에 비롯한다. 모든 시인과 영웅들은 멤논이나 마찬가지로 아우로라의 자식들이어서, 해가 뜰 때 그들은 음악을 쏟아낸다. 유연하고 힘찬 각오로 태양과 보조를 맞춰

❈　The Vedas, 고대 인도 브라만교의 산스크리트어 성전(聖典).

살아가는 사람의 하루는 영원한 아침이다. 시계가 가리키는 시간 그리고 다른 사람들이 하는 일과 태도는 나에게 중요하지 않다. 아침은 내가 깨어나는 시간이고, 새벽은 나의 내면에 존재한다. 도덕적 개혁은 잠을 쫓아내려는 노력에 의해서 이루어진다. 졸면서 시간을 보내지 않았다면야 왜 사람들은 자신의 하루를 그토록 형편없이 평가하는가? 그들은 그렇게까지 계산에 서투른 사람들이 아닐 텐데 말이다. 졸음에 굴복하지 않았다면 그들은 무언가를 성취했으리라. 수백만의 사람들이 육체적인 노동을 할 만큼은 깨어나지만, 지성을 효과적으로 발휘하는 노력을 기울일 만큼 깨어나는 사람은 백만 가운데 겨우 한 명뿐이고, 숭고하거나 시적인 삶을 행하는 사람은 1억 가운데 하나뿐이다. 깨어 있음은 살아 있다는 뜻이다. 나는 제대로 깨어 있는 사람을 아직 만난 적이 없다. 혹시 만났더라면 내가 감히 어떻게 그의 얼굴을 똑바로 쳐다보았겠는가?

우리는 기계의 도움을 받는 대신, 가장 깊은 잠에 빠졌을 때까지도 우리를 저버리지 않는 새벽에 대한 한없는 기대감의 힘으로 다시 깨어나고, 그렇게 깨어난 상태를 유지하는 길을 터득해야 한다. 의식적인 노력을 통해 삶을 향상시키는 인간의 확고한 능력보다 고무적인 힘은 없다. 어떤 특별한 그림을 그리거나 동상을 조각하여 몇 가지 아름다운 작품을 만들어내는 능력이 대단한 자랑거리이기는 하겠지만, 도덕적으로 우리에게 가능한 바와 같이, 사물을 보는 매체와 분위기 자체를 조각이나 그림으로 창조할 수 있다면, 그것은 훨씬 더 영광스러운 업적이 된다. 하루를 질적인 면에서 평가하는 영향력, 그것은 가장 수준이 높은 예술이다. 모든 인간은 누구나 자신의 삶이, 세부적인 양상들에 이르기까지, 하루 가운데 가장 숭고하고 결정적인 시간의 깨달음에 충실하도록 이끌어갈 의무가 있다. 우리가 습득하는 하찮은 정보가 바닥이 났거나 쓸모가 없다며 거부하고 싶다면, 어떻게 충실한 삶을 살아갈지에 대한 확실한 해답은 신탁에서 찾아야 한다.

내가 숲으로 들어간 까닭은 인생을 생생하게 의식하며 살아가고, 삶의 본질적인 면목들만 접하여, 인생이 가르치고자 하는 바를 내가 충실하게 배워서, 죽음을 마주하게 되었을 때 내가 인생을 헛되게 살지는 않았음을 확인하고 싶었기 때문이었으며, 나날의 삶이 너무나 소중하여, 삶답지 않은 삶이라면 살고 싶지가 않았기 때문이었고, 그리고 또한 불가피한 경우가 아니라면 내 소망을 포기하고 싶지가 않아서였다. 나는 삶에 깊이 잠겨 살아보고 싶었으며, 삶의 정수를 남김없이 빨아들이고, 스파르타인처럼 강인하게 살기 위해 삶이 아닌 모든 요소를 큰 낫을 휘둘러 시원스럽게 베어내고는 다시 칼로 바싹 잘라 내버리고, 내 인생을 구석으로 몰아넣어 최소한의 조건만 남겨 놓고 따져서 천박한 삶은 아니었는지 실체가 밝혀지면, 그렇다, 그렇다면 그 천박함의 적나라한 전모를 포착하여 온 세상에 널리 알리겠으며, 반대로 숭고한 삶이라고 확인된다면, 그것을 체험으로 터득하여, 나의 다음번 인생 여로에서 참된 지침으로 삼고 싶은 마음이었다. 내가 그런 결심을 한 까닭은 인생의 본질이 악마의 속성인지 아니면 신의 속성인지에 대해 대부분 사람들이 이상하게도 확실한 신념을 갖지 못하고, 인간이 살아가는 주요 목표가 "하느님에게 영광을 돌리고 신의 은총을 영원히 향유하는 것"이라며 다소 성급하게 결론을 내리는 듯 여겨지기 때문이다.

신화에서 오래전에 인간으로 변신했다*고 하는 우리들은 아직도 소인족처럼 두루미들과 싸우며**개미처럼 미천하게 살아가는데, 그것은 잘못에 잘못을 거듭하고, 누더기에 누더기를 껴입는 격이어서, 그러다보면 우리의 가장 훌륭한 미덕은 피상적이고 기피해야 할 초라한 모습을 드러내고 만다. 우리의 삶은 하찮은 사건들로 인하여 조금씩 부서져 사라진다. 정직한 사람은 셈을 할 때 열 손가락 이상은 쓸 필요가 별로 없어서, 극단적인 경우에는 혹시 발가락 열 개마저 동원해야 할지 모르겠지만, 나머지는 대충 하나로 묶어서 처리하고 넘어간다. 간소하게, 간소하게, 간소하게 살아야 한다! 인생살이 관심사는 백 가지나 천 가지가 아니라 두세 가지로 줄이고, 백만 대신 대여섯까지만 헤아리고, 계산 결과는 엄지의 손톱 위에 적어둘 정도라면 족하다. 문명 생활이라는 격랑의 한복판에서 인생을 싣고 배가 앞으로 헤쳐 나아가려면 먹구름과 폭풍과 위험한 모래톱처럼 하고많은 사항들을 맞아야 하기 때문에, 배에 물이 차서 바다 밑바닥으로 침몰하여 아예 항구로 돌아가지 못하게 되는 사태를 피하기 위해, 인간이 추측항법으로나마 살아남으려면, 계산을 대단히 잘하는 사람이 아니면 성공하기 힘들다. 간소하게, 간소하게, 간소하게 살아야 한다! 꼭 그래야 한다면 하루 세끼를 먹는 대신 한 끼만

---

*   그리스 신화에서 제우스 신은 줄어든 인구를 충당하기 위해 개미들을 인간으로 만들었음.

**   호메로스는 『일리아스』에서 트로이아인을 두루미와 싸우는 소인족에 비유했음.

먹고, 백 가지 음식 대신 다섯 가지만 찾고, 다른 사항들 역시 같은 비율로 줄여야 옳다. 우리의 삶은, 단위가 작은 군소 국가로 이루어져 국경이 수시로 달라지는 바람에 독일인조차도 어떻게 연합한 상태인지를 어느 시점에서도 알 길이 없어진 독일 연방*과 비슷하다. 우리의 국가 자체는, 이른바 내적인 발전이 이루어졌다고는 하지만 실은 하나같이 외적이고 피상적인 개혁에 불과해서, 감당하기 어려울 정도로 그냥 지나치게 비대해지기만 했을 따름이고, 바람직한 목표와 치밀한 계산이 미비한 탓으로, 이곳에 사는 백만 가정이나 마찬가지로 나라 또한 사치와 무분별한 낭비로 인하여, 여기저기 어수선하게 널린 가구에 걸려 걸핏하면 엎어지기나 하는 지저분한 집안 꼴이 되었으니, 그들을 구제할 유일한 처방이라고는 엄격한 절약과 더불어 스파르타인을 능가하는 검소한 생활, 그리고 보다 차원이 높은 목표의 설정뿐이다. 우리 민족은 생활 속도가 너무 빠르다. 사람들은 '국가'라고 하면 반드시 무역을 해야 하고, 얼음을 수출하고, 전신망을 통해 소식을 주고받으며, 비록 자신들은 실제로 그렇게 빨리 돌아다니지는 않을지라도 어쨌든 차를 타고 시속 50킬로미터의 속도로 달리는 생활이 필수적이라고 믿어 마지않지만, 우리가 개코원숭이처럼 살아야 하는지 아니면 인간답게 살아야 하는지는 좀 두고 따져봐야 할 문제다. 만일 우리가 침목을 실어 나르고, 레일을 철공장에서 찍어내고, 밤낮으로 노동에 심신을 바치는 대신, 삶을 개

---

*   Deutscher Bund, 신성로마제국이 붕괴된 이후 1815년에 독일어를 사용하는 중부 유럽의 39개 국가를 통합한 체제.

선한답시고 어설픈 잡념에 빠져 지낸다면, 철도는 누가 건설하겠는 가? 그리고 철도를 건설하지 않으면 우리는 어떻게 늦지 않고 때맞 춰 천국에 도착하겠는가? 그렇기는 하지만 사람들이 집안에서 지내 며 제 할 일에만 신경을 쓴다면, 누가 철도를 필요로 하겠는가? 우 리가 철도 위로 다니는 듯싶지만, 사실은 철도가 우리들 위로 오간 다. 철도 밑에 깔린 침목들이 무엇인지 그대는 생각해본 적이 있는 가? 침목 하나하나는 인간이어서, 아일랜드 사람이거나 뉴잉글랜드 사람이다. 그들 위에 철도를 놓고 모래를 덮으면, 기차들이 그들 위 로 거침없이 달린다. 그들은 견고한 침목이라고 나는 장담한다. 그 리고 몇 년마다 어느 부분에서 침목이 새로 깔리고 그 위를 기차가 밟고 달리면, 어떤 사람들은 철도 위를 달리는 즐거움을 누리겠지 만, 다른 사람들은 불행히도 밑에서 밟혀야만 한다. 그러다가 정신 이 혼미하여 자신이 어디에 서 있는지 모르는 몽유병자처럼 여분의 침목 하나가 엉뚱한 위치에 잘못 놓여 있다가 기차에 들이받혀 사 고가 나면, 사람들은 기차를 세우고 난리라도 난 듯 야단법석을 부 린다. 침목을 제자리에 놓고 평평하게 유지하기 위해 10킬로미터 마다 한 무리의 인부를 배치하는 배려가 다행이라고 내가 생각하는 까닭은 침목이나 몽유병자나 다 같이 보살핌이 필요하기 때문이다.*

왜 우리는 이렇게 바쁘게 살며 인생을 낭비해야 하는가? 우리

---

* 이 대목에서는 영어로 sleeper라는 단어가 '침목'과 '침대차'뿐 아니라 '잠든 사 람'이라는 세 가지 의미가 있다는 특성을 빌미로 저자가 말장난을 벌여놓아 난 해함이 발생한다.

는 배가 고프기도 전에 굶어 죽겠다고 작정이라도 한 듯하다. 오늘
이라면 한 바늘만 꿰매도 충분한데 내일로 미루었다가는 자칫 열
바늘을 꿰매야 하니까 내일의 아홉 바늘 수고를 피한다며 사람들
은 오늘 천 바늘의 고생을 사서 한다. 일을 두고 따지자면, 조금이
나마 중요한 의미를 지닌 중요한 일은 하나도 없다. 우리는 무도병[*]
에 걸려 머리를 전혀 가누지 못할 따름이다. 예배 시간이 아니라 불
이 났음을 알리기 위해서 내가 교회 종탑의 줄을 몇 차례 당기기만
하면[**], 오늘 아침에는 해야 할 일이 너무 많아 바빠서 예배를 보러
오지 못하겠다고 거듭거듭 변명을 하던 콩코드 교외의 농부들이
거의 모두 빠짐없이, 그리고 사내아이건 아낙네건 너도나도 만사를
제쳐두고 종소리가 나는 쪽으로 달려오지만, 그들이 모여드는 중요
한 동기는, 불난 건물이 하필이면 교회인 경우도 마찬가지겠으나,
솔직히 따지자면 집안의 물건들이야 어차피 타버리게 마련이니 불
길 속에서 이웃의 재물은 건져주기 위해서가 아니라, 그보다는 우
리가 지른 불이 아니라는 사실을 증명할 기회를 마련할 겸 불구경
을 하고 싶어서일 텐데, 남들이 화재를 진압하는 광경을 지켜보다
가 불이 순조롭게 잘 꺼지는 경우라면 거드는 시늉을 해보는 기회
까지 마련된다. 사람들은 식사를 마친 다음 겨우 30분쯤 낮잠을 자
고 나서 눈을 뜨면 정색을 하는, 마치 자신을 제외한 인류 전체

---

[*] 舞蹈病, chorea 또는 Saint Vitus' dance. 팔이나 다리 등 신체 근육이 제멋대로
움직여 춤을 추는 듯 보이는 운동장애 증후군.

[**] 예배 시간을 알릴 때는 천천히 종을 쳤고, 비상사태를 알릴 때는 줄을 당기는
방법이 달랐음.

가 그를 위해 보초를 서기라도 했다는 듯, "그동안 혹시 무슨 일 없었느냐?"라고 묻는다. 어떤 사람은 30분마다 깨워 달라고 부탁하는데, 그렇다고 해서 별다른 목적이 있는 것도 아니며, 그러고는 수고했다는 뜻으로 그들은 자신이 무슨 꿈을 꾸었는지를 알려준다. 하룻밤을 자고 나면 밤새 세상 소식 주고받기는 아침 식사만큼이나 빼놓으면 안 되는 절차처럼 뒤따른다. "이 세상 어느 구석에 사는 어느 누구한테 무슨 사건이 일어났든 새 소식이라면 모조리 나한테 알려 달라."면서 ─사람들은 커피와 빵으로 식사를 하는 동안 신문을 읽고, 오늘 아침에 한 남자가 와치토 강*에서 눈알이 뽑혔다는 소식을 알게 되지만, 그러면서도 그들은 자신이 이 세상의 깊고 깊은 어두운 매머드 시대의 동굴에 살며, 세상을 보는 눈이라고는 퇴화하여 흔적만 남았다는 사실은 꿈에도 모른다.

개인적인 입장에서 볼 때 나는 우체국이 없어도 얼마든지 편히 잘 지낸다. 우체국을 통해 연락을 취해야 할 만큼 중요한 소식은 거의 없다고 나는 생각한다. 비판적으로 말하면, 나는 평생 편지라고는 한두 통밖에 받아보지 못했는데 ─우표값이 아깝지 않다고 여기면서 내가 편지를 쓴 것은 여러 해 전의 일이었다. '한 푼짜리 우편'**이라고 통칭하는 제도를 보면, 농담 삼아 공짜로 주고받는

---

* Wachito Rive, 아칸소에서 루이지애나로 흐르는 강인데, 지금은 와치타(Ouachita)라고 함.

** 1630년 이전에는 영국에서 왕족과 관리들만이 서신을 주고받았지만, 19세기 중반에 일반인들도 비싼 비용이 들어가는 우편 제도를 이용했고, 이어서 수취인 후불제를 거쳐 1페니짜리 우표를 붙이는 방식(penny-post)이 생겨났다.

walden

정도의 얘기를 진지한 내용이라면서 1페니를 갖다 바치는 방식이다. 그리고 나는 신문에서 기억에 남을 만한 새로운 소식을 접한 적이 없다. 어떤 한 사람이 강도를 만났거나 살해를 당했고 아니면 사고를 당해 죽었다는 얘기, 그리고 어느 한 집에 불이 났거나, 어떤 배 한 척이 파선을 당했거나, 여객선 하나가 어디서 폭파되었거나, 소 한 마리가 웨스턴 철도회사의 기차에 치었거나, 어떤 미친개 한 마리가 죽임을 당했거나, 겨울에 메뚜기 떼가 한차례 나타났다는 기사를 읽었다면—우리는 비슷한 소식을 다시 들어야 할 필요가 전혀 없다. 한 번이면 충분하다. 원칙을 알았으면 그만이지, 무수한 사례와 응용 방식에 왜 신경을 써야 한다는 말인가? 철학자에게는 이른바 '뉴스'란 모두가 잡담에 불과하고, 그것을 편집하거나 읽는 사람은 차를 마시는 늙은 여자들뿐이다. 하지만 이런 한담에 걸신이 들린 사람이 적지 않다. 내가 전해들은 바로는, 얼마 전 어느 날 최근에 도착한 외국 소식을 알기 위해 어느 사무실에 어찌나 사람들이 잔뜩 몰려들었는지, 인파에 밀려 건물의 커다란 정사각형 유리창이 여러 장이나 깨졌다고 하는데—웬만큼 똑똑한 사람이라면 그런 기사쯤은 제법 정확하게 1개월이나 12년 전에 미리 작성하기가 어렵지 않았으리라고 나는 진심으로 생각한다. 에스파냐를 예로 들자면, 돈 카를로스와 왕녀 이사벨라, 돈 페드로와 세비야와 그라나다—내가 신문을 본 뒤에 그런 이름들이 좀 바뀌었을지는 모르겠지만—아무튼 그런 고유명사들을 적절히 가끔 배치해가면서 균형을 맞추고, 다른 흥밋거리들이 관심을 끌지 못할 때는 투우에 관한 일화를 슬쩍 끼워 넣는 요령을 구사할 줄만 안다면, 신문에 실린 이런 기사 제목 다음에 나오는 가장 간결하고 명료한 내용 못지않게 에스파냐에서 벌어지는 정확한 실상이나 혼란상을 생생하게 전해주기는 어렵지 않겠고, 그런가 하면 영국의 경우에는, 그 나라에서 들어온 마지막 중대한 소식 한 조각이 1649년의 혁명이었으니, 그곳의 1년 평균 농산물 수확량의 역사를 만일 그대가 알고 있다면, 그리고 오직 돈을 벌려는 면에서만 영국에 관심을 두지는 않았다면, 그런 기사에 다시는 신경 쓸 필요가 없다. 나처럼 신문을 별로 보지 않는 사람으로서 판단하건대, 외국 땅에서는 새로운 사건이 전혀 일어나지 않으며, 프랑스 혁명 같은 사태도 예외가 아니다.

무엇이 새로운 소식이라는 말인가! 그보다는 아무리 세월이 지날지언정 낡지 않는 무엇인가를 아는 편이 훨씬 중요하다. (중국 위나라의 위대한 인물이었던) 거애(蘧瑗)는 공자에 관한 최근 소식을 알아보려고 사람을 보냈다. 공자는 사신을 가까이 앉으라 하고는 이렇게 물었다. "네 주인께서는 요즘 무엇을 하며 지내시는가?" 사신이 공손히 대답했다. "제 주인님께서는 허물을 줄이려고 진력하시지만, 그 끝을 모르시는 듯합니다." 사신이 떠난 뒤에 현인이 말했다. "훌륭한 사신이구나! 정말 훌륭한 사신이로다!"※교회의 목사는 고된 한 주일을 보내고 휴식을 취해야 하는 마지막 날에 졸린 농부들의 귀를 지루하기 짝이 없는 설교로 괴롭히지 말아야 할 노릇이 ― 일요일은 괴로운 한 주일을 마감하기에 알맞은 날이지, 상쾌하고 용감하게 시작하는 새로운 하루가 아닐진대 ― 차라리 우렁

※   공자의 『논어』 제14편.

찬 목소리로 "멈춰서 숨을 돌리도록 하라! 그만하라! 왜 그토록 빠른 체하면서 너희는 무기력하고 느리기만 한 것이냐?"라고 꾸짖어야 옳겠다.

허위와 망상은 가장 건전한 진리로 여겨지고, 그래서 실체는 거짓말로 둔갑한다. 인간이 진실만을 굳건하게 따르고 망상에 빠지지 않도록 자신을 지켜낸다면, 우리가 아는 일상적인 개념들에 견주어보았을 때의 우리 인생은 동화나 『천일야화』와 다를 바가 없어진다. 우리가 불변하는 대상들만 존중하면서 존재의 권리를 지켜낸다면, 길거리에서는 음악과 시가 울려 퍼지리라. 서두르지 않고 현명하게 살면 우리는, 위대하고 훌륭한 존재들만이 조금이나마 영원하고 절대적인 실체성을 지니며—사소한 두려움과 사소한 쾌락은 현실의 그림자에 지나지 않는다는 깨달음을 얻게 된다. 이런 의식은 언제나 숭고하며 활력을 고양한다. 두 눈을 감고 잠이 듦으로써, 그리고 겉꾸밈에 현혹당하기를 동의함으로써, 사람들은 어디에서나 철저한 착각의 기초 위에 세워놓은 판박이 일상과 습성의 나날을 기꺼이 받아들이고 그에 순응한다. 삶을 놀이로 여기는 아이들은 인생의 참된 법칙과 관계들을 훨씬 확실하게 분별하건만, 어른들은 보람찬 인생을 제대로 살아가는 길조차 모르면서, 기껏 실패의 경험을 자랑으로 삼아 자신들이 아이들보다 현명하다고 생각한다. 나는 어느 힌두교 경전*에서 이런 글을 읽었다. "어렸을 때 그가

❋　인도의 정통 육파(六派)철학 상키아 학파에 현존하는 가장 오래된 원전인 『수론송(數論頌)』 또는 『수론게(數論偈)』. 『상키아 카리카(Samkhya karika)』라고도 한다.

태어난 도시에서 쫓겨난 어느 왕자가 숲지기의 손에서 자랐는데, 그런 처지에서 어른으로 성장하다 보니, 그는 함께 살아온 미개한 종족과 자신이 같은 신분이라고 상상하기에 이르렀다. 부왕의 대신 하나가 그를 찾아내고는 왕자의 정체를 알려주었고, 자신의 신분에 대한 착각이 사라지자 그는 자기가 왕자임을 알게 되었다." 힌두 현자의 이야기는 이렇게 이어진다. "이와 마찬가지로 인간은 그가 처한 상황에 따라 때로는 자신의 본성을 제대로 알지 못하며 살다가, 어느 거룩한 스승이 진실을 밝혀주면, 그제야 자신이 '브라흐마'*라는 깨달음을 얻는다." 뉴잉글랜드 사람들이 이처럼 비루한 삶을 살아가는 까닭은 우리들의 눈이 사물의 겉만 훑어볼 뿐이지 속까지 꿰뚫어보지를 못하기 때문이라고 나는 인식한다. 우리는 실재처럼 보이는 현상을 정말로 실재라고 생각한다. 어떤 사람이 이 마을을 지나면서 실재하는 사물들만 본다면, '물레방아 둑'**의 숨은 의미는 어디에서 찾아야 한다고 그대는 생각하는가? 그 나그네가 그곳에서 목격한 사실을 우리에게 두 눈으로 본 그대로 설명한다면, 우리는 그가 설명하는 장소가 어디인지 알아차리지 못한다. 회관이나, 재판소나, 감옥이나, 상점이나, 사람이 사는 집을 보고는, 실제로 눈에 보이는 형상들만 서술한다면, 그것들은 모두 그대가 설명하는 어휘들만 남기고 행간에 깔린 장소의 상징적인 의미

❋   Brahme. 영적인 존재의 근본을 뜻하며, 힌두교 신화에 나오는 창조의 신으로 '범천(梵天)'이라고 함.

❋❋   Mill-dam, 콩코드 사람들이 교류하며 경제 활동을 벌이던 중심지.

는 산산이 부서져 사라지고 만다. 사람들은 진리가 까마득히 먼 어느 곳에 있으리라고 짐작하여, 우주의 변두리에, 가장 멀리 떨어진 별 너머에, 아담이 존재하기 이전이나 최후의 인간이 사라진 다음 어디쯤에 존재하리라고 믿는다. 영원함 속에는 분명히 진실하고 숭고한 무엇이 있다. 하지만 모든 시간과 장소와 상황은 바로 지금 여기에 존재한다. 신 자신도 바로 지금의 순간에 지고한 위치에 오르고, 모든 시대가 흘러가더라도 지금보다 더 신성한 경지에는 이르지 않는다. 그리고 우리는 우리들 자신을 에워싼 현실에 영원히 흠뻑 젖어 침잠해야만 비로소 숭고하고 고결한 모든 경지를 이해하게 된다. 우주는 끊임없이 그리고 충실하게 우리들의 온갖 개념에 화답하여, 빨리 가든 천천히 가든 우리가 가야 할 길 어디에선가 기다린다. 그렇다면 우리는 설계를 하는 데 생애를 바쳐야 한다. 화가나 시인이 아직까지 설계하지 못했던 아름답고 고상한 구상을 적어도 후세의 누군가는 이룩하게 되리라.

우리는 자연의 시간이 그러하듯 하루하루를 성실하게 보내야 하고, 철로에 과일 껍질이나 모기 날개가 떨어질 때마다 탈선하는 기차가 되지는 말자. 아침에는 일찍 그리고 빨리 일어나되, 마음을 어지럽히지 말고 평온하게 빨리 일어나 누가 왔다가 가든, 초인종이 울리든 말든, 그리고 아이들이 울건 말건—충실하게 하루를 보내겠다고 마음을 다져 먹어야 한다. 우리가 왜 물살에 휩쓸려 자빠지고 떠내려가야 하는가? 한낮의 얕은 여울에 들어앉아 무서운 격류와 소용돌이를 일으키는 점심 식사라는 이름의 번거로운 행사에 감격하거나 짜증을 부리지 말도록 하자. 이 위험만 견디어내면 나머지 길은 내리막이니까, 그대는 안전하다. 긴장을 풀지 말고 아침의 활력에 힘입어, 오디세우스처럼 돛대에 몸을 묶고*, 고개를 돌려 다른 쪽을 보면서, 위험한 고비를 벗어나야 한다. 기차 화통이 기적을 울리면, 아파서 목이 쉴 때까지, 얼마든지 울리라고 그냥 내버려 두자. 초인종이 울린다고 해서 왜 그대가 달려 나가야 하는가? 그 소리가 어떤 종류의 음악인지를 우리는 따져봐야 한다. 차분하게 자리를 잡고 앉은 다음에 우리는, 지구를 뒤덮은 새로운 퇴적층을 이룬 의견과, 편견과, 전통과, 미망과, 허상의 더러운 진흙탕 속으로 발을 집어넣어 그 아래를 조심스럽게 탐색해보고, 파리와 런던을 지나, 뉴욕과 보스턴과 콩코드를 지나, 교회와 나라를 통과하여, 시와 철학과 종교 속으로 헤집고 들어가, 우리가 실체라고 믿어도 되는 단단한 바닥과 요지부동하는 바위에 마침내 발바닥이 닿으면, 틀림없이 이곳이로다 하고 작정한 다음, 홍수와 서리와 불보다 깊숙한 아래쪽에 '단단한 거점(point d'appui)'을 마련하고는, 터를 닦아 성벽을 쌓아올리고 나라를 세우거나, 안전을 도모하는 가로등을 설치하고, 사정이 허락한다면 측정기를 하나 마련하되, 나일 강의 수위가 아니라 현실을 가늠하는 잣대를 준비하여, 위선과 겉치레의 홍수가 어느 시절에 얼마나 높이 쌓였는지를 후대 사람들이 확인하도록 도와줄 작업을 시작해야 한다. 그대가 어떤 불가피한 사실을 정면으로 직시할 각오가 되어 있다면, 언월도(偃月刀)가 마치 태

---

* 세이레네스가 부르는 유혹의 노래를 자기 혼자 듣기는 하더라도 다른 선원들과 배가 섬으로 끌려가지 않게하려고 오디세우스가 선택한 방법.

양처럼 양쪽 면에서 번쩍인다는 진실을 깨닫는 순간, 그 감미로운 칼날이 그대의 심장과 척추를 반으로 가르더라도, 죽어야 할 운명의 종말을 기꺼이 맞이하게 된다. 삶이든 죽음이든 우리는 오로지 진실을 알기만 갈망한다. 우리가 정말로 죽어야 할 운명이라면, 목에서 뼈가 으스러지는 소리를 듣고 수족이 차가워지는 감각을 기꺼이 느껴야 하며, 만일 우리가 살아 있다면, 하던 일들에 정진해야 한다.

시간이란 내가 낚시를 가는 시냇물일 뿐이다. 나는 거기서 물을 마시지만, 그러는 사이에 나는 모래 바닥을 보고 냇물이 얼마나 얕은지를 알아낸다. 시간의 얕은 냇물이 흘러가버려도, 영원은 그 자리에 남는다. 나는 더 깊이 마시고 싶어져서, 별들이 조약돌처럼 바닥에 깔린 하늘에서 낚시를 한다. 나는 하나를 헤아릴 줄 모른다. 나는 알파벳의 첫 글자를 알지 못한다. 나는 태어나던 날만큼 이제는 현명하지 못한 나 자신을 늘 부끄러워했다. 지성은 커다란 칼이어서, 온갖 사물의 비밀을 찾아들어가는 틈을 찾아낸다. 나는 필요 이상으로 내 손을 바쁘게 놀리고 싶지 않다. 내 머리는 손과 발이다. 나는 가장 훌륭한 나의 기능들이 모두 머리에 집중되었음을 감각으로 느낀다. 어떤 동물들이 주둥이와 앞발을 사용하듯, 내가 굴을 팔 때 사용해야 하는 신체 부위가 머리임을 본능이 나에게 깨우쳐주고, 그래서 나는 머리로 굴을 파서 이곳 언덕들을 뚫고 들어가겠다. 이쯤 어딘가에 노다지 광맥이 있으리라는 생각에, 탐지 막대와 엷게 피어오르는 증기를 보고 판단하건데, 나는 여기서 채굴을 시작해야 되겠다.

독서

삶에서 추구해야 할 목적들을 선택할 때 조금만 더 신중을 기한다면 모든 사람이 근본적으로는 탐구하거나 관찰자로서의 근본적인 자질을 갖추게 되리라고 믿어도 되는 까닭은, 인간의 본성과 운명이란 분명히 누구에게나 똑같은 관심의 대상이기 때문이다. 우리들 자신이나 후손을 위해 재산을 모으고, 가정이나 국가를 일으켜 세우고, 심지어 명성까지 얻는다 해도 우리는 필연코 죽어야 할 운명이지만, 진실에 임할 때는 인간이 불멸하니, 우발적인 변화를 두려워할 필요가 없다. 가장 오래전에 살았던 이집트나 인도의 어느 철학자가 신의 조각상을 가린 휘장의 한 자락을 걷어 올렸고, 그렇게 걷어 올린 자락이 아직도 여전히 나부끼고 있기에, 옛사람이 그랬듯 내가 지금 새로운 눈으로 같은 영광을 황홀하게 둘러보면, 예전에 그토록 대담했던 자의 내면에 내가 있으며, 지금 같은 환상을 다시 보는 나의 내면에 그가 살아 있는 셈이다. 신성한 조각상이 모습을 드러낸 이후에는 시간이 전혀 흐르지를 않았기에, 그 휘장에는 먼지가 앉을 겨를이 없었다. 우리가 보다 보람차게 활용하거나 그렇게 활용하기가 가능한 시간은 과거가 아니고, 현재도 아니며, 미래 또한 아니다.

나의 처소는 사색뿐만 아니라 진지한 독서를 위해서는 대학보다 훨씬 마음에 드는 곳이었고, 비록 흔한 이동 도서관조차 찾아오지를 않았지만, 처음에는 나무껍질에 적었으나 지금은 가끔 그냥 리넨지(linen paper)에 복사한 형태로 온 세상을 돌아다니는 책들의 영향을 나는 어느 때보다도 많이 받았다. 시인 미르 카마르 웃딘 마스트[*]는 이렇게 말했다. "제자리에 가만히 앉아서 정신세계의 영역을 돌아다니는 비법을 나는 책에서 찾아냈다. 단 한 잔의 술을 마시고 취하듯이 나는 영묘한 사상의 술을 마시면서 똑같은 즐거움을 맛보았다." 나는 가끔 잠깐씩만 들춰보는 정도였지만, 여름 내내 호메로스의 『일리아스』를 책상 위에 놓아두었다. 처음에는 집을 짓는 일을 마무리하는 한편으로 동시에 콩밭을 돌보느라고 쉴 새 없이 바빴던 터여서 나로서는 그 이상의 공부는 불가능했다. 그러나 언젠가는 마음껏 독서를 하게 되리라는 기대감에 그런대로 참고 견딜 만했다. 바쁜 틈틈이 나는 얄팍한 여행기를 한두 권 읽었지만, 나중에는 도대체 내가 지금 무슨 짓을 하고 있는지 정신을 차려 따져보고, 그렇게 보내는 시간이 부끄러워졌다.

학생이라면 작품 속의 영웅들과 경쟁을 벌이는 상상에 빠져,

[*]   Mir Camar Uddin Mast, 18세기 힌두 시인.

어느 정도까지는 아침나절을 경건한 마음으로 책에 헌납하기가 어렵지 않기 때문에, 시간을 한가하게 낭비할 위험에 빠지지 않으면서 호메로스나 아이스킬로스를 그리스어로 읽을 자유를 얻는다. 영웅들의 이야기가 설령 우리 모국어로 적혀 있다손 치더라도, 타락한 시대의 독자들에게는 모두가 마치 죽은 언어로만 여겨져서, 한 줄 한 줄 모든 어휘의 뜻을 하나하나 고생해가며 확인해야만 하고, 우리가 이해하는 지혜와 용기와 관용이라는 개념의 흔한 용법보다 훨씬 큰 숨은 의미를 찾아내지 않으면 안 된다. 오늘날 책을 값싸게 대량으로 생산하는 인쇄술에 힘입어 많은 번역이 이루어지기는 하지만, 그렇다고 해서 고대 영웅 문학에 우리들이 가까이 접근하는 데 그리 큰 도움이 되지는 않는다. 옛 작가들은 여전히 동떨어진 곳에 존재하고, 책에 인쇄된 어휘들은 변함없이 낯설고 진기해 보인다. 그대가 고대 언어의 낱말을 어느 정도 배우기만 하더라도, 길거리의 세속적인 하찮음을 벗어난 경지에서 불멸의 암시나 자극을 받는 기회를 얻기 때문에, 젊은 시절의 나날과 귀중한 시간은 헛되지 않으리라. 농부가 라틴어 몇 마디를 어디선가 듣고 기억했다가 인용한다면, 그것은 결코 쓸데없는 짓이 아니다. 고전 작품에 대한 공부가 언젠가는 현대적이고 실용적인 연구에 밀려나리라고 사람들이 가끔 말하지만, 모험심이 강한 학생이라면 어떤 언어로 쓰였건, 그리고 아무리 오래된 작품이건, 항상 고전을 탐구한다. 고전이란 인류의 가장 숭고한 사상을 담은 기록이 아니고 무엇이겠는가? 고전이야말로 아직까지 썩어 없어지지 않고 살아남은 유일한 신탁의 소리들이며, 거기에는 가장 최근에 대두한 질문들에 관하여 델포이나 도도나*에서 절대로 들어볼 길이 없었던 해답이 담겼다. 고전 연구를 그만두자는 주장은 자연 또한 오래 묵은 대상이니 탐구하지 말자는 핑계와 마찬가지다. 훌륭한 독서 방식, 그러니까 참된 책을 참된 정신으로 읽자는 마음은 숭고한 훈련이며, 그것은 오늘날의 관습이 훌륭하다고 평가하는 어떤 정신 훈련보다도 힘든 노력을 독자에게 요구한다. 독서 훈련은 운동선수들이 감당해야 하는 그런 노력을 수반해야 하며, 이 목적을 달성하기 위한 불굴의 의지는 거의 평생 지켜야 한다. 책이란 그것을 집필한 사람의 마음가짐에 맞춰 마찬가지로 차분하게 시간을 들여 정성껏 읽어야 한다. 귀로 듣는 언어와 눈으로 읽는 언어, 말로 하는 언어와 글로 적어놓은 언어 사이에는 간극이 크기 때문에, 책에 적힌 언어를 말할 줄 안다고 해서 그것만으로는 충분치 않다. 말로 하는 언어란 흔히 일시적인 수단이어서 한 가지 소리, 한 나라의 말, 한 지역의 방언에 지나지 않으며, 우리는 그런 언어를 짐승들처럼 어미한테서 무의식적으로 배운다. 반면에 글이란 그런 언어가 체험을 통해 성숙한 형태여서, 구어가 어머니의 말이라면 문어는 아버지의 말이고, 아버지 언어는 귀로만 들어서 이해하기에는 너무나 깊은 의미가 담긴 탓으로, 정성스럽게 선별한 표현의 함축성을 익히려면 다시 태어나 처음부터 새롭게 말을 배워야 한다. 중세에 그리스어나 라틴어를 그냥 통용어로만 사용한 수많은 사람들이 우연히 어떤 특정한 지역에 태어났다는 이유 하나만으로 누구나 그곳 언어로 집필한 천재들의

---

* Dodona, 그리스 북서부 에피루스의 제우스 신탁소(神託所)가 있던 곳.

작품을 읽는 특전을 타고났다고 할 수가 없는 까닭은 고전들은 단순히 그들이 아는 그리스어나 라틴어로 집필한 작품이 아니라 문학의 선별적 언어가 남긴 산물이기 때문이다. 그들은 그리스나 로마의 보다 고상한 방언을 배우지 않았으므로, 고전 대신 저속한 당대의 문학을 더 좋아했던 대다수 사람들에게는 문어로 글을 적어놓은 종이 자체는 휴지나 마찬가지였다. 그러나 유럽의 몇몇 나라가 비록 조잡하지만 그들의 신흥 문학이 소기하는 여러 목적을 실현하기에 충분할 만큼 뚜렷한 특성을 지닌 언어를 저마다 정착시키자, 최초의 학문이 부흥하여 학자들은 요원하게 멀리 떨어진 고대의 보물들을 감별하는 능력을 갖추게 되었다. 로마와 그리스의 대중은 들을 길이 없었던 소리를, 여러 시대가 지난 다음, 비로소 소수의 학자들이 읽어냈고, 오늘날도 겨우 몇몇 학자들만이 계속해서 읽는다.

웅변가들이 이따금 쏟아내는 외침을 듣고 우리가 아무리 경탄할지언정, 기록으로 남은 가장 거룩한 어휘들은 흔히, 별들이 총총한 하늘은 구름 뒤쪽에 숨어 있듯이, 순식간에 흘러가버리는 구어의 너머 저 멀리서 기다린다. 저곳 어디에선가 별들이 얘기를 하면, 읽을 줄 아는 사람들은 별의 언어를 알아듣는다. 천문학자들은 별들을 끊임없이 언급하고 관찰한다. 그들의 언어는 우리의 일상적인 대화나 흩어져 사라지는 입김처럼 증발하지 않는다. 연단에서 외치는 웅변은 서재의 수사학에서 우리들이 쉽게 접한다. 웅변가는 덧없는 한 순간의 영감에 휩쓸려, 목소리에만 귀를 기울이는 눈앞의 군중을 대상으로 연설을 하지만, 글을 쓰는 사람은 보다 온화한 삶을 주제로 삼기에, 연설가에게 영감을 주는 군중이나 사건을 접하면 마음이 산란해지고, 그래서 인류의 건전한 지성을 향해, 그를 이해할 능력을 갖춘 모든 시대의 모든 사람들을 향해 말을 한다.

알렉산드로스 대왕이 정복의 길에 나설 때마다 『일리아스』를 작은 귀중품 상자에 넣어 가지고 다녔다는 사실은 놀랄 만한 일이 아니다. 기록으로 남긴 언어는 무엇보다도 귀중한 유산이다. 그것은 어떤 다른 예술 작품보다도 더 우리에게 친밀한 만인의 재산이다. 그것은 인생 자체와 가장 닮은 예술품이다. 그것은 어느 언어로나 번역이 가능하여, 만인에게 읽힐 뿐만 아니라 실제로 모든 인간의 입에서 입으로 전해지며—화폭이나 대리석으로 재생되는 데서 그치지 않고, 삶 자체의 숨결로 빚어지는 예술의 형태를 갖춘다. 고대인의 사상을 형상화한 기호는 현대인의 언어가 된다. 2천 번의 여름은 그리스 문학의 기념탑에, 그리고 대리석 조각상에, 보다 성숙한 가을의 황금빛을 얹어주어, 그것들이 세월에 삭아 부스러지지 않도록 보호함으로써 고요함과 고결함의 본디 분위기를 만방에 전하도록 도와주었다. 책은 세계의 귀중한 재산이요, 수많은 시대와 민족이 고마워하는 유산이다. 가장 오래된 책과 가장 훌륭한 책은 자연스럽게 그리고 당당하게 모든 집의 선반에서 좋은 자리를 차지한다. 그런 책들은 스스로 내세울 자신만의 명분과 주장을 저마다 갖고 있지는 않으나, 독자를 계몽하며 키워주려고 거기에 담아놓은 내용을 거부할 정도로 상식이 부족한 사람은 없다. 훌륭한 책의 저자들은 어느 사회에서나 당연히 거역하기 어려운 귀족으로 대접을 받아서, 왕이나 황제들보다도 훨씬 더 많은 영향을 인류에게 행사한다. 무식하고 또 어쩌면 오만하기까지 한 상인들은 모험심과 근면함에 힘입어 그들이 간절히 바라던 여유와 독립을 쟁취하여 유행을 앞서가는 부유한 집단에 끼어들고, 그런 다음에는 뒤늦게나마 필연적으로 결국 보다 높으면서 접근하기가 어려운 지적인 천재들의 세상으로 눈을 돌리게 되는데, 그러면 자신의 교양과 허영심이 불완전하고 그의 온갖 물질적 재산만으로는 어딘가 부족하다고 인정하는 지경에 이르면서, 그가 부족하다고 뼈저리게 느끼는 지적 교양을 자식들에게만큼은 마련해주기 위해 온갖 고생을 감수하겠다는 선량한 인식을 발휘하고, 그렇게 함으로써 그들은 한 집안을 일으켜 세우는 기둥 노릇을 한다.

옛 고전들은 본디 집필이 이루어진 언어로 읽을 능력이 못한 사람들은 인류 역사에 대한 지식이 매우 불완전할 수밖에 없는 부족한 까닭은, 우리 문명 자체가 복제의 한 가지 형태라고 인정을 받지 못해서인지는 모르겠지만, 어느 고전 작품도 어떤 현대어든 전혀 복제된 적이 없다는 엄연한 사실 때문이다. 호메로스는 여태까지 영어로 완벽하게 복제된 적이 없으며, 아이스킬로스나 베르길리우스도 마찬가지인데—그들의 작품은 영롱한 아침 그 자체에 견줄만큼 아름답고 세련되고 견고한 틀을 갖추어서, 그들의 천재성을 두고 우리가 무어라고 곁말을 달던지 간에, 고대 작가들이 평생에 걸친 영웅적이고 문학적인 노력으로 이루어낸 정교한 아름다움과 완성도에 맞먹는 경지에 오른 후세의 작가들은, 혹시 언젠가 있었다고 해도, 지극히 보기가 드물었다. 고전 작가들을 잊었노라고 사람들은 말하지만 그들은 그냥 고전을 알지 못하는 무지한 사람들일 따름이다. 우리들로 하여금 그들을 가까이하고 그들의 가치를 느끼도록 도와줄 학문을 닦고 천재성을 갖춘 다음이라면 그제야 우리는 고전을 잊었노라고 말하더라도 늦지 않다. 우리가 고전이라고 당당하게 일컫는 유산은 물론이요, 그보다도 더 역사가 깊고 훨씬 고전적이지만 덜 알려진 여러 나라의 경전들이 바티칸과 같은 여러 궁전에 쌓이고 쌓이며, 「젠드-아베스타」*와 고대 바라문교의 갖가지 경전과 성경들과 더불어 호메로스와 단테와 셰익스피어 같은 작가들의 작품들과 함께, 미래의 모든 세기가 흘러가는 사이에 저마다의 시대가 남기는 기념비적인 작품들을 차곡차곡 세계의 전당에 집대성하고 나면, 그때는 진정으로 풍요한 시대가 되리라. 그렇게 높이 쌓아올린 업적을 딛고 우리는 마침내 하늘에 오를 희망을 얻게 된다.

위대한 시인들의 작품은 다른 위대한 시인들이 아니고서는 읽어낼 길이 없기 때문에, 세상 사람들은 아직 아무도 제대로 읽지를 못했다. 일반 대중은 그들 작품을 마치 별들을 천문학의 시각에서가 아니라 점성술에서처럼 읽어내는 방식으로만 읽는다. 상인들이 장사를 하다가 속지 않기 위하여 장부를 정리하려고 숫자를 꿰어 맞추는 계산 방법을 배우듯이, 대부분의 사람들은 자질구레한 편의를 찾아보기 위해 책 읽기를 배웠으므로, 고상한 지적 훈련으로서의 독서에 관해서는 별로 또는 전혀 알지 못하지만, 높은 차원에서의 유일한 독서란, 사치스러운 위안을 받느라고 낭비하는 시간 동안에 보다 드높은 기능들이 잠들어버리는 그런 독서가 아니라, 가장 민감하게 긴장하여 깨어 있는 많은 시간을 바쳐가며 읽기 위

❀   Zend-avestas, 조로아스터교의 경전의 해설집.

해 우리가 발돋움을 해야 하는 그런 독서다.

우리가 이왕 글을 깨우쳤다면, 사람들은 문학이라는 분야에서 가장 훌륭한 작품들을 읽어야 할 노릇이지, 평생 4학년이나 5학년 반에서 가장 낮은 맨 앞줄에 앉아 한 음절짜리 단어와 철자법이나 한없이 읊어대는 수준에 영원히 머물러서는 안 된다고 나는 생각한다. 대부분의 사람들은 단 한 권의 좋은 책이라고 생각하는 성서를 읽거나 혹은 남들이 읽어주는 내용을 듣고 만족하면서, 어쩌다 그 안에 담긴 지혜를 통해 자신의 죄를 자각하고 나면, 더 이상 성숙하려는 노력을 기울이지 않고 나머지 삶을 식물처럼 살아가며, 이른바 쉬운 독서를 하면서 그들의 능력을 헛되이 낭비한다. 이곳의 이동 도서관에는 몇 권으로 구성된 『어린이 독서 마을(Little Reading)』이라는 제목의 책이 있는데, 처음에 나는 그것이 내가 가본 적이 없는 어느 마을*의 이름인 모양이라고 착각했었다. 무엇 하나 버리기를 아까워하는 가마우지나 타조를 닮아서, 고기와 채소를 저녁에 잔뜩 먹고 난 다음에 모두 거뜬히 소화해내는 사람들처럼, 세상에는 온갖 종류의 독서를 포식하는 부류가 적지 않다. 만일 다른 사람들이 여물을 제공하는 기계라면 그런 부류의 독자들은 여물을 읽어내는 기계다. 그들은 제뷸론과 세프로니아**에 관한 9천번째의 이야기를 읽으며, 그들 남녀가 인류 역사상 어느 누구보다도 끔찍이 더 서로 사랑했다느니, 그러나 두 사람 다 참된 사랑을

---

*　　보스턴 북부에 실제로 Little Reading이라는 마을이 있었음.

**　Zebulon, Sephronia. 싸구려 통속소설의 남녀 주인공.

찾아가는 길이 순탄하지를 못했다느니 —그럼에도 불구하고 여하튼 그들의 사랑이 거침없는 질주를 계속하다가 좌절하여 엎어지는가 하면, 그러나 아, 다시 떨쳐 일어나 또 달려갔으며! 어떤 불운의 고비를 당해 누군가 교회의 첨탑을 기어 올라가게 되었는데*, 종루까지 올라가는 어리석은 짓을 하지 않았더라면 좋았겠으나, 어쨌든 쓸데없이 주인공을 그곳까지 올려다놓고 신이 난 소설가는 온 세상 사람들이 모두 모여와 들으라고 종을 울리는데, 그러면 먹성이 좋은 독자는 세상에! 주인공이 어떻게 다시 밑으로 내려왔는지 신기하구나! 감탄하면서 똑같은 이야기를 읽고 또 다시 읽는다. 내 생각에는 통속소설의 세계를 주름잡는 그런 기고만장한 모든 주인공은, 영웅들을 벌써부터 하늘 높이 별자리를 주어 모셨듯이, 수탉 풍향계**인간으로 둔갑시켜, 그곳 공중에서 녹이 슬 때까지 빙글빙글 돌도록 내버려 두어, 다시는 세상으로 내려와 정직한 사람들에게 못된 장난을 치며 귀찮게 괴롭히는 일이 없도록 하는 편이 좋을 듯하다. 다음번에 그 소설가가 다시 종을 친다면 나는 마을회관에 불이 나서 몽땅 타버리더라도 꼼짝달싹하지 않을 작정이다. "'쬐만 꼬마 딸딸이'***이야기로 유명한 작가의 중세 연애소설 『깡충 폴짝 뛰

---

*   〈폴린의 모험(The Perils of Pauline)〉 같은 초기 할리우드 연작 영화에서 궁지에
      몰린 주인공이 걸핏하면 높은 곳으로 자꾸만 도망쳐 결국 막다른 꼭대기에 이
      르는 유치한 장면을 풍자한 대목임.
**   weathercocks, 미국 농장에서는 바람의 방향을 한눈에 알아보려고 회전하는 수
      탉 모형을 높다란 장대나 지붕 꼭대기에 설치한다.
*** Tittle-Tol-Tan, 옹알이 투로 지어낸 말.

어넘기(The Skip of the Tip-Toe-Hop)』가 매달 연작으로 속간될 예정이오니, 대대적인 열풍을 감안하여 불편함을 피하시려면 한꺼번에 몰려오지 않으시기 바랍니다." 그러면 원시적인 호기심이 발동하여, 수많은 사람들이 두 눈에 불을 밝히고, 네 살 난 어린아이가 교실 앞줄에 앉아 표지에 금박을 입힌 2전짜리 신데렐라 이야기를 탐독하듯이, 튼튼한 모래주머니처럼 지칠 줄 모르는 소화력을 발휘하며 독서에 임하는데―그렇다고 해서 내가 보기에는 그들 독자의 발음이나, 억양이나, 요지를 가려 인식하는 각별한 능력은 물론이요, 교훈을 인지하거나 보완하는 기교 또한 전혀 향상되지 않는다. 그러한 독서 방식의 결과로 시력은 감퇴하고, 생기의 순환이 정체되며, 모든 지적 기능은 헤어나지 못할 만큼 전반적으로 와해된다. 이런 종류의 조잡한 생강빵은 진짜 밀가루나 옥수수 가루로 만든 빵보다 거의 모든 집에서 부지런히 훨씬 더 많이 구워내며, 소비자 또한 확실히 많다.

최고 수준의 서적들은 이른바 훌륭한 독자라는 소리를 듣는 사람들조차 읽지 않는다. 이곳 콩코드의 문화 수준은 어느 정도일까? 극히 소수의 예외를 인정해야 되기는 하겠지만, 이 고장에는 누구나 읽고 쓸 줄 아는 언어로 된 영문학 분야에서조차 최고의 작품은 고사하고 아주 훌륭하다고 여겨지는 책들에 대한 취향이 두드러진 독자가 별로 눈에 띄지 않는다. 다른 어떤 곳이나 다 마찬가지겠으나 이곳에서는, 심지어 대학에서 소위 개방적인 교육을 받았다는 사람들조차 영문학 고전이라면 정말로 아주 조금밖에 또는 전혀 접하지 못하는 실정이며, 알고자 하는 의욕만 가졌다면 누구나 접근이 가능한 고대의 고전이나 경전들, 인류의 지혜를 기록한 작품들에 관해서라면, 가까이하려는 노력은 어디에서건 지극히 미약하기가 이를 데 없다. 내가 아는 어느 중년의 나무꾼은 프랑스어 신문을 받아 보는데, 그가 하는 말을 그대로 믿어주자면, 그런 정도의 관심사는 초월한 사람이고 보니 프랑스의 새로운 소식을 알고 싶어서가 아니라, 자기는 본디 캐나다 태생*이고 보니 "말을 잊어버리지 않기 위해서"라 했고, 세상에서 자신이 가장 잘할 수 있는 일이 무엇이라고 생각하는지를 내가 묻자, 그는 프랑스어뿐 아니라 영어 공부를 게을리하지 않아서 실력을 키우는 것이라고 말했다. 이것은 대학을 나온 사람들이 일반적으로 행하거나 소망하는 최상의 목표이며, 그들은 이 목적을 달성하기 위해 영어 신문을 구독한다. 영어로 된 아주 훌륭한 책 한 가지로 꼽힐 만한 글을 지금 막 읽고 난 사람이 그 작품에 관해서 누구하고 대화를 나누고 싶어 한다면, 과연 그는 얘기를 나눌 만한 상대를 몇 명이나 찾아내겠는가? 더 나아가서, 무식하다는 소리를 듣는 사람들까지도 그것이 훌륭한 책이라는 찬사를 자주 들었음직한 그리스어나 라틴어 고전을 누군가 원본으로 읽었다면, 그는 필시 대화 상대를 아무도 찾아내지 못해 아예 입을 다물고 말아야 한다. 정말이지 미국의 대학들을 여기저기 뒤져본들, 혹시 고대 언어의 어려움은 겨우 극복했을지 모르겠지만, 그리스 시인의 재치와 작품의 난해함까지 제대로 통달하여 공감한 바를 열정적이고 용감한 독자에게 전달해줄 진정한 교

---

* 캐나다에서는 영어와 더불어 프랑스어가 공용어임.

수는 만나기 어려우며, 인류를 위한 경전이나 신성한 가르침이 담긴 서적들에 관해서라면, 도대체 이 고장에서 누가 제목만이라도 말해줄 수 있겠는가? 대부분의 사람들은 헤브라이 백성 이외에 경전을 보유한 다른 민족들이 존재한다는 사실조차 알지 못한다. 사람이라면, 어느 누구일지언정, 땅에 떨어진 은화 한 닢을 줍기 위해서 가던 길을 상당히 멀리 벗어나기를 마다하지 않건만, 고대의 가장 현명했던 사람들이 남긴 황금처럼 고귀한 말들은, 훗날 대대로 모든 시대의 현인들이 그 가치를 확인해주었음에도 불구하고 거들떠보지를 않으며—우리들은 기껏해야『어린이 독본』과 각종 입문서와 교과서를 읽는 공부밖에는 하지 않고, 학교를 졸업한 다음에는 아이들과 초보자들을 위한『어린이 독서 마을』과 이야기책을 읽고, 그래서 우리의 독서와 대화와 사색의 수준은 하나같이 지극히 낮은 수준이어서, 소인족이나 난쟁이들에게나 겨우 어울릴 정도다.

이곳 콩코드 땅이 배출한 어느 누구보다도 현명하지만 이곳에서는 이름이 별로 알려지지 않은 인물들과의 정신적인 교류를 나는 갈망한다. 혹시 나는 플라톤의 이름을 듣기는 했지만 그의 저서를 전혀 읽어보지 못한 사람은 아닐까? 마치 플라톤이 나와 같은 마을에 거주하기는 하지만 한 번도 만난 적이 없어서—바로 옆집에 사는 이웃임에도 불구하고 그가 하는 얘기를 들어본 적이 전혀 없고, 그가 한 말에 담긴 지혜에 귀를 기울여 볼 기회가 없었던 경우처럼 말이다. 실제로는 어떠한가? 플라톤이 지녔던 영원불멸한 영혼이 담긴『대화편』이 바로 옆 선반에 놓여 있건만 나는 아직 한 번도 읽어보지 못했다. 우리는 다 같이 미천한 출신에 밑바닥 인생을 살았으며 무식한 사람들이어서, 그와 같은 관점에서 고백하자면 나는, 전혀 글을 읽지 못하는 우리 고을 사람들의 무지함은, 어린애들과 지능이 부족한 사람들을 위한 책만을 읽은 사람들의 무식함과 비교할 때, 그리 큰 차이가 난다고는 믿지 않는다. 우리는 고대의 위인들만큼 훌륭해지도록 노력해야 하는데, 그러자면 우선 그들이 얼마나 훌륭했었는지부터 알아야 한다. 우리는 모두가 왜소한 조무래기 인종이며, 지적인 도약을 해봤자 일간 신문에 실리는 고정란의 수준을 넘지 못한다.

모든 책이 그것을 읽는 독자들처럼 따분하지는 않다. 책에 담긴 내용 가운데는 어쩌면 우리의 현실에 정확히 호소하는 말들이 담겼을지 모르고, 그래서 만일 우리가 정말로 귀를 기울여 듣고 이해하기만 한다면 그것들은 아침이나 봄날보다 훨씬 더 우리의 삶에 유익한 의미를 전하고, 우리들에게 세상만사의 신선한 면모를 제시해줄지도 모른다. 얼마나 많은 사람들이 한 권의 책을 읽고 그의 인생에서 새로운 전기를 마련했던가. 책은 어쩌면 우리에게 이미 일어난 기적들을 설명해주고 앞으로 찾아올 다른 기적을 보여주려고 존재하는지 모른다. 현재로서는 감히 하기 어려운 말들을 누군가 이미 했다는 사실을 우리는 어디에선가 확인하기 또한 어렵지 않다. 우리의 마음을 어지럽히고 혼란에 빠트리고 궁지로 몰아넣는 문제들을 어느 누구 하나 예외가 없이 모든 현인들 또한 나름대로 언젠가는 이미 겪었고, 그들은 저마다 능력껏 말과 실천으로 해답을 남겼다. 뿐만 아니라 우리는 지혜를 통해 도량을 배운다. 콩코드 교외의 어느 농장에서 품을 파는 외톨이 일꾼은, 특이한 종교적인 체험을 거쳐 다시 태어나, 그의 신앙에 따라 과묵한 근엄함과 배타성의 경지에 빠진 까닭에 그럴 리가 없다고 부정할지 모르겠으나, 조로아스터는 이미 수천 년 전에 농장 일꾼과 같은 길을 걸어가며 같은 경험을 했건만, 보다 현명한 사람이었기에 그의 삶이 보편적이라는 진실을 깨달았으며 그에 따라 주변 사람들을 공평하게 대우했고, 나아가서 사람들끼리 서로 존중하는 신앙을 일으켜 세웠다고 한다. 그러니 외톨이 인부로 하여금 겸손한 마음으로 조로아스터와 소통하고, 예수 그리스도를 비롯하여 모든 위대한 인물들의 영향을 너그럽게 받아들임으로써 "우리들만의 교회"라는 개념을 버리도록 도와줘야 옳겠다.

우리는 미국이 19세기를 살아가는 국가들 가운데 가장 눈부신 발전을 계속해나간다고 자랑한다. 그러나 우리 마을이 우리들 자신의 문화를 발전시키기 위해 기여하는 바가 얼마나 하찮은지를 생각해보라. 나는 마을 사람들에게 아첨을 하고 싶지는 않고 그들로부터 아첨을 받고 싶지도 않은데, 그래봤자 피차 발전에 아무런 도움이 되지 않겠기 때문이다. 우리는 걸음을 빨리하라고 농부가 막대기로 찔러대는 황소들처럼 ─ 아픈 자극을 받아야만 한다. 우리는 어린이들만이 다니는 보통학교*만큼은 비교적 훌륭한 체제를 갖추어놓았지만, 초라하기 짝이 없는 겨울 문화 강좌와 최근에

❋   common school, 1837년부터 매사추세츠에서 시작되어 19세기에 미국 전역으로 확대된 체제로 지역 사회가 종교적인 도덕성과 복종심을 배양하기 위해 주도한 청소년 교육 방침.

주 정부의 제안에 따라 겨우 생겨나기 시작하여 아직은 빈약한 도서관을 제외하면 우리 어른들을 위한 학교가 없다. 우리는 정신적인 자양분의 섭취보다는 육체를 위한 영양소에, 그리고 몸에 병이 났을 때, 훨씬 많은 돈을 쓴다. 우리가 성인 남녀로서 살아가기 시작할 즈음에 어린이 학교 수준에서 교육을 중단하지 않도록 이제는 보통이 아닌 학교를 마련해야 할 때가 왔다. 마을들이 저마다 대학교가 되어서, 어르신 주민들이—혹시 시간적인 여유를 부릴 만큼 풍족하게 살아가는 처지라면—대학 마을의 교수 노릇을 하고, 주민 학생들이 폭넓은 학문을 추구하며 여생을 보내는 세상이 되어야 한다. 세상의 지식이 단 하나의 파리 대학이나 옥스퍼드 대학에 영원히 갇혀버려야 옳다는 말인가? 학생들이 이곳에서 편히 지내며 콩코드의 하늘 아래서 교양 교육을 받아서는 왜 안 된다는 말인가? 아벨라르*같은 학자를 모셔다 우리가 강의를 들으면 안 될까? 슬프도다! 가축에게 여물을 주고 가게를 지키느라고 우리는 너무나 오랫동안 학교를 멀리하여, 안타깝게도 교육에 소홀해지고 말았다. 이 나라에서는 마을이라는 공동체가 몇 가지 측면에서 유럽의 귀족**과 같은 역할을 맡아야 한다. 마을은 순수 예술의 후견인이 되어야 한다. 마을은 그만한 경제적인 여력을 가지고 있다. 그럴

---

* Pierre Abélard, 소르본느에서 명강으로 유명했던 프랑스 스콜라 철학의 진보적 사상가이며 신학자. 38살 중년의 나이에 17살인 제자 엘로이즈(Héloise)와의 염문으로 명성을 잃고 수사(修士)가 되었으며 엘로이즈는 수녀가 되었다.

** 중세 유럽에서는 많은 귀족이나 왕족들이 화가나 음악가 같은 예술가의 후견인 노릇을 했다.

만한 아량과 품위만 없을 뿐이다. 마을은 농부들과 상인들이 중요하다고 여기는 일이라면 돈을 내놓지만, 보다 지적인 사람들이 훨씬 더 큰 가치를 인정하는 대상을 위해 돈을 쓰자고 제의하면 그것은 몽상적인 짓이라고 생각한다. 재정이 넉넉해서였는지 정치 덕분이었는지 모르겠지만, 이 마을은 동네 회관을 짓느라고 1만 7천 달러를 들였는데, 속이 빈 그 껍데기 속을 채워 넣을 알찬 실체가 될지성을 살려 육성하는 데는 앞으로 백 년이 가도 아마 그만한 돈을 쓰지는 않을 듯싶다. 겨울 문화 강좌를 위해 해마다 책정되는 125달러는 마을에서 모금한 같은 액수의 어떤 돈보다 값진 용도로 쓰인다. 이왕 19세기에 살아가면서 왜 우리는 19세기가 베풀어주는 편의를 제대로 누리지 못하는가? 왜 우리의 삶이 어떤 면에서나마 한 지역에 갇혀야만 하는가? 꼭 신문을 읽어야 할 바에는 보스턴의 잡다한 소문 따위는 거들떠보지 말고 이왕이면 세계에서 가장 훌륭한 신문을 찾아 나서야지―이곳 뉴잉글랜드의 《감람나무 가지(Olive-Branches)》*를 뒤적거리거나 "정치 성향이 중립적인 가정"을 대상으로 삼는 신문들**에서 유치하고 달콤한 글발이나 빨아먹어서야 되겠는가? 온갖 학구적인 단체들의 각종 보고서를 접하도록 이곳에 여건을 마련해주면, 우리는 그들이 도대체 무엇을 얼마나 아는지를 확인하기가 어렵지 않다. 우리는 읽어야 할 책들의 선

---

* 보스턴에서 발간되던 주간지.
** 중요한 시사 문제나 사상 따위는 도외시하고 심심풀이용으로 기독교 여러 교파가 펴낸 간행물.

택을 왜 하퍼*나 레딩**출판사에 맡겨야 하는가? 세련된 취향과 교양을 갖춘 귀족이 그의 인품을 구성할 모든 요소—천재성과 학식과 재치와 책과 그림과 조각품과 음악과 사상적인 자료 따위를 닥치는 대로 그의 주변에 수집해 쌓아놓듯이—우리 마을도 그렇게 열심히 가꾸어서, 비록 우리의 청교도 조상들이 옛날 옛적 언젠가 한 명의 지혜로운 스승, 목사 한 명, 집사 한 명, 교구 도서관 하나, 그리고 행정위원 세 사람의 지도를 받으며 황량한 바위***주변에서 추운 한 해 겨울을 보냈다는 이유만으로 우리마저 그 정도의 여건에 만족해서는 안 된다. 집단적으로 행동하는 상습은 우리 사회 체제의 정신에 부합하고, 우리의 형편이 귀족의 처지보다 훨씬 앞섰으니, 우리에게 주어진 여건들이 더 번영하리라고 나는 확신한다. 뉴잉글랜드는 세계의 모든 현인들을 불러들여 그들로부터 가르침을 받고, 그러는 동안 그들에게 부족함이 없는 대우를 제공함으로써 지역의 편협함을 말끔히 탈피할 기회를 얻는다. 그것이 우리가 원하는 보통이 아닌 학교(uncommon school)다. 우리는 귀족들을 배출하는 대신에 평민들의 마을을 귀족처럼 고귀하게 가꿔야 한다. 꼭 그래야만 한다면, 강을 건너는 다리 하나를 덜 놓아서, 불편하게

❊   Harper & Brothers, 1817년 제임스 하퍼가 맨해튼에 창립하고 1833년부터 형제들이 합세하여 각종 잡지를 발간하기도 한 미국 굴지의 출판사. 1960년대 우리나라에서 대형 세계명작전집들이 기획 출판되었듯이 하퍼에서는 '표준문학선집(Select Library of Valuable Standard Literature)'을 출간했음.

❊❊   Redding & Co, 보스턴을 거점으로 한 출판사.

❊❊❊ 1620년 영국 청교도들이 메이플라워호를 타고 65일간의 항해 끝에 신대륙으로 상륙했을 때 최초로 밟았다고 전해지는 플리머드 바위(Plymouth Rock).

조금 멀리 돌아가야 하더라도, 우리 주위를 둘러싼 무지함의 어두운 소용돌이를 건너가는 구름다리를 하나만이라도 마련해야 한다.

소리

그러나 아무리 엄선해서 선택한 고전일지언정, 본질적으로 하나의
방언이며 지방색에 지나지 않는 특정 언어로 쓰인 책만 골라서 읽
는다면, 우리는 그 자체만으로 풍요하고 고고한 표준이 되는 언어,
비유를 통한 기교를 부리지 않고도 모든 사물과 상황을 그대로 표
출하는 어떤 언어를 잊어버릴 위험에 처한다. 출판되는 책은 많지
만 우리 머리에 각인되는 책은 별로 없다. 덧문을 통째로 떼어버리
면 덧문 사이로 흘러들어오던 아쉬운 햇살은 더 이상 기억이 나지
않는다. 끊임없이 깨어 있으려는 경각심의 의무감을 능가하는 정신
훈련 방법은 없다. 역사나, 철학이나, 시를 가르치는 강의를 제아무
리 잘 선택한들, 아무리 훌륭한 집단이나 동경할 만한 삶의 방식을
따른다고 한들, 반드시 봐야 할 대상을 늘 찾아서 보려는 훈련에 어
찌 비견하겠는가? 단순한 독자나 학생이 되는 대신 세상을 제대로
보고 읽어내는 사람이 되어야 옳지 않겠는가? 그대의 운명을 읽어

내고, 앞에서 무엇이 기다리는지를 알고, 그런 다음에 미래를 향해 나아가야 한다.

첫해 여름에 나는 책을 읽지 않고 콩밭을 돌보았다. 아니, 사실은 그보다는 훨씬 훌륭하게 보낸 시간이 많았다. 손으로건 머리로건 무슨 일을 하거나 간에, 활짝 피어난 현재의 순간을 희생해서는 안 될 때가 그러했다. 나는 내 삶에서 넉넉한 여백을 마련하기를 좋아한다. 여름날 아침이면 가끔 나는, 늘 그러듯 목욕을 하고 나서 해돋이부터 정오까지 햇살이 잘 드는 문간에 나가 앉아, 소나무와 호두나무와 옻나무로 둘러싸인 채, 무엇 하나 어지럽히지 않는 고적함과 정적 속에서 황홀한 몽상에 빠지고, 그러면 새들이 여기저기서 노래를 부르거나 집 안팎을 소리 없이 날아다녔으며, 그러다가 햇살이 서쪽 창문으로 쏟아져 들어오거나, 멀리 한길에서 어느 여행자의 마차가 지나가는 소리가 들려오면, 그제야 나는 시간이 한참 흘러갔음을 깨닫고는 했다. 그런 계절이면 나는 밤새 혼자 익어가는 옥수수처럼 성숙했으니, 그럼으로써 두 손으로 했음직한 어떤 노동보다도 훨씬 많은 것을 수확했다. 그런 시간들은 내 삶에서 헛되이 사라진 낭비가 아니라, 평상시에 내가 거두는 보람을 훌쩍 넘는 선물이었다. 나는 동양인들이 일을 하는 대신 명상에 잠기는 이유가 무엇인지를 깨달았다. 거의 하루 종일 나는 시간이 어떻게 흘러가는지 신경을 쓰지 않았다. 낮 시간은 일을 좀 하다 보면 어느새 흘러가버려서, 아침이구나 싶으면, 맙소사, 어느새 저녁이었으며, 그렇다고 별로 해놓은 탐탁한 일도 없었다. 새처럼 노래를 부르는 대신, 나는 끊임없이 찾아오는 내 행운에 조용히 미소를 지었다.

참새가 문 앞의 호두나무에 앉아 지저귀면 나는 잠시 키득거리거나, 내 둥지에서 흘러나가는 소리를 새가 듣고 방해를 받을까봐 나의 지저귐을 참았다. 내가 보내는 나날은 이교도 신들의 흔적이 담긴 요일*로 따지지를 않았고, 시간별로 자디잘게 토막을 내며 초조하게 시계가 째깍거리는 소리와 함께 흘러가는 나날 또한 아니었으니, 나는 푸리 원주민**처럼 살았는데, 그들에게는 "어제와 오늘과 내일을 뜻하는 단어가 하나뿐이어서, 어제라고 하려면 뒤쪽을, 내일은 앞쪽, 그리고 지금 지나가는 오늘은 위쪽을 손으로 가리켜 의미의 차이를 나타낸다."라고 했다. 이웃 사람들의 눈에는 이런 행태가 틀림없이 나태함의 극치라고 여겨졌겠지만, 새들과 꽃들이 그들 나름대로의 기준으로 나를 평가했다면, 나를 어딘가 부족하다고는 절대로 꾸짖지 않았으리라. 사람이라면 할 바가 무엇인지를 알아야 한다는 말은 백번 옳은 소리다. 자연에서의 나날은 매우 평온하여, 인간의 게으름을 크게 꾸짖으려고 하지 않는다.

그래도 사교계나 극장처럼 어딘가 멀리서 소일거리를 찾는 사람들에 비하면, 내 생활 방식에는 적어도 한 가지 좋은 점이 있으니, 나의 삶 자체가 경이로움으로 끝없이 이어지는 도락이 되었다는 사실이었다. 그것은 끝을 모르는 수많은 장면으로 구성된 한 편의 연극과 같았다. 지금까지 익혀온 가운데 마지막 최선의 방식에

---

* 화요일(Tuesday)은 전쟁과 하늘의 게르만 신 티우(Tiw)의 날을 뜻하는 고대 영어 Tiwesdæg, 수요일(Wednesday)은 바이킹이 섬기던 최고의 신 오딘(Odin 또는 Woden)의 날임.

** Puri Indians, 브라질의 원시 부족.

따라 항상 삶을 통제하고 이끌어 간다면, 우리는 절대 권태로 인하여 시달리지는 않으리라. 타고난 자질을 충실히 따르기만 한다면, 그대는 틀림없이 시시각각으로 참신한 가능성을 맞이하게 된다. 집 안일은 즐거운 놀이나 마찬가지였다. 마룻바닥이 지저분해지면 나는 일찍 자리에서 일어나 침대와 이부자리를 한꺼번에 끌어서 옮겨가며 가구를 모두 문밖 풀밭에 내다놓고, 바닥에 물을 끼얹고는 호수에서 퍼 온 하얀 모래를 그 위에 뿌려 말끔하고 하얗게 빗자루로 문질렀으며, 마을 사람들이 아침 식사를 마칠 때쯤이면 아침 햇살에 집안이 이미 충분히 마르고, 그래서 다시 안으로 들어간 나는 거의 아무런 방해를 받지 않으며 명상의 시간을 가졌다. 위에 펼쳐놓은 책과 펜과 잉크를 치우지 않은 채 덩그러니 처박힌 세 다리 책상을 비롯하여, 집안의 세간살이를 몽땅 들어내 집시의 초라한 이삿짐 더미처럼 통째로 들어 내놓은 소나무와 호두나무 사이 풀밭에 덩그러니 쌓아올린 마당의 어수선한 풍경을 둘러보며 나는 기분이 흐뭇했다. 가구들도 밖으로 나들이를 하니 딴에는 즐거운 모양이었고, 그래서 안으로 다시 끌려 들어가고 싶지 않은 눈치였다. 때때로 나는 그들 위에 차양을 치고 그곳으로 옮겨가 한가운데 자리를 잡고 앉아볼까 하는 유혹을 느끼고는 했다. 가구들이 햇볕을 쪼고 실컷 바람을 쐬는 모습은 보기에 퍽 좋았으며, 집안에만 처박혀 지내던 지극히 낯익은 물건들을 밖에 내놓고 보는 즐거움 또한 적지 않았다. 옆에 있는 나뭇가지에는 새 한 마리가 앉았고, 책상 밑에서는 만년초 꽃들이 피었으며, 검정딸기 넝쿨이 탁자 다리를 휘감았고, 가시 돋은 밤송이 껍질과 솔방울과 딸기 잎사귀들이 여기저기 널렸다. 이런 식으로 가구와 책상과 의자 그리고 침대가 자연의 형상들을 슬그머니 닮아가며 전이되는 듯 보였는데 ― 하기야 가구들은 한때 자연 속에서 그들과 함께 살았었다.

어린 리기다소나무(美油松)와 호두나무가 자라는 작은 숲으로 둘러싸인 내 집은 훨씬 더 넓은 숲이 끝나는 언저리에 바싹 붙은 언덕 기슭에 자리를 잡았으며, 좁은 오솔길을 따라 30미터가량 집에서 언덕을 내려가면 호수에 이르렀다. 앞마당에는 산딸기와 검정딸기, 만년초와 애기고추나물과 미역취, 작은 덤불을 이룬 어린 떡갈나무와 모래벚나무, 그리고 월귤나무와 땅콩이 함께 살았다. 5월 말이 가까워지면, 모래벚나무(학명은 Cerasus pumila)가 만발하여 산형(繖形) 꽃차례로 짧은 줄기를 섬세한 꽃들이 원통형으로 감싸고 피어나 오솔길 양쪽을 장식했으며, 가을까지 용케 버티던 꽃들은 큼직하고 멋진 버찌로 변신하여 주렁주렁 묵직하게 달려 사방으로 둥근 꽃다발처럼 광채를 뿌리며 늘어졌다. 나는 자연을 찬미하는 뜻에서 버찌 열매를 맛보기는 했지만 사실 맛은 그다지 좋지 않았다. (학명이 Rhus glabra인) 거먕옻나무는 내가 집 둘레에 쌓아 올린 둑을 뚫고 올라와 오두막 주변으로 무성하게 자라나 처음 한 철에만 벌써 1.5미터나 2미터까지 키가 컸다. 새의 깃털 모양으로 넓게 펼쳐진 열대성 잎사귀들은 낯이 설기는 하지만 보기에는 좋았다. 죽은 듯싶었던 옻나무의 마른 줄기에서 늦은 봄에 큼직한 움들이 불쑥 돋아나더니, 마법을 부리는 듯 우아한 초록빛을 띠며 지름이 3센티미터나 되는 나긋나긋한 가지로 혼자 자라났는데, 가끔 창가에 앉아 내가 물끄러미 쳐다보는 줄도 모르는지, 그렇게 염치

없이 막무가내로 자라다가 연약한 마디에 부담이 가서, 바람 한 점 불지 않건만 제 무게를 견디지 못하여 싱싱하고 여린 가지가 갑자기 부러져 부채처럼 땅바닥으로 떨어지는 소리가 들려오고는 했다. 커다란 무리를 이루며 꽃이 만발했을 때는 수많은 야생벌을 불러 모으던 딸기나무들은 8월을 맞아 서서히 밝은 우단 같은 진홍색을 띠기 시작하면서, 역시 무게를 견디지 못해 연약한 가지들이 늘어져 부러지고는 했다.

* * *

이러한 여름날 오후 창가에 앉아 있노라면, 내가 개간해놓은 터전 위로 몇 마리의 새매가 빙빙 날아다니고, 멧비둘기는 두세 마리씩 짝을 지어 내 시야를 가로질러 필사적으로 도망치거나 집 뒤편 섬 잣나무 가지에 쪼그리고 앉아 초조하게 허공을 향해 소리를 지르는가 하면, 물수리 한 마리는 거울 같은 호수 표면에 잔물결을 일으키며 물고기 한 마리를 낚아채어 하늘로 솟구치고, 담비가 집 앞 늪에서 살금살금 기어 나와 물가로 내려가서 개구리를 잡고, 사초(莎草)는 이리저리 옮겨 앉는 쌀먹이새가 무겁다고 늘어지는데, 아까부터 내가 귀를 기울여 들어보니 보스턴에서 시골로 여행객을 실어 나르는 기차의 바퀴 소리가 30분 동안이나 덜컹이던 끝에 멀어지며 잠잠해지나 싶더니, 메추라기의 심장이 고동치는 소리처럼 되살아난다. 사실 나는 세상과 그리 단절되어 살아가는 편은 아니었으니, 예를 들어 어느 청년에 관한 얘기를 들어보면, 그는 우리 마을 동쪽에 위치한 농장에서 일자리를 얻어 찾아갔으나, 집 생각에 시달리고 한없는 좌절감에 빠진 나머지 얼마 지나지 않아 도망쳐 집으로 돌아갔다고 한다. 청년은 그곳처럼 문명을 등지고 따분한 곳은 본 적이 없어서, 사람들은 모두 어디론가 떠나 사라졌고, 맙소사, 기적 소리조차 들려오지 않는 오지였다! 지금 매사추세츠에 그런 곳이 존재한다는 사실이 나로서는 믿기 어려워서 —

> "우리 마을이 이제는 진정으로 버젓하게
> 쾌속 열차들이 달리는 간선 철도의 종착지가 되었으니
> 평화로운 들판 위로 흐뭇하게 들려오는 소리 — 콩코드라네."[*]

횟츠버그 철로는 내가 사는 집에서 남쪽으로 500미터쯤 떨어진 거리에서 호수를 끼고 달린다. 마을로 나갈 때면 나는 늘 그 철둑을 따라 걸었고, 그러니 기찻길은 나를 사회와 연결해주는 접점이었다. 이 노선의 양쪽 끝을 화물차로 왕복하는 사람들은 마치 오랜 지인이라도 만난 듯이 나한테 인사를 보내는데, 워낙 자주 마주치다 보니 그들은 내가 철도회사 직원이라고 착각하는 눈치가 분명하고, 어찌 보면 정말 그렇다고 하겠다. 나 역시 지구 궤도의 어딘가에서 고장 난 길을 보수하라고 한다면 기꺼이 그렇게 할 마음이어서다.

***

[*] 소로우의 전기를 집필한 친구 엘러리 채닝(Ellery Channing)의 시집에 수록된 「월든의 봄(Walden Spring)」에서 발췌. '콩코드'는 의성어 '덜커덩'과 비슷한 소리임.

기관차의 기적 소리는 여름과 겨울을 가리지 않고, 마치 어느 농가의 앞마당 위를 날아다니는 매의 울음소리처럼 내가 사는 숲으로 뚫고 들어와서, 수많은 도시 상인들이 부산하게 마을의 경계 안으로 들어오고, 아니면 반대편으로 용감한 시골 장사꾼들이 달려간다고 알려준다. 하나의 하늘 아래 지평선에서 서로 거리가 가까워지는 사이에, 그들은 서로를 향해 길을 비키라고 경고하는 기적을 울려대고, 때로는 두 마을의 안쪽을 관통하며 질러대는 소리가 들려온다. 여기 시골로 식료품을 가져왔노라. 시골뜨기들아, 그대들이 먹을 식량이 왔다! 그들에게 필요가 없노라고 마주 소리칠 만큼 넉넉하게 자급자족하는 농사꾼은 없기 마련이다. 그렇다면 대신 이것이나 받아가라! 시골 사람의 기적 소리를 울리면서 성벽을 통나무처럼 들이받아 때려 부수고 들어가려는 듯 시속 30킬로미터의 속력으로 질주하는 기차의 화물칸에는 도시에서 힘겹게 살아가느라고 시달려 지친 모든 백성을 편히 자리에 앉히고 남을 만큼 많은 의자가 실려 간다. 엄청나게 진중한 겸손함을 보이면서 시골은 도시에 의자를 건네준다. 월귤나무가 밀생하던 언덕은 모두 헐벗고, 초원을 뒤덮었던 덩굴월귤은 갈퀴에 긁혀 몽땅 도시로 실려 간다. 목화는 도시로 올라가고, 옷감은 시골로 내려간다. 견직물이 올라가면, 모직물이 내려가고, 책은 올라가지만, 책을 집필하던 지혜는 내려간다.

차량을 길게 매달고 행성처럼 이동하는 기관차는—아니, 그보다는 기차의 궤도가 순환하는 곡선으로 보이지를 않으니, 지나가는 기차를 봐서는 그와 같은 속력과 방향을 유지하며 아무리 달려봤자 그것이 어디론가 사라졌다 다시 태양계로 돌아오리라고 장

walden

담할 길이 없으므로, 살별처럼 이동하는 기관차라고 해야 옳겠지만―내가 지금까지 보았던 수많은 솜털구름이 드높은 하늘에서 빛을 받으며 여러 덩어리로 펼쳐졌듯이, 황금빛과 은빛으로 빙글빙글 길게 이어지는 여러 겹의 화환을 닮은 수증기 구름을 기나긴 깃발처럼 꽁무니에 끌고 달려가는 기차를 지켜보고 있노라면―마치 구름을 거느리고 머나먼 방랑의 길에 나선 신이 머지않아 석양이 깃들 하늘을 옷처럼 기차에게 입히리라는 예감이 들고, 그러고는 철마(鐵馬, iron horse)가 천둥 같은 콧소리를 울려 언덕들이 메아리치고, 발굽으로 대지를 박차 지축을 울리고, 콧구멍으로 불과 연기를 내뿜어 내는 소리가 내 귀에 들려오면, (새로운 신화에 어떤 날개 달린 천마와 불을 토하는 용이 등장하게 될지는 모르겠으나) 나는 지구의 주인 노릇을 하기에 부족함이 없는 종족이 마침내 나타났다는 믿음을 얻는다. 만일 모든 것이 보이는 그대로여서, 인간이 고귀한 목적을 위하여 자연의 힘을 부리는 주인이 된다면 얼마나 좋으랴! 기관차 위로 피어오르는 구름이 영웅적인 행위를 위해 흘리는 땀이라면, 혹은 농부의 밭 위로 모여드는 구름처럼 유익한 무엇이라면, 자연 자체와 환경은 인간으로 하여금 할 바를 다하도록 기꺼이 온갖 사명에 동참하며 도와주리라.

　　아침에 지나가는 화물차들을 바라볼 때마다 나는, 기차만큼 규칙적으로 찾아온다고 하기는 어렵지만, 해돋이를 볼 때와 똑같은 느낌을 받는다. 열차가 보스턴으로 달려가는 동안, 뒤에 길게 늘어져 따라가는 연기의 구름은 점점 더 높이 하늘로 올라가, 잠시 태양을 가리고 멀리 떨어진 들판을 그늘 속으로 숨겨버려서, 하늘나라의 구름 기차에 비하면 땅에 붙어 달리는 작은 객차들의 행렬은 미늘창의 한낱 갈래일 따름이다. 철마의 마부는 이 겨울 아침에 산등성이들 너머에서 별빛을 보며 일찍 일어나, 말에게 모이를 먹이고 마구를 채웠다. 철마에 활기를 불어넣어 출발할 준비를 시키려고 마부는 불 역시 그렇게 일찍 잠을 깨웠다. 일찍 시작하는 일이 순조롭기까지 하다면 얼마나 좋겠는가! 눈이 높게 쌓인 날이면 그들은 설화를 신고, 거대한 제설기로 산악지대로부터 해안까지 고랑을 파고, 그러면 화물차 칸들은 뚫린 기찻길을 파종기처럼 따라가며 초조해하는 사람들과 이리저리 떠도는 상품들을 싣고 가서 씨앗 대신 시골 마을에 뿌려준다. 불을 먹고 달리는 말이 온종일 전국을 날아다니고, 오직 주인이 쉬라고 할 때만 잠시 멈출 뿐이며, 숲속의 어느 외진 골짜기에서 얼음과 눈의 갑옷으로 무장한 자연의 힘과 대결하느라 불마차가 발굽을 울리고 저항하며 힝힝거리고 울부짖는 소리에 나는 한밤중에 잠에서 깨어나고는 하는데, 말은 새벽별이 뜰 때야 비로소 마구간에 다다르지만, 잠을 자거나 쉬지를 못하고 다시 길을 나서야 한다. 어쩌다 가끔 나는 저녁에 마구간에서 그가 하루 종일 쓰고 남은 힘을 발산하느라고 씨근거리는 소리를 듣게 되는데, 그러고는 단 몇 시간이나마 그는 쇠처럼 무거운 잠을 자면서 신경을 안정시키고, 간과 뇌를 식히며 휴식을 취한다. 지칠 줄 모르고 오랜 시간 계속하는 고생이 그에 맞먹을 만큼 영웅적이고 당당한 보람을 가져다주기만 한다면야 얼마나 좋겠는가!

한때는 그나마 낮에만 사냥꾼이 드나들던 마을 언저리의 인적 드문 깊은 숲속을 거쳐, 기차가 객실에 불을 환하게 밝힌 채, 승객들은 알지도 못하는 사이에, 칠흑 같은 깊고 깊은 밤을 뚫고 달려가서, 환영하는 인파가 붐비는 마을이나 도시에 어느새 이르러 대낮같이 밝은 정거장에 잠시 멈추는가 하면, 다음 순간에는 '황량한 습지대'[*]를 지나며 부엉이와 여우들에게 겁을 주고는 한다. 기차의 출발과 도착은 이제 마을의 하루에서 시간을 알려주는 중요한 행사처럼 되었다. 정확한 시간에 규칙적으로 오갈 뿐 아니라, 기적 소리가 워낙 멀리까지 잘 들려서 농부들은 그 소리에 시계를 맞추게 되었으니, 효과적으로 실시되는 제도 하나가 온 나라를 관리하는 결과를 가져온 셈이다. 철도가 등장한 이후에 사람들의 시간관념이 어느 정도는 향상되지 않았을까? 오늘날의 기차역에 가면 사람들이 옛날 역마차 대합실에서 기다리던 때보다 말과 생각이 혹시 빨라지지는 않을까? 기차역의 분위기에서는 불꽃이 튀는 듯싶은 어떤 기운이 느껴진다. 그곳 분위기에서 빚어지는 여러 기적에 나는 가끔 놀라고는 하는데, 예를 들면, 그렇게까지 빠른 운송 수단을 이용하여 보스턴을 다녀올 사연이 결코 없으리라고 내가 단호하게 장담했을 이웃 사람 몇 명이, 역에서 종이 울리면, 어디선가 난데없이 모습을 드러낸다. 그런가 하면 이제는 무엇인가를 "철도편으로" 해결한다는 말이 유행어가 되었으며, 어떤 권력의 주체가 "본궤도를 벗어난다."[**]라며 경고할 때는, 아주 진지하게 그리고 대부분

---

[*]   Dismal Swamp, 버지니아와 노스캐롤라이나에 걸쳐 실제로 이런 이름의 지역이 있음.

[**]   'get off its track'은 "기찻길에서 빗나간다."라는 뜻임.

의 경우, 몸조심을 하지 않으면 안 된다. 이런 경우에는 곧 폭동 진압이 벌어지리라고 누가 일부러 자리를 마련하여 미리 알려주거나, 폭도들의 머리 위로 경고 사격을 가하지도 않고 당장 본격적인 행동으로 돌입한다는 뜻이다. 우리는 결코 옆으로 비켜설 길이 없는 아트로포스*를, 돌이킬 길이 없는 운명을 내질러버린 셈이다. (기관차에 붙여줄 이름으로는 아트로포스가 정말로 제격이겠다.) 사람들은 이와 같은 화살들이 몇 시 몇 분에 나침반이 가리키는 어느 특정한 방향으로 날아가려는지 미리 통보를 받지만, 그렇다고 해서 어느 누구의 일상도 방해를 받지 않아서, 아이들은 다른 기찻길을 따라 학교로 간다. 우리는 그렇기 때문에 좀 더 안정적인 삶을 살아간다. 이렇듯 우리 모두는 텔의 아들이 되는 훈련**을 받는다. 하늘에는 눈에 보이지 않는 수많은 화살이 날아다닌다. 그대 자신이 가는 길 말고는 모두가 운명의 길이다. 그렇다면 그대는 가던 길을 그냥 계속해서 가면 그만이다.

상업이 나에게 호감을 주는 까닭은 그것이 발휘하는 진취성과 용기 때문이다. 상업인은 두 손을 모아 제우스에게 도와달라고 빌지 않는다. 내가 보기에 그들은 날마다 크건 적건 용기와 만족감을 보이며 할 바를 다하고, 스스로 인식하는 이상으로 많은 노력을 기울이며, 의식적으로 세운 목표보다 어쩌면 훨씬 열심히 자신의

❈   신화에서 사람이 죽어야 할 때를 정해주는 운명의 여신 Atropos의 이름은 고대 그리스어로 우회할 줄 모르는 '직진'이라는 뜻임.

❈❈   머리에 얹어놓은 사과를 윌리엄 텔이 활로 쏘더라도 겁을 내지 않도록.

책무에 임하는 듯싶다. 나는 부에나 비스타*최전방에서 반시간을 버티어낸 병사들의 영웅적 행위보다, 제설차를 숙소처럼 여기며 겨울을 보내는 사람들의 끈질기고 낙천적인 용기에 훨씬 크게 감동을 받는데, 그들은 나폴레옹이 가장 희귀하다고 여겼던 새벽 3시의 용기**에서 그치지 않을뿐더러, 그렇게 이른 시간에 기운을 잃고 휴식을 취하기는커녕 눈보라가 잠잠해지거나 철마의 근육이 얼어붙은 다음에야 비로소 잠을 청하는 마음가짐을 버리지 않기 때문이다. 폭설이 줄기차게 맹렬히 휘몰아치며 사람의 피를 얼리는 그런 아침이라고 하더라도, 나는 겹겹으로 얼어붙은 입김처럼 두터워진 안개의 벽을 뚫고 찾아오는 기관차의 둔탁한 종소리를 듣고는 하는데, 뉴잉글랜드 북동 지역을 집어삼킨 눈보라가 아무리 앞길을 가로막을지언정 별로 늦게 연착을 하지 않고 "기차가 갑니다."라고 알려주는 종소리에 이어, 세상의 바깥쪽에 버티고 선 시에라 네바다의 암벽처럼 우람한 제설판이 멀리서 나타나 실국화와 들쥐의 보금자리는 그대로 남겨놓으며 눈을 모두 밀어젖히고, 그러고는 제설판 너머로 눈과 서리를 하얗게 뒤집어쓴 철도원들의 머리와 얼굴이 시야에 들어온다.

상인들은 예측하기 어려울 정도로 자신감이 넘치고 침착하

❀   Buena Vista, 1847년 2월 멕시코와의 전쟁에서 미국 포병이 멕시코 대군을 물리친 격전지.

❀❀ 나폴레옹이 세인트 헬레나에서 쓴 표현으로, 본디 새벽 2시에 전혀 아무런 마음의 준비가 되어 있지 않은 상태에서 보여주는 용기를 뜻했던 '새벽 2시의 용기'가 와전된 것임.

며, 기민하고, 모험적이고, 지칠 줄을 모른다. 뿐만 아니라 그들이 동원하는 갖가지 방법과 기량이 아주 자연스럽고, 수많은 허황한 모험이나 감성적인 실험들보다 훨씬 평범하기 때문에, 사업가들이 거두는 성공은 역설적으로 그만큼 더 남다르게 돋보인다. 화물차가 덜커덩거리며 옆으로 지나갈 때면 나는 기분이 상쾌해지고 속이 탁 트이며, 보스턴의 롱 워프*에서 머나먼 샘플레인 호수**까지 온갖 화물의 악취를 뿌리며 달려가는 열차의 냄새를 맡으면 나는 낯선 땅들과, 산호섬들과, 인도양과, 열대성 풍토와, 넓고 넓은 지구를 상상하고는 한다. 내년 여름에 수많은 뉴잉글랜드 사람들이 노랑머리에 쓸 밀짚모자가 될 종려나무 잎, 마닐라삼과 코코넛 껍질, 낡은 잡동사니, 마대 자루, 고철, 그리고 녹슨 못 따위를 보면, 나는 마치 세계의 시민이라도 된 기분을 느낀다. 화물칸에 잔뜩 실린 찢어진 돛들은 종이로 재생되어 인쇄된 책의 형태로 변신한 다음보다는, 지금의 모습이 훨씬 알아보기 쉽고 흥미진진한 모습이다. 그들이 견디어낸 수많은 폭풍의 역사를 이렇게 너덜너덜해진 돛보다 더 생생하게 서술할 사람이 어디에 있겠는가? 찢어진 돛은 더 이상 교정을 볼 필요가 없는 원고다. 이제는 메인 주의 숲에서 베어낸 통나무가 실려 가는데, 지난번 홍수 때 바다로 떠내려가거나 쪼개진 나무가 워낙 많아서, 그나마 무사히 건져낸 목재는 값이 1,000달러

＊　　　Long Wharf, '긴 부두'라는 뜻. 1710년부터 10년 동안 건설한 보스턴 항구로 길이가 1킬로미터에 달했으나 도시 쪽 매립 공사로 지금은 많이 줄어들었음.
＊＊　　Lake Champlain, 미국 버몬트에서 캐나다 퀘벡 주까지 펼쳐진 호수.

에서 4달러가 올랐으며—1등급, 2등급, 3등급, 4등급으로 지금은
서로 달리 서열이 매겨진 소나무, 가문비나무, 삼나무는 바로 얼마
전까지만 해도 모두가 다 똑같은 품격이어서, 그들 밑으로 지나다
니는 곰과 주먹코사슴과 순록에게 가지를 흔들어 인사를 나누고는
했었다. 다음에는 토마스톤*에서 실어 온 최상급 석회가 지나가는
데, 수많은 산을 지나 긴 여행을 끝낸 다음 가공 과정을 거칠 것이
다. 이번에는 색깔과 품질이 각양각색인 넝마 짐짝들이 실려 지나
갈 차례이고, 무명과 아마포가 가장 형편없는 상태로 떨어진 그들
누더기는 옷으로서의 마지막 운명을 맞아서—밀워키**사람들이
아니면 아무도 거들떠보지 않을 촌스러운 무늬가 대부분이고, 영국
과 프랑스와 미국에서 생산되어 한때는 찬란한 문양을 뽐냈던 줄
무늬와 바둑판무늬의 면직물과 옥양목 같은 옷가지들을, 유행 감각
이 어떠하고 생활의 수준이 어떤지를 따지지 않고 전국 각지에서
모든 사람으로부터 수거하여, 농담(濃淡)은 약간 다를지 모르지만
빛깔은 모두가 한가지인 종이로 다시 만들어내겠고, 그렇게 생산된
종이에는 상류층이건 하류층이건 너도나도 사실에 근거한 온갖 진
정한 인생 이야기를 기록하게 되리라! 문을 단단히 잠근 이 화물칸
에서는 염장한 생선 냄새가 나고, 뉴잉글랜드와 상업이 풍기는 강
렬한 소금 냄새를 맡으면 나는 그랜드 뱅크스***의 어장이 머리에

※   Tomaston, 메인 주 남부의 광산촌.

※※   당시에는 신흥도시여서 뉴욕이나 보스턴보다 유행이 한참 뒤떨어졌던 곳.

※※※ Grand Banks, 뉴펀들랜드 남동부에 있는 세계 최대의 어장.

떠오른다. 소금에 절인 생선을 본 적이 없는 사람이 어디 있으랴만, 어떤 환경에서도 썩지 않도록 세상 사람들을 위해 철저하게 손질을 해서, 수도자들의 인내심조차 낯을 붉혀야 할 정도로 영원히 변질하지 않는 죽은 생선이 다시 새로운 기운으로 되살아나면, 그 힘으로 우리는 거리를 청소하거나 도로를 포장하고, 장작을 패기도 하고, 마부는 자기 자신과 짐을 땡볕과 비바람으로부터 지켜내기도 하며―언젠가 콩코드의 어느 상인이 그랬다는데, 사업을 시작했다는 의미로 문간에 절인 생선을 매달아 간판으로 삼았으며, 세월이 흘러가다 보니 나중에는 가장 오래된 단골손님도 그것이 동물인지 식물인지 광물인지 알아보지를 못했다고 전해지지만[*], 그래도 어쨌든 염장 생선은 눈송이처럼 순수하고 영원불멸한 생명력을 지킬 것이며, 그래서 그것을 냄비에 넣고 끓이면, 토요일 저녁 식사에 알맞은 훌륭하고 시커먼 말린 생선 요리로 부활한다. 다음으로는 에스파냐산 소가죽이 실려 오는데, 꼬리의 모양이 황소가 살아서 스페니시 메인[**]의 대초원을 마음껏 뛰어다니던 때와 똑같은 각도로 여전히 휘어져 올라간 모양을 그대로 간직하고 있으니, 모든 집요함을 상징하는 이런 일종의 전형은 타고난 온갖 악덕을 바로잡는 일이 얼마나 힘들고 절망적인지를 제대로 보여주는 증거다. 현실에 입각하여 솔직히 고백하건대, 나는 어떤 사람이 타고난 진짜 성

[*] 동식물과 광물로 순환하는 생명력은 저자가 자주 다루었던 주제들 가운데 하나임.

[**] Spanish main, 남아메리카의 북동부 해안으로 옛날 카리브 해의 해적들이 들끓던 지역.

품이 무엇인지를 알고 나면, 좋은 쪽으로든 나쁜 쪽으로든 간에 그것이 바뀌리라고는 기대하지 않는다. 동양인들은 "개의 꼬리를 뜨겁게 익혀, 힘을 주어 눌러서, 돌돌 말아 끈으로 묶어두어 봤자, 12년 동안 그런 헛고생을 반복한들, 끈을 풀어주면 꼬리는 본디 형태로 되돌아간다."[*]라고 말한다. 이런 꼬리들이 드러내는 아집을 효과적으로 바로잡을 유일한 방법은 꼬리를 녹여 아교로 만드는 길뿐이고, 내가 알기로는 실제로 꼬리를 끓여 아교를 만든다고 하니, 그렇게 하면 바꿔놓은 모양이 정말로 바뀌지 않을 듯싶다. 이번에는 당밀이나 브랜디가 담긴 큰 참나무통이 버몬트 주 커팅스빌에 사는 존 스미드 씨에게로 실려 가는데, 그린 산맥(Green Mountains) 어딘가에 사는 상인 스미드는 그가 개간한 땅 인근에서 농사를 짓는 마을 사람들을 대신하여 물건을 구입하며, 어쩌면 지금쯤은 그의 집 옥상으로 올라가는 문을 열어놓고 서서, 최근 해안에 도착한 화물들이 자신의 물건 가격에 얼마나 영향을 미치려는지 따져보다가, 오늘 아침이 되기 전에 벌써 스무 번이나 다짐했듯이, 다음 기차로 최고 품질의 물건이 도착하리라는 말을 지금도 고객들에게 되풀이하고 있으리라. 《커팅스빌 타임스》에 광고까지 실린 물건이라면서 말이다.

이런 물건들이 상행선으로 실려 가는가 하면, 하행선으로는 다른 물건들이 내려간다. 무엇인지 바람을 가르는 소리에 무슨 일

[*] 찰스 윌킨스(Charles Wilkins)가 번역한 『산스크리트 우화와 속담(Fables and Proverbs from the Sanskrit)』에서 인용.

인가 싶어 책에서 눈을 들어 보니, 멀리 북쪽 산악 지대에서 베어낸 키 큰 소나무 몇 그루가 그린 산맥과 코네티컷 주를 넘어 날아와서는, 10분도 안 되어 마을 중심부를 쏜살같이 통과하여 사라지는데, 어디에선가 그것은

"어느 거대한 함선의
돛대가 되리라."＊

그리고 이 소리를 들어보라! 저기 천 곳에 달하는 산등성이로부터 모아들인 가축을 실은 열차가 달려오는데, 소를 방목하는 풀밭과 외양간과 양의 우리에서 자란 가축을 비롯하여, 막대기를 휘두르며 가축을 거래하는 상인들과 양 떼의 한가운데서 바삐 돌아다니는 목동들을 모두 함께 태운 기차 속의 풍경은, 드높은 허공에 걸린 산등성이 목초지만 사라져 보이지 않을 뿐, 9월 광풍에 휩쓸려 산에서 흩날리는 낙엽의 회오리처럼 낯이 익다. 송아지와 양들이 울부짖고, 황소들이 서로 밀치는 소리가 사방에 가득하니, 마치 전원의 계곡이 통째로 실려 지나가는 듯하다. 앞장을 선 늙은 길잡이 양의 목에 달린 방울이 울리면, 주변의 높은 산들이 뒤따르는 양 떼처럼 그리고 작은 언덕들이 어린 양들처럼 이리 뛰고 저리 달린다. 열차의 중간쯤에는 상인들을 가득 태운 화물칸이 자리를 잡았는데, 소임이 사라져버린 그들은 이제 가축과 다를 바가 없는 처지

＊　존 밀턴의 『실낙원』에서 인용.

이건만, 쓸모가 없어진 막대기를 마치 무슨 권위의 상징이라도 되는 듯 손에서 놓을 줄 모른다. 그런데 그들의 양몰이 개는 다 어디로 갔을까? 냄새조차 맡을 길이 없는 머나먼 이곳까지 가축이 떼를 지어 도망쳐온 셈이니, 개들로서는 허탈하기 짝이 없어진 꼴이다. 개들이 피터보로 산악 지대 너머에서 짖는 소리가 들려오는 듯, 그리고 다른 개들이 그린 산맥 서쪽 비탈을 달려 올라가느라고 헐떡이는 소리가 들려오는 듯하다. 개들은 죽음의 현장까지는 따라가지 않는다, 그들의 사명 또한 사라지고 없다. 그들이 보여주던 충성심과 총명함은 이제 제구실을 못한다. 치욕을 당한 듯 그들은 슬금슬금 집으로 돌아가거나, 아니면 차라리 야생으로 들어가 늑대나 여우와 어울려 살아가는 길을 택할지도 모른다. 그렇게 목장에서의 삶은 기차에 실려 회오리바람처럼 내 곁을 지나 멀리 사라지려고 한다. 그러나 종이 울리니, 나는 철로에서 벗어나 기차가 지나도록 길을 내주어야 한다—

나에게 철도란 무엇인가?
그것이 어디서 끝나는지
나는 절대로 확인하러 가지 않는다.
철로는 골짜기들을 건너고,
제비들이 앉아서 쉴 둑을 만들어주고,
모래바람을 일으키고,
검정딸기가 살아갈 자리를 내주는데

어쨌든 나는 그곳을 수레가 오가는 숲속의 오솔길처럼 얼른 건너간다. 기차의 연기와 증기와 굉음에 시력이나 청각을 다치고 싶지 않아서다.

* * *

어수선한 세상을 몽땅 끌고 기차 행렬이 지나가 사라졌고, 호수의 물고기들은 더 이상 덜컹거리는 진동을 느끼지 않는다. 나는 더없이 호젓한 기분에 잠긴다. 기나긴 오후의 나머지 시간 내내, 멀리 떨어진 한길을 따라 지나가는 몇 마리 우마 아니면 수레가 덜컹이는 희미한 소리 말고는, 아무것도 나의 명상을 더 이상 방해하지 않을 듯싶다.

일요일이면 가끔 링컨이나 액톤이나 베드포드 또는 콩코드로부터 종소리가 들려왔는데, 바람이 적당히 불어줄 때 은은하고 감미롭게 울리는 종소리라면 황야로 놀러오라고 허락해도 괜찮을 만큼 자연에 잘 어울리는 선율이었다. 넉넉한 거리를 두고 숲을 넘어 흘러오면서 현금(玄琴)의 줄을 타듯이 지평선에 깔린 솔잎들을 스치는 사이에 아득한 그 종소리에는 콧노래처럼 흥얼거리는 어떤 울림이 얹히고는 했다. 까마득하게 멀리 떨어진 산등성이들을 둘러보면, 중간에서 가로막는 광활한 대기의 농도로 인해 원거리 풍경이 담청색을 띠어 우리의 눈에 오묘해 보이는 이치나 마찬가지로, 머나먼 거리를 지나 힘겹게 찾아오는 소리들은 우주의 수금(竪琴)에서 울리는 진동처럼 하나같이 똑같은 신비한 효과를 낸다. 그럴 때는 솔잎뿐 아니라 숲의 모든 잎사귀와 이야기를 나눈 다음이어서인지 그 부분의 소리는 자연의 힘이 붙잡아 잘 다듬어서 이 계곡 저 계곡으로 메아리쳐 보내준 듯, 공기를 거치며 걸러낸 선율이 되어 나를 찾아왔다. 메아리란 어느 정도까지는 하나의 독립된 소리라고 하겠는데, 바로 그런 점이 메아리의 마법이요 매혹이다. 그것은 종소리에서 되울릴 가치가 있는 요소만을 반복하여 들려주는 데서 그치지 않고, 부분적으로는 나무들의 목소리가 함께 묻어난 결합체이기도 하니, 숲속 요정이 지저귀는 작은 이야기이며 노래인 셈이다.

저녁에는 숲 너머 지평선 어디쯤에서 소의 나지막한 울음소리가 감미로운 노랫가락처럼 들려오고는 했는데, 처음에 나는 그것이 언덕과 골짜기 저편에서 가끔 길을 잃고 헤매다가 나를 애타게 찾느라고 노래를 부르는 유랑 악사들의 목소리가 아닌지 상상했었지만, 가락이 좀 더 길게 늘어지며 소가 타고난 제 목소리로 불러대는 엉터리 음악이라는 사실을 깨닫고는 조금쯤 웃으며 실망하고는 했었다. 젊은 방랑자들의 노래가 소의 울음소리와 분명히 똑같았노라고 내가 말한 까닭은 얕잡아보려는 마음에서가 아니라, 따지고 보면 그들 두 소리가 결국 자연이 들려주는 한 토막의 이야기라는 뜻에서이다.

여름의 어느 시기쯤에는, 저녁 열차가 지나간 다음, 7시 반만 되면 규칙적으로 쪽독새가 문 앞의 나무 그루터기나 집 용마루에 올라앉아 반 시간가량 저녁 기도를 읊어주었다. 그들은 매일 저녁 해가 지는 시간을 특정한 기준으로 삼아 그로부터 5분이 채 지

소리　　　　　189

나기 전에, 거의 시계처럼 정확히 때를 맞춰 노래를 부르기 시작했다. 나는 쏙독새의 습성에 익숙해지는 매우 소중한 기회를 얻었다. 때로는 숲의 네다섯 군데서 동시에 그들이 울고는 했는데, 어떤 새들은 실수로 한 소절이 늦는 경우가 가끔 발생했고, 워낙 가까운 곳에서 들려왔기 때문에 나는 한 소절이 끝날 때마다 새의 목구멍에서 꼴깍거리는 소리뿐 아니라, 거미줄에 걸린 파리가 내는 독특한 날갯소리도 똑똑히 들었는데, 몸집의 크기 탓인지 파리보다는 울림이 훨씬 컸다. 때로는, 아마도 알을 낳아놓은 둥지 근처에 내가 너무 가까이 접근한 탓이어서인지는 모르겠지만, 새 한 마리가 마치 몇 미터짜리 줄로 나한테 묶여 있기라도 한 듯, 내 주변을 계속 맴도는 상황이 벌어졌다. 그들은 밤이 새도록 일정한 간격을 두고 울었으며, 동틀 무렵이나 그 직전이 되면 다시 그 어느 때보다도 아름다운 노래를 불렀다.

다른 새들이 조용해지면 가면부엉이가 흐름을 이어받아, 곡을 하는 여인네처럼 꺼이꺼이 태고의 울음을 재현한다. 그들의 음산한 울부짖음은 벤 존슨의 표현*그대로다. 한밤중의 슬기로운 마녀들이라고 했던가! 그들의 울음소리는 시인들이 표현하는 그대로 촌스럽게 부엉-부우엉이라 하지 않고, 유치한 꾸밈은 전혀 없이 무덤에서 흘러나오는 지극히 엄숙한 소곡을 닮아, 자살한 두 연인이 지옥의 숲에서 고매한 사랑의 고통과 기쁨을 회상하며 서로 위로

＊　영국의 극작가 Ben Jonson의 가면극 『마님들의 가면(Masque of Queens)』(1609) 가운데 "마녀들의 노래(Witches' Song)"에서 발췌.

하는 느낌을 준다. 그럼에도 불구하고 나는 숲 언저리에서 떨리는 목소리로 통곡하고 애절하게 응답하는 소리가 듣기에 좋아, 때로는 음악과 노래하는 새들을 연상하며, 마치 그것이 선율의 어둡고 눈물겨운 한 단면인 듯, 노래로 불러야 마땅한 회한과 탄식의 언어라는 느낌으로 받아들인다. 그들은 한때 인간의 형상을 하고 밤마다 세상을 돌아다니며 어둠의 악행을 저지른 타락한 영혼들이어서, 불길하고 음울한 예감을 안고 떠도는 비천한 혼령이 되어, 이제는 속죄를 하는 마음으로 그들이 부끄러운 자취를 남긴 현장에서 통곡의 찬가와 비가(悲歌)를 흐느껴 부른다. 그들은 우리들이 함께 살아가는 터전인 대자연의 다양함과 수용력을 새로운 감각으로 해석하여 우리에게 알려준다. 부엉이 한 마리가 호수 이쪽 편에서 "부우부우엉 나는 차라리 태어나지 말았어야 하는데, 어엉 어어엉!"이라고 탄식하며 초조한 절망의 몸짓으로 허공을 맴돌다가 거무스레한 떡갈나무에 새로 마련한 둥지로 날아가 내려앉는다. 그러면 호수 건너편 저쪽 어디선가 다른 부엉이 한 마리가 흐느끼는 목소리로 진지하게 "어엉 어어엉!"이라고 응답하는가 싶더니, 뒤이어 저 멀리 링컨 숲에서 "어어엉"이라는 메아리가 희미하게 들려온다.

가끔은 큰부엉이 역시 나한테 소야곡을 불러준다. 가까이서 들으면 그 소리는 가장 우울한 자연계의 소리처럼 여겨질 정도여서, 마치 자연이 불러주는 모든 노래 가운데 그것을 죽어가는 인간의 신음소리로 영원히 지정해놓은 듯싶은 기분이 느껴져서ㅡ그것은 희망을 버리고 죽음의 운명을 맞이하려는 어느 가여운 인간이 남기는 희미한 흔적이 되어, 지옥의 어두운 골짜기로 들어서는 순간 짐승처럼 울부짖기는 하지만 여전히 인간의 흐느낌이 완전히 사라지지는 않은 듯, 어떤 특이한 헐떡임으로 인하여 더욱 끔찍하게 들리는데—'헐떡임'이라는 단어를 쓰려는 순간 나도 모르게 숨이 가빠지는 까닭은—온갖 건강하고 씩씩한 생각조차 더 이상 버티고 견디기 힘들어 끈적거리는 진물의 단계로 뭉개진 영혼의 상태를 드러내는 듯싶은 느낌 때문이겠다. 그것은 시체를 먹어치우는 악귀들과 백치들과 미쳐버린 울부짖음을 나에게 연상시켰다. 그러나 지금은 머나먼 숲에서 부엉이 한 마리가 대답을 하는데, 거리가 한참 떨어져서인지 "부엉 부엉 부엉, 부우엉 부엉" 소리가 참으로 감미롭기 짝이 없고, 사실 부엉이의 울음소리는 낮이건 밤이건, 여름이건 겨울이건, 언제 들어봐도 대부분 즐거운 느낌들만 줄줄이 불러온다.

나는 부엉이들이 우리들과 함께 살아간다는 사실을 기뻐한다. 부엉이로 하여금 인간을 위해 미치광이 바보처럼 부엉부엉 울게 내버려 두자. 그것은 눈부신 대낮이 별다르게 장식해주지 않는 늪지대나 황혼녘의 숲에 기막히게 어울리는 소리여서, 인간들이 아직 인식하지 못하는 광활한 미개척지 자연의 모습을 반영한다. 부엉이는 꾸밈이 없는 황량한 저녁노을과 모든 사람이 품고 살아가는 못마땅한 아쉬움들을 상징한다. 온종일 해가 잘 드는 어느 외진 늪지의 땅바닥에는 덩굴이끼를 주렁주렁 뒤집어쓴 가문비나무 한 그루가 홀로 서 있고, 그 위로는 작은 매들이 선회하며 사방을 살피고, 박새는 상록수 사이에 숨어 찍찍거리며 울고, 메추라기와 토끼는 그 밑에서 살금살금 돌아다니는데, 그러다가 훨씬 음산한 하루가 본격적으로 밝아오면, 다른 종의 생명체들이 잠에서 깨어나 자연의 의미가 무엇인지를 새삼스럽게 드러낸다.

저녁 늦은 시간에 나는 멀리서 짐마차가 덜컹거리며 다리를 건너는 소리를 들었는데—그것은 밤이면 어떤 다른 소음보다도 멀리까지 퍼져 나가서—개들이 처량하게 울부짖는 소리, 그리고 가끔은 멀리 떨어진 헛간 마당에서 암소가 홀로 서글프게 울어대는 소리보다 훨씬 시끄러웠다. 그러는 사이에 호숫가를 따라 사방에서 황소개구리의 울음소리가 나팔을 불어대듯 울려 퍼지고, 옛날 옛적 술판마다 휘젓고 다니던 주정꾼들의 안하무인 혼령들이 못된 버릇을 여전히 버리지 못하고 저마다 한 목청 뽑아보겠노라고 삼도천*으로 모여들었는데—죽음의 강에는 수초가 거의 없지만 개구리들은 살겠기에 이런 비유를 월든의 요정들이 허락해주기를 바라지만—어쨌든 개구리들은 예전 잔칫집 술판에서 걸핏하면 벌이던 흥겨운 버릇을 되살려보고 싶어 왝왝거려도, 목이 쉬어버려 즐거운 분위기에는 어울리지 않게 거칠어진 한심한 노래에 술은 맛을 잃어 그냥 배만 채우는 물이 되어버렸고, 흐뭇하게 취하여 과거의 기억을 망각하기는커녕 모두들 그냥 술에 절어 헛배만 부르고 기진맥진할 따름이다. 여기 북쪽 물가에서 우두머리 개구리가 턱받이로 제격인 사랑나무**잎사귀에 침이 질질 흐르는 주둥이를 얹고

---

* 三途川, Styx. 그리스 신화에서 이승과 저승을 갈라놓은 강.
** heart-leaf, 심장 모양의 잎이 달리는 화초. 그리스어로 사랑(philo)과 나무(dendron)를 합성하여 philodendron이라고 함.

는, 보통 때라면 맛이 안 난다고 거들떠보지 않던 물을 한 모금 잔뜩 들이켜고 "우우-어억, 우우-어억, 우우-어어억!" 울어 젖히면, 술잔을 넘겨받으며 지체 없이 회답을 하는 듯 멀리 떨어진 산모퉁이에서 화답하는 똑같은 울음소리가 암구호처럼 호수를 건너 들려오고, 몸통이나 서열로 따져 다음 차례인 놈이 뒤를 이어 제 몫을 찾아 마시고, 이렇게 호숫가를 따라 돌아가며 한차례 예식을 마치고 나면, 행사를 주도하는 왕초가 만족스러운 듯이 "우우-어억, 우우-어억, 우우-어어억!" 다시 소리치고, 그렇게 모두가 자기 차례를 기다려 같은 소리를 반복하다가, 가장 홀쭉하거나 배불뚝이거나 소변조차 가릴 줄 모르는 녀석들에 이르기까지 누구 하나 빠짐없이 한 가락씩 끝내는가 싶더니, 술산이 다시 돌고 또 돌기를 거듭하여, 태양이 아침 안개를 거두어 갈 때쯤에는 왕초 개구리만 홀로 호수 바닥으로 내려가지 않고 수면에 떠서 버티며, 가끔 한 번씩 "우우-어억, 우우-어억, 우우-어어억!" 소리쳐 불러보고는 잠시 입을 다물고 대답을 기다리지만, 더 이상 대답이 없다.

내가 사는 곳에서 수탉이 우는 소리를 들어본 적이 있는지 확실한 기억이 없지만, 명금류 새를 키우듯 그냥 노랫소리만 들어볼 작정으로 수평아리 한 마리를 길러도 괜찮겠다는 생각이 들었다. 한때는 인도에서 야생으로 자라는 꿩이었던 수탉은 울음소리가 확실히 다른 어떤 새의 소리보다 남달라서, 자연으로 돌아가 길들이지 않고 야생으로 자란다면, 그의 울음소리는 머지않아 우리 숲에서 가장 유명한 노래가 되어 끼룩거리는 기러기나 부엉이의 노래를 능가하겠으니, 그렇다면 수탉의 우렁찬 나팔이 잠시 쉬며

울리지 않는 동안 암탉들이 대신 열심히 꼬꼬댁거리는 장면을 상상해보라! 굳이 먹음직스러운 다리와 달걀을 언급하지 않을지라도―인간이 이 조류를 가축의 대열에 포함시킨 이유는 지극히 당연하다. 이런 수많은 새들이 무리를 지어 숲에서 살고, 그들이 태어난 고향인 숲에서 야생 수평아리들이 나무 위에 올라앉아, 메아리치는 대지를 몇 십 리나 가로질러 퍼져 나가는 맑고 날카로운 울부짖음으로 다른 새들의 힘없는 노래를 모조리 압도하는 음악에 귀를 기울이며―어느 겨울날 아침에 산책을 나가면 어떻겠는가! 그들의 외침에 여러 민족이 잃어버렸던 생기를 되찾는다. 그 소리를 듣고 잠자리에서 일찍 일어나고, 그로부터 평생 동안 날이 갈수록 아침마다 점점 더 일찍 일어난다면, 언젠가는 결국 상상하기 어려울 정도로 건강하고, 부유하고, 현명해지지 않을 사람이 과연 어디 있겠는가? 모든 나라의 시인들은 고향의 명금류 가수들의 노래뿐 아니라 이 타향 새의 노래 또한 찬양해 왔다. 용감하게 노래하는 수탉은 어떤 풍토에서나 잘 살아간다. 그는 토박이들보다도 더 당당한 터주다. 수탉은 늘 건강하고, 폐가 튼튼하며, 그의 기개는 결코 꺾이지 않는다. 태평양과 대서양을 오가는 뱃사람들조차 까마득히 멀리서 들려오는 수탉의 울음소리에 잠에서 깨어난다고 하건만, 그의 날카로운 울음소리가 나를 깨운 적은 없다. 나는 개나 고양이, 소와 돼지뿐 아니라 닭도 치지 않았고, 그러니 내 처소에서는 사람이 살아가는 소리가 들리지 않는다고 누가 지적할지 모르겠는데, 우유를 휘젓거나 물레가 돌아가는 소리, 심지어는 찻주전자가 휘파람을 불거나 냄비에서 김이 빠지는 소리, 그리고 아이들의 울음소

리처럼 마음에 위안을 주는 소리가 전혀 나지 않았다. 상식적으로
만 살아가는 사람이라면 이런 환경에서는 미쳐버리거나 그보다 먼
저 권태로움을 이기지 못해 죽었을 듯싶다. 벽 속에는 쥐조차 살지
않았는데, 굶어 죽었거나 애초부터 들어와 살 의욕을 느끼지 않았
던 모양이고—그나마 지붕 위와 마루 밑에는 다람쥐들이 기거하
고, 대들보에는 쏙독새가 찾아오고, 창문 아래서는 큰어치가 울어
대는가 하면, 집 밑으로는 산토끼와 땅다람쥐가 드나들고, 집 뒤에
는 소쩍새나 수리부엉이가 찾아오고, 호수에는 기러기 무리와 사람
처럼 웃는 아비새가 노닐며, 밤에는 여우가 짖어대었다. 종달새나
꾀꼬리처럼 농장 주변에 흔히 나타나는 온순한 새들은 내가 갈아
엎은 개간지에 전혀 모습을 보이지 않았다. 마당에는 큰 소리로 우
는 수평아리들이나 꼬꼬댁거리는 암탉이 없었다. 아예 마당 자체가
없어서! 울타리를 치지 않은 자연이 바로 창턱까지 다가왔다. 어린
숲이 풀밭 밑에서 다시 자라나느라고, 야생 옻나무와 검정딸기 넝
쿨이 지하실 안으로 뚫고 들어왔으며, 억센 리기다소나무들은 가지
를 펼칠 공간이 모자라서 너와지붕을 밀어대며 삐걱거렸고 뿌리는
집 아래쪽으로 뻗어 들어왔다. 내 집에는 돌풍에 날아가 버릴 장작
통이나 덧문이 없었고—땔감은 집 뒤쪽에서 부러지거나 뿌리째
뽑힌 소나무가 해결해주었다. 폭설이 내린다고 한들 앞마당을 지나
대문까지 나가는 길을 치울 필요가 없었으니—대문도 없고—앞
마당도 없고—문명 세계로 통하는 길 자체가 없어서였다!

고적함

온몸의 감각이 하나가 되어 모든 땀구멍으로 기쁨을 빨아들이는 듯 싶을 때면, 저녁 시간은 감미롭기 짝이 없다. 나는 자연 그 자체의 일부가 되어 이상한 해방감을 느끼며 이리저리 거닌다. 비록 하늘에는 구름이 끼고 바람까지 불어 스산한 날씨이기는 하지만, 나는 셔츠 바람으로 돌멩이들이 울퉁불퉁한 호숫가로 산책을 나서고, 그러면 무엇 하나 특별히 눈길을 끄는 것이 없는데도 세상 만물이 신기하게 하나같이 다정한 느낌을 준다. 황소개구리들은 밤을 어서 맞아들이느라고 시끄럽게 우억거리고, 쏙독새의 노랫소리는 잔물결을 일으키는 수면 위로 바람에 실려 날아온다. 팔랑거리는 오리나무와 미루나무 잎사귀들이 함께 연주하는 교향악에 나는 숨이 멎을 지경이지만, 호수나 마찬가지로, 내 마음은 잔물결만 찰랑일 따름이요 거친 파도를 일으키지는 않는다. 저녁 바람에 응답하는 잔물결은 고요한 빛을 반사하는 수면이나 마찬가지로 폭풍우하고는 거리가 멀다. 이제는 어느새 어둠이 내렸으나, 바람은 여전히 불어대어 숲에서 사납게 울부짖고, 물결은 계속 거칠어지며 밀려오고, 몇몇 생명체는 다른 동물들의 마음을 진정시키려고 노래를 불러준다. 완전한 휴식은 절대로 찾아오지 않는다. 가장 사나운 들짐승들은 휴식을 취하기는커녕 이제부터 사냥감을 찾아야 하며, 여우와 스컹크와 토끼는 두려운 줄 모르고 들판과 숲을 헤맨다. 그들은 자연의 파수꾼들이어서―활기찬 삶의 나날을 이어주는 연결 고리 노릇을 한다.

집으로 돌아온 나는 손님이 찾아왔다가 그냥 돌아간 흔적을 발견하는데, 그들은 한 묶음의 꽃다발, 상록수 가지로 엮은 화환, 아니면 노란 호두나무 잎이나 나뭇조각에 연필로 이름을 적어 명함 대신 남겨놓는다. 모처럼 오래간만에 숲으로 발길을 한 사람들은 오솔길을 이루는 갖가지 작은 조각을 길에서 하나 집어 들고는 어루만지며 오두막까지 걸어와서, 일부러 또는 우연히 그것을 흘리고 떠난다. 어떤 나그네는 버드나무 가지의 껍질을 벗겨 반지로 엮어 내 탁자 위에 두고 갔다. 나는 오두막 주변의 구부러진 나뭇가지나 쓰러진 풀잎 그리고 신발 자국만 봐도 집을 비운 사이에 손님이 다녀갔다는 사실을 당장 알아챘고, 비록 1킬로미터쯤 떨어진 기찻길 부근이라 할지언정 그들이 뽑아서 던져버린 한 포기의 풀이나 어디엔가 흘린 꽃 한 송이, 아니면 집안에 희미하게 남아 감도는 여송연이나 파이프 담배의 냄새로 다녀간 사람이 누구였는지, 남자였는지 여자였는지, 그리고 나이는 몇 살이고 성품은 어떤 사람인지를 대충 알아내기가 어렵지 않았다. 하기야 나는 자주 담배 냄새만 맡고도 300미터 떨어진 신작로에 길손이 나타났다는 사실을 알아채고는 했다.

우리는 대부분 주변에 넉넉한 공간을 마련하고 살아간다. 사람들은 지평선을 눈앞에 그대로 놓아두는 일이 별로 없다. 그들은 울창한 숲이나 호수를 바로 문밖에 내버려 두려고 하지 않아서, 늘 어느 만큼은 베어내며 개간하고, 구획 정리를 거쳐 울타리를 치고, 자연을 길들여 자신들에게 익숙한 모습으로 다듬는다. 어떤 사연으로 나는 사람들이 버리다시피 나에게 넘겨준 인적이 드문 숲속에 몇 평방킬로미터에 달하는 이 넓은 농지와 집터를 마련했을까? 가장 가까운 내 이웃이라고는 1.5킬로미터 이상 떨어진 곳에서 살고, 언덕 꼭대기로 올라가지 않고서는 주변 700~800미터 이내 어디에든 집이라고는 한 채도 눈에 들어오지 않는다. 내가 혼자 몽땅 차지한 지평선은 숲이 경계를 이루었고, 아득하게 보이는 기찻길 한쪽으로는 호수가 펼쳐졌으며, 다른 쪽으로는 숲길을 따라 울타리가 늘어섰다. 그러나 내가 사는 곳은 거의 언제나 대초원처럼 적막하다. 뉴잉글랜드라고는 하지만 아시아나 아프리카만큼이나 아득한 곳이다. 그러니까 나는 나 혼자만의 해와 달과 별들과 함께 나만의 작은 세상에서 살아가는 셈이다. 밤에는 집 앞을 지나가거나 문을 두드리는 뜨내기조차 전혀 없으니, 마치 내가 세계 최초의 인간이거나 마지막 인간이라도 된 듯싶은 기분이 들고는 하는데, 그나마 봄이 오면 심통메기*를 잡으려고 낚시를 오는 마을 주민이 아주 드문드문 나타나기는 하지만—월든 호수에서 그들이 진정으로 낚으

---

* 뉴잉글랜드에만 서식하는 어종으로, 영어 이름 pout은 본디 '삐죽거리다'라는 뜻이어서, 인간의 부정적인 속성을 상징하기 위해 필자가 등장시켰다고 함.

려는 대상은 물고기보다 자신의 심성이어서인지, 그들은 바늘에 어둠을 꿰어 던져보다가 얼마 후에는 빈 바구니를 들고 돌아가기가 일쑤였고—그들이 "어둠과 나에게 세상을"[*]돌려주고 나면, 이웃에 사는 어느 인간도 전혀 범접하지 못한 밤의 검은 속살은 고스란히 그대로 남는다. 비록 마녀들이 모두 교수형을 당하고, 기독교와 촛불이 우리의 삶을 밝혀주기는 할지언정 나는 대부분의 사람들이 여전히 조금쯤은 어둠을 두려워한다고 생각한다.

그렇기는 하지만 자주 내가 경험한 바로는, 아무리 비참한 염세주의자와 지극히 우울한 사람이라고 할지언정, 가장 다정하고 감미로우며 가장 순수하고 위안을 주는 교감을 자연의 온갖 사물에서 찾아내기는 어렵지 않다. 여러 감각을 그대로 간직한 채로 자연의 한가운데서 살아가는 사람이라면 어떤 심한 암울함에도 시달리지 않는다. 그런 시련의 폭풍우는 건강하고 순수한 사람의 귀에는 아이올로스[**]가 연주하는 음악으로 들릴 따름이다. 소박하고 용감한 사람에게는 세상의 그 무엇이건 천박한 슬픔을 제멋대로 강요하지 못한다. 내가 여러 계절과 정을 나누며 즐기는 동안이라면 삶의 어떤 양상일지언정 내게 무거운 짐이 되지 않는다. 오늘 콩밭에 물을 뿌려주느라고 나를 집안에 가둬두는 보슬비라면 지루하거나

---

[*] 18세기 영국 시인 토마스 그레이(Thomas Gray)가 허망한 인생을 살다가 죽어가는 서민들의 슬픔을 노래한 「시골 묘지에서 읊은 만가(Elegy in a Country Churchyard)」에서 인용.

[**] Æolos, 그리스 신화에 나오는 바람의 지배자. 아이올로스의 현금을 스치는 바람에 따라 현이 시시각각 다른 소리를 낸다.

우울하기는커녕 나에게는 반갑기만 하다. 비가 내리면 콩밭을 맬수는 없지만, 호미질보다는 빗물이 훨씬 소중하다. 비가 계속 내리면 아래쪽 땅에 파종한 씨앗이 썩고 감자 농사를 망치기는 하겠지만, 높은 곳의 풀밭에는 여전히 좋을 터이며, 풀에게 좋다면 나에게도 좋은 일이다. 어쩌다 다른 사람들과 나의 처지를 비교해보면, 내가 미처 깨닫지 못했을 정도로 분에 넘치게 제신들의 혜택을 많이받지 않았을까 하는 생각이 들어서, 마치 이웃 농부들은 얻지 못했을 어떤 권한이나 보증서를 선물로 받고, 거기다가 특별한 지도와 보호까지 덤으로 얻었다는 기분이 들 지경이었다. 자화자찬을하려는 생각은 없지만, 혹시 그런 일이 가능한지는 모르겠으나, 신들이 내 비위를 맞추려고 애쓰는 듯싶은 느낌이다. 나는 전혀 외로움을 느끼지 않았고, 조금이나마 우울했거나 고독감에 빠진 적이없기는 하지만, 숲으로 들어온 지 몇 주일이 지났을 무렵에 딱 한번, 꼭 한 시간 동안, 고요하고 건강한 삶을 살아가는 데 가까운 이웃 사람의 존재가 필수적인 조건은 아니리라는 믿음에 대하여 회의를 품기는 했었다. 혼자뿐이라는 사실이 어쩐지 즐겁지가 않았다. 그렇기는 하지만 동시에 나는 그런 기분이 어쩐지 정상적이 아니라는 점을 깨달았고, 평소의 상태를 곧 회복하리라고 믿었다. 부슬비가 내리는 가운데 이런 생각들이 엄습하려고 하자, 똑똑 떨어지는 물방울 소리를 비롯하여, 오두막 주변의 모든 음향과 형상에담긴 무한하고 형언할 길이 없는 정감이 갑자기 내 생명을 지켜주는 대기처럼 나를 감쌌으며, 인간을 이웃으로 두면 얻으리라고 상상했던 모든 혜택이 무의미하다는 깨우침이 이루어졌고, 그 이후로 나는 이웃에 대한 생각을 다시는 하지 않았다. 하나하나의 솔잎이 공감과 더불어 부풀어 올라 자라나서 나를 친구로 맞아주었고, 흔히 황량하거나 음울하다며 사람들이 꺼리는 그런 풍경들마저 나로 하여금 친족 비슷한 어떤 유대감을 아주 확실히 느끼도록 깨우쳐 주었으며, 피처럼 가장 끈끈하고 인간답게 여겨지는 대상은 사람이거나 마을 주민이 아니었고, 그래서 어떤 장소라도 이제 다시는 절대로 낯설다고 생각하지 않게 되었으니—

"아름다운 토스카의 딸이여,
비탄은 슬퍼하는 자들의 목숨을 단축하노니
산 자의 땅에서 보낼 날이 별로 남지 않았느니라."[※]

가끔 나에게 가장 큰 즐거움을 주는 시간은 봄이나 가을에 폭우가 한참씩 휘몰아치는 동안이어서, 그럴 때면 나는 오전뿐 아니라 오후에도 집안에 갇힌 채로, 끊임없이 요란하게 휘몰아치는 비바람의 아우성과 채찍질 소리에 마음이 편안히 가라앉고는 했으며, 일찍 찾아든 석양에 이어 기나긴 밤이 흐르는 사이에 수많은 생각들이 느릿느릿 뿌리를 내리고는 제멋대로 맘껏 자라나고 피어났다. 그렇게 세찬 북동풍 폭우가 마을에 들이닥치면 하녀들이 대걸레와 물통을

※　　스코틀랜드 시인 제임스 맥퍼슨(James Macpherson)이 오시안을 화자로 삼아 연작으로 집대성한 고대 게일어 서사시를 패트릭 맥그리거(Patrick MacGregor)가 번역한 『오시안의 진본 유고(The Genuine Remains of Ossian)』(1841) 가운데 「크로마(Croma)」편에서 인용.

들고 문간마다 버티고 서서 빗물이 쏟아져 들어오지 못하게 막아대느라고 한바탕 난리를 치르겠지만, 나는 사방이 숭숭 뚫린 작은 오두막에서 문을 닫고 앉아 보금자리의 안락함을 한껏 즐겼다. 언젠가 천둥과 비바람이 심하게 몰아쳤을 때, 호수 건너편의 거대한 리기다소나무를 벼락이 내리쳐서 마치 지팡이에 무늬를 파 넣은 듯 나무 꼭대기에서 밑동까지 깊이 5센티미터쯤에 폭이 20센티미터가 넘는 규칙적인 나선형의 홈을 아주 뚜렷하게 남겨 놓았다. 며칠 전 그 나무 근처를 다시 찾아간 나는, 8년 전 착한 하늘에서 엄청난 불가항력의 번갯불이 내리쳤던 자리에, 이제는 그 어느 때보다도 더욱 선명해진 흔적을 올려다보며 벅찬 경외감에 젖었다. 사람들은 걸핏하면 나한테 "그렇게 혼자 지내면 외로울 테니, 비가 오고 눈이 내리는 날이나 밤에는 가까운 곳에 누군가 사람들이 살았으면 하고 퍽 아쉬운 생각이 들지 않는가?"라고 걱정한다. 그들에게 나는 이런 대답을 해주고 싶은 충동을 느낀다―우리들이 발을 붙이고 살아가는 지구 전체는 우주에서 한 톨의 티끌에 불과하다. 인간이 사용하는 도구를 가지고는 도대체 지름이 얼마인지 측정조차 할 길이 없을 정도로 까마득하게 먼 저 별에서 서로 가장 멀리 떨어져 사는 두 거주민 사이의 거리를 그대가 어찌 알겠는가? 우리들의 행성 또한 은하계에 속할진대, 내가 왜 외로워해야 하는가? 그대가 나에게 던진 질문은 별로 중요한 내용이 아니다. 어떤 개인을 다른 사람들로부터 떼어놓음으로써 홀로 남게 만드는 공간은 도대체 무엇일까? 두 사람이 아무리 부지런히 발길을 재촉하여 서로 거리를 좁혀보려고 한들 그들의 마음까지 저절로 가까워지기는 쉽지 않다는 사실을 나는 안다. 우리는 무엇과 가장 가까운 곳에서 살고 싶어 하는가? 기차역, 우체국, 술집, 마을회관, 학교, 식료품점, 비콘 힐*, 그리고 파이브 포인츠**처럼 사람들이 가장 많이 몰려드는 곳을 안식처로 선택할 사람은 분명히 많지 않겠고, 우리 모두의 경험에서 잘 드러나는 바와 같이, 개울가에 자리를 잡은 버드나무가 물이 흐르는 쪽으로 뿌리를 뻗어 내리듯, 사람 또한 줄기차게 분출되어 나오는 생명의 샘물 가까이 머물기를 원한다. 저마다 성품에 따라 원하는 바가 다르겠지만, 현명한 사람이라면 바로 이런 곳에 집터를 마련하리라…. 어느 날 저녁에 나는 월든 길***에서 이른바 '상당한 재산'을 모았다고 알려진 어떤 마을 사람을 우연히 만났는데—얼마나 대단한 재산가인지는 내가 구태여 확인해본 바가 없는 그 사람은 장터에 나가 팔려고 소를 두 마리 끌고 가던 길이었으며—그냥 지나쳐 가려던 나를 붙잡고 그는 살아가는 데 필요한 온갖 안락함을 포기할 용기가 도대체 어디서 났느냐고 물었다. 나는 내가 선택한 삶이 그런대로 만족스럽다고 대답했는데, 그것은 물론 빈말이 아니었다. 그러고 나서 나는 집으로 돌아가 잠자리에 들었고, 그는 어둠과 흙탕길을 헤치고 계속 걸어 이튿날 아침이 되어서야 '밝게 빛나는 동네(bright town)'를 뜻하는 브라이튼****에 도착했을 듯싶다.

죽은 사람이 깨어나 다시 살아날 가능성이 털끝만큼이나마 보인

---

*   Beacon Hill, 보스턴의 상류층 주거지역.
**   Five Points, 맨해튼의 지저분하고 위험한 빈민굴 우범 지대였음.
***   콩코드와 월든 호수를 이어주는 도로.
**** 보스턴의 교외에 위치한 Brighton, 도살장이 밀집했던 곳.

다면, 망자에게는 그가 언제 어디로 가야 좋겠는지 때와 장소 따위를 따지는 짓은 무의미하다. 그런 기적이 일어날 만한 곳이라면 어디나 다 마찬가지로, 우리의 모든 감각은 말로 형언할 수 없을 만큼 즐거워진다. 대부분의 경우에 우리는 기회로 삼으려고 무엇인지 선택할 때는 엉뚱하고 일시적인 요건들만 받아들인다. 알고 보면 그런 선택은 우리들로 하여금 어디론가 빗나가게 만드는 원인을 제공한다. 모든 사물의 가장 가까운 곳에는 그것들이 존재하도록 이끌어주는 힘이 대기한다. 가장 위대한 법칙들이 우리들 주변에서 끊임없이 작동한다. 우리들을 바로 '곁'에서 지켜주는 힘은 인간이 고용해서 부리며 늘 함께 즐겨 대화를 나누는 그런 일꾼이 아니고, 우리들을 창조해낸 원동력이다.

"천지조화의 오묘한 힘들이 미치는 영향은 얼마나 막강하고 심오한가!"

"우리가 그것을 이해하려 하나 눈에는 보이지 않고, 들으려 하나 귀에는 들리지 않으며, 사물의 본질과 하나인 까닭에 따로 분리하여 파악할 길이 없다."

"그러한 힘의 도움을 받아 온 세상의 인간은 마음을 거룩하게 정화하고, 예복을 갖춰 조상에게 제물과 공물을 봉헌한다. 그것은 오묘한 지력의 바다와 같다. 그것은 왼쪽과 오른쪽, 그리고 하늘에도 있어 천지에 가득하고, 모든 방향에서 우리들을 감싼다."[❋]

우리 인간들은 누구이건 내가 적지 않게 관심을 두는 어떤 실험의 대상들이다. 그렇다면 쓸데없는 잡담의 자리를 잠시 떠

❋ 이들 세 인용문은 『중용(中庸)』 14편에 실린 공자의 말이다.

나─우리들 자신의 생각을 나누면서 분위기를 바꿔보는 것은 어 떨까? 공자는 이런 진솔한 말을 남겼다. "덕망은 버림을 받은 고아 처럼 홀로 남지 않아서, 그 곁에는 반드시 이웃들이 모여든다."※

　　사색을 함으로써 우리는 건전한 의미에서 나를 벗어나는 해 탈에 이르기도 한다. 이성의 의식적인 노력으로부터 도움을 받으면 우리는 온갖 행위와 그에 따른 결과에 연연하지 않고 초탈한 경지 로 올라서는 힘을 얻고, 그러면 좋고 나쁜 온갖 인간사가 우리 곁으 로 급류처럼 흘러 지나가 버린다. 우리는 자연과 완전한 일체를 이 루지 못한다. 나는 개울물에 떠내려가는 나무토막이거나 하늘에서 그것을 내려다보는 인드라※※일지도 모른다. 나는 연극 공연을 보고 때로는 심경의 변화를 일으키기는 하건만, 그러면서도 나하고 훨씬 관련이 많아 보이는 실제 상황에 대해서는 전혀 영향을 받지 않기 도 한다. 나는 나 자신을 오직 독립된 하나의 인간 개체로서만 파악 해서, 말하자면 내가 하는 갖가지 생각과 애착을 느끼는 대상들이 벌이는 연극을 위한 무대 배경 노릇을 하는 듯, 나 자신이 타인처 럼 무척 낯설게 여겨져 무슨 복제품이 된 것 같은 생경함을 느낀다. 내 경험이 아무리 강렬하다고 한들, 그것을 비판하는 나의 한 부분 이 어디엔가 늘 도사리고 있음을 나는 의식하는데, 따지고 보면 그 것은 나의 일부가 아니라, 전혀 나와 함께 경험을 공유하지 않은 채 꼼꼼히 잘잘못을 따지기만 하는 관객일 따름이어서, 그대는 내가

※　　『논어』 제4편.
※※　　인도 신화에서 천둥과 비를 관장하는 브라만교의 으뜸 신 인타라(因陀羅).

아니듯 그 또한 나하고는 별개의 존재다. 종종 비극으로 끝나기도 하는 인생의 연극이 끝나면, 관객은 저마다 뿔뿔이 제 갈 길로 가버린다. 관객의 입장에서 보자면, 인생 연극은 일종의 허구이며, 상상력으로만 지어낸 작품일 따름이다. 이러한 이중성은 우리들을 자칫 달갑지 않은 이웃이나 친구의 자리로 밀어낸다.

나는 대부분의 시간을 홀로 보내는 편이 사람들에게 바람직하다고 생각한다. 타인들과의 만남이란, 아무리 좋은 어울림이라고 할지언정, 사람들로 하여금 곧 지치고 따분하게 만들어버린다. 나는 혼자 지내기를 좋아한다. 고적함만큼 함께하기가 즐거운 상대를 나는 아직 알지 못한다. 대부분의 경우 우리는 방안에서 홀로 지낼 때보다 밖에 나가 사람들과 어울릴 때 더 심한 외로움을 느낀다. 사색하거나 일할 때 우리는 늘 혼자이니, 그런 사람은 원하는 곳에 그냥 머물도록 내버려 둬야 한다. 고독은 어떤 사람과 그가 아는 사람들 사이를 갈라놓은 공간의 거리로 측정하지를 않는다. 케임브리지 대학의 벌집처럼 북적거리는 공간 속에서도 정말로 부지런히 공부하는 학생은 사막에서 홀로 금욕하는 탁발승만큼이나 고적하다. 농부가 종일 홀로 밭에서 김을 매거나 숲에서 나무를 베면서 외로움을 느끼지 않는 까닭은 해야 할 일이 절실하기 때문인데, 날이 저물어 집으로 돌아가면 그는 온갖 생각이 많아지는 탓에 방에 혼자 앉아 시간을 보내지 못하고, 하루 종일 혼자 적적하게 보낸 자신에게 보상을 해줘야 되겠다는 생각으로 기분을 좀 돌려야 되겠다며 "사람들 얼굴을 보러" 밖으로 나가고 싶어지는데, 그러면 농부는 어떻게 학생들은 낮 동안 대부분의 시간을 그리고 다시 저녁 내내 집에 홀로 앉아 지내면서 지루함을 느끼기는커녕 우울증에조차 걸리지를 않을까 의아해하지만, 그는 학생이 비록 집안에만 머물기는 하더라도 나름대로의 밭에서 농부처럼 끊임없이 일을 하고 자신만의 나무를 베어내며, 그런 다음에는 훨씬 압축된 형태이기는 하건만 농부 못지않게 휴식과 사교 활동을 도모한다는 사실을 인지하지 못할 따름이다.

사람들의 사교 활동이란 경박한 경우가 너무나 많다. 지나치게 자주 만나는 탓에 우리는 서로에게서 아무런 새로운 가치를 얻어낼 시간적인 여유가 없다. 하루 세 끼 밥상에서 만나면 우리는 곰팡이가 핀 오래된 치즈처럼 서로 자신의 고리타분한 모습 말고는 아무런 새로운 맛을 제공하지 못한다. 그렇게 자주 얼굴을 대하면서 서로 그럭저럭 참아내고 전쟁을 선포하는 사태가 벌어지지 않도록 예방하려면 우리는 예의와 정중함이라고 하는 일련의 규칙을 따라야 한다. 사람들은 우체국에서 만나는가 하면, 친목회에서도 만나고, 밤마다 거실에서도 만나는데, 그렇게 자꾸 부대끼다 보니 서로 간의 충돌은 당연히 불가피해지고, 좌충우돌하며 서로 대립하는 사이에 상호 존중하는 마음은 사라져 자취조차 남지 않으리라고 나는 생각한다. 보다 덜 자주 접촉한다 하더라도 중요하고 진지한 온갖 대화를 나누기에는 분명히 아무런 지장이 없다. 공장에서 일하는 소녀들을 보면—그들은 잠들어 꿈을 꾸는 동안에도 결코 혼자가 아니다.* 내가 사는 곳

* 당시 매사추세츠 일부 지역(Lowell) 공장에서는 '사회적인 실험'이라면서 산업화 시대 우리나라 구로공단에서처럼 여공들이 합숙하는 기숙사 생활을 했음. 한 방에 여섯 명씩 세 개의 침대에서 함께 잤다고 한다.

처럼 1평방마일*마다 한 사람씩만 살아간다면 얼마나 좋을까. 손으로 만져보는 피부에서 인간의 가치를 찾으려고 하면 안 된다.

　　나는 숲에서 길을 잃고 굶주려 기진맥진 죽음을 앞두고 나무 밑에서 쓰러진 어떤 남자의 이야기를 들었는데, 그가 고독감에 시달리지 않았던 까닭은 워낙 몸이 쇠약해져 상상력마저 병이 들어 그를 에워싼 온갖 괴이한 헛것이 모두 실제라고 느꼈기 때문이었노라고 했다. 그와 마찬가지로 환각과 비슷하지만 훨씬 정상적인 자연과의 만남을 통해서 우리는, 육신과 정신의 건강한 힘으로부터 도움을 받아, 지속적으로 기쁨을 얻으며 결코 혼자가 아님을 깨닫게 된다.

　　내 집에는 친구들이 무척 많고, 사람들이 찾아오지 않는 아침나절이면 특히 더 그렇다. 내 사정이 어떠한지를 누구에겐가 전해주고 싶은 사람을 위해서 몇 가지 비유를 들어보겠다. 호수에서 시끄럽게 깔깔거리는 물새 아비(阿比)나 월든 호수 자체가 외롭지 않듯이 나는 외롭지 않다. 저 외로운 호수에게 무슨 친구가 있는지 아느냐고 나는 묻고 싶다. 놀랍게도 호수에는 푸른 악마**가 아닌 푸른 천사들이 하늘빛 물속에서 살아간다. 태양은 혼자이지만, 안개가 자욱한 날이면 가끔 두 개로 보이기도 하는데, 하나는 가짜다. 하느님 역시 혼자라고 하지만—악마는 절대로 혼자가 아니어서, 거느리는 친구가 워낙 많아 군대를 이룬다. 초원에 홀로 핀 모예화(毛蕊花)나 민들레 한 송이, 콩잎이나 괭이밥, 그리고 쇠파리나

❀　　약 500평.

❀❀　　blue devil 또는 blue demon, 17세기부터 '우울증'을 뜻하는 영어 표현이었음.

뒝벌이 외롭지 않듯, 나는 외롭지 않다. 물방아 개울*, 풍향계**, 북극성, 남쪽에서 불어오는 바람, 4월의 소나기, 1월의 해빙기, 그리고 새로 지은 집에 나타난 첫 번째 거미가 외롭진 않듯, 나는 외롭지 않다.

숲에서 거센 바람이 울부짖고 눈이 펑펑 휘몰아치는 기나긴 겨울밤이면 어떤 손님이 가끔 나를 찾아왔는데, 오래전에 정착해서 본디 이곳의 주인이었다는 그 사람은 월든 호수를 파고 돌로 둑을 쌓아올리고 주변에 소나무를 심었다고 전해지는데, 그는 나에게 옛 시절과 영원한 미래에 관한 이야기를 들려주며, 우리는 사과나 사이다***가 없이도 사교적인 유쾌함과 세상살이에 관한 견해들을 주고받으며 즐거운 저녁 시간을 보내고는 했건만―대단히 현명할 뿐 아니라 농담을 잘해서 내가 무척 좋아했던 그는 한편으로 고프나 웨일리****보다도 더 많은 비밀을 간직한 인물이었기에, 사람들이 그가 언젠가 죽었다고는 하지만 어디에 묻혔는지는 아무도 알지 못한다. 대부분 사람들의 눈에는 잘 띄지 않지만, 나이가 지긋한 노부인 한 사람 역시 내 이웃에 살아서, 나는 가끔 그녀가 가꾸는 향기로운 밭을 한가로이 거닐며 약초를 따고, 그녀가 들

---

*   Mill Brook, 콩코드의 하천 이름.
**   weathercock, 공중에 수탉 한 마리를 덩그러니 매달아놓은 모양임.
***   cider는 우리나라에서 잘못 알려진 바와는 달리 본디 술을 뜻하는 단어임.
****   군인이며 정치가 윌리엄 고프(William Goffe)와 그의 장인 에드워드 웨일리(Edward Whalley) 장군은 17세기에 영국의 왕 찰스 1세를 제거하는 음모에 가담했다가 신대륙으로 도망쳐 뉴잉글랜드 일대를 떠돌며 숨어 살았다.

려주는 옛이야기를 즐겨 듣는데, 노부인의 박식함은 아무도 감히 따라가지 못할 천재적 경지에 이르렀으며 그녀의 기억은 신화보다 더 오래전 시대까지 거슬러 올라가기 때문에, 모든 전설의 원작이 무엇이며 그것이 어떤 실화에서 유래하는지를 통달했고, 그럴 만도 했던 까닭은 실제 사건들이 아무리 옛날이라고 해봤자 모두 그녀가 어렸을 때 일어났던 탓이었다. 혈색이 좋고 기력까지 넘치는 노부인은 어떤 날씨와 어떤 계절도 기뻐하며 즐거이 맞이하는 성품이어서 보나마나 어느 자식보다도 훨씬 오래 살아갈 기세다.

이루 형언하기 어려울 만큼 순수한 자연이 베풀어주는 온갖 너그러운 은총—태양과 바람과 비, 여름과 겨울이 우리에게 아낌없이 주는 선물—놀라운 건강에 환희 또한 무한하건만! 그러다가 혹시 누구 하나라도 불가피한 사연으로 인하여 슬픔에 빠진다면, 자연은 인류에게 영원히 쏟아주는 연민으로 응답하여, 태양은 눈부신 빛을 잃고, 바람은 인간의 목소리로 탄식하고, 구름은 눈물처럼 비를 흘리고, 숲은 한여름이어도 낙엽이 져 비탄에 빠지리라. 그러니 내가 어찌 대지와 뜻을 같이하지 않을 수 있겠는가? 나 자신의 일부는 잎사귀와 식물처럼 썩어서 흙이 되지 않겠는가?

우리들로 하여금 몸이 건강하고 마음이 평안하며 만족스럽게 살아가도록 도와줄 묘약은 무엇일까? 그것은 그대와 나의 증조부가 아니라 증조모였던 자연*이 일찍이 온 세상 채소로 빚어낸 식물

※ 그리스-로마 시대부터 생명을 잉태하고 먹여 살리는 어머니와 같은 존재라고 여겨 서양에서는 자연을 Mother Nature라고 표현했음.

성 약이어서, 그것으로 자연계는 영원한 젊음을 유지해왔고, 파 노인*처럼 명이 길었던 같은 시대의 수많은 인간들보다 장수했으며, 그들 죽은 인간의 기름기가 양분으로 건강을 지켜나갔다. 나의 만병통치약은 돌팔이 의사가 아케론**과 사해의 물을 섞어 만들었다고 선전하며 약병에 담아 길고 납작한 검은 배처럼 생긴 마차에 수북하게 싣고 다니며 파는 엉터리하고는 거리가 멀어서, 맑은 아침 공기 한 모금을 들이켜면 그것이 나에게는 곧 만병통치약이다. 아침의 공기! 하루의 시작이 솟아오르는 샘물을 사람들이 마시려고 하지 않는다면, 아, 그렇다면, 이 세상에서 아침 시간을 누리는 예매권을 잃어버린 사람들을 위해서, 우리는 그것을 조금씩 병에 담아 가게에 내놓고 팔기라도 해야 마땅하겠다. 그러나 아무리 서늘한 지하실에 보관하더라도 아침 공기는 절대로 정오까지 참지를 못하고, 그보다 훨씬 전에 병마개를 밀어 팽개치고는 아우로라의 발자취를 따라 서쪽으로 가버릴 것이라는 사실을 잊지 말아야 한다. 약초를 다루는 늙은 의술의 신 아스클레피오스의 딸로서, 한 손으로 뱀을 잡고 다른 손에는 그 뱀이 가끔 물을 마시도록 잔을 들고 있는 모습으로 조각상에 형상화되는 히기에이아***를 나는 숭배의 대상으로 삼지 않겠으며, 그보다는 오히려 주노와 야생 상추

---

*   152살까지 살았다는 영국의 토마스 파(Thomas Parr).
**   Acheron, 그리스 신화에서 저승 하데스로 흘러가는 강.
*** Hygeia, 건강의 여신.

사이에서 태어난 딸로서, 주피터 신에게 술잔을 올리는 헤베[*]
한테 경배하고 싶다. 헤베는 이 세상 땅을 밟았던 모든 젊은 여성
가운데 아마도 가장 건강하고 씩씩하며 완벽하게 건전한 조건을
갖추었다고 믿어지며, 그래서 그녀가 나타나기면 하면 어느 곳이나
봄이 찾아왔다.

[*] Hebe, 청춘의 여신. 신들의 연회에서 술을 따르는 일을 하고, 나중에 신의 반열
에 오른 헤라클레스와 결혼한다. 기혼 여성을 수호하는 여신 Juno는 그리스 신
화의 헤라(Hera)로서, 헤베는 그녀와 제우스(주피터) 사이에서 태어난 딸이지만,
어떤 이설 신화에서는 헤라가 아폴로 신과 그냥 상추를 같이 먹기만 했는데 헤
베를 임신했다고도 함.

손님들

나도 어떤 사람 못지않게 사교 활동을 좋아해서, 내 삶의 주변을 오가는 열정적인 사람이라면 누구에게나 거머리처럼 달라붙어 가능한 한 많은 시간을 같이 보낼 마음의 준비가 되어 있다. 천성적으로 나는 은둔자가 아니어서, 혹시 볼일이 생겨 술집에 들르기라도 하면 어떤 끈질긴 단골손님보다도 더 오래 앉아 버티고는 한다.

나는 집에 의자를 세 개 마련했는데, 하나는 혼자 지낼 때 고적함을 즐기는 자리였고, 두 번째 의자는 우정을 나누는 공간이었으며, 세 번째는 사교 활동을 위해서 준비했다. 예기치 않게 많은 손님이 한꺼번에 몰려올 때는 그들 모두에게 제공할 자리가 세 번째 의자밖에 없었지만, 손님들은 공간을 경제적으로 활용하느라고 대부분 그냥 서서 버티었다. 비좁은 집에 얼마나 많은 훌륭한 신사들과 숙녀들을 수용하기가 가능한지 나는 놀라울 따름이었다. 나는 언젠가 스물다섯에서 서른 명에 이르는 영혼을 그들의 육신과 함께 한꺼번에 나의 처소로 맞아들이기도 했지만, 우리는 서로 많이 가까워졌다는 느낌을 별로 인식하지 못한 채 헤어지기가 보통이었다. 공동주택이든 단독주택이든 간에, 사람들이 거주하는 수많은 집들을 보면, 헤아리기 힘들 정도로 여기저기 칸칸이 방을 들이고, 으리으리하게 널찍한 거실은 물론이요 포도주를 비롯하여 갖가지 안락함을 즐길 물자를 저장해 두는 지하 시설을 갖추었는데, 내가 판단하기에 그곳에 거주하는 사람들의 수에 비하면 공간의 낭비가 지나치게 심하다는 느낌이 든다. 그런 집은 어찌나 휑하니 넓고 웅장한지 안에서 사는 주인이 마치 그곳에 몰래 기어들어 사방을 더럽히면서 기생하는 벌레처럼 보인다. 트레몬트나 애스터나 미들섹스 하우스*같은 화려한 건물 앞에서 전령이 소집 나팔을 불었는데, 모든 주민이 몰려드는 광장으로 멍청한 생쥐 한 마리**가 무슨 일인가 싶어 기어 나왔다가 곧바로 땅 밑 구멍으로 슬그머니 다시 기어 들어가는 장면처럼 한심한 일이다.

이렇게 작은 집에서 사는 탓에 내가 가끔 겪는 불편함 한 가지는 거창한 단어를 써 가며 심오한 사상에 관한 대화를 주고받아야 할 때, 상대방과 나 두 사람 사이에 충분한 공간을 두기가 어렵다는 점이다. 우리는 머리에 떠오른 생각들이 항해를 위한 준비를 마치고 한두 개의 항로를 살펴본 다음에야 목적지 항구를 향해 떠

❀   보스턴, 뉴욕, 콩코드의 호텔.
❀❀   로마 시인 퀸투스 호라티우스 클라투스의 『시론(De Arte Poetica)』에서 "산들이 진통 끝에 한심한 생쥐 한 마리를 낳았다."라는 대목을 인용한 풍자.

나는 여유를 원한다. 생각의 탄환은 상대방의 귀에 다다르기 전에 좌우로 요동치는 횡적 진폭과 도비(跳飛) 운동을 극복한 다음 마지막 안정 궤도로 진입해야 하며, 그러지 않으면 상대방 머리를 뚫고 옆으로 다시 터져나갈지도 모른다. 우리들이 구사하는 문장들 또한 일정한 간격을 확보하여 대오를 짓고 사방으로 펼쳐질 공간을 필요로 한다. 국가와 마찬가지로 개개인 사이에 우리는 적당히 넉넉하고 자연스러운 경계는 물론이요 상당히 넓은 중립 지대를 마련해야 한다. 언젠가 나는 호수를 사이에 두고 건너편 친구와 대화를 주고받는 특이한 호사를 누리기도 했었다. 내 집에서는 손님과 내가 지나치게 가까운 거리에서 대화를 나누는 탓에 상대방이 시작하는 이야기를 제대로 듣지 못하는데—잔잔한 수면에 두 개의 돌을 너무 가까이 던지면 양쪽에서 일어나는 파문이 겹쳐 서로 망가트릴 때나 마찬가지로, 전하려는 말을 서로 차분히 기다리며 알아들을 정도로 목소리를 천천히 낮추기가 어렵기 때문이다. 우리가 그저 큰 소리로 수다스럽게 떠들어대기만 좋아하는 사람들이라면, 서로의 숨결이 느껴질 만큼 턱과 뺨을 맞대고 바싹 붙어 서기가 어렵지 않겠지만, 생각을 가다듬어 말을 삼가는 마음으로 진중한 대화를 나누고자 한다면, 모든 동물적인 열기와 습기가 증발해 날아갈 기회를 마련하도록 서로 얼마쯤이나마 떨어지기를 마다하지 않아야 한다. 구태여 입을 놀려 표현하지 않고, 아예 그럴 필요조차 느끼지 않으면서 저마다 마음속에 간직한 무엇을 매체로 삼아 타인과 가장 친밀한 교류를 즐기고자 한다면, 우리는 단순히 침묵을 지키는 데서 그치지 않고, 어떤 경우에라도 서로의 목소리를 들을 수 없을 만큼 몸까지 멀리 떨어져 있어야 한다. 이러한 기준에서 보자면, 언어란 청각에 문제가 있는 사람들의 편의를 위한 수단일 따름이어서, 세상에는 아무리 고함을 질러 봐도 전달하기 어려운 섬세한 이야기들이 너무나 많다. 대화가 고상하고 장중한 분위기로 흘러가기 시작하면, 우리는 조금씩 의자를 뒤로 밀어내다가 서로 반대편 벽에 붙어버리고는 했으며, 결국 더 이상 멀어질 공간이 부족해지는 경우가 허다했다.

오두막에서 가장 좋은 나의 칩거 공간*은 바로 집 뒤에 위치한 소나무 숲이었으며, 햇볕이 거의 들지 않는 풀밭이 서늘한 양탄자처럼 깔린 그곳은 언제나 손님을 맞이할 준비가 갖추어진 상태였다. 지고하기 짝이 없는 살림꾼**이 바닥을 쓸고 가구의 먼지를 털어내어 항상 말끔하게 정돈된 그곳으로 나는 여름날 찾아오는 귀한 손님들을 모셨다.

혼자 찾아온 손님이라면 가끔 내 소박한 식사에 자리를 함께 했는데, 간단하게 굽는 푸딩을 만들려고 식재료를 버무리거나 잿더미 속에서 빵 반죽이 부풀어 오르며 익어가는 과정을 지켜보는 작업쯤은 대화에 전혀 방해가 되지 않았다. 그러나 스무 명의 손님이 몰려와서 집안에 둘러앉으면, 혹시 두 사람이 먹기에 충분할 정도의 빵은 있었을지라도, 마치 먹고사는 일이 잊힌 관습이 되어버리기라도 했다는 듯, 아무도 저녁 식사에 대한 얘기를 입에 올리지 않

---

*   withdrawing room, 휴게실(drawing room)의 곁말.
**   대자연의 힘.

았으며[*], 그렇게 우리는 자연스럽게 금식을 실천했지만, 그것이 손님 접대에 소홀한 행위라고 느끼는 사람은 전혀 없었고, 오히려 지극히 적절하고 사려 깊은 처신이라고 여겼다. 그런 경우에는, 육체적인 생존을 위해 끊임없이 소모하고 내버리는 영양분을 보충하려는 욕구가 기적적으로 늦춰지는 듯싶어서, 생명력이 굳건히 제자리를 지키며 버티었다. 그렇게 나는 스무 명이 아니라 천 명이라도 손님을 접대할 여유가 만만했고, 혹시 누군가 내 집에 찾아와 나를 만나고는 실망하거나 굶고 돌아간 적이 있다면, 적어도 내가 그들의 심정에 진심으로 공감했었다는 사실만큼은 믿어주기 바란다. 대부분의 가정주부들이 그럴 리가 없다고 쉽게 믿으려 하지 않겠지만, 낡은 관행을 지금보다 새롭고 좋은 방향으로 개선하기는 아주 쉽다. 손님에게 어떤 식사를 대접하느냐에 따라 자신의 평판이 좌우되리라고 걱정할 필요는 없다. 내 나름대로의 생각을 밝히자면, 나로 하여금 어떤 사람의 집에 자주 찾아가는 것을 케르베로스[**]를 문간에서 만나는 상황만큼이나 꺼리게끔 하는 단호한 구실을 꼽으라면, 나에게 식사를 대접하느라고 주인이 감수하는 번거로운 예절을 제시하겠는데, 나는 그것이 진수성찬을 마련하는 수고를 감수하도록 다시는 자기를 괴롭히지 말았으면 좋겠다고 아주 정중하고도 완곡하게 부탁하는 표현으로 받아들인다. 그러니 나는 그런 자리라

[*] 숲속에서 자급자족하느라고 늘 물자가 부족했던 저자는 손님에게 식사에 관한 말을 거의 꺼낸 적이 없었다고 한다.
[**] 저승 세계의 입구를 지키는 흉악한 개.

면 다시는 방문하지 않을 작정이다. 나는 어느 손님이 명함 대신 노란 호두나무 잎에 적어 남겨두고 간 스펜서의 시를 자랑스럽게 내 오두막을 상징하는 현판처럼 표어로 삼았다─

"그들이 도착하여 작은 집을 가득 채우더라도
  즐길 일이 없으니 기대할 즐거움도 없겠지만,
  그들에게는 휴식이 향연이요 만사가 태평하니,
  고귀한 마음일수록 만족함이 크더라."＊

훗날 플리머스 식민지 총독의 자리에 오르게 될 윈슬로우가 친구 한 명과 함께 언젠가 마사소이트＊＊의 행사에 참석하기 위해 걸어서 숲을 헤치고 먼 길을 가야 했는데, 배가 고프고 지친 몸으로 왕의 처소에 도착하여 환대를 받았다고는 하지만, 그날 무엇인가를 대접받아 먹었다는 언급은 전혀 없었다. 그들이 서술한 기록＊＊＊을 인용하자면─밤이 되자 "추장은 아내와 같이 쓰는 침상에 우리가 나란히 함께 눕도록 배려했는데, 침대라고 해봤자 흙바닥에서 한 뼘 가량 올린 널빤지에 고작 얇은 깔판을 덮은 정도여서, 그들 부부

＊　 에드먼드 스펜서(Edmund Spenser)의 서사시 「요정의 여왕(Faerie Queen)」에서 인용.

＊＊　 Massasoit는 왐파노악 추장으로, 갖가지 전염병 때문에 부족의 세력이 약해지자 이웃 부족들에게 맞서기 위해 영국인과 동맹을 맺었고, 정착 초기에 굶어 죽을 지경에 처한 영국인은 덕택에 그의 도움을 받아 위기를 무사히 넘겼다.

＊＊＊　 에드워드 윈슬로우(Edward Winslow)의 「플리머스의 영국 농장 개척 비화(A Relation of Journall of the Beginning and Proceedings of the English Plantation at Plymouth In New England)」를 뜻함.

가 한쪽을 차지하고 우리가 다른 쪽에 자리를 잡았다. 따로 잘 곳이 없어서인지 추장의 부하 두 명까지 더 끼어들어 우리들에게 달라붙고 기어오르는 바람에 정작 고된 여행보다도 잠자리가 훨씬 고역이었다." 다음 날 오후 1시쯤 마사소이트 추장은 "그가 활을 쏘아 잡은 물고기 두 마리를 가져왔으며" 잉어보다 세 배나 커 보이는 물고기를 "끓이는 동안 한 조각 얻어먹으려고 눈치를 살피는 사람이 적어도 40명이 넘었다. 그들 대부분은 어쨌든 끼니를 때웠다. 1박 2일 동안 식사라고는 그것이 전부였으니, 우리들이 메추라기 한 마리를 미리 구해 가지고 가지 않았더라면 우리는 여행 내내 꼼짝없이 굶고 말았겠다." 그리고 "야만인들의 (잠을 청하느라고 노래를 부르는 풍습이 있었기 때문에) 해괴한 노랫소리에 잠을 설치고" 제대로 먹지를 못해서 정신이 혼미해지기라도 할까봐 걱정이 된 그들은 아직 집까지 걸어갈 기력이 그나마 좀 남았을 때 서둘러 길을 떠났다. 잠자리로 따지자면 그들이 사실 형편없는 대접을 받기는 했지만, 그들이 불편하다고 여겼던 조처는 의심할 여지가 없이 주인 딴에는 경의를 표하려던 배려였겠고, 식사에 관해서는 그만하면 인디언들로서는 최선을 다한 셈이라고 나는 이해한다. 그들에게는 자신이 먹을 식량조차 없었고, 그렇다고 해서 손님들에게 음식 대신 변명을 진수성찬처럼 늘어놓는 잔꾀를 부릴 만큼 그들은 어리석지도 않았으며, 그래서 그들은 허리띠를 더욱 졸라매고 식사에 관해서는 아무 말도 하지 않았다. 다음에 윈슬로우가 다시 그들을 방문했을 때는, 먹을거리가 풍부했던 철이어서, 그런 걱정은 문제가 되지 않았다.

남자들의 경우에는 어디에서건 남의 기대를 저버리는 경우가 별로 없다. 나는 숲속에서 지내는 동안 내 생애의 어느 기간보다도 더 많은 방문객을 맞이했으며, 당연히 진솔한 만남이 적지 않았다. 그리고 그곳에서 나는 다른 어느 곳에서보다 훨씬 바람직한 상황 아래 몇몇 사람을 만났다. 반면에 하찮은 일로 나를 찾아오는 사람은 줄어들었다. 그런 관점에서 보자면, 마을에서 멀리 떨어져 지낸다는 단순한 조건이 내가 교우하는 대상을 걸러주는 효과를 냈다는 뜻이 된다. 나는 광활한 고적함의 바다 한가운데로 은둔했고, 수많은 인연의 강들이 그곳으로 흘러와서, 내가 절실하게 필요로 하는 바가 무엇인지에 입각하여 따진다면, 가장 비옥하고 고운 퇴적물만 내 주변 여기저기에 쌓아놓았다. 뿐만 아니라 아직 아무도 탐험하지 못해 개척의 손길이 닿지 않은 바다 건너편 대륙들로부터 비장의 증거물들이 나에게로 흘러오기도 했다.

오늘 아침 집으로 나를 찾아온 남자 손님은 놀랍게도 그야말로 호메로스의 서사시에 등장하는 인물이나 파플라고니아*사람을 연상시켰으며 — 그런 인상에 썩 잘 어울리는 그의 이름**은 참으로 시적이기는 하지만 나로서는 안타깝게도 본명을 차마 여기에 밝힐 수가 없는데 — 캐나다 태생인 그는 나무를 베어 기둥을 만드는 벌목공으로 하루에 50개의 기둥을 박는다고 했으며, 어제 저녁 식

❀   Paphlagonia, 고대 소아시아 산악 지대. 그곳 사람들은 혈기왕성하고 투쟁적이었다고 함.

❀❀ 실명이 알렉스 테리앙(Alex Therien)인데, 프랑스계의 성씨 '테리앙'은 사나운 사람이나 촌스러운 남자를 의미한다.

사로는 그의 개가 잡아온 땅다람쥐를 요리해 먹었다고 했다. "책이 없었다면 비가 오는 날들을 어떻게 보냈을지 모르겠다."라고 한 그는 호메로스가 누구인지 알았지만, 여러 번의 장마철을 거치는 동안 그가 단 한 권이나마 끝까지 다 읽어낸 책이 과연 있기나 한지는 의문이다. 그가 태어난 머나먼 고향 교구에서는 그리스어를 아는 어느 신부가 호메로스의 운문을 읽는 법을 그에게 가르쳐 주었다고는 했으나, 지금은 그가 책을 들고 있는 동안—아킬레우스가 파트로클로스의 슬픈 표정을 보고 "파트클로스여, 왜 어린 계집아이처럼 눈물을 짓는가?"라고 질책하는 대목을—내가 번역해줘야만 할 처지였다.

"혹시 프티아에서 온 무슨 소식을 자네 혼자 들은 건 아닌가?
미르미돈 사람들 가운데 악토르의 아들 메노이티우스와 아직 살아 있고,
아이아코스의 아들 펠레우스 역시 살아 있다고들 하던데,
둘 중 하나라도 죽었다면, 우리가 크게 슬퍼해야 옳겠지." ✢

"그거 훌륭하군요."라고 나무꾼이 말한다. 그는 몸이 아픈 어느 남자에게 갖다 주려고 일요일인데도 오늘 아침나절에 흰 떡갈나무 껍질을 잔뜩 뜯어 모아 큼직하게 한 꾸러미로 묶어 옆구리에 끼고 있다. "안식일에 이런 걸 주우러 돌아다닌다고 해서 죄가 되진

✢ 『일리아스』 제16권 중에서.

않겠죠." 책의 내용이 무슨 뜻인지는 알지 못했어도 그는 호메로스가 위대한 작가라고 생각했다. 이 나무꾼보다 소박한 자연인을 찾아내기는 쉽지 않은 일이었다. 온 세상에 암울한 도덕적 그늘을 지우는 사악함과 질병이 그에게는 거의 존재하지 않는 듯했다. 나이가 스물여덟쯤 된 그는 일자리를 구하려고 십여 년 전에 아버지의 집과 캐나다를 떠나 미국으로 왔는데, 언젠가는 돈을 벌어 가능하면 고향으로 돌아가 농장을 사들일 생각이었다. 그는 지극히 험악한 인상을 주는 남자여서, 체격은 단단했지만 굼뜬 편이었으나 그러면서도 몸짓은 우아함을 잃지 않았고, 굵직한 목은 햇볕에 검게 그을었으며, 검은 머리는 숱이 많았고, 졸린 듯 둔감해 보이는 푸른 눈은 이따금씩 번득이는 감정을 강렬하게 드러냈다. 그는 납작한 회색 헝겊 모자를 쓰고, 양털 빛깔의 우중충한 긴 외투에 소가죽 장화를 신고 다녔다. 그는 고기를 굉장히 좋아해서―여름 내내 벌목을 하느라고 늘 내 집 앞을 지나 3킬로미터쯤 떨어진 일터로 오갈 때면―차갑게 식힌 고기를 양철 물통에 담아 가지고 다녔는데, 대부분의 경우 땅다람쥐 고기였고, 돌로 만든 수통에는 커피를 담아 허리띠에 끈으로 매달고 다니다가 가끔 나한테 한 잔 권하기도 했다. 그는 아침 일찍 모습을 나타내어 내 콩밭을 가로질러 지나가고는 했는데, 여느 북부인들처럼 어서 일터로 가려고 조바심을 내거나 서두르는 법이 없었다. 그는 몸을 고달프게 해가면서까지 살고 싶어 하지는 않는 사람이었다. 굶지만 않을 정도라면 그는 돈벌이에 연연하지 않았다. 자주 그런 일이 벌어졌지만, 숲으로 가는 길에 그의 개가 땅다람쥐 한 마리를 잡는 날이면, 그는 도시락을 수풀 속에 던져두고 그가 기거하는 집까지 2킬로미터가 넘는 길을 되돌아가서 사냥한 고기를 손질하고는, 그것을 밤이 될 때까지 안전하게 호수 물에 담가두면 어떨지 우선 반시간가량이나 곰곰이 따져본 다음 결국 하숙집 지하 저장고에 넣어두고는 했는데—그는 이런 문제들을 놓고 한참씩 따져보기를 워낙 좋아했다. 아침에 내 집 앞을 지나가는 길에 그는 이런 말을 하기도 했다. "멧비둘기들이 얼마나 살이 올랐는지 좀 보라고요! 정말이지 매일 일을 해야 하는 처지만 아니라면—비둘기, 땅다람쥐, 산토끼, 메추라기 따위를 뭐든지—사냥을 해서 고기를 얼마든지 구할 수 있겠어요! 하루만 사냥을 해도 한 주일 동안 먹을 걸 넉넉히 잡겠다고요."

그는 솜씨가 훌륭한 벌목꾼이라서, 간혹 자신의 기술을 여러모로 화려하게 장식하는 멋을 즐겨 부리기도 했다. 나무를 자를 때면 그는 지면에 바싹 가깝게 평면으로 베어내 나중에 새싹들이 돋아나면 훨씬 싱싱하게 무럭무럭 자라도록 공간을 마련했고, 썰매가 나무밑동에 걸리지 않고 잘 미끄러져 넘어가게 했으며, 끈으로 묶은 장작 다발들을 올려놓는 통나무도 그냥 내버려 두지 않고 껍질을 벗겨내어 얇은 조각이나 작은 토막으로 쪼개 나중에 필요하면 손으로 꺾어 쓰기 쉽도록 다듬어두었다.

내가 그에게 관심을 두었던 이유는, 그토록 조용하게 홀로 지내면서도 너무나 행복해 보였기 때문이었는데, 그의 눈에서는 만족스럽고 유쾌한 분위기가 샘물처럼 흘러넘쳤다. 그의 기쁨에는 때가 끼지 않았다. 가끔 나는 숲에서 나무를 베며 일하는 그의 모습을 보았는데, 그때마다 그는 말로 표현하기 어려울 만큼 벅찬 만족감이 담긴 웃음으로 나를 맞아주었고, 영어를 잘하면서도 그는 캐나다식 프랑스어로 인사말을 건넸다. 내가 가까이 가면 그는 하던 일을 멈추고, 기쁨을 반쯤 참아가면서 그가 통째로 베어놓은 소나무 곁에 누워서, 나무의 하얀 속살을 벗겨 공처럼 동그랗게 뭉쳐 씹어 먹으며 웃고 떠들었다. 그에게서는 동물적인 활기가 마구 흘러넘쳐서, 어쩌다 무슨 재미있는 생각이 머리에 떠오르기라도 하면 웃다가 엎어져 땅바닥에서 데굴데굴 굴러대기까지 했다. 주변의 나무들을 둘러보며 그는 이렇게 외치기도 했다—"아, 정말이지 여기서 나무를 베는 일이 얼마나 즐거운지, 이보다 더 좋은 놀이가 나한테는 없겠어요." 어쩌다가 한가할 때면, 그는 호주머니에 넣고 다니는 작은 권총을 꺼내 들고 하루 종일 숲에서 걸어 다니며, 일정한 간격을 두고 자신에게 바치는 축포를 쏘는 즐거움을 누렸다. 겨울에는 점심때가 되어 그가 모닥불을 피워놓고 주전자에다 커피를 데워 점심을 먹으려고 통나무에 걸터앉으면, 가끔 박새들이 몰려와 그의 팔에 올라앉아서 그가 손가락으로 잡고 있는 감자를 쪼아 먹기도 했는데, 그는 "이 꼬마 녀석들하고 같이 놀면 기분이 좋다."라고 했다.

그에게서는 동물적인 인간으로서의 면모가 주로 발달해 있었다. 신체적인 지구력과 만족감이라는 면에서 그는 소나무나 바위와 난형난제였다. 하루 종일 일을 하고 나면 가끔은 밤에 피곤하지 않느냐고 언젠가 내가 물었더니 그는 진지하고 심각한 표정으로 이렇게 대답했다. "한심한 소리 말아요, 난 평생 피곤해본 적이 없어요." 하지만 그의 내면에 존재하는 지적인 인간, 이른바 정신적인 인간은 어린아이 내면의 인간성처럼 잠들어 있는 상태였다. 그는 천주교 사제들이 오지의 미개한 원주민을 가르치는 수준에서 순박하고 비효율적인 방법으로만 교육을 받았는데, 그런 식의 가르침으로는 학생이 의식의 차원에 이르기가 불가능하여 무작정 믿고 공경하는 복종심만을 배울 따름이어서, 아이가 어른으로 성장하지 못하고 계속해서 그냥 어린아이로만 살아간다. 자연이 그를 창조했을 때는 튼튼한 몸과 만족감을 그의 몫으로 베풀어주면서, 그가 60년에 10년을 더 보탠 세월 동안 어린아이로 살아가도록 공경하고 의존하는 마음을 버팀목으로 함께 주었다. 그는 어찌나 순수하고 천진난만했는지, 땅다람쥐를 이웃 사람들에게 소개할 때나 마찬가지로, 도대체 뭐라고 소개해야 할지 난감한 그런 인물이었다. 내가 그랬듯이 이웃 사람 역시 그가 어떤 사람인지 스스로 가늠할 수밖에 없는 노릇이었다. 그는 어떤 다른 역할도 배우처럼 해낼 줄을 몰랐다. 일을 맡기고 품삯을 주어 그가 밥을 먹고 옷을 사 입게 도와주는 사람들이 많았지만, 그는 그들에게 소신을 밝히는 일이 없었다. 그는 어찌나 천성이 겸허하고 단순했는지 — 그를 아무런 욕심이 없어서 겸손하다고 혹시 누가 말할지라도 — 겸허함이 그에게는 아무런 두드러진 특질은 아니었고, 그런 성품을 자신이 지녔다고 스스로 깨닫지도 못했다. 자기보다 현명한 사람들을 그는 모두 신이나 다름이 없다고 생각했다. 만일 누군가 그런 사람이 찾아오리라고 알려주면, 그는 그토록 대단한 인물은 자신을 하찮은 사람이라고 거들떠보지 않겠으며, 손님이 모든 책임을 떠맡아 자신의 존재가 더욱 미미해지리라고 생각하기 십상이었다. 그는 누구에게서나 칭찬하는 말을 들어본 적이 없었다. 그는 작가와 목회자를 특히 존경했다. 그들이

walden

하는 일을 기적이라고 여길 정도였다. 내가 글을 상당히 많이 쓴다고 했더니, 자신도 글씨만큼은 꽤 잘 썼던 터여서, 그는 오랫동안 내가 필경사인 줄로만 알았다. 가끔 나는 한길 가에 쌓인 눈밭에다 그가 태어난 교구의 이름을 프랑스어 부호까지 정확하게 곁들여 적어놓은 것을 보고는 이곳을 그가 지나갔음을 알아채고는 했다. 나는 그에게 머리에 떠오르는 생각들을 글로 써 보고 싶다는 욕구를 혹시 느껴본 적이 없느냐고 물었다. 그는 글을 모르는 사람들을 위해 편지를 대신 읽거나 써준 적은 있지만, 생각을 글로 써 보려는 시도를 해본 적이 없다면서 이렇게 대답했다—아뇨, 그건 못하겠는데, 무슨 말부터 먼저 해야 할지를 모르겠고, 게다가 철자법까지 신경을 써야 하니, 글을 쓰려다가는 아마 죽을지도 모르겠어요!

언젠가 나는 저명하고 똑똑한 개혁론자가 그에게 세상이 달라지기를 바라지 않으냐고 물어보았다는 얘기를 들었는데, 그런 문제가 세상의 관심거리였다는 사실을 그때까지 전혀 몰랐던 그는 희한하다는 듯 킬킬 웃으며 캐나다 억양으로 이렇게 말했다고 한다. "아뇨, 난 지금 이대로가 충분히 좋은데요." 어느 철학자가 만일 그를 자주 만나 이야기를 나눌 기회를 얻는다면 많은 생각이 떠올랐을 듯싶다. 낯선 사람이 보기에 그는 일반적인 사실들에 대하여 아무것도 모르는 사람 같겠지만, 나는 가끔 그에게서 전에는 한 번도 본 적이 없는 생소한 면모를 문득 발견할 때가 많고, 그러면 그가 셰익스피어만큼이나 현명한지 아니면 그저 세상물정을 모르는 어린아이처럼 무식하기만 할 따름인지, 어쩌면 섬세한 시인의 인식을 지녔는지 아니면 그저 멍청할 따름인지 나로서는 알 길이 없어진다.

어느 마을 사람은 그가 머리에 꼭 맞는 작은 모자를 쓰고 혼자 휘파람을 불면서 한가로이 마을에서 돌아다니는 모습을 보면, 신분을 숨기고 살아가는 왕자의 모습을 연상하게 된다고 나한테 말했다.

그가 소유한 책이라고는 연감과 셈본 책 한 권씩이 전부였는데, 그는 셈에 관해서라면 상당한 일가견을 갖추었다. 그에게 연감은 일종의 백과사전이나 마찬가지여서, 그는 연감이 인간의 모든 지식을 요약하여 압축해 담았다고 생각했는데, 사실 어느 정도까지는 그렇기도 했다. 나는 당시에 세간에 회자되었던 갖가지 개혁에 관해 그의 견해를 타진해보고는 했는데, 그러면 그는 지극히 단순하고 실용적인 관점에서 자신의 시각을 거침없이 밝혔다. 그런 현학적인 얘기들을 그는 진에 들어본 적이 전혀 없었다. 공장들이 없어도 살아가는 데 지장이 없겠느냐고 내가 물었다. 그는 버몬트 사람들이 집에서 짠 우중충한 작업복을 걸치고 지냈으나, 그만하면 만족스럽다고 했다. 차와 커피가 없이 지내도 괜찮겠는가? 그런 것들이 없어진다면 물 이외에 이 나라에서 무엇을 음료로 마시겠는가? 그는 독미나리 잎을 물에 담가 마셔본 적이 있으며, 날씨가 더울 때는 그것이 물보다 낫더라고 했다. 화폐가 존재하지 않으면 불편하지 않겠느냐고 내가 묻자, 돈을 사용하는 편리함에 대하여 그가 제시한 설명은 화폐 제도의 기원에 관한 가장 철학적인 이론들과 일맥이 상통할뿐더러 '페쿠니아'*라는 단어의 어원 자체까

＊　라틴어로 돈을 뜻하는 pecunia의 어원인 pecus는 양과 소같이 '가족'처럼 키우는 짐승인 '가축(家畜)'이라는 뜻이다.

지도 아울렀다. 그의 재산이 소 한 마리가 전부인데 가게에 가서 바늘과 실을 사고 싶다면, 그럴 때마다 물건값만큼 소의 한 조각을 저당 잡히기가 불가능하거나 불편하기 짝이 없는 노릇이라고 그는 설명했다. 갖가지 제도를 그가 어떤 철학자보다도 잘 대변할 수 있었던 까닭은, 자신과 관련된 상황들을 설명할 때, 당위성의 근거로 실질적인 이유를 제시했으며, 가상의 공론 따위는 아예 염두에 두지 않았기 때문이다. 또 언젠가는 플라톤이 인간을 "깃털이 없고 두 발로 걷는 동물"이라 했더니, 어떤 사람이 깃털을 몽땅 뽑아버린 수탉을 들어 보이며 그것을 "플라톤이 정의한 인간"이라고 일갈했다는 얘기*를 듣고, 그는 인간과 닭은 무릎이 서로 반대 방향으로 꺾어진다는 결정적인 차이점을 지적했다. 그는 가끔 이렇게 소리치기도 했다. "이런 얘기 재미있네요! 정말이지, 하루 종일이라도 얘기를 나누고 싶어요!" 여러 달 동안 못 보다가 오랜만에 그를 만난 어느 날, 나는 여름 동안 혹시 무슨 새로운 계획이라도 생겼느냐고 궁금해서 물었다. "그런 소리 마세요," 그가 말했다. "나처럼 일밖에 모르는 사람은 이미 세워놓은 계획이나마 잊어버리지 않으면 감지덕지겠죠. 함께 밭을 매는 사람이 행여나 내기를 좋아하여 경쟁이라도 벌이게 되면, 맙소사, 정신이 일보다는 다른 데 팔려 잡초밖에는 안 보이거든요." 그럴 때면 가끔 그는 내가 하는 일에 무슨 진척이

---

* 디오게네스 라에르티오스(Diogenes Laërtius)가 집필한 그리스 철학자들의 전기 『훌륭하신 사상가들의 삶과 견해들(Lives and Opinions of the Eminent Philosophers)』에는 플라톤의 정의를 반박하려고 누가 수탉의 털을 몽땅 뽑아버린 다음 플라톤의 학당으로 찾아가 "그러면 이것이 인간이냐."라고 반박했다는 일화가 나온다.

라도 보이는지를 먼저 묻기도 했다. 어느 겨울날 나는 그에게 늘 자신에 대하여 만족하며 사는지를 물어보았는데, 성직자 같은 타인보다 자신의 내면에서 보다 높은 차원에 이르는 삶의 목적을 찾아보도록 권유하고 싶은 생각에서였다. "만족하냐고요?" 그가 말했다. "사람은 저마다 다른 이유로 만족하기 마련이죠. 뭐랄까, 별다르게 부족한 것이 없는 사람은 배불리 먹고 하루 종일 불가에 앉아 있기만 하더라도 더할 나위 없이 만족하겠고요." 여하튼 나는 아무리 머리를 짜내어도 그로 하여금 사물들에 대하여 영적인 관점을 취하도록 유도할 길이 없었으니, 그가 세상을 파악하는 가장 높은 차원의 시각은 동물들이 고맙게 여길 만큼 단순한 정도의 안락함을 기준으로 삼았는데, 하기야 사실상 그것은 대부분의 사람들이 보여주는 수준이었다. 삶의 방식을 조금이나마 개선하는 가능성을 어쩌다 내가 제시하면, 그는 지금까지의 삶을 후회하는 기미를 전혀 보이지 않으면서 그러기에는 너무 늦었다고만 대답할 뿐이었다. 어쨌든 그는 정직함이나 그와 비슷한 여러 미덕의 가치만을 철저히 믿었다.

아무리 하찮은 수준일지언정 그에게서는 사회의 갖가지 제도를 재구성하는 수준에 가까운 어떤 확실한 독창성이 엿보였으므로, 나는 가끔 그가 나름대로 혼자 사고를 하고 생각하는 바를 적극적으로 표현하는 경우를 포착하면, 그것이 너무나 드물게 나타나는 현상이었던지라, 그런 모습을 한 번이라도 더 보기 위해서는 언제라도 10킬로미터쯤은 단숨에 달려갈 심정이었다. 비록 주저하며 말을 삼가는데다가 자신의 의견을 명확히 표현하는 능력은 부족했을지언정, 그는 다른 사람들에게 제시할 소신을 언제나 마음속에 품고 살았다. 그렇지만 그가 하는 생각이란, 비록 학식만 쌓은 사람들의 고지식한 사상보다 훨씬 실용적이라고 할지라도, 자신의 동물적인 삶에 젖어버린 탓으로 워낙 원시적이었던 터라, 어디에서 공식적으로 발표를 할 만큼 성숙한 경우가 드물었다. 그가 상징하는 인간상은 비록 시커멓고 더러운 흙탕물인지는 모르겠지만 한없이 깊으리라고 사람들이 생각하는 월든 호수를 닮은 존재들을 연상시켰으니, 아무리 평생 초라하고 무식하게 살아가며 사회의 가장 밑바닥 계층을 구성하는 사람들이라고 해도 그들 중에는 세상을 못본 체하지 않고 언제나 자신의 견해를 확실하게 밝히는 천재들이 숨어 있기 마련이다.

* * *

많은 나그네가 나를 만나고 내 오두막을 구경하고 싶은 호기심에서, 일부러 먼 길을 찾아와서는 문을 두드릴 구실 삼아 물을 한 잔 청하고는 했다. 그러면 나는 손가락으로 호수를 가리키며 나도 저 물을 그냥 마신다고 일러주고는, 바가지를 빌려주랴고 물었다. 내 생각으로는 해마다 4월 초순에 무슨 행사처럼 벌어지는 현상이었지만, 너도나도 역마살이 끼어 모두들 집을 떠나 여기저기 헤매고 떠돌아다니는 듯싶은 무렵이 오면, 멀리 떨어진 외딴곳에 산다고 해서 그들 뜨내기들의 성가신 방문에 나 혼자만 시달리지 않도록 예외를 인정해달라고 기대하기는 어려운 노릇이었는데, 찾아온 방문객 중에는 특이하고 난감한 경우가 없지는 않았지만, 나름대로 내가 반겼던 사례도 몇몇 있었다. 약간 지능이 모자라 사설 복지 시설 같은 곳에서 지내는 사람들이 간혹 찾아오고는 했는데, 그럴 때면 나는 그들이 온갖 지혜를 최대한 발휘하여 마음에 품은 생각을 모두 솔직하게 털어놓도록 열심히 도왔으며, 그런 자리에서는 지능을 우리 대화 주제로 삼기 마련이었고, 그에 따르는 보상이 찾아왔다. 솔직히 얘기해서 나는 그들 가운데 몇 사람은 세칭 '감독관'이나 마을의 행정 위원보다 훨씬 현명하다는 사실을 깨달았고, 그래서 이제는 양측의 입장을 바꿔놓고 생각할 때가 되었다는 생각이 들었다. 지능을 놓고 따지자면, 좀 모자라는 사람과 멀쩡한 사람의 차이가 별로 없다는 사실을 나는 깨달았다. 특히 기억에 남는 어느 날, 남을 해칠 염려가 없고 생각이 단순한 가난뱅이 남자가 나를 찾아오더니, 나하고 같은 방식으로 살아보고 싶다는 소망을 털어놓았는데, 전에 나는 그가 다른 사람들과 함께 들판에서 궤짝 위에 올라서거나 앉아서 가축들이 길을 잘못 들어 자기 자신뿐 아니라 밭을 짓밟지 못하도록 울타리 노릇을 하는 모습을 목격한 적이 여러 번 있었다. 그는 겸손함이라고 일컫는 모든 개념의 경지를 상당히 뛰어넘었다고나 할까 아니면 반대로 그와는 아예 거리가 먼 태도로, 지극히 단순하고 진지하게, 자신은 "지능이 부족하다."라고 했다. 이 말은 그가 실제로 쓴 표현이었다. 하나님이 자신을 그렇게 만들기는 했지만, 그래도 다른 사람과 마찬가지로 자신을 보살펴준다고 그는 생각했다. "어릴 때부터 계속 이랬어요." 그가 말했다. "난 다른 애들하고는 같지 않았고, 생각이라는 게 별로 없어서, 머리가 약해요. 아마도 하나님의 뜻이겠죠." 그리고 그는 자신의 말이 진실이라고 스스로 입증하는 그런 존재였다. 내가 보기에 그는 형이상학적인 수수께끼였다. 그가 하는 모든 말은 너무나 소박하고 참되고 진지하여 — 그토록 잠재성의 기반이 확고한 인간을 나는 만나본 적이 없다는 생각이 들 정도였다. 그리고 그가 자신을 낮추려고 노력하는 그만큼 사실상 그는 더욱 숭고해 보였다. 내가 처음에는 눈치를 채지 못했지만, 그것은 현명한 처신이 그에게 가져다준 결과였다. 머리가 약하다는 가난뱅이가 먼저 펼쳐놓은 진실성과 솔직함의 기반 위에서 출발한 우리의 대화는 현인들 사이에서 오가는 교류를 훨씬 능가하는 방향으로 나아갔다.

　나를 찾아온 어떤 방문객들은 분명히 빈곤한 계층이건만 마을에서는 그렇지 않다고 다른 대접을 받는 사람들이었는데, 어쨌든 세상이 가난한 자들이라고 여기는 그들은 사람들의 단순한 배려보다 극진한 환대를 받으려고 욕심을 부리는 손님들이어서, 도움을 받기를 간절히 원하면서도 그들은, 부탁하는 말에서 그들이 드러내는 적어도 한 가지 확실한 양상이지만, 그들 스스로 자립하겠다는 의지만큼은 전혀 없다는 토를 달기가 보통이다. 내가 방문객에게 부탁하고 싶은 바는, 굶주려 쓰러질 지경이 되어 찾아와서는 도대체 어디서 그런 식욕이 나는지 모르겠으나 세상에서 가장 왕성한 식욕을 자랑하는 일만큼은 없었으면 한다. 자선의 대상이 될 정도라면 손님이 아니다. 간혹 어떤 방문객들은 내가 아까 하던 일을 다시 계속하며 그들의 질문에 점점 더 건성으로 대답하더라도, 방문 시간이 이미 끝났다는 암시를 전혀 눈치 채지 못하기도 한다. 역마살 떠돌이 계절이 찾아오면, 거의 모든 지적 수준의 사람들이 나를 찾아왔다. 간혹 주체하지 못할 만큼 지능이 뛰어난 사람들도 있었는데, 도망을 다니는 어떤 노예들은 농장에서의 습성이 몸에 배어 있어서, 우화에 등장하는 여우처럼 자신을 뒤쫓아 오는 사냥개들이 짖어대는 소리가 들리지 않나 싶어서 가끔 귀를 기울이다가, 애원하는 눈빛으로 나를 쳐다보고는 했는데, 마치 이렇게 말하는 듯싶다—

"오, 기독교인이시여, 나를 돌려보내려고 하시나이까?"*

그들 진짜 노예들 가운데 한 명에게는 내가 북극성을 향해 계속 도망가도록 도와준 적도 있었다. 오리 새끼인 줄 모르고 병아리 한 마리만 지극정성 돌보는 닭처럼 오직 한 가지 생각만 하는 사람들이 있는가 하면, 한 마리의 벌레를 잡으러 사방으로 쫓아 다니는 백 마리의 병아리를 돌보다가 아침마다 이슬 맺힌 풀숲에서 잃어버리는 스무 마리 새끼를 찾겠다고 정신없이 헤매는 암탉들처럼, 온갖 생각에 머리가 혼미해지는 사람들도 많으니—그러다 보면 결국 정신이 너덜너덜 누더기가 되어 다리 대신 생각만 수없이 많아진 그들은 일종의 지적인 지네처럼 온 세상을 헤매면서 기어 다니게 된다. 화이트 산맥에 가면 그러듯 찾아오는 사람들이 이름을

* 노예제도를 반대하는 협회를 창설한 미국 수학자 일라이저 라이트(Elizur Wright)가 지은 노랫말 〈도망친 노예가 기독교인에게(The Fugitive Slave to the Christian)〉에서 후렴으로 반복되는 "사냥개들이 등 뒤에서 짖어대는데/오, 기독교인이시여, 나를 돌려보내려고 하시나이까?"라는 대목을 차용했음.

적어놓는 방명록을 하나 마련해놓으면 어떻겠느냐고 어떤 사람이 제안했지만, 미안하게도! 나는 기억력이 워낙 좋아서 그럴 필요는 없겠다.

찾아오는 손님들에게서 나는 몇 가지 기이한 특징을 저절로 깨닫게 되었다. 젊은 여성이나 소년들과 소녀들은 대부분 숲으로 들어오면 즐거워했다. 그들은 호수를 들여다보거나 꽃들을 둘러보며 가치 있게 시간을 보낸다. 반면에 사업을 하는 사람들이나 심지어 농부들은 고적함과 일거리에 크게 신경을 쓰고, 내가 굉장히 멀리 하는 대상들에 관해서만 궁금해했으며, 말로는 숲속에서 가끔 산책하기를 좋아한다고 그랬지만, 실제로는 전혀 그렇지 않다는 사실이 분명했다. 먹고살 길을 알아내고 생계를 유지하는 데만 온통 시간을 쓰느라고 안절부절 시간에 쫓기며 살아가는 사람들, 하나님에 대한 이야기라면 자기들만 독차지하는 분야라는 듯 다른 사람들의 견해 따위는 들으려고 하지 않는 목회자들, 그리고 의사와 변호사들뿐 아니라—내가 외출하고 없을 때 집으로 들어와 내 찬장과 침대를 몰래 뒤져보지 않고서는 도대체 그런 사실을 알아낼 길이 없었겠지만, 내 이부자리가 자신들의 것만큼 깨끗하지 않다고 공연한 걱정을 하는 어느 어느 사모님들, 그리고 모름지기 예로부터 안정된 직업이라고 알려진 가장 편한 길을 따라가기로 작정함으로써 젊음의 패기를 포기한 젊은이들—이들은 모두가 내 삶의 방식이 별로 좋은 결실을 가져오지는 않으리라고 하나같이 주장했다. 맙소사, 그것이 걸림돌이었다는 말인가! 남녀를 불문코 나이가 어떻든 간에, 늙고 병들고 소심한 사람들은 질병과 갑작스런 사

고와 죽음에 대하여 가장 많은 생각을 하고―위험에 대한 걱정을
아예 하지 않는다면 도대체 무슨 위험이 존재할까마는―그들에게
는 삶이란 온통 위험으로 가득하여, 신중한 사람이라면 가장 안전
한 곳을 조심스럽게 선택해야 하고 위급한 순간에 당장 연락을 취
하기 쉽도록 B. 선생님*이 어디에 있는지 늘 알아둬야 한다고 생각
한다. 그들에게 마을이라는 공동체(community)는 글자 그대로 함께
(com-) 지키는 안전성(munity)이어서 공동으로 방어하는 조직이며,
사람들은 불안한 마음이 들면 비상용 약상자가 없이는 산딸기조차
따러 가지 못할 지경이다. 결론적으로 말하자면 인간이 살아 있다
는 말은 언제 죽을지 모른다는 위험에 늘 노출된 상태라는 뜻이어
서, 애초부터 삶과 죽음이 동행하는 상황이라면 위험의 비중을 낮
게 잡아야 바람직하겠다. 인간이 위험하기는 앉아 있을 때와 달려
갈 때가 마찬가지다. 마지막으로 한마디 더하자면, 세상에서 가장
따분한 부류인 자칭 개혁가들은 내가 이런 노래만 한없이 읊는다
고 생각한다―

　　　이것은 내가 지은 집,
　　　이 사람은 내가 지은 집에 사는 어른이라네.**

　　그러나 그들은 이 노래에서 세 번째 행의 내용이 이렇다는 사

---

*　　콩코드에서 57년 동안 일했다는 의사 Dr. Josiah Bartlett의 약칭.
**　영국의 유명한 동요 〈이것은 잭이 지은 집〉을 변주한 내용임.

실은 알지 못했다 —

저들은 내가 지은 집에 사는 남자에게
근심을 끼치는 자들이라네.

나는 닭을 치지 않았기 때문에 솔개를 두려워하지 않았지만,
남들을 괴롭히는 인간 솔개들은 좀 두려워한다. 그런 부류의 사람
들과는 달리 반가운 손님들도 없지 않았다. 딸기를 따러 오는 아이
들, 깨끗한 옷차림으로 일요일 아침에 산책을 나오는 철로 인부들,
낚시꾼들과 사냥꾼들, 시인들과 철학자들, 간단히 말해서 그들은
모두가 자유를 찾아 정말로 마을을 등지고 숲으로 찾아오는 정직
한 순례자들이었다. 나는 그들 종족과는 이미 마음을 주고받아 온
사이였기 때문에 "환영합니다, 영국인들이여! 환영합니다, 영국인
들이여!"※라고 언제든 반갑게 맞아줄 준비가 되어 있었다.

✿ 청교도들에게 아베나키(Abenaki) 부족 인디언 추장 사모셋(Samoset)이 건넸다는
    인사말. 소로우는 어려서 인디언놀이를 즐겨했다고 한다.

콩밭

어느덧 시간이 흘러가서, 이미 씨를 뿌려놓은 두둑의 길이를 모두 합치면 총 10킬로미터가 넘는 나의 콩밭에서는, 최근에 심은 씨앗이 아직 땅속에 파묻혀 있건만 가장 먼저 심은 콩은 이미 상당히 자라나서 김을 매주기를 열심히 기다렸는데, 정말로 더 이상은 그냥 모르는 체하며 김매기를 미루기가 쉽지 않았다. 자존심을 지켜가며 꾸준히 수행해야 하는 이 축소판 헤라클레스의 노역*이 의미하는 바가 과연 무엇이었는지, 나는 알지 못한다. 내가 원했던 양을 초과하기는 했지만, 나는 밭과 콩을 사랑하게 되었다. 콩으로 인하여 나는 대지에 애착을 갖게 되었고, 그래서 안타이오스**처럼 힘

---

* Herculean labor 또는 Twelve labors of Heracles. 처자식을 죽인 죄를 씻으려고 델포이의 신탁에 따라 헤라클레스가 12년에 걸쳐 수행한 열두 가지 과업.
** Anæus, 그리스 신화에서 땅을 밟고 있는 한 흙으로부터 힘을 얻었던 거인. 헤라클레스는 그를 공중으로 들어 올림으로써 죽이는 데 성공했다.

을 얻었다. 그런데 왜 내가 하필이면 콩을 재배했을까? 그것은 하늘만이 알 노릇이다. 전에는 양지꽃과 검은딸기와 물레나물 따위의 달콤한 야생 과일이나 보기 좋은 꽃들만 피어나던 이곳 땅 한 조각의 지상에서 대신 이렇게 콩을 생산하기 위해—나는 이렇게 여름내 기묘한 노역을 감내했다. 나는 콩에게서 무엇을 배우고, 콩은 나에게서 무엇을 배우는가? 나는 콩을 소중히 여긴다. 나는 아침 일찍 그리고 저녁 늦게 콩밭을 살피며 김을 매고, 그것이 나에게는 중요한 하루의 일과다. 멋지고 큼직한 잎은 보기가 좋다. 건조한 흙에 물을 뿌려주는 이슬과 빗방울 그리고 대부분 영양분이 없고 척박한 땅에 그나마 남아 버티는 약간의 비옥함은 나를 도와주는 조수들이다. 나의 적으로는 해충과 서늘한 날씨, 그리고 그 무엇보다도 땅다람쥐를 꼽아야 하겠다. 마지막 적은 4분의 1에이커나 되는 땅에 심어놓은 콩을 나를 대신하여 깨끗이 먹어치웠다. 그런데 나는 무슨 권한으로 물레나물을 비롯하여 여러 식물을 몰아내고 그들의 오래된 풀밭 영토를 망가트렸을까? 어쨌든 살아남은 콩들은 머지 않아 땅다람쥐들이 뜯어 먹지 못할 만큼 질겨져서, 새로운 적에게 맞설 대비를 하게 된다.

생생하게 기억하는 바이지만, 나는 네 살이 되던 해에 보스턴으로부터 내가 태어난 고향 마을로 돌아오느라고 바로 이 숲과 들판을 거쳐 호수까지 왔었다. 그것이 내 기억에 남은 가장 오래된 장면들 가운데 하나다. 그런데 오늘 저녁에 나의 플루트 소리에 바로 그 호수가 메아리로 응답을 한다. 그들 가운데 몇 그루는 죽어 쓰러졌겠지만, 나보다 나이가 많은 소나무들이 여전히 이곳에 버티고서 있다. 나는 죽은 나무들의 밑동을 베어다 밥을 지었고, 비어버린 자리에는 여기저기 새로운 싹이 돋아나 새로 태어나는 아이들에게 보여주려고 또 다른 풍경을 준비한다. 이곳 풀밭에서는 여러해살이인 물레나물의 뿌리에서 똑같은 물레나물이 태어나고, 나 또한 어릴 적 꿈들로 이루어진 신비한 풍경에 옷을 입혀주는 힘을 마침내 보태었으니, 나의 존재와 영향력이 빚어낸 결과들이 콩나무 잎과 옥수수 잎 그리고 감자 줄기에서 모습을 드러낸다.

나는 개간한 지가 겨우 15년 정도밖에 되지 않은 위쪽 땅을 2에이커 반가량* 경작했고, 내 손으로 나무 그루터기를 두어 곳 파내기는 했지만 거름은 전혀 주지 않았는데, 여름 동안 땅을 갈다가 발견한 화살촉들로 미루어보아 백인들이 들어와 땅을 개간하기 전에 지금은 멸망한 어느 부족이 이곳에 살며 옥수수와 콩을 심었던 모양이었고, 그래서 그런 작물을 재배하기에는 이곳의 토질이 어느 정도 고갈되었으리라고 짐작했다.

청서나 땅다람쥐가 한 마리라도 쪼르르 달려 길을 건너오기 전에, 어린 떡갈나무 숲 위로 태양이 아직 떠오르기 전에, 이슬이 한 방울이라도 스러지기 전에, 나는 콩밭으로 나가서 무성하게 제멋대로 자라 줄줄이 늘어선 잡초 군대를 납작하게 무찔러 넘어뜨리고 그 위에 흙을 덮기 시작했는데—그러지 말라고 농부들이 말리기는 하지만, 나는 이왕이면 만물이 이슬에 젖어 있는 동안 할 일을 최대한 많이 하도록 누구에게나 권하고 싶다. 이른 아침에 조형 예술가

❋   약 1만 제곱미터 또는 3,000평.

처럼 나는 이슬로 물렁물렁해진 흙더미를 맨발로 밟아 짓이겨 뭉개며 일을 했는데, 그러다 보면 나중에는 뜨거운 태양 때문에 발에 물집이 잡히고는 했다. 나는 누런 돌투성이 위쪽 밭에서, 햇빛이 밝혀주는 고랑을 따라 천천히 괭이질을 하고 잡초를 솎아내면서 뒷걸음질을 치다가 다시 앞으로 나아가기를 반복하여, 100미터쯤 떨어진 두 곳의 길고 푸른 풀밭 사이를 오갔는데, 콩밭의 한쪽 끝 풀밭은 어린 떡갈나무 숲과 경계를 이루어 틈틈이 내가 그늘을 찾아 들어가 일손을 놓고 쉬기에 좋았으며, 반대편 끝의 검은딸기밭에서는 내가 땀을 흘리며 한 바퀴 돌아 다시 찾아갈 때마다 녹색 열매들의 빛깔이 점점 짙어지는 듯했다. 잡초를 뽑아버리고, 콩대 주변을 둘러가며 신선한 흙을 돋워주고, 내가 묻어버린 잡초로 하여금 쓸모없는 쑥과 개후추와 나도겨이삭이 다시 자라나는 대신, 누런 흙과 힘을 모아 여름날의 생각을 꽃과 잎으로 표현하도록 이끌어, 이것은 풀이 아니라 콩이라고 대지가 자랑스럽게 외치도록 도와주는 일—그것이 내가 맡은 하루의 소임이었다. 나는 말이나 소를 비롯하여, 어른이든 아이든 일꾼은 물론이요, 개량된 농기구의 도움을 거의 받지 않았기에, 일의 속도는 훨씬 느렸지만 콩들하고 나는 남달리 아주 친해졌다. 손으로 하는 노동이 아무리 힘들고 단조로울지언정, 가장 나쁜 형태의 게으름이라고 말하기는 어려울 듯싶다. 육체노동은 끊임없이 불멸의 교훈을 깨우쳐주고, 학자에게는 고전적인 결실을 안겨준다. 도대체 어디로 가는 사람들인지는 모르겠지만, 이륜마차에 편안히 앉아 팔꿈치를 무릎에 얹고 고삐를 꽃줄처럼 늘어뜨려 잡고 링컨과 웨일런드를 거쳐 서쪽으로 발길을 하는 여행자들의 눈에는 고향에서 고생스럽게 땅을 일구며 살아가는 내 모습이 전형적인 아그리콜라 라보리오수스*로만 보였을 듯싶다. 그러나 나의 집과 농토는 곧 그들의 시야에서 그리고 생각에서 멀리 사라진다. 도로의 양쪽으로 아주 멀리까지 어디를 둘러봐도 탁 트인 경작지라고는 내 농토뿐이었기에—남들은 김매기를 시작할 무렵인데 기껏 아직 콩을 심고 있었으니—당연히 나는 그들의 눈길을 끌기 마련이었고, 밭에서 일하는 남자더러 일부러 들으라고 하는 소리야 아니었겠지만 "콩을 심기엔 너무 늦었지! 이제야 강낭콩을 심다니!"라거나 "사료로 쓰려면 옥수수가 제격이야, 옥수수를 심어야 한다고."라면서 목사님처럼 전문가답게 길손들이 무심결에 주고받는 잡담과 핀잔 소리가 가끔 들려오고는 했다. 검정 둥근 모자를 쓴 여인이 회색 외투를 입은 남자에게 "저 사람 정말 여기서 살기나 하는 걸까요?"라고 물어보기라도 하면, 험상궂은 농부가 고삐를 당겨 숨을 돌리라고 말을 멈춰 세우고는, 밭고랑에 거름은 보이지 않는데 도대체 무슨 농사를 짓느냐면서, 썩은 나무 부스러기나 아무 음식 찌꺼기나 잿물**이나 하다못해 퇴비라도 좀 뿌려보라고 권한다. 그러나 밭이 2에이커 반에 이르는데 나무 부스러기를 구하려면 멀리까지 나가야만 했으며—수레나 말 따위는 사용하고 싶지 않았던 터라—나에게는 손수레를 대신하는 괭이 하나에 그것을 끌어당길 두

---

* 라틴어로 agricola laboriosus, '힘들게 일하는 농부'라는 뜻.
** 우리나라에서는 세탁제로 널리 알려진 잿물은 칼슘, 포타슘 등 식물의 건강에 중요한 미량 무기질들을 미량 함유하고 있다.

손밖에 없었다. 덜컹거리는 마차를 타고 지나가던 어떤 여행객들은 그들이 거쳐 온 다른 밭들과 내 땅을 비교하느라고 큰 소리로 떠들기도 했고, 그래서 나는 농업의 세계에서 내가 차지하는 위치가 어느 정도인지를 알게 되었다. 내 농지는 콜먼 씨[*]의 보고서에서 언급할 만한 대상이 아니었다. 그뿐이 아니라, 아직 인간이 개량하지 않아 훨씬 야생 그대로인 들판에서 자연이 생산하는 작물의 가치를 누가 감히 평가한다는 말인가? 영국식 건초[**]는 작물을 꼼꼼하게 계량하고, 습도를 측정하며, 규산염과 산화칼륨의 양까지 계산하는 반면에, 숲속이나 목초지와 습지 여기저기 사방에 흩어진 골짜기나 웅덩이에서도 다양한 곡물이 풍성하게 자라지만, 인간이 수확하지 않고 그냥 내버려둔다. 내 경작지로 말하자면, 이른바 미개척지와 경작지를 잇는 연결 고리나 마찬가지여서, 어떤 국가를 문명국이냐 반쯤만 문명국이냐 아니면 미개하거나 야만적인 나라이냐 하는 식으로 분류하는 그런 시각으로 볼 때는 반쯤만 개간된 토지라고 하겠는데, 물론 그것은 나쁜 의미가 담긴 표현이 아니다. 내가 재배한 콩은 그들이 본디 지녔던 야생의 원시 상태로 기꺼이 돌아가고 싶어 했고, 내 괭이는 그들을 위해 〈랑 데 바슈〉[***]를 연주했다.

　　가까이에서는 자작나무의 가장 높은 잔가지에서—어떤 사람들은 붉은 개똥지빠귀라 부르기를 더 좋아하는—갈색 지빠귀 한

---

[*]　　Henry Coleman, 매사추세츠 주의 농업 실태를 연구했음.
[**]　　축사에 깔아주는 건초와 달리 사료로 쓰기 위해 따로 재배하는 풀.
[***]　Ranz des Vaches, 가축들을 불러 모으는 스위스 노래.

마리가 마치 나하고 친해져서 기쁘다는 듯 아침 내내 노래를 부르
는데, 내가 여기 없었다면 저 새는 다른 농부의 밭을 찾아 날아갔
으리라. 내가 씨를 뿌리는 동안에 그는 "뿌려라, 뿌려. 덮어라, 덮어.
뽑아라, 뽑아."라고 소리친다. 다행히 내가 뿌린 씨앗은 옥수수가
아니어서, 지빠귀 같은 적들로부터는 안전하다. 현이 하나인지 스
무 줄인지 모르겠는 악기의 연주에 맞춰 그가 서투른 솜씨로 파가
니니 흉내를 내며 횡설수설 불러대는 공연을 들어보면, 도대체 그
것이 밭일에 무슨 도움이 되는지 알 길은 없어도, 나는 어쨌든 우려
낸 잿물이나 퇴비보다 지저귀는 새의 노래를 훨씬 좋아한다. 그것
은 내가 전적으로 신뢰하는 싸고도 최고로 질이 좋은 비료였다.

보다 신선한 흙을 괭이로 긁어 밭이랑 쪽으로 옮기던 나는,
원시시대 이곳 하늘 아래 살다가 연대기에 기록조차 남기지 못하
고 사라진 민족들의 흔적을 어지럽히면서, 그들이 전쟁이나 수렵에
사용했던 자질구레한 도구들을 발굴하여 뜻하지 않게 현대의 빛을
보도록 도와주기도 했다. 그런 잔해는 자연석들과 뒤섞여 묻혀 있
었는데, 어떤 돌들은 인디언이 지핀 불에 그을거나 햇볕에 시달린
자국이 역력했고, 최근에 이 땅을 경작한 사람들이 가지고 들여와
서 사용했을 질그릇과 유리잔 조각들도 나왔다. 괭이의 날이 돌에
부딪혀 쨍그랑 울릴 때면 그 소리는 음악이 되어 숲과 하늘에서 메
아리치며 내가 수행하는 노동에 박자를 맞추었고, 순식간에 엄청난
수확을 거둬들이도록 나를 도와주었다. 그 순간부터 내가 가꾸는
곳은 더 이상 콩밭이 아니었고, 콩밭을 가꾸는 사람은 내가 아니었
으니, 그런 때면 나는, 떠나온 친구들에 대한 생각을 별로 자주 하

지는 않는 편이었지만, 거룩한 합창곡을 들으려고 음악회가 열리는 도시로 나가고는 했던 지인들을 기억하면서, 뿌듯함과 연민을 동시에 느끼고는 했다. 때때로 종일 밭일을 하느라고 날이 저무는 줄을 내가 몰랐기 때문이었겠지만―환한 대낮인 줄 알았는데도 걸핏하면 야행성 쏙독새가 눈의 티처럼, 하늘의 눈에 박인 티처럼 공중에서 맴돌았는데, 가끔 한 번씩 곤두박질을 치고 땅으로 처박혀 내려오며 참다못해 드디어 하늘을 누더기처럼 갈가리 찢어놓겠다고 작심이라도 한 듯 소리를 질러대지만, 푸르른 창공은 흠집 하나 나지 않은 채 그대로 남아 있고, 누구의 눈에도 잘 띄지 않는 산꼭대기 바위나 허허벌판 모래밭에 알을 낳아 자식을 키우며 허공을 어지럽혀 가득 메우는 장난꾸러기 꼬마 요정 같은 쏙독새들은 바람에 실려 공중으로 떠오르는 나뭇잎처럼 호수에서 바람이 일으키는 잔물결을 흉내 내어 우아하고 가냘픈 모습으로 살아가니, 자연에서 서로 닮아가는 이치가 바로 그러하다. 하늘의 매는 그가 공중에서 날며 내려다보고 가로질러 지나가는 호수의 물결과 형제간이어서, 바람을 잔뜩 품은 완벽한 그의 두 날개는 어리디어려서 깃털조차 아직 나지 않은 바다의 앞날개 물결과 근본이 같다. 그리고 가끔 나는 하늘 높이 날면서 선회하는 한 쌍의 솔개를 한참씩 지켜보고는 했는데, 내가 무슨 생각을 하는지 알고 그것을 공중에다 그림으로 표현하려는 듯 그들은 교대로 솟아오르다가 내리꽂히기도 하면서, 서로 천천히 가까이 다가갔다가 다시 헤어지기를 거듭했다. 뿐만이 아니라 나는 산비둘기 떼가 함께 날개로 가볍게 키질을 하는 듯 펄럭거리고 떨리는 소리를 내면서 서둘러 소식을 전하러 이 숲에서 저 숲으로 날아가는 모습에 시선을 빼앗기는가 하면, 썩은 나무 그루터기 밑을 괭이로 파낸 흙에서 꿈틀거리고 기어 나오는 흉측하고 괴이한 점박이도롱뇽이 눈에 띄면 이집트와 나일 강에나 어울릴 동물이면서 우리들과 같은 시대를 살아가는 파충류의 희한한 모습에 마음을 빼앗기기도 한다. 일손을 멈추고 괭이에 몸을 기대며 잠시 쉬는 동안 나는 이런 소리들과 풍경들을 여기저기 밭 주변에서 보고 들었는데, 이는 시골 생활이 그칠 줄 모르고 한없이 제공하는 즐거움의 한 부분에 지나지 않았다.

축제일이 되면 마을에서는 커다란 대포를 쏘아대고는 하는데, 이곳 숲에 이를 즈음에는 그 포성이 딱총 소리처럼 아득하게 작아졌고, 군악대가 연주하는 음악이 몇 토막씩 가끔은 희미하게나마 숲까지 흘러오기도 했다. 마을로부터 까마득하게 멀리 떨어진 콩밭에서 일을 하던 내 귀에는 포성이 말불버섯*소리처럼만 들렸고, 내가 전혀 알지 못하는 군사 동원 훈련**이 벌어질 때는, 나는 가끔 지평선이 사람처럼 성홍열이나 인후염 따위의 무슨 병에 걸려 가려운 부스럼 상처가 곧 터질 지경이어서 괴롭다고 신음하며 저러는 모양이려니 막연하고 엉뚱한 상상을 하며 하루를 보내고는 했는데, 그러다가 마침내 바람이 방향을 이쪽으로 바꿔 들판을 서둘러 건너 웨일랜드 도로를 따라 올라오게 되면, 나는 '훈련병'들에

* 손으로 건드리면 '퍽' 소리가 나고 터지면서 포자가 먼지처럼 사방으로 날아간다.
** 텍사스를 미국이 합병하면서 벌어진 미국-멕시코 전쟁(1846-1848년)이 발발하기 직전이어서 군사적으로 흉흉한 무렵이었음.

walden

관한 정보를 제대로 접수하게 된다. 거리가 멀었던 탓으로 그들이 외치는 아득한 구령은 마치 어느 양봉가의 집에서 도망쳐 나온 벌들이 떼를 지어 몰려다니며 붕붕거리는 소리와 흡사했고, 놀란 마을 사람들이 베르길리우스가 가르쳐준 그대로 집안에서 쓰는 가재도구들 가운데 틴티나불룸*처럼 가장 요란한 소리가 나는 물건을 들고 나와 시끄럽게 두들겨대어 벌 떼를 주인에게 도로 쫓아버리려고 애를 먹는 듯한 잡음까지 들려왔다. 마침내 소란이 조용히 가라앉고, 붕붕거리던 소리마저 그치면서, 다정하기 짝이 없는 산들바람이 더 이상 아무런 얘기를 나에게 전해주지 않으면, 나는 그제야 사람들이 마지막 수벌 한 마리까지 무사히 미들섹스의 벌집**으로 몰아넣었으니, 이제는 소리에 묻어온 꿀에만 신경을 써도 되겠다는 생각을 한다.

나는 매사추세츠와 조국의 자유가 그토록 안전하게 보호를 받는다는 사실을 확인하게 되어 자랑스러웠고, 다시 괭이질을 계속하면서 형언할 수 없는 확신에 차, 미래에 대한 믿음이 넘치는 차분한 마음으로 즐겁게 작업에 임했다.

여러 악단이 함께 연주를 할 때는 마을 전체가 통째로 하나의 거대한 풀무***가 된 듯, 모든 건물이 커다란 소리에 맞춰 부풀었다

＊　tintinnabulum, 종을 여러 개 매달아 놓은 고대 로마의 장식용 도구. 시인 베르길리우스의 「농경시(Georgics)」에서는 tinnitusque라고 했음.

＊＊　미들섹스에 위치한 군사 훈련소를 뜻함.

＊＊＊　서양 풀무는 바람주머니가 달려 있어서 손잡이를 누를 때마다 주름이 부풀었다 꺼지기를 반복한다.

가 쪼그라들기를 되풀이했다. 그러나 때로는 그런 시끄러운 소리가 영감을 불러일으킬 만큼 정말로 숭고한 선율이 되어 이곳 숲까지 흘러왔고, 고귀한 기상을 노래하는 나팔 소리가 울려 퍼지기라도 하면 나는—왜 하찮은 문제들*을 우리가 자꾸만 참아줘야 하는지 알 길이 없다는 울분에서—멕시코 사람이 앞에 있다면 통쾌하게 얼굴에 침이라도 뱉어주고 싶어서, 나의 기사도 정신을 발휘할 연습의 대상으로 삼으려고 땅다람쥐나 스컹크가 없는지 주위를 살펴보기도 했다. 이런 군악대 연주의 선율은 팔레스티나만큼이나 머나먼 곳에서 들려오는 듯만 싶었고, 그러면 나는 지평선을 따라 행진하는 십자군의 발자국 소리에 마을 높이 치솟은 느릅나무들이 한 치나마 함께 돌진하려고 꼭대기가 약간 떨린다고 착각을 일으키기까지 했다. 비록 내가 개간한 땅에서 올려다보는 하늘은 어느 날이나 조금도 다르지 않은 위대한 모습이어서 내 눈에는 아무런 차이가 없어 보였건만, 어쨌거나 그런 날은 분명히 위대한 하루였다.

씨를 뿌리고, 김을 매고, 추수하고, 타작을 하고, 선별하여 거두어들이고—내다 팔아야 하는 마지막 과정이 가장 힘든 부분이기는 했지만—분명히 맛을 보기는 했으니 먹는 것까지 포함시켜서, 내가 밭을 경작하는 오랜 기간에 걸쳐 콩과 맺은 인연은 독특한 경험이었다. 나는 콩에 대해서라면 속속들이 다 알고 싶었다. 콩이 자라는 동안에 나는 새벽 5시부터 정오까지 밭에서 보냈고, 나머지 오후 시간에는 대부분 다른 일들을 처리했다. 온갖 다양한 잡초와 우

❊　텍사스에 얽힌 분쟁.

리가 맺어야 하는 가깝고도 기이한 관계를 살펴보면―밭에서 하는 일들은 워낙 하나같이 서로 닮은 부분이 적지 않기에 잡초를 다루는 일이라고 해서 별로 다를 바가 없으니―한 가지 종류의 식물은 몽땅 베어 가차 없이 제거하는 반면에 다른 종류의 식물은 부지런히 공을 들여 가꾸느라고 괭이를 휘둘러가며 우리가 자행하는 부당한 차별로 인하여, 수많은 연결 고리들이 이루는 섬세한 조화가 무자비하게 짓밟힌다, 저것은 쓴쑥이고―저것은 명아주―저건 괭이밥―저기는 후추풀이니―저런 놈들은 어서 없애버리고, 잘라버리고. 뿌리를 뽑아 햇볕에 말려 죽여야 하니, 수염뿌리털 하나라도 그늘에 남겨두었다가는 이틀 만에 혼자서 몸을 거꾸로 뒤집고 일어나 대파처럼 싱싱하게 푸른빛으로 다시 살아나고 만다. 기나긴 전쟁에서 내가 맞서야 하는 적은 두루미들이 아니라 태양과 비와 이슬과 한편이 되어 연합군을 이룬 잡초, 트로이아*였다. 날이면 날마다 콩나무들은 괭이 한 자루로만 무장한 내가 그들을 구하기 위해 달려나가서 적의 대열을 사방으로 쫓아가 무너뜨리고, 참호마다 잡초들의 시체로 가득 채우는 내 모습을 지켜보았다. 무성한 수많은 잡초들이 내 무기의 공격을 받고 쓰러졌으며, 사방에 운집한 전우들보다 한 뼘이나 키가 우뚝하여 드높이 투구의 깃털을 휘날리던 용맹한 헥토르**와 같은 운명을 맞아 목숨을 잃고 먼지 속에 나뒹굴었다.

❋   호메로스는 『일리아스』에서 트로이아인들을 두루미와 싸우는 소인족에 비유했음.

❋❋ 프리아모스 왕의 맏아들이며 트로이아의 총사령관으로 지략과 용기가 뛰어난 장수였으나 그리스 최고의 맹장 아킬레우스와의 결투에서 패하여 굴욕적이고 비참한 죽임을 당했다.

그해 여름 한 철, 같은 시대를 살아간 다른 사람들이 보스턴과 로마에서 예술 분야에 정진하거나, 인도에서 명상 생활을 하거나, 아니면 런던과 뉴욕에서 사업에 전념하는 사이에, 나는 이렇게 뉴잉글랜드의 농부들과 함께 농사에 매진했다. 내가 콩을 꼭 먹어야 했기 때문에 그랬던 것은 아니었으니, 나는 천성이 콩에 관해서라면, 죽을 쑤어 먹든 투표 결과를 알아야 할 때이든*콩 대신 언제나 쌀을 쓰라고 했던 피타고라스학파의 사상**을 지지하는 편이었지만, 그래도 어쨌든 훗날 우화를 쓰는 작가에게 이런 수사학적 표현과 비유의 사례를 제공하는 도움을 주기 위해서라도 누군가는 밭에서 일을 할 필요가 있다고 생각한다. 전체적인 안목으로 따지자면 콩 농사는 흔하지 않은 즐거움이었으나, 너무 오래 천직으로 계속한다면 지겨운 고역이 될지도 모른다. 나는 밭에 전혀 거름을 주지 않았고, 밭 전체를 한꺼번에 김을 맨 적이 없기는 하지만, 이왕 하는 작업만큼은 나름대로 정성을 다했던 결과로 보상만큼은 제대로 받아냈으니, 이블린의 말마따나 "진정 장담하건대, 삽으로 옥토를 뒤엎고 다시 끊임없이 파서 엎는 동작에 비견할 만큼 좋은 퇴비나 거름은 세상 어디에도 없다."*** 다른 대목에서 그는 이

❋   고대에는 득표수를 콩알로 계산하는 사례가 많았다.

❋❋   수학으로 세상을 풀이하려 했던 철학자 피타고라스는 천지가 창조되었을 때 인간과 콩이 같은 물질로 빚어졌으므로 콩을 먹으면 인육을 먹는 셈이라고 제자들에게 가르쳤다.

❋❋❋   존 이블린(John Evelyn)의 「흙에 대한 철학적 담론(Terra, a Philosophical Discourse of Earth)」에서 인용.

런 설명을 덧붙였다. "땅은, 특히 흙이 신선한 곳에서는, 어떤 자력을 발휘하여 그 힘으로(명칭이야 무엇이라고 부르건 상관이 없지만) 염분, 힘, 또는 효능을 끌어 모아 토양이 대지에 생명을 부여하는가 하면, 생존을 유지하기 위한 우리 인간들의 모든 노역과 번거로움의 논리란 한갓 미미한 시늉에 지나지 않아서, 땅심에 비하면 인분과 다른 지저분한 첨가물들은 토질 개선을 위한 객토 작업의 대체 수단에 지나지 않는다." 더구나 이곳의 땅은 "지칠 대로 지쳐 기운이 빠져서 안식년을 보내던" 그런 곳이었기에, 어쩌면 케넬름 딕비 경[*]이 추정했던 대로 '생명의 영기'를 대기로부터 끌어모아서 였는지 모르겠지만, 나는 콩을 열두 자루나 거둬들였다.

그러나 콜만 씨의 보고서는 경비가 많이 들어가는 부농들의 실험만 주로 취급했다는 비판을 감안하여, 보다 꼼꼼하게 내가 지출한 내역을 다음과 같이 밝힌다.

괭이를 구입한 돈이	54센트
밭갈이, 써레질, 고랑 파기	7달러 50센트(과잉 지출)
콩 씨앗	3달러 12.5센트
씨감자	1달러 33센트
완두콩 씨앗	40센트
무 씨앗	6센트
까마귀 쫓는 울타리용 하얀 끈	2센트

✿ Kenelm Digby, 17세기 영국의 박물학자이며 사상가.

말과 쟁기와 어린 일꾼 세 시간 치 품삯 ⋯ 1달러

작물 운반용 말과 수레 ⋯⋯⋯⋯⋯⋯⋯⋯⋯ 75센트

합계 ⋯⋯⋯⋯⋯⋯⋯⋯⋯⋯⋯⋯⋯⋯⋯⋯ 14달러 72.5센트

"patrem familias vendacem, non emacem esse oportet."*라는
가르침에 입각하여 정산한 내 수입은

판매한 콩 아홉 자루 12되 ⋯⋯⋯⋯⋯⋯⋯⋯ 16달러 94센트

큰 감자 다섯 자루 ⋯⋯⋯⋯⋯⋯⋯⋯⋯⋯⋯ 2달러 50센트

작은 감자 아홉 자루 ⋯⋯⋯⋯⋯⋯⋯⋯⋯⋯ 2달러 25센트

건초 ⋯⋯⋯⋯⋯⋯⋯⋯⋯⋯⋯⋯⋯⋯⋯⋯⋯ 1달러

줄기 ⋯⋯⋯⋯⋯⋯⋯⋯⋯⋯⋯⋯⋯⋯⋯⋯⋯ 75센트

합계 ⋯⋯⋯⋯⋯⋯⋯⋯⋯⋯⋯⋯⋯⋯⋯⋯ 23달러 44센트였으니

앞서 어디선가 밝혔던 대로 경제적 이익은 8달러 71.5센트가 된다.

＊ "한 집안의 가장은 모름지기 팔 줄을 알아야지, 사들이기만 하면 안 된다."라는
뜻. 로마의 군인이자 정치가인 카토(Cato)의 『농업론』에서 인용한 구절.

내가 콩을 재배한 경험의 결과로 터득한 요령은 이러하다. 6월 1일
쯤에 흔하고 작은 흰 강낭콩을 폭이 1미터인 밭에 50센티미터 간
격으로 줄을 지어 심되, 씨앗은 쭉정이가 섞이지 않았으며 신선하
고 둥근 것으로 조심해서 골라야 한다. 파종을 한 다음에는 우선 해
충이 없는지 찾아봐야 하고, 싹이 트지 않아 빈 곳이 생기면 새로
씨를 심어야 한다. 사방이 노출된 공간이라면 다음에는 땅다람쥐들
을 조심해야 하는데, 그들은 지나가는 길에 눈에 띄었다 하면 가장
먼저 나온 새순을 닥치는 대로 모조리 먹어 치우고, 어린 덩굴이 나
타날 때쯤에 다시 나타나서는 다람쥐처럼 발딱 일어나 앉아 새순
뿐 아니라 어린 꼬투리까지 잘라서 먹어댄다. 그러나 무엇보다 중
요한 사항은, 서리도 피하고 내다 팔 만큼 좋은 작물을 얻기 위해서
는 가능한 한 일찍 수확을 서둘러야 손실을 많이 줄일 수가 있다.

그밖에도 나는 경험을 통해 더 많은 요령을 얻었다. 나는 내
년에 다시 여름이 찾아오면 그처럼 고생하며 부지런히 콩과 옥수
수를 심는 대신, 성실함과 진리와 소박함과 믿음과 순결 같은 영적
인 자산처럼, 혹시 잃어버리지만 않는다면 그런 씨앗들이, 비록 길
들이기와 고역을 덜 감수하더라도, 작물을 키워내지 못할 만큼 고
갈되지는 않았을 이곳 토양에서 자라나 나를 무사히 먹여 살리려
는지 확인해보겠노라고 나 자신에게 다짐했었다. 안타깝도다! 스
스로 그렇게 약속했음에도 불구하고, 다음 해 여름이 흘러가고, 그
리고 또 한 번의 여름이, 그리고 다시 한 번 더 여름이 그냥 지나갔

으니, 독자들이여, 혹시 내가 뿌린 씨앗들이 진정으로 여러 미덕의 씨앗들이었다면, 모두 벌레가 먹어버렸거나 생명력을 잃어 끝내 싹이 피어나지 못했으리라고 나는 그대들에게 고백해야만 옳으리라고 믿는다. 흔히 남자들은 그들의 아버지만큼밖에는 용감하지 못하고, 아니면 그보다 소심하기가 보통이다. 지금 세대는 해마다 어김없이, 몇 세기 전에 인디언들이 그랬으며 원주민들이 초기 정착민에게 가르쳐준 그대로, 그것이 마치 운명의 명령이라는 듯 꼬박꼬박 옥수수나 콩을 심는다. 언젠가 나는 곡괭이를 들고 돌아다니며 70개가 넘는 구덩이를 파는 어느 노인을 보고 크게 놀랐는데, 그것은 자신이 죽어서 묻힐 자리를 마련하기 위해서가 아니었다! 그렇다면 도대체 왜 뉴잉글랜드 사람들은 그들이 돌보는 곡물, 그들이 재배하는 감자와 목초, 그들이 소유한 과수원에만 그토록 열중하고, 다른 작물을 심어보려는 실험을 도외시하며―그들은 왜 새로운 모험에는 나서려고 하지 않을까? 어째서 우리는 종자로 쓸 콩에 대해서만 그렇게 많은 신경을 쓰고, 새로운 세대의 인간들에 관해서는 전혀 관심을 기울이지 않을까? 우리가 누군가를 만났을 때, 내가 앞서 예로 꼽았던 몇몇 성품들, 우리 모두가 다른 어떤 작물보다도 소중하다고 여기기는 하지만 대부분 그저 공중에 산산이 흩어져 떠다니기만 하던 여러 미덕들이 그의 내면에 뿌리를 내려 자라난 성품들을 분명히 확인했음에도 불구하고, 우리는 그 손님에게 음식을 잔뜩 먹이고 즐겁게 잡담이나 늘어놓기만 해야 되겠는가? 예컨대 진리나 정의처럼 오묘하고 거룩한 그런 어떤 성품이 아주 적은 양이나마 잠재했거나 또는 새로운 형태로 드러나는 무형의 자산이 길을 가다 어디선가 눈에 띄었다고 상상해보자. 그러면 낯선 문화들을 최전선에서 접하는 우리 사신들은 지시를 받아 그런 씨앗을 고향으로 보내고, 의회는 그것이 방방곡곡에 전파되도록 도와야 한다. 성실함이란 결코 격식으로만 따질 문제가 아니다. 가치와 우애의 씨앗이 중심에 존재한다면, 우리는 야비함을 드러내며 서로 속이고 모욕하고 배척하는 행위를 절대로 저지르지 말아야 한다. 따라서 우리는 사람을 만나는 일을 서둘러서는 안 된다. 대부분의 사람들을 내가 전혀 만나지 못하는 까닭은 모두가 콩에만 신경을 쓰느라고 바빠서 시간이 없는 듯싶기 때문이다. 우리는 그토록 한없이 일에만 정신이 팔린 사람하고는 인연을 맺으려고 하지 않는데, 그런 사람은 일하는 틈틈이 괭이나 삽을 지팡이 삼아 기대고 숨을 돌리지만, 바닥에 뿌리를 내린 버섯과는 달리, 땅에 내려앉아 뒤뚱뒤뚱 걸어가는 제비처럼, 똑바로 일어서기보다는 지면에서 조금 떠오른 모습을 보이며—

"그리고 얘기를 할 때는 마치 날아오르기라도 하려는 듯
가끔 날개를 펼쳤다가는 다시 접어버리고"[*]

그래서 우리는 혹시 천사와 얘기를 나누고 있지는 않은지 의아한 생각이 들기 마련이다. 식량이 우리에게 항상 좋은 영양분만 공급

---

[*] 17세기 영국 성직자 시인 프란시스 콸스(Francis Quarles)의 「양치기의 신탁(The Shepherd's Oracles)」에서 인용.

하지는 않겠지만, 그래도 언제나 우리에게 고마운 일을 하여, 심지어는 무슨 병 때문인지조차 알 길이 없는 경우일지라도 관절이 뻣뻣해지는 괴로움을 풀어주어 유연하고 활기차게 육신이 움직이면, 우리는 그로 인하여 인간이나 자연 속에 존재하는 모든 관대함을 인지하고, 순수하며 영웅적인 온갖 즐거움을 두루 나누도록 사람들을 도와준다.

적어도 고대의 시와 신화에서만큼은 농업이 한때 성스러운 기술이었음을 인정하건만, 요즈음에는 무작정 큰 농장과 풍작만을 목표로 삼아 사람들이 서둘러가며 염치없이 무성의하게 농사를 짓는다. 우리는 축제를 열거나, 행진을 벌이거나, 무슨 예식조차 거행하지를 않고, 이른바 추수감사절과 가축 경진회 또한 예외가 아니어서, 그런 행사를 농부가 자신의 천직을 얼마나 신성하다고 인식하는지를 표현하거나 농업의 신성한 기원을 상기할 기회로 삼을 줄을 모른다. 농민을 유혹하는 것은 푸짐한 상품과 떠들썩한 잔치가 고작이다. 농부는 케레스*와 대지를 다스리는 조브**보다는 지옥의 신 플루토스***에게 제물을 바친다. 인간은 땅을 재산으로 계산하거나 재산을 획득하는 주요 수단으로만 간주하는 탐욕과 이기심 그리고 비굴한 습성으로부터 아무도 자유롭지 못한 까닭에, 자연의 모습은 훼손되고, 농업은 우리들과 더불어 멸시를 당하고, 농

＊　　Ceres, 농업과 곡식과 수확의 여신.

＊＊　Terrestrial Jove, 그리스 신화의 제우스나 마찬가지로 로마 신화의 최고신인 주피터.

＊＊＊　Plutus, 부와 재물의 신.

부는 지극히 미천한 삶을 살아간다. 농부는 오직 도둑의 눈으로만 자연을 바라본다. 카토는 농업으로 얻는 이익들은 각별히 의롭고 경건하여, "maximeque pius quæstus."라 하였고, 마르쿠스 바로는 고대 로마인들이 "똑같은 대지를 어머니라 부르기도 하고 케레스라 부르기도 했으며, 땅을 경작하는 사람은 고결하고 보람찬 삶을 살았기 때문에 오직 그들만이 사투르누스왕의 후예로 남았다."라고 생각했다.

우리는 태양이 경작 농토뿐 아니라 초원과 숲 또한 공평하게 고루 둘러본다는 사실을 자칫 잊어버리기 쉽다. 그런 곳들은 햇빛을 똑같이 반사하거나 흡수하는데, 태양이 날마다 한 바퀴 돌면서 살펴보는 찬란한 풍경 속에서 농토는 아주 작은 일부에 지나지 않는다. 태양이 보기에는 지구가 어느 곳이나 똑같이 잘 가꿔야 하는 하나의 화원일 따름이다. 그러니까 우리는 태양의 빛과 열기가 베푸는 은혜를 그런 인식에 따라 믿음과 아량으로 받아들여야 한다. 이 콩들의 씨앗을 내가 소중히 여겨 해마다 가을에 정성껏 수확한다고 해서, 그것이 어디가 그리 대단한 일이겠는가? 내가 그토록 오랫동안 지켜본 이 널찍한 밭은 나를 첫째로 꼽아야 하는 경작자라고 생각하지를 않아서, 오히려 나한테서 눈을 돌리고는, 생산성에 훨씬 더 근본적인 영향을 주느라고 작물에게 물을 뿌려 푸르게

❀　　"최고로 존경을 받아 마땅하다."라는 뜻. 『농업론』의 서문에 나오는 내용.

❀❀　　Saturn, 로마 신화에서 농경의 신. 토요일(Saturday)은 그를 기리는 날임.

❀❀❀　　로마의 귀족 군인으로 평생 대규모 농장을 경영한 바로(Marcus Terentius Varro) 의 『농업에 관한 논고(Rerum Rusticarum)』에서 인용.

만드는 기운들을 우러른다. 밭에서 자란 콩들 중에는 내가 미처 거두지 못한 몫도 적지 않았다. 작물의 일부는 애초부터 땅다람쥐들이 먹어치울 몫으로 자라나지 않았을까? 밀의 이삭은―라틴어로 '희망'을 뜻하는 spe에서 파생하여 폐어가 된 speca를 거쳐 spica[화수(花穗)]라는 단어로 정착했지만―농부들의 유일한 희망이어서는 안 되며, 그 알맹이인 밀알을 지칭하는 곡식 또한―'열매를 맺는다'는 뜻의 gerendo에서 파생한 granum이 영어의 grain(낟알)으로 정착했을지언정―밀이 맺어주는 유일한 결실은 아니다. 그런데 왜 우리는 흉작이라고 해서 농사가 실패했다고 말을 함부로 하는가? 잡초의 씨앗들은 새의 곡식 창고나 마찬가지이니, 잡초가 무성하게 우거지면 나는 당연히 기뻐해야 하지 않겠는가? 들판의 곡식이 농부의 곳간을 가득 채우건 말건 상대적으로는 별로 문제가 되지 않는다. 올해는 숲이 얼마나 많은 밤톨을 맺을지 여부를 놓고 다람쥐들이 전혀 근심 걱정을 드러내지 않듯이, 진정한 농부는 초조함을 보이지 않으면서 날마다 하루의 일을 마무리하고는, 그의 밭이 생산하는 모든 작물에 대한 권리를 포기하고, 첫 열매뿐 아니라 마지막 열매까지도 신에게 아낌없이 제물로 바친다.

마을

오전에 밭일을 하고, 아니면 책을 읽거나 글을 좀 쓴 다음에, 나는 호수로 나가 다시 목욕을 하기가 보통이었는데, 호수의 후미진 협곡을 하나 골라서 숙제를 하듯 헤엄쳐 건너며 노동의 때를 몸에서 씻어내거나, 공부에 집중하느라고 마지막에 잡힌 주름살을 펴고 나면, 오후는 완전히 자유로운 시간이었다. 때로는 날마다, 아니면 하루걸러 나는 마을로 산책을 나가서는, 그곳에서 끊임없이 오가는 소문 몇 가지에 귀를 기울이고는 했는데, 입에서 입으로, 혹은 신문에서 신문으로 전해지는 그런 소문들은 그러려니 하면서 나름대로 잘 추려 듣기만 한다면, 나뭇잎이 속삭이는 소리나 개구리의 나지막한 울음만큼이나 때로는 신선하게 느껴지기도 했다. 새와 다람쥐를 보려고 숲속을 돌아다니듯 마을 사람들과 아이들을 구경하며 길을 따라 돌아다니면, 내 귀에는 소나무들 사이로 불어오는 바람 대신에 짐마차가 덜컹거리는 소리가 들려왔다. 내 오두막에서 한쪽으로 길을 따라 내려가다 보면 강가의 목초지에 사향쥐들이 모여 사는 서식지에 다다르게 되고, 그 반대편 지평선 쪽으로 가면 느릅나무와 버짐나무 숲의 그늘에 모여 바쁘게 살아가는 사람들의 마을이 나왔는데, 이상 하게도 내가 보기에 마을 사람들은 전생에 저마다 굴의 입구에 앉 아 있다가 툭하면 이웃 굴로 수다를 떨러 쪼르르 달려가는 들판다 람쥐(prairie dog)들이었으리라는 생각이 들었다. 나는 그들의 습성을 관찰하려 자주 마을로 찾아갔다. 내 눈에는 마을이 취재 기자들로 북적거리는 신문사의 널찍한 편집국처럼 보였고, 그런 인상을 뒷받 침하기라도 하듯 마을 한쪽에서는, 언젠가 보스턴의 스테이트 거리 에 위치한 레딩 회사[※]가 그랬듯이, 손님들을 맞기 위해 비치한 견과 류와 건포도, 때로는 소금과 곡물 가루, 그리고 다른 주전부리들이 즐비하게 기다렸다. 어떤 사람들은 먹을거리보다 먼저 대뜸 입맛을 당기는 일용품인 새로운 소식에 대한 식욕이 엄청날 뿐 아니라, 소 화 기관 또한 어찌나 튼튼한지, 분주한 길바닥에 꼼짝을 하지 않고 한없이 눌러앉아 온갖 소문이 에게 해의 숨 막히는 계절풍처럼 부 글부글 끓어오르다가 속삭이는 산들바람으로 가라앉으며 그들 사 이로 흘러가 사라지기를 기다렸고ㅡ때로는 그냥 듣기에 워낙 고통 스러운 경우가 적지 않아서였는지ㅡ의식을 잃어야 할 지경에는 이 르지 않을 만큼만 감각이 마비되어 고통을 느끼지 않도록 마취제를 조금씩 흡입하듯 몽롱하게 소식을 빨아들였다. 동네를 한 바퀴 천천 히 거니노라면 낯익은 한량들이 거의 언제나 눈에 띄기 마련인데,

※   출판사를 경영한 보스턴의 서점.

그들은 햇볕을 쬐며 줄지어 사다리에 걸터앉아 몸을 앞으로 내밀고는 이리저리 사방을 훑어보다가 가끔 엉큼한 표정을 지었고, 호주머니에 손을 집어넣은 채로 헛간 벽에 몸을 기대고 빈둥거리는 축들은 마치 기둥 노릇을 하려고 담벼락에 붙어 굳어버린 듯 좀처럼 자리를 뜰 줄 몰랐다. 집밖에서 대부분의 시간을 보내는 그들은 바람결에 실려 오는 소식이라면 무엇 하나 놓치지를 않았다. 그들은 싸구려 맷돌과 같아서, 온갖 소문을 쓸어넣었다 하면 우선 대충 아무렇게나 갈아서 부스러트린 다음, 좀 더 곱고 섬세하게 다듬어보라며 집안에서 지내는 수다쟁이들에게 소문의 가루를 털어주었다. 내가 판단하기에는 식료품점, 술집, 우체국 그리고 은행이 동네 소문의 치명적인 요충지여서, 마을이라는 기계가 제대로 작동하도록 반드시 갖춰야 하는 부품이라고 할 종과 대포와 소방차를 적재적소에 사람들이 잘 갖추어놓았으며, 주택들은 인간의 속성을 가장 효과적으로 활용하기 위해 길 하나를 사이에 두고 서로 마주보게끔 줄지어 배치했고, 그래서 지옥길*을 통과하듯 그곳 골목을 지나가야 하는 행인이라면 누구라도 남녀노소 가릴 것 없이 모든 마을 사람에게 수난을 당할 수밖에 없었다. 물론 가장 앞쪽에 자리 잡은 집을 차지한 사람들이라면, 구경거리가 훨씬 잘 보이는데다가 남들의 시선

＊   gantlet. 중세 형벌 방식으로, 양쪽으로 줄지어 늘어선 사람들이 마주 보며 채찍과 몽둥이 따위 무기를 마구 휘두르는 사이로 죄인이 달려 도망가게 했으며, 때로는 무사들의 훈련에도 동원되었다. 사람들이 공격하는 대신 쇳덩이 따위의 치명적인 물건을 공중에 매달아 좌우로 마구 흔들어놓고는 그것들을 피해 지나가도록 만든 형틀도 등장했다.

까지 쉽게 받을 뿐 아니라 공격의 권리 또한 최우선이니, 당연히 가장 비싼 땅값을 물었을 테지만, 반면에 뿔뿔이 흩어져 변두리에 사는 소수의 사람들은 집집마다 간격이 점점 멀리 떨어지기 때문에 나그네가 틈을 노려 담을 넘거나 마찻길로 빠져나가 도망치는 일이 빈번할 터여서, 토지세와 창문세*를 조금밖에 물지 않았다. 사방에 내걸린 간판들이 낯선 이의 발길을 붙잡으려고 유혹했는데, 선술집이나 식품점 같은 곳들의 간판은 식욕을 미끼로 그를 잡으려 했고, 포목점과 보석상은 허영심을 자극하는 미끼를 내걸었고, 이발사와 구두장이와 재단사 같은 다른 사람들은 머리카락이나 발이나 치마를 돌봐준다고 손님을 유혹했다. 그뿐만이 아니라, 이때쯤이면 떠돌이 손님들이 말동무를 찾아 나타날 무렵이니, 이곳의 모든 집에서는 언제라도 어서 찾아오라며 저마다 항상 문을 열어놓고 기다리기가 십상이었다. 대부분의 경우 나는 지옥길을 통과하려는 사람들을 위한 충고를 잘 새겨들어서, 잡념에 빠지지 않고 꿋꿋하게 오직 목적지를 향해 단숨에 나아가거나, "수금(竪琴)을 퉁기며 그 소리에 맞춰 신들을 찬양하는 노래를 큰 소리로 불러서, 마녀들이 유혹하는 소리를 잠재워 위험에서 벗어난" 오르페우스처럼 고상한 생각만 함으로써 이런 위험들로부터 멋지게 벗어났다. 가끔 나는 갑자기 냅다 도망치기도 했는데, 체면 따위는 그다지 연연하지 않았기에 울타리 구멍으로 빠져나가기를 주저하지 않았던 터여서, 사람들은 도대체 내

---

* 18세기와 19세기 영국과 프랑스 등에서 집집마다 창문의 수에 따라 징수했던 재산세.

가 어디로 사라졌는지 아무도 몰랐다. 심지어 나는 아무 집이나 불쑥 찾아들어가기를 서슴지 않았는데, 그러면 나는 주인에게서 좋은 대접을 받고, 전쟁과 평화에 관한 전망이나, 세상이 얼마나 더 오래 잘 버티어 나가겠는지에 관하여, 마지막으로 잘 걸러져 바닥에 가라앉은 소문의 진수를 전해 듣고 나서, 뒷골목으로 빠져나가도록 안내를 받아 다시 숲으로 도망쳤다.

늦게까지 마을에서 시간을 보낸 다음 밤의 어둠 속으로 돌진해 들어갈 때면 나는 아주 기분이 좋았는데, 폭풍우가 몰아치는 캄캄한 밤이 특히 즐거웠던 까닭은 환하게 불을 밝힌 강연장이나 담화를 나누는 마을 휴게실에서 돛을 올려, 호밀이나 옥수수 가루 한 자루를 어깨에 메고 숲속에서 기다리는 아늑한 나의 항구로 항해를 시작하여, 뱃길이 순조로우면 아예 키를 밧줄로 묶어 배가 알아서 혼자 흘러가도록 내버려 두거나, 나의 껍데기만 갑판에 남겨둔 채로 바깥 세계는 말끔히 정리하여 마무리를 짓고 선실로 내려가, 유쾌한 선원들처럼 반가운 나의 갖가지 생각들과 오붓한 시간을 보낼 수가 있기 때문이었다. 이렇듯 "항해를 하면서"* 나는 선실 난롯가에서 이런저런 쾌적한 생각에 잠기고는 했다. 몇 차례 심한 폭풍우를 만나기는 했지만, 나는 어떤 날씨에서도 표류하거나 절망한 적이 없었다. 숲속은 평온한 밤에도 대부분 사람들이 상상하는 것보다 훨씬 어둡다. 나는 내가 가야 할 길을 확인하기 위해 종종 오솔길 위

* 전설적인 해적선장에 관한 「로벗 키드 선장의 노래(The Ballad of Captain Robert Kidd)」의 후렴구.

로 솟은 나무들 사이로 하늘을 올려다봐야 했고, 마찻길이 나지 않은 곳에서는 내가 자주 오가며 남긴 희미한 자취를 발로 더듬어 찾아내거나, 간혹 칠흑같이 어두운 밤에는 숲의 한가운데서 서로 50센티미터밖에 떨어지지 않은 소나무 두 그루 사이를 손으로 만져보고 감각적으로 방향을 찾아 빠져나가기도 했다. 어둡고 음습한 밤에는 때때로, 눈에는 보이지 않는 길을 발로 더듬어가며 꿈을 꾸듯이 멍한 정신으로 무작정 걷다가, 오두막 문의 빗장을 벗기려고 손을 들어 올리는 순간에야 퍼뜩 정신이 나기도 했다. 그럴 때면 나는 어디를 어떻게 걸어 집에 도착했는지 한 발자국도 기억이 나지를 않아서, 손이 아무런 도움을 받지 않고 저절로 입을 찾아가듯, 주인이 내버려도 몸뚱어리가 혼자 집을 찾아올 줄 아는 모양이라는 생각이 들고는 했다. 몇 번인가 어쩌다 손님이 내 오두막에 저녁 늦게까지 머물렀는데, 그럴 때마다 밤이 너무 어둡다 싶으면 나는 어쩔 수 없이 그를 집 뒤쪽의 마찻길까지 데려다주고는, 그가 가야 방향을 손으로 가리켜 일러주고는, 거기서부터 눈보다는 발이 이끄는 대로 그냥 따라가 보라고 했다. 아주 캄캄했던 어느 날 밤에 나는 호수에서 낚시를 끝내고 집으로 돌아가려는 두 젊은이를 그런 식으로 안내해주었다. 그들은 숲을 1.5킬로미터쯤 거쳐 가야 하는 곳에 살아서, 평소 그 길에 익숙한 사람들이었다. 하루인가 이틀이 지난 다음 두 청년 가운데 한 사람이 찾아와서 말하기를, 그들이 거의 밤새도록 숲을 헤매고 돌아다녔는데, 사는 곳에서 지척에 이르기는 했지만 거의 날이 밝을 때까지 집을 찾지 못했고, 새벽이 되자 심한 소나기가 몇 차례 쏟아져 나뭇잎들이 온통 물 범벅이 되었는가 하면 그들 또한 속옷까지 흠뻑 젖었노라고 했다. 속된 표현이기는 하지만 "칼로 베면 베어질 정도로 두꺼운" 어둠이 깔린 밤에는 마을의 거리에서조차 길을 잃고 헤매는 사람이 많다고 한다. 교외에 거주하는 몇몇 사람은 마차를 끌고 장을 보러 마을로 갔다가 어둠 때문에 발이 묶여 하룻밤 꼼짝없이 묵어가기도 했고, 선남선녀들을 만나러 찾아온 사람들은 자칫 1킬로미터나 길을 벗어나면 어디서부터가 사람이 다니는 포장된 길인지를 발로 밟아보지 않고는 알 도리가 없었고, 어디쯤에서 어떤 골목으로 몇 번이나 꺾어들었는지 또한 헷갈릴 지경이었다. 언제이건 간에 숲속에서 길을 잃고 헤매는 일은 기억에 깊이 남을 만큼 놀랍고 소중한 경험이다. 눈보라가 휘몰아칠 때는 대낮이라고 할지언정 평소에 잘 아는 길로 나오더라도 어느 방향이 마을로 통하는지 전혀 알 수가 없는 경우가 많다. 천 번이나 다녀본 길임을 알기는 하건만, 눈에 익은 지형을 어디 하나 찾을 수가 없으니, 마치 시베리아의 어떤 시골길에서 헤매는 듯 낯설기만 하다. 하물며 밤이 되면 난감한 마음은 무한히 커지기만 한다. 지극히 하찮은 나들이를 할 때조차 우리는, 마치 배의 키잡이가 낯익은 등대나 해안의 지형지물을 살펴보며 방향을 잡듯이, 비록 의식은 못할지언정 끊임없이 낯익은 지표를 찾아보며 진로를 정하고, 혹시 늘 다니던 길을 지나친 경우에도 다른 가까운 곳에서 보아둔 지표의 방위(方位)를 그대로 참조하여 나아가려 하며―어떤 사람이 이 세상에서 길을 잃게 하려면 눈을 가리고 제자리에서 돌려세우기만 해도 충분하다니까―뒤로 돌아서거나 완전히 길을 잃어보기 전에는 사람들은 자연이 얼마나 광활하면서 낯선 곳인지를 좀처럼 깨닫지 못한다. 잠

에서 또는 어떤 혼몽한 상태에서 깨어나든 간에 인간은, 정신을 차
릴 때마다 언제나 다시 나침반이 가리키는 방위를 확인해야 한다.
길을 잃기 전에는, 그러니까 세상을 잃어버리기 전에는, 우리들은
자신을 찾지 못하고, 자신이 어디에 있는지를 알지 못하고, 세상과
의 관계가 얼마나 무한한지 또한 깨닫지 못한다.

　숲속 생활의 첫해 여름이 끝나갈 무렵의 어느 날 오후. 구둣
방에 맡겼던 신발 한 짝을 찾으러 마을로 내려갔던 나는 당국에 체
포되어 감옥에 갇혔는데, 체포를 당한 이유는 다른 곳*에서 이미 언
급했던 바와 같이, 상원 의사당 문턱에서 남자들과 여자들과 아이
들을 가축처럼 버젓하게 사고파는 국가**의 권위를 인정하지 않겠
다는 뜻으로 나라에 세금을 납부하지 않았기 때문이었다. 내가 숲
으로 들어간 까닭은 정치적인 도피가 아닌 다른 목적들 때문이었
다. 그러나 어디로 가건 사람들이 나를 추적하여 그들이 제정한 더
러운 온갖 법령을 동원해가며 잡아먹기라도 하려는 듯 덤벼들었고,
어떻게 해서든지 위험천만한 별종 불순분자로 엮어 넣으려고 수단
과 방법을 가리지 않았다. 나는 사회 제도에 대항하여 한바탕 "난장
판"***을 벌이며 힘으로 저항하여 다소간의 효과를 거두었을지 모
르겠지만, 정작 다급한 쪽은 사회였으므로 나는 차라리 그들이 나
를 상대로 "난장판"을 벌이게 하는 편이 낫겠다고 생각했다. 어쨌

❊　　　『시민 불복종(Civil Disobedience)』.

❊❊　　노예 제도를 반대한다는 의미임.

❊❊❊　말레이어에서 무역상들이 도입한 단어 amok이 아직 독자들에게 생소했기 때
　　　문에 따옴표를 썼음.

든 나는 다음 날 석방되어*, 수선한 구두를 찾아서 늦지 않은 시간에 숲으로 돌아갔고, 가는 길에 '페어 헤이븐 언덕'**에서 딴 월귤로 느긋하게 저녁 식사를 했다. 나는 국가를 대표한다는 사람들 말고는 어느 누구에게도 시달린 적이 없었다. 나는 원고를 넣어둔 책상이외에는 어디에도 자물쇠나 빗장을 채우지 않았고, 빗장이나 창문이 열리지 말라고 못을 박은 적도 없었다. 여러 날 집을 비워야 할때도 나는 밤이건 낮이건 절대로 문을 붙들어 매지 않았고 이듬해가을 메인 주의 숲에서 두 주일을 보낸 동안에도 마찬가지였다. 그런데도 군인들이 에워싸고 지켜주기라도 하는 듯 내 오두막을 존중하여 아무도 함부로 어지럽히지 않았다. 유람 길에 지친 나그네가 불을 쬐며 휴식을 취하거나, 문학도라면 책상에 놓인 몇 권의 책을 즐겁게 읽고, 호기심 많은 사람이라면 찬장을 열어보고 내가 먹고 남긴 음식이 무엇인지, 그리고 저녁에는 내가 무엇으로 끼니를 때우는지 짐작해 볼 수도 있었겠다. 온갖 계층의 많은 사람들이 호수를 찾아 이곳으로 왔지만, 나는 그들에게서 심각한 피해를 당한적이 전혀 없었고, 어울리지 않게 금박을 입힌 호메로스의 작은 책한 권***을 제외하고는 잃어버린 물건이 없었는데, 아마도 그 책은

---

* 사회가 굴복했다기보다는 누군가 익명으로 몰래 세금을 대신 내주었기 때문이었음.

** 콩코드와 월든 중간 강변에 위치한 숲인데, Fair Haven은 "아름다운 안식처"라는 의미임.

*** 알렉산더 포프가 번역한 『일리아스』로 "손님들" 편에서 이 책에 관심을 보인 벌목꾼 알렉스 테리앙 가족의 집에서 백 년쯤 후에 발견되었다고 한다.

지금쯤 인근 부대의 어느 병사가 어디선가 찾아냈으리라고 믿는다. 만일 모든 사람이 당시의 나처럼 간소하게 살아간다면, 도둑이나 강도는 생겨나지 않으리라고 나는 확신한다. 그런 부류는 어떤 사람들은 도가 지나칠 정도로 재산이 많은 반면에 다른 사람들은 궁핍하게 살아가는 그런 공동체에서만 나타난다. 포프가 번역한 호메로스의 작품들이 세상에 골고루 배포되는 날이 머지않아 오기만 바라노니 —

"Nec bella fuerunt
Faginnus astabat dum scyphus ante dapes."

"나무 그릇으로 족하던 시절에는
전쟁조차도 인간을 괴롭히지 않았도다."[*]

"민생을 다스리는 이들이여, 어찌하여 형벌이 필요한가? 덕을 행하면, 백성이 덕을 갖추리라. 군자의 덕은 바람과 같고, 소인의 덕은 풀잎과 같아서, 바람이 지나가면 풀은 절로 수그러진다."[**]

[*] 로마의 기사 계급 서정시인 알비우스 치불루스(Albius Tibullus)의 「애가(Ellegies)」에서.
[**] 공자의 『논어』에서.

콩코드의 호수들

사람들과 친분을 쌓고 한담을 나누는 정도가 좀 과하고, 마을 친구들 역시 진이 빠질 즈음이 되면, 나는 가끔 내가 주로 생활하는 영역에서 훨씬 더 서쪽으로 멀리 발길을 하여, 마을에서 훨씬 인적이 드문 곳 "신선하고 새로운 숲과 풀밭"*으로 찾아가, 해가 지는 사이에 아름다운 안식처 언덕에서 월귤이나 청딸기로 저녁을 때우고, 며칠 먹을 분량을 넉넉히 더 따서 모았다. 열매는 돈을 내고 사는 사람이나 시장에 내다 팔려고 재배하는 사람에게는 참된 맛을 내주지 않는다. 참맛을 알아내는 방법은 오직 하나뿐이지만, 그 방법을 쓰는 사람은 거의 없다. 월귤의 맛을 알고 싶으면 목동이나 메추라기에게 물어보면 된다. 한 번도 제 손으로 따서 먹어본 적이 없으면서 월귤을 맛보았다고 생각한다면, 그것은 흔해빠진 착각에 지나

❀　존 밀턴의 전원 애가 「리시다스(Lycidas)」에서 인용.

지 않는다. 한때는 그곳의 새 언덕에서 자라기는 했으나 지금은 자취를 감추었으니, 보스턴에서는 월귤이 전혀 모습을 보이지 않는다. 수레에 실려 시장으로 가는 동안에 월귤은 이리저리 부딪히면서 꽃과 더불어 본질적인 부분과 진미가 다 뭉개지고, 그러면 월귤은 단순한 여물이 되고 만다. 영원불멸한 정의가 세상을 다스리는 한, 단 한 알의 순수한 월귤 열매도 시골 언덕에서 보스턴으로 실려가서는 안 된다.

하루의 밭일을 마치고 나면 나는 가끔 어느 말동무와 어울리고는 했는데, 마음이 조급한 그는 아침부터 일찌감치 호수로 낚시질을 나와서, 물 위에 떠 있는 나뭇잎이나 오리처럼 꼼짝도 하지 않고 조용히 앉아, 이런저런 온갖 상념에 빠져 긴 시간을 보내고는, 내가 도착할 즈음이면 자신이 고대 수도회에 속한 시노바이트*수도사인 모양이라는 소리를 자주 했다. 나이가 훨씬 많은 어느 노인은 뛰어난 낚시꾼이자 온갖 종류의 목공예 솜씨가 뛰어났으며, 마치 내 오두막이 낚시꾼들의 편의를 위해 지어놓은 건물이라는 듯즐겨 찾아왔는데, 그가 문간에 앉아 낚싯줄을 정리하는 모습을 보면 나 역시 반가워했다. 가끔 우리는 배를 같이 타고 양쪽 끝에 따로 떨어져 앉아 호수 위를 떠다녔는데, 노년으로 접어들어 그의 귀가 잘 들리지를 않는 탓에 많은 대화를 나누지는 못했지만, 노인이 이따금씩 흥얼거리는 찬송가를 들어보니, 그만하면 내 철학과 잘

※   Cœnobites는 영어로 see no bites(입질 한번 못 봤네)라는 낚시꾼의 흔한 표현과 발음이 같다. '세월을 낚는 강태공'쯤으로 이해하면 되겠다.

어울린다는 느낌을 받았다. 우리들의 관계는 그렇듯 전체적으로 끊어질 줄 모르는 하나의 기나긴 조화를 이루어서, 대화를 통해 주고받은 우정보다 훨씬 즐거운 추억을 남겼다. 자주 그렇듯이 마음을 주고받을 상대가 아무도 없을 때면, 나는 뱃전을 노로 두드려 메아리를 일으키고는 했는데, 그러면 파문처럼 둥글게 퍼져 나가는 소리가 주변의 숲들을 가득 채우면서, 마치 동물원의 조련사가 자신이 돌보는 야생 동물들을 모두 깨워놓은 듯 울창한 계곡과 산기슭에서 포효하는 소리가 마침내 응답을 했다.

　날씨가 따뜻한 저녁이면, 나는 자주 배에 나가 앉아 플루트를 불었고, 그러면 내 음악에 홀려 모여든 얼룩농어들이 배 주변에서 맴을 돌았으며, 숲이 조금씩 죽어 잔해가 흩어져 가라앉아 얼기설기 깔린 호수 바닥을 비추면서 달빛이 흘러갔다. 오래전에도 나는 가끔 캄캄한 여름밤에 어느 친구와 함께 모험의 길에 나서서 이 호수로 찾아와, 그러면 고기들이 물가로 나오리라고 생각하여 호숫가에 모닥불을 피워놓고, 낚싯줄에 지렁이를 잔뜩 꿰어 던져 심통메기를 잡았으며, 밤이 깊어 낚시를 끝낼 때는 타다 남은 장작을 횃불처럼 하늘 높이 던졌고, 그러면 불타는 통나무가 호수로 떨어져 요란한 치지직 소리와 함께 꺼졌으며, 갑자기 칠흑처럼 어두워진 속에서 두 사람은 손으로 앞을 더듬어 길을 찾아야 했다. 휘파람을 불며 그렇게 어둠을 통과해서 우리는 사람이 사는 마을로 돌아갔다. 그런데 지금 나는 그 호숫가에 집을 지어놓고 살아간다.

　때때로 나는 마을에 나가면 어느 집 응접실에 늦게까지 머물다가 식구들이 모두 잠자리에 들 시간이 되어서야 숲으로 돌아가기도 했는데, 그런 날이면 이튿날 식사거리를 마련할 겸 달빛 속에서 배를 타고 호수로 나가 몇 시간쯤 낚시를 하면서, 간혹 올빼미와 여우가 불러주는 소야곡 소리에 귀를 기울였고, 그러다 보면 이따 금씩 정체를 알 길이 없는 어떤 새가 가까운 곳에서 시끄럽게 빽빽거리기도 했다. 이런 경험들이 나에게는 아주 소중한 추억으로 남았는데—물가에서 100미터나 150미터쯤 들어가 수심이 10여 미터쯤 되는 곳에 이르러 닻을 내리고, 때로는 수천 마리가 모여들어 달빛 속에서 꼬리로 수면에 보조개를 그려놓는 작은 얼룩농어나 반짝거리는 피라미 떼에 둘러싸여, 다섯 길 깊은 물속에서 살아가는 신비로운 야행성 물고기들과 나는 길게 늘인 낚싯줄을 통해 교감을 나누기도 했고, 아니면 때로는 포근한 밤의 산들바람을 타고 떠다니는 배에서 호수에 20미터나 드리워 놓았던 낚싯줄을 슬그머니 끌어당기던 고기가 가끔 한 번씩 가볍게 떨리는 입질의 손맛을 전해주면, 그것은 낚싯줄 끝 주변에서 어떤 생명체가 알 길이 없는 불확실한 미래에 대하여 선뜻 결단을 내리지 못한 채 배회한다는 신호다. 마침내 내가 천천히 두 손을 바꿔가며 낚싯줄을 끌어 올리면, 황소메기가 찍찍거리는 신음 소리와 함께 몸을 뒤채며 수면 위로 끌려 나온다. 특히 어두운 밤이면 그렇듯이, 다른 별들의 세계에서 벌어지는 광활하고 우주론적인 주제들을 찾아 온갖 생각이 헤매고 돌아다닐 때, 낚싯줄을 살그머니 잡아당기는 입질이 손끝에 느껴져, 망상이 중단되고 대자연과 내가 다시 연결되는 느낌은 아주 기묘했다. 그럴 때면 다음에는 공기보다 밀도가 그리 높지 않은 물속으로 바늘을 내리는 대신, 공중으로 낚싯줄을 날려 하늘의 근본을 낚아도 되지 않을까 하는 기분이 들었다. 그렇게 나는 하나의 바늘로 두 가지 고기를 낚았다.

* * *

월든의 풍경은 소박한 수준이어서, 무척 아름답기는 하지만 장관이라는 표현을 쓰기가 어렵고, 오랜 기간에 걸쳐 자주 찾아왔거나 호숫가에 살던 사람이 아니라면 별로 관심을 끌기가 어렵기는 해도, 호수의 깊이와 맑기는 남달라서 각별히 소개할 만한 가치가 충분하다. 폭이 800미터에 둘레는 3킬로미터가 채 안 되는 월든은 면적이 61.5에이커에 달하는 맑고 깊은 초록빛 우물이라고 묘사하면 되겠는데, 구름과 증발 말고는 물이 들어오거나 나가는 출입구가 전혀 눈에 보이지를 않기 때문에, 소나무와 떡갈나무 숲 한가운데서 끝없이 솟아오르는 거대한 샘이나 마찬가지다. 호수를 둘러싼 언덕들은 10미터나 25미터 정도를 수면에서 곧장 솟아올랐으며, 남동쪽과 동쪽 500미터에 이르는 지역에서는 두 개의 산봉우리 높이가 각각 30미터와 45미터에 달한다. 그곳 일대는 전체가 숲이다. 우리가 사는 콩코드의 모든 물은 빛깔이 적어도 두 가지로 나뉘는데, 하나는 멀리서 본 색깔이고, 가까이서 볼 때의 다른 하나는 본디 빛깔과 비슷하다. 첫 번째 색은 빛의 영향을 더 많이 받아서, 하늘을 닮는다. 여름에 날씨가 맑은 날에는 조금밖에 안 떨어진 거리에서라면, 특히 잔물결이 팔랑일 때는, 하나같이 푸른 빛깔로 보이지만, 아주 멀리 떨어진 곳에서 보면 모든 물이 다 똑같은 색이다. 비바람이 치는 날이라면 물이 때때로 짙은 회색으로 변하기도 한다. 그러나 바다는 별다른 대기의 변화가 없더라도 어느 날은 파랗고, 어느 날은 초록빛으로 보인다고 한다. 눈에 보이는 풍경이 언젠가 온통 눈으로 뒤덮였을 때 이곳의 강을 봤더니, 물과 얼음이 풀밭처럼 거의 초록빛이었다. 누군가는 파랑이 "액체이건 고체이건 순수한 물의 본색"*이라고 주장한다. 그러나 배를 타고 물속을 똑바로 내려다보면 아주 다른 여러 색이 나타난다. 월든은 같은 지점에서 보더라도 어느 순간에는 파랗다가, 다시 찾아가 확인하면 초록으로 변해 있다. 하늘과 땅 사이에 위치한 탓으로 호수는 천지의 두 가지 색을 모두 닮는다. 언덕 꼭대기에서 굽어보면 호수는 하늘의 색을 반사하기가 보통이지만, 밑바닥의 모래가 보일 만큼 가까이 물가로 가서 다시 보면 누르스름한 색조를 띠고, 깊은 쪽으로 멀어질수록 연둣빛으로 바뀌다가, 호수의 중심부에 이르면 어디나 똑같은 암녹색으로 짙어진다. 햇빛의 밝기에 따라서 때로는 언덕 위에서 보더라도 호수 한가운데가 가장자리처럼 선명한 녹색이 되기도 한다. 어떤 사람들은 이것이 푸른 초목의 색을 반사하는 현상이라고 설명하지만, 철로가 깔린 모래언덕이 배경을 이루는 곳에서 볼 때도 똑같이 초록빛이고, 나뭇잎이 아직 제대로 자라나지 못한 이른 봄에도 마찬가지이니, 그것은 아마도 그냥 물의 가장 두드러진 푸른색

---

* 빙하를 전문으로 연구한 스코틀랜드 물리학자 포브스(James D. Forbes)의 『사보이 알프스 여행기(Travels Through the Alps of Savoy)』에서 고산 지대의 빙하를 서술한 대목.

이 모래의 노란 빛깔과 섞인 결과로 일어나는 현상인지도 모른다. 호수의 눈동자는 그런 색이다. 봄이 되면 한가운데 위치한 홍채 부분에서는 호수 바닥에 닿아 반사되어 올라온 태양열과 땅속으로 전해지는 지열로 인하여 얼음이 가장 먼저 녹기 시작하고, 여전히 대부분 얼어붙어 있는 호수의 한복판에 좁은 수로가 생겨난다. 맑은 날 칼날 같은 봄바람이 불어 수면이 심하게 일렁일 때면, 이 지역 다른 모든 곳의 물이나 마찬가지로, 파도의 경사가 하늘을 직각으로 반사하기 때문인지 아니면 훨씬 더 많은 빛이 물로 섞여 들어가기 때문인지는 알 길이 없지만, 조금 떨어진 곳에서 보면 월든은 하늘 자체보다 훨씬 더 어두운 청색이 되는데, 이럴 때 호수로 나가 물에 반사된 빛을 제대로 포착하려고 동시에 햇살과 물을 두 눈으로 따로따로 지그시 살펴보면, 나는 그 무엇과도 견줄 수가 없고 말로 형언하기 어려울 만큼 밝은 푸른색을 얼핏 감지하고는 하는데, 그것은 색이 변하는 물결무늬 비단이나 번득이는 칼날을 연상시키는 빛깔이어서, 하늘보다 더 하늘색이었으며, 물결의 양쪽 경사면에서는 조금 전에 흙탕물처럼 보였던 색깔이 어느새 어른어른 본디 암녹색으로 되돌아가며 번갈아 바뀌기를 거듭했다. 내가 기억하는 해가 지기 직전의 월든 호수는, 서쪽 구름들이 그려놓은 여러 풍경들 사이로 보이는 겨울 하늘의 조각들이나 마찬가지로, 유리처럼 투명한 녹색이 감도는 파란 빛깔이었다. 그러나 그 물을 유리잔에 담아 햇빛에 비추어 보면 같은 양의 공기와 다를 바가 없이 아무 색깔도 보이지 않았다. 잘 알려졌다시피, 유리를 만드는 사람들의 주장에 의하면, 커다란 한 장의 유리판은 '몸체'가 초록 빛깔을 띠지만, 같은 유리를 작은 조각으로 쪼개놓으면 색깔이 사라지고 만다. 월든 호수의 물이 몸체가 얼마나 커야 초록 빛깔을 내는지를 나로서는 증명할 길이 없다. 이 지역 강물은 가까이서 들여다보면, 대부분의 호수와 마찬가지로, 검거나 아주 짙은 갈색이지만, 정작 강으로 들어가 미역을 감는 사람의 몸이 잠기면 노르스름한 색채로 변하는데, 월든 호수의 물만큼은 어쩌나 수정처럼 맑은지 미역을 감는 사람의 몸이 더욱 이상하게 석고처럼 하얗게 보일뿐 아니라, 팔다리가 팽창하고 뒤틀린 듯 괴이한 효과까지 일으키니, 미켈란젤로 같은 사람이 연구 대상으로 삼아야 마땅할 듯싶다.

호수의 물은 깊이가 7미터나 9미터에 이르러도 바다의 지형을 쉽게 육안으로 식별하기가 가능할 만큼 투명하다. 물 위로 배를 저어 가노라면 수면으로부터 몇 미터나 내려간 밑바닥에서 크기가 겨우 3센티미터 정도인 얼룩농어나 송사리들이 무리를 지어 헤엄쳐 지나가는 모습이 보이는데, 가로 줄무늬 때문에 쉽게 식별이 가능한 농어를 보면 나는 저런 곳에서 먹이를 구해야 하는 물고기는 틀림없이 금욕의 고행을 감수하며 살아가야 하리라는 생각이 들고는 한다. 여러 해 전 어느 겨울날, 나는 창꼬치를 잡으려고 호수 얼음판에 구멍 몇 개를 뚫어놓고는 물가로 올라가면서 도끼를 다시 얼음 위로 던졌는데, 마치 어떤 못된 귀신에게 끌려가기라도 하는 듯 도끼가 20여 미터나 혼자 미끄러져 가더니 수심이 8미터나 되는 곳에 내가 뚫어놓은 어느 구멍으로 들어가 버리고 말았다. 어떻게 되었을까 궁금한 나머지 얼음 위에 엎드려 구멍 속을 들여다보니, 도끼가 바닥에 머리를 박고 거꾸로 서서 한쪽으로 약간 비스듬하게 기울어진 채로, 자루가 호수의 맥박에 맞춰 앞뒤로 천천히 흔들렸는데, 내가 훼방을 놓지 않고 그대로 두면 도끼는 한없는 세월이 흘러 자루가 다 썩어 없어질 때까지 그렇게 똑바로 박힌 채 건들건들 흔들리며 버틸 듯싶었다. 내가 가지고 간 얼음낚시 끌로 도끼 바로 위쪽에 구멍 하나를 새로 뚫고, 부근에서 자작나무의 가장 긴 가지를 골라 칼로 잘라낸 후, 밧줄로 올가미를 만들어 나무 끝에 붙이고는 조심스럽게 물속으로 내려 보내, 옹이가 난 부분까지 도끼자루를 타고 올가미를 밀어내려 걸고는, 자작나무를 따라 줄을 잡아당겨 도끼를 다시 물 밖으로 끌어냈다.

한두 군데 작은 모래밭을 제외하면 호숫가는 도로 포장용 자갈처럼 매끄럽고 둥글고 하얀 돌들이 길게 깔려 띠를 이루었으며, 경사가 어찌나 가파른지 한 번만 성큼 뛰어들면 당장 수심이 키를 훌쩍 넘기는 곳이 많았는데, 물이 기막히게 투명했기에 망정이지 그렇지 않았다면 반대편 물가로 올라가기 전에는 바닥이 보이지 않을 지경이었다. 어떤 사람들은 호수의 바닥이 아예 없다고 생각한다. 어디를 가나 물이 흐린 곳은 아무 데도 없었고, 건성으로 둘러본 사람이라면 이곳에는 수초가 전혀 없는 모양이라고 말하는데, 최근에 범람했던 지대여서 엄격히 따지면 호수의 일부가 아닌 작은 풀밭들을 제외하고는, 열심히 찾아봤자 눈에 띄는 화초라고는 창포나 골풀은 물론이요 심지어는 하얗거나 노란 수련조차 없었고, 기껏해야 몇 장의 작은 심장초와 가래, 그리고 어쩌다 순채 한두 포기가 고작이었는데, 그나마 이들 식물은 그들을 키워주는 물만큼이나 깨끗하고 맑아서 서로 함께 녹아들어, 헤엄을 치러 오는 사람은 못 보고 그냥 지나치기가 십상이었다. 자갈밭은 물가로부터 5미터에서 10미터쯤 호수 속으로 뻗어 들어갔고, 거기서부터 바닥은 온통 모래밭이었으며, 가장 깊은 곳에는 여기저기 침전물이 조금씩 쌓였는데, 아마도 오랫동안 해마다 가을을 거치는 사이에 호수로 흘러들어간 낙엽이나 한겨울에도 닻에 걸려 올라오는 선명한 초록색 수초가 썩은 찌꺼기 같았다.

　이곳에서 서쪽으로 나인 에이커 코너(Nine Acre Corner)라는 곳까지 4킬로미터를 가면 월든과 아주 비슷한 '하얀 호수(White Pond)'가 나타나는데, 콩코드를 중심으로 20킬로미터 내에 위치한 대부분의 호수를 내가 아무리 잘 알기는 하지만, 이토록 맑기와 개성이 비슷한 세 번째 호수는 어디에도 없다. 지금까지 아마도 여러 인디언 부족이 차례로 거기서 물을 마시고, 그곳 풍광에 감탄하고, 깊이를 재고, 죽거나 떠나서 사라졌겠지만, 초록빛 호수는 여전히 맑기가 조금도 변함이 없다. 그곳은 물이 말라 바닥을 드러내는 그런 호수가 아니다! 어쩌면 아담과 이브가 에덴동산에서 쫓겨나던 그 봄날 아침에 월든 호수는 이미 존재했을지 모르고, 안개와 남풍을 데리고 함께 찾아온 포근한 봄비에 얼음이 녹아 사라지던 그때도 여느 때나 마찬가지로, 아담과 이브가 추방당했다는 소문을 듣지 못한 수많은 오리와 기러기 무리가 수면을 까맣게 뒤덮고 그토록 맑았을 두 호수에서 한껏 흐뭇한 시간을 보냈을 듯싶다. 그때부터 이미 호수의 수위는 오르내리기를 시작하여, 물을 정화시켜 오늘날과 같은 빛깔을 갖추게 되었고, 세상에서 유일무이한 월든 호수가 되어 천국의 이슬을 증류하는 특허를 하늘로부터 얻어냈다.

사람들이 기억하지는 못할지언정 여러 부족의 얼마나 많은 전설에서 이 호수가 카스틸리아의 샘*노릇을 했을지, 그리고 황금시대**에는 어떤 요정들이 호수를 지배했는지를 누가 알겠는가? 월든 호수는 콩코드가 쓰는 왕관에 박힌 첫 번째 물의 보석이다.

그렇기는 하지만 어쩌면 이 샘을 처음 찾아왔던 사람들은 그들의 발자국을 자신들이 모르는 사이에 어떤 형태의 흔적으로 남겨놓았는지도 모른다. 나는 울창한 숲을 최근에 벌목하여 베어낸 곳에서, 호수 주변을 따라 가파른 산기슭을 타고 작은 선반처럼 이어진 좁은 오솔길이 남긴 희미한 자취를 발견하고 놀란 적이 있는데, 호숫가에서 가까워졌다 멀어지기를 반복하며 산허리를 오르락내리락하는 길은 원주민 사냥꾼들이 밟고 다녀 다져졌을 듯싶으니, 이곳에 살았던 인간의 역사 자체만큼이나 오래된 유물일진대, 보아하니 오늘날의 이곳 주민들 또한 거기가 옛길인 줄조차 모르면서 가끔 지나다니는 모양이었다. 옛길은 싸락눈이 흩날리고 난 직후에 얼어붙은 호수 한가운데로 나가서 보면, 오르내리는 하얀 선으로 특히 뚜렷하게 잘 드러나는데, 잡초나 나뭇가지들이 시야를 가리기 때문에 여름에는 가까운 곳에서라도 알아보기가 힘들지만, 겨울

---

* 아폴론의 사랑을 거부한 님페 카스탈리아가 도망쳐 델포이 신전이 있는 파르나소스 산기슭 바위에서 몸을 던져 목숨을 끊으려 하자 아폴론이 그녀를 샘으로 만들었다. 고대 그리스인들은 이 샘물을 신성하다고 여겨 여사제가 신탁을 전하려고 아폴론 신전으로 들어가기 전에 여기서 몸을 깨끗이 씻었다고 한다.

** 그리스 시인 헤시오도스의 『농사와 계절(Works and Days)』에서 인간의 세상이 일시적으로 몰락하는 다섯 과정을 금, 은, 동, 영웅, 철에 비유하여 분류했다. 첫 번째 황금 인류의 시대는 제우스의 아버지 크로노스가 지배했다.

에는 500미터쯤 떨어진 곳 어디서나 아주 분명하게 보인다. 백설이 오솔길을 본디 형체 그대로 선명하게 흰색의 고부조(高浮彫)로 재현해놓은 결과다. 언젠가는 이곳에 아름답게 꾸민 별장의 집터들이 들어서겠지만, 그래도 길의 흔적은 얼마쯤이나마 여전히 제 모습을 간직할 듯싶다.

호수는 수위가 높아졌다 낮아지기를 거듭하지만, 그것이 규칙적으로 이루어지는지 여부는 알 길이 없고, 어디서나 그렇듯이 아는 체하는 사람은 많아도 그 변화의 기간이 실제로 얼마나 걸리는지 또한 아무도 모른다. 그런가 하면 이곳은 겨울철에 수위가 높고 여름에는 낮아지기가 보통이어서, 일반적인 우기와 건기의 강우량하고는 일치하지 않는다. 내가 호숫가에 살기 이전보다는 수위가 한 자에서 두 자 정도 낮아졌거나 적어도 다섯 자쯤 높아졌던 때도 나는 기억이 난다. 호수에는 좁다란 모래톱 하나가 가운데를 향해 뻗어나가 있었는데, 그 한쪽은 수심이 아주 깊었고, 호숫가에서 30미터가량 떨어진 그 모래톱에서 나는 1824년쯤에 생선찌개를 끓이는 누군가를 도와준 적이 있지만, 모래섬이 물 밑으로 잠겨버리는 바람에 25년 동안 다시는 그럴 기회가 없어졌으며, 그뿐만이 아니라 몇 년이 또 흘러간 다음에는 그곳이 이미 오래전에 목초지로 변해버렸기 때문에 친구들이 100미터쯤 돌출되어 뻗어나간 유일한 뭍이라고만 알았던 곳이 전에는 숲속의 후미진 물골이어서 배낚시를 하기가 좋았다는 이야기를 내가 들려주면 도저히 믿어지지 않는다고 신기해하는 표정을 짓고는 했다. 하지만 호수의 수위가 최근 2년 동안 꾸준히 상승해서, 1852년 여름 현재는 내가 그곳에서 살았던 시기보다 15미터나 높아졌고, 그래서 30년 전과 같은 수위에 이르렀기에 사람들은 목초지 위에서 다시 낚시를 한다. 뭍에서 나타나는 수위의 변동 폭은 여섯 자나 일곱 자 정도에 이르지만, 호수를 에워싼 주변 언덕에서 흘러드는 물의 양은 별로 많지 않은 정도여서, 수위가 상승하는 요인은 틀림없이 호수 밑바닥 깊은 곳에서 솟아나는 여러 샘에 영향을 미치는 어떤 원인들 탓이리라고 믿어진다. 같은 해 여름에 호수의 수위가 다시 낮아지기 시작했다. 주기적인지 어떤지는 모르겠지만 여러 해에 걸쳐 순환이 이루어지는 이러한 높낮이의 변화는 신기하기 짝이 없는 현상이다. 나는 지금까지 한 번의 오름 과정을 확인했고, 두 번의 내림 수위에서는 일부 기간을 관찰해왔으며, 지금부터 12년에서 15년이 지나면 호수의 수위가 여태까지 내가 보지 못했던 낮은 수위로 다시 내려가리라고 예상한다. 월든에서 동쪽으로 1.5킬로미터쯤 떨어진 플린트 호수는 물이 들고 나는 유입구가 많아서 그에 따른 영향을 감안해야 하고, 두 호수의 중간에 위치한 작은 호수들 또한 마찬가지이지만, 대체적으로 그들 모두는 월든과 박자를 맞추듯, 최근에는 너도나도 같은 시기에 최고의 수위를 기록했다. 내가 지켜본 바로는 하얀 호수도 그렇다.

오랜 간격을 두고 월든의 수위가 오르내림을 반복하는 현상은 적어도 한 가지 쓸모를 증명했으니, 높은 수위가 1년 이상 지속될 때는 호수 주변을 걸어 돌아다니기가 어렵기야 하지만, 지난번 물이 내려가면서부터 호숫가에서 싹이 돋아나고 자라나 새로 낮은 수풀을 이룬 어린 소나무, 자작나무, 오리나무, 사시나무 따위를 모두 죽여 없애서, 다시 물이 빠지면 말끔해진 호숫가가 드러나는데, 밀물과 썰물이 매일 되풀이되는 다른 호수나 수로와는 달리 이곳은 수위가 가장 낮아질 때 가장 깨끗해진다. 내 오두막 옆으로 펼쳐진 호숫가에서는 한 줄로 늘어서서 4~5미터쯤 자란 소나무들이 마치 지렛대를 이용해서 무지막지하게 쓰러뜨린 듯 넘어져 죽어버렸고, 그렇게 해서 호수로 쳐들어가려던 그들의 시도는 종지부를 찍었는데, 그 나무들의 크기를 보면 지난번 최고 오름 수위 이후 몇 년이 흘러갔는지를 짐작하기가 어렵지 않다. 이러한 수위의 변동은 호반의 경계를 지정하는 권리를 좌우하게 되어, 물이 호숫가를 그렇게 깎아먹는 처지에 나무들은 어떤 소유권도 주장할 구실이 없어진다. 호수의 입술에서는 수염이 자라지 못한다. 입가에 묻은 음식 찌꺼기를 핥아먹듯 이따금씩 호수가 혀로 입술을 훑어내는 탓이다. 수위가 가장 높이 오를 때는 오리나무와 버드나무와 단풍나무가 물에 잠긴 줄기에서 질기고 붉은 뿌리를 엄청나게 많이 몇 미터씩 사방으로 뻗어, 죽지 않기 위해 필사적으로 버티느라고 바닥에서부터 1미터 이상의 높이까지 밀어 올리는가 하면, 물가에서 자라는 산앵두나무들은 평소에 열매가 열리지 않지만, 이러한 여건을 만나면 상당히 많은 열매를 맺는다는 사실 또한 나는 알게 되었다.

　　어떤 사람들은 월든 호반이 어떻게 그토록 골고루 자갈로 덮였는지 알 길이 없다고 궁금해한다. 우리 마을 사람들은 누구나 다 아는 전설이어서 나이가 가장 많은 노인들이 어릴 때 들은 이야기라며 나에게 전해준 바에 의하면, 지금 땅 밑으로 호수가 깊이 가라앉은 만큼이나 하늘로 높이 솟아오른 이곳의 어느 산꼭대기에서 옛날 옛적 인디언들이 모여 축제를 열었는데, 보아하니 그들은 신을 모독하는 불경한 욕설을 마구 늘어놓았고, 늘 저지르는 그런 관습을 나쁜 짓이라고 생각하여 조금이나마 죄책감을 느끼는 인디언이 아무도 없어서였는지, 축제가 한창 진행되던 중에 갑자기 산이 크게 흔들리고 무너져 내려 사람들이 모조리 죽었으나 월든이라는 이름의 노파 한 사람만 화를 면했고, 그녀의 이름을 따서 호수를 월든이라고 부르게 되었다고 한다. 그때 산이 흔들려 무너지면서 등성이로부터 굴러 내려온 돌멩이들이 지금처럼 호반의 모양을 가꾸어놓았으리라고 사람들은 추측해왔다. 어쨌든 옛날에는 이곳에 호수가 없었으나 지금은 존재한다는 사실 하나만큼은 확실하며, 이런 인디언의 전설은 내가 앞서 언급한 옛 정착민의 이야기와도 어느 면에서나 전혀 모순되지 않는데, 그 정착민은 수맥을 찾는 막대기를 들고 처음 이곳에 왔을 때, 풀밭에서 모락모락 피어오르는 수증기를 보았고, 그러자 그가 들고 있던 개암나무 가지가 계속 아래쪽을 가리켰으며, 그래서 이곳에 우물을 파기로 결정했다는 사실을 아주 생생하게 기억했다. 물가에 깔린 자갈에 관해서는 아직도 많은 사람들이 이곳 산들이 요동을 쳐서 빚어진 결과라는 설명을 좀처럼 받아들이려 하지 않지만, 내가 주변의 산들을 둘러보니 같은 종류의 돌이 어디에나 굉장히 많았고, 그래서 호수와 가장 가까운 지대의 철둑을 건설할 때는 당연히 양쪽에 그 돌을 가져다 축대를 쌓았겠고, 뿐만 아니라 호반의 경사가 가파른 곳일수록 그만큼 돌이 쉽게 굴러 내려와 쌓였을 듯싶으니, 슬프게도 나에게는 이 문제가 더 이상 아무런 신비감을 제공하지 못한다. 호반으로 돌멩이들을 운반하여 깔아놓은 원동력이 무엇인지를 짐작하기가 나로서는 어려운 일이 아니다.※호수의 이름 또한―예를 들어 새프론 월든 (Saffron Walden) 같은―영국의 지명에서 유래하지 않았다면, 원래는 '월드인'※※호수라고 통칭되었으리라는 추측이 가능하다.

호수는 나를 위해 미리 파놓은 우물이나 마찬가지였다. 1년에 넉 달 동안에는 언제나 그곳의 물이 깨끗할 뿐만 아니라 차갑기까지 했으며, 내가 판단하기로는 그 시기의 월든은 물맛이 콩코드에서 최고라고 하기는 어려울지 모르겠지만, 어느 곳의 물에도 뒤지지 않았다. 겨울에는 공기에 노출된 모든 물이 샘이나 우물처럼 바람막이로 공기로부터 차단되어 보호를 받는 물보다 차갑기 마련이다. 1846년 3월 5일 오후 5시부터 이튿날 정오까지 내가 집안에 눌러앉아 시간을 보낸 다음에 확인했더니, 온도계는 지붕 위로 내리쬐는 햇볕의 부분적인 영향을 받아 때때로 눈금이 18도에서 21도까지 올라갔지만, 호수에서 길어다 방안에 놓아둔 물의 온도는 6도로, 마을의 가장 차가운 우물에서 방금 길어 온 물보다 1도가 낮았다. 같은 날 보일링 샘※※※의 수온은 내가 온도를 확인해본 어느 곳보다 미지근한 8도였는데, 그나마 그것은 얕게 고인 지표수(地表水)가 섞여들지 않았기에, 여름철 치고는 가장 시원한 편이었다. 게다가 월든 호수는 수심이 깊은 탓에 여름에라도 햇볕에 노출된 대부

※　돌멩이들은 빙하기에 빙하와 함께 쓸려 내려왔다고 추정됨.
※※　Walled-in은 "벽으로 에워싼"이라는 뜻.
※※※　Boiling Spring, "펄펄 끓는 샘물"이라는 뜻.

분의 물처럼 따듯해지는 적이 없다. 더위가 아주 심한 날이면 나는, 가끔 근처 샘물의 신세를 지기는 했지만, 보통은 호수의 물을 한 통 가득 길어다 지하실에 놓아두었고, 그러면 밤사이 시원해져 다음 날까지 그대로 마시기가 좋았다. 일주일이 지나더라도 길어 온 날이나 마찬가지로 물맛은 변함없이 좋았고, 펌프의 쇳내가 전혀 나지 않았다. 여름에 호숫가에서 한 주일 동안 야영을 하는 사람이라면 그늘진 곳에 50센티미터 정도만 구덩이를 파서 물통을 하나만 묻어두면 사치스럽게 얼음 따위를 찾을 필요가 없어진다.

월든에서는 3킬로그램이 넘는 강꼬치가 잡히는가 하면, 엄청난 속도와 힘으로 낚싯대를 통째로 잡아채 끌고 가버려서 구경조차 못한 낚시꾼이 분명히 3.5킬로그램은 나갔으리라고 자신만만하게 우겼던 대물은 제쳐두더라도, 1킬로그램에 육박하는 얼룩농어나 심통메기도 가끔 잡히고, 은빛 피라미와 민물황어에 몰개(학명은 Leuciscus pulchellus)도 나오고, 아주 가끔씩 긴꼬리떡붕어가 걸리기도 하며, 뱀장어 또한 두어 마리 잡아보니 그중 한 마리는 거의 1킬로그램이 나갔는데—내가 이렇게 꼬치꼬치 밝히는 까닭은 일반적으로 낚시꾼에게는 물고기의 무게가 가장 큰 자랑거리*일뿐더러, 여기에서는 다른 사람이 장어를 잡았다는 소리를 들어본 적이 없기 때문이며—또한 나는 길이가 15센티미터쯤 되고 옆구리가 은백색에 등은 녹색이며 황어와 비슷한 특징을 지닌 작은 물고기를

---

* 우리나라에서는 낚시한 물고기의 크기를 길이로 겨루지만 미국에서는 무게를 따진다.

잡았던 기억도 희미하게 떠오르는데, 여기에 이런 사실을 밝히는 까닭은 항간에 떠도는 허풍에 사실성을 나름대로 부여하고 싶어서 이다. 그렇지만 이 호수는 어자원이 그리 풍족하지는 않다. 별로 많이 잡히지는 않지만 그나마 강꼬치가 이곳의 큰 자랑거리다. 언제가 나는 누군가 잡아서 얼음판에 늘어놓은 고기를 보고 이곳 강꼬치의 종류가 세 가지라는 사실을 확인했는데, 가늘고 납작하며 강철빛을 띤 꼬치고기는 강에서 많이 사는 종류와 가장 비슷했고, 이곳에서 가장 많이 잡히는 두 번째 종류는 눈부신 황금빛에 두드러지게 짙은 초록빛으로 반짝였으며, 마지막 종류는 역시 황금색에 생김새가 두 번째 꼬치와 비슷했지만, 옆구리에 후춧가루를 뿌려놓은 듯 작은 암갈색과 검은 점들이 몇 개의 희미한 핏빛 얼룩과 뒤섞여, 송어와 매우 비슷해 보였다. 세 번째 꼬치는 reticulatus*라는 특정한 학명보다는 차라리 guttatus**가 훨씬 잘 어울릴 듯싶다. 이들은 살점이 아주 단단해서 보기와는 달리 무게가 많이 나간다. 은빛 피라미와 심통메기뿐 아니라 얼룩농어에 이르기까지, 그러니까 이곳 호수에 서식하는 모든 물고기는, 맑은 물에서 살아서인지는 모르겠지만 강이나 다른 호수에 사는 물고기와 비교할 때, 훨씬 깨끗하고 잘생겼으며 살점도 단단하여 쉽게 구별이 간다. 이곳으로 찾아와서 살펴본다면 아마도 많은 어류학자들이 그들 중에서 몇몇 새로운 종을 찾아낼지도 모르겠다. 이곳에는 깨끗한 종의 개구리

＊　'그물을 닮은'이라는 뜻.
＊＊　점박이.

와 거북 그리고 조개류가 좀 살고, 사향뒤쥐와 밍크가 지나다닌 발자국이 눈에 띄는가 하면, 가끔은 떠돌이 진흙거북이 찾아온다. 몇 차례인가 나는 아침에 배를 호수로 밀어 넣다가 밑에 숨어 밤을 보낸 커다란 진흙거북의 잠을 깨우기도 했다. 봄과 가을에는 오리와 기러기가 자주 찾아오고, 여름 내내 얼룩도요새(Totanus macularius)들이 호숫가 자갈밭에서 뒤뚱거리며 돌아다니고, 가슴이 하얀 제비(Hirundo bicolor)가 물을 차고 날아올랐다. 호수 위로 늘어진 백송 나뭇가지에 앉아 쉬던 물수리가 나 때문에 놀라 가끔 도망가고는 했지만, 아름다운 안식처처럼 갈매기가 날아와 월든을 감히 침범했던 적은 없을 듯싶다. 이 호수는 기껏해야 1년에 아비 한 마리 정도만 방문을 허락한다. 지금은 이런 동물들이 호수를 찾아오는 중요한 손님이다.

바람이 잔잔한 날에는, 모래가 많은 동쪽 호반 근처에서 배를 타고 수심이 3미터쯤 되는 곳까지 나가거나, 호수의 다른 여러 곳에서 물 밑을 내려다보면, 크기가 달걀보다 작은 돌멩이들이 모래 바닥 한가운데 높이가 30센티미터에 지름이 2미터 정도로 둥글게 쌓인 돌더미가 보인다. 이런 돌무더기를 보면 처음에는 인디언들이 어떤 나름대로의 목적 때문에 얼음 위에 쌓았다가 해빙이 되면서 그대로 고스란히 가라앉은 탑이 아닐까 추측하기 쉽지만, 그렇게 생각하기에는 무더기들이 너무나 서로 닮았을 뿐 아니라 몇몇 곳은 쌓인 지가 얼마 되지 않았음이 한눈에 역력했다. 그와 비슷한 자갈 무더기들이 여러 강에서 발견되기는 하지만, 이곳에는 빨판잉어나 칠성장어 따위가 없었으므로, 도대체 어떤 물고기가 만들어놓은 탑인지 나로서는 알 길이 없다. 어쩌면 몰개의 보금자리일지도 모른다. 이런 것들이 호수 바닥에 대한 즐거운 신비감을 자아낸다.

들쑥날쑥한 호반은 변화가 많아서 단조로움하고는 거리가 멀다. 깊숙하게 들어앉은 서쪽의 움푹한 만들과, 훨씬 힘찬 북쪽의 굴곡, 그리고 남쪽 물가를 따라 구비치는 기슭들이 서로 겹치면서 이어져 아름다운 가리비 무늬를 펼쳐내고, 그 사이사이에 인간의 발길이 닿지 않았을 작은 골짜기들을 숨겨놓은 듯싶은 풍경이 내 마음의 눈에 선하다. 물가에서 솟아오른 산들의 한가운데 자리를 잡은 자그마한 호수에서 바라보는 숲만큼 뛰어나게 아름다운 배경을 갖춘 풍경은 찾아보기 힘들어서, 물에 비친 숲은 최고의 전경(前景) 노릇을 할 뿐 아니라, 구불구불한 호반과 어우러지며 지극히 자연스럽고 조화로운 경계를 짓는다. 호수의 가장자리는 숲에 인접한 경작지나 도끼로 한 귀퉁이를 베어 개간한 땅처럼 껍질이 벗겨지고 흠집이 난 부분이 전혀 없다. 나무들은 물가를 향해 뻗어나갈 공간이 충분해서 저마다 힘차게 호수 쪽으로 가지를 펼친다. 자연이 호숫가를 따라 둘러놓은 수목의 울타리 너머로, 우리의 시선은 낮은 지대의 관목으로부터 가장 높은 곳의 나무들을 향해 차츰 올라간다. 사람의 손길이 남긴 흔적은 어디에도 없다. 물은 천 년 전에 그랬듯이 호반을 닦아낸다.

자연의 풍경에서 가장 아름답고 표정이 풍부한 면모는 호수다. 호수는 대지의 눈이어서, 그 눈을 들여다보는 사람은 자신의 본성이 얼마나 깊은지를 측정하게 된다. 물가를 따라 늘어선 나무들은 눈에 테를 둘러 장식한 여린 속눈썹이고, 그 주변을 울창한 나무로 둘러싼 산과 절벽은 눈 위에 붙은 눈썹이다.

　9월의 어느 날 고요한 오후, 나는 호수의 동쪽 끝 평탄한 모래밭에 서서, 엷은 아지랑이가 희미하게 흐려놓은 건너편 호반의 윤곽을 살펴보다가, "유리처럼 맑은 호수의 표면"이라는 표현이 어디서 나왔는지를 깨달았다. 풍경을 거꾸로 뒤집어 보면, 계곡을 가로질러 매달린 한 가닥의 지극히 가느다란 거미줄 같은 수면이 멀리 떨어진 소나무 숲을 배경으로 반짝이면서 대기의 층을 둘로 갈라 놓은 듯싶은 느낌을 받기 쉽다. 그렇다면 발을 적시지 않고 수면 아래쪽으로 반대편 언덕까지 걸어가기가 어렵지 않겠고, 수면을 스치고 날아가는 제비들이 거미줄에 내려앉아도 되겠다는 생각조차 들 지경이다. 사실 제비들은 가끔 착각에 빠진 듯 거미줄 수면 아래로 뛰어들기는 하지만, 완전히 속아 넘어가지는 않는다. 서쪽을 향해서 호수를 볼 때는, 진짜 태양뿐 아니라 물에 비친 햇빛이 그에 못지않게 눈부시기 때문에, 두 눈을 보호하기 위해 양쪽 손으로 가려야만 하고, 그들 두 가지 빛 사이에 낀 수면을 주의 깊게 살펴보면 그야말로 유리처럼 매끄럽다는 사실을 알게 되지만, 소금쟁이들이 여기저기 일정한 간격을 두고 흩어져 햇살 속에서 돌아다니며 휘저어 만드는 섬세하기 그지없는 광채나, 오리가 깃털을 다듬은 자리, 그리고 앞에서 언급했듯이 제비가 낮게 날아가며 수면을 스치느라고 잔물결을 일으키는 곳만큼은 예외라고 하겠다. 어쩌다 보면 멀리서 물고기 한 마리가 1미터나 수면에서 뛰어오르며 반원을 그리는데, 물 밖으로 솟구쳐 나올 때 한 번 그리고 수면으로 떨어질 때 다시 한 번, 섬광처럼 번쩍이고, 때로는 반원 전체를 은빛으로 공중에 그어놓는가 하면, 어떤 때는 물고기들이 여기저기 수면에 떠다니는 엉겅퀴의 솜털 열매를 낚아채느라고 보조개처럼 동그란 잔물결이 일기도 한다. 호수의 표면은 녹았다가 식기는 했으나 아직 굳지 않은 유리와 같고, 수면에 드문드문 떠다니는 티끌들은 유리에 박힌 불순물처럼 순수하고 아름답다. 호수에서 나머지 부분들과는 달리 물이 훨씬 매끄럽고 진해 보이는 곳이 자주 발견되고는 하는데, 그런 곳은 물의 요정들이 올라앉아 휴식을 취하려고 눈에 보이지 않는 거미줄로 쉼터가 떠내려가지 않도록 방책을 둘러놓은 은둔처를 연상시킨다. 어느 언덕 꼭대기로 올라가서 내려다보면 물고기들이 여기저기 사방에서 뛰어오르는 광경이 벌어지는데, 그곳 잔잔한 수면에서 곤충을 사냥하는 적이 없는 은빛 피라미나 강꼬치들이 그냥 심술이 나서 호수 전체의 평정을 망가트리려고 작정하고는 장난을 치는 속셈이 분명하다. 이런 단순한 사실을―물고기의 살생 의지를 배제하면서―세상에 과시하는 정교한 몸짓은 경이롭기 짝이 없으며, 나처럼 멀리 떨어진 안전한 거리에서는 파문을 일으키며 직경이 30미터까지 늘어나는 동그라미를 한껏 감상하기가 어렵지 않다. 심지어는 거의 500미터나 멀리 떨어진 곳에서마저 매끄러운 물 위를 끈질기게 미끄러져 나아가는 물맴이(Gyrinus)까지 식별하기가 가능한데, 그들이 수면에서 일으키는 작고 희미한 물살이 양쪽으로 갈라지면서 선명한 잔물결을 일으키기 때문이고, 반면에 소금쟁이들은 눈에 띌 만한 흔적을 전혀 남기지 않으며 물 위를 미끄러져 다닌다. 수면이 크게 출렁이는 날은 소금쟁이나 물맴이가 나타나지 않지만, 잔잔한 날이 돌아오면 수생 곤충들이 은둔처를 벗어나 갑작스런 충동에 몸을 맡기고 대담하게 물가로부터 미끄러져 나가 머나먼 여정에 도전한다. 가을이 오고 한껏 따사로운 태양이 참으로 다정하게 여겨지는 화창한 어느 날, 이처럼 높은 언덕 꼭대기에서 나무 그루터기에 걸터앉아 호수를 굽어보면서, 그냥 내버려 두었다면 하늘과 나무들만 비치는 고요한 풍경의 한가운데 잠겨 눈에 보이지 않았을 수면에 어른거리며 끊임없이 번지는 동그란 보조개 파문을 감상하노라면, 마음이 한참씩 편안해진다. 이 광활한 물의 공간을 무엇 하나 감히 어지럽히려고 덤비지 않지만, 그렇게 한 번씩 갑자기 벌어지는 반란은, 꽃병에 담은 물이 잠깐 진동을 일으키다가 곧 조용히 진정되듯이, 물가를 찾아 떨면서 퍼져 나가던 동그라미들이 다시 잔잔하게 가라앉으면서 끝난다. 수면 위로 물고기가 튀어 오르거나 곤충 한 마리만 호수에 떨어지기만 하면 물은 그렇게 아름다운 곡선을 구사하여 동그란 보조개를 만들어 보이며 고자질을 하는데, 그 자태가 마치 끊임없이 솟아오르는 샘물과, 생명이 고동치는 평온한 맥박과, 호흡을 할 때마다 오르내리는 가슴을 닮았다. 기쁨의 떨림과 고통의 떨림은 분간하기가 어렵다. 호수에서 벌어지는 현상들이란 얼마나 평화로운가! 인간의 노동 행위는 봄을 만난 듯 다시 빛난다. 그렇다, 오후 한낮인 지금이건만, 온갖 잎사귀와 잔가지와 돌멩이와 거미줄이 봄날 아침 이슬로 뒤덮인 듯 반짝인다. 노를 저을 때나 벌레가 활동하는 모든 움직임은 섬광을 일으켜서, 노가 물에 닿을 때는 감미로운 메아리가 일어난다!

9월이나 10월에 그런 날을 만나면, 월든은 숲을 담아내는 완벽한 거울이 되고, 그 둘레에는 내 눈에 무엇보다 드물고 진귀한 보석처럼 보이는 돌멩이들이 둥글게 테를 두른다. 지구상에는 어디에도 호수만큼 그토록 아름답고, 그토록 순수할 뿐 아니라 그토록 거대한 다른 풍경은 존재하지 않는다. 하늘로 가득 떠오른 물, 그곳에는 울타리가 필요 없다. 여러 부족이 이곳에 나타났다 사라져갔으나, 하늘의 호수는 아무도 더럽히지 않았다. 하늘 호수는 어떤 돌을 던져도 깨지지 않는 거울이며, 뒷면에 입힌 수은이 닳아 없어지려 하면 자연이 계속하여 반사막을 끊임없이 재생시켜 살려놓으니, 어떤 폭풍우나 먼지 구름이라 할지언정 영원히 맑은 그 표면을 지저분하게 흐려놓지 못하고—그 위에 달라붙는 모든 불순물은 밑으로 가라앉거나, 태양의 아지랑이가 솔처럼 쓸고 털어내는데—먼지를 불어서 씻어내는 빛의 입김은 거울에 묻어 흔적을 남기지 않고, 위로 불어 구름처럼 높은 하늘로 떠올라 구름과 한 몸이 되어, 고요한 호수의 가슴에 잔상을 만든다.

물의 들판은 공중에 떠다니는 정령의 정체를 보여준다. 그것은 새로운 생명과 움직임을 위로부터 끊임없이 받아들인다. 그것의 본성은 땅과 하늘의 중간에 위치한다. 바람이 불면 땅에서는 풀과 나무만이 나부끼지만, 물은 그 자체가 물결친다. 나는 빛의 가닥과 파편을 살펴보아 가벼운 미풍이 물 들판의 어디쯤을 가로질러 달려가는지를 눈으로 확인한다. 우리가 물의 표면을 굽어볼 수 있다는 사실은 황홀한 일이다. 어쩌면 언젠가는 우리가 마침내 바람의 표면을 굽어보면서 더욱 신비한 정령이 어디를 휩쓸고 지나가는지 확인하게 될 날이 올지도 모른다.

소금쟁이와 물맴이는 10월 하순, 된서리가 내릴 무렵에 드디어 자취를 감추고, 그러다가 보통 11월이 되면, 바람이 자는 어느 날, 수면에서 물결을 일으키는 것들이 모조리 한꺼번에 사라진다. 11월의 어느 날 오후, 며칠간 이어지던 비바람이 그치고 나서 사방이 고요해졌으며, 하늘에 여전히 구름이 잔뜩 낀 채로 사방에 안개가 뒤덮이자, 호수는 신기할 정도로 잔잔해져 어디가 어느 만큼이 수면인지 구분할 길이 없어졌고, 이제는 더 이상 10월 단풍의 요란한 빛깔을 담아내는 대신 물빛은 주변의 산들처럼 11월의 음울한 색조를 닮아버렸다. 나는 물 위를 최대한 조심스럽게 얌전히 나아갔지만, 배가 지나가며 일으킨 미약한 파동은 내 눈길이 미치는 가장 먼 곳까지 퍼져 나가서, 구겨진 거울 같은 무늬가 수면에 깔렸다. 그런데 수면을 둘러보던 나는, 멀리서 여기저기 희미하게 반짝거리는 빛에 시선이 끌렸는데, 어쩌면 서리를 피하느라고 수생 곤충들이 그곳의 피난처로 모여든 듯싶기도 했고, 아니면 혹시 수면이 워낙 고요해서 호수 바닥으로부터 솟아오르는 샘의 위치가 드러난 것은 아닌지 궁금해졌다. 나는 그런 곳 하나를 향해 천천히 노를 저어 갔으며, 놀랍게도 곧 무수한 잔챙이 얼룩농어들에게 포위를 당하고 말았는데, 채 15센티미터가 안 되는 짙은 청동색 어린 농어들은 초록빛 물속에서 한껏 장난을 치고, 쉴 새 없이 수면으로 떠올라 보조개를 만들어놓거나 가끔은 물방울을 남기고 도망치기도 했다. 이처럼 투명하고 바닥을 알 길이 없을 듯 깊은 물에 구름들이 비치면, 나는 풍선을 타고 하늘에서 떠다니는 기분이 들었고, 지느러미를 돛처럼 활짝 펼치고 헤엄쳐 돌아다니는 물고기들의 몸놀림은 마치 내가 탄 풍선 바로 밑에 잔뜩 몰려든 새들이 좌우로 떼를 지어 날아가거나 정지 비행을 하는 듯싶은 인상을 주었다. 호수에는 그렇게 떼를 지어 몰려다니는 물고기가 많았는데, 보아하니 그들은 광활한 하늘의 빛을 겨울이 얼음으로 덧문처럼 덮어 가려버리기 전에 짧은 계절을 조금이라도 더 즐기려는 모양이었고, 그래서 수면이 때로는 가벼운 바람이 스치거나 빗방울이 조금 뿌려대는 분위기를 자아냈다. 내가 조심을 하지 않고 불쑥 접근하는 바람에 놀라기라도 하면 물고기들은 마치 잎이 무성한 나뭇가지로 수면을 후려치듯 꼬리로 물을 튕겨 잔물결을 일으키고는, 순식간에 깊은 물속으로 달아나버렸다. 그러다 마침내 바람이 일고 안개가 짙어져, 물결이 달음박질을 시작하면, 농어는 전보다 훨씬 높이 수면 위로 솟아올라 절반 정도나 모습을 물 밖으로 내밀었는데, 그러면 7~8센티미터에 이르는 몸에서 백 개나 되는 검은 얼룩을 한꺼번에 드러냈다. 어느 해인가는 워낙 때가 늦은 12월 5일이었는데, 나는 수면에 피어나는 보조개를 여럿 보았고, 안개가 사방에 짙게 끼었던 터여서 보조개들이 흩날리는 빗방울 탓이라고 착각하고는 곧 큰비가 쏟아지리라는 느낌이 들어, 집을 향해 서둘러 노를 저으면서, 아직 얼굴에 빗방울이 떨어지지는 않았건만 왠지 곧 비가 쏟아져 흠뻑 젖으리라는 예감이 들었다. 그러다가 갑자기 보조개들이 사라졌는데, 물의 동그라미들은 얼룩농어의 작품이었던지라, 내가 노를 젓는 소리에 놀란 물고기 떼가 깊은 물 밑으로 숨어든 까닭에 파문도 덩달아 사라졌고, 희미하게 사라지는 농어 떼를 지켜본 나는 결국 멀쩡한 하루를 보냈다.

거의 60년 전에 이 호수를 자주 찾아왔었다는 어느 노인이 나에게 들려준 이야기에 따르면, 당시에는 울창한 숲이 사방에 들어차서 월든이 어두컴컴할 정도였고, 오리와 다른 물새들이 가끔 잔뜩 몰려와 온통 활기가 넘쳤으며, 독수리까지 많이 서식했다고 한다. 그는 낚시를 하러 이곳으로 오고는 했으며, 물가에서 발견한 낡고 긴 쪽배를 타고 돌아다녔다. 백송 통나무 두 개의 속을 파내고 연결한 다음 양쪽 끝을 뭉툭하게 잘라낸 배였다. 아주 서툰 솜씨로 만든 배이기는 했지만, 물이 스며들어 바닥으로 가라앉아 버리기 전까지는 상당히 오랫동안 요긴하게 잘 썼다고 한다. 노인은 그것이 누구의 소유인지 알 길이 없었지만, 호수에 속한 배라는 사실만큼은 분명했다. 그는 호두나무 껍질을 길게 찢어 엮어서 닻줄로 사용했다. 독립전쟁 이전부터 호숫가에 살았다는 어떤 옹기장이 노인이 언젠가 그에게 호수 밑바닥에 가라앉은 철궤를 보았다는 이야기를 들려주었다고 한다. 궤짝은 가끔 수면으로 떠올라 물가로 흘러오고는 했지만, 사람이 다가가면 다시 깊은 물속으로 가라앉아 사라져버렸다. 나는 낡은 통나무배의 사연을 듣고 기분이 좋았는데, 그것은 같은 재료로 만들기는 했지만 인디언들의 쪽배보다 훨씬 우아한 구조를 갖추었던 듯싶고, 보아하니 처음에는 호숫가에서 자라던 한 그루의 나무였다가 어쩌다 쓰러져 물속으로 떨어졌지만, 그냥 썩어버리지 않고 다행히 호수에 가장 잘 어울리는 배가 되어 한 세대 동안 이곳에서 유유히 떠다녔기 때문이었다. 나는 호수의 깊은 물속을 처음 들여다보았을 때 그곳 바닥에 가라앉은 거대한 통나무들의 흐릿한 형체들을 발견했던 기억이 생생하지만, 오래

전에 벌목꾼들이 폭파하여 물로 쓰러졌거나 마지막 벌채를 한 다음 목재값이 폭락하여 얼음 위에 그냥 내버렸을 듯싶은 그런 통나무들을 지금은 찾아보기가 어렵다.

내가 처음 월든에 배를 띄웠을 때는 높이 치솟은 소나무와 떡갈나무들이 빽빽하게 호수를 완전히 둘러싸고 후미진 몇몇 골짜기에서는 물가의 나무들을 포도 덩굴이 기어 올라가 뒤덮으며 정자처럼 지붕을 얹어 그 밑으로 배가 지나다니고는 했다. 호반을 구성하는 언덕들은 매우 가파르고, 그곳에서 자라던 나무들이 당시에는 어찌나 높이 자랐는지, 서쪽 끝에서 내려다보면 마치 어떤 목가적인 절경을 감상하라고 만들어놓은 원형극장을 연상시켰다. 지금보다 젊었을 때 나는 여름날 아침나절에 호수 한가운데로 배를 저어 나가서, 바닥에 길게 누워 몽상에 잠긴 채 몇 시간이고 산들바람의 뜻에 따라 아무 데로나 떠다녔으며, 그러다 배가 모래밭에 닿으면 정신을 차리고는 내 운명이 어느 호반으로 나를 이끌어 왔는지 알아보려고 몸을 일으켰는데, 그 시절에는 그렇게 한가로운 나날이 가장 매혹적이고 생산적인 작업 시간처럼 느껴졌었다. 돈은 많지 않았지만 햇살이 눈부신 시간과 여름날이야 얼마든지 누려도 되는 부자였기에 하루 가운데 가장 소중한 시간을 그런 식으로 호사스럽게 보내고 싶어서, 나는 오전 시간에 곧잘 농땡이를 치러 슬그머니 도망쳐 나가고는 했으며, 그렇다고 하여 직장에서 일하거나 교실에서 학생들을 가르치는 데 더 많은 시간을 낭비하지 않았다는 사실에 대하여 양심의 가책을 느끼고 싶지는 않다. 하지만 내가 떠난 이후에 벌목꾼들은 그곳을 더욱 망가트려 폐허로 만들었고, 그래서 앞으로 오랫동안 숲길을 따라 한가하게 거닐며 나무들 사이로 간간이 보이는 호수의 경치를 즐기는 일은 불가능해졌다. 지금부터 나의 시적인 영감이 침묵한다고 한들 아무도 탓하면 안 된다. 그들이 보금자리로 삼아야 할 숲이 잘려나갔는데, 어찌 새들의 노랫소리가 들려오기를 기대하겠는가?

지금은 호수 밑바닥에 가라앉은 통나무들과, 낡은 쪽배와, 사방을 둘러쌌던 시커먼 숲이 사라졌고, 월든이 어디 박혔는지조차 제대로 모르는 사람들이 물을 마시거나 헤엄을 치려고 호수를 찾아가는 대신, 적어도 갠지스 강만큼이나 신성한 그곳의 물을 수도관으로 마을까지 끌어다 설거지를 하거나!—꼭지를 돌리고 마개를 뽑아가며 돈을 벌 생각만 한다! 귀청을 찢으려고 울부짖는 저 흉악한 철마는 기적 소리로 마을을 온통 뒤흔들어 놓고, 보일링 샘을 짓밟아 흙탕물로 만들었는가 하면, 월든 호숫가의 숲을 풀처럼 몽땅 먹어치운 저 트로이아의 목마는 돈만 밝히는 천 명의 그리스 병사를 뱃속에 숨기고 달린다! 심산유곡*에서 교만한 괴물을 만나 옆구리를 창으로 찔러 복수를 감행한 무어 산의 무어**같은 이 나라의 수호자는 어디 있는가?

그렇기는 하지만 내가 찾아낸 월든의 모든 특징 가운데 가장 훌륭할뿐더러 가장 잘 간직해온 가치는 순수성이겠다. 이 호수를

---

* Deep Cut(깊이 파낸 협곡)은 월든 북서쪽에 철도를 놓기 위해 깎아낸 지점의 이름이기도 하다.

** the Moore of Moore Hill, 영국의 민요 〈원틀리의 괴룡(The Dragon of Wantley)〉에서 용을 죽여 물리친 영웅.

닮았다는 인물이 많기는 하건만, 그런 비유의 영광을 누릴 자격을 제대로 갖춘 사람은 거의 없다. 비록 벌목꾼들이 처음에는 이곳 그러고는 저곳을 베어내 호반을 벌거숭이로 만들고, 아일랜드 사람들이 물가에 돼지우리 같은 움막을 짓고, 철로가 호수의 경계선을 넘어 들어오고, 언젠가는 얼음 채취업자들이 껍질을 벗겨가기는 했을지언정, 호수 자체는 변하지를 않아서, 내가 젊은 시절에 보았던 물은 그대로이며, 모든 변화는 나의 내면에서 일어났을 따름이다. 그토록 많은 잔물결이 일었건만 호수의 표면에는 영원한 주름살은 하나도 잡히지 않았다. 호수의 젊음은 무한하여, 지금도 호숫가에 서서 기다리면 옛날과 마찬가지로 수면의 날벌레를 잡아먹으려고 제비가 여전히 물을 찬다. 20년이 넘도록 거의 날마다 보았더라도 마치 처음 만나는 듯, 오늘밤에 다시 마주한 호수는 나를 감동시켜서—그렇다, 그토록 여러 해 전에 내가 처음 발견한 월든, 그리고 숲이 옛 모습을 그대로 간직하고 있으니, 지난해 겨울에 숲을 베어냈어도 새로운 숲이 같은 자리에서 더욱 힘차게 자라나는 모습에, 그때 했던 생각들이 다시 호수의 수면에 고스란히 떠오르고, 월든은 그 자신에게는 물론 자신을 만든 창조주에게 똑같은 물의 기쁨이자 행복의 원천이니, 아, 내게도 마찬가지가 아닐까 싶다. 분명히 월든은 교활함이 무엇인지를 알지 못하는 어느 용감한 인간의 작품임이 틀림없다! 그는 손으로 호수를 둥글게 다듬고, 머릿속에서 깊이 파고 맑게 한 후, 콩코드에 물려주겠노라고 유언으로 남겼으리라. 얼굴을 들여다보니 호수가 똑같은 회상에 잠겼음을 알겠고, 그래서 나도 모르게 이런 말이 저절로 나온다. 월든이여, 그대가 맞겠지?

> 한 줄의 글을 장식하는 것이
> 나의 꿈은 아니어서,
> 월든 호숫가에서의 삶보다
> 신과 천국에 더 가까이 다가갈 방법은 없나니,
> 나는 호수의 호반에 깔린 자갈밭이고,
> 그 위를 지나가는 산들바람이며,
> 우묵한 내 손바닥은
> 호수의 물과 모래밭이요,
> 월든의 가장 은밀한 안식처는
> 내 심오한 생각 속에 자리를 잡았다.

열차는 호수를 구경하기 위해 가던 길을 멈추는 적이 없지만, 그러나 나는 기관사와 화부와 제동수 차장, 그리고 정기승차권을 끊어 오가며 자주 호수를 보는 승객들은 이 풍경을 보고 더 나은 사람이 되리라는 상상을 한다. 이곳을 지나는 기관사 그리고 그의 본성은 밤이 되면 고요하고 순수한 호수의 모습을 낮 동안에 적어도 한 번은 보았다는 사실을 잊지 않는다. 비록 단 한 번밖에는 보지 못하더라도, 호수의 풍경은 번잡한 스테이트 거리*와 기관차의 시커먼 연기나 검댕을 씻어내는 데 도움이 된다. 혹자는 월든 호

❂   보스턴의 상업 지역.

수를 "신께서 내려주신 물방울"[*]이라고 불러야 마땅하다고 주장한다.

앞에서 나는 월든 호수에는 물이 들어오거나 나가는 통로가 확실하게 눈에 띄는 곳이 없다고 언급했지만, 알고 보면 한편에서는 그 지역에 흩어진 여러 작은 호수들을 거치면서 보다 높은 지대에 멀찌감치 위치한 플린트 호수와 월든이 간접적으로 연결되었고, 반대편 낮은 지대에서는 역시 비슷한 여러 작은 호수를 거쳐 다른 어느 지질학적 시대에 월든의 물이 콩코드 강으로 직접 흘러들었으리라고 추측할 만한 지형적 특징들이 쉽게 확인이 가능하여, 물론 그래서는 안 되겠지만, 지금이라도 땅을 조금만 파면 물길이 다시 그쪽으로 당장 뚫릴 듯싶다. 그토록 오랫동안 숲속의 은둔자처럼 절제하며 근검한 삶을 살아옴으로써 호수가 이렇듯 경이로운 순수함을 잘 간직했다고 하면, 상대적으로 불순한 플린트 호수의 물이 섞여들거나, 월든의 물이 바다로 흘러내려가 파도 속에 섞여 단맛을 헛되이 잃는다면, 누군들 안타까워하지 않겠는가?

* * *

콩코드 인근에서 가장 큰 플린트 호수는 월든 호수에서 동쪽으

---

[*] God's Drop, 인도 사상에서 창조가 시작된 점을 의미하는 빈두(Bindu) 그리고 불교의 '점안' 개념에 비유한 표현. 나아가 눈을 맑게 해주는 '안약'을 암시한다. 인도 사람들이 이마에 찍는 점도 '빈두'라고 한다.

로 1.5킬로미터쯤 떨어진 링컨 지역에 있으며, '모래밭 호수(Sandy Pond)'라는 이름으로도 알려진 내해(內海)다. 면적은 약 197에이커로 월든보다 넓고 물고기도 훨씬 많지만, 수심은 상대적으로 얕고 수질은 별로 맑은 편이 아니다. 나는 이따금씩 기분을 전환하려고 숲을 지나 그곳까지 산책에 나서고는 했다. 거침없이 뺨을 때리는 바람을 맞으며, 밀려오는 파도를 바라보면서 뱃사람의 삶에 대한 기억에 젖어보기만 하더라도 나들이 시간은 아깝지 않았다. 가을에 바람이 심하게 부는 날이면 나는 그쪽으로 밤을 주우러 나가고는 했고, 그런 날씨에는 밤톨들이 물로 떨어졌다가 내 발치로 떠내려오고는 했으며, 언젠가 나는 상쾌한 물보라를 얼굴에 맞으며 사초(莎草)로 뒤덮인 물가를 따라 힘겹게 천천히 걸어가다가 버림을 받고 썩어가는 배 한 척의 잔해를 우연히 발견했는데, 양쪽 뱃전은 떨어져나갔고, 납작한 바닥은 몰골만 남아 골풀들 속에 가라앉았지만, 그러나 원형의 골격만큼은 썩어서 잎맥만 도드라진 커다란 부엽(浮葉)처럼 뚜렷한 자취를 남겼다. 바닷가에서나 만나리라고 기대할 만큼 인상적이었던 난파선의 모습은 훌륭한 교훈을 전해주었다. 이제는 기껏 식물들이나 반가워할 비옥한 부식토가 되어 물가의 흙과 구분조차 되지 않는 잔해를 뚫고 골풀과 창포가 올라왔다. 나는 이 호수의 북쪽 끝에 이르러, 물 밑 모래 바닥에 새겨진 물결 모양의 무늬를 보고 자주 감탄했는데, 물의 압력으로 단단하게 굳어버린 비늘무늬는 물에 들어가 걸어가며 밟으면 발바닥에 딱딱한 감촉이 느껴졌고, 인디언 용사들처럼 일렬종대로 파도를 치듯 줄줄이 늘어서서 자라나는 골풀은 바닥의 무늬와 똑같이 줄을 맞춘 모습이 마치 모래의 물결이 심어놓았으리라는 착각을 일으켰다. 거기서 나는 또한 어쩌면 곡정초일지 모르겠는 가느다란 풀잎과 뿌리가 뭉쳐, 직경이 2센티미터에서 10센티미터인 다양한 크기의 완벽한 구체를 만들어 희한한 공처럼 보이는 식물이 상당히 많이 밀집하여 자라는 곳을 발견했다. 이 동그란 덩어리들은 모래 바닥에서 얕은 물결에 쓸려 이리저리 흐느적거렸고, 가끔 물가로 떠밀려 올라오기도 했다. 그들은 풀로만 단단히 뭉쳤거나, 속에 모래가 약간 들어가 박히기도 한다. 얼핏 보기에 물결의 작용 때문에 몽돌처럼 그런 모양이 되었으리라고 생각하기 쉽지만, 2센티미터밖에 안 되는 가장 작은 덩어리들 역시 똑같이 부스러지기 쉬운 물질로 구성되었으며, 일 년 중에 한 계절에만 이곳에 나타난다. 내가 알기로는 이미 어느 정도나마 견고한 농도를 갖춘 물체라면 물결이 마모시키거나 하지 형태를 굳혀주는 역할은 하지 않는다. 그들은 물기가 빠져 말라버린 다음에는 오랫동안 모양이 달라지지 않는다.

'플린트 호수'*라는 이름은 또 어떠한가! 우리의 작명 능력은 이토록 옹색하다. 이곳 하늘의 물에 인접한 땅에 밭을 일구느라고 호반을 무자비하게 짓밟아버린 누추하고 우매한 농부가 도대체 무슨 권리로 자신의 이름을 이곳에 붙여 놓았을까? 벌써부터 호수에 정착해서 살아가는 야생 오리들조차 침입자로 간주했던 수전노

✿ 영어 원명은 소유격인 Flint's Pond(플린트의 호수)임. 주인의 이름이 Thomas Flint였다고 함.

*는 자신의 뻔뻔스러운 얼굴이 거울처럼 비쳐 보이는 금화나 은화의 반짝이는 표면을 훨씬 좋아했고, 그의 손가락들은 하르피아**처럼 무엇인가를 움켜잡는 오랜 습관으로 인해 맹금류의 발톱처럼 구부러져 딱딱하게 굳어버렸으니—그 이름이 내 마음에 들 이유가 없다. 그는 호수의 참모습을 본 적이 없고, 그곳에서 몸을 닦은 적도 없고, 전혀 사랑하지도 않았고, 보호하려는 노력을 기울이지도 않았으며, 칭찬하는 말을 한마디나마 한 적이 없고, 호수를 만들어놓은 신에게 감사를 드리지도 않았으니, 내가 그곳을 찾는 까닭은 그를 만나기 위해서가 아니요 그의 소식이 궁금해서도 아니다. 그러니 차라리 그곳에서 헤엄치며 돌아다니는 물고기나, 그곳을 자주 찾아오는 네발짐승이나 야생 조류, 호반에 서식하는 들꽃, 아니면 그가 살아가는 삶의 역정 한 가닥이 호수 자체의 역사와 함께 잘 어울려 엮어지는 어느 자연인이나 아이의 이름을 호수에 붙여주었어야 옳았겠고, 마음가짐이 자신과 비슷한 이웃 사람이나 관청이 넘겨준 토지권리증 이외에는 호수의 소유권을 주장할 어떠한 자격도 없는 사람—금전적인 가치에만 관심을 두는 그런 사람이어서, 어쩌면 그의 존재 자체가 호수 전체에 저주를 내리고, 주변의 토지를 황폐화시키고는 그곳에 담긴 물까지 기꺼이 몽땅 퍼내기를

❋　　플린트라는 이름은 본디 flint(부싯돌)를 뜻하며, 부싯돌처럼 단단하고 냉혹한 마음을 상징하고, 여기에서 skinflint(얼굴이 두꺼운 수전노)라는 단어가 파생했다.

❋❋　　신화에서 본디 바람의 정령이었던 harpy는 얼굴과 상반신만 추악한 여자이고 나머지는 새의 형상으로 인간의 영혼을 날카로운 발톱으로 낚아채어 잡아먹거나 죽음의 세계로 끌고 간다.

마다하지 않아서, 영국 건초나 덩굴월귤을 재배하기에 좋은 목초지가 아니라는 사실만 억울해하다가―그의 계산으로는 정말이지 한심하게도 본전을 찾기가 요원하니, 차라리 물을 빼버리고 바닥에 남은 진흙이나마 팔아치우겠다는 그런 사람의 이름 또한 호수에 붙여주어서는 안 될 일이었다. 호수의 힘으로는 그의 물레방아를 돌릴 길이 없었고, 풍광을 감상하는 즐거움이 그에게는 전혀 값진 특권이 아니었다. 그는 자신이 섬기는 신을 찾아 시장으로 발길을 서두르고, 값만 잘 쳐준다면 어떤 신이든 풍경이든 닥치는 대로 시장에 내다 팔고, 그래서 그의 농토에서는 무엇 하나 공짜로 자라지 않고, 그의 밭에서는 곡물이 영글지 않고, 그의 목초지에서는 꽃이 피지 않고, 그가 키우는 나무에서는 과일 대신에 돈이 달리며, 그는 수확한 열매의 아름다움을 사랑하지 않고, 그의 과일은 돈으로 교환하여 거두어들이기 전까지는 익을 줄 모르는 까닭에, 나는 그가 하는 노동 그리고 모든 것에 값을 매겨놓는 그의 농장을 존경하지 않는다. 나에게는 참된 풍요를 즐기는 가난을 달라. 내가 존경하는 농부들은 가난한 사람이어서―그들이 가난한 정도에 따라 나의 관심의 크기가 결정된다. 모범적인 농가란 무엇인고 하니!―집은 퇴비 더미 한가운데 버섯처럼 서 있고, 사람과 말과 소와 돼지가 거처하는 공간은, 깨끗하게 청소를 했든 더럽게 내버려 두었든 상관없이, 모두 한데 붙어 있어야 한다. 사람들도 다 함께 우리로 들어가야 한다는 뜻이다! 똥거름과 우락유(牛酪乳)의 냄새가 진동하는 수지(獸脂)가 남긴 거대한 얼룩! 인간의 마음과 뇌를 거름 삼아 경작이 이루어지는 고도의 경지! 교회 묘지에서 재배하는 감자밭!

walden

그것이 바로 모범적인 농가다.

　아니다. 안 된다. 풍경 중에서도 가장 아름다운 곳에 굳이 인간의 이름을 따다 붙여야만 한다면, 가장 숭고하고 위대한 인물의 이름을 써야 한다. 우리 마을의 호수들은 적어도 "여전히 그곳 해안에는 용감한 도전의 외침이 울려 퍼진다."[*]라고 전해지는 이카로스 해^{**}처럼 진정 뜻깊은 이름을 붙여줘야 한다.

* * *

　규모가 자그마한 기러기 호수(Goose Pond)는 월든에서 플린트로 가는 길목에 있고, 남서쪽으로 1.5킬로미터 떨어진 아름다운 안식처는 콩코드 강의 폭이 넓어지는 부분으로서 면적이 70에이커쯤 된다고 하며, 크기가 40에이커쯤인 하얀 호수는 아름다운 안식처에서 2.5킬러미터가량 더 가야 다다른다. 내가 사는 호수의 나라는 이러하다. 콩코드 강과 더불어 이 호수들은 내가 마음대로 물을 이용할 특권을 행사하는 곳이어서, 한 해가 가고 다시 새로운 한 해가 와도, 밤이건 낮이건, 내가 짊어지고 가는 마음의 양식을 남김없이

❖　　윌리엄 드러먼드(William Drummond of Hawthornden)의 「이카로스(Icarus)」에서 인용.

❖❖　그리스 신화에서 아테네의 발명가 다이달로스는 아들 이카로스와 함께 미궁에 갇혔다가 깃털과 밀랍으로 날개를 만들어 붙이고 하늘로 날아올라 탈출했다. 이카로스는 하늘로 너무 높이 올라가지 말라는 아버지의 경고를 잊고 해를 향해 계속 날아오르다가 태양의 열기에 날개의 밀랍이 녹아 에게 해에 떨어져 죽었다. Icarian Sea는 지중해의 일부다.

곱게 가루로 빻아준다.

벌목꾼과 철도 그리고 나 자신마저 월든 호수의 신성함을 더럽혀놓은 탓으로, 콩코드의 호수들 가운데 가장 아름답다고 하기는 어렵겠지만 어쨌든 가장 매력적인 숲의 보석이라고 할 만한 곳은 하얀 호수인데—물이 유난히 맑아서인지 아니면 모래의 색깔 때문에 그렇게 부르기로 했는지는 알 길이 없으나, 참으로 촌스럽기 짝이 없는 천박한 이름이다. 여러 다른 비슷한 양상이 많기는 하지만 특히 이런 작명 솜씨 같은 면에서 하얀 호수는 월든의 쌍둥이 동생이라고 하겠다. 두 호수는 어찌나 서로 닮았는지 지하에서 물길이 연결되지나 않았는지 의심이 갈 지경이다. 그들의 호반에는 똑같은 자갈이 깔렸고 물의 색깔 역시 똑같다. 무더운 땡볕이 내리쬘 때는 월든에서나 마찬가지로, 여기저기 골짜기에서 나무들 사이로 그곳의 물을 내려다보면, 별로 깊지가 않아서인지 밑바닥으로부터 올라오는 색조에 물들어 하얀 호수가 흐릿한 안개처럼 부연 황록색으로 보인다. 사포를 만들기 위해 여러 해 전에 모래를 손수레에 퍼 담아 실어 오느라고 몇 차례 처음 그곳을 다녀왔던 나는 그 후에도 꾸준히 하얀 호수를 찾아갔었다. 그곳을 자주 찾는 어떤 사람은 하얀 호수 대신 그곳을 연둣빛 호수(Virid Lake)라고 부르면 어떻겠느냐는 제안을 했다. 나는 다음과 같은 이유 때문에 노랑소나무(Yellow-Pine) 호수라고 불렀으면 더 좋겠다는 생각을 한다. 15년쯤 전에는 호수의 가장자리에서 수십 미터 떨어진 깊은 물 여기저기서, 아직 하나의 뚜렷한 종으로 분류되지는 않았지만 노랑소나무라고 알려진 일종의 리기다소나무 꼭대기가 수면 위로 올라와 모습을 드러냈었다. 어떤 사람은 그것을 보고 호수 바닥이 꺼지는 바람에 옛날부터 그곳에서 자라던 원시림이 함께 가라앉지 않았겠느냐는 추측을 했었다. 내가 알아본 바로는 일찍이 1792년에 이미 매사추세츠 역사학회가 발간한 학회지에 콩코드의 한 시민이 발표한 「콩코드 마을의 지형에 관한 서술(Topographical Description of the Town of Concord)」에서 필자가 월든 호수와 하얀 호수를 언급하고는 이런 설명을 덧붙였다. "수위가 아주 낮아지면 하얀 호수의 한가운데서 나무 한 그루가 나타나는데, 만일 지금 서 있는 그 자리에서 자라던 나무였다면, 뿌리는 수면에서부터 15미터나 내려가 바닥에 박혔겠고, 부러져나간 꼭대기는 직경이 35센티미터에 이른다." 1849년 봄 나는 호수에서 가장 가까운 서드베리에 사는 한 남자와 이야기를 나누었는데, 그는 자신이 10년인가 15년 전에 그 나무를 호수에서 끌어낸 장본인이라고 밝혔다. 그가 희미하게나마 기억하는 바에 따르면, 나무는 호수 가장자리에서 60미터에서 75미터쯤 떨어졌으며 수심이 12미터가량인 자리에 서 있었다고 한다. 때는 겨울이었고, 그는 아침나절에 호수에서 얼음을 뜨는 작업을 했으며, 오후가 되자 사람들의 도움을 받아 노랑소나무를 끌어내야 되겠다고 작정했다. 그는 톱으로 얼음을 잘라 물가로 나갈 수로를 마련했고, 황소 몇 마리의 힘을 빌려 나무를 끌어 올려 얼음 위로 꺼내놓기는 했지만, 작업을 시작한 지 얼마 되지 않아서 나무가 거꾸로 박혀 있었다는 사실을 알게 되어 깜짝 놀랐는데, 나뭇가지들은 모두 아래를 향했고, 폭이 좁아지는 꼭대기 부분만 모래 바닥에 단단히 박혀 있었다. 굵은 쪽 끝의 지름은 30센티미터쯤 되어서, 그는 좋은 목재를 얻으리라고 기대했었지만—너무 썩어서 땔감으로나 쓸 수 있을까 싶었으나, 그러기에도 어려워 보였다. 그때까지도 그의 헛간에는 소나무의 일부가 남아 있었다. 밑동 부분에는 도끼와 딱따구리가 찍어낸 흔적이 남은 채였다. 그가 짐작하기로는 나무가 호숫가에서 죽었지만, 바람에 밀려 나중에 호수 쪽으로 넘어졌고, 그래서 꼭대기 부분은 물을 잔뜩 먹은 반면에 밑동 쪽은 물에 빠지지 않아 여전히 바짝 말라 가벼웠던 탓에, 거꾸로 뒤집힌 채로 호수 안쪽으로 둥둥 떠나갔으리라고 했다. 그의 아버지는 나이가 여든이나 되었건만, 평생 노랑소나무가 호수에서 그 자리에 없었던 때를 기억하지 못한다고 말했다. 호수에는 바닥에 쓰러진 꽤 커다란 통나무 몇 그루가 아직도 발견되고는 하는데, 물결이 출렁일 때면 거대한 뱀들이 꿈틀거리며 돌아다니는 듯 보인다.

이 호수에는 낚시꾼을 유혹할 만한 물고기가 거의 없기 때문에 배가 떠다니며 물을 더럽힐 염려 또한 별로 없다. 호숫가를 따라 어디에나 깔린 맑은 물속 자갈밭에는, 진흙 바닥에서만 자라는 하얀 수련이나 흔한 석창포 대신, 꽃창포(Iris versicolor)만 듬성듬성 피어 올라와서, 벌새들이 찾아오는 6월에는 푸르스름한 잎과 꽃의 빛깔 그리고 특히 물에 비친 잔영이 푸른 물색과 독특한 조화를 이룬다.

'빛의 호수'[*] 하얀 호수와 월든은 지구의 표면을 장식하는 거

대한 수정이다. 만약 그들이 영원히 단단하게 굳어서 손으로 움켜잡을 만큼 작아졌다면, 사람들은 노예를 시켜 호수를 끌고 가서 소중한 보석처럼 황제들의 머리를 장식해주었겠지만, 액체인데다가 너무나 큰 까닭에 영원히 우리들과 우리 후손의 차지가 되었는데, 사람들은 그 소중함을 알지 못하여 코이누르의 금강석*만 열심히 찾아다닌다. 더러움을 타지 않은 이들 호수는 너무나 순수하여 장바닥 상품 가치로는 따지려고 하지 말아야 한다. 그들은 우리의 삶보다 얼마나 더 아름답고, 우리의 성품보다 얼마나 더 맑은가! 그들이 천박하다는 얘기를 우리는 들어본 적이 없다. 농부의 집 앞에서 오리들이 헤엄쳐 다니는 웅덩이에 비한다면 이곳은 얼마나 아름다운가! 이곳에는 깨끗한 야생 오리들이 찾아온다. 자연의 가치를 알지 못하는 인간에게는 자연이 삶터를 내주지 않는다. 나래를 치고 노래하며 다니는 새들은 꽃과 조화를 이루지만, 어느 총각이나 처녀가 야생의 자연이 베풀어주는 풍요로움과 하나가 되겠노라고 나서는가? 자연은 인간이 사는 마을에서 멀리 떨어져 늘 홀로 왕성하게 번창한다. 하늘나라 천국을 논하는 자여! 그대는 땅을 욕되게 하느니라!

---

* diamond of Kohinoor, 인도에서 발견된 큰 보석이지만 지금은 영국이 소유하고 있음.

베이커 농장

가끔 산책을 나서서 내가 즐겨 찾아가는 곳들 가운데 소나무들이 저마다 신전처럼 우뚝 치솟은 숲에서는, 나무들이 가지를 휘저을 때마다 완전무장을 하고 바다로 나가는 함대처럼 빛의 물결이 일어나고, 무척이나 부드럽고 푸르른 그늘이 드리워서 드루이드[*]들이라 할지라도 그들이 섬기는 떡갈나무를 저버리고 이곳에서 경배를 드리고 싶어 했을 듯싶고, 플린트 호수 너머 삼나무 숲으로 산책을 가면 바다에 붙어 낮게 자라는 뚝향나무들이 열매를 주렁주렁 엮은 화환으로 땅을 뒤덮었고, 희뿌연 가루가 묻어나는 산앵두나무 열매가 지천인 땅에서 하늘로 높이 더 높이 솟아오르는 삼나무들이 발할라[**]

---

[*]   Druid, 떡갈나무로부터 신탁을 받아 통치자들에게 전했던 고대 켈트의 드루이드는 주술적인 지배 계급이었음.

[**]   Valhalla, 스칸디나비아 신화에서 영웅들의 영혼을 모시는 오딘(Odin) 신의 전당.

앞에 심어도 손색이 없을 듯 위풍당당하며, 어쩌다 습지로 찾아가면 그곳에는 소나무겨우살이 지의류가 꽃줄처럼 가문비나무에서 늘어졌고, 늪에 사는 신들의 원탁 같은 두꺼비버섯이 바닥에 깔렸고, 그보다 훨씬 아름다운 버섯들은 나비나 조가비 모양으로 나무 그루터기들을 식물성 경단고둥처럼 장식했으며, 그곳에서는 또한 늪진달래와 말채나무도 자라고, 꽃자작나무의 빨간 열매는 개구쟁이 요정들의 눈동자처럼 반짝이고, 노박덩굴은 아무리 단단한 나무라도 홈을 파고 들어가 짓이겨버리고, 호랑가시나무 열매는 어찌나 예쁜지 보는 사람으로 하여금 집을 잊게 만들고, 그곳에서 우리는 인간의 입맛에는 분에 넘치게 향기로우며 이름조차 알 길이 없는 다른 눈부신 금단의 열매로부터 유혹을 당한다. 나는 구태여 학자들을 찾아가 이것저것 확인하는 대신, 특정한 여러 종류의 나무를 무작정 자주 찾아 나서기를 좋아했는데, 이 지역에서 보기 드문 그들 나무는 멀리 떨어진 어느 목초지 한가운데가 아니면 숲이나 늪지나 산꼭대기 으슥한 곳에 숨어 살았으며, 어떤 멋진 검정자작들은 굵기가 직경 60센티미터나 되었고, 그들의 친척뻘이어서 같은 향기가 나는 노랑자작은 헐렁헐렁한 황금색 조끼를 걸쳤는가 하면, 너도밤나무는 말끔한 몸통에 이끼가 아름다운 빛깔을 입혀 구석구석이 완벽했으며, 여기저기서 간혹 눈에 띄는 몇 그루를 제외한다면, 마을에서 제법 크게 자란 유일한 너도밤나무 숲은 내가 알기로는 단 한 군데밖에 없는데, 몇몇 사람의 주장에 의하면 그곳 나무들은 예전에 인근 지역에서 산비둘기가 열매를 주워 먹고 씨앗을 퍼트려 뿌리를 내렸으리라고 하며, 그 나무를 쪼갤 때 반짝거리며 쏟아지는 깨알 같은 은빛 가루는 보기가 참으로 좋았고, 참피나무와 서어나무도 눈에 띄고, 가짜 느릅나무처럼 보이는 팽나무(Celtis occidentalis)라고는 제대로 자란 표본은 단 한 그루밖에 본 적이 없고, 돛대처럼 높은 소나무 몇 그루, 너와참나무 한 그루, 완벽하게 잘 자란 솔송나무 한 그루는 숲 한가운데서 마치 탑처럼 우뚝 솟았고, 그 밖에도 여러 다른 나무들을 나는 식별이 가능하다. 그들이 사는 숲은 여름과 겨울에 내가 늘 찾아가 참배하는 성지다.

언젠가 나는 우연히 둥근 무지개의 다리 끝자락에 멈춰 섰는데, 대기권의 낮은 층을 가득 채운 광채가 주변의 풀밭과 나뭇잎들을 물들여서, 마치 물감을 들인 수정을 통해 세상을 보는 듯 황홀한 기분이 들었다. 나는 무지개의 빛을 머금은 호수에 잠겨서 잠깐 동안이나마 돌고래의 삶을 살았다. 그런 상태가 더 오래 지속되었더라면, 나의 일상과 삶 또한 같은 빛깔로 물들었으리라. 철로 옆의 둑길을 따라 거닐면서 나는 내 그림자 주위에 동그랗게 피어나는 빛무리 후광을 보고는 혹시 내가 선택받은 사람들 가운데 하나가 아닐까 환상에 젖어보기도 했다. 나를 찾아온 어떤 남자는 그의 앞에서 걸어간 여러 아일랜드 사람의 그림자에는 후광 따위가 어린 적이 없었다면서, 그런 특출한 기적은 원주민들에게서만 나타나리라고 주장했다. 벤베누토 첼리니*는 그의 회고록에서, 성천사성(聖天使城, castle of St. Angelo)에 갇혀 수감 생활을 하는 동안 어떤 무서운 악몽인지 환영인지를 본 이후에, 이탈리아에서나 프랑스에서 지

---

* Benvenuto Cellini, 16세기 이탈리아의 유명한 조각가.

닐 때 아침과 저녁이면 그의 머리 그림자 주위로 찬란한 빛이 나타났는데, 풀밭이 이슬로 젖은 경우에 그런 현상이 특히 두드려졌다고 술회했다. 이것은 내가 앞에서 언급한 바와 같다고 여겨지는 현상으로서, 특히 아침에 잘 관측되지만 다른 시간에, 심지어는 달밤에도 일어난다. 비록 매우 흔하기는 하지만 사람들이 잘 인지하지 못하기 때문에, 첼리니처럼 상상력이 과다한 사람의 경우에는 자칫 미신으로 발전하기에 충분한 근거를 마련해준다. 게다가 그는 자신의 후광을 극소수의 사람에게만 보여주었다고 말했다. 그렇지만 자신이 조금이라도 주목을 받는다고 의식하는 사람은 어쨌든 유별난 인물이 아니겠는가?

* * *

어느 날 오후에 나는 채소만으로 빈약한 끼니를 때우는 처지를 벗어나야 되겠다는 생각에 숲을 지나 아름다운 안식처로 낚시를 하러 갔다. 나는 도중에 베이커 농장의 일부인 쾌적한 초원(Pleasant Meadow)을 통과해야 했는데, 이 한적한 은둔의 땅에 대하여 한 시인은 이렇게 노래했다—

　"쾌적한 들판으로 들어서니,
　몇 그루 늙은 과일 나무들 옆으로
　힘찬 개울이 요란하게 흐르고,
　사향뒤쥐가 미끄러지듯 달려가면

잽싼 송어가

달음박질치네."*

나는 월든에 자리를 잡기 전에 그곳에서 살아볼 생각을 했었
다. 낚시를 가는 길에는 사과 몇 알을 '슬쩍'하느라고 내가 개울을
건너뛰는 바람에 사향뒤쥐와 송어가 놀라 도망쳤다. 자연 속에서
보내는 우리의 삶이 대체로 그러하듯이, 얼마나 많은 사건이 닥칠
지 알 길이 없고, 그래서 1시가 되려면 한없이 오래 기다려야 하는
그런 오후였는데, 내가 출발했을 때는 하여튼 이미 첫 시간의 절반
은 흘러간 다음이었다. 가는 길에 소나기를 만난 나는 꼼짝 못하고
소나무 밑으로 피신하여 머리에 손수건을 뒤집어쓰고는 나뭇가지
들을 함께 당겨 모아 헛간 지붕으로 삼고 반시간 동안이나 서서 기
다려야 했고, 마침내 물이 허리까지 차는 개울로 들어가 물옥잠 너
머로 낚싯줄을 처음 던지고 나서, 먹구름의 그림자 속에 내가 서 있
다는 사실을 불현듯 깨달았고, 천둥소리가 엄청나게 큰 소리로 꽈
르릉거리기 시작하자, 그저 속수무책으로 듣고 서 있을 수밖에 없
었다. 무장조차 하지 않은 불쌍한 낚시꾼을 무찌르겠다고 삼지창
번갯불을 휘두르다니, 신들이 어지간히 자랑스러워하겠다는 생각
이 들었다. 그래서 나는 서둘러 가장 가까운 오두막으로 피신했는

  ＊   종교인이며 초월주의자 시인 엘러리 채닝(Ellery Channing)의 「베이커 농장(Baker Farm)」에서 인용.

데, 어느 도로에서나 500미터가 훨씬 넘게 떨어진 외딴곳이었지
만 호수에서는 매우 가까웠고, 오랫동안 사람이 살지 않던 집이었
고—

> "그리고 시인이 여러 해 전에
>
>   이곳에 지어놓은 초라한 집은
>
> 오랜 세월의 풍파에
>
>   초라하게 허물어져 가는구나."

시인은 그렇게 읊었다. 그러나 오두막에 도착하여 안을 들여다봤더
니, 지금은 존 필드라는 아일랜드 사람과 그의 아내 그리고 몇 명의
자녀가 그곳에서 함께 살았는데, 얼굴이 넙적한 아들은 아버지가 하
는 일을 돕다가 비를 피하느라고 소택지에서 방금 집으로 달려온 참
이었고, 아버지의 무르팍에 올라앉은 어린 아기는 영양실조로 얼굴
이 쪼글쪼글하고 머리가 뾰족하여 시빌*을 연상시키는 모습으로, 눅
눅함과 굶주림에 찌든 집안 한가운데서 마치 귀족의 저택에 버티고
앉은 듯, 굶주려 비쩍 마른 자신이 가난한 존 필드의 가련한 자식이
라는 진실을 알아야 할 의무가 없다는 갓난아이의 특권으로 인하여,
어느 명문 집안의 마지막 후손이요 희망이며 세상이 우러러보는 대
상이 되었노라는 표정을 짓고는 호기심이 어린 눈초리로 낯선 나그

❋   Sybil 또는 Sibylla, 그리스 신화에 등장하는 굉장히 늙은 점쟁이. 황홀한 발광
상태에서 예언을 했다고 한다.

네를 빤히 쳐다보았다. 밖에서 소나기가 퍼붓고 천둥이 난리를 치는 동안, 우리는 그나마 지붕에서 비가 가장 덜 새는 자리를 찾아 둘러 앉았다. 나는 그들 가족을 미국으로 실어 온 배가 건조되기 오래전에 이미 그 오두막에 여러 차례 들러 시간을 보냈었다. 존 필드는 한눈에 봐도 정직하고 성실한 편이기는 했지만 무능한 남자 같았고, 평퍼짐하고 번들거리는 얼굴에 젖가슴을 다 드러내다시피 한 그의 아내로 말할 것 같으면, 역시 참으로 꿋꿋한 여자답게 언젠가는 살림이 좀 나아지겠거니 생각하면서, 높다란 화덕의 깊은 아궁이 속에서 초라한 저녁 음식을 부지런히 구워냈고, 한 손에서는 대걸레를 한시도 내려놓지 않았으나 그런 부지런함의 효과는 집안 어디에서도 찾아보기 힘들었다. 비를 피해 집안으로 들어온 닭들은 자기들도 버젓한 식구라고 건방을 떨며 방에서 돌아다녔는데, 내 생각에는 지나치게 인간 행세를 해온 탓에 불에 잘 구워지지 않을 눈치였다. 닭들은 걸음을 멈추고 가만히 서서 내 눈을 빤히 쳐다보거나 성미를 부리며 내 구두를 쪼아댔다. 그러는 사이에 남편으로부터 그가 살아온 인생사를 들어보니, 그는 이웃의 한 농부를 위해 정말로 고생스럽게 "땅 적시기"*를 하면서, 삽과 쟁기로 풀밭을 갈아엎어 개간하는 대가로 1에이커당 10달러를 받았고, 덤으로 거기서 얻은 퇴비와 1년 동안의 소작권까지 얻었다고 했는데, 얼굴이 넙적한 그의 어린 아들은 그런 계약이 얼마나 형편없는 조건이었는지를 모른 채, 무작정 신이 나서

---

* bogging, 물을 가두고 퇴비를 뿌려 황무지를 비옥한 땅으로 만드는 아일랜드의 농법.

아버지를 도와 일해 왔노라고 했다. 나는 내 나름대로의 경험담을 통해 그에게 도움을 주려는 마음에서, 그곳에 낚시를 하러 불쑥 나타난 나를 한가하게 빈둥거리며 놀고먹는 사람쯤으로 여길지 모르겠지만, 가장 가까이 사는 이웃들 가운데 한 사람인 그의 삶과 별로 다를 바가 없는 방식으로 내 생계를 꾸려나간다고 우선 운을 띄웠으며, 내가 기거하는 집은 비좁고 간편하고 깨끗한데, 그가 사는 허름한 폐가의 1년 집세와 거의 비슷한 비용만 들여 지었으니, 그럴 마음만 먹는다면 당신도 한두 달 안에 자신만의 궁전을 짓기가 어렵지 않겠고, 나는 차와 커피와 버터와 우유와 신선한 고기가 없어도 잘 지내기 때문에 그런 것들을 얻고자 고생할 필요가 없으며, 그래서 일을 많이 하지 않으니 열심히 먹지 않아도 괜찮고, 결과적으로 먹을거리를 장만하는 데 돈이 조금밖에 들지 않지만, 당신의 경우에는 차와 커피와 버터와 우유와 소고기로 하루를 시작해야 하니, 그런 것들을 사들이기 위해 힘들여 일해야 하고, 일을 많이 하면 소모된 체력을 보충하느라고 다시 많이 먹어야 하는데—그래봤자 결국 장군에 멍군이요, 기껏 장군에 멍군이라면 당신은 전혀 만족하지 못한 채로 인생을 헛되이 낭비한 셈이 아니겠느냐고 설명해주었지만, 그래도 그는 이곳에서라면 차와 커피와 고기를 매일 식탁에 올려놓을 여유가 생겼으니, 그만하면 미국으로 건너오기로 한 결정*만큼은 잘한 일이 아니겠

❋   근대 서양 역사상 가장 유명한 민족 대이동은 제2차 세계대전의 화를 피해 고
    향 독일과 프랑스나 이탈리아를 떠난 사람들이 손꼽히고, 두 번째 주요 집단은
    1845-1849년 극심한 가뭄과 감자마름병으로 인해서 몰아닥친 기근을 피해 남
    아프리카와 미국 등지로 몰려간 아일랜드 이민자들이었다.

느냐고 치부했다. 그러나 유일하고 참된 국가로서의 아메리카는 이런 것들이 없더라도 상관이 없는 삶의 방식을 자유롭게 추구하는 그런 곳이어야 하며, 그러한 물품을 소비함으로써 직접 또는 간접적으로 빚어지는 부작용인 노예제도와 전쟁 따위를 유지하기 위한 막대한 비용을 국민더러 부담하라고 강요하지 않는 그런 국가여야 한다. 나는 그를 철학자이거나 사상가가 되기를 꿈꾸는 사람처럼 대하며 이런 얘기를 했다. 인류가 스스로 구원의 길을 찾기 시작하려는 노력의 결과로 지구상의 모든 초원이 야생의 상태를 그대로 간직한다면 나는 기뻐할 것이다. 인간 자신을 경작하는 최선의 길을 알아내기 위해서려면 우리는 꼭 역사를 공부할 필요는 없다. 그러나 안타깝도다! 아일랜드 사람을 경작하려면 정신을 갈아엎는 보습을 동원해야만 할 듯싶다. 땅을 갈아엎고 객토를 하느라고 무척 고생이 심하다는 그에게 나는, 그런 일을 하려면 두툼한 장화와 질긴 작업복이 필요하고, 그나마 겨우 장만한 옷이 곧 더러워지거나 해어지기 마련이지만, (실제로는 전혀 그렇지 않은데) 얼핏 보기에 신사다운 옷차림이라고 그가 오해했을 나의 간편한 구두와 얇은 옷은, 노동을 하지 않고 그냥 한두 시간의 나들이를 즐기기 위한 것으로, 그가 입은 옷보다 가격이 절반밖에 들지 않는다는 사실을 알려주었다. 그러겠다고 마음만 먹으면 나는 그런 옷차림으로 고기를 잡아 이틀 동안 먹기에 충분한 양식을 구하거나, 한 주일을 버티기에 충분한 생활비를 벌기가 어렵지 않았다. 아일랜드인과 그의 가족이 소박하게 살아가기만 한다면, 그들은 산딸기를 따러 돌아다니면서 즐거운 여름 나날을 보내기가 어렵지 않았다. 이 말을 듣고 존은 한숨을 내쉬었으며, 그의 아내는 양쪽 허리에 손을 얹고는 못마땅한 표정으로 나를 빤히 노려보 았는데, 두 사람은 그런 인생행로를 새로 시작할 만한 금전적인 여력 이 그들에게 넉넉한지, 그리고 그런 삶을 실천할 각오가 그들에게 충 분한지 마음속으로 계산을 해보는 눈치였다. 그들에게는 그것이 눈 을 가린 채 어림짐작으로만 항해를 하는 격이어서, 어떻게 항구로 찾 아갈지를 확실하게 알 길이 없는 노릇이었으며, 그러니 내 생각에 그들은 지금도 여전히 나름대로의 삶을 살아가느라고 용감하게 고 난에 맞서 이빨로 물어뜯고 손톱으로 할퀴어가며 필사적으로 헤쳐 나가리라고 믿어지는데, 거대한 기둥에 날카로운 쐐기를 박아 단숨 에 쪼개 쓰러트리는 섬세한 기술이 부족한 그들로서는—엉겅퀴를 뽑아버리듯 우격다짐으로 세상을 헤쳐 나가는 길밖에 도리가 없었 다. 하지만 그들은 엄청나게 불리한 여건에서 싸움을 벌이는 처지여 서—안타깝도다! 아무런 계산 능력이 없는 존 필드에게는 살아가기 가 당연히 힘겨운 고난이었다.

"혹시 낚시를 해본 적이 있나요?" 내가 물었다. "아, 그럼요. 한 가한 날은 가끔 나가서 한 끼 먹을 만큼은 낚아 오는데, 먹음직한 얼룩농어가 잘 잡혀요." "미끼로는 뭘 쓰나요?" "먼저 지렁이로 피 라미를 잡아서는 피라미를 미끼로 삼아 농어를 잡아요." 그러자 그 의 아내가 솔깃한 표정으로 "여보, 지금 당장 낚시나 하러 가지 그 래요." 하고 눈을 반짝이며 말했지만, 존은 들은 체를 하지 않았다.

어느덧 소나기가 그치고 동쪽 숲 위에 걸친 무지개가 상쾌한 저녁 시간을 약속하기에 나는 자리에서 일어났다. 밖으로 나온 나 는 주변 환경에 대한 조사를 마무리하려는 뜻으로 우물 바닥을 살펴보고 싶어서 물 한 그릇 얻어먹고 가도 되겠느냐고 물었는데, 참으로 한심한 노릇이었지만! 우물은 얕고 바닥에는 모래가 깔렸으며, 밧줄이 끊어져 두레박을 끌어 올릴 수가 없었다. 그러자 잠시 동안 부엌에서 부부가 적당한 그릇을 골라서 물을 끓이는 듯싶더니, 한참 머뭇거리며 의논을 한 다음, 목마른 손님한테 그릇을 내놓았는데―더운 기가 식거나 불순물이 가라앉기를 기다리지 못하고 그냥 내온 물이었다. 이곳에서는 그렇게 탁한 물이나마 없다면 살아갈 길이 막막하겠다고 생각하면서 나는 요령껏 그릇을 기울여 티끌을 밑으로 가라앉히고는, 주인의 진정한 환대에 보답한다는 의미로, 눈을 감고 최대한 시원스럽게 물을 들이켰다. 예의를 차려야 할 경우라면 나는 그다지 까다롭게 굴지 않는다.

비가 그친 다음 나는 아일랜드 사람의 집을 나서 다시 호수로 발길을 돌렸는데, 꼬치고기를 잡으려는 조급한 마음에 서두르느라고, 인적이 드문 초원에서 발을 적셔가며 질퍽한 수렁과 진흙 구덩이를 가로질러 건너갔고, 대학까지 교육을 받은 나에게는 한심하도록 어울리지 않는다는 생각이 잠시 들었을 만큼 쓸쓸하고 황량한 세상에서 한참 헤매었지만, 무지개를 등지고 점차 붉어지는 서쪽을 향해 언덕을 달려 내려가려니까, 어디서 울리는지 알 길이 없지만 딸랑거리는 희미한 소리가 청명한 공기를 뚫고 내 귓전까지 흘러왔는데, 그것은 내 마음의 착한 길잡이가 타이르는 영롱한 방울 소리 같았으니―멀리 그리고 널리―더 멀리 그리고 더 널리, 날이면 날마다 낚시를 나가고 사냥을 나가고―여러 개울가에서 그리고 벽난로 앞에서 취하는 휴식을 두려워하지 말라. 젊음의 날에 너

walden

의 창조주를 기억하여라.[*] 날이 밝아오기 전에 근심을 떨치고 자리에서 일어나 모험을 찾아 나서라. 한낮에는 날마다 다른 호숫가로 찾아가 지내고, 밤이면 어디를 가건 그곳을 안식처로 삼아 숨을 돌려야 한다. 어디를 가더라도 이곳보다 더 넓은 운동장이 없고, 여기서 즐기는 놀이보다 값진 즐거움은 없다. 결코 영국의 건초가 되지는 않을 이 사초와 고사리처럼, 그대가 타고난 본성에 따라 야생에서 자라야 한다. 폭우가 쏟아져 농부의 작물을 망친다 한들, 그것은 그대가 상관할 바는 아닐진대, 천둥이 맘껏 울리도록 그냥 내버려 두라. 남들이야 수레와 헛간으로 피한다 해도, 그대는 먹구름 밑에서 그냥 버티어라. 기술을 배워 벌어먹고 사는 대신, 즐기는 일을 하며 살아가라. 땅을 즐기되, 소유하지는 말라. 진취적인 모험심과 신념이 부족한 탓으로 사람들은 무엇인가 사고팔면서 농노처럼 평생을 살아가고, 타고난 처지를 벗어나지 못한다.

오, 베이커 농장이여!

"그곳 풍경에서 가장 찬란한 자연의 아름다움은
순결한 약간의 햇빛." …

"목책으로 막아놓은 그대의 초원에서는
아무도 뛰놀지 못하는구나." …

✿　구약성서 「전도서(코헬렛)」 12장 1절 참조.

"그대는 누구하고도 다투지 않고,

  무슨 소리를 들어도 화를 내지 않으며

수수한 시골풍의 허름한 모습을 걸친 그대는

예나 지금이나 온순하기 짝이 없도다." …

"사랑하려는 자들이여,

  미워하려는 자들이여, 이리로 오라.

성령의 자녀들도 어서 와야 하지만

  나라를 망치려는 가이 포우*같은 자들도 와서

못된 생각들을 튼튼한 나무 서까래에

매달아 벌하라!" …

사람들은 가족이 무엇을 하건 그 소리가 다 들릴 정도로 집에
서 거리가 가까운 밭이나 골목에서 하루 종일 일하다가 밤이 되어야
만 꼬박꼬박 어김없이 집으로 돌아가지만, 그들이 날마다 오가는 거
리라고 해야 아침저녁으로 길어지는 자신들의 그림자보다 짧고, 제
자리에서 쳇바퀴를 돌리는 삶은 한숨에 젖어 시들어간다. 우리는 날
마다 모험을 하고 위험을 겪어가며 무엇인가를 발견하고는, 새로운

---

* 「베이커 농장」의 원문에서는 16세기 영국 의회 폭파 음모에 가담했다가 처형
   을 당한 천주교도 가이 포크스(Guy Fawkes)였는데, 철자가 비슷한 이름으로 소
   로우가 바꾼 가이 포우(Guy Faux)의 faux는 프랑스어로 '가짜'라는 뜻이어서, "못
   된 사기꾼" 정도로 이해하면 되겠다.

경험을 쌓고 인품을 키운 다음, 머나먼 곳에서 집으로 돌아와야 한다.

내가 호수에 도착하기 전에, 마음가짐이 달라진 존 필드는 어떤 새삼스러운 충동을 받아서였는지, 해가 지기 전까지 "땅 적시기"를 끝내려던 계획을 집어치우고 나를 찾아왔다. 그러나 배를 타고 함께 낚시를 나가서 내가 거의 한 줄을 다 꿸 만큼 여러 마리를 잡아 올리는 동안 그 가엾은 친구는 겨우 두 마리의 고기밖에 잡지 못하고는, 그의 운이 거기까지인 모양이라고 말했으며, 그래서 우리들이 배 안에서 자리를 바꾸었더니, 운도 덩달아 자리를 바꾸었다. 불쌍한 존 필드! ─무슨 교훈을 얻으려고 작정한 다음이 아니고서야 그가 이 글을 읽게 될 기회는 없을 듯싶지만─이렇게 원시적인 새로운 나라에서 어느 늙은 나라의 고루한 방식을 그대로 답습할 생각을 하면서─그는 피라미 미끼로 농어를 잡으려고 했었다. 경우에 따라서는 피라미가 훌륭한 미끼 노릇을 한다는 사실은 나도 인정한다. 그에게도 나름대로의 포부가 버젓하겠지만, 그는 여전히 가난한 사람이어서, 아담의 할머니뻘 되는 까마득한 조상으로부터 아일랜드의 가난한 삶을 대대로 물려받아, 태어나기를 본디 수렁에서 가난하게 태어났으니, 늪에 빠져 허우적거리는 그들의 물갈퀴 달린 발에 날개 신발*을 얻어 신지 않고서는 그의 자손들 역시 이 세상에서 솟아오를 희망이 없다.

＊　talaria, 헤르메스가 신고 하늘을 날아다녔던 신발.

보다 숭고한 법칙

잡은 고기를 줄에 꿰어 들고 낚싯대를 질질 끌며 숲을 지나 집에 도착했을 무렵에는 날이 상당히 어두웠고, 저만치서 몰래 내 앞을 가로질러 도망가는 땅다람쥐 한 마리가 눈에 띄자 나는 저것을 잡아 날로 먹어치우고 싶은 강한 유혹과 함께 야만적인 기쁨이 주는 이상한 짜릿함을 느꼈는데, 그것은 배가 고팠기 때문이라기보다 그냥 동물이 상기시키는 야성에 대한 반응이었다. 호숫가에서 살아가는 동안 나는 한두 차례 묘한 황홀경에 빠져 내가 먹어치울 아무 날고기라도 찾아내려는 듯 반쯤 굶주린 사냥개처럼 숲속을 뒤지고 돌아다닌 적이 있으며, 그때는 어떤 먹을거리라고 해도 나에게는 별로 야만적으로 느껴지지가 않았다. 참으로 신기한 일이었지만 나는 한없이 야만적인 상황들에 그만큼 익숙해진 상태였다. 나는 대부분의 사람들과 마찬가지로 보다 높은 경지를, 이른바 영적인 삶을 추구하려는 본능과 더불어, 원시적인 차원에서 야만적인 삶을 갈망하는 본능을 일찍이 나의 내면에서 발견했고, 그런 인식은 지금도 변함이 없어, 그들 두 형태의 삶에 똑같이 경배한다. 나는 선량함 못지않게 야성을 사랑한다. 원시성과 모험을 수반하는 낚시로 인하여 나는 여전히 야생을 가까이한다. 가끔씩이나마 나는 거칠고 험악한 환경이 삶을 지배하기를 원하고, 그래서 보다 동물처럼 하루를 보내고 싶어진다. 어쩌면 퍽 어린 나이에 낚시라는 도락과 사냥의 맛을 터득한 덕에 나는 자연과 지극히 친밀해져 이렇게 되었는지도 모른다. 낚시와 사냥은 그렇게 어린 나이에 좀처럼 접하기 힘든 풍경을 우리들에게 알려주고, 그곳에 머물도록 붙잡아둔다. 낚시꾼, 사냥꾼, 나무꾼, 그리고 들판이나 숲에서 살아가는 다른 사람들은, 어떤 각별한 의미에서는 그들 자신이 자연의 일부인 까닭에, 일손을 놓고 잠시 쉬는 동안에는 흔히, 무엇인지를 기대하며 자연에 접근하는 철학자나 시인보다 훨씬 호의적인 마음으로 자연을 대한다. 자연은 그들에게 참된 모습을 보여주기를 두려워하지 않는다. 대초원을 떠도는 사람은 당연히 사냥꾼이고, 덫을 놓는 산사람은 미주리 강과 컬럼비아 강의 발원지로 거슬러 올라가며, 낚시꾼은 세인트 메어리 폭포를 찾아간다. 그냥 여기저기 구경만 다니는 여행객은 세상을 간접적으로 절반밖에 배우지 못하기에, 권위를 갖추기가 어렵다. 실제 경험을 통해서나 본능적으로 자연인들이 이미 터득한 바를 전해주는 전문 보고서에 사람들이 가장 큰 관심을 보이는 까닭은 그것만이 진정한 인간의 경험을 기록한 '인문학'이기 때문이다.

영국과는 달리 미국에는 공휴일이 많지 않고 어른이나 아이들이 즐기는 놀이 또한 별로 없어서 미국인들은 도락의 맛을 별로 알지 못한다는 주장은 가당치 않으니, 이곳에서는 낚시나 사냥처럼 훨씬 원시적이며 혼자 즐기는 놀이가 아직은 낡아빠진 오락에 밀려나지 않았을 따름이다. 내 또래의 뉴잉글랜드 소년들은 열 살에서 열네 살 사이에 벌써 새총을 메고 돌아다니기 시작했으며, 뿐만 아니라 우리들의 사냥터나 낚시터는 영국 귀족들의 사유지 놀이터처럼 구역이 제한되지 않았고, 인디언의 수렵지보다도 훨씬 넓었다. 그래서 아이들은 구태여 마을 공터로 자주 놀러 나갈 필요가 없었다. 그러나 이미 변화가 눈앞에 닥쳤는데, 그것은 인간의 숫자가 늘어난 탓이 아니라 사냥감의 숫자가 점차 줄어들었기 때문이니, 어떻게 보면 사냥꾼은 사냥을 당하는 동물의 가장 친한 친구라 하겠고, 동물보호단체의 인식 또한 마찬가지다.

좀 더 구체적으로 설명하자면, 호수로 나갔을 때 나는 끼니에 생선을 올려 가끔 변화를 주고 싶다는 생각이 들어, 실제로 옛적 고기잡이와 같은 그런 목적으로 필요에 의해 낚시를 했다. 고기잡이에 반대하느라고 내가 내세울 만한 여러 인도주의적 견해는 하나같이 감성보다 관념에 치우쳐서, 모두가 허울뿐인 거짓이라고 하겠다. 지금 내가 낚시에 관해서만 이야기를 하는 까닭은 새를 사냥하는 문제에 관해서는 벌써부터 생각이 달라졌고, 숲으로 들어오기 전에 총을 팔아치웠기 때문이다. 낚시를 할 때는 다른 사람들보다 내가 덜 인간적이라기보다는 감정적으로 크게 영향을 받는다고 느끼지를 않는 듯싶다. 나는 물고기나 지렁이를 불쌍하다고 생각하지 않았다. 그런 인식은 그저 습관일 따름이었다. 새 사냥으로 말할 것 같으면, 총을 들고 다니던 마지막 몇 년 동안 나는 조류 연구를 위해 새롭고 진귀한 종류의 새들만 잡으러 다닌다는 핑계를 내세웠다. 그러나 지금은 사냥을 하지 않고도 조류를 연구하는 보다 훌륭한 방법이 존재한다는 쪽으로 내 인식이 기울었음을 고백하고 싶다. 연구를 위해서라면 새들의 습성에 훨씬 더 면밀한 관심을 기울여야 하고, 그 한 가지 이유만으로도 나에게는 총을 버릴 명분이 충분했다. 그렇기는 하지만 인도주의적 근거에서 반대하는 사람들의 입장이야 어떻든지 간에, 나는 사냥과 낚시를 대치할 만큼 훌륭한 도락이 과연 언젠가 생겨나리라는 가능성을 믿지 않아서, 아들에게 사냥을 허락해도 좋겠는지 걱정스럽게 묻는 친구들에게 괜찮다고 대답하고는—사냥은 내가 받은 최고의 교육 가운데 하나였다는 기억 때문에—나는 내친김에 처음에는 그냥 놀이 삼아 아들에게 사냥을 시키고, 가능하면 나중에는 이곳뿐 아니라 식물이 자라는 어떤 황야에 내놓아도 아무리 큰 동물일지언정 쓰러트릴 만큼 위대한 사냥꾼으로 키워서—사냥꾼의 경지를 넘어 사람을 낚는 "어부가 되게 하라."*라고 권한다. 그렇기 때문에 나는 초서의 작품에서

"사냥꾼은 성자가 아니라고 한 말에는
털 뽑은 암탉만큼도 신경을 쓰지 않았다."

✿　신약성서 「마르코복음」 1장 17절 참고.

는 수녀*의 견해에 전적으로 공감한다. 인류의 역사에서와 마찬가지로 한 개인의 인생사에서는, 알곤퀸**들이 "최고의 인간"이라고 일컬었던 사냥꾼 시절이 따로 있다. 총이라고는 한 번도 쏘아본 적이 없는 소년을 우리가 가엾게 여겨야 할 노릇이, 안타깝게도 그는 교육을 제대로 받지 못했을뿐더러, 그렇다고 해서 조금이나마 더 인간적이지도 못하기 때문이다. 이것이 사냥에 관심이 많은 청춘들에 관한 나의 견해인데, 머지않아 철이 들면 그들의 관심은 자연스럽게 제 길을 찾아가리라고 믿는다. 인간적인 사람이라면 누구나 분별이 없는 소년기를 벗어난 다음에는 사람과 같은 기간의 삶이 주어진 동물을 제멋대로 죽여 없애지는 않는다. 산토끼는 극한의 상황을 맞으면 어린아이와 똑같은 소리를 내며 운다. 어머니들이여, 나는 결코 인간에게만 각별히 차별하여 동정심을 베풀지를 않는다는 사실을 명심하기 바란다.

청년이 자신의 가장 근원적인 부분이라고 할 숲과의 첫 만남은 흔히 그렇게 이루어진다. 처음에 그는 사냥꾼이나 낚시꾼으로서 그곳을 찾아가지만, 그의 내면에 보다 숭고한 삶의 씨앗이 마침내 영글어갈 즈음에는, 시인이 되어야 할지 아니면 자연주의자가 되어야 할지, 자신에게 어울리는 목적이 무엇인지를 알아내고, 그러면 총과 낚싯대를 내려놓게 된다. 이러한 관점에서 보자면 수많은

❋　『캔터베리 이야기』 서문 178행에서 인용한 이 구절은 수녀가 아니라 수도원의 엄격한 규율을 무시하고 토끼 사냥을 무척 좋아하는 수도사를 묘사한 대목이다.

❋❋　미국 북동부에 살았던 인디언 부족.

남자들이 여전히 어리기만 하다. 어떤 나라에서는 사냥꾼 성직자가 그리 보기 드문 존재가 아니다. 그런 사람은 훌륭한 목자의 개는 될지언정, '선한 목자'[*]가 되기는 매우 어렵다. 나무를 베거나 얼음을 잘라 내거나 하는 따위의 직업에 종사하는 사람들을 제외한다면, 내가 알기로는 아이들이건 아버지들이건 마을 사람들 가운데 누군가를 월든 호수에 한나절 내내 붙잡아 둘 소일거리라고는 낚시질이 유일하다는 사실을 깨닫고 나는 상당히 놀라기도 했었다. 그들은 낚시를 하는 내내 호수를 둘러보는 기회를 누렸을지언정 긴 줄에 줄줄이 꿸 정도로 고기를 많이 잡지 못하면 운이 없었다고 불평하거나 보람찬 시간을 보내지 못했다고 억울해하기가 보통이었다. 낚시의 묘미가 남기는 뒷맛이 호수의 바닥으로 가라앉고 그렇게 보낸 시간의 목적이 순수의 열매를 맺기까지는, 보아하니 그러한 정화 과정은 한없이 진행되어야 하기 때문에, 아마도 그들은 천 번쯤은 호수를 다녀가야 할 듯싶다. 주지사와 그를 돕는 의회 관리들은 소년 시절에 낚시를 갔었기 때문에 어렴풋이 호수를 기억하지만, 이제는 너무 나이를 먹고 품위가 높아져 낚시를 다니기가 어려워졌고, 그러니 그들은 호수에 대하여 더 이상 영원히 아무것도 알지를 못하게 되었다. 하지만 그들 또한 나중에 천국으로 가기를 기대한다. 혹시 의회가 호수에 관심을 보인다고 하면, 그 주요한 목적은 호수에서 사용하는 낚싯바늘의 수를 규제하기 위해서겠지만, 그들은 의회를 미끼로 꿰어 호수 자체를 낚아 올리는 진정 최고의 낚

[*] 신약성서 「요한복음」 10장 11절.

싯바늘에 대해서는 전혀 알지 못한다. 문명이 발달한 사회에서조차 태아 단계의 인간은 발전이 이루어지는 사냥꾼 시절을 그렇게 헛되이 보내버린다.

최근 몇 년 동안 나는 낚시를 할 때마다 내 자존감이 조금씩 무너져 내리는 느낌을 여러 차례 받았다. 나는 거듭거듭 노력을 쌓아왔다. 솜씨가 괜찮은 편인데다가 주변의 여러 친구나 마찬가지로 나는 어느 정도 감각이 뛰어나고 가끔 실력이 본능적으로 되살아나고는 하지만, 막상 낚시를 끝내고 난 다음에는 차라리 조행을 나서지 않았더라면 좋았으리라는 생각이 들고는 한다. 나는 실수를 하지 않는다고 생각한다. 그것은 아침의 첫 햇살처럼 어렴풋한 계시라고 느껴진다. 나의 내면에는 하등동물에게나 속할 듯싶은 그런 본능이 분명히 존재하지만, 그러나 해가 지날수록 나는 낚시꾼의 솜씨를 잃어가고, 그러면서도 인간성이나 지혜가 성숙할 줄을 모르니, 이제 나는 낚시꾼의 자질을 전혀 갖추지 못하게 되었다. 그러나 야생에서 살아가야 할 처지가 된다면 나는 다시 진정한 어부이자 사냥꾼이 되어야 한다는 유혹을 느껴야 옳다. 물고기를 잡아서 요리하여 먹는 식습관 그리고 육류로 이루어진 모든 식단은 어딘가 불결함이 느껴질뿐더러, 이제 나는 집안일을 어디서부터 시작해야 하는지를 깨닫기 시작하여, 매일 깔끔하고 점잖은 외관을 갖추고, 온갖 악취와 더러운 꼴을 없애 집을 쾌적하게 유지하려면 어디서부터 얼마나 많은 수고와 노력이 들어가야 하는지를 터득했다. 고기를 마련하는 백정에 부엌데기요 요리사로 내가 부리는 하인일뿐더러 그가 마련한 음식을 대접받는 귀하고 점잖은 손님이 바로 나였기 때문에, 나는 보기 드물게 완벽한 경험에 의거하여 이런 얘기를 한다. 내 경우에는 육류를 반대하는 실질적인 이유가 불결함 때문이며, 물고기를 잡아다 닦달한 다음 요리해서 먹어봤자 필수적인 영양분을 제대로 섭취하지 못한 기분이 든다. 그런 준비 과정은 무의미하고 불필요하며, 들어간 공에 비하여 얻는 소득이 신통치 않다는 생각이 들었다. 약간의 빵과 몇 개의 감자만으로도 힘을 덜 들이고 불결하지 않게 끼니를 해결하기는 어렵지 않았다. 나하고 비슷한 연배의 많은 사람들과 마찬가지로, 나는 여러 해 동안 육류나 차, 또는 커피 따위의 식품을 별로 가까이하지 않았는데, 그런 것들이 무슨 나쁜 부작용을 일으킨다는 근거를 내가 찾아냈기 때문이라기보다는 그저 내 상상력이 받아주지 않기 때문이었다. 육류 음식에 대하여 느끼는 혐오감은 경험에서 빚어진 결과가 아니고, 그냥 본능적인 반응이다. 검소하게 먹고 절제하며 사는 것이 여러 면에서 훨씬 아름다우리라고 생각하면서도 나는 그런 믿음을 비록 철저하게 실천하지는 못했으나, 내 상상력을 즐겁게 해주기에 충분한 만큼은 노력했다. 자신의 고상한 시적 기능을 최고의 상태로 유지하려고 진지하게 갈망하는 사람이라면 누구나 육식을 삼가고 어떤 종류의 음식이든 과식하지 않으려고 각별히 노력해 왔으리라고 나는 믿는다. 커비와 스펜스의 저서*에서 나는 곤충학자들이 밝힌 주목할 만한 사실을 하나 발견했는데, "어떤 곤충들은 완벽한 상태의

---

*   윌리엄 커비(William Kirby)와 윌리엄 스펜스(William Spence)의 『곤충학 입문서(An Introduction to Entomology)』.

성충이 된 다음에는 먹이를 섭취하는 기관을 갖추었으면서도 그것을 사용하지 않는다."라고 했으며, "성충 단계에서는 거의 모든 곤충이 유충이었을 때보다 훨씬 적게 먹는다. 게걸스러운 송충이가 나비로 탈바꿈하고 … 탐욕스러운 구더기가 파리로 변태하고 나면" 꿀이나 어떤 다른 달콤한 액체 한두 방울만으로 만족하는 현상이 "보편적인 법칙"이라고 주장했다. 나비의 날개 밑에 달린 복부는 유충의 모습을 그대로 간직한다. 이 부분은 벌레를 잡아먹는 동물들에게 한입의 진미를 제공하며 나비의 죽음을 초래한다. 식탐이 심한 인간은 유충의 단계에 머물고, 민족 전체가 그런 상태인 나라들은 환상이나 상상력을 알지 못하며, 거대하게 불룩해진 배 때문에 그들은 결국 자신의 치명적인 약점을 드러내고 액운을 자초한다.

상상력을 거스르지 않을 만큼 소박하고 청결한 식단을 준비하고 제공하기란 쉽지 않은 일이지만, 이것은 육신을 먹여 살리듯 상상력 또한 먹여야 한다는 의미여서, 그들 둘 다 함께 식탁에 앉혀야 옳다고 나는 생각한다. 어쩌면 그것은 가능할지 모른다. 과일을 알맞게 먹는다면 우리는 자신의 식욕을 부끄러워하거나 훌륭한 과업들을 추구하려는 노력이 방해를 받을 필요가 없다. 그러나 음식에 양념을 너무 심하게 뿌리면 우리 몸에 독이 된다. 기름진 진수성찬은 삶의 가치를 떨어트린다. 대부분의 남자들은 육식이건 채식이건 다른 사람이 자신을 위해 날마다 해주던 음식을 그대로 만들어 먹으려고 제 손으로 요리하는 모습을 들키면 수치스러워한다. 그러나 이러한 인식이 바뀌지 않고, 신사와 숙녀가 진정한 남자와 여자가 되지 않으면 우리는 문명인이 아니다. 어떠한 변화가 이루어져야 할지는 이런 현실이 확실하게 제시한다. 왜 상상력이 살코기와 기름기하고는 조화를 이루기가 어려운지를 따지는 짓은 헛된 일처럼 여겨지기도 한다. 나는 그렇지 않다는 사실에 만족스러워한다. 인간이 육식동물이라는 지적은 꾸짖음이 아닐까? 큰 틀에서 보자면 인간은 다른 동물들을 잡아먹어야 살아갈 수가 있고 실제로 그렇게 하지만—덫을 놓아 토끼를 잡거나 어린 양을 죽여 본 사람이라면 누구나 깨닫듯이—그것은 매우 비참한 삶의 방식이어서, 보다 청정하고 건강한 음식만 골라서 먹고 살도록 가르치는 사람은 인류의 은인으로 대접을 받는다. 나 자신의 식습관이야 그렇다손 치더라도, 문명이 훨씬 발달한 사회와 접촉하면서부터 야만족들이 서로 잡아먹는 식인 관습을 버렸듯이, 세상이 점점 발전해가는 사이에 인류가 동물들을 잡아먹는 습성을 틀림없이 버리게 되리라고 나는 믿어 마지않는다.

의심할 나위가 없이 진실하고 명석한 우리 본성이 지극히 희미하게나마 줄기차게 깨우쳐주는 목소리에 귀를 기울인다면, 그것이 어떤 극단적이거나 심지어는 미친 짓으로 혹시 우리를 이끌어가는지 알 길이 없기는 하지만, 점점 의지를 굳히고 신념을 다져가다 보면 바로 그 길이야말로 우리가 나아갈 방향임을 깨닫게 된다. 건전한 정신을 지닌 한 사람이 지극히 희미하게 느끼는 단호한 거역의 정신은 결국 인류의 온갖 주장과 관습을 넘어 세상을 지배하기에 이른다. 잘못된 길로 끌고 갈 때까지 본성을 무작정 따르기만할 사람은 아무도 없다. 혹시 그렇게 한 결과로 육신이 허약해졌다고 한들, 그것은 보다 숭고한 원칙들을 받아들인 삶이기에, 후회가 된다고 말할 사람은 없다. 낮과 밤을 그대가 기쁨으로 맞이하는 나날이어서, 인생이 달콤한 향기를 내뿜는 꽃이나 향초와 같고, 마음이 더 유연해지며 더 많은 별이 빛나고, 더욱 불멸의 삶에 가까워진다면—그것이 곧 그대가 거둘 성공이다. 온 세상이 그대에게 찬사를 보내고, 잠시나마 그대는 자신을 축복할 이유를 인지한다. 지고한 소득과 가치는 제대로 인식하기가 가장 어렵다. 우리는 그러한 경지가 존재하기나 하는지를 쉽게 의심한다. 그런 가치를 우리는 곧 잊어버린다. 그것은 가장 높이 존재하는 현실이다. 어쩌면 가장 놀랍고 가장 현실적인 사실들은 인간에게서 인간에게로 절대로 전해지지 않는지 모른다. 내가 일상에서 거두는 진정한 수확은 아침이나 저녁의 빛깔처럼 어느 만큼은 불가해하여 말로 설명하기가 어렵다. 그것은 손에 잡힌 황홀한 별의 작디작은 파편 한 조각이고, 내가 움켜잡은 한 토막의 무지개다.

그렇지만 나는 유별나게 비위가 약한 사람이 절대로 아니어서, 꼭 그래야만 한다면 때에 따라서는 쥐를 불에 구운 고기를 맛있다며 먹을지도 모른다. 나는 아편 중독자의 천국보다는 자연 그대로의 하늘을 더 좋아하고, 그와 똑같은 이유로 해서 오랫동안 맹물만 마시면서 만족했다. 무엇을 마셔서 취하는 정도의 차이가 무수하겠으나, 나는 기꺼이 늘 맑은 정신이기를 원한다. 포도주는 그다지 고결한 음료가 아니어서, 나는 맹물이 현명한 사람이 마시는 유일한 음료라고 믿으며, 한 잔의 따뜻한 커피는 아침의 희망을 지워버리고, 한 잔의 차는 저녁을 망가트린다고 생각한다! 아, 그러한 음료들의 유혹을 느낄 때, 나는 얼마나 낮은 곳으로 추락하는가! 심지어 음악까지도 사람의 정신을 취하게 하여 흐려놓는다. 겉으로 보기에 사소하기 짝이 없는 그러한 원인들이 그리스와 로마를 멸망시켰고, 영국과 미국 또한 멸망시킬 것이다. 상습적인 도취 상태의 종류가 많기는 하지만, 이왕이면 숨을 쉬면서 마시는 공기에 취하기를 더 좋아해야 마땅하지 않겠는가? 오래 지속하는 험악한 육체노동을 내가 거부하는 가장 진지한 이유는 그런 일을 하고 나면 저절로 험악하게 먹고 마시게 되기 때문이다. 그러나 솔직히 말해서, 현재로서는 그런 문제에 대한 나의 관점이 어느 정도는 덜 까다로워졌다. 나는 식탁에 종교적인 관점을 연관시키는 경우가 적어졌고, 식전에 감사 기도를 올리지도 않는데, 그것은 내가 전보다 현명해졌기 때문이 아니라, 후회해봤자 소용이 없기는 하지만 솔직히 고백하자면, 세월이 흘러가는 사이에 내가 점점 거칠어지고 냉담해졌기 때문이다. 어쩌면 이러한 문제들이란, 시문학의 경우가 그렇다고 대부분의 사람이 믿듯이, 한때 젊은 시절에만 국한된 관심사여서인지도 모르겠다. 나의 실천은 "간 곳이 없고" 내 관념만 남았다. 그렇다고 내가 베다의 경전이 "어디에나 존재하는 지고한 존재를 진심으로 믿는 사람은 세상의 무엇이나 다 먹을 자격이 있다."라고 지칭한 특권층에 속한다는 생각은 추호도 없는데, 경전의 말씀은 누가 마련한 어떤 음식인지를 따지지 말라는 의미이며, 힌두교 주석자*가 밝혔듯이, 이러한 특권은 그나마도 "곤궁한 시기"에만 적

※   「베다」 경전을 번역하고 주해를 붙인 벵골인 람 모한 로이(Raja Ram Mohan Roy)
이 부분에서 따옴표 안에 담은 표현들은 그의 번역본에서 인용한 내용임.

용했던 원칙이었다.

식욕이야 있건 없건 상관없이 음식을 먹으면서 형언하기 어려운 만족감을 가끔 맛보지 않은 사람이 어디 있을까? 나는 흔히 천박하다고 여겨지는 맛의 감각을 통해 정신적인 깨달음에 이르고, 미각 기관을 통해 영감을 얻고, 산기슭에서 따 먹은 야생 딸기들이 내 본성을 키워준다는 생각을 하면서 자주 흥분을 느꼈다. 증자[*]는 "영혼을 주인으로서 다스리지 못하는 사람은 보아도 알지를 못하고, 들어도 이해하지 못하며, 먹어도 음식의 맛을 모른다."라고 했다. 자신이 먹는 음식의 진정한 맛을 가릴 줄 알면 그는 결코 걸신이 들린 사람이 아니고, 그렇지 못하면 식탐에 빠진다. 시의원이 거북 요리를 탐하듯이, 청교도가 갈색 빵 껍질을 보고 볼썽사납게 달려들기도 한다. 인간을 더럽히는 것은 입으로 들어가는 음식이 아니라, 그것을 먹을 때의 식욕이다.[**]문제는 음식의 질이나 양이 아니라 감각적 풍미에 대한 집착이니, 먹을거리가 우리의 동물적인 생명을 지탱하거나 정신적인 삶에 영감을 불어넣는 양식이 되지 못하고, 인간을 사로잡은 버러지들의 먹이 노릇을 할 때가 그런 경우다. 진흙거북과 사향쥐 그리고 다른 비슷한 야만적인 음식을 즐겨 먹는 사냥꾼이나 송아지 발굽을 고아서 만든 편육과 바다로부터 실어 온 정어리의 별미에 빠지는 고귀한 귀부인은 서로 다를 바

[*] 춘추시대 유학자 증자(曾子)는 공자의 말과 자신의 사상을 담아 『대학』을 지었음. 인용문은 『대학』 7편에 나온다.

[**] 「마태오복음」 15장 11절 참조.

가 없다. 사냥꾼은 물레방아 호숫가로 가고, 귀부인은 저장용 항아리로 가는 방향만 다를 뿐이다. 어떻게 그들이, 어떻게 그대와 내가, 먹고 마시며, 이 짐승 같은 역겨운 삶을 아무렇지도 않게 살아가는지가 신기할 따름이다.

우리의 삶은 처음부터 끝까지 놀라울 정도로 도덕적인 우화로 엮어진다. 미덕과 악덕 사이에서 벌어지는 선과 악의 전쟁에서는 한 순간도 휴전이 없다. 선은 절대로 손해를 보지 않는 유일한 투자다. 온 세상에 울려 퍼지는 현금(玄琴)의 아름다운 소리는 우리를 감동시키는 선의 가르침만을 노래한다. 현금은 온 세상을 지배하는 법칙들을 권유하며 방방곡곡 돌아다니는 성공 보험회사의 설계사이고, 우리가 내는 불입금은 고작 작은 선행이 전부다. 젊은이들은 언젠가는 그 소리에 시들해지겠지만, 세상의 법칙은 절대로 달라지지를 않아서, 가장 민감한 집단의 편에 서서 영원히 버틴다. 산들바람에 실려 오는 소리에 질책의 말이 혹시 없는지 귀를 기울여보면, 틀림없이 꾸짖음이 들려오고, 그 소리를 듣지 못하는 사람은 불운을 만난다. 우리는 현을 건드리거나 음전(音栓)을 조작할 권리가 없어서, 매혹적인 도덕적 가르침의 선율에 황홀하게 빠지고만다. 귀에 거슬리는 소음 또한, 멀리 떨어져서 들으면, 우리 삶의 야비함을 오만하고 감미롭게 풍자하는 음악이 된다.

우리는 자신의 내면에 존재하는 동물적인 면을 인식하고 살아가는데, 그것은 보다 고결한 본성이 잠드는 정도에 따라 그만큼만 깨어난다. 내면의 동물은 비열하고 관능적이며, 숙주가 건강할 때조차 사람의 몸속에서 살아가는 기생충과 같아서, 완전히 몰아내기가 절대로 불가능하다. 우리는 그것으로부터 멀리 피하기는 할지언정, 그 속성을 바꾸기는 불가능하다. 그것이 나름대로 어느 정도 건강한 상태를 유지하면 숙주 또한 건강해지기는 하겠지만, 순수해지기는 어려우리라고 나는 우려한다. 언젠가 나는 튼튼하고 하얀 이빨과 어금니가 가지런히 박힌 멧돼지의 턱뼈를 발견했는데, 그것은 정신적인 건강과는 확연하게 구분되는 동물적인 건강과 활력이 존재한다는 사실을 암시했다. 이 짐승은 중용과 순수성이 아닌 어떤 다른 면에서 성공을 거두었다. 맹자가 이르기를 "사람과 금수의 차이는 아주 하찮은 정도여서, 수많은 보통 사람은 무척 빨리 그 차이를 상실하지만, 군자는 그것을 소중하게 간직한다."라고 했다. 우리가 순수함을 성취한다면 그 결과로 어떤 종류의 삶이 찾아올지 어느 누가 알겠는가? 순수함을 나에게 가르쳐줄 만큼 현명한 스승이 세상에 존재한다면, 나는 지금 당장 그를 찾아가겠다. "마음이 신에게 가까이 가려면 육신의 외적인 감각들에 대한, 그리고 우리의 욕망에 대한 절제와 선행이 반드시 필요하다고 베다는 밝혔다."* 하지만 정신력은 육체의 모든 부분과 기능을 일시적으로나마 통제하고 다스려 형태상으로 가장 미천한 관능을 순수와 신앙심으로 변형시킬 힘을 지녔다. 생식력은 우리가 나태한 상태일 때는 우리를 기진맥진하고 불결하게 만들지만, 적절히 억제하면 활력과 영감을 불어넣는다. 순결은 인간을 꽃피우고, '천재적'이거나 '영웅적'이거나 '성스러운' 자질 따위는 모두가 그 꽃이 맺는 다양한 결실

---

* 람 모한 로이의 경전 해설서에서.

일 따름이다. 순수의 물길이 열리면 인간은 곧장 신에게로 흘러간다. 우리의 순수함은 영감을 불러일으키고, 그런가 하면 불순함은 우리를 타락시킨다. 날이 갈수록 내면에서 동물성이 점점 사라진다고 인정을 받는 사람은 축복을 받아 신의 경지에 이른다. 열등하고 짐승 같은 본성에 연관되었기 때문에 부끄러워해야 할 처지로부터 자유로운 인간은 아무도 없을 듯싶다. 나는 우리가 기껏해야 파우누스*나 사티로스**와 같은 존재여서, 신성한 존재와 야수의 결합체이며, 욕정과 탐욕의 괴물들 수준밖에 이르지 못하여, 어떤 면에서는 우리의 삶 자체가 우리에게 치욕이 아닐까 걱정스럽다.

"그가 키우는 짐승들에게 할 일들을 지정해 맡기고
자신은 이성을 갈아엎어 개간한 사람은 얼마나 행복한가!

* * *

이 말과 염소와 늑대와 모든 짐승을 부리되
자신은 어떤 짐승에게도 부림을 당하지 않으니!
그러지 않았다가는 인간은 돼지의 무리에 불과하여,
돼지를 완전히 미치게 만들어 더 비참한 상태로 몰아넣는

❖   로마 신화에서 숲의 신(牧神, faun)으로 남자의 얼굴에 염소 다리와 뿔이 달린 모습.
❖❖   satyr, 로마의 목신과 비슷한 존재로 그리스 신화에 등장하는 방탕함의 상징.

악령에 불과하다."*

　모든 관능은 아무리 여러 형태로 나타날지언정 하나에 불과하고, 모든 순수함 또한 하나다. 인간이 먹거나 마시거나 잠을 자거나 누군가와 함께 살거나 하는 행위들은 감각에 치우치면 모두가 똑같아진다. 그들은 단지 한 가지 탐욕에 지나지 않아서, 어떤 사람이 이런 행위들 가운데 하나만이라도 범하는지만 확인하면 우리는 그가 얼마나 관능에 사로잡혀 살아가는지 알게 된다. 불결한 자는 순수함을 견디지 못하고 받아주지도 않는다. 파충류는 굴에서 한쪽 구멍이 공격을 당하면, 다른 구멍으로 달아난다. 순결하고 싶다면 절제해야 한다. 순결이란 무엇인가? 자신이 순결한지 여부는 어떻게 알아내는가? 그것은 알아볼 길이 없다. 우리는 소문을 듣고 덩달아 똑같은 말만 되풀이한다. 분발하여 노력하면 지혜와 순수함을 얻고, 나태하면 무지와 관능만 찾아온다. 깨우치지 못한 초심자에게는 감각적인 욕망이 게으른 마음에서 비롯하는 습성이다. 불결한 사람은 보편적으로 나태하여, 늘 난롯가에 앉아 지내고, 피곤하지 않으면서 휴식만 취하며, 햇볕은 뒤에서 그의 잔등으로만 쏟아진다. 불결함과 모든 죄악으로부터 벗어나고 싶다면, 하다못해 마구간을 치우는 일이라 할지라도, 열심히 일해야 한

---

　*　영국의 성직자 시인 존 던(John Donne)의 「에드워드 허버트 경에게(To Sir Edward Herbert)」에서 발췌한 내용으로, 「마르코복음」 5장 11-14절에서 더러운 영령이 사람에게서 나와 돼지들 속으로 들어가 호수에 빠져 죽게 했다는 내용을 인유했다.

다. 천성을 극복하기는 힘들지만, 어쨌든 극복해야 한다. 이교도보다 전혀 순수하지 못하고, 그들보다 종교적이지 않고, 그들만큼밖에 자신을 극복하지 못한다면, 기독교인이 되어봤자 무슨 소용이 있겠는가? 나는 이교도라고 간주되는 종교 단체를 많이 아는데, 그들이 가르치는 교리의 내용은 독자의 마음을 수치심으로 가득 채울 따름이고, 신도들에게 요구하는 새로운 수행이란 단순한 예식에 불과하다.

다음과 같은 내용을 언급하기가 망설여지는 까닭은 ─ 내가 사용하는 어휘들이 얼마나 천박한지는 신경을 쓰지 않는 터여서 ─ 다뤄야 할 주제 때문이 아니라, 나의 불결함을 노출시키지 않고는 뜻을 전하기가 어려워서다. 우리는 어떤 한 가지 형태의 감각적 욕망에 관해서는 부끄러워하지 않고 거리낌 없이 대화를 나누면서, 다른 종류의 욕망에 대해서는 침묵한다. 우리는 어찌나 타락했는지 인간 본유의 필수적인 여러 기능들에 관해서조차 솔직하게 털어놓지를 못한다. 어떤 국가에서는 과거에 인간의 모든 기능을 경건하게 다루어 법으로까지 규제했다. 현대인의 취향에는 아무리 역겨울지언정 인도에서 법을 다스리는 사람들은 그런 분야를 무엇하나 소홀히 하지 않았다. 그들은 어떻게 먹고, 마시고, 남녀가 함께 살고, 대변과 소변을 배출해야 하는지 따위를 가르침으로써 미천한 본성의 격을 높였고, 그런 것들이 하찮다며 거짓말로 자신을 미화하지 않았다.

모든 인간은 대리석에 망치질을 하여 재현하는 대신 저마다 자신의 육신을 다듬어 신전을 짓고, 완전히 자신만의 방식으로 그가 숭배하는 신에게 경배를 드린다. 우리는 모두가 조각가이자 화가이고, 우리가 사용하는 재료는 우리 자신의 피와 살과 뼈다. 어떤 고결함이건 지체 없이 인간의 면모를 섬세하게 다듬기 시작하지만, 천박함이나 감각적인 욕망은 짐승의 모습으로 인간을 깎아놓는다.

9월의 어느 날 저녁에, 고된 하루 일을 끝내고 그의 집 문간에 자리를 잡고 앉은 존 파머*는 마음이 여전히 낮에 하던 일에서 벗어나지를 못했다. 목욕을 하고 나서 그는 지적인 인간으로 자신을 재창조하려고 이곳에 나와 앉았다. 쌀쌀한 저녁이어서 몇몇 이웃 사람은 서리가 내릴까봐 걱정했다. 그가 꼬리에 꼬리를 무는 사색에 잠긴 지 얼마 되지 않았을 때, 누군가 플루트**를 연주하는 소리가 들려왔고, 그 선율은 농부의 기분과 조화를 이루었다. 그는 여전히 농사일에 대한 생각을 떨쳐버리지 못했지만, 비록 자꾸 머리에 떠오르기는 할지언정 이런저런 계획이나 궁리를 하는 마음의 부담은 자신의 의지를 거역할 따름이요, 그에게 아주 조금밖에는 상관이 없다는 사실을 깨달았다. 그것은 피부에서 끊임없이 벗겨져나가는 비듬만큼이나 무의미했다. 그러나 그의 일터와는 다른 머나먼 세상으로부터 찾아온 플루트의 선율은 그의 내면에서 잠든 어떤

---

* John Farmer는 '농부 존'이라는 뜻으로, 앞에 등장했던 '밭에서 일하는 존'이라는 뜻의 존 필드(John Field)와 같은 인물이지만, 정신적인 변신을 거친 존재를 상징한다.

** 소로우가 즐겨 연주했던 악기여서, 그가 했던 말들이 존에게 끼친 영향을 상징한다.

기능들이 해야 할 일이 무엇인지를 깨우쳐주었다. 선율은 그가 사는 거리와, 마을과, 나라가 슬그머니 사라지게 했다. 어떤 목소리가 그에게 말하기를―찬란한 삶을 살아가기가 어렵지 않은데, 그대는 왜 이곳에 머물며 미천하고 번거롭게 살아가는가? 저 별들은 여기가 아닌 다른 들판 위에서도 반짝이는데―어떻게 해야 이러한 처지를 벗어나 그곳으로 갈 수가 있을까? 그가 생각해낸 길이라고는 오직 새로이 내핍과 금욕을 실천하여, 정신이 다시 육신의 차원으로 내려가 명예를 되찾고, 그리하여 점점 커가는 존경심으로 자신을 섬기는 것뿐이었다.

동물 이웃들

가끔씩 나는 친구*와 함께 낚시를 했는데, 그는 콩코드의 다른 쪽에서 살았기 때문에 마을을 거쳐 내 오두막으로 와야 했으며, 저녁거리를 잡아 올리는 일은 함께 먹는 식사만큼이나 중요한 사교적인 행사였다.

{은둔자} 지금은 세상이 어떻게 돌아가는지 궁금하구나. 지난 세 시간 동안은 양치소나무 너머에서 여치가 우는 소리조차 듣지 못했는데. 산비둘기들은 모두 다 둥지에서 잠들었는지 — 날개를 펄럭이는 소리도 들리지 않는다. 방금 숲 너머에서 들려온 건 정오를 알리는 농부의 뿔피리 소리였을까? 농장의 일꾼들이 소금에 절여 삶은 쇠고기와 사과주와 옥수수빵을 먹으러 모이겠네. 인부들은 왜 그렇게 걱정이 많을까? 먹지 않으면 일은 하지 않아도 될 텐데.

✿   소로우와 절친한 시인 엘러리 채닝.

그들이 얼마나 많은 수확을 거두었는지 알 길이 없구나. 멍멍이가 짖는 소리에 육신이 차분히 생각조차 하기 어려운 그런 곳에서 대체 누가 살고 싶어 할까? 그리고 아, 살림살이는 또 어떤가! 이처럼 화창한 날씨에 한심하게 문손잡이를 반짝반짝 닦고, 목욕통을 박박 문질러대다니! 그럴 바에야 집이 없는 게 낫겠지. 차라리 속이 빈 나무 구멍에 들어가 산다면 아침에 방문객이 찾아오지도 않고, 저녁 만찬에 참석할 번거로움은 필요가 없을 텐데! 기껏해야 딱따구리나 찾아와 두드리겠지. 아, 마을에 가면 햇볕이 너무 뜨겁고, 사람들이 너무 몰려 북적거리겠고, 그곳 사람들은 태어나면서부터 생활에 너무 쫓겨 다닌다. 나는 샘에서 물을 길어다 마시고, 선반에는 검은 빵 한 덩어리가 기다리는데―저건 무슨 소리일까! 나뭇잎들이 밟혀 바스락대는데. 굶주린 마을의 사냥개가 본능이 시키는 대로 무엇인지를 추적하는 걸까? 길을 잃고 숲에 나타났다는 돼지의 발자국을 비가 내린 뒤에 내가 본 적이 있는데, 그 녀석일까? 내 옻나무와 들장미를 스치면서 빠른 속도로 점점 가까이 오는데.―이런, 시인 선생, 자네였는가? 그래 오늘은 세상살이가 어떠신지?

{시인} 하늘에 걸린 저 멋진 구름 좀 보게! 오늘 내가 본 가장 훌륭한 풍경이지. 옛 그림에서는 본 적이 없고, 다른 나라에 가더라도 보기 힘든 절경인데―에스파냐의 바닷가로 찾아가면 혹시 모르겠지만. 거길 가야 진짜 지중해의 하늘을 만나지. 난 오늘 아무것도 먹지 못했고, 살기는 해야 되겠다는 생각이 들어서, 낚시나 할까 싶은데. 낚시야말로 시인한테 잘 어울리는 일상이겠지. 내가 배운 기술이라곤 그것뿐이니까. 자, 어서 가세나.

동물 이웃들

345

{은둔자} 그거야 좋지. 머지않아 빵도 다 떨어질 참이기도 하니까. 잠시만 기다려주면 기꺼이 따라나서겠지만, 난 진지한 명상을 마무리하기 직전이거든. 사색은 곧 끝날 듯하네. 그러니 잠시만 나 혼자 있도록 내버려 두게나. 하지만 아까운 시간을 낭비하지 않도록 자네는 흙을 파서 미끼나 미리 잡아두라고. 이 부근에서는 거름을 준 적이 전혀 없는 탓으로 토질이 비옥하질 않아 지렁이가 아예 멸종이 되다시피 했으니 잡기가 어려울 거야. 배가 심하게 고프지 않을 때는 지렁이를 잡는 재미가 거의 낚시질만큼이나 좋으니, 오늘은 그 즐거움을 자네 혼자 실컷 누려도 되네. 저쪽에 물레나물들이 손짓하는 곳으로 가서, 땅콩밭 주변을 삽으로 파보라고 권하겠네. 김을 맬 때처럼 풀뿌리를 털고 잘 살펴보면 아마 뗏장을 세 삽 정도 뒤집을 때마다 한 마리는 반드시 잡힐 거라고 내가 보장하겠네. 아니면 여기서 멀리 갈수록 좋은 미끼가 점점 더 많이 잡히는 듯싶으니까, 마음만 내킨다면 좀 먼 걸음을 한다고 해서 손해를 볼 일은 없겠지.

{홀로 남은 은둔자} 어디 보자, 내가 무슨 생각을 했었나? 세상이 이런 지경으로 돌아가는구나, 뭐 그런 생각을 했었겠지. 나는 천국으로 가야 하나 아니면 낚시를 하러 갈까? 잠시 후에 이 명상을 끝내고 나면, 그토록 달콤한 기회가 다시 찾아오려나? 나는 거의 평생 그 어느 때보다도 사물의 본질 속으로 깊이 녹아들어 갔었는데. 내가 하던 생각이 다시 돌아오지 않을까봐 걱정이다. 혹시 조금이나마 도움이 되기만 한다면 휘파람이라도 불어서 사라진 생각을 불러내고 싶구나. 어떤 생각이 떠오를 때, 나중에 다시 따져보자

walden

고 미루는 게 현명한 짓일까? 내 생각들은 아무런 자취를 남겨놓지 않았고, 나는 길을 다시 찾아낼 수가 없다. 내가 대체 무슨 생각을 했더라? 정신이 아주 몽롱한 하루였지. 공자가 했던 세 마디 말을 상기하면 혹시 조금 아까의 상태로 돌아가게 될지 모르겠다. 그것이 우울한 생각이었는지 아니면 싹터 오르는 황홀경이었는지 알길이 없구나. 비망록—똑같은 기회는 한 번밖에 오지 않는다.

{시인} 지금은 어떤지, 은둔자 선생, 아직 너무 이른가? 통지렁이를 열세 마리나 잡았고, 토막이 났거나 온전치 못한 놈도 몇 마리 되는데, 낚싯바늘을 다 감출 만큼 크지 않은 미끼로는 잔챙이를 노리면 될 거야. 마을에서 잡히는 지렁이들은 무척 커서 피라미들이 입질을 해봤자 미늘에 걸리지 않고 야금야금 뜯어 먹어버리거든.

{은둔자} 좋아, 그럼 어서 가자고. 콩코드 강으로 갈까? 수심이 너무 깊지 않으면 거기가 손맛이 좋을 거야.

* * *

세상은 오직 눈에 보이는 사물로만 구성된다고 우리들이 생각하는 이유가 무엇일까? 마치 생쥐 말고는 틈바구니에 박혀 살아가는 생명체가 존재하지 않는다는 듯, 왜 인간은 어떤 특정한 동물만을 자신의 이웃이라고 생각하는가? 필파이*같은 이야기꾼들이 내 생각

✿　인도의 군주를 위해 세상살이에 대한 교훈이 담긴 동물 우화를 지어낸 철학자 Bidpai 또는 Bidpah의 이름이 서양으로 전해지면서 와전된 Pilpay.

에는 동물을 가장 잘 이용한 사람들인데, 우화에 등장하는 동물들은 모두 짐을 나르기만 할뿐 아니라, 어떤 면에서는 인간이 하는 생각의 일부를 져 나르기도 한다.

내 오두막을 뻔질나게 드나들던 생쥐들은 외래종이라고 사람들이 추정하는 흔한 종류가 아니라 마을에서는 발견되지 않는 야생 토착종이다. 내가 한 마리를 잡아 매우 저명한 박물학자에게 보내주었더니, 그는 큰 관심을 보였다. 내가 집을 짓던 당시에는 그들 가운데 한 마리가 마루 밑에 보금자리를 마련했고, 천장을 올린 다음 대팻밥을 쓸어내기 전까지는 점심시간이 되면 어김없이 나타나 내 발치에 떨어진 빵 부스러기를 주워 먹었다. 어쩌면 그때까지 사람이라고는 본 적이 없었을 들쥐는 곧 나하고 상당히 친해져 신발을 타고 넘거나 옷 위로 올라오기까지 했다. 몸놀림이 다람쥐를 닮았던 생쥐는 짧게 폴짝거리며 방안의 벽을 거침없이 기어오르고는 했다. 그러다가 급기야 어느 날은 내가 의자에 한쪽 팔꿈치를 괴고 앉아 있으려니까, 생쥐가 소매를 따라 옷을 타고 기어오르더니, 내가 종이에 싸서 들고 저녁으로 먹으려던 빵을 꼭 쥐고 이리저리 피하자, 숨바꼭질을 하듯 그 주변을 빙글빙글 돌았고, 그러다 마침내 내가 엄지와 다른 손가락으로 치즈 한 조각을 잡고 가만히 기다려줬더니, 내 손 위에 올라앉아 조금씩 뜯어 먹고 나서는, 파리처럼 앞발과 얼굴을 닦아 몸단장을 하고는 어디론가 가버렸다.

얼마 지나지 않아서는 산적딱새 한 마리가 헛간에 둥지를 틀었고, 울새는 오두막 옆 소나무에 은신처를 마련했다. 6월에는 소심하기 짝이 없는 자고새(Tetrao umbellus)가 새끼들을 데리고 뒤편 숲에서 나타나더니 창문을 지나 오두막 앞까지 진출했는데, 어미가 캑캑거리며 새끼를 부르는 소리는 물론이요 행동거지가 하나같이 어찌나 암탉을 닮았는지, 가히 숲속의 암탉이라고 해도 과언이 아니었다. 가까이 다가가면 어미의 신호를 받고 새끼들이 갑자기 사방으로 흩어지는 모습이 마치 회오리바람에 휩쓸려가는 바짝 마른 잔가지와 가랑잎들을 방불케 하고 어쩌다 나그네들이 오다가다 새끼들의 한가운데로 자칫 발길을 잘못 들여놓기라도 하면, 늙은 어미가 후다닥 요란한 소리를 내고 날아올라 도망치며 불안하게 울어대고 시끄러운 소리를 지르거나 다친 듯 날개를 질질 끌면서 눈길을 끄는 바람에, 길을 가는 사람은 주변에서 무슨 일이 벌어졌는지 눈치조차 채지 못한다. 어떤 어미 새는 사람과 마주치면 앞에서 정신이 나간 듯 마구 구르고 빙글빙글 도는 까닭에, 보는 사람은 잠시 동안 그것이 도대체 어떤 동물인지 짐작조차 못한다. 새끼들은 흔히 나뭇잎 밑에 머리를 들이밀고 납작 엎드려 꼼짝도 하지 않으며, 어미가 멀리서 보내는 신호에만 신경을 쓰고, 사람이 가까이 다가갈지라도 다시 도망치느라고 위치를 드러내는 법이 없다. 그래서 심지어 새끼를 발로 밟거나 한참 눈으로 보면서도 나그네는 새끼를 찾아내지 못한다. 나는 그렇게 숨어 있던 새끼를 몇 번인가 손바닥에 올려놓고 관찰했는데, 그들은 오직 어미의 지시와 자신의 본능만 충실히 따르느라고, 두려워하거나 떨지도 않으면서 가만히 웅크리고 앉아 기다리기만 했다. 그 본능이 어찌나 완벽한가 하면, 언젠가 내가 새끼들을 다시 낙엽 위에 내려놓다가 한 마리를 실수로 떨어뜨렸는데, 옆으로 자빠진 새끼는 10분이 지나도록 똑같은 자세로 다른 새끼들 사이에 섞여 그냥 누워 있었다. 그들은 대부분의 다른 새끼 새들과는 달리 깃털이 빨리 나고, 보다 완벽하게 발육하며, 병아리보다도 성장이 빠르다. 그들이 고요한 눈을 뜨고 쳐다보면, 놀라울 정도로 어른스럽고 순진한 표정이 아주 인상적이다. 온갖 지혜가 그들의 눈동자에서 빛을 발하는 듯하다. 그 눈에서는 아기의 순수함뿐 아니라, 경험으로 맑아진 지혜까지 엿보인다. 그런 눈은 새와 함께 태어나지는 않았고, 하늘의 빛을 받아 반사하여 생겨난 것이다. 숲은 그런 보석을 다시 만들어내지 못한다. 나그네는 그처럼 맑은 샘을 들여다볼 기회를 자주 얻지 못한다. 무지하고 분별없는 사냥꾼이 종종 이러한 시기에 어미 새를 쏘아 죽이면, 이 순진한 어린 새들은 근처를 배회하는 짐승이나 새에게 잡혀 먹히거나, 그들과 너무나 닮은 나뭇잎에 섞여 썩어버리고 만다. 암탉이 자고새의 알을 품어 부화시킨 경우에는, 무엇엔가 놀라 새끼들이 한번 흩어졌다 하면, 그들을 다시 불러 모으는 어미 새의 소리를 영영 들을 수가 없기 때문에, 그대로 길을 잃고는 사라진다고 한다. 이들이 나에게는 암탉이요 병아리들이었다.

사람들의 마을 바로 옆에 붙은 숲에서 얼마나 많은 동물이 비밀스럽기는 하지만 야생의 자유를 누리며 멋지게 살아가는지를 사냥꾼들이 아니면 아무도 눈치를 채지 못한다. 이곳에서 수달은 얼마나 은밀한 삶을 살아가는가! 그들은 다 자라면 몸집이 1미터가 조금 넘어 작은 아이만큼이나 크건만, 수달을 얼핏이라도 보았다는 사람은 거의 없다. 나는 전에 오두막 뒤편 숲에서 너구리 한 마리를 보았고, 요즈음에도 밤에 그들이 킹킹거리는 소리가 들려오고는 한다. 밭일을 하고 나서 정오가 되면 나는 가끔 샘터로 찾아가 그늘에서 한두 시간 휴식을 취하고, 점심을 먹고, 잠시 책을 읽고는 했는데, 내 밭에서 거의 1킬로미터나 떨어진 브리스터 동산에서 졸졸 흘러내리는 샘은 그곳 습지와 개울의 원천 노릇을 한다. 그곳으로 가는 오솔길은 어린 리기다소나무가 잔뜩 자라고 풀이 무성한 도랑을 여럿 지나 늪지 부근의 훨씬 널찍한 숲으로 내려간다. 아주 한적하고 그늘이 잘 드는 그곳에는 가지가 사방으로 지붕처럼 뻗은 백송 아래 아직은 깨끗하고 바닥이 단단하여 앉아서 쉬기에 좋은 풀밭이 있었다. 나는 그곳의 샘을 파내어 맑고 희뿌연 물이 고이도록 우물을 만들었고, 두레박을 휘저어 샘물을 흐려놓지 않으려고 조심스럽게 퍼서 식수를 마련했는데, 호수의 물이 가장 미지근해지는 한여름이면 나는 거의 하루도 거르지 않고 이 우물을 찾아갔다. 샘터로는 누른도요 또한 흙을 파헤쳐 벌레를 잡아먹으려고 새끼들을 이끌며 나타났는데, 어미 새는 새끼들보다 50센티미터쯤 높이 떠서 둑을 따라 날아 내려왔고, 새끼들은 무리를 지어 땅바닥에서 달려왔지만, 그러다가 결국 내 모습을 발견하면 어미는 새끼들을 멀찌감치 떼어놓고 내 주위를 빙빙 돌며 겨우 1~2미터 정도까지 가까이 와서는, 새끼들을 보지 못하게 내 시선을 끌려고 다리와 날개를 다친 시늉을 해보였으며, 그러는 사이에 이미 새끼들은 엄마가 가르쳐준 대로 줄을 지어 가냘픈 소리로 삐악거리며 늪을 가로질러 돌진했다. 가끔은 어미의 모습은 보이지 않고 새끼들이 삐악거리는 소리만 들려오기도 했다. 그곳에는 멧비둘기들 역시 날아와 우물 위쪽에 자리를 잡고 앉아 쉬거나, 내 머리 위로 늘어진 연약한 백송 나뭇가지들 사이로 날개를 퍼덕이며 이리저리 날아다녔고, 낯이 익어진데다가 유난히 호기심이 많았던 북방청서는 나한테서 가장 가까운 나뭇가지를 타고 쪼르르 줄달음쳐 내려오기도 했다. 숲속에서 마음에 드는 어느 자리를 하나 골라 그냥 오래 앉아 기다리기만 하면, 그곳에 사는 온갖 동물이 차례로 나타나 모습을 보여준다.

나는 그다지 평화롭지 않은 사건들도 목격했다. 어느 날 장작더미라기보다는 그냥 나무 그루터기들을 내가 쌓아놓은 마당으로 나갔다가 나는 두 마리의 커다란 개미를 보았는데, 하나는 붉은 빛이었고, 다른 하나는 그보다 훨씬 커서 길이가 거의 2센티미터는 됨직한 검정 개미였으며, 그들은 치열한 싸움을 벌이던 참이었다. 일단 맞붙었다 하면 절대로 떨어질 기미를 보이지 않는 그들은 장작을 패느라고 부스러져 떨어진 나무 조각 위에서 밀고 당기고 뒹굴며 끝없는 전투를 벌였다. 그들 너머로 살펴본 나는 장작개비를 온통 새카맣게 뒤덮은 다른 병정들을 보고 놀랐는데, 그것은 1대 1의 duellum*이 아니라 붉은 군대와 검정 군대 두 종족의 개미가 집단으로 맞붙어 벌이는 bellum(전쟁)이었으며, 보통 두 마리의 붉은 개미가 검은 개미 한 마리에 대항하는 형태의 전면전이었다. 이 미르미돈 군단**은 내 장작 마당에서 모든 언덕과 골짜기를 뒤덮었고, 땅에는 죽었거나 곧 죽을 붉은 군사와 검정 군사의 시체가 이

✿   '결투'라는 뜻의 라틴어.

✿✿   Myrmidons, 트로이아 전쟁에서 아킬레우스가 지휘했던 병력.

미 즐비하게 깔렸다. 그것은 내가 그때까지 참관했던 유일한 전투였고, 맹렬히 진행되는 동안 내가 현장을 둘러본 유일한 전쟁터였으며, 존망을 판가름하는 대살육의 전장에서는 붉은 공화주의자들과 검은 제국주의자들이 양쪽으로 편을 갈라 싸웠다.* 인간 병사들은 그처럼 악착같이 전투에 임한 적이 없었을 정도로 사방에서 처절한 싸움이 벌어졌지만, 내 귀에는 아무런 소리가 들려오지 않았다. 나는 장작 부스러기들 한가운데 햇살이 잘 드는 계곡에서 포옹을 하듯 서로 단단히 엉겨 붙은 한 쌍을 지켜보았는데, 때는 한낮이었으나, 그들은 해가 지고 자신의 숨이 끊어질 때까지 싸울 각오였다. 크기가 작고 빛깔이 붉은 개미 전사는 적의 가슴팍에 자신의 몸을 꺽쇠로 박아놓은 듯 찰싹 달라붙어, 아무리 바닥에 이리저리 구르면서 끌려 다닐지언정 잠시도 쉬지 않고 상대의 더듬이 하나를 뿌리 근처에서 뜯어내려고 깨물어대었고, 다른 한쪽 더듬이는 이미 잘려 떨어져나가고 없었는데, 그러는 사이에 힘이 센 검은 개미는 붉은 개미를 통째로 이리저리 마구 휘둘러서, 내가 가까이 다가가서 살펴보니, 이미 붉은 개미도 다리가 몇 개는 떨어져나간 다음이었다. 그들은 불도그보다 훨씬 집요하게 싸웠다. 어느 쪽도 물러설 기미가 전혀 보이지 않았다. 그들의 전투 구호는 틀림없이 "승리가 아니면 죽음을 달라!"였다. 그러더니 다른 붉은 개미 한 마리가

---

* 벙커힐 전투와 더불어 미국 독립전쟁을 촉발시킨 콩코드 전투를 암시한다. 당시 영국군은 붉은 제복을 입었고 조지 워싱턴의 군대는 미국의 편을 든 프랑스처럼 정규군의 제복이 흑청색이었다.

무척이나 흥분한 기세로 혼자 계곡의 비탈을 따라 내려왔는데, 보아하니 그가 맡았던 적을 이미 해치웠거나 아니면 아직 전투에 참가하지 못한 모양이었는데, 다리가 모두 멀쩡한 것으로 미루어보아 후자가 분명했고, 그에게는 어머니가 무사히 살아서 방패를 들고 돌아오지 못하겠거든 방패에 실려서라도 오라*고 주문했던 모양이었다. 그것도 아니면 그는 아킬레우스 같은 장수여서, 홀로 떨어져 분노를 삭이다가 이제는 파트로클로스**의 복수를 하거나 그를 구하려고 달려오는 길인지도 모를 일이었다. 검은 개미가 붉은 개미보다 몸집이 거의 두 배나 컸으므로—그는 멀찌감치 떨어져서 친구의 불평등한 전투를 살펴보고는—신속하게 가까이 접근해서 두 전사로부터 몇 센티미터 떨어진 곳에 멈춰 서서 잠시 경계 태세를 취하다가, 절호의 기회를 포착하고는 검은 개미에게 재빨리 달려들어, 상대가 자신의 신체 부위 가운데 어디를 골라잡은들 상관하지 않겠다고 내버려 두면서, 적의 오른쪽 앞다리 뿌리 부근을 공격하는 작전을 시작했으며, 그리하여 세 마리의 개미는 세상의 어떤 자물쇠로 채우고 접착제로 붙여놓아도 그토록 새로운 종류의 단단한 결합은 도저히 흉내 내지 못할 정도로 한 덩어리로 엉켜 목숨을 건

❀ 　전사한 용사를 위한 고대의 장례 방식으로 스파르타의 어머니들은 출정하는 아들에게 늘 이런 격려를 했다고 한다.

❀❀ 아킬레우스는 아가멤논과 언쟁을 벌인 후 트로이아와의 전투에 합류하지 않았고, 그래서 연합군이 궁지로 몰리자 아킬레우스가 아끼는 친구 파트로클로스가 아킬레우스의 갑옷을 입고 투구로 얼굴을 가리고는 병사들을 이끌다 헥토르에게 죽는다. 이에 분노한 아킬레우스가 다시 칼을 들고 전투에 임하여 헥토르를 참혹하게 죽인다.

싸움에 돌입했다. 이쯤 되자 나는 그들 양쪽 편에서 저마다 군악대를 어느 드높은 장작개비 위에 배치하여 행동이 느린 병정들의 사기를 진작하고 죽어가는 용사들에게 위안을 주기 위해 전투가 벌어지는 내내 애국가 연주를 계속했다는 소리를 누구한테 들었더라도 전혀 이상하다는 생각은 하지 않았을 듯싶다. 그들이 인간과 닮은 존재들이라고 느끼면서 나 역시 조금쯤은 흥분한 상태였다. 생각하면 할수록 개미와 인간의 차이가 점점 줄어들었다. 그리고 미국의 역사야 어떤지 모르겠지만, 적어도 콩코드의 역사에서는 분명히 참가한 인원수에서나 그들이 발휘한 애국심과 영웅적인 정신력에 있어서 단 한순간일지언정 이에 비견할 만한 전투는 찾아보기 어렵다. 병력과 살육의 규모로 따지자면, 이것은 아우스털리츠*나 드레스덴**전투에 필적한다. 콩코드 전투란 무엇이었던가! 민병대 측에서 두 명이 전사하고, 루더 블랜차드***가 부상을 당했다고 하지 않았는가! 하지만 이곳의 개미 병사는 하나같이 — "발포하라! 총을 안 쏘고 도대체 뭣들 하고 있느냐!"라고 외쳤던 — 버트릭****처럼 용감하고, 수천의 개미 병사가 데이비스와 호스머*****의 운명을 맞았다. 이곳에는 용병이 한 명도 없었다. 단순히 차(茶)에 부

---

*　　　1805년 나폴레옹의 프랑스군에 맞서 오스트리아와 러시아 연합군이 벌인 싸움.

**　　1813년 나폴레옹이 독일에서 마지막으로 승리를 거둔 싸움.

***　Luther Blanchard, 고적대에서 횡적(橫笛)을 불었던 18세 소년.

****　John Buttrick 소령. 콩코드 민병대 지휘관 가운데 한 사람으로, 첫 전사자가 발생하자 발포 명령을 내렸다.

*****Isaac Davis와 David Hosmer, 콩코드의 두 전사자.

과하는 3페니의 세금을 피하기 위해서가 아니라 원칙을 위해 싸운 우리의 선조들이나 마찬가지로 그들에게는 이 투쟁의 결과가 적어도 벙커힐 전투만큼이나 중요하고 뜻깊은 사건이었으리라는 점을 나는 전혀 의심하지 않는다.

내가 상세히 묘사한 세 마리의 개미가 싸움을 벌인 장작 부스러기를 집어 들고 나는 집안으로 들어가 그것을 창틀에 올려놓고 유리 물병을 거꾸로 씌운 다음—나는 관찰을 계속했다. 내가 가장 먼저 언급했던 불개미를 확대경으로 살펴봤더니, 적의 나머지 더듬이마저 이미 제거해버린 그는 이제 가까운 앞다리를 끈질기게 물어뜯는 중이었는데, 자신의 가슴팍도 다 찢겨 떨어져나가 검은 전사의 이빨이 그의 내장을 끄집어냈고, 검은 개미의 흉갑은 보아하니 붉은 개미가 뚫기에는 워낙 튼튼했기에, 고통스러워하는 약자의 홍옥처럼 검붉은 두 눈은 전쟁만이 불러일으키는 그런 맹렬한 분노의 빛을 쏟아냈다. 개미들은 유리 물병 밑에서 반시간가량 싸움을 더 계속했고, 나중에 다시 봤더니, 검은 병사가 두 적병의 머리를 몸에서 이미 베어낸 다음이었으며, 아직 살아 있는 머리들은 검은 개미의 양쪽 옆구리를 물고 여전히 단단히 매달렸는데, 그 모습은 마치 적장의 목을 베어 안장 손잡이에 전리품처럼 걸어놓은 흉측한 장면을 연상시켰고, 그런가 하면 검정 개미는 양쪽 더듬이가 다 잘려나가고 하나만 남은 다리마저 그나마 동강이 난데다가, 다른 상처 또한 얼마나 많이 입었는지 나로서는 알 길이 없었고, 그래서 적장들의 머리를 떼어버릴 힘이 없었겠지만, 반시간이 더 흘러가고 나서야 마침내 제거에 성공했다. 내가 물병을 치우자 개미는 그토록 만신창이가 된 몸으로 창틀을 넘어가 자취를 감추었다. 그가 전투에서 끝까지 살아남아 오텔 데 쟁발리드*같은 곳에서 남은 생애를 보냈는지 어쩐지는 나로서야 잘 모르겠지만, 그의 끈질긴 노력이 그 이후 별로 보람은 없었으리라는 생각이 든다. 나는 어느 쪽이 이겼는지 그리고 전쟁의 원인은 무엇이었는지를 알아낼 길이 없었지만, 내 집의 문 앞에서 끔찍하기 짝이 없는 인간의 흉포함과 살육을 재현한 현장을 목격함으로써 느껴야 했던 흥분과 괴로움은 하루 종일 가시지를 않았다.

커비와 스펜스**는 개미 전투의 사례들은 오래전부터 그 명성이 자자하고, 날짜까지 여럿 기록으로 남았지만, 현대 저술가들 중에서 그 현장을 목격한 사람은 후버***가 유일한 듯싶다며 이렇게 서술했다. "교황 비오 2세는 배나무 줄기에서 큰 개미와 작은 개미가 굉장히 치열하게 싸우는 장면을 매우 상세하게 설명한 후에 … '교황 에우제니오 4세 시절의 유명한 율사였던 니콜라스 피스토리엔시스는 이 전투를 직접 목격한 후에 전체 과정을 대단히 충실하게 서술했다.' 큰 개미와 작은 개미 간에 벌어진 이와 비슷한 전투에 대하여 올라우스 마그누스****가 남긴 기록에 의하면, 승리를 거둔 작은 개미들이 자기네 편 병사들의 시체는 매장했으나, 몸집이 거

✽　　　 Hotel des Invalides, 파리의 재향 군인 요양병원.
✽✽　　 『곤충학 입문서』.
✽✽✽　 François Huber, 스위스 곤충학자.
✽✽✽✽ Olaus Magnus, 스웨덴의 성직자 역사가.

대한 적군의 시체는 새들의 먹이가 되도록 내버려 두었다고 한다. 이 사건은 폭군 크리스티에른 2세가 스웨덴에서 추방되기 이전에 일어났다." 그리고 내가 목격한 전투는 도망친 노예들에 관한 웹스터 법안이 통과되기 5년 전으로, 포크 대통령 임기 중에 일어난 사건이었다.

곡식을 저장하는 지하실에서 진흙거북을 쫓아다니는 재주밖에 없는 마을의 수많은 개들이 주인 몰래 둔한 몸을 끌고 숲으로 놀러 와서는, 오래된 여우 굴과 땅다람쥐 굴을 찾는답시고 쓸데없이 냄새를 맡으며 헤매고 돌아다니고는 했는데, 혹시 숲을 재빨리 헤치고 돌아다니며 길을 잘 찾는 하찮은 잡견이 앞장을 서기라도 하면 그들은 숲의 토박이 동물들에게야 어쨌든 당연히 두려움의 대상이 되었겠지만—길잡이를 따라가지 못해 멀리 뒤처지고 나면 황소만 한 동네 개들이 이제는 위험을 피해 나무 위로 올라간 작은 다람쥐를 향해 우렁차게 짖어대다가, 홀로 떨어진 껑충쥐 가문의 조무래기나마 뒤쫓아 한 마리 잡아보겠다고 몸무게로 나뭇가지들을 밀어 넘기며 어디론가 달려갔다. 언젠가 나는 돌투성이 호숫가를 따라 걸어가는 고양이를 보고 놀랐는데, 고양이들은 집에서 별로 멀리까지 헤매고 돌아다니지를 않기 때문이었다. 고양이도 나만큼 놀란 눈치였다. 그러나 온종일 양탄자 위에 늘어져 빈둥거릴 만큼 집에서만 지내는 고양이라고 할지라도 숲에서 별로 불편해하지 않을뿐더러, 은밀하고 얄밉게 살금살금 걸어 다니는 모습은 숲의 토박이 동물들보다 훨씬 천연덕스러워 보이기까지 한다. 언젠가 산딸기를 따러 나갔다가 나는 숲에서 어린 새끼들을 데리고 나

walden

온 고양이와 마주쳤는데, 어미를 닮아 하나같이 야생에 상당히 잘 적응한 그들은 등을 구부려 세우고 나를 향해 사납게 야옹거렸다. 내가 숲에서 살기 몇 년 전, 월든 호수에서 가장 가까운 링컨 지역의 농가들 가운데 하나인 질리언 베이커 씨의 집에 "날개 달린 고양이"*라고 알려진 고양이가 살았다. 1842년 6월에 그 고양이를 보려고 집으로 찾아갔더니, 고양이는 늘 그러듯이 숲으로 사냥을 나가고 없었다. (암컷이었는지 수컷이었는지 잘 모르겠지만) 안주인에게서 얘기를 들어보니 그 고양이는 1년이 조금 넘은 무렵인 지난해 4월부터 동네에 나타나 돌아다니다가 결국 그들의 집으로 들어와 살기 시작했다는데, 털이 암갈색에 가까운 회색이었고, 목에는 하얀 반점이 박혔으며, 발은 하얗고, 꼬리가 여우처럼 크고 탐스러웠으며, 겨울에는 털이 점차 두터워지면서 양쪽 옆구리를 따라 납작하게 붙으면서 길이가 25센티미터 내지 30센티미터에 이르고 폭이 10센티미터가량 되는 기다란 무늬를 드러냈고, 턱 밑에서는 위쪽은 털이 성기고 아래쪽은 촘촘히 진해지며 토시처럼 동그란 얼룩이 나타났는데, 덤으로 생겨난 이런 장식들은 봄이 되면 저절로 털이 빠지면서 사라졌다. 그들 부부가 준 '날개' 한 쌍을 나는 지금도 간직하고 있다. 날개에서는 막(膜)처럼 보이는 물질이 눈에 띄지 않는다. 어떤 사람들은 그것이 날다람쥐나 어떤 야생동물의 잡종이리라고 추측했지만 그럴 가능성이 없는 까닭은, 박물학자들의 말을 들어보면, 담비와 집고양이의 결합으로 다양한 변종이 생겨

✽   일종의 유전병에 따른 현상이라고 함.

났다고 하기 때문이다. 나는 고양이를 한 마리도 키워보지 않았지만, 그런 고양이이라면 나한테 썩 잘 어울렸으리라고 생각했는데, 시인의 말*에 날개가 달렸다면 고양이라고 해서 날개를 달지 못할 이유가 어디 있겠는가?

가을이면 언제나 아비(Colymbus glacialis)들이 날아와 호수에서 털갈이를 하고 목욕을 하며, 내가 잠자리에서 일어나기도 전에 요란한 웃음소리로 숲을 뒤흔들어 놓고는 했다. 아비들이 도착했다는 소식이 나돌면, 물레방아 둑 천변 지역의 사냥꾼들은 민첩하게 움직여 최신형 엽총과 원뿔 모양의 실탄과 쌍안경을 챙겨 들고 삼삼오오 무리를 지어 마차를 타거나 걸어서 숲으로 찾아온다. 아비 한 마리당 적어도 열 명의 사냥꾼이 몰려들어 발자국 소리를 죽여 가을 낙엽처럼 바스락거리며 숲을 지나 들어온다. 그 불쌍한 새가 아무데서나 기다려주지는 않기 때문에, 새가 어디에선가 자맥질해 물밑으로 들어가면 반드시 다른 어디에선가는 물 밖으로 나오리라는 계산에 따라서, 어떤 사냥꾼들은 호수 이쪽 편에 그리고 어떤 사냥꾼들은 건너편에 포진하고 잠복에 들어간다. 그러다가 이제 10월의 자비로운 바람이 불어오면, 적들이 아무리 쌍안경으로 호수를 샅샅이 훑어보고 총성으로 숲을 뒤흔들어봤자, 나뭇잎들이 바스락거리고 수면이 일렁거려 아비들이 보이지 않고 웃는 소리도 들리

✿　포세이돈과 메두사의 자식인 천마 페가수스(Pegasus)는 태어나자마자 아폴론과 예술의 여신 무사(Muse)들이 사는 헬리콘 산으로 날아갔고, 그가 발을 구른 곳을 무사들이 신성하게 여겼으며, 신화에서 시적 영감의 원천을 뜻하게 되었다.

지 않는다. 물결이 모든 물새의 편을 들어 힘차게 높아져 성을 내며 밀려오기 시작하면 우리 마을 사냥꾼들은 퇴각하여 마을과 상점으로 돌아가 하던 일을 계속한다. 하지만 그들이 성공할 때가 너무나 많다. 나는 아침 일찍 물 한 통을 길러 나가는 길에 자주 내가 사는 작은 골짜기 저만치 겨우 10미터 떨어진 곳에서 이 위풍당당한 새가 호수 안으로 미끄러져 나가는 모습을 목격했다. 아비가 어떻게 대응하는지 궁금해서 내가 배를 타고 열심히 쫓아가면, 그는 물속으로 잠수하여 완전히 자취를 감춰버렸고, 때로는 오후가 될 때까지 다시는 모습을 보지 못했다. 그러나 물 위에서는 아비보다 내가 훨씬 유리한 입장이었다. 비기 오면 거의 언제나 아비는 어디론가 사라져버렸다.

10월의 어느 고요한 오후, 특히 그런 날이면 아비가 호수에 잘 내려앉아 마치 솜털이 달린 박주가리 씨앗들처럼 많이 둥둥 떠다녔던 터여서, 나는 북쪽 호숫가로 노를 저어 나가 혹시 어디 아비들이 없는지 호수 위를 둘러보았지만 찾아내지를 못했는데, 그러다가 갑자기 10여 미터쯤 내 앞에서 한 마리가 호수 한가운데로 헤엄쳐가면서 요란하게 웃어대어 자신의 위치를 알려주었다. 내가 노를 저어 뒤따라가자 그는 잠수하여 도망쳤지만, 다시 물 위로 나왔을 때는 아까보다 오히려 우리들 사이의 간격이 좁아졌다. 그가 다시 잠수했는데, 물새가 어느 쪽으로 도망칠지 방향을 내가 잘못 짐작하는 바람에 이번에는 그가 물 밖으로 떠올랐을 때 나하고의 거리가 250미터나 떨어졌고, 결과적으로 내가 간격이 벌어지도록 도운 셈이었던지라 아비는 다시 큰 소리로 한참 동안 통쾌하게 웃었는데, 그럴 만한 이유가 그에게는 넉넉해서였다. 아비는 몸놀림이 어찌나 날렵했는지 나로서는 도저히 30미터 이내로 그에게 접근하기가 어려웠다. 물 위로 떠오를 때마다 그는 고개를 이리저리 돌리며 물과 뭍을 느긋하게 살펴보고, 배하고는 최대한 멀리 떨어지고 수면이 가장 넓은 곳에서 다시 떠오르도록 진로를 결정한다는 사실이 분명해 보였다. 그가 얼마나 빨리 결정을 내리고 마음먹은 바를 실행으로 옮기는지는 놀라울 지경이었다. 그는 어느새 호수의 가장 넓은 영역으로 나를 끌고 갔으며, 나는 물새를 그곳에서 끌어낼 재주가 없었다. 아비가 무엇인지 생각해내려고 머리를 굴리는 동안 나는 그가 무슨 생각을 하는지 알아내려고 내 머리를 굴렸다. 그것은 한 마리의 새와 한 인간이 호수의 잔잔한 수면 위에서 벌이는 멋진 시합이었다. 상대방이 갑자기 패를 하나 숨기면, 그 패를 다시 내놓는 경우에 대비하여 나 또한 비장의 패를 숨겨놓고 기다리는 그런 식이었다. 보나마나 내가 탄 배 밑으로 지나가서 그렇게 했겠지만, 때로는 내 뒤쪽에서 그가 수면으로 떠오르기도 했다. 무척 숨이 긴데다가 워낙 지칠 줄 모르는 물새였으므로 그는 최대한 멀리까지 물 밑으로 헤엄쳐 달아난 다음이라 할지라도 곧장 다시 잠수해버리고는 했으니, 호수의 가장 깊은 곳 바닥까지 내려갈 시간과 능력을 구사하는 새가 잔잔한 물 밑에서 어디로 물고기처럼 빨리 달려가고 있을지는 알아낼 길이 없었다. 알려진 바로는 뉴욕의 몇몇 호수에서 송어를 낚으려고 물속 20여 미터 깊이까지 내려놓은 낚싯바늘에 아비들이 잡혀 올라왔다고 하는데—물론 월든 호수는 그보다 수심이 깊다. 하지만 다른 세상에서 찾아온 해괴한 불청객이 그들 무리 사이를 냅다 헤엄쳐 달려가는 꼴을 보고 물고기들이 얼마나 놀랐을까! 그러나 아비는 수면 위에서와 마찬가지로 물 밑에서도 그가 가야 할 길을 확실히 알았겠고, 게다가 물속에서 헤엄쳐 달리는 속도가 훨씬 빨랐다. 나는 아비가 물 밑에서 수면으로 접근하느라고 잔물결이 일어나고는 물 밖으로 고개만 내민 새가 주위를 살펴본 다음 즉시 물속으로 다시 들어가는 것을 두어 차례 목격했다. 그러면 나는 그가 어디로 올라올지 예측하려고 애를 쓰는 대신 차라리 노를 내려놓고 쉬면서 아비가 다시 나타나기를 그냥 기다리는 편이 낫겠다는 생각을 했지만, 그러다가 잔뜩 눈을 부릅뜨고 한쪽 수면을 응시하고 있노라면 뒤쪽에 나타나서 갑자기 괴이하게 웃어대는 웃음소리에 놀란 적이 한두 번이 아니었다. 그런데 어째서 아비는 그토록 교묘하게 모습을 감추었다가 물 위에 떠오르는 순간에 어김없이 요란한 웃음소리로 자신의 위치를 밝히는가? 자신의 존재를 드러내기에는 하얀 가슴만으로 충분하지 않아서일까? 나는 아비야말로 어리석기 그지없는 새*라는 생각이 들었다. 아비가 수면 위로 올라올 때면 보통 물이 찰랑이는 소리가 났고, 그래서 나는 소리만 듣고도 그가 나타났음을 알아챘다. 그러나 한 시간 동안 그렇게 돌아다녀도 아비는 늘 생기가 넘쳤고, 거침없이 다시 자맥질을 하고는 처음보다 더 멀리 헤엄쳐 달아났다. 물 위로 떠오른 다음에 밑에서 물갈퀴가 달린 발을 부지런히 놀리

❊   '아비'는 영어로 loon이라고 하는데, loony(아비와 닮은)는 '멍청하다'는 뜻으로 통한다. 그러나 사실 loony와 looney는 lunatic(실성한 사람)의 구어체 표현이다.

면서 가슴 털 하나 흐트러지지 않고 유유히 떠다니는 모습을 보면 참으로 경이로웠다. 평상시 아비의 목소리는 악마의 웃음소리를 닮았으면서도 어느 정도는 분명히 물새의 소리였지만, 가장 성공적으로 나를 좌절시키고 멀리 떨어진 수면 위로 불쑥 나타날 때는 가끔 조류보다 늑대에 가까운 소리로 울부짖었는데, 그것은 마치 야수가 작심하고 땅바닥에 납작 엎드려 숨을 모아 길게 짖어대는 듯싶은 그런 섬뜩한 외침이었다. 숲을 뒤흔들며 멀리까지 펴져 나가던 그 울부짖음은 어쩌면 이곳에서 지금까지 내가 들어본 가장 야성적인 소리였을 텐데 ─ 그것이 바로 아비 특유의 외침이었다. 나는 그것이 아비가 자신의 재능을 뽐내며 내 헛수고를 조롱하는 비웃음이라고 판단했다. 그때쯤에는 하늘이 잔뜩 찌푸렸고 호수가 잔잔하여 나는 소리를 듣지 않고도 그가 어디서 수면을 뚫고 올라오는지 눈으로 확인하기가 어렵지 않았다. 그의 하얀 가슴, 사방이 고요한 적막함, 매끄러운 수면이 아비한테는 하나같이 불리하게 작용했다. 마침내 250미터쯤 떨어진 곳에서 물 위로 떠오르는 그는 마치 도와달라고 아비의 신을 부르는 듯 다시 한 번 길게 울부짖었고, 그러자 당장 동쪽에서 바람이 불어와 잔물결이 이는가 싶더니 안개 같은 부슬비가 하늘을 가득 채웠고, 나는 아비의 기도에 대하여 하늘이 응답했으며 그의 신이 나 때문에 화가 났다는 인상을 받았고, 그래서 나는 요동치는 수면에서 멀리 사라져가는 새를 그냥 내버려두었다.

　가을이면 나는 오리들이 사냥꾼들로부터 멀리 떨어진 호수 한가운데서 이리저리 날렵하게 방향을 바꾸며 오가는 모습을 몇 시간씩 지켜보고는 했는데, 그것은 숲이 우거진 루이지애나 강의 하구에서라면 별로 써먹을 일이 없는 묘기였다. 어쩔 수 없이 하늘로 날아올라야 할 경우에는 오리 떼가 다른 호수와 강이 훤히 보이는 높이까지 한참 솟아올라 때로는 공중에서 떼를 지어 뒤엉켜 떠다니는 티끌들처럼 호수 위에서 빙빙 돌다가, 이제는 다른 곳으로 멀리 날아가 버렸으리라고 생각하여 내가 그들을 잊어버릴 때쯤에, 멀리 떨어진 한적하고 안전한 곳을 찾아낸 새들이 몇 백 미터를 비스듬히 날아 내려가 다시 호수에 자리를 잡았는데, 모두가 다 안전을 위해서 하는 짓이었겠지만, 그들이 월든 호수 한가운데서 헤엄쳐 돌아다니기를 좋아하는 까닭은 어쩌면 나처럼 그냥 물을 좋아했기 때문인지도 모르겠다.

따뜻한 집

10월에 나는 강변 초원으로 포도를 따러 가서, 먹을거리를 마련하기보다는 아름다움과 향기가 훨씬 소중하게 여겨지는 송이들을 잔뜩 안고 돌아왔다. 그곳 풀밭에는 매끈하고 작은 보석 같은 덩굴월귤도 열렸지만 나는, 여인들이 좋아하는 붉고 진줏빛인 목걸이 장신구를 닮은 열매를 구경하며 감탄만 했을 뿐 따지는 않았는데, 농부들은 흉악한 갈퀴로 월귤을 긁어모아 가지런한 풀밭에 사나운 상처를 남기고, 초원에서 거둔 전리품을 됫박이나 액수로만 계산하여 눌러서 짓이겨질 정도로 잔뜩 쓸어 담아 보스턴과 뉴욕에 살며 자연을 사랑하는 사람들의 입맛을 만족시키려고 팔아먹는다. 백정들은 그렇게 초원의 풀밭에서 들소의 혀처럼 열매들을 뽑아 갈퀴로 긁어모으느라 초목이 찢겨 시들건 말건 아랑곳하지 않는다. 매자나무의 찬란한 열매 역시 나는 그냥 눈으로 보는 즐거움으로 만족했지만, 땅 주인과 나그네들이 못

walden

보고 지나친 야생 능금은 뭉근한 불에 구워 먹으려고 조금 따 가지고 왔다. 밤톨이 익을 무렵에는 겨울에 먹으려고 반 통 정도 비축해 두었다. 지금은 철도 밑으로 파묻혀 기나긴 잠을 자고 있지만—당시에는 링컨 지역에 끝없이 펼쳐졌던 밤나무 숲을 가을철에 뒤지고 돌아다니면 무척 신이 나는 일이었기에—나는 서리가 내릴 때까지 한없이 기다릴 만한 참을성이 없어서, 자루 하나를 어깨에 메고 손에는 밤송이를 까는 막대기를 들고 북방청서와 어치의 요란한 꾸짖음은 물론이요 바스락거리는 나뭇잎 소리에 귀를 기울이며 돌아다녔고, 새와 다람쥐가 골라 먹던 밤송이라면 실한 밤톨이 속에 분명히 남아 있기 마련이어서, 그들이 반쯤 먹다 남긴 양식을 가끔 가로채는 짓도 서슴지 않았다. 때때로 나는 밤나무에 올라가 흔들어대기도 했다. 내 오두막 뒤에서도 밤나무들이 자랐는데, 지붕을 거의 가려버릴 만큼 크게 자란 한 그루는 꽃이 만발할 때면 주변을 그윽한 향기로 가득 뒤덮는 꽃다발 노릇을 했지만, 그 열매는 대부분 다람쥐와 어치의 차지였으며, 어치는 이른 아침에 무리를 지어 날아와서는 아직 떨어지지 않은 밤송이에서 알맹이만 뽑아 먹었다. 집 뒤쪽의 나무들은 그들에게 양보하고 나는 훨씬 멀기는 하지만 온통 밤나무만 무성한 숲으로 찾아갔다. 그곳에서 주워온 알밤은, 다 먹어치우기 전까지는, 빵을 대신하는 훌륭한 음식이 되어주었다. 여러 가지 다른 대용 식품을 구하기도 어렵지 않았다. 어느 날 낚시 미끼로 쓸 지렁이를 잡다가 뿌리에 줄줄이 매달린 야생 땅콩(Apios tuberosa)을 발견한 나는, 원주민들에게 감자나 마찬가지였던 전

설적인 이 열매*를 보고, 앞에서 밝혔듯이 꿈에서는 본 적이 없었
으므로, 혹시 어린 시절에 그것을 캐어 먹어본 적이 없었는지 궁
금한 생각이 들었다. 다른 식물의 줄기에 얹혀 자라면서 우단처
럼 보드랍고 오그라진 빨간 꽃이 피어나는 이 식물을 전에도 자
주 보기는 했었지만 나는 그것이 땅콩이리라고는 짐작조차 못했
었다. 토지의 경작이 본격화되면서 야생 땅콩은 거의 멸종되다
시피 했다. 서리를 맞아 얼어버린 감자와 아주 비슷하게 들척지
근한 맛이 나는 땅콩은 굽기보다 삶아서 먹어야 내 입맛에 맞았
다. 이 덩이줄기 식물의 존재는 다가올 미래의 어느 시점에 대자
연이 그의 후손들을 이곳에서 소박하게 먹여 키우겠다고 어렴풋
하게나마 약속하는 증거물처럼 보였다. 인공으로 재배하는 작물
이 물결치는 농지와 살찐 비육우가 지배하는 요즘 시대에, 한때
는 어느 인디언 부족의 신성한 상징물이었을 이 하찮은 식물의
뿌리는 인간의 기억에서 거의 사라졌거나 덩굴에서 피는 꽃으로
만 알려졌을 따름이지만, 그러나 야생의 대자연이 다시 한 번 이
곳을 지배하는 날이 오면, 연약하고 사치스러운 영국 곡식은 무
수한 적 앞에서 종적을 감추겠고, 옥수수 또한 인간이 돌보지 않
으면, 원래 그곳에서 물어 왔다고 하는 남서부**로 까마귀가 그

✿ 감자를 숭배한 이로코이(Iroquois) 인디언은 '감자의 부족(Potatoe Tribe)'이라고도
했음.

✿✿ 1만 년 전에 멕시코 남서부의 원주민들이 야생 옥수수를 작물로 재배하기 시작
했다고 하는데, 소로우는 미국의 남서부 위대한 창조주(Cawtantowwit)의 밭에서
까마귀가 한쪽 귀에는 콩 그리고 다른 쪽 귀에는 옥수수 씨앗을 박아 가져왔다
는 인디언의 전설을 인용했다.

마지막 씨앗 한 알마저 물고 날아가 원주민의 신이 다스리는 광활한 옥수수밭으로 돌려줄지 모르겠지만, 이제는 거의 멸종 상태에 처한 땅콩이 어쩌면 서릿발과 황량함을 이겨내어 이곳의 토종임을 증명하려고 다시 살아나 번성하여, 수렵 부족의 양식이었던 옛 시절의 중요성과 위엄을 되찾게 될지 모른다. 이 식물은 인디언이 섬기던 곡물의 신이나 지혜의 여신이 만들어 인디언들에게 하사했음이 분명하고, 이곳에서 시문학의 통치가 시작된다면, 땅콩 열매가 줄줄이 달린 뿌리와 잎은 우리 예술 작품의 소재로 등장하게 될지도 모른다.

9월 1일에 이르자, 호수 맞은편에서 붉게 물들어가는 두세 그루의 작은 단풍나무가 눈에 띄었고, 그 밑으로는 사시나무 세 그루의 하얀 가지가 물가까지 뻗어 나왔다. 아, 이들의 색깔에 얽힌 이야기가 얼마나 많던가! 그로부터 한 주일 두 주일이 지나는 사이에, 나무들은 서서히 각자의 개성을 드러내면서, 거울처럼 매끄러운 호수의 표면에 비친 자신들의 모습을 보고 한껏 자랑스러워했다. 이 미술관의 주인은 아침마다 벽에 걸린 낡은 그림을 내리고는 훨씬 찬란하고 조화로운 색채를 자랑하는 새로운 그림을 내걸었다.

10월이 되자 말벌 수천 마리가 겨울을 보낼 거처로 삼으려고 내 오두막으로 몰려와 창문 안쪽과 천장에 자리를 잡고는, 방문객들이 안으로 들어오지 못하게 가끔 훼방을 놓았다. 매일 아침 그들이 추위에 몸이 굳어버리면, 나는 몇 마리쯤 빗자루로 쓸어 밖으로 내보내기는 했지만, 그들을 일부러 내쫓으려고 별로 애쓰지는 않았다. 오히려 나로서는 내 집이 마음에 드는 은신처라고 생각해주는 벌들에게 칭찬을 받는 기분이 들기까지 했다. 벌들은 나하고 잠까지 같이 잤지만 심각할 정도로 나를 괴롭힌 적은 없었고, 그러다가 혹독한 겨울과 추위를 피하느라고 내가 알지 못하는 어느 틈바구니들 속으로 들어가 차츰 자취를 감추었다.

말벌들이나 마찬가지로 11월에 결국 겨울 거처로 자리를 옮기기 전에, 나는 월든 호수의 북동쪽 호반의 양지쪽을 자주 찾아갔는데, 그곳은 리기다소나무 숲과 자갈들이 깔린 호반에서 반사하는 햇빛 덕분에 호수의 화롯가 노릇을 하는 따뜻한 피난처였고, 햇볕을 쬐는 동안만큼은 집안에 피운 불보다 훨씬 쾌적하고 건강한 느낌을 받았다. 그렇게 나는 사냥꾼들과 함께 떠나버린 여름이 남기고 간 불씨가 여전히 타오르는 온기에 몸을 맡겼다.

* * *

오두막을 짓다가 굴뚝을 올리는 단계에서 나는 석공 기술을 공부했다. 내가 사용한 벽돌은 새것이 아니었기 때문에 흙손으로 깨끗하게 긁어내야 했고, 그래서 나는 벽돌과 흙손의 속성에 대하여 보통 이상의 지식을 습득했다. 벽돌에 붙어 있던 회반죽은 50년이 넘었지만 아직 더 단단해지는 중이라고 사람들이 말했는데, 그것은 사실 여부를 확인하지 않은 채 너도나도 퍼트리기를 좋아하는 그런 풍문에 지나지 않았다. 오히려 그러한 속설이야말로 해가 갈수록 점점 더 굳어지며 단단하게 달라붙는 통에, 늙은 현학자에게서 그와 같은 고정관념들을 떼어내려면 흙손으로 수없이 두드려

쥐야 한다. 메소포타미아의 여러 마을은 바빌론의 폐허에서 찾아
냈으며 아주 질이 좋다고 알려진 헌 벽돌로 건설했다니, 그곳 벽돌
에 바른 접착제는 더 오래 묵어서 어쩌면 더욱 단단할 듯싶다. 그
야 그렇다손 치더라도, 나는 아무리 사납게 수없이 두들겨 맞으면
서도 닳아 없어지기는커녕 더욱 튼튼해지는 강철의 기묘한 강인
함에 감탄했었다. 내가 구한 벽돌에는 네부카드네자르*의 이름이
찍히지는 않았지만 전에도 굴뚝에 사용했던 것이었으며, 일손과
낭비를 줄이려고 이왕이면 벽난로에 사용했던 벽돌을 최대한 많
이 구해 들였고, 벽난로 주변의 벽돌과 벽돌 사이에는 호숫가에서
가져온 자갈을 박아 넣고, 회반죽 또한 그곳의 하얀 모래를 빚어
만들었다. 나는 집에서 제일 중요한 부분이라고 생각하여 벽난로
를 짓는 데 가장 많은 공을 들였다. 사실 어찌나 꼼꼼하게 작업을
했던지, 아침에 바닥부터 벽돌을 쌓기 시작했지만 겨우 한 줄 올리
고 보니 높이가 겨우 한두 뼘밖에 되지 않아 밤이 되자 베개를 대
신할 정도였는데, 내가 기억하기로는 벽돌담을 베고 잤어도 뒷목
이 아프지는 않았고, 사실 내 목이 뻣뻣해지기는 훨씬 오래전부터
였다. 그 무렵에 나는 시인 한 명을 손님으로 맞아 보름 정도 함께
지냈고, 그래서 방을 넓히는 공사가 필요했었다. 집에는 식사용 나
이프가 두 자루 있었지만, 그는 자신이 쓸 칼을 따로 가져왔고, 우
리는 그것을 흙바닥에 찔러 넣고 비벼서 때를 벗겨냈다. 그는 나를
도와 요리도 함께 했다. 나는 공사를 진행하던 벽난로가 참으로 단

＊　　Nebuchadnezzar, 바빌로니아의 왕. 성경에서는 '느부갓네살'이라고 표기한다.

단하고 반듯하게 조금씩 높아지는 것을 보고 기분이 좋았으며, 천천히 작업을 하면 그만큼 오래 튼튼하게 버티리라는 계산을 했다. 굴뚝은 어느 정도 독립된 구조물이어서, 바닥에서부터 시작하여 집의 내부를 타고 하늘을 향해 올라가는데, 때로는 집이 불타 없어져도 굴뚝은 그대로 남아 버티는 경우가 많으니, 그 중요성과 독립성은 누가 봐도 역력하다. 이것은 여름이 끝나갈 무렵의 일이었다. 그리고 지금은 11월이었다.

*　*　*

북풍이 불어와 어느새 호수의 물이 차가워지기 시작했지만, 수심이 워낙 깊은 까닭에 결빙이 되려면 여러 주일에 걸쳐 계속 바람이 불어야 했다. 회반죽을 발라 벽의 틈새를 막기 전에는 저녁에 불을 지피기 시작하면 벽널들 사이에 구멍이 워낙 많았기 때문에 굴뚝으로 연기가 썩 잘 빠져나갔다. 그런대로 나는 나무껍질을 벗기지 않은 채 높이 올린 서까래 밑에서, 옹이가 남긴 구멍이 숭숭 뚫린 거칠고 칙칙한 널빤지 벽에 둘러싸여, 시원하고 통풍이 잘되는 방에서 며칠 저녁을 즐겁게 보냈다. 회반죽을 바르고 난 다음에는, 생활하기에 훨씬 편해졌다는 사실만큼은 인정해야 되겠지만, 오두막의 볼품이 별로 내 마음에 들지 않았다. 모름지기 사람이 거처하는 곳이라면 위쪽이 저녁에는 어두컴컴해 보일 만큼 높아서, 서까래 근처에 그림자들이 장난을 치듯 어른거려야 마땅하지 않을까? 아무리 값비싼 가구나 화려한 벽화라 할지라도 그림자들의 놀이만큼 인간의 환상과 상상력을 자극하지는 못한다. 단순한 은신처로서뿐 아니라 따사로움을 얻기 위해 그곳을 이용하기 시작했을 때가 되어서야 비로소 나는 오두막의 본격적인 주인이 된 셈이었다. 나는 벽난로 곁에 땔감을 쌓아두기 위해 낡은 장작 받침쇠를 두 개 마련했고, 내가 세운 굴뚝 안쪽에 붙어 점점 두터워지는 검댕을 보면 나는 기분이 좋아져서, 평소보다 주인으로서의 당당한 만족감을 더욱 느끼며 부지깽이로 불을 쑤셔댔다. 내 거처는 워낙 작아서 메아리가 울리기를 기대하기는 어려웠지만, 혼자 지내기에는 넉넉히 넓었고 이웃들과는 멀찌감치 떨어졌다. 집에서 요긴한 공간은 모두 방 하나에 집결되어서, 그곳은 부엌이자 침실이요 거실이며 응접실 노릇까지 했으니, 부모나 자식 그리고 집주인이나 하인이 집에 살며 누릴 만한 온갖 호사를 나는 내 집에서 모두 즐겼다. 카토는 한 집안의 가장(patremfamilias)이라면 시골 별장에 "cellam oleariam, vinariam, dolia multa, uti lubeat caritatem expertare, et rei, et virtuti, et gloriœ erit."* 해야 한다고 그랬는데, 이는 "힘든 시간이 닥치더라도 즐겁게 지내려면 기름과 포도주를 보관할 지하 저장고와, 많은 나무통을 마련해 두어야 하며, 그래야 유리한 기회와 미덕과 영광을 성취하는 데 도움이 된다."라는 뜻이다. 나는 지하실에 작은 나무통 하나를 가득 채운 감자와, 바구미를 덤으로 먹여 살리는 3홉 정도의 완두콩을 저장해 두었고, 선반에는 약간의 쌀과 물엿 한 병, 그리고 호밀과 옥수수 가루를 반 통

✿　『농업론』참조.

씩 마련해 두었다.

　내가 가끔 꿈꾸었던 황금시대에 세워진 집은 규모가 훨씬 크고 보다 많은 사람이 들어가 살 만큼 널찍한 저택으로서, 내구성이 좋은 재료를 쓰면서 번지르르한 싸구려 장식을 하지는 않았으며, 여전히 방이라고는 하나뿐일지언정 광활하고 야만적이고 실용적이고 원시적인 전당이어서, 천장이 없고 벽에는 회반죽을 바르지 않았으며, 머리를 들어 벌거숭이 서까래를 떠받친 도리 들보를 올려다보면 낮게 내려온 하늘을 방불케 했으니―비와 눈을 피하기에는 넉넉했고, 문지방을 넘어서며 방문객이 옛 왕조의 사트르누스* 비스듬히 옆으로 누운 자세를 취한 신상에게 경배를 하고 나면, 마루대공과 쌍대공**이 인사를 받겠다며 기다리고, 동굴과 같은 집으로 들어선 손님이 긴 막대 끝에 달린 횃불을 높이 들어 올려야만 천장이 보이는데, 그곳에서는 사람이 벽난로 안에서 살거나, 우묵하게 들어간 창가에서 살거나, 높다란 벽의자 귀퉁이에서 살아가도 상관이 없고, 전당의 이쪽 끝이나 저쪽 끝에서 살아도 괜찮고, 그럴 마음만 내킨다면 드높은 서까래 위에 정착하여 거미들과 함께 살아도 되고, 그런 집에서는 바깥문을 열고 들어서는 순간에 모든 절차가 끝나서, 지친 나그네가 더 이상 여기저기 헤맬 필요가 없이 같은 자리에서 몸을 씻고, 밥을 먹고, 담소를 나누다가 잠들면 그만이니, 그런 안식처라면 집으로서의 필수적인 요건을 모두 갖추었고 집안 살

---

*　　농경의 신.
**　지붕의 뼈대를 세로로 떠받치는 한 쌍의 받침대.

림살이를 건사하느라고 따로 신경을 써서 챙겨야 할 걱정 또한 전혀 없으니, 비바람이 몰아치는 밤에 요행히 발견한다면 더 이상 바랄 나위가 없겠으며, 집안에 비치된 온갖 보물을 한눈에 둘러볼 수 있는가 하면, 사람이 사용해야 할 물건은 모두 벽의 나무못에 걸어 놓았고, 부엌이자 식료품 저장고이며 응접실에 침실과 창고요 다락방 노릇을 모두 함께 겸한 집이고 보니, 나무통이나 사다리처럼 살림에 반드시 필요한 물품은 물론이요 찬장 같은 편리한 가구가 그냥 눈앞에 보이고, 냄비에서 무엇이 끓는 소리가 들리면 저녁을 요리하는 불과 빵을 굽는 화덕으로 달려가 확인을 하면 그만이고, 필요한 가구와 생활 도구는 주요 장식품으로 자리를 잡았으며, 빨랫감을 밖으로 내놓을 필요가 없고, 불이 꺼질까봐 걱정할 필요도 없으며, 안주인이 자리를 피해줄 일도 없으니, 기껏해야 가끔 요리사가 지하 창고로 내려가려고 마룻바닥의 뚜껑문에서 비켜달라고 어쩌다 부탁하면, 그제야 발을 굴러보지 않고도 지금 앉아 있는 자리의 바닥이 견고한지 아니면 비어 있는 공간인지를 확인할 기회가 모처럼 찾아온다. 새의 둥지처럼 사방이 탁 트여 속이 훤히 들여다보이는 집을 방문할 때는 안에 사는 사람들과 마주치지 않고 앞문으로 들어가 뒷문으로 나올 수야 없기는 하지만, 그런 곳에 손님으로 가면 집안을 마음대로 돌아다닐 자유를 얻게 됨으로, 8분의 7에 해당하는 공간으로부터 엄격하게 출입이 금지를 당해 사실상 독방에 감금된 상태이면서—내 집처럼 편히 지내라는 따위의 빈말은 듣지 않아도 된다. 요즘에는 집에 손님이 오면 내실로 들어오도록 주인이 허락하지를 않고, 석공을 시켜 뒤쪽 어디쯤에 손님만을 위한 방을 따로 만들어놓으며, 주인에게서 가능한 한 멀리 떼어두는 배려가 방문객을 환대하는 예절이 되었다. 식사를 준비하는 과정 역시 비밀스럽기는 마찬가지여서, 마치 손님을 독살하려는 무슨 꿍꿍이속처럼 보인다. 나는 지금까지 여러 사람의 사유지에 들어갔다가 법적으로 퇴거명령을 받을 뻔했지만, 집으로 들어오라고 초대를 받은 기억이 별로 없다. 어디론가 길을 가는데 앞에서 내가 묘사한 그런 집을 우연히 발견하고, 그곳에 사는 왕과 왕비가 소박한 사람들이라면, 나는 몸에 걸친 낡은 옷차림 그대로 그들을 방문할지 모르겠지만, 어느 현대식 저택에 혹시 잡혀 들어가기라도 했다가는, 어떻게 해서든지 빠져나올 궁리를 하느라고 바빠지리라.

우리가 응접실에서 주고받는 대화의 언어 자체가 활력을 모두 잃고 통째로 무의미한 palaver(헛소리)로 전략해버린 듯싶고, 우리의 삶은 언어의 상징들로부터 동떨어진 차원에서 이루어지고, 은유나 수사학은 식기나 음식을 올려 보내거나 담아 나르는 쟁반 수레와 두레박에 실려 꼼짝도 못하고 너무나 엉뚱한 곳으로 밀려났는데, 따져보면 그것은 부엌과 작업실로부터 응접실이 그토록 멀어져버린 탓이다. 심지어 만찬조차 대부분 저녁 식사의 흉내에 지나지 않는다. 마치 비유의 수사학을 구사하는 능력을 닮고 익힐 만큼 대자연과 진리를 가까이하며 살아가는 사람들은 이제 미개인밖에 없는 듯하다. 머나먼 캐나다 북서부 지역이나 아일랜드의 외딴섬에 사는 학자가 부엌에서 어떤 예절을 갖춰야 하는지 어찌 알겠는가?

그러나 나를 찾아온 손님들 가운데 속성으로 만든 우유죽을 먹어가며 나와 함께 하룻밤 묵어갈 정도로 대담했던 사람은 한두 명에 불과했고, 그런 끔찍한 끼니를 맞을 위기가 닥쳐온다는 사실을 감지하면 그들은 금방 집이 무너지기라도 한다는 듯 속성으로 퇴각해버렸다. 그렇지만 오두막은 수없이 많은 속성 우유죽을 내가 해 먹는 동안 꿋꿋하게 버티어왔다.

나는 결빙이 시작될 무렵에야 벽에 회반죽을 발랐다. 반죽을 만들 목적으로 나는 훨씬 희고 깨끗한 모래를 건너편 호숫가에서 배에 실어 가져왔는데, 그렇게 좋은 재료를 얻기 위해서라면 나는 훨씬 더 멀리까지 발품을 팔 용의가 충만했다. 그러는 사이에 나는 오두막의 모든 외벽에 땅바닥까지 널빤지를 둘렀다. 미장 나무판을 붙일 때는 한 번의 망치질로 못이 제자리에 멋지게 박힐 때마다 기분이 통쾌했고, 회반죽을 판자에서 벽까지 깔끔하게 재빨리 밀어 넣으려고 한껏 욕심을 부렸다. 나는 언젠가 멋진 옷차림으로 마을을 한차례씩 이리저리 한가하게 돌아다니며 일꾼들에게 조언을 한답시고 이런저런 참견을 하며 잘난 체했다는 어떤 남자에 관한 이야기가 생각났다. 어느 날 그는 말 대신 실천으로 귀감을 보여주려는 욕심에서, 소매를 걷어붙이고는 흙받기를 집어 들더니, 아무 실수를 저지르지 않고 무사히 회반죽을 흙손으로 뜨고는, 자신만만한 표정으로 위쪽 나무판을 향해 멋진 동작으로 팔을 뻗었지만, 흙손에 얹혀 있던 회반죽이 몽땅 주름 장식이 요란한 그의 셔츠 가슴팍으로 미끄러져 쏟아져 그를 완전히 당혹스럽게 만들었다. 나는 추위를 그토록 효과적으로 차단하고 깔끔한 모양새로 마무리되는 회칠의 경제성과 편리함에 대하여 새삼스럽게 감탄했고, 미장이가 저지르기 쉬운 갖가지 실수에 대해서도 배웠다. 나는 벽돌이 어쩌나 물기를 잘 빨아들이는지 회반죽을 골고루 펼쳐 바르기도 전에 습기를 몽땅 흡수해버리는가 하면, 새 벽난로를 탄생시키기 위해서 물을 얼마나 자주 떠 날라야 하는지를 깨닫고 놀랐다. 지난해 겨울에 나는 실험 삼아 이곳 강에 서식하는 말조개(Unio fluviatilis)의 껍데기를 태워 소량의 석회를 만들어보았고, 그래서 필요한 재료를 어디서 구해야 할지를 알아냈다. 그럴 마음만 먹는다면 2~3킬로미터만 나가도 나는 좋은 석회를 직접 구워 만들어 쓰기가 어렵지 않았다.

* * *

그러다 보니 어느새 호수의 가장 그늘지고 수심이 얕은 골짜기들에서는 살얼음이 덮이기 시작했으며, 며칠이나 몇 주일 후에는 호수 전체가 빙판이 될 기세였다. 첫 얼음이 특히 흥미롭고 완벽한 까닭은 단단하고 투명하여 컴컴하고 얕은 곳에서 호수 바닥을 살펴볼 최고의 기회가 마련되기 때문인데, 한가할 때 나가서 두께가 5센티미터 미만인 얼음 위에 소금쟁이처럼 납작 엎드리면, 고요한 물속 10센티미터도 떨어지지 않은 호수 바닥을 유리 밑에 깔린 그림처럼 관찰할 수가 있다. 모래 바닥에는 어떤 생명체가 주변을 돌아다니다 다시 같은 길로 되돌아온 듯 보이는 홈이 여러 줄 자국을 남겼고, 날도래 유충이 하얀 왕모래의 자디잔 알갱이로 엮어 들어가 살다 버린 집의 잔해가 사방에 흩어져 있다. 내버린 집이 홈 속에서 여럿 눈에 띄니까 날도래 유충들이 남긴 흔적이 아닐까 싶지만, 그들이 만들어놓았다고 하기에는 자국이 지나치게 깊고 넓다. 그러나 얼음 자체가 가장 중요한 홍밋거리여서, 얼음을 제대로 관찰하기 위해서는 가장 빠른 기회를 활용해야 한다. 결빙한 다음 날 아침에 빙판을 살펴보면, 대부분의 방울들이 처음에는 얼음 속에 박힌 듯 보이지만 사실은 호수 바닥에서 계속 떠올라 와 얼음 아래쪽에서 막혀 수면에 갇혔음을 알게 되는데, 얼음이 비교적 단단하고 물속이 컴컴한 이 시기에는 빙판 밑을 구경하기가 어렵지 않다. 직경이 5밀리미터에서부터 1밀리미터가 안 되는 다양한 크기의 기포들은 아주 맑고 아름다우며, 방울에 비친 내 얼굴이 얼음을 통해 보일 정도다. 서른 개에서 마흔 개 정도의 그런 방울이 손바닥만 한 공간에 올라와 박힌다. 얼음 속에는 꼭대기가 원추형으로 뾰족하고 길이가 2센티미터쯤 되는 좁다란 직사각형 기포가 이미 수직으로 자리를 잡았는데, 결빙한 지 얼마 안 되어 얼음판이 깨끗한 무렵에는 작디작은 원형 방울들이 아래위로 줄줄이 매달려 엮어놓은 염주들이 훨씬 많이 눈에 띈다. 그러나 얼음 속에 박힌 이런 기포는 그 아래 맺힌 방울들만큼 숫자가 많지 않고 형체 또한 뚜렷하지 않았으며, 호수가 얼마나 단단히 얼었는지 알아보려고 가끔 내가 돌멩이를 던져 깨트리면, 얼음판을 뚫고 들어간 돌이 공기를 함께 끌고 내려가는 바람에 물속에 아주 크고 뚜렷하게 하얀 방울들이 생겨났다. 그러고는 언제인가 이틀 후에 내가 같은 장소에 가 보니, 케이크 모양으로 뚫렸던 구멍의 가장자리에 다시 엉겨 붙은 새 얼음의 켜가 5센티미터나 생겨났지만, 돌이 만들어놓은 커다란 기포는 본디 모습을 완벽하게 그대로 간직했다. 그러나 해빙기 마지막 이틀 동안은 마치 인디언의 여름*처럼 날씨가 아주 따뜻해져서, 바닥이 부옇거나 잿빛으로 탁해져 거무스레한 녹색으로 바뀐 물빛을 받은 얼음이 이제는 투명함을 잃었고, 따뜻한 햇살을 받아 얼음 아래 붙었던 공기 방울들이 잔뜩 팽창하면서 서로 들러붙어, 본디 상태를 그대로 지키지 못하게 된 얼음은 두 배나 두꺼워지기는 했지만 더 이상 단단하지가 않았으며, 차곡차곡 염주처럼 이어져 늘어졌던 방울들은 여기저기 자루에서 쏟아놓은 은화들처럼 마구 뒤엉키거나, 좁은 틈새나마 보이면 밀고 들어가 납작한 박편의 형태를 이루었다. 얼음의 아름다움은 사라졌고, 바닥을 살펴보기에는 너무 늦은 시기였다. 나는 새로운 얼음 속에 내가 만들어놓은 커다란 공기 방울들이 어떤 자리를 차지했을지 궁금해서, 중간 크기의 기포가 들어앉은 얼음덩어리를 잘라 꺼내서 뒤집어 보았다. 공기 방울의 주변과 아래쪽에 새로 얼음이 얼어서 방울은 두 장의 얼음 사이에 박혔다. 방울은 전체가 아래쪽 얼음으로 들어앉기는 했지만 한 면이 위쪽 얼음에도 바짝 달라붙어서 납작하면서도 약간 볼록한 모양을 갖추었으며, 동그스름한 가장자리는 두께가 1센티미터에 직경이 10센티미터가 넘었는데, 신기하게도 기포 바로 아래쪽의 얼음은 대단한 끈기를 한결같이 유지하며 뒤집어놓은 접시 형태로 꾸준히 녹아내렸으며, 중

✻   9월 말부터 11월 사이에 미국 북부에서 가을에 찾아오는 때아닌 여름 같은 날씨를 말하는데, 우리말의 '환절기'나 마찬가지로 감상적인 뒷맛을 남기는 표현으로 자주 쓰인다.

간 부분은 두께가 2센티미터쯤이었고, 물과 기포 사이에는 3밀리미터가 안 되는 얇은 막이 형성되었으며, 이 칸막이 얼음벽에 생겨난 작은 기포들은 여기저기서 아래쪽으로 터져 내렸는데, 보아하니 직경이 30센티미터쯤 되는 가장 큰 기포 아래쪽에서는 얼음이 다시 얼지 않았던 듯싶었다. 내가 처음에 얼음 밑에서 보았던 무수히 많은 자디잔 방울들은 마찬가지 과정을 거쳐 얼면서, 하나하나의 기포가 저마다 다른 경사도에 따라 돋보기 같은 역할을 함으로써 아래쪽 얼음을 푸석푸석하게 녹였으리라는 추측이 가능했다. 이 공기 방울들은 얼음이 갈라지고 통째로 꺼지도록 도와주는 공기총들인 셈이었다.

* * *

내가 회반죽 작업을 마친 직후에 마침내 본격적인 겨울이 찾아왔고, 마치 그때까지는 허락을 받지 못해 마음대로 불어닥치지 못했다는 듯 바람이 집 주변 사방에서 울부짖기 시작했다. 땅바닥이 눈으로 뒤덮인 다음에도 밤이면 밤마다 기러기 떼가 어둠 속에서 시끄럽게 울어대며 날갯짓 소리와 함께 날아와서는 쿵쿵거리며 월든에 내려앉았고, 멕시코까지 가기로 작정한 나머지 기러기들은 숲 위로 낮게 날아 아름다운 안식처 쪽으로 비행을 계속했다. 몇 차례인가 가끔 나는 마을에 갔다가 밤 10시나 11시쯤 집으로 돌아오는 길에, 오두막 뒤편 웅덩이 근처의 숲속에서 기러기들인지 오리들인지 잘 모르겠지만 먹이를 찾으러 나온 철새 무리가 낙엽을 밟고 지나가는 소리를 들었는데, 발길을 서두르던 그들의 우두머리가 자동차 경적을 울리듯 꽥꽥거리며 재촉하는 울음소리까지 희미하게 들려왔다. 1845년에는 12월 22일 밤에 월든이 처음으로 전체가 꽁꽁 얼어붙었고, 플린트 호수와 다른 몇몇 얕은 호수 그리고 콩코드 강은 그보다 적어도 열흘은 먼저 결빙했으며, 1846년에는 12월 16일, 1849년에는 31일쯤에, 그리고 1850년에는 27일쯤, 그런가 하면 1852년에는 1월 5일, 1853년에는 12월 31일에 월든이 완전히 얼어붙었다. 눈은 11월 25일부터 이미 땅을 뒤덮어 갑자기 겨울 풍경으로 나를 둘러쌌다. 나는 더욱 껍데기 속으로 움츠러들었고, 오두막 안에서는 물론이요 마음속에서도 밝은 불꽃을 꺼트리지 않으려고 정성을 기울였다. 이제는 나의 옥외 활동이 숲에서 죽은 나뭇가지를 주워 모아 손에 들거나 어깨에 짊어지고 오기도 하고, 때로는 죽은 소나무를 양쪽 겨드랑이에 하나씩 끼고 헛간까지 질질 끌고 오는 일이 고작이었다. 이미 제 몫을 다한 숲의 낡은 울타리를 발견했을 때는 횡재나 다름없었다. 테르미누스*를 모시는 소임을 다한 울타리를 나는 불카누스**에게 제물로 바쳤다. 눈밭으로 나간 남자가, 사냥했다기보다는 훔쳐 온 땔감으로, 손수 요리한 저녁 식사를 하는 일은 얼마나 흥미진진한 호사인가! 그가 먹는 빵과 고기는 달콤하기 짝이 없다. 마을의 대부분 지역에 인접한 숲에는 여러 집에서 땔감으로 쓸 만한 삭정이나 버려둔 나무가 널렸지만 지금은 누

* 로마 신화에서 경계를 다스리는 신.
** 대장간에서 불을 다스리는 신.

구 하나 거두어가지를 않을뿐더러, 어떤 사람들은 이것을 그냥 내버려 두면 어린나무들의 성장에 방해가 된다고 걱정한다. 호수에는 떠내려온 나무들도 많다. 여름 동안에 나는 껍질을 벗기지 않은 리기다소나무 통나무로 엮어 만든 뗏목 하나를 발견했는데, 철도 건설 공사를 하던 아일랜드 노동자들이 만든 물건이었다. 나는 그것을 뭍으로 반쯤 끌어 올려 두었다. 2년 동안이나 물에 잠겼다가 육지로 끌려 올라와서 6개월을 보낸 뗏목은 물을 너무 많이 먹어 바짝 말리기는 어려운 일이었지만, 그런대로 멀쩡한 상태였다. 어느 겨울날 나는 심심풀이 삼아 뗏목을 해체하여 통나무를 하나씩 800미터나 되는 호수를 가로질러 집으로 운반했는데, 5미터가량 되는 통나무의 한쪽 끝을 어깨에 얹고 반대편 끝을 얼음판에서 미끄러지게 하거나, 가느다란 자작나무 실가지로 통나무 몇 개를 한데 묶고는 좀 더 길고 끝에 갈고리 모양으로 곁가지가 달린 자작나무나 오리나무에 걸어 질질 끌어서 운반했다. 완전히 물을 먹어 옮기기에 납덩이처럼 무겁기는 했지만, 이 통나무들은 타는 속도가 느렸을 뿐 아니라 화력이 좋았는데, 등잔에 사용할 때처럼 관솔을 물에 담가두면 송진이 훨씬 오래 타오르듯이 어쩌면 물을 먹었기 때문에 더 잘 타는지 모르겠다는 생각까지 들었다.

길핀은 영국의 숲 경계 지역에 거주하는 사람들에 관한 글에서 "무단 침입자들이 숲의 언저리에 짓는 집과 울타리는 … 옛 산림법에서 대단한 불법 행위로 간주되었고, ad terrorem feratum—ad nocumentum forestæ(들짐승을 위협하고—숲에 해를 끼치는) 행위라 하여 purprestures(불법 공유지 점거)라는 죄목으로 엄중한 처벌을 받았다.[※]라고 밝혔다. 그러나 나는 산림청장이라도 되는 듯이 푸른 초목과 숲 동물의 보존에 사냥꾼이나 벌목꾼들보다 훨씬 관심이 많았고, 실수로 나도 산불을 낸 적이 있기는 하지만, 간혹 나무들이 조금이나마 어디서 불에 타면 숲의 주인보다 더 오래 그리고 더 깊이 슬퍼했으며, 거기서 그치지 않고 주인이 자신의 소유인 나무를 베어낼 때까지도 괴로워했다. 나는 우리 농부들이 숲을 벌목할 때는 부디 옛 로마인들이 신성한 숲(lucum concucare)에 빛이 잘 들도록 나무를 베거나 솎아내면서, 그 숲이 어떤 신에게는 성스러운 곳이라고 믿으며 느꼈을 그런 경외감에 젖기를 소망한다. 로마인들은 속죄의 제물을 바치며 기도했다. 이 숲을 거룩하게 한 신이나 여신이 누구이든 간에, 나와 내 가족과 우리 아이들과 모든 인간에게 은혜를 베풀어주옵소서.

이 새로운 시대, 이 새로운 나라에서조차, 황금보다 더 영원하고 보편적인 가치를 여전히 나무에 부여한다는 사실은 감동스러운 일이다. 온갖 발견과 발명에도 불구하고 나뭇더미 곁을 그냥 지나칠 인간은 없다. 우리의 색슨과 노르만 조상들에게 그러했듯이 우리에게 나무는 더없이 소중하다. 그들이 나무로 활을 만들었다면, 우리는 그것으로 총의 개머리판을 만든다. 지금으로부터 30여 년 전에 미쇼는 뉴욕과 필라델피아에서 연료로 팔리는 장작의 가격이 "파리에서 파는 최상급 목재의 가격과 거의 같거나 오히려 비

[※]   성공회 목사이며 화가였던 윌리엄 길핀(William Gilpin)의 『숲 풍경에 관한 소고(Remarks on Forest Scenery)』에서 인용.

싸기까지 하다는데, 프랑스의 거대한 수도는 매년 30만 더미*이상의 장작을 소비해야 하지만, 500킬로미터에 달하는 경작지를 지나가야만 나무를 구할 숲에 이르게 된다는 기막힌 실정을 감안해야 한다.”**라고 지적했다. 이곳 마을에서는 장작의 가격이 거의 수그러질 줄 모르고 꾸준히 오르는데, 사람들은 지속적인 상승 추세가 아니라 작년과 비교해서 금년에는 얼마나 올랐는가 하는 사실에만 관심을 쏟는다. 따로 아무 볼일이 없는데 제 발로 숲을 찾아오는 기계공이나 상인들은 보나마나 목재 경매에 참석하려는 사람들이어서, 그들은 벌목꾼이 흘린 나무 부스러기를 긁어모을 특권마저 높은 값을 지불하고 사들인다. 인간은 까마득한 옛날부터 땔감이나 공예품의 재료를 숲에서 구해 왔는가 하면, 잉글랜드와 네덜란드의 이주민들, 파리 사람들과 켈트족, 농부와 로빈 후드, 구디 블레이크와 해리 길***, 세상 거의 모든 곳의 군주와 농부, 학자와 야만인은 몸을 덥히고 밥을 지어 먹으려면 누구나 숲에서 가져온 몇 개비의 장작이 필요하다. 나 역시 나무가 없이는 살아갈 길이 없다.

사람이라면 누구나 그의 집에 쌓아놓은 자신의 장작더미를 흐뭇한 시선으로 바라본다. 나는 내 땔감더미를 창밖에 쌓아두기를 좋아하는데, 유리창으로 내다보는 장작개비가 많을수록 내가 일

✿　끈으로 묶는 수량이어서 cord라 하는데, 우리말로는 '장작 한 바리' 정도가 된다.

✿✿　프랑스 박물학자 프랑수아 미쇼(François Michaux)의 『북아메리카 실바의 숲 (North American Sylva)』에서 인용.

✿✿✿　윌리엄 워즈워드의 시에서 구디 블레이크(Goody Blake) 할머니는 땔감을 주려고 하지 않는 젊은 해리 길(Harry Gill)에게 저주를 퍼붓는다.

을 하며 느낀 즐거움의 기억이 그만큼 더 생생해진다. 본디 주인이 누구인지는 모르겠지만 내게는 낡은 도끼 한 자루가 있어서, 겨울이면 나는 가끔 그것을 들고 집의 양지바른 곳으로 나가 콩밭에서 캐내어 가져다놓은 나무 그루터기를 한참씩 패면서 즐거운 시간을 보냈다. 내가 밭을 갈 때 마차를 끌고 와서 도와준 사람이 예언했듯이, 나무 그루터기들은 도끼로 쪼갤 때 한 번 그리고 불을 지필 때다시 한 번, 나를 두 차례나 따뜻하게 해주었으니, 그보다 많은 온기를 나한테 제공한 땔감은 없었다고 하겠다. 도끼로 말하자면, 마을의 대장장이에게 가져가 날을 세워달라고 하라는 권고를 받기는 했지만, 나는 그 말을 듣지 않고, 숲에서 가져온 호두나무로 자루를 만들어 박았더니 그런대로 쓸 만했다. 날이 무디기는 했지만, 적어도 그만하면 충분히 튼튼해서였다.

진액을 잔뜩 머금은 몇 토막의 소나무는 보물이나 마찬가지였다. 불이 먹고 살아나는 식량이 아직 땅의 뱃속에 묻혀서 기다린다는 사실을 나는 신기하게 생각한다. 과거 몇 년 동안 나는 원래 리기다소나무 숲이었다가 황폐해진 산기슭으로 자주 '탐사'에 나섰고, 그곳에서 진액이 풍부한 소나무 뿌리들을 파내었다. 그런 뿌리는 가히 무적이라고 하겠다. 적어도 30년이나 40년 자란 그루터기들은, 중심부에서 10 내지 15센티미터 떨어진 지면과 만나는 부분에서 두꺼운 껍질에 고리 모양으로 형성된 비늘무늬로 확인이 가능하듯이, 비록 하얀 속껍질이 모두 푸석푸석하게 삭아버렸을지언정 아직 속살만큼은 멀쩡했다. 도끼와 삽으로 땅속 깊숙이 이 광산을 탐색하며 들어가면, 우지(牛脂)와 비슷하지만 황금의 광맥을 훨씬 더 닮은 노란 골수 저장고를 만나게 된다. 그러나 평상시라면 나는 눈이 내리기 전에 헛간에 미리 모아둔 낙엽으로 불을 지폈다. 벌목꾼은 숲에서 야영을 할 때 잘게 쪼갠 호두나무 생목을 불쏘시개로 사용한다. 가끔은 나도 그것을 조금 구해다 쓰기는 했다. 마을 사람들이 지평선 너머에서 불을 지필 때면, 나 역시 굴뚝으로 연기를 모락모락 피워 올려 월든 골짜기에서 살아가는 갖가지 주민들에게 내가 깨어 있음을 알리고는 했으니 ―

> 가벼운 날개가 달린 연기여, 새가 된 이카로스여,
> 날개가 녹아내릴지언정 위로 솟아오르며
> 노래하지 않는 종달새처럼, 새벽을 알리는 소식처럼,
> 그대가 둥지로 삼는 작은 마을들 위에서 맴을 돌고,
> 한밤의 환상이 남기는 흔적의 형상처럼
> 떠나려는 꿈처럼 치맛자락을 여미고,
> 밤에는 별을 가리고, 낮에는
> 태양을 가려 빛을 어둠으로 덮으며
> 그대는 나의 향불처럼 이 아궁이에서 피어올라
> 이토록 맑은 불꽃을 용서해달라고 신들에게 부탁하려무나.*

별로 많이 사용하지 않는 편이지만 나에게는 갓 잘라낸 단단한 생목이 가장 마음에 들었다. 겨울날 오후 산책에 나설 때면 나는

✿　1843년에 소로우가 처음 발표할 당시 이 시의 제목은 「연기(Smoke)」였음.

가끔 활활 타는 불을 그냥 내버려 두고 나갔는데, 서너 시간 후에 돌아와 보면 불이 여전히 살아서 환하게 타올랐다. 내가 외출한다고 해도 오두막이 비어 있지는 않았다. 마치 쾌활한 가정부에게 집을 맡겨두고 나가는 기분이었다. 늘 믿음직스러운 가정부였던 불과 나는 같은 집에서 함께 사는 셈이었다. 그러던 어느 날 장작을 패다가 나는 혹시 집안에 불이 나지는 않았는지 확인하려고 창문으로 잠깐 들여다보고 싶은 충동을 느꼈는데, 내가 기억하기로는 이런 문제로 신경을 쓰기는 그때가 유일했고, 어쨌든 그래서 안을 들여다보았더니 방금 불똥이 침대 이부자리로 옮겨 붙었음을 알게 되었고, 아직 손바닥 크기만큼밖에는 타지 않았을 때 안으로 들어가 불을 껐다. 하지만 내 오두막은 볕이 잘 들고 아늑한 자리에 위치한 데다가 지붕까지 아주 낮아서 거의 어떤 겨울날이라도 낮에는 불이 꺼진들 전혀 불편하지 않았다.

지하실에는 두더지들이 들어와 보금자리를 틀고, 감자를 3분의 1이나 먹어 치우는가 하면 회반죽을 바르고 남은 약간의 실오라기와 갈색 종이로 아늑한 잠자리까지 장만해놓았는데, 아무리 야생에서만 살아가는 동물일지언정 인간이나 마찬가지로 안락하고 따뜻한 곳을 좋아하기 마련이어서, 그런 여건들을 확보하려고 그토록 세심하게 신경을 쓰는 덕택에 그들은 무사히 겨울을 넘기고는 했다. 내 친구 몇 사람은 일부러 얼어 죽으려고 내가 작심하고 숲으로 들어오기나 한 것처럼 얘기를 한다. 동물은 비바람을 피하기 좋은 장소에 대충 잠자리를 만들어놓고는 자신의 체온으로 그곳을 덥히지만, 불을 발견한 인간은 체온을 빼앗기는 대신 널찍한 궤짝 안에

공기를 조금 가둬서 덥혀놓고 그곳을 잠자리로 삼고는, 무척 거추
장스러운 옷을 벗어버린 채 한겨울이건만 여름 생활을 유지하는가
하면, 창문을 뚫어 빛까지 들어오게 하고, 등불을 밝혀 낮 시간을
연장한다. 이런 식으로 인간은 본능보다 한두 걸음 앞질러 가서, 예
술에 바칠 시간을 조금이나마 마련한다. 가장 험악한 강풍에 장시
간 노출된 다음에는 온몸이 점점 무감각하게 마비되기 시작하지만,
온화한 분위기가 기다리는 집으로 돌아오면 나는 곧 기능들을 회
복하여 목숨을 연장하게 된다. 그러나 제아무리 호사스러운 집이라
고 할지언정 이런 면에서는 자랑할 만한 구석이 거의 없고, 우리는
인류가 결국 어떤 식으로 멸망하게 될지 추측하느라고 골치를 썩
일 필요가 없다. 북쪽에서 조금만 더 심한 강풍이 불어오면 언제든
인간의 목숨은 쉽게 끊어진다. 우리는 '혹한의 금요일'이나 '대폭
설'이 언제였는지*따지기를 좋아하지만, 그런 날보다 약간만 더 춥
거나 눈이 조금만 더 내리면 지구상에서 인간의 삶은 종지부를 찍
게 될지도 모른다.

　　숲의 주인이 아니었던 나로서는 이듬해 겨울에 살림의 규모
를 줄이려고 작은 취사용 난로를 사용했는데, 앞이 훤히 터진 벽난
로만큼 불의 효력이 좋지가 않았다. 당시의 취사는 대부분의 과정
에서 시적인 요소들이 다 사라져 단순히 재료들을 배합하는 절차
의 차원에 머물렀다. 요즈음 같은 난로 취사법의 시대에는, 인디언

＊　　뉴잉글랜드 지방에서는 1717년의 폭설, 1810년 1월 19일 금요일의 강추위,
　　1978년의 눈보라가 유명하다.

의 생활 방식에 따라 잿더미 속에 감자를 묻어 구워 먹는 풍습은 곧 잊히고 말 기세다. 난로는 자리를 많이 차지하고 집안에 악취를 남길 뿐 아니라, 불을 감춰버려서 나는 친구 하나를 잃어버린 기분이 들었다. 불에서는 언제나 얼굴이 보였다. 노동을 하는 사람은 저녁에 불길을 들여다보면서, 하루 동안 쌓인 속된 생각들의 지저분한 찌꺼기를 정화한다. 그러나 나는 더 이상 앞에 앉아 불을 들여다볼 길이 없어졌고, 어느 시인의 절묘한 표현이 새로운 힘을 내며 다시 내 머리에 떠오르는데―

"삶의 모습을 갖추고 가까이서 공감하며 밝게 타오르는
그대의 소중한 불꽃을 절대로 나에게서 빼앗아가지 말라.
나의 희망이 아니라면 무엇이 그토록 환히 하늘로 솟아오르겠는가?
나의 운명이 아니라면 무엇이 그토록 바닥으로 무너지겠는가?

누구나 환영하고 사랑하던 그대가
왜 벽난로와 거실에서 추방되었는가?
흐릿하기 그지없는 우리 삶의 하찮은 빛에 비해
그대의 존재가 그렇다면 지나치게 환상적이었던 탓인가?
반겨 맞던 우리의 영혼과 그대의 눈부신 광채가 주고받은
신비한 대화에 담긴 비밀이 지나치게 대담했던가?
희미한 그림자들이 펄럭이지 않는 벽난로 앞에서는
기쁨이 따로 없고 슬픔 또한 따로 없어
더 큰 열망조차 타오르지 않지만,

손과 발을 따듯하게 해주는

작고 실용적인 불꽃 무더기로 인하여

현재의 시간이 자리에 앉아 편안히 잠들 때는

어두운 과거에서 찾아와 서성거리는 유령들이

오래된 장작불 곁에서 말을 걸어와도 두렵지 않으니,

안전한 지금 이 순간만큼은 힘이 나는구나.[❖]

❖ 엘렌 스터지스 후퍼(Ellen Sturgis Hooper)의 시 「장작불(The Wood-Fire)」에서 인용.

옛사람들과 겨울 손님들

나는 몇 차례 즐거운 눈보라를 견디며 보내느라고, 바깥에서 눈발이 거세게 휘몰아쳐 부엉이의 울음소리마저 잠잠해진 동안, 불가에서 쾌적한 겨울 저녁을 보냈다. 여러 주일 동안 나는 산책을 나가서도 어쩌다 나무를 베어 썰매에 신고 마을로 가져가려고 찾아오는 사람들 말고는 아무도 만나지 못했다. 하지만 자연과 날씨는 나로 하여금 숲속에서 눈이 가장 깊게 쌓인 곳을 지나다니며 오솔길을 만들도록 도와주었으니, 내가 한 번 지나간 길에서는 바람이 떡갈나무 잎을 내 발자국 안으로 모아들였고, 잎사귀들은 그 자리에 박혀 햇살을 빨아들여서 눈을 녹였으며, 그래서 나는 발을 적시지 않고 땅을 밟고 다니게 되었을 뿐 아니라, 밤에는 시커먼 바닥이 나를 위한 길잡이 노릇을 했다. 사람들을 만나 사귈 기회가 부족했던 나는 전에 이 숲에 살았던 사람들을 상상 속에서 불러내어 만나는 수밖에 없었다. 마을의 많은 사람들이 기억하는 바에 따르면, 내 오두막 근처를 지나던 길에서는 이웃들이 웃고 떠드는 소리가 시끄러웠고, 당시에는 훨씬 더 울창한 나무들로 가로막혔던 길가의 숲은 여기저기 작은 텃밭과 집이 파고 들어가 자리를 잡았었다고 한다. 내가 기억하기로는 소나무들이 빽빽한 어떤 구간을 이륜마차를 타고 지나갈 때는 나뭇가지들이 양쪽에서 동시에 긁어댔고, 불가피하게 홀로 걸어서 이 길을 거쳐 링컨까지 가야 하는 여자들과 아이들은 겁이 나서 상당히 먼 거리를 달음박질 쳐 얼른 통과해야만 했다. 비록 변변치 않기는 하나마 근처 여러 마을로 나가는 주요 통로였던 이 길을 따라 벌목꾼들의 소나 말이 통나무를 끌고 다니기도 했는데, 한때는 지금보다 훨씬 다채로운 풍경으로 나그네의 눈을 즐겁게 하여 오래도록 그의 기억에 남았다. 지금은 마을에서 숲까지 바닥이 단단하고 사방이 탁 트인 들판이 펼쳐진 지역에 당시에는 통나무들을 밟고 단풍나무 숲의 늪지대를 가로지르는 길이 났었던 모양인데, 나중에 구빈원이 된 스트래튼 농장에서 브리스터 언덕까지 이어지는 현재의 흙길 밑에 그 통로의 자취가 그대로 숨어 있으리라는 사실은 의심할 여지가 없다.

그 길 건너편 내 콩밭의 동쪽에는 콩코드 마을의 유지였던 던컨 잉그램 어르신의 노예 케이토 잉그램*이 살았는데, 콩코드 마을에 거주하던 던컨 잉그램은 노예에게 집을 지어주고 월든 숲에서 살도록 허락했으며 — 이 전설의 주인공 카토(Cato)는 Uticensis**가

---

* 　미국의 흑인 노예는 본디 이름을 버리고 워싱턴이나 링컨처럼 유명한 인물이나 주인의 성을 따랐음. 덴젤 워싱턴의 선조가 그런 대표적인 사례다.

아니라, Corcordiensis***였다. 어떤 사람들은 그가 기니(Guinea)에서 끌려온 흑인이라고 주장했다. 호두나무들 사이에 자리 잡았던 그의 작은 밭을 몇몇 사람이 기억하는데, 늙은 후에 필요할지 모른다며 어서 자라주기를 노예가 고대했던 나무들은 결국 어느 젊은 백인 투기꾼의 손에 들어가고 말았다. 젊은 백인 역시 지금은 똑같이 비좁은 집에서 살아간다. 반쯤 허물어진 케이토의 지하실은 구덩이만 남았으며, 소나무 숲이 주변을 둘러싸 버려 나그네들의 눈에 띄지를 않아 그 존재를 아는 사람이 거의 없다. 지금은 그곳에 옻나무 관목(Rhus glabra)이 밀생하고, 가장 오래된 종에 속하는 미역취(Solidago stricta) 또한 무성하게 우거졌다.

그보다 마을과 훨씬 가까운 쪽으로 이곳 내 밭 한쪽 모퉁이 부근에는 질파라는 흑인 여성의 작은 집이 있었는데, 마을 사람들에게 팔 아마포를 짜면서 그녀가 날카롭고 특이한 목소리로 노래를 부르면 월든 숲 전체로 그 소리가 울려 퍼졌다. 그러다가 1812년 전쟁 중에 질파가 집을 비운 사이에 가석방된 영국군 병사들이 그녀의 집에 불을 질렀고, 질파가 키우던 고양이와 개와 닭이 모두 불에 타 죽었다. 그녀는 인간으로서 감당하기가 힘겨울 정도로 고된 삶을 살아야 했다. 예전에 자주 월든 숲을 드나들었다는 어느 마을 사람은 언젠가 점심때 그녀의 집을 지나가다가, 부글부글 끓는

❊❊　　고대 로마 정치가 카토(Cato)는 Utica에서 사망했기 때문에 Uticensis(우티카 사람)라고 불렀음.

❊❊❊　　콩코드 사람.

솥을 굽어보며 질파가—"너는 뼈밖에 안 남았구나, 뼈밖에 안 남았어."라고 중얼거리는 혼잣말을 들었다고 술회했다. 나는 그곳 어린 떡갈나무들 사이에 버려진 벽돌들을 본 적이 있다.

길을 내려가다가 오른쪽에 위치한 브리스터 언덕 위에는 한때 마을의 대지주 커밍스 어르신의 노예였으며 "손재주가 좋은 흑인"으로 명성이 높은 브리스터 프리먼이 살았고—그곳에 브리스터가 심어 가꾸었던 사과나무들이 여태까지 그대로 남아서 자라는데, 이제는 커다란 고목이 되었지만 그 열매는 여전히 야생 상태여서 시큼한 술맛이 나기 때문에 내 입맛에는 맞지 않는다. 얼마 전에 나는 링컨 마을의 오래된 공동묘지에 들렀다가 콩코드 전투에서 패주하여 전사한 영국 척탄병(擲彈兵)들의 무명용사 무덤들로부터 조금 떨어진 한쪽 구석에서 그의 묘비에 새겨놓은 글을 발견하고 읽어보았는데—스키피오 아프리카누스[*]라는 호칭을 썼더라도 손색이 없었을 그를—시피오 브리스터^{**}에 비유한 미사여구 끝에—"유색인"^{***}이라고 묘사하는 토를 달아놓아서, 마치 그가 빛이 바랜 인물이 되어버린 듯싶은 느낌을 받았다. 비문에서는 또한 그가 언제 죽었다는 정보만 유별나게 강조해놓아서, 도대체 한때나마 그가 이 세상에 살았다는 사실을 어렴풋하게밖에는 짐작할 길이 없었다. 그와 함께 살았던 착한 아내 펜다는 이왕이면 기분 좋게

---

[*]　　Scipio Africanus, 한니발을 물리친 로마 장군 '아프리카의 스키피오.'

^{**}　　Sippio Brister, 수십 년 노예 생활을 하다가 독립전쟁이 끝나갈 무렵 자유를 찾음.

^{***}　　man of color는 '빛깔을 입힌 사람'이라는 뜻으로 오해할 소지가 있음.

사람들의 운세를 봐주던 점쟁이였는데—얼굴과 몸집이 모두 크고 둥글둥글했으며 피부가 검다 못해 비견할 대상이 없을 만큼 칠흑처럼 새까맸으니, 그처럼 시커먼 달덩이는 그녀 이전과 이후 콩코드의 하늘에 떠오른 적이 없었다.

언덕을 더 내려가다 보면 왼편으로 숲속의 옛 길가에 스트래튼 가족이 살았던 농가의 잔해가 좀 남았는데, 그들의 과수원은 한때 브리스터 언덕의 능선을 온통 뒤덮었었지만, 그로부터 오랫동안 리기다소나무에 밀려나 다 죽어버리고 몇 개의 그루터기만 남겼는데, 늙은 뿌리들이 지금까지도 여전히 새끼를 쳐서 그렇게 퍼져 나간 천연 묘목이 마을로 자리를 옮겨 무럭무럭 자라난다.

거기서 다시 마을 쪽으로 좀 더 이동하면 길 반대편의 숲 언저리에서, 옛 신화에서는 이름을 정확히 밝히지 않은 어느 악마의 짓궂은 농간으로 유명해진 브리드*의 집터를 만나게 되는데, 문제의 악마는 우리 뉴잉글랜드 사람들의 삶에서 매우 두드러지고 경악스러운 역할을 맡았기에, 신화에 등장하는 어떤 주인공 못지않게 언젠가는 그의 일대기를 누군가 집필해야만 할 정도로 중요한 위치를 차지하며, 처음에는 친구나 일꾼으로 가장하고 나타나서는 한 가족을 모조리 파멸시켜 죽음으로 몰고 가는 존재로서—그의 이름은 뉴잉글랜드 태생의 럼주**다. 그러나 이곳에서 벌어진 비극의 역사를 이야기하기에는 아직 시기가 이르기에, 비극의 통렬함이 누

---

* John Breed, 가난뱅이 이발사 술꾼. 술에 취해 길바닥에서 횡사했다고 전해진다.
** 포경업의 중심지였던 뉴잉글랜드의 뱃사람들이 즐겨 마시던 술.

그러져 푸르른 하늘처럼 맑아질 때까지 시간을 주고 잠시 기다려야 되겠다. 입에서 입으로 전해져 진위를 확인할 길이 없어 지극히 모호하고 미심쩍은 어느 전설에 의하면, 옛날 옛적에 선술집이 이곳에 우물과 함께 자리를 잡아서, 나그네가 목을 축이고 말이 기운을 차리도록 편의를 베풀었다. 그리하여 이곳에서 사람들은 서로 인사를 나누고, 이런저런 소식을 주고받고는, 다시 뿔뿔이 흩어져 갈 길을 갔다.

　　브리드의 오두막은 오래전부터 사람이 살지 않고 비어 있었지만, 10여 년 전까지만 해도 제자리를 지켰다. 그 집은 내 오두막과 거의 같은 크기였다. 내 기억이 정확하다면 무슨 선거를 치른 날밤에 벌어진 일이었는데, 못된 청년들이 그 오두막에 불을 질렀다. 당시 나는 마을의 변두리에 살았고, 대브넌트*의 영웅시 『곤디버트』**에 질려 기진맥진한데다가 겨우내 기면증으로 무기력한 나날을 고생스럽게 보내던 무렵이었는데―잠깐 기면증에 관하여 부연하자면, 차머스가 편집한 영국의 시 선집***을 한 줄도 건너뛰지 않고 샅샅이 읽어내겠다며 내가 무리를 하는 바람에 그렇게 되었는지 모르겠고, 그렇지 않다면 수염을 깎다가도 잠들어 버리는 삼촌이 안식일만큼은 말짱한 정신으로 지켜야겠기에 억지로나마 깨어

　✢　William D'Avenant, 17세기 영국 시인.

　✢✢　미완성 서사시 「Gondibert an heroick poem」인데, 지루하기로 악명이 높았던 작품이다.

　✢✢✢　Alexander Chalmers의 『The Works of the English Poets from Chaucer to Cowper』인데 무려 21권으로 이루어졌다.

있으려고 일요일마다 지하실에서 감자의 싹을 따며 시간을 보내야 하는 집안 내력으로 미루어보아 혹시 유전병 때문이었는지 어쩐지 나로서는 알 길이 없었다. 나의 네르비*는 잠 귀신 앞에서 맥을 추지 못했다. 내가 시 선집에 막 얼굴을 떨구자마자 화재를 알리는 종소리가 울리더니, 소방차 몇 대가 황급히 달려갔고, 그들보다 앞서서 우르르 밖으로 쏟아져 나온 어른들과 청년들이 패잔병들처럼 무리를 지어 몰려갔고, 개천을 뛰어넘은 나는 가장 먼저 현장으로 뛰어가던 사람들과 합류했다. 전에도 그쪽에서 화재가 났다 하면—헛간이건 상점이건 집이건, 혹은 그런 건물들이 모두 함께 불타거나 하면 부지런히 불구경**을 하러 달려가고는 했었던 터여서—우리는 이번에도 틀림없이 숲 너머 멀리 남쪽 어디선가 일이 벌어졌으리라고 생각했다. 누군가 "베이커네 헛간이야."라고 소리쳤다. 다른 사람이 "코드먼 댁 같아."라고 주장했다. 그러자 지붕이 주저앉기라도 했는지 숲 위쪽으로 새로운 불길이 치솟았고, 우리는 다 같이 "도와주려면 콩코드로 가야 해!"라고 외쳤다. 망가져 주저앉을 정도로 사람을 잔뜩 싣고 마차 몇 대가 맹렬한 속도로 우리들을 추월하고 질주해 지나갔는데, 보아하니 그들 중에는 아무리 먼 길이라도 마다하지 않았을 보험회사 직원도 끼어 있었겠고, 뒤쪽에서는 소방차의 종소리가 훨씬 느리지만 확실하게 규칙적으로 딸랑거리며 울렸고, 나중에 사람들이 수군거리며 주고받은 소문에 따르

---

*   Nervii, 로마에 끝까지 굴복하지 않았던 플랑드르의 부족.

**   이 화재가 났을 때 소로우는 24살이었음.

자면, 불을 지르고 비상을 건 방화범들이 가장 늦게 슬그머니 나타나 마지막으로 따라왔다. 그렇게 우리는 감각이 일러주는 증거들을 거부한 채, 참된 이상주의자들처럼 신념을 굽히지 않고 계속 전진했는데, 길이 꺾어진 어느 지점에 이르자 불꽃이 탁탁 튀는 소리가 들렸고, 담을 넘어오는 불의 열기가 피부로 느껴졌으며, 그제야 우리는 아차! 벌써 현장에 도착했다는 사실을 깨달았다. 불난 곳이 코 앞에 나타나자 우리들의 열정적인 흥분감이 갑자기 식어버렸다. 처음에 우리는 개구리들이 사는 연못의 물이라도 퍼다 부을까 생각했지만, 이미 워낙 심하게 타버려 그럴 만한 가치가 없을 듯싶어서 그냥 다 타버리도록 내버려 두기로 결정했다. 우리는 동네 소방차 주변에 둘러서서, 잔뜩 모인 사람들 틈에 끼어 밀고 밀리며, 두 손을 나팔처럼 입에 대고 자신이 느끼는 감정을 큰 소리로 외쳐 알리는 틈틈이, 배스콤 상점을 포함하여 수많은 사람들이 함께 구경했던 멋진 화재에 대해 나지막한 목소리로 의견을 주고받았으며, 친한 사이에 우리들끼리 나눈 얘기이기는 하지만, 동네 "물통"*이 제때 도착하기만 했더라면, 근처 개구리 연못의 물을 퍼 날라다 그 위협적인 마지막 화재 현장을 손쉽게 물바다로 만들어버렸으리라고 큰소리를 치기까지 했다. 결국 우리는 별다른 재미를 보지 못한 채로 퇴각하여—저마다 집으로 돌아가 잠자리에 들거나『곤디버트』를 계속 읽었다. 그런데『곤디버트』에 관해서 한마디 더하자면, 서문에서 재치가 영혼의 화약이라고 서술한 대목 가운데—"그러나

❈   소방차를 비하한 표현.

인디언들이 화약을 낯설어 하듯이 인간은 대부분 재치하고는 거리
가 멀다."라고 한 문장은 삭제했으면 좋겠다고 생각한다.

　　이튿날 같은 시간에 나는 우연히 들판을 가로질러 그쪽으로
걸어가다가, 집이 불탄 자리에서 누군가 나지막하게 신음하는 소리
를 들었고, 어둠을 헤치고 가까이 가서 살펴보니, 내가 알기로는 그
집안의 유일한 생존자이자 가족의 악덕과 미덕을 모두 물려받았으
며, 이 화재 사건과 유일하게 이해관계가 있는 후손 하나가 땅바닥
에 엎드린 채로, 지하실 벽 너머 땅 밑에서 잿더미로부터 그때까지
도 여전히 피어 올라오는 연기를 바라보며, 언제나 잘 그러듯이 혼
잣말을 중얼거리고 있었다. 그는 하루 종일 멀리 떨어진 강변의 목
초지에서 일을 하고 난 다음, 겨우 짬이 나자마자 그의 조상들이 대
대로 살았고 그가 어린 시절을 보낸 집으로 찾아왔다. 그는 땅바닥
에 엎드린 채로 이리저리 기어 다니면서 지하실을 모든 각도에서
구석구석 살펴보았는데, 마치 그가 돌멩이들 사이 어딘가 숨겨놓았
다고 기억하는 보물을 찾아내려고 그러는 듯싶었지만, 그곳에는 벽
돌과 잿더미만 잔뜩 쌓였을 뿐 아무것도 없었다. 집이 사라져버렸
기 때문에 그는 폐허밖에 볼 것이 없었다. 그는 내가 그냥 거기 함
께 있다는 사실 자체가 연민을 상징한다고 생각해서였는지 위안을
받은 듯싶었고, 그래서인지 어둠 속에서 잘 보이지는 않았지만 허
물어진 우물이 있는 곳으로 나를 안내했는데, 다행스럽게도 우물은
불에 타버릴 물건은 아니었고, 그가 한참 동안 벽을 손으로 훑어 아
버지가 손수 다듬어 매달아 놓은 방아두레박을 찾아내고는, 한쪽
끝이 무겁도록 추를 단단히 고정시키는 쇠갈고리인지 꺽쇠를 더듬

어 찾아내어 ─그가 붙잡고 매달릴 곳은 그것이 전부라는 듯─ 이
것은 예사로운 "장치"가 아니라고 열심히 설명을 늘어놓았다. 나는
그것을 만져보았고, 지금도 산책을 나갈 때마다 거의 언제나, 한 집
안의 역사가 그곳에 매달려 있다는 생각에, 늘 그 쇳덩이를 눈여겨
보고는 한다.

그곳에서 좀 더 왼쪽으로는, 지금은 탁 트인 들판으로 변했지
만, 담벼락을 따라 자라는 어린 라일락 몇 그루와 우물이 보이는 곳
에, 한때 너팅과 르 그로스*가 살았다. 그렇지만 이제는 다시 링컨
마을로 돌아가기로 하자.

그들보다 더 깊이 숲으로 들어가 호수에서 도로가 가장 가까
운 길목에 와이먼이라는 옹기장이가 무단으로 땅을 점거하고 살면
서 질그릇을 만들어 마을에 내다 팔았고, 그 가업을 자식들이 물려
받았다. 대대로 살림살이가 여의치 않았던 그들이 그곳에 사는 동
안만큼은 당국에서 묵인해준 덕택에 무단 점거가 가능했고, 보안관
이 세금을 받아내려 자주 찾아가기는 했어도, 그냥 형식적으로 '딱
지'를 붙이기는 했지만, 나중에 내가 보안관의 보고서를 확인한 바
로는, 차압할 물건이 변변히 없었기 때문에 매번 헛걸음만 했다. 한
여름 어느 날 내가 흙을 파고 있으려니까, 시장에 내다 팔 오지그
릇을 수레에 한가득 싣고 가던 남자가 밭 옆에 말을 세우고는 아들
와이먼에 관한 소식을 물었다. 오래전 그에게서 녹로를 사 갔다는

✿ "동물들의 겨울" 편에 등장하는 샘 너팅(Sam Nutting)과 가난한 농부 르 그로스
(Francis Le Grosse). 'le grosse'는 '뚱보'라는 뜻임.

상인은 와이먼이 어떻게 지내는지를 알고 싶어 했다. 나는 성서에서 옹기장이의 도토와 돌림판에 관한 내용을 읽은 적이 있었지만, 우리가 사용하는 항아리들이 마치 조롱박처럼 어디선가 나무에 주렁주렁 매달려 열리는 정도로만 무관심하게 생각해서, 그토록 까마득한 시대부터 명맥을 이어왔다는 사실을 인식하지 못했으며, 그래서 내 이웃에 흙으로 빚는 예술에 종사하는 사람이 산다는 말을 듣고 마음이 흐뭇했다.

내가 이주해 오기 전에 이 숲에서 살았던 마지막 주민은 아일랜드 사람인 휴 코일(Hugh Quoil)이었는데—내가 그이 이름을 '꽈배기(Coil)'라고 잘못 적었던 적이 한두 번은 아니었던 듯싶지만—그는 와이먼이 살던 셋집에 기거했고—사람들은 그를 '코일 대령'이라고 불렀다. 소문에 의하면 그는 워털루 전투에 참가했던 군인이라고 했다. 만약 그가 지금까지 살아 있다면, 나는 그가 겪은 전투들에 대하여 시시콜콜 물어보고 싶다. 그의 천직은 도랑을 파는 일이었다. 워털루에서 패한 후 나폴레옹은 세인트 헬레나 섬으로 갔고, 코일은 월든 숲으로 왔다. 내가 그에 관해서 아는 내용은 하나같이 비극적이었다. 그는 산전수전 다 겪어본 사람답게 예의가 깍듯했고, 그의 공손한 말투는 듣기가 부담스러울 지경이었다. 그는 진전섬망증*을 앓아 한여름에도 긴 외투를 입었고, 얼굴은 벌겋게 달아오른 빛깔이었다. 그는 내가 월든 숲으로 들어온 지 얼마 안

---

* 震顫譫妄(trembling delirium)은 술 중독 금단 현상으로 인하여 발생하는 상태로, 환각과 환청에 빠지다가, 발작이 심하면 사망한다.

되었을 때, 브리스터 언덕 기슭 길바닥에서 사망했기 때문에 나는 그를 이웃으로 기억하지는 않았다. 코일의 전우들이 "재수 없는 대 궐"이라며 기피했던 그의 집이 헐리기 전에 나는 그곳을 찾아갔었 다. 높다란 널빤지 침대 위에는 낡아빠진 옷들이 그가 입었다 벗어 놓은 그대로 구겨진 채 널려 있어서 마치 살았을 적 그의 모습을 생 생하게 보는 듯싶었다. 벽난로 선반 위에는 깨진 담뱃대가 놓여 있 었지만, 샘터에서 깨진 그릇*은 없었다. 샘에서 부서진 그릇은 그의 죽음을 상징하지는 않았을 터이니, 나한테 그가 털어놓은 바에 의 하면, 그는 브리스터 언덕의 샘터에 대한 얘기를 들어보기는 했으 나 그곳에 가본 적은 없기 때문이었으며, 방바닥에는 때가 잔뜩 묻 은 다이아몬드와 스페이드와 하트의 왕(King)들이 여기저기 흩어져 있었다. 코일 대령의 집에서는 한밤중 어둠처럼 온몸이 새까맣고 목소리 역시 한밤중처럼 조용해서 꼬륵거리는 소리조차 내지 않는 닭 한 마리가, 마을의 행정관이 도저히 잡을 재주가 없어 그냥 내버 려둔 탓으로, 르나르**가 잡으러 오기를 기다리기라도 하는지 옆방 의 횃대에서 변함없이 제자리를 지켰다. 집 뒤편으로는 텃밭의 윤 곽이 흐릿하게 남았는데, 씨앗을 뿌리기는 한 모양이지만 그 끔찍 한 발작 때문에 온몸이 떨려, 이제는 수확할 때가 되었어도 김 한번 매지 않은 듯했다. 그곳에는 돼지풀과 도깨비바늘이 우거져 홀씨들

---

*　구약성서 「전도서(코헬렛)」 12장 6절 "샘에서 물동이가 부서지고"라는 대목 참 조. 금 그릇과 은줄과 더불어 인간이 죽으면서 덧없이 사라지는 물건.
**　유럽 여러 나라의 우화에 등장하는 여우.

이 내 옷에 잔뜩 들러붙었다. 뒷마당에는 마지막 워털루 전투에서 가져온 전리품처럼 땅다람쥐 가죽을 최근에 널어놓았지만, 코일 대령에게는 따뜻한 모자나 장갑은 이제 더 이상 필요가 없어졌다.

지금은 지면에 움푹 파인 흔적들만이 이곳에 집이 있었음을 알려줄 뿐이어서, 지하 저장고의 벽에 쌓았던 돌멩이들은 땅에 묻혔고, 양지쪽 풀밭에서는 딸기와 나무딸기와 골무딸기와 개암나무 덤불과 옻나무가 들어앉았고, 굴뚝을 세웠던 곳에는 옹이가 많은 떡갈나무인지 아니면 리기다소나무인지 구분이 잘 안 가는 어린 나무 몇 그루가 자리를 잡았고, 문 앞에 섬돌을 놓았던 자리에는 달콤한 향기가 나는 검은 자작나무가 버티고 서서 바람결에 흔들렸다. 한때는 샘물이 졸졸 솟아올랐을 우물 자리가 얼핏 눈에 띄기는 했지만, 어쩌면 마지막 거주자가 떠나면서—훗날 언젠가 다시 돌아올 때까지 아무도 찾아내지 못하도록—납작한 돌을 덮고 그 위에 뗏장을 심어 깊이 묻어버렸는지, 지금은 말라붙어 눈물 한 방울 나오지 않는 땅에 잡초만 무성했다. 눈물의 샘이 터져 나왔을 바로 그 순간에 우물의 샘을 막아버리다니—그 얼마나 애처로운 짓이었던가! 여우들이 살다가 오래전에 버리고 떠난 굴처럼 보이는 지하 저장고의 움푹한 흔적들만 남은 이곳에서는 한때 인간의 삶이 시끄럽고 부산하게 나날을 이어갔으며, 어떤 언어였든 그리고 어떤 형식이었든 "운명과 자유의지와 절대 예지"[*]에 대한 대화를 사람들이 주고받았으리라, 그러나 그들이 토론 끝에 도달했을 결론들에

[*] 존 밀턴의 『실낙원』에서 인용.

대하여 내가 가늠할 길이 없기는 하지만 "케이토와 브리스터 또한 나름대로 세상살이의 요령을 터득했노라." 정도는 짐작이 가는데, 그것은 훨씬 유명한 온갖 학파의 사상적 체계 못지않게 유익한 교훈이라 하겠다.

문짝과 상인방과 문턱이 없어지고 한 세대가 흘러갔건만, 라일락은 힘차게 자라 봄이면 향기로운 꽃봉오리를 터트려, 사색을 하며 지나는 나그네가 꺾어 가고, 예전에 아이들이 앞마당 꽃밭에 심어 돌보았던 나무가—이제는 한적한 목초지 담벼락 앞에 서서 새로이 자라나는 숲에 자리를 내어주려 하니—그곳에 살았던 일가의 혈통으로서는 마지막 생존자가 되겠다. 싹눈이 겨우 두 개뿐인 연약한 가지를 집의 응달진 곳 흙바닥에 꽂아 심고 매일 물을 주었던 코흘리개 아이들이 상상조차 못했겠지만, 나무는 뿌리를 깊이 내려, 뒤쪽에서 그늘을 드리우던 집이 사라지고, 어른들의 밭과 과수원이 모두 사라지고, 그들이 자라 나이를 먹고 세상을 떠난 다음 반세기가 흘러가도록 오래 살아남아서—첫 번째 봄에 그랬듯이 아름다운 꽃을 피우고 달콤한 향기를 내뿜으며, 외로운 방랑자에게 흘러간 사람들의 이야기를 어렴풋이 전해준다. 여전히 다정하고, 공손하고, 화사한 라일락의 빛깔을 나는 새삼스럽게 눈여긴다.

그런데 콩코드는 제자리를 굳건히 지키건만, 훨씬 큰 무엇인가로 성장해나갈 싹이었던 이 작은 마을은 어찌하여 몰락하고 말았을까? 자연이 주는 이점들—정말이지 수자원 같은 혜택이 없어서였을까? 깊은 월든 호수와 시원한 브리스터 샘을 보라—그곳에서는 오랫동안 건강하게 마실 물의 혜택을 얼마든지 누려도 좋았지만, 사람들은 그 물의 용도를 오직 유리잔에 담긴 술을 희석하는 데 말고는 제대로 발전시키지 못했다. 그들은 하나같이 술에 찌든 집단이었다. 마구간 빗자루와 바구니와 돗자리를 만들고, 옥수수를 말리고, 아마포를 짜고, 옹기를 구워내는 천직이 이곳에서 번성했더라면, 황무지가 장미꽃처럼 화려하게 피어나서 수많은 후손이 조상의 땅을 물려받게 되지 않았을까? 수자원이 상대적으로 풍부한 저지대 사람들의 퇴락한 삶이 척박한 땅 때문은 아니라는 사실만큼은 확실하다. 안타깝게도 일찍이 이곳에 살았던 사람들의 기억은 아름다운 풍경의 가치를 고양하는 데 아무런 기여를 하지 못했다. 어쩌면 대자연은 나를 이곳 최초의 입주자로, 그리고 지난봄에 지은 내 오두막을 이 촌락에서 가장 오래된 집으로 삼으려고 다시금 시도할지 모르겠다.

내가 거처하는 자리에 집을 지어본 사람이 있었다는 얘기를 나는 들어본 적이 없다. 훨씬 역사가 깊은 고대의 도시가 섰던 자리만큼은 나는 사양하고 싶으니, 그런 곳에는 원자재가 폐허일 뿐이고, 밭은 묘지가 되어버렸을 테니까 말이다. 그곳의 토양은 백화현상의 저주를 받겠지만, 그러한 일이 벌어지기 전에 지구 자체가 멸망할 것이다. 나는 이렇게 과거를 회상하여 숲을 다시 사람들로 가득 채우면서 잠을 청했다.

***

그런 계절에는 찾아오는 손님이 거의 없었다. 눈이 가장 높이 쌓였을 때는 한두 주일이 지나도록 내 오두막 부근에는 방랑자가 전혀 그림자조차 얼씬거리지 않았지만, 나는 들판의 쥐만큼이나 편안하게, 그리고 눈더미에 파묻혀 먹지도 못한 채 오랫동안 견디며 살아남았다는 소와 닭만큼이나 아늑하게 지냈는데, 매사추세츠 주 서튼 마을에 처음 정착한 어느 가족의 경우에는 1717년 집안의 가장이 출타했을 때 대폭설로 오두막이 완전히 눈 속에 파묻혀 버렸다가, 굴뚝이 숨구멍처럼 뚫어놓은 흔적을 발견한 인디언의 구조를 받았다고 했다. 그러나 나에게는 신경을 써줄 만큼 친한 인디언이 없었고, 집안의 가장이 오두막에 머물고 있었으니 그럴 필요 또한 없었다. 대폭설이 어쨌다는 말인가! 듣기만 해도 신나는 일이 아닌가! 그런 때는 농부들이 가축을 끌고 숲이나 늪지대로 가서 땔감을 구해 끌고 오기가 불가능했기 때문에 집 앞에서 그늘이 되어주던 나무들을 베어 써야 했으며, 쌓인 눈이 단단하게 얼어붙은 다음에는 늪지대까지 나가서 땔감을 마련했는데, 이듬해 봄을 맞아 눈이 사라진 후에 가서 보면, 늪지대의 여러 나무들은 지면에서 3미터나 올라간 부분에서 꼭대기가 잘려나가고 없었다.

눈이 가장 높이 쌓일 무렵이면, 내가 큰길에서 오두막으로 진입할 때 이용하는 800미터 정도의 오솔길에는 넓은 간격으로 점점이 찍힌 발자국이 구불구불한 선으로 나타났다. 한 주일 정도 날씨가 좋을 때면—겨울이라는 계절이 우리의 행동 양식을 단조롭게 위축시키는 까닭에—나는 오는 길 가는 길에 내가 남긴 깊은 발자국들을 양각기(兩脚器)처럼 같은 보폭으로, 발을 옮기는 횟수까지 그대로 다시 밟으며 걸었는데, 때로는 녹은 물이 고인 구멍 속에 푸른 하늘의 빛이 그대로 담기고는 했다. 그러나 단순히 산책이라고 하기는 좀 어려울 듯싶은 나의 외출은 어떤 날씨라고 할지언정 감히 막지는 못했으니, 사냥꾼들마저 겨울 대피소로 모습을 감춘 무렵에도 나는 자주 집을 나서 너도밤나무나 노랑자작, 혹은 오랜 친구인 몇몇 소나무와의 약속을 지키기 위해 아무리 깊은 눈밭을 헤치면서라도 10킬로미터에서 15킬로미터를 찾아갔는데, 평균 50센티미터의 눈이 쌓였을 때 가장 높은 언덕 꼭대기를 향해 허우적거리며 올라가노라면, 얼음과 눈의 무게 때문에 나뭇가지들이 축 늘어지고 꼭대기가 뾰족해져서 전나무처럼 모양이 달라진 소나무들 밑으로 엉금엉금 기다시피 지나가며 걸음을 옮길 때마다 난데없는 눈보라가 머리 위로 쏟아지고는 했다. 어느 날 오후에 나는 백주 대낮인데도 나들이를 나와 내가 서 있던 곳으로부터 5미터밖에 떨어지지 않은 백송의 아래쪽 죽은 가지 위에 앉아 있는 줄무늬올빼미 (Strix nebulosa) 한 마리를 지켜보며 즐거운 시간을 보냈다. 내가 걸음을 옮기느라고 눈을 밟아 뽀드득거리는 소리를 듣기는 했지만 그는 내가 잘 보이지 않는 듯했다. 내가 훨씬 시끄러운 소리를 내자 그는 머리를 길게 뽑고, 목의 깃털을 세우면서 눈을 크게 떴지만, 곧 눈꺼풀이 다시 깔리면서 꾸벅꾸벅 졸기 시작했다. 올빼미는 고양이처럼 눈을 반쯤 뜨고 앉아 버티었으며, 날개 달린 고양이 동생을 그렇게 30분쯤 지켜보는 사이에 나도 덩달아 슬그머니 졸음이 왔다. 눈꺼풀이 덮인 올빼미의 눈에는 째진 상처처럼 가느다란 틈만 남았고, 그는 그 틈새를 통해 비몽사몽간에 나하고의 관계를 어렴풋하게만 유지했으니, 그렇게 반쯤 감은 눈으로 꿈의 나라에서 바깥을 내다보며, 그의 환상을 방해하는 희미한 티끌처럼 보이는 물체인 나의 정체를 파악하려고 안간힘을 썼다. 그러다가 마침내, 훨씬 시끄러운 무슨 소리를 들었기 때문이었는지 아니면 내가 더 가까이 접근해서였는지는 모르겠지만, 꿈을 꾸다가 방해를 받아 짜증이 난 듯 그는 점점 불안한 기색을 내비치더니, 앉은 자리에서 느릿느릿 몸을 돌리고는, 날개를 상상하기 어려울 만큼 넓게 활짝 펼치고 솟구쳐 올라 소나무들 사이로 날아갔지만, 그의 날갯짓 소리가 내 귀에는 전혀 들리지 않았다. 그렇게 올빼미는 그가 사는 지역을 눈으로 확인하는 대신 어떤 섬세한 다른 감각의 안내를 받아가며, 예민한 날개로 흐릿한 길을 더듬어 소나무 가지들 사이로 날아가서는, 평화로운 마음으로 새로운 하루가 밝아오기를 기다리기에 적합한 새로운 횃대를 찾아냈다.

나는 초원을 가로지르는 철로를 위해 만든 긴 둑길을 따라 걸어갈 때면, 바람이 마음껏 뛰놀기에 그보다 좋은 곳이 없었던지라, 살을 베어내는 듯 쓰라리고 거센 바람을 자주 만났고, 그럴 때마다 동상에 걸릴 지경으로 한쪽 뺨이 얼어붙으면, 비록 기독교인이 아니기는 했지만, 얼른 다른 뺨을 그쪽으로 대신 내밀었다. 브리스터 언덕에서 마찻길을 따라 걸어도 사정은 별로 나을 바가 없었다. 넓은 들판에서 바람에 휩쓸려 굴러다니던 온갖 잡동사니들이 월든 도로의 양쪽 담벼락 사이까지 날아와 쌓이고, 앞서 지나간 마지막 나그네의 발자국이 채 반 시간도 안 되어 흔적조차 남기지 않고 사라지는 그런 날씨라 할지언정, 나는 착한 인디언 친구처럼 여전히 마을로 내려갔다. 그리고 집으로 돌아가는 길에 보면 새로운 눈더미들이 여기저기 생겨나서 나는 허우적거리며 앞으로 나아가야 했고, 길이 갑자기 꺾어지는 모퉁이에서는 북서풍이 몰아다 쌓아놓은 가루눈에 덮여 작디작은 들쥐의 발자국은 고사하고 토끼가 지나간 흔적조차 찾아볼 길이 없었다. 그렇기는 하지만 아무리 한겨울이라고 해도 샘물이 솟아나는 따뜻한 어느 늪지대에서나 늘 푸른 생명력을 자랑하는 앉은부채와 풀이 거의 언제나 눈에 띄었고, 가끔은 보다 강인한 새 한 마리가 봄이 돌아오기를 그곳에서 기다렸다.

잔뜩 쌓인 눈을 무릅쓰고 내가 산책을 나갔다가 저녁에 돌아와서 보면, 때로는 오두막 문 앞에서부터 깊이 찍힌 벌목꾼의 발자국이 눈에 띄었고, 집안에서는 그가 피운 파이프 담배의 짙은 냄새 그리고 벽난로 위에 그가 두고 간 불쏘시개 한 무더기가 나를 기다렸다. 일요일 오후에 내가 어쩌다 집에 머물 때면, 친목을 돈독히 하려고 멀리서 숲을 지나 "마실"을 나누러 내 집을 찾아오는 박식한 농부가 눈을 밟는 바스락 소리가 간혹 밖에서 들려왔는데, 직업으로 따지자면 "내 땅에서 농사를 짓는" 소수의 자작농들 가운데 한 사람이었던 그는, 교수의 가운이 아닌 작업복 차림이기는 했지만, 헛간 마당에서 퇴비 한 짐을 끌어낼 때만큼이나 거침없이 교회나 국정에 관한 일가견을 설파하는 입심이 대단했다. 우리는 서늘하고 상쾌한 날씨에 남자들이 큼직하게 불을 지펴놓고 둘러앉아 맑은 정신으로 시간을 보냈던 험하고 소박한 시절에 관해서 얘기를 나누었고, 군것질거리가 마땅치 않을 때는 껍데기가 가장 두꺼운 열매는 보나마나 속이 비었으리라면서 영리한 다람쥐들이 이미 오래전에 포기해버린 견과류를 이빨로 깨물어 먹었다.

발이 푹푹 빠지는 눈과 험악하기 짝이 없는 눈보라를 무릅쓰고 가장 먼 곳에서 내 집을 찾아온 사람은 시인*이었다, 농부, 사냥꾼, 군인, 기자, 심지어는 철학자마저 엄두를 내지 못할 지경이어도 시인의 의지를 꺾지 못한 까닭은, 그가 순수한 사랑의 지배를 받는 사람이기 때문이었다. 그가 오고 가는 발걸음을 누가 예측하겠는가? 의사들이 잠을 자는 시간이라 할지라도 시인은 볼일이 생기면 아무 때나 집밖으로 나서기를 서슴치 않았다. 우리 두 사람은 즐거울 때면 작은 집이 들썩일 만큼 시끄러웠고, 보다 진지한 대화를 나눌 때는 나지막한 목소리가 오두막을 가득 채웠으니, 월든 골짜기의 오랜 침묵은 그렇게 모처럼 위안을 받았다. 브로드웨이는 월든에 비하면 고요하고 한적한 곳이었다. 적당한 간격을 두고 우리는 규칙적으로 웃음의 예포를 쏘아 올렸는데, 그것은 방금 언급한 말이건 곧 누군가의 입에서 떨어질 농담이건 가리지 않고, 모두가 존중하는 지혜에 대한 찬사였다. 우리는 묽은 죽 한 접시로 식사를 하며 인생에 대하여 수많은 "싱싱하고 따끈따끈한" 이론을 주고받았으며, 그렇게 빈약한 끼니는 철학이 필요로 하는 명석한 머리와 유쾌한 잔치의 진수만을 뽑아 결합한 축제였다.

호숫가에서 보낸 마지막 겨울에 찾아왔던 또 한 사람의 반가운 방문객**을 나는 잊으면 안 되는데, 그는 눈과 비와 어둠을 무릅

❖   엘러리 채닝.

❖❖   『작은 아씨들(Little Women)』로 유명한 루이자 메이 올콧의 아버지이며 초월주의자인 에이모스 브론슨 올콧(Amos Bronson Alcott). 처음에는 전국을 떠도는 판매원이었다가 혁신적인 교육자가 되었다.

쓰고 마을을 통과하여 나무들 사이로 내가 켜놓은 등불이 보일 때까지 걸어와서는, 여러 차례 기나긴 겨울밤을 나와 함께 보냈다. 그는 마지막 남은 사상가들 가운데 한 사람으로서―코네티컷 주가 세상에 선물한 인물이었으며―자신이 처음에는 코네티컷의 생산품을 이리저리 팔고 다니다가 나중에는 두뇌를 팔아먹게 되었노라고 당당하게 밝혔다. 그는 지금도 여전히 두뇌를 팔러 다니는데, 신을 자극하고 인간에게는 수치심을 안겨주지만, 단단한 껍질 속에서 익어가는 호두알처럼 그의 두뇌만큼은 확실한 열매를 맺는다. 나는 그가 세상에서 가장 신념이 강한 사람이라고 생각한다. 그가 하는 말과 솔선하는 태도를 보면 다른 사람들에게 익숙한 온갖 경지를 언제나 뛰어넘어서, 아무리 세월이 흘러갈지언정 그는 절대로 좌절할 사람이 아니다. 그는 결코 현재에 연연하지 않는다. 지금은 제대로 평가를 받지 못하지만, 그의 시대가 도래하면, 대부분의 사람들이 예상치 못할지언정 그가 꿈꾸는 법령들이 시행되고, 조언을 구하러 찾아오는 집안의 가장들과 국가의 통치자들에게 그는 이렇게 말하리라 ―

"얼마나 눈이 멀었으면 화평을 보지 못하는가!"❊

그는 인간의 진정한 친구, 인류의 발전을 도모하는 유일한 친

❊ 토마스 스토어러(Thomas Storer)의 『토마스 울지 추기경의 생애(The Life and Death of Thomas Wolsey, Cardinal)』에서 발췌.

구다. 묘지기 노인*이라기보다는 불멸의 존재 그 자체여서, 그는 지칠 줄 모르는 인내심과 신념으로 사람들의 시신에 새겨진 인물상을 새롭게 살려 부각하고, 쓰러져가는 기념탑에 마모된 형상으로만 남은 그들의 신성함을 지켜주려고 분투한다. 다정한 지성으로 그는 아이들, 거지들, 정신병자들, 학자들을 두루 감싸 안으며, 그들 모두의 생각을 소중하게 받아주고, 거기에 그의 폭넓은 식견과 우아한 색채를 가미한다. 나는 그가 온 세상과 통하는 대로변에 순례자들을 위한 큰 여관을 지어놓고 모든 나라의 철학자들이 머물도록 돌봐줘야 한다고 생각하는데, 그가 문간에 내걸 간판에는 "인간은 환영하되, 짐승은 사절합니다. 여유를 알고 마음이 평온하여, 올바른 길을 진정으로 찾으려 하는 손님은 어서 들어오시오."라고 써놓으면 잘 어울리겠다. 내가 살아오며 맺어온 수많은 인연들 가운데 그는, 어제 그러했고 내일 또한 그러하겠지만, 가장 정신이 온전하고 변절을 모르는 사람이다. 그는 아무런 관념의 속박을 받지 않았으므로, 지난날 언제인가 우리들이 세상만사를 완전히 뒤로하고, 산책을 나가 대화를 나누었을 때는, 두 사람이 함께 자유로우며 ingenuous(순진무구)하게 새로 태어나는 기분을 느꼈다. 그는 주변 모든 풍광의 아름다움을 더욱 돋보이게 만드는 존재였기에, 우리들이 어느 쪽으로 발길을 돌리거나 간에 눈앞의 하늘과 땅이 어

✣   월터 스콧의 역사 소설 『묘지기 노인의 전설(The Tale of Old Mortality)』에서 17세기 종교 개혁단원 순교자들의 묘비명을 새로 새기고 돌보면서 노년을 보낸 스코틀랜드 사람.

디서나 하나로 어우러졌다. 존귀한 인간에게는 그의 푸르른 평온함을 받아 빛나는 둥근 하늘이 가장 잘 어울리는 지붕이다. 대자연에게 없어서는 안 될 존재인 그가 언제인가는 죽으리라는 사실이 나는 도저히 믿어지지 않는다.

우리는 관념의 나무를 얇게 반반한 켜로 발라 잘 말려 따로 몇 개씩 목재를 마련하고는, 칼이 잘 드는지 시험해가며 마주 앉아 갖가지 모양으로 깎아내고는, 호박빛 소나무의 정갈하고 노르스름한 결이 곱게 드러나면 감탄을 아끼지 않았다. 우리는 경건한 마음으로 매우 조심스레 물속으로 조금 걸어 들어가, 살그머니 함께 낚싯줄을 끌어당겼고, 그러면 강둑의 어떤 낚시꾼도 두려워하지 않는 사념의 물고기들은 놀라 저항하거나 달아날 기미를 전혀 보이지 않았고, 서쪽 하늘에 가끔 나타났다 사라지는 자개구름들처럼, 여울에서 모여들었다가 다시 흩어지기를 반복하며 무리를 지어 멋지게 이리저리 헤엄쳐 돌아다녔다. 그곳에서 우리는 함께 작업을 하며, 신화를 고쳐 쓰고, 우화를 이곳저곳 다듬고, 믿음직한 기초를 지상에 전혀 마련해놓지 않은 채 공중누각을 지었다. 위대한 현인이 왕림하고! 위대한 예언자가 여기 있으니!—그들과 나누는 대화라면 뉴잉글랜드 판 『천일야화』가 아니고 무엇이랴. 아! 은둔자와 철학자, 그리고 내가 이미 언급했던 옛 개척자—이렇게 우리 세 사람이 나눈 정담(鼎談)은—차곡차곡 쌓여 나의 작은 집이 부풀어 올라 뒤틀릴 지경이었고, 그래서 동전만 한 면적마다 대기의 압력에 얼마나 더 많은 무게가 가중되었는지 나로서는 감히 단언하기 어렵지만, 집안 구석구석 벌어진 틈바구니들은 외풍이 새어들지 못하도록 나중에 무료한 시간들로 막아줘야 했는데—그런 틈새를 메울 뱃밥이라면 나에게는 이미 남아돌 지경으로 많았다.

내가 오랫동안 기억할 만큼 '알찬 시간'을 함께 보낸 사람이 또 하나* 있었는데, 우리들의 만남은 마을로 나가 그의 집에서 이루어지거나 어쩌다 한 번씩 그가 나를 찾아오기도 했지만, 숲에서는 더 이상의 교류가 없었다.

어디에서나 마찬가지로 나는 그곳에서 결코 찾아오지 않을 어떤 손님을 기다리고는 했다. 『비슈누 푸라나』**에는 "집주인은 저녁이 되면 앞뜰에 나가 암소의 젖을 짜는 시간만큼, 혹은 마음이 내킨다면 그보다 더 오랫동안 손님이 도착하기를 기다려야 한다."라는 구절이 나온다. 나는 이러한 손님 접대의 의무를 수행하느라고 한 마리가 아니라 소 떼 전체의 젖을 짜고 남을 만큼의 시간 동안 기다렸으나, 마을에서 찾아오는 사람의 모습을 전혀 못 보는 경우가 다반사였다.

＊　　시인 랠프 월도 에머슨.
＊＊　Vishnu Purana, 인도의 성전.

동물들의 겨울

호수들이 꽁꽁 얼어붙자, 여러 곳으로 가는 짧고 새로운 지름길들이 열렸을 뿐 아니라, 얼음 위에서 둘러보는 주변의 낯익은 풍경에서 새로운 면모들이 드러났다. 내가 자주 노를 젓거나 얼음을 지치며 돌아다녔던 플린트 호수는, 눈으로 뒤덮이자 어찌나 갑자기 넓고 낯설어졌는지, 배핀 만*밖에는 아무것도 머리에 떠오르지 않았다. 백설로 덮인 평원의 끝자락에는 링컨 마을의 언덕들이 사방에 높이 솟아서, 그곳에 내가 왔었다는 기억조차 가물가물했고, 거리를 확실히 가늠하기 힘든 얼음판에서는 낚시꾼들이 늑대처럼 생긴 개를 데리고 느릿느릿 돌아다녔는데, 그 모습이 마치 물개 사냥꾼이나 에스키모 같았으며, 안개가 자욱한 날에는 전설 속의 괴수들처럼 보이기도 했는데, 나는 그들이 거인인지 난쟁이인지조차 식

❋   그린랜드와 캐나다 사이에 위치한 북극해.

별할 길이 없었다. 저녁에 링컨 마을로 강연을 하러 나갈 때면 나는 이 행로를 이용했으므로, 길이나 집을 하나도 거치지 않고 내 오두막에서 강연장까지 직행했다. 가는 길에 거치게 되는 기러기 호수에는 한 무리의 사향쥐가 얼음 위로 높이 솟은 통나무집을 지어놓고 살았지만, 지나다니며 보면 밖에서 돌아다니는 털쥐가 한 마리도 눈에 띄지 않았다. 다른 호수들과 마찬가지로 눈이 내려봤자 보통은 얕게만 깔리거나 드문드문 흩어져 잔설만 따로 모이는 탓에 별로 걱정할 필요가 없었던 월든 호수는 나의 훌륭한 놀이터여서, 어디를 가나 다른 곳에는 평균 거의 두 자나 되는 눈이 쌓여 마을 사람들은 보행로를 벗어나지 못할 때라도 나는 얼마든지 자유롭게 호수 위를 걸어서 돌아다녔다. 마을의 거리에서 멀리 떨어지고 눈 썰매의 방울 소리가 아주 오랜만에 어쩌다 한 번씩 들려오는 그곳에서, 눈덩이가 얹히거나 빳빳한 고드름들이 매달려 가지가 휘어진 떡갈나무와 우람한 소나무들 아래로 주먹코사슴들이 열심히 눈을 밟아 잘 다져놓은 광활한 마당에서, 나는 썰매를 타고 스케이트를 지쳤다.

한겨울 밤에, 그리고 가끔은 겨울 낮에 들려오던 소리를 꼽아본다면, 한없이 머나먼 곳에서 큰부엉이가 울어대는 쓸쓸하고 감미로운 소리가 있었는데, 그것은 궁합이 잘 맞는 활로 퉁기면 얼어붙은 대지의 현이 응답할 듯싶은 소리였고, 마침내 내 귀에 상당히 익어버린 월든 숲의 lingua vernacula(고유한 토속어)였건만, 나는 그렇게 우는 새의 모습을 현장에서 눈으로 확인한 적은 없었다. 겨울밤에는 문을 열기만 하면 거의 언제나 들려오던 그 소리는 "부우 부우 부우 부우엉, 부우"라고 맑게 울렸는데, 처음 세 음절이 마치 "누구 누구 누가"라거나 때로는 그냥 "누구 누구"라고 부르는 소리 같았다. 호수가 완전히 얼어붙기 전 초겨울의 어느 날 밤 9시쯤에, 기러기 한 마리가 시끄럽게 끼룩거리는 소리에 놀라 문간으로 나가 살펴보았더니, 수많은 기러기가 오두막 위로 낮게 날아가며 날개를 퍼덕이는 소리가 숲에서 태풍처럼 울렸다. 보아하니 내 오두막의 불빛을 보고 이곳에 내려앉기를 포기한 듯, 그들은 호수를 넘어 아름다운 안식처를 향해 날아가려던 모양이었고, 대장 기러기는 무리를 이끄느라고 일정한 간격을 두고 큰 소리로 경보를 울려댔다. 그런데 갑자기 분명히 수리부엉이일 듯싶은 새 한 마리가, 그때까지 내가 숲에서 들어본 어떤 동물의 소리보다 훨씬 그악스럽고 우렁차게, 기러기 대장에게 말대답을 하는 듯 일정한 간격을 두고 울부짖는 소리가 아주 가까운 곳에서 들려왔는데, 그는 진짜 월든 주인의 목청과 성량이 얼마나 대단한지를 알려줌으로써 허드슨 만에서 날아온 침입자들의 정체를 밝히고 기를 꺾어 멀리 콩코드 지평선밖으로 쫓아내려고 작심하고, "누구 누우구"냐고 외쳐대었다. 네놈이 누구이기에 도대체 이 밤늦은 시간에 내가 기거하는 거룩한 성지를 시끄럽게 어지럽히느냐? 지금 이 시간에 내가 혹시 잠이나 자고 있지 않을까 싶어 틈을 노리고 수작을 부린 모양이지만, 내 폐와 목청이 너보다 낫다는 사실을 네놈은 알지 못하였더냐? 누우구우, 누우구우, 누우구우냐! 그것은 내가 결코 들어본 적이 없을 만큼 오싹한 불협화음이었다. 그렇지만 세련된 귀로 듣는다면, 그것은 또한 이곳 평원에서는 전혀 보거나 듣지를 못했던 어울림의 여러 요소를 담은 소리였다.

나는 또한 콩코드의 그 지역에서 나하고 늘 같이 잠자리에 드는 가장 친한 친구인 호수에서 얼음이 쩌르릉 외치는 아우성을 들었는데, 그것은 마치 잠이 들었다가 뱃속이 불편해진 얼음판이 악몽을 꾸면서 불안감을 느껴 몸을 뒤척이려는 소리 같았으며, 서리에 얼어붙은 땅이 쩍쩍 갈라지느라고 누군가 소 떼를 몰아 내 오두막의 문을 들이받는 듯 요란한 소리에 잠을 깨기도 했는데, 아침에 일어나 밖으로 나가서 땅바닥을 살펴보니 1센티미터 정도 갈라진 균열이 무려 500미터나 뻗어나갔다.

가끔은 여우들이 달 밝은 밤에 메추라기나 다른 사냥감을 찾아서 껍질처럼 표면이 얼어붙은 눈을 밟고 돌아다니며 탐색하는 소리가 들려오고는 했는데, 숲에 사는 야생견처럼 이따금씩 악마같이 포악하게 짖어대는 그들의 울부짖음은 불안한 마음으로 새끼를 낳느라고 진통에 시달리는 신음 같기도 했고, 아니면 차라리 당장 거리의 개가 되어 마음대로 돌아다니고 싶어서 인가의 불빛을 찾아 헤매는 간절한 마음의 표현 같기도 했는데, 하기야 지나간 오랜 세월을 돌이켜보자면, 인간이 그러했듯이 짐승들의 세계에서 역시 문명의 발전 과정이 진행 중인지 누가 알겠는가? 내가 생각하기에 그들은 동굴 생활을 했던 원시적인 인간과 다를 바가 없었으나, 변신이 이루어지기를 기다리며 아직은 숨어 살아야 할 처지였다. 가끔 여우 한 마리가 내 오두막의 불빛에 이끌려 창문 가까이 다가와서는, 여우다운 저주를 나에게 짖어대고는, 다시 퇴각했다.

걸핏하면 나는 북방청서(Sciurus Hudsonius) 때문에 새벽에 잠이 깨고는 했는데, 그들은 마치 그렇게 하라는 누군가의 명령을 받고 숲에서 출동하기라도 한 듯 지붕에서 달음박질을 치고 담벼락을 오르락내리락 부산하게 돌아다녔다. 겨울을 보내는 동안 나는 제대로 여물지 못한 사탕옥수수를 반 통 정도 문 앞의 얼어붙은 눈 위에 뿌려놓고 그 미끼에 끌려 찾아오는 다양한 동물의 행태를 지켜보느라고 즐거운 시간을 보냈다. 황혼녘과 밤에는 토끼들이 정기적으로 찾아와 잔뜩 배를 채우고 갔다. 북방청서는 하루 종일 오가면서 온갖 묘기를 부려 나에게 많은 기쁨을 주었다. 처음에는 청서 한 마리가 어린 떡갈나무들 사이로 나타나서 잔뜩 긴장한 채로 다가오다가, 내기가 시작되는 신호가 떨어지기라도 했는지 갑자기, 바람에 날리는 낙엽처럼 발작을 일으켜 미쳐버리기라도 한 듯 정신없이 '장족(長足)'을 놀려 놀라운 속도로 얼어붙은 눈밭 위를 달음박질치는데, 이쪽으로 쪼르르 몇 발자국 달려가다가 다시 저쪽으로 똑같은 거리를 달려가고는 하지만, 그래봤자 한 번에 2미터 이상은 절대로 전진하는 법이 없었고, 그런 다음에는 우스꽝스런 표정을 지으며 공짜로 공중제비 묘기를 한 바퀴 덤으로 구경시켜 주고는, 하기야 한없이 깊고 외딴 숲속이기는 하지만 다람쥐의 모든 동작은 무희의 춤만큼이나 관객에게 의미가 심장한 까닭에 —이제는 우주의 모든 시선이 그에게 집중되어 안심이라도 되는 듯— 갑작스럽게 멈춰 서더니, 그 먼 거리를 그냥 걸어서 왔더라도 충분했을 만큼의 시간을 낭비해가며 눈치를 살피느라고 갈 길을 지체하는데 —그래서인지 나는 그냥 걸어가는 북방청서를 본 적이 없으며— 그러다가 다음 순간 눈 깜짝할 사이에 그는 어느새 어린 리기다소나무 꼭대기로 줄달음쳐 올라가서 한껏 기고만장한 태도로 앞에 있지도 않은 관중을 찍찍거리며 꾸짖는가 하면, 독백을 하는 듯 온 세상을 향해 일장연설을 늘어놓는데─도대체 왜 그러는지 나로서는 전혀 알 길이 없고, 어쩌면 청서 자신도 마찬가지로 그 이유를 모를 듯싶었다. 그는 마침내 옥수수가 기다리는 곳까지 이르러 마음에 드는 자루 하나를 집어 들고는, 의도를 파악하기 힘든 삼각법을 여전히 구사해가며, 방정맞게 왔다 갔다 팔딱거리고 뛰어서 오두막 창문 앞에 쌓아놓은 장작더미 꼭대기로 올라가 자리를 잡고 내 얼굴을 한번 찬찬히 살펴보더니, 몇 시간이나 그곳에서 계속 앉아 버티며, 이따금 내려가 다른 옥수수자루를 하나 골라서 집어 가고는 했는데, 처음에는 게걸스럽게 뜯어 먹다가 반쯤 남으면 그냥 던져버리고는 했지만, 결국 배가 불러오자 보다 우아한 품위를 갖추느라고 음식으로 장난을 치기 시작하여 알갱이의 속만 파먹었고, 그러다가 장작 위에 올려놓고 한쪽 발로만 붙들고 있던 옥수수자루가 잠시 부주의한 사이에 바닥으로 굴러 떨어지기라도 하면, 청서는 옥수수가 혹시 살아 있어서 그러지나 않는지 의아하여 우스꽝스럽게 아리송한 표정으로 물끄러미 쳐다보기만 했고, 내려가서 그것을 다시 집어 와야 할지, 아니면 그냥 새 옥수수를 가져올지, 그것도 아니면 아예 자리를 떠야 옳겠는지 갈피를 못 잡고 고심하느라고, 잠시 옥수수를 생각하다가는 혹시 바람에 실려 오는 소리가 무엇이라고 하는지 알아보려고 귀를 기울였다. 건방진 꼬마 녀석은 그런 식으로 오전 한나절 내내 여러 개의 옥수수를 낭비하기가 다반사였고, 그러던 끝에 마침내 길고 통통한 대상을 하나 골라서, 자신보다 상당히 큰 옥수수 한 자루를 능숙하게 균형을 잡아가며, 물소를 잡은 호랑이와 똑같은 방법으로 자주 걸음을 멈춰가면서 갈지자 진행을 반복하여 숲을 향해 이동을 시작했는데, 옥수수가 너무 무거워 끌고 가기가 힘겹다는 듯 옆구리를 긁어대며 안간힘을 쓰다가 자꾸만 떨어트리고 걸핏하면 엎어지고는 했으며, 그래도 옥수수가 기울어진 각도를 수직과 수평의 중간쯤 되는 대각선으로 다스려 어떻게 해서든지 목적을 달성하려는 의지가 대단했으니—유별나게 변덕스럽고 까다로운 이 친구는—그렇게 천신만고 끝에 옥수수를 끌고 자신이 사는 곳으로 사라졌는데, 어쩌면 200미터나 300미터 떨어진 소나무 꼭대기까지 끌고 갔을지는 모르겠지만, 나중에 보면 숲속 이곳저곳에 그가 내버린 옥수수 속대들이 사방에 널려 있었다.

드디어 어치가 도착하는데, 그들이 울어대는 시끄러운 불협화음은 새들이 모습을 드러내기 훨씬 전에 들려오기 마련이어서, 어치들은 200미터가량 떨어진 곳에서부터 조심스럽게 경계하며 접근을 계속하느라고 도둑질을 하듯 매우 은밀하게 이 나무에서 저 나무로 단거리를 날아다니며 점점 더 가까워지면서, 청서들이 흘린 옥수수 알갱이를 찾아낸다. 그런 다음에는 리기다소나무 가지에 자리를 잡고 앉아 지나치게 큰 알갱이를 서둘러 삼키려다 목에 걸려 캑캑거리고, 굉장히 큰 고생을 하고서야 옥수수를 뱉어내고, 한 시간쯤 부리로 반복해서 쪼아 겨우 조각을 낸다. 어치는 노골적인 도둑이어서 나로서는 탐탁하게 여기지 않았지만, 그러나 청서는 처음에야 소심해서 몸을 사릴지라도 결국 옥수수가 당연히 그들의 재산이라는 듯 당당하게 약탈에 나선다.

그러는 사이에 박새도 무리를 지어 날아와 청서가 떨어뜨린 부스러기들을 주워 가장 가까운 나뭇가지로 날아가 발톱 밑에 놓고 움켜잡아서는, 나무껍질 속에 숨은 벌레를 파내듯 작은 부리로 마구 쪼아대어, 그들의 가느다란 목구멍으로 넘어갈 만큼 작은 조각으로 찢었다. 각종 박새들이 날마다 작은 무리를 지어 날아와서는 장작더미에서 먹이를 잡거나, 오두막 문 앞에 떨어진 음식 찌꺼기를 주워 먹었으며, 그들이 노래를 부르는 나지막하고 짤막한 혀짤배기소리는 풀밭에 맺힌 고드름들이 짤그랑거리는 듯싶기도 하고, 경쾌하게 "데이 데이 데이"라고 조잘대거나, 훨씬 드물기는 하지만 봄처럼 따뜻한 날씨에는 숲 언저리에서 활기차게 "비이 삐비"라고 여름을 불렀다. 나중에는 어느 정도로 우리 사이가 가까워졌느냐 하면, 어느 날은 내가 한 아름 안고 집으로 들어가던 장작 위에 박새 한 마리가 올라앉았더니 겁도 없이 나무를 부리로 쪼아댔다. 언젠가 내가 마을의 어느 밭에서 김을 매는 동안 참새 한 마리가 내 어깨에 잠시 내려앉기도 했었는데, 그때 나는 어떤 견장을 달았다고 해도 결코 느끼지 못했을 으쓱한 기분이 들었다. 청서들 또한 결국에는 나하고 아주 친해져서, 그곳이 가장 가까운 지름길이라고 판단하면 가끔 내 신발을 딛고 넘어가기도 했다.

아직 땅바닥이 눈으로 별로 많이 덮이지 않았을 때, 그리고 다시 겨울이 끝나갈 무렵이어서 남쪽 산기슭이나 장작더미 주변의 눈이 녹아버리면, 숲에서 나온 메추라기들이 아침과 저녁마다 먹이를 찾으러 왔다. 숲속에서는 어느 쪽으로 산책을 나가건 메추라기가 난데없이 화르륵 날개를 치고 도망가는 바람에 높은 나뭇가지와 마른 낙엽에 엉겨 붙었던 눈가루가 부스러져 떨어져 햇살을 받으며 황금 가루처럼 흩날리고는 했는데, 이 용감한 새는 겨울을 전혀 무서워하지 않았다. 메추라기는 높이 쌓인 눈더미 속에 자주 몸을 숨겼으며, 사람들이 하는 얘기를 들어보면, "때로는 하늘을 날아가다 말고 푹신한 눈 속으로 뛰어들어 그 속에 파묻힌 채로 하루나 이틀 동안 숨어 지낸다."라고 했다. 그들은 탁 트인 들판에서도 나 때문에 가끔 놀라고는 했는데, 메추라기는 야생 사과에서 "새싹 사냥"을 하려고 해질녘에 숲에서 들판으로 나왔다. 그들은 매일 저녁 어김없이 특정한 나무들을 단골로 찾아갔고, 멀리 떨어진 숲 근처의 과수원들은 그래서 피해가 적지 않았으므로, 그런 곳에는 똑똑한 사냥꾼이 숨어서 기다리기가 십상이었다. 나는 어쨌든 그들이 그렇게나마 먹을거리를 구할 수 있다는 사실이 기뻤다. 대자연이 몸소 낳은 자식인 메추라기라면 새싹과 건강한 천연 음료만으로 살아가는 것이 당연했다.

어두컴컴한 겨울 새벽이나 해가 짧은 겨울 오후에 나는 가끔 한 무리의 사냥개가 추적의 본능을 억제하지 못하고 사납게 짖어대고 컹컹거리며 온 숲을 헤집고 다니는 소리를 들었으며, 뒤에서 사람이 따라간다는 사실을 증명하듯 일정한 간격을 두고 사냥 나팔이 울렸다. 나팔이 자꾸 울리지만, 여우가 호숫가의 터진 공간으로 뛰쳐나올 리는 없고, 악타이온*을 추적하는 사냥개의 무리도 보

---

* Actæon, 그리스 신화에 등장하는 사냥꾼. 아르테미스 여신이 목욕하는 장면을 훔쳐본 죄로 저주를 받아 사슴이 되어 그가 데리고 다니던 사냥개들에게 죽임을 당했다.

이지 않았다. 어쩌면 나는 날이 저물 무렵에 달랑 여우 꼬리 하나를 전리품으로 썰매에 매달고 여인숙을 찾아 들어가는 사냥꾼의 모습을 보게 될지도 모른다. 그들이 나에게 하는 얘기를 들어보면, 만일 여우가 꽁꽁 얼어붙은 땅의 품속에 그냥 머물기만 했더라면 무사했겠고, 혹은 일직선으로 계속 달아나기만 했더라도 어떤 사냥개인들 따라잡지 못했을 텐데, 추적자들을 멀리 따돌렸다고 안심한 여우가 도망을 멈추고 그들이 나타날 때까지 귀를 기울이며 휴식을 취하다가, 막상 다시 도망을 친답시며 그가 늘 다니던 곳들만 찾아 원을 그리며 빙빙 돌던 끝에 매복해서 기다리던 사냥꾼들에게 별 수 없이 걸려들었다고 했다. 하지만 여우는 때때로 몇 십 미터에 이르는 긴 벼랑이나 제방 위를 달려가다 한쪽으로 멀리 뛰어내리는가 하면, 물로 들어가야 체취가 남지 않아 추적이 힘들다는 사실쯤은 잘 아는 듯하다. 어떤 사냥꾼이 직접 목격한 장면이었다는데, 언젠가 사냥개들에게 쫓기던 여우 한 마리가 얼음이 얼기는 했지만 얕은 물웅덩이가 여기저기 남아 있는 월든 호수에 이르러, 일단 물로 뛰어들어 얼마쯤 건너가다가 다시 호숫가로 되돌아가서 종적을 감추었다고 한다. 곧 사냥개들이 몰려왔지만, 그들은 여우의 냄새를 찾아내지 못했다. 가끔은 자기들끼리 사냥에 나선 한 무리의 개들이 내 집 앞을 지나가고는 하는데, 그들은 무슨 광기에 사로잡힌 듯 오두막 주위를 빙글빙글 돌며 사납게 컹컹거리며 짖어대기는 하지만, 내가 전혀 눈에 보이지 않는 듯 행동하는 바람에, 그 무엇으로도 그들의 추적을 멈추게 할 방법이 없어 보였다. 그런 식으로 그들은 가장 최근에 여우가 남긴 흔적을 찾아 제자리를 맴도는

데, 영리하다는 사냥개일수록 추적 말고는 아무 생각도 하지 않기 때문이다. 어느 날 렉싱턴에서 어떤 남자가 내 오두막을 찾아와 그가 키우는 사냥개의 행방에 관해서 물었는데, 듣자하니 그 개는 한 주일째 혼자 사냥을 하고 다니면서 여기저기 뚜렷한 자취를 많이 남겼다고 했다. 그러나 내가 아는 대로 모든 얘기를 해주었다고 한들 그에게는 전혀 도움이 되지 않았으니, 그의 질문에 내가 대답을 하려고 할 때마다, 그는 내 말을 가로막으며 "댁은 여기서 무얼 하는 건가요?"라고 되묻기만 하기 때문이었다. 그는 개를 잃어버리고는 사람밖에 찾지를 못한 셈이었다.

　호수의 물이 가장 따듯할 무렵이면 매년 한 번씩 월든으로 목욕을 하러 오던 어느 노년의 사냥꾼이 매번 잊지 않고 일부러 나를 찾아보고는 했는데, 말솜씨기 투박한 그가 여러 해 전 어느 날 오후에 총을 챙겨 들고 월든 숲을 한 바퀴 돌아보기 위해 나섰다가 목격한 바에 의하면, 웨일랜드 길을 따라 그가 걸어가려니까 한 무리의 사냥개가 가까이서 달려오며 짖어대는 소리가 들렸고, 잠시 후에 여우 한 마리가 도로변 담을 넘어 길로 뛰어들었으며, 무슨 일인가 생각해볼 겨를도 없이 그가 엉겁결에 재빨리 발포한 총알은 빗나가 버렸고, 그러자 여우는 순식간에 반대편 담벼락을 뛰어넘어 길에서 사라졌다. 잠시 후에 사냥개 한 마리가 새끼 세 마리와 함께 허겁지겁 나타났는데, 주인은 보이지 않고 자기들끼리 사냥감을 추격해온 듯싶은 그들은 다시 숲속으로 사라져버렸다. 그날 오후 늦게 그가 월든 호수 남쪽의 울창한 숲속에서 휴식을 취하고 있으려니까, 멀리 아름다운 안식처 쪽에서 사냥개들이 아직까지 여우를 추격하며 짖어대는 소리가 들려왔고, 숲을 온통 뒤흔들어대는 그들의 울부짖음은 잠시 우물 풀밭에서 들려오는가 싶더니 다음 순간 베이커 농장까지 이르고, 그렇게 점점 더 가까워졌다. 사냥꾼의 귀에는 음악처럼 더없이 감미로운 개들의 울부짖음에 도취되어 그는 한참 동안 가만히 서서 귀를 기울였고, 그러자 갑자기 여우가 그의 눈앞에 나타나서는 편안한 발걸음으로 고요한 숲의 오솔길을 따라 이동했으며, 나뭇잎은 같은 편이 되어 그를 숨겨주려는 듯 여기저기서 바스락거려 여우의 발자국 소리를 감추었고, 추적자들을 멀리 따돌리고 계속 거리를 유지하면서 재빠르게 조용히 도망치던 그는, 숲속 한가운데서 바위로 뛰어올라, 사냥꾼을 등지고 똑바로 앉아서 가만히 귀를 기울였다. 잠시 연민의 감정이 사냥꾼의 팔을 잡고 말렸지만, 그런 미안한 기분은 곧 사라졌고, 앞뒤를 가릴 겨를조차 없이 그는 총을 겨누었으며, 그러고는 탕!—총성이 울리고 여우가 바위에서 굴러 떨어져 땅바닥에 죽어 넘어졌다. 사냥꾼은 제자리에서 꼼짝을 하지 않았고, 개들의 소리는 계속 들려왔다. 개들은 계속해서 점점 가까이 왔고 이제는 근처의 숲 모든 오솔길이 그들의 괴이한 울부짖음으로 진동했다. 마침내 늙은 사냥개가 불쑥 나타나 주둥이를 땅바닥에 대고 킁킁거리다가 귀신에게 홀리기라도 했는지 허공을 물어뜯으며 곧장 바위 쪽으로 달려갔지만, 죽어버린 여우를 보고는 놀라서 기가 막혔는지 갑자기 짖기를 멈추고는 조용히 여우의 주위를 자꾸만 맴돌았고, 한 마리씩 차례로 도착한 새끼들은 어미나 마찬가지로 영문을 알 길이 없어 잔뜩 긴장해서인지 모두 잠잠해졌다. 그러자 사냥꾼이 나서서 개들의 앞을 막아섰고, 모든 의문은 그렇게 풀렸다. 그가 여우의 가죽을 벗기는 동안 개들은 조용히 기다렸고, 한동안 죽은 여우의 꼬리를 따라오기는 했지만, 결국 발길을 돌려 숲속으로 다시 사라졌다. 그날 저녁 웨스톤 마을의 유지 한 사람이 콩코드 사냥꾼의 오두막을 찾아가 혹시 자기 사냥개들의 행방을 아는지 물어보며, 개들이 웨스톤 숲에서부터 벌써 한 주일 동안이나 자기들끼리 사냥을 하고 다니는 중이라고 설명했다. 콩코드 사냥꾼은 자신이 겪은 바를 얘기해주고는 여우의 가죽을 가져가라고 했지만, 사냥개 주인은 그의 호의를 사양하고 돌아갔다. 그날 밤 그는 사냥개를 찾지 못했고, 이튿날이 되어서야 그들이 콩코드 강을 건너 어느 농가에 들러 하룻밤을 지내고는 그곳에서 배불리 얻어먹은 후 아침 일찍 다시 길을 떠났다는 소식을 들었다.

나한테 이런 이야기를 들려준 사냥꾼은 샘 너팅이라는 사람을 잘 알았는데, 너팅은 아름다운 안식처의 절벽 일대에서 곰을 사냥하여 콩코드 마을로 가져다 그 가죽과 럼주를 바꿔 마시고는 했으며, 그곳에서 그는 주먹코사슴을 본 적이 있다는 얘기까지 했다고 한다. 너팅은 버고인*이라는 유명한 여우 사냥개 한 마리를 키웠고─'버가인'이라고 그가 이름을 잘못 알았던─이 개를 콩코드 사냥꾼에게 자주 빌려주었다고 한다. 예전에 이 마을에 살았던 상인이며 대위 출신에 면서기와 대의원을 지낸 사람의 '치부책(Wast Book)'에서 나는 다음과 같은 항목을 발견했다. 1742~1743년 1월

＊　Burgoyne, 프랑스에서 기원한 인명. '버건디' 또는 '부르고뉴' 사람이라는 뜻임.

18일에 "존 멜빈, 회색 여우 한 마리 담보, 2실링 3펜스 차용"이라고 했는데, 그런 여우는 이곳에서 더 이상 찾아볼 길이 없고, 그의 장부에서는 1743년 2월 7일에는 헤즈카이야 스트래튼에게 "고양이 가죽 절반 담보로 1실링 45펜스"를 빌려주었다지만, 물론 '고양이'란 살쾡이를 뜻했겠으나, 옛 프랑스 전쟁에 부사관으로 참전한 역전의 용사 스트래튼이 그런 하찮은 짐승이나 사냥할 인물은 아니었을 듯싶다. 사슴 가죽을 담보로 잡았다는 기록도 나오는데, 그런 거래는 다반사로 이루어졌다. 어떤 마을 사람은 이 지역에서 마지막으로 잡힌 사슴의 뿔을 아직도 보관하고 있으며, 또 어떤 사람은 그의 삼촌이 참가했던 사냥에 대하여 구체적인 사실들을 자세히 나한테 알려주었다. 예전에는 이곳에 사냥꾼들이 참으로 많기도 했으려니와, 그들은 흔히 호쾌한 부류의 사람들로 통했다. 내가 유난히 잘 기억하는 어느 말라깽이 사냥꾼은 길을 가다 바람에 날리는 나뭇잎을 잡아 그것을 피리로 삼아 한 가락 불고는 했는데, 내 기억으로는 그 소리가 어떤 사냥 나팔보다도 야성적이고 아름다운 선율 같았다.

달이 밝은 한밤중에 나는 간혹 밖으로 나가 숲길을 걷다가 그곳에서 배회하는 사냥개들과 오솔길에서 마주치기도 했는데, 그러면 그들은 겁을 먹은 듯 슬금슬금 옆으로 비켜나 내가 지나갈 때까지 수풀 속에 서서 조용히 기다렸다.

청서와 들쥐는 내가 모아놓은 견과류를 두고 경쟁을 벌였다. 내 오두막 주위로는 지름이 2.5센티미터에서 10센티미터쯤 되는 리기다소나무 20여 그루가 둘러섰는데, 하나같이 지난겨울 동안 내내 생쥐들에게 파먹힌 상처투성이였으니 — 눈이 오랫동안 높이 쌓여 녹지 않는 바람에 그들로서는 노르웨이의 겨울만큼이나 혹독한 시절을 맞아야 했으므로, 소나무 껍질이나마 갉아 먹어 모자라는 식량을 보충해야 했던 탓이다. 빙 둘러가며 허리띠를 두른 형상이기는 했지만 이 소나무들은 용케도 살아남아서 한여름에는 싱싱하게 우거져 한 뼘이나 자란 나무도 여럿이었는데, 하지만 그런 겨울을 한 번만 더 겪었다가는 모조리 죽어버리고 말았을 듯싶다. 작은 생쥐 한 마리로 하여금 나무를 위아래로 오르내리면서가 아니라 눈 위로 노출된 허리춤에서 빙 둘러 갉아 먹게 하늘이 허락하여 소나무 한 그루를 통째로 저녁 식사로 삼도록 내버려 둔다는 사실은 기가 막힐 노릇이지만, 그러나 번식력이 워낙 강해서 빽빽하게 자라는 리기다소나무의 개체수를 줄이려면 그 또한 필수적인 과정일지도 모르겠다.

산토끼(Lepus Americanus)들은 나하고 아주 가깝게 지냈다. 한 마리는 겨우내 내 집 바로 아래 거처를 마련하고 살았는데, 나하고는 겨우 널빤지 한 장만 사이에 두었기 때문에, 아침이 되어 내가 기지개를 켜기 시작할 무렵이면, 어서 밖으로 나가려고 너무 허둥거리다 토끼가 머리로 마룻바닥을 쿵-쿵-쿵 찧어대는 통에 내가 깜짝깜짝 놀라고는 했다. 땅거미가 질 때쯤이면 그들은 내가 버린 감자 껍질을 주워 먹으려고 오두막 문 앞으로 찾아왔는데, 땅바닥과 색깔이 워낙 비슷해서 꼼짝하지 않고 가만히 엎드려 있으면 거의 눈에 띄지 않을 정도였다. 가끔은 황혼녘에 한 마리가 꼼짝하지 않고 창 밑에 가만히 앉아 있으면, 토끼가 나타났다가 사라지기를 반복하는 듯한 착각이 일어나기도 했다. 저녁에 내가 문을 열어젖히면 그들은 끼익 비명을 지르고 펄쩍 뛰어 달아났다. 가까이서 보면 토끼들은 가엾다는 생각밖에 들지 않았다. 어느 날 저녁에는 한마리가 나한테서 겨우 두 발자국 떨어진 문간에 앉아 있었는데, 처음에는 두려움에 오들오들 떨면서도 도망칠 생각이 전혀 없어 보였고, 자그마하고 불쌍한 그의 몰골은 비쩍 말라 뼈밖에 남지 않았으며, 뾰족한 코에 두 귀는 너덜너덜하고, 꼬리는 털이 모두 빠져 앙상하고 앞발은 가냘프기 짝이 없었다. 보아하니 대자연이 이제는 더 이상 보다 고귀한 혈통을 품어주지 못하여 아슬아슬하게 마지막으로 겨우 살아 남은 듯 싶은 초라한 몰골이었다. 그의 커다란 두 눈은 어리기는 했으나 이미 수종(水腫)이라도 걸린 듯 푸석푸석해 보였다. 그러나 내가 한 발 앞으로 다가서자, 맙소사, 그는 느닷없이 몸과 팔다리를 우아하게 뻗으며 용수철처럼 유연하게 튀어 올라 얼어붙은 눈밭 위로 내달려서는 어느새 숲에 이르렀으니―그것은 자유로운 야생의 생명체가 대자연의 활력과 품위를 확실히 발휘하는 순간이었다. 그토록 토끼의 몸이 날렵해 보이는 나름대로의 이유가 분명히 있었다. 그것이 바로 토끼의 본성이었다. 어떤 사람들은 Lepus*가 Levipes(발이 빠른)이라는 의미라고 생각한다.

토끼와 메추라기가 없는 시골을 시골이라고 하겠는가? 그들은 고대로부터 현대에 이르기까지 널리 알려진 동물들 가운데 가장 소박하고 고유한 시골의 주인들이요, 오랜 조상으로 존경을 받

❀   토끼를 의미하는 라틴어.

는 동물 가족으로서, 대자연의 빛깔과 본질 그 자체이고, 나뭇잎과 흙의 가장 가까운 친구이며 — 날개가 달렸거나 다리가 달렸거나 간에 그들은 서로 닮은 존재다. 토끼이건 메추라기이건, 어디선가 갑자기 후다닥 튀어나와 도망치는 야생의 동물은 모두가 자연이 창조한 똑같은 존재들이어서, 그들이 내는 온갖 소리가 바스락거리는 나뭇잎과 다를 바가 없다. 지구상에서 어떠한 혁명이 얼마나 많이 벌어지더라도 메추라기와 토끼는 대지의 진정한 주인답게 틀림없이 살아남아 번창할 것이다. 숲이 다 잘려 없어진다 한들 새로이 움트는 싹과 수풀이 그들에게 은신처를 마련해주면, 그들은 날이 갈수록 숫자가 더 많아지리라. 산토끼 한 마리를 먹여 살리지 못하는 시골은 진정한 시골이 아니다. 목동들이 잔가지로 울타리를 치고 말총 올무를 아무리 많이 매달아 놓더라도, 우리의 숲은 토끼와 메추라기로 넘쳐나, 모든 습지 주변에서는 그들이 함께 돌아다니는 모습을 보기가 어렵지 않을 것이다.

호수의 겨울

고요한 겨울밤을 보내고 나서 나는 잠결에 "무엇이—어떻게—언제—어디서?"라는 질문을 받고 그에 대한 답을 하려고 헛되이 애쓰다가 깨어난 듯 찜찜한 기분을 느끼며 깨어났다. 그리고 모든 피조물을 품어주는 대자연이 밝아오면서 평온하고 만족스러운 얼굴로 내 오두막의 큼직한 창으로 안을 들여다보았지만, 무엇 하나 물어보려고 하지를 않았다. 내가 잠에서 깨어났을 때는 자연과 햇살이 이미 질문에 해답을 해놓고 나를 기다리던 참이었다. 대지에 높이 쌓인 눈에는 어린 소나무들이 점을 찍어놓은 듯 선명했고, 내 집이 자리 잡은 언덕의 비탈은 이렇게 외치는 듯싶었다—어서 일어나라! 자연은 우리 인간들에게 아무런 질문을 하지 않고, 인간이 묻는 어떤 질문에도 대답하지 않는다. 그것은 이미 오래전에 자연이 내린 결단이었다. "오, 군주여! 우리의 눈은 이 우주의 경이롭고 다양한 장관을 보고 감탄하며, 그것을 영혼에 전달합니다. 밤이 이 경이로운 세상의 일부를 틀림없이 어둠으로 가리겠지만, 낮이 다시 찾아오면 대지로부터 천상의 들판에까지 펼쳐진 이 위대한 작품을 우리들에게 보여줍니다."※

그러면 나는 아침 일을 시작한다. 비몽사몽간이기는 하지만 우선 나는 도끼와 물통을 들고 식수를 구하러 나선다. 추운데다 눈까지 내리는 밤을 보냈으니, 물을 찾으려면 나는 수맥을 알려주는 막대기가 필요할 지경이다. 아무리 약한 바람의 숨결에도 민감하게 반응하여 찰랑이고 모든 빛과 그림자를 반사하는 호수의 물은 해마다 겨울이 되면 거의 한 자에서 한 자 반의 두께로 단단히 얼어붙어 어떤 무거운 소들이 떼를 지어 지나가더라도 꺼지지를 않고, 그 위에 똑같은 높이로 눈까지 덮였다 하면 호수는 어느 다른 평탄한 들판과도 구분이 되지 않는다. 주변 언덕에 사는 털다람쥐들처럼 호수는 눈꺼풀을 내리깔고 석 달이나 넉 달 이상 잠을 잔다. 눈이 덮인 얼음 벌판에 서면 산으로 둘러싸인 초원 한가운데로 나온 듯한 기분이 드는데, 나는 우선 한 자나 쌓인 눈을 밀어내고, 다시 그만큼 깊이 얼음을 파내어 발밑에 창문을 열어놓고는, 무릎을 꿇고 앉아 물을 마시면서 물고기들이 오가는 조용한 놀이터를 굽어보고, 그러면 수면의 유리창을 통해 스며든 은은한 햇살이 고루 퍼지면서 모래밭 바닥은 여름이나 다름없이 붉게 타오르는 석양의 하늘처럼 밝게 빛나고, 물결이 치지 않아 영원히 적막한 그곳에서

※　인도의 산스크리트어 2대 서사시 가운데 하나인 「바라타 왕조의 서사 (Mahabharata)」에서 인용.

는 잔잔한 평온함이 충만하여, 물고기 주민들의 느긋하고 담담한 기질과 썩 잘 어울리는 분위기를 마련해주었다. 천국의 하늘은 우리의 머리 위에만 떠 있지 않고, 발밑에도 깔려 있다.

만물이 성에를 덮어쓰고 얼어붙어 퍼석거리는 이른 아침에, 강꼬치와 얼룩농어를 잡으려는 남자들이 낚싯대와 간단한 도시락을 챙겨 들고 모여들어서는 눈으로 뒤덮인 들판에 구멍을 뚫고 줄을 드리우는데, 마을 사람들의 온갖 권위 대신 다른 삶의 방식을 본능적으로 따르는 그들 야성의 인간은 들판을 오가는 사이에 마을마다 서로 끊어버린 끈을 다시 이어놓는다. 이들은 두툼한 방한복을 걸치고 호숫가의 떡갈나무 낙엽 위에 둘러앉아 점심을 들면서, 모조품 지식을 과시하는 도시 사람들과는 달리, 자연 그대로의 박식한 지혜를 주고받는다. 그들은 전혀 책을 뒤져보지 않고도 스스로 겪은 체험으로부터 누구 못지않게 많은 지식을 알아냈고 그것을 남들에게 전해준다. 그들이 알려주거나 행하는 것들을 세상은 아직 제대로 알지 못한다. 어떤 사람은 다 자란 얼룩농어를 미끼로 써서 강꼬치를 낚는다. 그가 고기를 잡아 담아놓은 물통 안을 들여다보면 여름날의 호수를 구경하는 듯싶어서, 그가 여름이 어디로 도망갔는지를 훤히 알고 그 여름을 붙잡아다 집에 가두어놓았다는 느낌이 들기까지 한다. 도대체 그는 무슨 재주로 한겨울에 이런 고기들을 잡아냈을까? 그렇구나, 땅이 얼어붙었을 테니까 보나마나 그는 썩은 통나무 속에서 지렁이를 잡아 그것으로 물고기를 낚아냈겠다. 그의 생활 자체가 박물학자의 온갖 연구보다 훨씬 깊이 대자연 속으로 파고들었으니, 낚시꾼 자신이 박물학자의 연구 대상이다. 박물학자는 벌레를 찾아내기 위해 칼로 이끼와 나무껍질을 조심스럽게 들어 올리지만, 낚시꾼은 도끼로 통나무를 찍어 이끼와 나무껍질을 사방으로 날려버리고는 속살을 파낸다. 나무의 껍질을 벗기는 일은 그의 밥벌이 수단이다. 그런 사람은 물고기를 낚을 어떤 자격인가를 갖추었고, 나는 그의 내면에서 이루어지는 대자연의 섭리를 보고 싶다. 얼룩농어는 땅지렁이를 집어삼키고, 강꼬치는 농어를 잡아먹고, 낚시꾼이 강꼬치를 잡아먹으니, 존재들의 비늘 사이에 남은 모든 틈이 그렇게 메워진다.

안개가 자욱한 날 호수 주변을 따라 한가하게 거닐다 가끔 솜씨가 서툰 초짜 낚시꾼이 구사하는 원시적인 방법이 눈에 띄면 나는 절로 웃음이 나오고는 한다. 어떤 낚시꾼은 가장자리에서부터 15미터나 20미터쯤 호수로 들어가 그와 비슷한 간격으로 조그맣게 얼음 구멍을 여럿 뚫은 다음 그 위에 오리나무 가지를 걸쳐놓고는 낚싯줄이 끌려 들어가지 않도록 한쪽 끝을 막대기에 묶어놓고, 느슨하게 늘어진 다른 쪽 줄을 얼음에서 한 자 정도 높이로 오리나무 가지에 걸쳐두고는, 고기가 입질을 해서 끌고 내려가면 당장 알아챌 수 있게끔 그 줄에 떡갈나무 잎을 매달았다. 일정한 간격으로 늘어선 그 오리나무 가지들은 호숫가를 반 바퀴 정도 돌아가는 내내 안개 속에서 어렴풋이 보였다.

아! 월든의 강꼬치들이여! 얼음 위에 아무렇게나 낚시꾼이 던져놓아 널려 있거나, 물이 올라오도록 낚시꾼들이 작은 구멍을 하나 뚫어 얼음판을 깎아 만든 우물에 갇힌 그들을 보면, 나는 보기 드문 강꼬치의 아름다움에 늘 놀라는데, 전설에 등장하는 물고기인

듯, 마을의 길거리는 물론이요 심지어는 숲과도 어울리지 않고, 콩코드 사람들의 삶하고는 아라비아만큼 거리가 먼 낯선 존재다. 그들은 대단히 눈부신 자태를 지녔기에, 길거리 장사꾼들이 큰소리로 떠들어대며 파는 허여스름한 백대구와 진대구의 명성과는 차원이 다른 초월적인 아름다움을 자랑한다. 그들은 소나무 같은 녹색도 아니요, 돌멩이 같은 회색도 아니고, 하늘처럼 파랗지도 않으며, 그런 색채가 혹시 존재하는지 모르겠지만, 내 눈에는 꽃이나 보석처럼 희귀한 빛깔이어서, 진주가 그러하듯이, 월든의 물을 구성한 결정체의 핵으로 빚어낸 동물이라 하겠다. 그들은 분명히 어디를 보나 속속들이 월든 그 자체여서, 동물의 왕국에서는 저마다 작은 월든이요, 당당한 월든의 주인이다. 여기 이 깊고 광활한 샘물 속에서 강꼬치들이 잡히고―털벅거리는 가축과 마차들 그리고 딸랑거리는 썰매들이 시끄럽게 지나다니는 월든 도로에서 밑으로 한참 내려가 깊이 자리한 물속에, 황금과 취옥(翠玉)의 빛깔로 단장한 이 위대한 물고기가 헤엄쳐 다닌다는 사실이 놀라울 따름이다. 나는 어느 시장에서건 강꼬치와 같은 종류의 물고기를 한 번도 본 적이 없는데, 혹시 누군가 내놓았다면 오가는 모든 사람의 시선을 끌었으리라. 물 밖으로 나온 강꼬치는 겨우 몇 차례 발작적으로 몸부림치다가 물속에서의 삶을 쉽게 포기하고 기꺼이 끝내는데, 제 명을 다 살지 못하고 공기가 희박한 하늘나라로 올라간 인간의 모습이 바로 그러할 듯싶다.

오랫동안 알 길이 없었던 월든 호수의 바닥까지 이르는 수심을 밝혀보고 싶은 욕심에 나는 1846년 초 얼음이 녹아내리기 전에, 납덩이를 매단 밧줄과 나침반과 사슬을 가지고 호수 바닥을 꼼꼼하게 측량했다. 이 호수에 바닥이 있느니 없느니 여러 얘기가 전해져 왔지만, 그 소문들이야말로 거의 다 근거가 없는 내용이었다. 사람들이 직접 수심을 측량해보는 수고를 감수하는 대신 그토록 오랫동안 호수에 바닥이 없다고 믿으며 살아왔다는 사실은 참으로 신기한 일이다. 나는 이 지역에서 바닥이 없다고 알려진 호수 두 군데를 언젠가 걸어서 당일치기로 다녀왔다. 월든의 바닥이 지구 반대편으로 뚫려 나갔다고 믿는 사람도 많다. 누군가는 얼음 위에 한참 동안 엎드려, 관찰 대상을 왜곡시켜 착각을 일으키는 매개물인 얼음을 통해, 거기다가 어쩌면 눈이 시려 앞을 가리는 눈물의 방해까지 받아가며, 바닥을 내려다보기는 했지만, 가슴팍이 얼어 감기에 걸릴까봐 두려웠던 나머지 그가 서둘러 내렸다는 결론을 믿어준다면, 혹시 누군가 그럴 사람이 나서는 경우 "건초를 가득 실은 수레를 몰고 통과할 만큼" 거대한 구멍을 여러 개 그 아래서 발견했는데, 의심할 나위가 없이 그곳은 삼도천(三途川)의 발원지이며 이승에서 지옥으로 들어가는 입구가 분명하다고 주장했다. 또 어떤 사람들은 마을에서 25킬로그램짜리 추와 지름이 3센티미터인 동아줄을 한 수레 가득 싣고 호수로 갔지만 어디에서도 바닥을 찾는 데 실패했으며, 추가 중간에 둥둥 떠 있기만 할 뿐 아무리 밧줄을 풀어내려도 한없이 경이로운 바닥의 끝없는 깊이까지 다다르지는 못했다고 한다. 그러나 내가 독자들에게 장담하건대 월든이 특이하게 깊기는 하지만 터무니없을 정도의 수심은 아니며 바닥은 제법 단단하다. 나는 대구를 잡는 굵은 낚싯줄과 600그램 정도의 돌을 사용해서 쉽게 호수의 깊이를 측정했으며, 바닥에 가라앉은 돌을 들어올릴 때는 그 밑으로 물이 들어가 부력의 도움을 받기 전에는 훨씬 더 세게 당겨야 끌려 올라오기 때문에 정확히 언제 바닥에서 추가 이탈하는지 또한 감지하기가 어렵지 않았다. 가장 깊은 곳의 수심은 정확히 30.6미터였고, 그 이후에 물이 불어 1.5미터쯤 높아졌으니, 이제는 32미터 정도가 되겠다. 면적이 작은 호수 치고는 상당히 깊은 수심이기는 하지만, 그러나 상상력을 발동시켜 몇 센티미터를 가감해서는 안 될 일이다. 모든 호수가 하나같이 얕다면 어떻겠는가? 그렇다면 사람들의 마음이 달리 반응하지 않을까? 나는 이 호수가 깊고 맑아서 하나의 상징이 되었다는 사실에 감사한다. 인간이 무한함을 믿는 한 어떤 호수에서는 바닥이 사라진다.

어느 공장주는 내가 수심을 알아냈다는 소문을 듣고 그럴 리가 없다고 생각했다는데, 제방이라면 일가견이 확실했던 그는 모래가 그처럼 가파른 각도로 쌓일 가능성이 없다고 믿었다. 그러나 대부분 사람들의 추측과는 달리, 아무리 깊은 호수일지언정 면적과 바닥의 깊이가 꼭 정비례하지는 않아서, 물을 모두 퍼내고 난 다음에 별로 대단한 골짜기가 드러나지 않는다. 그런 호수들은 산과 산 사이에 들어앉은 분지하고는 달라서, 면적에 비해 바닥이 유별나게 깊은 이 호수의 경우에는 수직으로 잘라 단면을 본다면 납작한 접시처럼 가운데가 약간 더 깊은 정도이다. 물을 다 퍼낸다면 대부분의 호수는 우리가 흔히 보는 나지막한 목초지 비슷한 모습을 드러낸다. 풍광에 관한 서술에서는 모든 면에서 무척이나 경탄스럽고 뛰어나게 정확하기까지 한 윌리엄 길핀은 스코틀랜드 로크 파인*을 상류에서 굽어보며 "깊이가 110미터나 125미터 정도에 폭이 6.5킬로미터인 염수만으로"**길이는 약 80킬로미터쯤 되고 산으로 둘러싸였으며, "대홍수로 인한 엄청난 파괴나 그런 참사를 일으킨 대자연의 몸부림이 일어난 직후에, 물이 안으로 밀려들기 전에, 우리가 그곳을 볼 기회가 있었다면, 얼마나 무시무시하고 거대한 구렁이 눈앞에 펼쳐졌을까!

> 거대한 산들이 우렁차게 하늘로 치솟아 오르더니
> 넓고도 깊고 텅 빈 바닥으로 꺼져 내려,
> 한없이 펼쳐진 물바다를 이루네— ***

라고 읊었다. 그러나 만일 로크 파인의 가장 짧은 지름을 대입해서 월든의 면모들을 검토해본다면, 앞에서 우리들이 확인했듯이, 단면으로 잘랐을 때는 기껏해야 납작한 접시 정도인데다가, 그나마 월든의 수심은 로크 파인에 비하여 4분의 1밖에 되지 않는다. 로크

✿   Loch Fyne은 '포도주의 호수(Lake of Wine)' 또는 '포도밭 골짜기(Valley of Vine)'라는 뜻임.
✿✿   『스코틀랜드 고지대에 관한 고찰(Observations on the Highlands Scotland)』에서 인용.
✿✿✿ 존 밀턴의 『실낙원』에서 인용.

파인의 물이 다 빠졌을 때 드러날 협곡에 대한 과장된 공포에 대해서는 이쯤 마무리를 해두겠다. 물이 빠진 자리에 생겨난 바로 그러한 "무시무시한 구렁"에 넓게 들어선 옥수수밭에 인접한 수많은 계곡들이 보나마나 그런 소문을 듣고 재미있다며 웃을지 모르겠지만, 순진무구한 주민들에게 이런 진실을 납득시키려면 지질학자의 통찰력과 설득력을 총동원해야 겨우 가능할까 말까 싶다. 탐구심이 강한 사람이라면 평탄한 저지대의 언덕들 사이에서 까마득한 옛날에 사라진 호반의 자취를 어렵지 않게 자주 발견하고는 하는데, 그런 호수의 역사를 숨기기 위해 평원이 적종(適從) 상승까지 할 필요는 없었겠다. 그러나 도로 공사를 하는 사람이라면 잘 알겠지만, 가장 쉽게 분지를 찾아내는 비결은 소나기가 쏟아진 다음 길에 생기는 물웅덩이를 살펴보는 방법이다. 결론적으로 말하자면, 상상력이란 최소한의 자유만 허락해줘도 자연보다 훨씬 더 깊이 제멋대로 물속으로 내려가거나 실제보다 더 높이 솟아오른다. 그러니까 아마도 망망대해의 수심은 그 넓이와 비교해보면 정말로 아주 하찮은 깊이일지 모른다.

나는 얼음을 뚫고 수심을 측정했기 때문에, 얼지 않은 항만을 측량하는 사람들보다 훨씬 정확하게 밑바닥의 모양을 파악하기가 어렵지 않았으며, 호수 바닥까지의 깊이가 전반적으로 균일하다는 사실에 놀랐다. 가장 깊은 부분에서는 몇 에이커에 달하는 면적이 태양과 바람 그리고 쟁기에 시달렸을 거의 모든 지상의 들판보다 훨씬 평탄했다. 어느 지점에서는 임의로 설정한 하나의 직선을 따라 수심을 확인했더니, 150미터 이내에서는 어느 방향이건 수심이 달라지지를 않았고, 호수의 중심 부근에서는 어느 방향이건 간에 30미터를 이동했을 때의 수심이 얼마나 달라질지를 10센티미터의 오차범위 안에서 대충 예측할 수가 있었다. 어떤 사람들은 월든처럼 잔잔한 토사질 호수일지라도 깊고 위험한 구멍들이 바닥에 많다는 얘기를 자주 하지만, 이런 여건에서는 물의 작용이 모든 높낮이를 통일시키는 역할을 한다. 호수 바닥의 규칙적인 형태는 호반의 지형과 주변에 둘러선 산들의 지세를 어찌나 완벽하게 닮았는지, 멀리 떨어진 돌출부의 구조는 호수의 건너편 부근의 수심을 측정하면 유사성이 확인되고, 돌출한 방향 또한 맞은편 호반을 관찰하면 유추가 가능해진다. 곶은 모래톱이 되고, 평원은 여울이 되고, 계곡과 협곡은 깊은 호수와 수로가 된다.

50미터를 3센티미터로 축소해가며 호수의 지도를 작성하고, 100군데가 넘는 지점의 수심을 기록한 다음에야 나는 이토록 놀랍게 일치하는 유사성을 발견했다. 가장 깊은 수심을 가리키는 숫자가 확실하게 지도에서 중앙에 위치했음을 깨닫고 지도 위에 자를 세로로 그러고는 가로로 올려놓고 살펴봤더니, 호수 중심부가 거의 평평하고 호반의 굴곡이 별로 규칙적이지를 않을뿐더러 가장 긴 가로선과 세로선은 골짜기 끝까지 들어가 측정했음에도 불구하고, 길이가 가장 긴 선과 폭이 가장 긴 선이 정확히 가장 깊은 지점에서 서로 교차한다는 사실이 놀라웠던 나는 이렇게 혼잣말을 했다─이런 단서를 이용하여 호수나 웅덩이뿐 아니라 대양의 가장 깊은 지점을 알아내는 길은 없을까? 이것은 계곡을 거꾸로 뒤집어 놓은 듯싶은 산의 높이를 측정할 때 역시 똑같이 적용되는 법칙이

walden

아니겠는가? 산이라고 해서 가장 좁은 부분이 꼭 가장 높은 곳이 아니라는 사실을 우리는 잘 안다.

호수의 다섯 골짜기 가운데 내가 측량한 세 곳에는 모두 물골의 입구와 안쪽의 보다 깊은 물을 모래톱이 수평으로 거의 다 가로막아서, 후미진 골이 수평뿐 아니라 수직으로 내륙에서 독립된 웅덩이나 호수의 형태를 이루며 수면이 확장되는 경향을 보이고, 두 골짜기가 열리는 방향은 모래톱이 뻗어나간 진로를 드러낸다. 해안의 모든 항구 또한 나들목에 모래톱이 있다. 작은 만의 입구가 그 길이에 비해 폭이 넓을수록 모래톱 밖의 수심이 내포보다 훨씬 깊었다. 따라서 만의 길이와 폭 그리고 주변 연안의 특징을 참조하면 모든 경우에 적용이 가능한 하나의 공식을 추출하기에 충분한 요소가 거의 다 마련되는 셈이다.

이런 경험을 통해 얻은 지식을 기초로 삼아, 수면과 물의 경계를 이루는 곡선과 호반의 특징을 관찰한 자료를 이용하여 호수의 가장 깊은 곳의 위치를 얼마나 거의 정확하게 내가 추측해낼 능력이 있는지 알아보기 위해, 나는 면적이 41에이커에 달하고 월든과 마찬가지로 호수 안에 섬이 없을 뿐 아니라 물이 유입되거나 배출되는 물길이 드러나지 않은 하얀 호수의 도면을 작성하면서, 마주 보는 두 골짜기가 서로 가까워지는 반면에 두 물골은 멀어지는 탓으로 가장 폭이 긴 선이 가장 짧은 선과 아주 가깝게 근접한 지점을 주목했고, 그래서 나는 가장 짧은 선에서 별로 떨어지지 않으며 가장 긴 선을 벗어나지 않는 지점이 호수의 가장 깊은 수심이라고 자신만만하게 표시를 해두었다. 나중에 확인된 바로는, 가장 수심이 깊은 지점이 내가 표시한 곳에서 30미터를 벗어나지 않았고, 내가 짚었던 방향에서 거리만 좀 더 떨어졌을 뿐이었고, 18미터의 수심에서 30센티미터밖에 오차가 나지 않았다. 물론 호수를 통과하여 하천이 흐른다거나 한가운데 섬이 있었다면 문제가 보다 복잡해졌으리라는 사실은 감안해야 한다.

우리가 대자연의 모든 법칙을 안다면, 어떤 관점에서 파생하는 온갖 구체적인 결과에 대해서는 오직 하나의 사실이나 한 가지 실제 현상에 관한 내용만 알면 나머지는 미루어 짐작하기가 어렵지 않다. 지금 우리는 겨우 몇 가지 법칙밖에 알지 못하는데, 물론 자연의 어떤 혼란스러움이나 불규칙성 때문이 아니라 추론에 필요한 본질적인 함수들을 인간이 제대로 알지 못하는 탓에, 사람들이 얻어낸 결과는 허술하기 짝이 없다. 법칙과 조화에 대한 우리의 관념은 흔히 인간이 감지하는 사례에 국한되지만, 아직 사람들이 밝혀내지 못한 훨씬 더 많은 법칙들은 겉으로는 모순처럼 여겨지지만 실제로는 서로 일치하여 맞물리면서 더욱 경이로운 조화를 빚어낸다. 개별적인 법칙들은 우리의 시점(視點)과 같아서, 하나의 절대적인 형태를 지닌 산이 나그네가 한 걸음씩 나아갈 때마다 무수히 다른 모습으로 보이듯, 저마다 다른 측면을 드러낸다. 산을 쪼개거나 구멍 뚫고 들어가 어디를 살펴본들 그 전체를 파악하기는 불가능하다.

내가 호수에서 관찰한 바는 인간 윤리에 똑같이 적용된다. 그것은 평균치의 법칙이다. 두 개의 지름을 다스리는 그런 법칙은 태양계 안에서 중심에 위치한 태양으로, 그리고 인간 체내의 심장으로 우리를 인도할 뿐 아니라, 인간이 매일 행하는 각별한 행위들의 총체에서 길이와 폭을 규정하는 선을 긋고, 삶의 물결이 골짜기와 물길을 찾아 흘러들어가 서로 어울려 섞이면서 인격의 높이와 깊이를 형성한다. 어떤 인격의 호반을 구성하는 기울기와 방향, 그리고 인근의 지세나 환경이 어떠한지를 알기만 한다면, 그 사람의 속이 얼마나 깊고 어떤 심성이 바닥에 깔려 있는지를 유추하기는 어렵지 않다. 만일 어떤 사람이 아킬레우스의 고향처럼 험준한 산맥으로 둘러싸여 산봉우리들이 하늘을 가리며 그의 가슴속에 그림자를 드리우는 여건 속에서 성장했다면, 그 인물의 내면은 이에 상응하는 깊이를 지니게 된다. 그러나 기슭이 낮고 평탄한 쪽은 바닥이 얕다. 우리의 인체에서는 대담하게 튀어나온 이마가 그 형상에 못지않게 도약하는 생각의 깊이를 나타낸다. 또한 우리 인성의 모든 골짜기 입구에는 모래톱처럼 독특하게 비탈진 성향이 형성되어, 계절에 따라 항구 노릇을 하며 일시적으로 발을 묶어 우리들을 뭍에 가둬둔다. 이러한 성향은 함부로 변덕을 부리지 않기가 보통이지만, 그 형태와 크기와 방향은 고대로부터 형성된 융기의 켜로 이루어진 연안의 굴곡에 따라 결정된다. 이 모래톱이 폭풍이나 조류나 물살에 밀려온 퇴적물로 점점 더 높이 쌓이거나, 물이 빠져 표면으로 드러나면, 처음에는 생각을 담아두는 연안의 비탈 노릇을 하며 바다로부터 떨어져 나와 호수로 독립하고, 그 안에서 생각은 나름대로의 여건들을 조성하여 짠물에서 민물로 변하고, 달콤한 바다나 죽은 바다, 아니면 심지어 늪으로 변한다. 인간 개체가 이 세상에 등장할 때마다 우리는 그러한 모래톱 하나가 어디에선가 수면 위로 솟아올랐다고 가정해도 되지 않을까? 솔직히 인간은 어찌나 미숙한 항해사들인지 우리 사상의 대부분은 접안할 항구가 없는 연안을 따라 멀찌감치 오락가락 방황하거나, 시(詩)의 언어가 유통되는 귀퉁이 후미에서만 겨우 소통이 이루어질 따름이요, 그렇지 않으면 만인에게 개방된 항구로 뱃길을 재촉하거나 무미건조한 학문이라는 선박 수리 계선장으로 끌려 들어가서는, 그냥 이 세상의 흔해빠진 사조에 맞게끔 생각을 뜯어고치다 보면 저마다의 사상에 고유성을 부여할 자연의 흐름은 만날 길이 없다.

월든 호수로 물이 드나드는 통로라면 나는 비와 눈과 증발 이외에는 아무것도 발견하지 못했지만, 유입되는 지점에서는 수온이 여름에는 가장 차고 겨울에는 가장 따뜻할 테니까, 어쩌면 온도계와 줄을 이용하여 그런 곳을 찾아낼 방법이 없지는 않겠다. 1846~1847년 겨울에는 이곳에서 얼음을 뜨는 작업을 하던 인부들이 어느 날 호반으로 올려 보낸 얼음덩이들을 다른 토막들보다 얇아서 가지런히 쌓아올릴 수가 없다며 불합격 판정을 내렸고, 얼음을 자르던 작업반이 확인해본 결과 어느 한 구역의 얼음이 다른 곳의 얼음보다 5센티미터에 10센티미터 정도 얇다는 사실을 알아냈으며, 그래서 그들은 아마 그곳으로 물이 유입된다는 생각을 하게 되었다. 인부들은 다른 데서 '새는 구멍'을 하나 찾아냈다며 호수 물이 그곳을 통해 언덕 밑으로 빠져나가 인근 목초지로 흘러나갔다고 확신한다며, 나를 얼음덩이에 태워 그곳으로 밀고 나갔다. 수면에서 3미터쯤 내려간 바닥에 작은 틈바구니가 보였지만, 나는 그 정도의 구멍이라면 호수에 땜질까지 할 필요는 없으리라고 판단했다. 어떤 사람은 혹시 그런 '새는 구멍'이 발견되면 그것이 목초지와 연결되었는지 여부를 증명하기 위해 물감을 들인 가루나 톱밥을 그 구멍으로 흘려 넣은 후, 목초지의 샘에 여과기를 넣어두면 물줄기를 타고 흘러온 입자가 채집되지 않겠느냐는 제안을 내기도했다.

내가 탐사를 진행하던 어느 날 두께가 40센티미터인 얼음이약한 바람에 물처럼 출렁거렸다. 얼음 위에서는 수평기를 사용할수가 없다는 것은 널리 알려진 사실이다. 빙판이 가장 크게 요동칠때 호숫가에서 5미터 떨어진 곳의 얼음 위에 세운 눈금 막대를 겨냥하여 호반에서 수평기로 측정해보니, 얼음이 호숫가에 단단히 얼어붙은 듯 보였음에도 불구하고, 그 진폭이 거의 2센티미터나 되었다. 호수의 한복판에서는 아마도 그 폭이 훨씬 컸을 듯싶다. 우리들이 사용하는 도구가 충분히 정밀하기만 하다면, 지각이 출렁이는폭 또한 측정이 가능하지 않을까? 수평기의 두 다리를 호반에 거치하고 세 번째 하나는 얼음 위에 세운 다음 조준경을 앞쪽 다리 너머로 겨냥하여 관측하면, 얼음이 극히 미세하게 진동할 때마다 호수 건너편의 나무는 거의 몇 미터를 오르락내리락했다. 수심을 재려고 얼음판에 구멍을 몇 개 뚫기 시작하면서 살펴보니까, 수북하게 쌓인 눈에 밀려 내려간 물이 얼음 위에 10센티미터쯤 고여 있다가 방금 내가 뚫어놓은 구멍들 속으로 즉시 흘러 들어가기 시작했고, 깊은 개울처럼 이틀간이나 계속해서 흘러내리는 물이 모두 호수로 들어가면서 구멍의 가장자리가 쓸려 깎이고 얼음이 떠오르는바람에, 얼음 구멍들은 호수의 표면에서 물기를 제거하는 주요 역할까지는 아닐지언정 큰 기여를 했다. 이것은 배에서 물을 빼내려고 바닥에 구멍을 뚫는 것과 비슷한 이치였다. 이런 구멍들이 얼어붙은 다음에 비가 내려 마침내 호수 전체의 표면이 새롭게 매끄러운 살얼음으로 덮이면, 빙판 속에 거미줄과 비슷한 시커먼 무늬가 얼룩덜룩 아름답게 들어앉는데, 사방에서 호수 중심으로 모여드는 물길이 창조해놓은 이 작품은 가히 얼음 장미밭이라 해도 손색이 없다. 뿐만이 아니라 가끔 얕은 물웅덩이들이 얼음을 덮어버리면, 나는 두 개로 비치는 내 그림자를 만나게 되는데, 하나는 얼음 위에 그리고 두 번째는 나무들이나 산등성이에 얹힌 모습이어서, 그림자 하나가 다른 그림자의 머리를 밟고 올라선 듯 보인다.

* * *

추운 1월이어서 눈과 얼음이 아직 두껍고 단단할 때, 선견지명이 밝은 땅 주인이 여름에 마실 음료를 시원하게 식혀줄 얼음을 장만해 가려고 마을에서 호수로 찾아오는데, 7월의 더위와 갈증을 미리 내다보고 1월인 지금 나타난 사람이! ─ 만사가 여의치 않은 세상에 두툼한 외투와 장갑으로 열심히 대비한 모습을 보니 그 현명함이 참으로 인상적이고, 심지어 애처롭다는 느낌까지 든다. 어쩌면 그는 다음 세상에서 여름에 마실 물을 시원하게 식혀주려고 현세의 보물들을 모두 쓸어 없애는 셈인지도 모른다. 그는 딱딱해진 호수를 자르고 톱질하여 고기들이 사는 집의 지붕을 벗겨내고, 그들이 숨 쉬고 살아가는 터전과 공기를 사슬과 말뚝으로 장작처럼 묶

walden

어 마차에 싣고는, 순리를 따르는 겨울의 바람을 뒤로하고 차가운 지하실로 가져가서, 여름에 대비하여 기다리도록 그곳에 가둬둔다. 길거리에서 끌려가는 얼음덩이의 모습을 멀리서 보면, 고체로 굳혀 놓은 푸른 하늘을 연상시킨다. 얼음을 자르는 인부들은 유쾌한 사람들이어서, 농담을 잘하고 놀기를 좋아하여, 내가 어쩌다 그들이 일하는 작업장으로 찾아가면 '구덩이 톱질'*을 같이 해보겠느냐고 속여 나를 밑으로 내려가라고 해놓고는 얼음 가루를 뒤집어쓰게 골탕을 먹이기도 했다.

1846~1847년 겨울에는 히페르보레오이**의 후손처럼 보이는 남자들 100명이 어느 날 아침 우리 호수에 난데없이 와르르 들이닥쳤는데, 그들은 보기 흉측한 농기구와, 썰매와, 쟁기와, 파종하는 외바퀴 수레와, 뗏장을 잘라내는 작두칼과, 삽과, 톱과, 갈퀴 따위를 기차의 여러 화물칸에 잔뜩 싣고 나타났으며, 저마다 끝이 뾰족하게 두 개로 갈라진 창으로 무장을 했는데, 그런 도구는 《뉴잉글랜드 농민》이나 《경작인》 같은 간행물에는 소개된 적이 없는 물건이었다. 나는 그들이 겨울 호밀을 파종하러 왔는지, 아니면 최근에 아이슬란드에서 도입했다는 다른 종류의 어떤 곡물의 씨앗을 뿌리러 왔는지 알 길이 없었다, 그들이 가져온 거름이 전혀 눈에 띄지 않았기에 나는, 이곳 흙의 층이 깊은데다가 충분히 오랫동안 묵

---

*   saw pit fashion은 벌목꾼들이 구덩이 위에 통나무를 올려놓고 한 사람은 위에서 그리고 다른 한 사람은 구덩이로 내려가 대형 톱으로 함께 자르는 방식.

**   Hyperborea, 그리스 신화에서 북풍 너머의 나라에 살았던 거인족.

혀둔 땅이어서, 그들도 나처럼 겉만 갈아서 경작을 하려는 모양이라고 짐작했다. 그들의 얘기를 들어보니, 이런 상황을 배후에서 연출한 인물은 그의 재산을 두 배로 늘리고 싶어 하는 마을 유지였으며, 내가 알기로는 이미 50만 달러나 벌어놓은 부농인 그는 그의 돈 한 푼마다 그 위에 한 푼씩을 더 얹어놓기 위해, 이 엄동설한에 월든 호수가 걸친 유일한 옷 한 벌, 아니, 아예 피부 그 자체를 홀랑 벗겨가려는 속셈이었다. 인부들은 마치 이곳을 모범 농장으로 만들기로 각오를 한 듯 기막힐 정도로 질서정연하게 즉시 작업에 착수하여 쟁기질과 써레질을 하고, 바닥을 뒤엎고, 고랑을 팠지만, 그들이 어떤 종류의 씨앗을 고랑에 뿌리는지 유심히 지켜보려니까, 내 곁에서 일하던 인부들이 갑자기 묘하게 무엇인지를 힘껏 잡아당기는 특이한 동작으로 호수의 바닥 흙 자체를, 모래까지 남김없이, 그보다는 아예 물까지 ─ 아주 질퍽한 바닥이고 보니 ─ 아예 그곳의 terra firma*까지 ─ 몽땅 살고리에 걸어 퍼 올려 썰매에 싣고 가버렸으며, 그제야 나는 그들이 습지의 토탄을 캐내는구나 하는 의심을 하기에 이르렀다. 그렇게 그들은 기관차에서 울리는 괴이한 비명 소리와 함께 날마다 북극 지방의 어디에선가 나타났다가 사라져서, 나는 그들을 북방의 철새 무리쯤으로 생각하기에 이르렀다. 그러나 가끔은 월든 마님께서 복수를 감행하여, 말들을 몰고 뒤따라가던 인부 한 사람은 갈라진 땅바닥 타르타로스**로 떨어졌는데, 전에는

---

* 단단한 흙.
** Tartarus, 그리스 신화에 나오는 지옥 밑바닥의 끝없는 구렁.

그토록 용감했던 그는 갑자기 반쪽짜리 인간이 되어버렸고, 동물적인 기개를 다 잃고는 내 집에 피신하게 된 신세조차 기뻐하면서, 난로의 고마움을 감지덕지했으며, 가끔은 얼어붙은 땅이 쟁기 끝의 쇳조각을 부러트리는가 하면, 쟁기가 고랑에 박혀 파내어야 하는 난처한 상황이 벌어지기도 했다.

사실대로 꾸밈없이 얘기하자면, 100명의 아일랜드 인부들이 양키 십장들과 함께 얼음을 구해가려고 매일 케임브리지에서 찾아왔다. 그들은 설명할 필요가 없을 정도로 너무나 잘 알려진 방법으로 얼음을 덩어리로 반듯하게 잘라 썰매에 싣고 호반으로 끌어 올리고는, 말들의 힘을 빌려 쇠스랑과 모탕과 도르래를 돌려 재빨리 받침대 위에 얹어가며 밀가루 자루처럼 차곡차곡 옆으로도 줄을 맞춰 층층이 쌓았는데, 그 모양이 구름을 뚫고 올라가도록 설계한 첨탑을 받쳐줄 견고한 기초를 방불케 했다. 인부들의 얘기로는, 작업 진행이 순조롭게 좋은 날이면 그들은 하루에 1,000톤의 얼음을 끌어냈는데, 그것은 1에이커가량의 면적에서 거둔 수확량이었다. 썰매가 같은 길을 계속 지나다니는 탓에 얼음 위에는 마른땅에서나 마찬가지로 깊은 궤도와 '전철(前轍)'이 생겨났으며, 말들은 물통처럼 파낸 얼음 구유에 쏟아주는 귀리를 끼니마다 먹었다. 그렇게 인부들은 한 면이 30미터에서 35미터쯤 되는 정사각형 바닥에 높이가 10미터쯤 되도록 얼음덩이들을 쌓아올렸고, 바깥쪽 줄의 얼음 사이사이에는 빙 둘러가며 공기를 차단하기 위해 건초를 끼워 막았는데, 그러지 않았다가는 아무리 차가운 바람일지라도 틈바구니만 있다 하면 찾아들어가 스치며 조금씩 얼음을 녹여 커다란 구멍을 만들어놓기 마련이었으며, 그러면 지지대나 샛기둥 노릇을 하는 부분들이 여기저기서 힘을 잃어 결국 얼음탑이 허물어지고 만다. 얼음탑은 처음에야 거대한 푸른 성채나 발할라 신전처럼 보이지만, 인부들이 얼음 사이에 목초지에서 가져온 지저분한 잡초를 끼워넣기 시작하자, 건초에 서리와 고드름이 사방으로 매달리면서, 백발이 성성한 노인의 모습으로 연감을 통해 낯이 익은 동장군이 거처하는 하늘색 대리석 저택의 장엄한 모습은 사라지고, 이끼가 뒤덮여 고색이 창연한 폐허만 남아—겨울 영감이 우리와 함께 여름을 보내려고 마련한 초가삼간의 몰골이 된다. 인부들의 계산으로는 채취한 얼음 가운데 25퍼센트는 목적지에 도달하지 못하고, 2~3퍼센트는 화물차 안에서 녹아 쓰레기가 된다고 했다. 하지만 그보다 훨씬 많은 양의 얼음이 처음 의도와는 다른 운명을 맞이하기 마련이었으니, 얼음이 평상시보다 더 바람을 많이 먹거나 기대했던 만큼 보관 상태가 좋지 못해서 아예 시장에 내놓지를 못하기 때문이었다. 1846~1847년 겨울에 채취한 1만 톤가량으로 추정되는 얼음은 마지막에 건초와 판자로 포장을 했는데, 그해 7월에 지붕을 걷어내고 일부를 타지로 실어 보냈으며, 나머지는 그대로 태양에 노출된 채 내버려두었지만 여름과 다음 겨울까지 버티어냈으며, 1848년 9월까지도 다 녹지를 않았다. 덕택에 호수는 거의 다 회복이 되었다.

월든의 물뿐만이 아니라 얼음은 가까이에서는 초록빛이지만, 멀리서는 아름다운 파란색으로 보이고, 500미터 정도 떨어진 다른 몇몇 호수의 푸르뎅뎅한 얼음이나 강의 하얀 얼음하고는 확연히 차이가 난다. 때로는 작업반의 썰매에서 얼음덩어리 하나가 마을 길바닥으로 미끄러져 떨어져 한 주일 동안 방치해두기라도 하면, 거대한 취옥 덩어리는 지나다니는 모든 행인의 신기한 구경거리가 된다. 나는 월든 호수에서 어느 부분에서는 녹은 상태일 때의 물이 녹색이지만, 결빙이 된 다음에는 같은 지점에서 살펴봐도 파랗게 색깔이 달라진다는 사실을 깨달았다. 그래서인지 호수 주변의 웅덩이들은 겨울이 오면 때로는 푸르뎅뎅한 물로 가득 찼다가 다음 날 얼어붙으면 맑고 파랗게 변하기도 했다. 어쩌면 물과 얼음의 푸른색은 그 안에 갇힌 빛과 공기의 영향 때문인지 모르겠지만, 가장 투명할 때 가장 파랗게 보인다. 얼음은 참으로 흥미진진한 관찰 대상이다. 사람들의 얘기를 들어보면, 새물 호수(Fresh Pond)의 저장고에 5년이나 보관해온 얼음은 언제나처럼 빙질이 좋다고 한다. 물통에 담아놓으면 물맛이 금방 상하는데, 얼리면 어째서 단맛이 영원히 지속되는 것일까? 흔히들 말하듯, 이것이 바로 애정과 지성의 차이점이다.

그렇게 16일 동안이나 나는 오두막의 창문을 통해, 100명의 인부가 머슴들처럼 수레와 말과 온갖 농기구들을 동원해가면서 바쁘게 일하는 모습을, 농사 연감의 첫 장에서 자주 보았던 한 장면을 지켜보았고, 창밖을 내다볼 때마다 종달새와 추수하는 농부에 관한 우화*나 씨 뿌리는 사람의 비유**같은 교훈이 머리에 떠오르고

---

* 농부의 밭에 둥지를 마련한 종달새가 추수할 때를 맞아 조바심을 했다는 아이소포스의 우화.
** 「마태오복음」 13장 18-23절 참조.

는 했는데, 이제 그들은 모두 떠나갔고, 앞으로 한 달만 더 지나면 아마도 나는 같은 창문을 통해 바다처럼 맑고 푸른 월든의 물과 거기에 드리운 구름과 숲을 보고, 그곳에 언제 인간이 나타났었는지 아무런 흔적도 남지 않은 세상에서 고요하게 피어오르는 물안개를 보게 되리라. 어쩌면 나는 아비 한 마리가 홀로 자맥질하고 깃털을 고르며 웃는 소리를 듣게 될지도 모르고, 얼마 전까지만 해도 100명의 인부가 안전하게 빙판 위에서 일하던 바로 그 자리에서 홀로 떠다니는 한 장의 낙엽처럼 배를 띄우고 잔물결에 비친 자신의 모습을 물끄러미 응시하는 외로운 낚시꾼을 보게 될지도 모르겠다.

그리하여 찰스턴과 뉴올리언스, 첸나이와 뭄바이와 콜카타* 주민들은 내 우물에서 길어 간 물을 마시게 된 듯하다. 아침이면 나는 우주 창조설을 비롯하여 『바가바드 기타』의 무궁무진한 철학으로 나의 지성을 씻어주는데, 경전에 등장하는 제신들의 시대는 흘러가 버렸으나, 그들의 사상에 비하면 우리의 현대 세상과 문헌들은 참으로 하찮고 초라하며, 그 철학은 우리가 이해하기에는 너무나 숭고하여, 창조 이전의 경지를 언급하는 것은 아닐까 하는 생각이 든다. 나는 책을 내려놓고 샘으로 물을 길러 가는데, 보라! 그곳에서 나는 브라마**와 비슈누와 인드라 신을 모시는 승려 브라만의 하인을 만나지만, 브라만은 여전히 갠지스 강변 그의 사원에 앉아 베다 경전을 읽거나, 딱딱한 빵 조각과 물병 하나만 가지고 나무 밑

❈   월든의 얼음이 수출된 인도의 지역들.

❈❈   Brahma, 중생의 아버지이며 힌두교 최고의 신 범천(梵天).

에서 살아간다. 나는 주인을 위해 물을 길러 찾아온 그의 하인과 만나고, 우리들의 물통이 같은 샘물 속에서 부딪힌다. 월든의 정갈한 물이 갠지스 강의 성스러운 물과 섞인다. 우리의 샘물은 순풍을 타고 신화에 등장하는 아틀란티스와 헤스페리데스*의 섬을 유유히 지나, 한노**의 족적을 따라 항해하고, 테르나테와 티도레***를 돌아 페르시아 만 입구로 흘러가서, 인도양 열대 지방의 질풍에 녹아들어, 알렉산드로스 대왕은 이름밖에 들어본 적이 없는 항구로 상륙한다.

❋　　Hesperides, 그리스 신화에 등장하는 석양의 님페들.

❋❋　Hanno, 탐험가인 카르타고의 제독. 기원전 5세기 초에 3만 명의 남녀와 식량을 실은 60척의 배를 이끌고 카메룬으로 갔다고 함.

❋❋❋　Ternate와 Tidore, 향신료를 구하기 위해 네덜란드가 식민지로 만든 인도네시아의 섬.

봄

얼음 인부들이 남겨놓은 긴 물길들은 바람이 드나드는 숨구멍을 만들어 호수의 해빙이 빨리 진행되는 효과를 촉진시키기가 보통이었는데, 아무리 추운 날씨일지라도 바람에 일렁이는 물이 주변의 얼음을 깎아먹기 때문이었다. 그러나 그해에는 월든의 낡은 옷을 벗겨 버리자마자 곧 두툼한 새 옷이 호수를 덮어주는 바람에 그런 현상이 일어나지 않았다. 이 호수는 수심이 훨씬 깊을뿐더러, 얼음을 녹이거나 잠식하는 물살의 흐름이 없는 까닭에, 주변의 다른 호수들처럼 빨리 해빙되지를 않는다. 나는 월든이 겨울 동안에 부분적으로 해빙되었다는 얘기를 들어본 적이 없었고, 모든 호수가 험난한 시련을 겪은 1852~1853년의 겨울 또한 예외가 아니었다. 월든은 보통 4월 1일쯤, 그러니까 플린트 호수와 아름다운 안식처보다 한 주일이나 열흘가량 늦은 시기에, 가장 먼저 얼기 시작했던 얕은 지점과 북쪽 기슭부터 녹기 시작한다. 기온의 일시적인 변화로부터 별로 심하게 영향을 받지 않는 까닭에 월든은 이 지역의 어느 곳보다 계절의 진행 상황을 알려주는 절대적인 지표 역할을 한다. 매서운 추위가 3월에 며칠 이어지면 다른 호수의 해빙은 크게 지연되지만, 월든의 수온은 거의 아무런 영향을 받지 않고 계속 올라간다. 1847년 3월 6일에 월든 중심부에 온도계를 넣어보니 빙점인 섭씨 0도를 가리켰고, 호숫가 근처는 1도였는데, 같은 날 플린트 호수의 한가운데는 0.5도, 물가에서 50미터 정도 중심으로 들어가면 30센티미터 두께의 얼음 밑 수온이 3도였다. 플린트 호수는 이처럼 가장 깊은 곳과 얕은 곳의 온도 차이가 2.5도나 되었고, 수심 또한 대체적으로 얕았기 때문에, 월든 호수보다 당연히 훨씬 빨리 해빙이 되었다. 이 무렵에는 가장 얕은 지점의 얼음이 중심부보다 한 뼘이나 얇았다. 한겨울에는 한가운데 물이 가장 따뜻했기 때문에 그곳의 얼음이 가장 얇았다. 그런가 하면 여름에 호수의 가장자리에서 물속으로 걸어 들어가 본 사람이라면 누구나 다 깨달았겠지만, 깊이가 10센티미터밖에 안 되는 얕은 물이 가장 따뜻하고, 조금씩 수심이 깊어질수록 차가워지며, 깊은 곳에서는 표면보다 바닥으로 내려갈수록 수온 또한 내려간다. 태양이 봄에는 공기와 대지의 온도를 높임으로써 영향력을 발휘하는 데서 그치지 않고, 30센티미터 이상 두꺼운 얼음을 뚫고 열기를 투과시켜 들여보내 수심이 얕은 바닥으로 하여금 반사하도록 하여, 물을 덥혀 얼음의 아래쪽을 녹이면서 동시에 위에서는 직사광선이 내리쬐어 표면이 울퉁불퉁해지고, 그래서 안에 갇힌 공기 방울들은 위아래로 팽창하다가 완전히 벌집처럼 구멍들이 숭숭 뚫리고는, 그러다 봄비가 한차례 내리면 마침내 모두 녹아 갑자기 사라져버린다. 얼음에도 나무와 마찬가지로 결이 있어서, 잘라놓은 덩어리가 녹기 시작하여 벌집 모양으로 변해버리면, 세우거나 눕히느라고 어느 면을 바닥에 놓든 기실(氣室)들은 수면과 직각을 이루며 형성된다. 바위나 통나무가 바닥에서 수면 가까이 올라온 곳에서는 얼음의 두께가 훨씬 얇아서 이런 반사열 때문에 쉽게 녹아버리는 현상이 자주 벌어지는데, 내가 확인한 바에 의하면, 케임브리지에서는 얕은 나무통에 담아놓은 물을 얼리는 실험을 하며 밑에서 찬 공기를 순환시켜 양쪽으로부터 냉기가 작용하게 했지만, 바닥에서 반사한 햇살이 그런 냉각 효과를 무용지물로 만들었다고 한다. 한겨울에 따뜻한 비가 내려 월든의 눈과 얼음을 녹여서, 단단하고 시커멓거나 투명한 얼음덩어리가 중간에 남아 떠다닐 무렵에는 이런 반사열 때문에 호숫가 가까이에 두껍기는 하지만 부서지기 쉬운 하얀 얼음이 5미터 정도의 폭으로 길게 띠를 이루며 생겨난다. 뿐만 아니라, 앞에서 언급했듯이, 얼음 속에 갇힌 공기 방울들 자체가 불을 붙이는 돋보기 역할을 하면서 아래쪽 얼음을 녹인다.

　한 해에 걸쳐 벌어지는 여러 현상들이 호수에서는 날마다 작은 규모로 일어난다. 일반적인 얘기를 하자면, 아침마다 수심이 얕은 곳의 물은 깊은 곳보다 훨씬 빨리 따뜻해지고, 그래봤자 별로 더워지지 않았을 물은 저녁마다 다음 날 아침까지 더 빨리 차가워진다. 하루는 한 해의 축소판이다. 밤은 겨울이고, 아침과 저녁은 봄과 가을이며, 한낮은 여름이다. 갈라지고 짜르릉거리는 얼음의 소리는 온도의 변화를 나타낸다. 1850년 2월 24일, 추운 밤이 지나고 쾌청한 아침이 밝아오자, 나는 하루를 보내려고 플린트 호수를 찾아갔는데, 해돋이 무렵에 도끼의 머리 쪽으로 얼음을 내리쳤더니, 팽팽한 북을 두드렸을 때처럼 징이 울리는 소리가 놀랍게도 몇 십 미터나 울려 퍼졌다. 해가 뜨고 한 시간쯤 지나자, 언덕 너머로 비스듬히 내려 비추는 햇살의 온기를 받고 호수가 짜르릉거리기 시작했고, 막 잠에서 깨어난 사람처럼 기지개를 켜고 하품을 하고는 서너 시간에 걸쳐 조금씩 점점 더 사방이 시끄러워졌다. 정오에 잠시 낮잠을 즐긴 호수는 태양이 기운을 잃고 물러나려 하자 밤을 맞으려고 다시 한차례 호통을 쳤다. 날씨만 잘 맞으면 호수는 매우 규칙적으로 저녁 예포를 쏘아 올린다. 그러나 그날 낮에는 얼음이 여기저기 깨어져 금이 갔고 대기도 탄력이 죽어 낭랑한 울림 소리를 완전히 잃어서, 얼음을 두드려봤자 물고기와 사향쥐들조차 기겁할 일은 없을 듯했다. 낚시꾼들의 얘기로는 "호수의 천둥소리"에 놀라면 물고기들의 입질이 뚝 끊어진다고 했다. 호수가 저녁마다 천둥소리를 내지는 않고, 나로서는 언제 소리가 날지 확실히 예측하기가 어려운데, 날씨가 어떻게 달라졌는지 나는 모르지만, 호수는 안다. 그토록 크고 차갑고 껍질이 두꺼운 무생물이 그처럼 민감하리라고 누가 짐작을 했겠는가? 그렇지만 봄이 오면 어김없이 새싹이 터지듯이 호수에게는 나름대로 복종의 천둥소리를 내야 하는 법칙이 따로 있다. 대지는 모두 살아 있으며 모유두(母乳頭)로 뒤덮여 있다. 세상에서 가장 큰 호수라 할지라도 온도계의 수은 방울만큼이나 대기의 변화에 민감하다.

* * *

숲으로 들어와서 살아가며 느끼는 한 가지 매력은 봄이 찾아오는 모습을 지켜보는 여유와 기회다. 호수의 얼음이 마침내 벌집 모양이 되면, 걸어가면서 발뒤꿈치로 밟을 때마다 벌집의 방이 하나씩 힘없이 주저앉는다. 안개와 봄비와 따뜻한 햇살이 눈을 조금씩 녹이고, 낮 시간이 피부로 느껴질 만큼 길어지고, 이제는 큰불을 피워야 할 필요가 없어져 겨울을 무사히 나려면 장작을 더 마련해야 하지 않을까 하는 걱정을 접게 된다. 나는 봄의 첫 징후들이 나타나기를 손꼽아 기다리며, 무슨 새가 돌아와 혹시나 한마디 노래를 불러주지나 않을지, 이때쯤이면 저장해둔 식량이 거의 다 바닥났다고 줄무늬다람쥐가 찍찍거리지나 않을지 귀를 기울이고, 땅다람쥐가 용기를 내어 겨울 보금자리에서 머리를 내밀지나 않을지 열심히 살펴본다. 파랑지빠귀와 빨강지빠귀와 멧종다리의 노래를 내가 이미 들어본 다음인 3월 13일에는 호수의 얼음이 여전히 한 자나 두꺼운 상태였다. 날씨가 계속 따뜻해졌지만, 얼음은 눈에 띌 만큼 녹아 없어지거나, 강에서처럼 덩어리로 갈라져 둥둥 떠다니지는 않았으며, 호수의 가장자리에서부터 2~3미터가량은 완전히 해빙이 되었어도 한가운데의 얼음은 물을 흠뻑 먹은 채로 벌집이 되어, 15센티미터나 발이 푹푹 빠졌는데, 그럴 때는 혹시 따뜻한 비가 내린 후에 안개가 끼기라도 하면, 이튿날 저녁에는 얼음이 모두 증발하여 안개와 함께 흔적도 없이 사라져버릴지도 모를 일이었다. 어느 해인가 나는 얼음이 완전히 사라지기 겨우 닷새 전에 호수 한가운데를 건넌 적이 있었다. 1845년에는 월든이 4월 1일에 처음 얼음이 완전히 사라졌고, 1846년에는 3월 25일, 1847년에는 4월 8일, 1851년에는 3월 28일, 1852년에는 4월 18일, 1853년에는 3월 23일, 그리고 1854년에는 4월 7일쯤에 해빙이 완전히 끝났다.

강과 호수의 얼음이 녹고 날씨가 안정되는 과정에 영향을 주는 모든 상황은 그토록 극단적으로 널뛰기를 하는 풍토에서 살아가야 하는 우리 같은 사람들에게는 각별한 관심사다. 날씨가 더욱 따뜻해지면, 강변에 사는 사람들은 밤에 강에서 얼음이 갈라지는 소리가 포성만큼이나 요란하게 울리는 통에 깜짝깜짝 놀라고, 얼음을 한 덩어리로 묶어놓은 끈이 한꺼번에 산산조각 찢어지는 굉음이 울리고 나면, 그로부터 며칠이 지나지 않아 얼음이 빠르게 사라진다. 그렇게 대지가 진동하면 악어가 진흙 바닥에서 기어 나온다. 자연을 매우 가까이서 관찰해 왔던 터여서 그 모든 섭리에 통달했던 듯싶은 노인이 있었는데, 그는 소년 시절에 자연이라는 선박이 처음 건조되기 시작할 무렵부터 직접 용골을 앉히는 작업을 도와주기라도 한 듯―어른이 된 다음에는 자연에 관해서라면 므두셀라*만큼 오래 산다고 해도 더 이상 배울 바가 없을 지경으로 해박한 사람이어서―이제는 그가 모르는 자연의 비밀이 없으리라고 생각했던 나는 노인이 어느 봄날 오리들과 잠시 즐거운 시간을 보내려는 생각에 엽총을 챙겨 배를 타고 나갔다가 목격한 자연의 경이로움에 관해서 하는 얘기를 듣고 놀랐다. 풀밭에는 아직 얼음이 남아 있었지만 강에서는 완전히 사라졌고, 그래서 노인은 그가 사는 서드베리에서 아름다운 안식처의 호수까지 아무런 어려움을 겪지 않고 내려갔지만, 막상 목적지에 이르러서 보니 뜻밖에도 호수 대부분이 단단한 얼음으로 덮여 있었다. 따뜻

❄   노아의 할아버지이며, 구약성서 「창세기」 5장 27절에서 969살까지 살았다고 한 인물.

한 날이었기 때문에 그는 빙판이 그토록 많이 남았다는 사실이 믿기지 않았다. 오리들이 전혀 눈에 띄지 않아서 그는 배를 호수 안에 있는 섬의 뒤쪽인 북쪽에 감춰놓고 남쪽 덤불에 몸을 숨기고는 새들이 나타나기를 기다렸다. 호수 가장자리를 따라 얼음이 15미터에서 20미터 정도 녹아버려서 잔잔하고 따뜻한 물이 띠를 이루었으며, 안쪽의 바닥은 오리가 좋아하는 진흙이었으므로, 노인은 조금만 기다리면 몇 마리쯤 나타나리라고 믿었다. 한 시간쯤 꼼짝 않고 숨어 있던 그는 아주 멀리서 나지막하게 울리는 소리를 들었는데, 점점 높아지면서 사방으로 넓게 퍼지는 듯 특이하게 웅장하고 감동적인 그런 소리를 들어본 적이 없었던 노인은, 광대무변하고 장쾌하게 곧 마무리를 지을 듯싶은 묵직한 음향의 우렁찬 함성이 필시 이곳으로 몰려와 내려앉으려고 거대한 무리를 지어 날아오는 새들이 틀림없다는 생각이 갑자기 들어서, 총을 집어 들고 흥분해서 벌떡 일어섰지만, 알고 보니 놀랍게도 호수를 뒤덮은 거대한 빙판이 통째로, 그가 풀숲에 엎드려 기다리는 사이에 이동하기 시작하여, 이제는 물가를 향해 밀고 들어오는 중이었으며, 그가 들었던 굉음은 빙판 가장자리가 호반 기슭을 타고 올라오면서 부딪히는 소리였는데—밀려드는 얼음이 처음에는 조금씩 부스러져 떨어졌지만, 마침내는 섬 위로 상당한 높이까지 힘껏 밀치고 솟구쳐 올라오며 깨진 조각들을 사방에 온통 뿌려대더니, 갑자기 모든 동작을 멈추고 꼼짝도 하지 않았다.

마침내 해가 중천에 떠서 머리 위로 내리쬐고 따뜻한 바람이 안개와 비를 멀리 쫓아버려 강둑에 덮인 눈을 녹이고, 아지랑이를 흩어버리던 태양은 적갈색과 흰색의 무늬가 교차하는 풍경과 들판에서 피어오르는 향불 연기를 굽어보며 미소를 짓고, 이 풍경 속에서 작은 섬들을 이리저리 순례하는 나그네의 귓전에는 수많은 실개천과 개울들이 혈관에 가득 찬 겨울의 피를 흘려보내느라고 졸졸거리는 즐거운 음악 소리가 들려온다.

마을로 나가려면 산을 협곡처럼 깎아내고 건설한 기찻길을 꼭 거쳐야 했던 나는 철로 양쪽의 가파른 비탈에서 해빙기에 녹아 흘러내리는 모래와 진흙이 빚어낸 갖가지 무늬를 관찰하는 기쁨을 어떤 다른 현상들 못지않게 즐겼는데, 철도가 처음 등장한 이후 적절한 자재를 제대로 써서 새로 단장한 옹벽의 수가 굉장히 많아지기는 했겠지만 이곳에서는 보기 드물게 대규모로 전개되는 유실 현상이 늘 벌어진다. 옹벽에 사용한 재료는 곱기와 굵기가 다양하고 빛깔 또한 여러 가지로 짙은 모래에 약간의 진흙을 섞은 반죽이었다. 봄은 물론이요 겨울이라 할지라도 얼음이 녹을 정도의 날씨에는 성에가 표면으로 번져 나오면서 모래가 용암처럼 옹벽을 타고 흘러내려서, 때로는 얼어붙은 눈을 뚫고 쏟아져 나와 전에는 모래의 흔적조차 없던 곳을 온통 뒤덮어 버렸다. 무수히 많은 가느다란 가닥이 반쯤은 물 흐름의 법칙을 따르고 나머지 절반은 식물의 법칙을 따라 서로 겹치고 뒤엉켜 일종의 뒤죽박죽 작품을 전시해놓았다. 흘러내리는 동안에 흐름의 무늬는 싱싱한 나뭇잎이나 덩굴의 형태를 취하면서 굵기가 한 줌이 넘는 걸쭉한 분출물 덩어리들을 형성하는데, 위에서 내려다보면 이끼류의 엽상체를 닮았으면서 가장자리에 톱니가 달리고, 열편(裂片)이 나고, 비늘 구조를 갖추었는가 하면, 표범의 발톱이나 새의 발이나 산호 그리고 각종 배설물이나 뇌나 폐나 내장을 연상시킨다. 그것은 참으로 괴이한 식물이어서, 우리 눈에 보이는 그 형태나 색채는 청동으로 재현되어, 아칸토스*나 초롱꽃이나 담쟁이덩굴이나 포도나 무보다 훨씬 오래전부터 건축물을 장식해온 일종의 전형적인 식물이어서, 상황에 따라서는 어쩌면 미래의 지질학자들에게 하나의 수수께끼로 전해질 듯싶다. 전체적인 구성에서 나는 종유석들과 함께 햇빛에 노출된 동굴의 인상을 받았다. 다양한 모래의 짙은 색조는 독특하게 쾌적한 분위기를 자아냈으며, 거무스름하고 희끄무레하고 누르스름하고 불그스레하여 쇳덩이의 온갖 빛깔을 함께 아울렀다. 흘러내리던 덩어리가 옹벽 발치의 배수로에 도달하면, 납작하게 널리 퍼지면서 여러 가닥으로 갈라져 하나하나의 가닥은 반쯤 원통형이던 본디 모습을 잃어버리고, 차츰 더 평평하게 넓어지다가 물기가 많아짐에 따라 함께 뭉쳐 흘러가면서 마침내 거의 평탄한 모래밭의 모습을 갖추는데, 여전히 다양하고 아름다운 색깔이면서도 아직은 식물의 본디 형상을 찾아보기가 어렵지 않으며, 그러다가 마침내 모래가 물속에 잠기면 강의 어귀마다 형성되는 둑처럼 변신하고, 식물의 모습들은 잔물결이 바닥에 남기는 비늘무늬 속으로 사라진다.

5미터에서 10미터 높이에 이르는 둑 전체가 때로는 봄날 하루 사이에 모래밭이 파열을 일으키면서, 모래톱의 한쪽이나 양쪽을 500미터에 걸쳐 이런 종류의 수많은 잎사귀를 깔아놓은 듯 거대한 무늬가 덮어버린다. 그렇게 생겨난 모래 나무가 대단하다고 여겨지는 까

---

*   acanthus 또는 akanthos, 고대 그리스 이래 고전주의 미술의 장식적인 주제로 널리 동원된 엉겅퀴 비슷한 식물.

닭은 너무나 갑자기 존재를 시작하기 때문이다. 생명력이 없는 모래 톱의 한쪽만 보고 있다가―햇빛은 한쪽에만 먼저 영향을 주기 때문에―다른 한쪽에서 한 시간 사이에 태양이 창조해놓은 화려하고 잎이 무성한 작품이 눈에 띄면, 나는 세상과 나를 만들어낸 위대한 예술가의 작업실에 들어선 듯―그리고 그 예술가가 아직 남아도는 힘을 쏟아내며 작업에 임하여 그의 신선한 구상을 이 모래톱 여기저기 흩뿌려 실험하는 현장을 찾아온 듯싶은 감격에 젖는다. 이곳에서 모래밭이 넘쳐흐르는 현상은 동물의 몸속에서 생명력을 순환시키는 내장 덩어리와 비슷한 잎사귀 형태를 취하기 때문에, 나는 지구 생명의 근원에 가까이 왔다는 느낌을 받는다. 우리는 그렇게 모래밭 자체에서 식물의 잎이 태어나는 과정을 미리 본다. 이미 내면에서 심사숙고하며 진통을 겪어온 대지가 그의 뜻을 밖으로 표현하는 수단으로 식물의 잎을 선택했다는 사실은 전혀 이상한 일이 아니다. 원자들은 이러한 법칙을 이미 익혔고, 그 법칙에 따라 잉태를 한다. 위에서 늘어진 나뭇잎은 이곳에서 태초의 원형을 찾아낸다. 사물의 내적인 면을 살펴보자면, 지구이건 동물의 몸이건 그 속은 물기가 많은 덩어리인 lobe*로 이루어졌는데, 그 단어는 간과 폐 그리고 지방의 '잎'**에 특히 잘 어울리며―λειβω***는 labor****나 lapsus*****처럼 아래쪽으로 흐

❖   엽(葉).

❖❖   지방엽(脂肪葉).

❖❖❖   '엽'의 어원인 그리스어 '레이보.'

❖❖❖❖ 출산.

❖❖❖❖❖죄악으로 떨어지는 타죄(墮罪).

르거나 미끄러지거나 떨어진다는 뜻이고, λοβος*는 lobe[둥근 엽(葉)]
와 globe(지구)뿐 아니라 lap(무릎)과 flap(펄럭이는 동작) 같은 여러 다른
단어를 낳았으며—외적인 면을 살펴보자면, 얇게 말라버린 leaf(낙
엽)의 단수형과 복수형에서 f와 v의 발음조차 눌리고 말라버린 듯 b
에 가까워진다. lobe의 어근은 lb로서—잎사귀가 하나만 달린 b이건
둘이 달린 B이건—b가 유음**l과 유연한 결합을 이루어, b가 l을 다
정하게 뒤에서 밀어준다. globe의 어근 glb에서는 뱃속으로부터 울려
나오는 g가 목구멍의 기능을 동원하여 의미에 더욱 중후한 맛을 가
미한다. 새의 깃털과 날개는 한층 더 물기가 빠진 얇은 잎이다. 이렇
듯 우리 인간은 땅바닥을 기어 다니는 송충이로부터 가볍게 날개를
펄럭이는 나비로 변신한다. 지구 자체 또한 부단히 자신의 존재성을
초월하여 새롭게 변신하면서, 궤도를 따라 나래를 치고 날아간다. 얼
음조차 수초의 엽상체들이 물의 거울에 찍어놓은 틀 속으로 흘러들
어가 굳어지듯 처음에는 수정으로 빚은 섬세한 잎처럼 피어나기 시
작한다. 한 그루의 나무는 한 장의 잎사귀가 근본이고, 강들은 대지
를 물줄기로 누비는 훨씬 더 큰 잎들이며, 마을과 도시는 엽액(葉腋)
에 달라붙은 곤충의 알집들이다.

태양이 물러가면 모래가 흐르기를 멈추지만, 아침에는 흐름이
다시 한 번 시작되어 갈래를 치고 또 치며 수많은 줄기를 뻗는다. 여기

에서 우리는 혈관이 어떻게 형성되는지를 알게 된다. 자세히 관찰해보면, 녹아내리는 덩어리로부터 범벅이 된 질퍽한 모래가 처음에는 둥근 손끝을 닮은 물방울 모양의 머리를 내밀면서 앞으로 터져 나와서, 천천히 무작정 아래쪽을 향해 더듬어대며 흘러내리고, 그러다가 태양이 더 높이 떠올라 열기와 습도가 올라가면, 가장 유동적인 부분은 자연의 법칙을 따르려는 노력을 기울이고, 가장 무기력한 부분 또한 그에 순응하여, 몸체로부터 함께 떨어져 나와 홀로 독립된 형태를 갖춰 구불구불한 수로나 동맥을 안에서 만들어내고, 그 물길을 타고 작은 은빛 흐름이 번갯불처럼 갈라지며 끈적거리는 잎이나 가지가 펼쳐지는 한 단계에서 다시 갈라지는 다음 단계로 이동하고, 그러다 어느 틈엔가 모래 속으로 빨려 들어가 영원히 사라진다. 모래가 흘러 내려가면서 유동하는 전체 더미로부터 동원이 가능한 최고의 원자재를 활용하여 스스로 체계를 갖추면서 수로를 따라 예리한 곁가지들을 뻗어내는 완벽한 순발력은 신기할 지경이다. 강의 원천은 그렇게 마련된다. 물이 침전시키는 규토(硅土) 성분의 물질을 골격 계통이라고 한다면, 그보다 훨씬 부드러운 토양과 유기물은 살의 섬유질이나 세포조직에 해당되겠다. 인간은 녹아내리는 진흙 덩어리가 아니고 무엇이겠는가? 볼록한 손끝은 굳어버린 물방울에 불과하다. 손가락과 발가락은 녹아내리는 몸뚱이가 사방으로 흘러나간 끝부분이다. 보다 생산적인 여건에서라면 인간의 몸이 얼마나 더 확장되고 멀리 흘러나갈지 누가 알겠는가? 손이란 엽과 엽맥이 펼쳐진 야자나무 잎*이 아닐까? 상상력의

---

* palm leaf(종려 잎사귀)는 억지로 번역하면 '손바닥 잎사귀'라는 뜻도 된다.

도움을 받아가며 잘 살펴보면, 방울처럼 생긴 lobe(귓불)와 함께 머리의 옆에 달린 지의류(umbilicaria)나 다름이 없다. lip(입술)은―labor(출산)에서 파생된 단어인지 어쩐지 여부는 모르겠지만 labium[음순(陰脣)]처럼―동굴 입구를 언저리에서 살점이 닫아주거나 열어준다. 코는 흘러내리다 굳어버린 방울이나 종유석이 틀림없다. 턱은 얼굴이 흘러내리다가 합류하는 지점으로, 코보다 훨씬 큰 방울이다. 뺨은 이마에서 얼굴의 계곡으로 미끄러져 내리는 비탈이어서, 사태가 나지 않도록 광대뼈가 밑으로 쏠리는 힘을 분산시켜 막아준다. 둥그렇게 갈라진 야채 잎사귀의 끝자락들 또한 저마다 제멋대로 느낌감치 두툼하게 맺힌 크고 작은 방울이어서, 잎몸의 손가락이나 마찬가지이고, 둥근 날개가 몇 개이건 저마다 여러 방향으로 흘려가려 하여, 볕을 더 많이 쬐거나 하는 따위의 여러 다른 온화한 영향을 많이 받을수록 더욱 멀리 뻗어나가게 된다.

　이렇듯 단 하나의 비탈진 옹벽은 대자연이 작동하는 모든 섭리의 원칙을 일목요연하게 보여주는 그림과 같다. 이 세상을 창조한 이는 겨우 잎사귀 하나만 엮었을 뿐이다. 어떤 샹폴리옹*이 나타나 우리들을 대신하여 이 상형문자를 해독해서, 언제쯤 인간이 마침내 새로운 잎사귀를 내놓으려나? 이런 현상은 풍년을 맞은 비옥한 포도밭보다 훨씬 더 나를 흥겹게 한다. 사실 그것은 어느 정도 배설 작용의 특성을 닮았고, 지구의 몸체가 뒤집힌 듯 간과 폐와 내장 더미가 끝없이 쏟아져 나와 쌓이지만, 어쨌든 이것은 대자연이

❋　　Jean François Champollion, 이집트의 로제타석을 해독한 프랑스 학자.

어떤 종류이건 그나마 내장을 갖추었으니, 인류의 어머니가 틀림없다는 사실을 다시 한 번 입증한다. 이렇게 언 땅이 녹아서 흘러나오고, 이렇게 봄이 온다. 정통 시문학에 앞서 신화가 나타났듯이, 산천이 푸르러지고 꽃이 피는 봄이 오기에 앞서 이런 현상이 먼저 일어난다. 겨울의 독기와 소화불량을 이보다 더 잘 해소시키는 힘을 나는 알지 못한다. 그것은 대지가 아직 강보에 싸인 아기여서, 어린 손가락들을 사방으로 뻗어낸다는 사실을 나에게 일깨워준다. 벌거숭이 머리에 곱실거리는 머리카락이 새로 돋아난다. 모두가 하나같이 유기적이다. 잎사귀를 닮은 이러한 퇴적물 더미가 용광로의 잿더미처럼 비탈 자락을 따라 쌓이며, 자연이 내면에서 "활활 타오른다."라고 외친다. 주로 골동품 전문가와 지질학자가 연구하는 죽어버린 역사를 기록한 종잇장들을 그냥 층층이 쌓아가며 엮은 책의 한 조각 파편과는 달리, 대지는 꽃과 열매보다 앞서 나타나는 나무의 잎사귀들처럼 율동하는 시와 같아서 ─ 화석의 땅이 아니라 살아 숨 쉬는 땅이며, 중심을 이루는 대지의 위대한 생명력에 비하면 모든 동물과 식물은 그에 기생하는 생명체에 불과하다. 대지가 겪는 진통은 껍질만 남은 우리들을 무덤에서 건져 올린다. 우리들이 온갖 금속을 녹여 세상에서 가장 아름다운 틀에 넣어 아무리 멋진 형상을 만들어낸다 해도, 녹아내린 대지가 흘러나와 만들어낸 작품만큼 내 마음을 설레게 하지는 못한다. 그뿐만이 아니라, 그 위에 생겨난 제도들 역시 옹기장이가 주무르는 흙처럼 어떤 형태로 달라지려는지 알 길이 없다.

얼마 후에는 이 옹벽들뿐 아니라 모든 언덕과 평원 그리고 모든 골짜기에서, 동면을 끝낸 네발짐승이 굴에서 기어 나오듯, 서릿발이 녹아 나와 노래를 부르며 바다를 찾아가거나, 구름이 되어 무리를 짓고 다른 나라로 이주한다. 다정하게 설득하여 녹이는 힘은 망치를 휘두르는 토르*보다 훨씬 강력하다. 해동은 녹여서 하나로 만들고, 토르는 산산조각 부술 줄밖에 모른다.

　땅에서 눈이 부분적으로 사라지고 며칠 동안 계속되는 온화한 날씨에 지면의 습기가 증발한 다음에는, 겨울을 견디어내느라고 시들어버린 식물들이 당당한 아름다움을 뽐내며 얼굴을 조금씩 내미는데, 그렇게 어린 새해가 선보이는 다정한 첫 징후들을 비교하는 즐거움이 적지 않으니—보릿대국화와 미역취와 쥐손이풀 그리고 우아한 들풀이 여름에는 완숙한 아름다움을 미처 갖추지 못했었다는 듯 이제야 훨씬 자주 두드러지게 눈길을 끄는가 하면, 심지어 황새풀과 부들과 우단현삼과 물레나물과 조팝나무와 터리풀 그리고 줄기가 튼튼한 다른 화초들이 가장 먼저 찾아온 봄새들을 반겨 맞으며 먹을거리를 무한으로 제공하고—멋진 잡초들은 미망인이 되어 홀로 지낸 자연에게 옷을 입혀주는 소임이나마 제대로 수행한다. 나는 다발로 묶어놓은 듯 머리를 수그리며 상단부가 휘어 내리는 방울고랭이에 남다르게 마음이 끌리는데, 겨울에 대한 우리

＊　Thor, 북유럽 신화에 등장하는 천둥의 신.

의 추억을 여름으로 장식해주는 이 고랭이는 화가들이 즐겨 작품에 담아내는 형상들 가운데 하나이며, 식물의 왕국에서는 천문학이 인간의 마음속에 이미 새겨놓은 어떤 유형들과 똑같은 친밀감을 불러일으킨다. 그것은 그리스나 이집트의 표현 양식보다 훨씬 고대에 속하는 유형이다. 겨울에 일어나는 여러 현상은 말로 형언하기 어려운 부드러움과 섬세함을 엿보인다. 우리는 겨울 왕을 무례하고 시끄러운 폭군으로 묘사하는 표현에 길이 들었지만, 그러나 그는 사랑하는 사람의 온화함으로 여름의 치렁치렁한 머리를 덮어 치장해준다.

봄이 가까워지자 북방청서들이 한 번에 두 마리씩 오두막 밑으로 이사를 들어왔는데, 내가 앉아서 글을 읽거나 쓰는 동안 그들은 바로 발밑에서 생전 누구도 들어보지 못했을 정도로 기묘하기 그지없는 목소리로 킬킬대고 찍찍거리면서 뱅글뱅글 돌아다녔고, 내가 발을 구르기라도 하면, 그들은 못된 장난에 미쳐버려 배려하는 마음이나 두려움 따위는 까맣게 잊어버린 듯, 어디 덤빌 테면 덤벼보라고 인류에게 반항을 벌이는 듯, 오히려 더욱 요란하게 찍찍거렸다. 그래봤자 어림도 없다니까요—끼르륵 끼르륵. 그들은 내 주장을 받아들일 마음이 전혀 없었거나, 아니면 제 분수를 알지 못했던 탓으로, 억제하기 힘든 욕설을 줄줄이 마구 퍼부어댔다.

봄의 첫 참새가 찾아왔다! 그 어느 때보다 더 일찍 찾아온 희망과 더불어 한 해가 시작된다! 파랑지빠귀, 멧종다리, 빨강지빠귀의 은은한 은빛 지저귐이 드문드문 눈이 녹아 질퍽해진 들판 너머로 들려오는데, 겨울의 마지막 눈송이가 내리면서 짤랑짤랑 울리는 듯하다! 이런 순간에 역사와 연대기와 전통 그리고 글로 적어놓은 온갖 계시는 도대체 무슨 의미가 있겠는가? 여기저기서 개울물이 봄을 찬양하는 축가와 합창곡을 부른다. 풀밭 위로 낮게 비행하는 개구리매는 잠에서 깨어난 미끈거리는 첫 생명체를 잡으러 다닌다. 녹은 눈이 무너져 내리는 소리가 골짜기 여기저기에서 들려오고, 호수마다 박자를 맞춰가며 얼음이 동시에 자취를 감춘다. 산기슭에 서는 풀밭이 봄철의 산불처럼 타오르고—"et primitus oritur herba imbribus primoribus evocata"* 라고 했듯이—돌아온 태양을 맞아하기 위해 지구가 뱃속의 열기를 뿜어내는데, 그 불꽃은 노랗지가 않고 초록빛이어서 영원한 젊음을 상징하며—풀잎은 길고 푸른 끈처럼 뗏장으로부터 여름으로 흘러가려다가 서릿발이 막아서는 바람에 발길을 멈추지만, 곧 다시 앞으로 밀고 나아가, 밑에서 밀고 올라오는 싱싱한 생명력이 작년에 말라죽은 풀의 새싹을 세상으로 올려 보낸다. 풀잎은 땅속에서 흘러나오는 실개천만큼이나 꾸준히 자라난다. 그런 면에서 풀과 실개천은 거의 일심동체이니, 성장이 계속되는 6월의 나날에 실개천이 말라붙으면 풀잎이 대신 물길을 이어가고, 해마다 가축은 이 영원한 초록빛 여울에서 물을 마시고, 농부는 풀을 베어 겨울에 먹일 몫까지 일찌감치 여물을 미리 장만한다. 인간의 생명도 그러하여, 뿌리까지 죽는다 할지라도 푸른 새싹을 영원토록 끊임없이 밀어 올린다.

✳ "처음 내리는 비의 부름을 받아 풀이 가장 먼저 솟아오르고"라는 뜻. 바로 (Varro)의 『농업에 관한 논고』에서 인용한 대목.

월든이 발을 맞춰가며 사방에서 녹아내린다. 해빙기에는 북쪽과 서쪽에 폭이 10미터쯤 되는 수로가 생겨나고, 동쪽 끝의 수로는 폭이 더 넓다. 거대한 얼음 들판 하나가 한가운데 몸체에서 떨어져 나왔다. 물가 수풀 속에서 멧종다리의 노랫소리가 들려오는데―쪼익, 쪼익, 쪼익―찍, 찍, 찍, 찌직, 찌윽―찌윗, 쪼옥, 쩌옥. 멧종다리도 얼음을 가르는 일을 거드는 중이다. 호반의 곡선과 이가 맞물리지만 훨씬 더 규칙적인 얼음 가장자리의 거대하고 완만한 곡선은 얼마나 멋지던가! 최근에 일시적인 강추위가 몰아닥친 탓으로 온통 물로 범벅이 되었던 얼음은 이상할 만큼 단단해지고, 궁정의 바닥처럼 물결무늬로 뒤덮였다. 희뿌옇게 얼어붙은 표면을 어루만지며 바람이 동쪽으로 미끄러져 흘러가도 별로 소용이 없는 듯싶지만, 결국 그 너머에서는 살아 숨 쉬는 수면이 기다린다. 띠처럼 길게 펼쳐진 수면이 햇빛을 받아 반짝이는 찬란한 모습은 젊음의 환희가 넘치는 솔직한 얼굴이어서, 호수가 품에 안은 물고기들과 호반의 모래밭이 누리는 기쁨을 대신 전해주는 듯하며―한 마리의 힘찬 물고기 leuciscus*를 감싼 수많은 비늘처럼 은빛 광채를 발산한다. 겨울과 봄은 그렇게 대조적이다. 죽었던 월든이 다시 살아난다. 그러나 이번 봄에는, 내가 이미 언급했듯이, 훨씬 차분하게 해빙이 진행되었다.

눈보라가 휘몰아치는 겨울이 고요하고 쾌청한 날씨로, 어둡고 지루했던 시간이 밝고 활기찬 시간으로 바뀌는 과정은 만물이

＊   바닷고기 황어를 닮은 잉엇과의 민물고기.

봄   473

앞다투어 새 모습을 보여주는 인상적인 순간이다. 마지막 변화는 순간적으로 이루어진다. 저녁 시간이 코앞이어서 겨울 구름이 여전히 하늘에 잔뜩 걸렸고, 처마에서는 진눈깨비 빗물이 주룩주룩 떨어지는데, 갑자기 햇살이 쏟아져 들어와 온 집안을 가득 채웠다. 머리를 들어 창밖으로 시선을 돌렸더니, 보라! 어제는 차가운 잿빛 얼음이 떠다니던 곳에 투명한 호수가 여름 저녁에처럼 당당하게 자리를 잡고, 이미 잔잔하게 가라앉은 희망찬 가슴팍에서는 여름 저녁의 하늘을 반사하건만, 허공에는 그런 하늘이 흔적조차 보이지를 않으니, 마치 호수가 멀리 떨어진 어느 지평선과 따로 마음을 주고받기라도 하는 듯싶다. 멀리서 울새 한 마리가 지저귀는데, 수천 년만에 처음 들어본 노래 같은 생각이 들기는 하지만, 다시 수천 년이 지난들 내가 잊지 않을 그 노랫소리는—예나 지금이나 달콤하고 힘차기가 변함이 없다. 오, 뉴잉글랜드의 여름 하루가 끝나가는 저녁 무렵의 울새여! 그가 앉았던 작은 나뭇가지를 나는 정말로 찾아내고 싶도다! 바로 저 울새가 앉았던 바로 그 나뭇가지 말이다. 울새는 흔하디흔한 Turdus migratorius*하고는 격이 다르다. 그토록 오랫동안 축 늘어졌던 오두막 주변의 리기다소나무들과 어린 떡갈나무들도 타고난 특성 몇 가지를 갑자기 되찾아, 빗물로 목욕을 하고 한껏 기운을 차린 듯 더 밝아지고, 푸르러지고, 꼿꼿해지고, 생기가 돌았다. 나는 이제 비가 그만 내리리라고 생각했다. 우리는 숲의 어느 작은 나뭇가지 하나를 보거나, 아니, 하다못해 장작더미만

✽　철새 개똥지빠귀.

살펴보더라도 겨울이 지나갔는지 아닌지를 한눈에 안다. 날이 더 저물자 나는 숲 위로 낮게 떠서 날아오는 기러기들이 끼룩거리는 소리에 퍼뜩 정신이 들었는데, 남쪽 호수로부터 늦게 도착하여 지친 나그네들은 이제야 긴장을 풀고 저마다 실컷 잔소리를 늘어놓거나 서로 위로의 말을 주고받았다. 문간으로 나가 멈춰 선 나는 한꺼번에 몰려오는 그들의 날개가 함께 퍼덕이는 소리를 들었으며, 내 오두막을 향해 날아오던 기러기들은 집안에서 흘러나오는 불빛이 갑자기 눈에 띄자 시끄러운 목소리를 낮추고, 공중에서 한 바퀴 천천히 선회하더니 호수에 내려앉았다. 그래서 나는 안으로 들어가, 문을 닫고, 숲에서의 첫 봄날 밤을 보냈다.

아침에 나는 문간에 나가 서서 200미터쯤 떨어진 호수 한가운데서 자욱한 안개 속을 헤엄쳐 돌아다니는 기러기 떼를 지켜보았는데, 무리를 지어 어쩌나 시끄럽게 떠들어대는지 월든이 그들을 즐겁게 해주려고 일부러 만들어놓은 놀이터 같았다. 그러나 내가 물가로 나갔더니 그들은 대장 기러기의 신호를 받고 힘차게 날개를 퍼덕이며 즉시 하늘로 날아올랐으며, 아침 식사는 월든보다 훨씬 물이 탁한 다른 호수에서 해결하기로 작정하고는, 스물아홉 마리가 편대를 갖추더니 내 머리 위에서 한 바퀴 선회한 다음, 대장이 일정한 간격을 두고 끼룩거리는 지시에 따라 캐나다를 향해 곧장 날아가 버렸다. 동시에 오리들의 '동아리' 하나가 함께 날아오르더니, 그들보다 훨씬 시끄러운 친척들의 꽁무니를 따라 북쪽으로 향했다.

그로부터 한 주일 동안 안개 낀 아침이면, 홀로 떨어진 외기러기 한 마리가 잃어버린 짝을 찾느라고 이리저리 헤매면서 울어 대어 숲으로서는 감당하기가 벅찬 생명의 소리로 사방을 가득 채웠다. 4월에는 다시 작은 무리를 지어 재빠르게 날아다니는 비둘기들이 눈에 띄었고, 때맞춰 돌아온 흰털발제비들이 내 텃밭 위에서 지저귀는 소리가 들려왔는데, 마을에다 둥지를 마련하지 못하고 나한테까지 찾아올 정도로 제비의 숫자가 많지는 않았을 테니까, 나는 그들이 필시 백인이 정착하기 전부터 속이 빈 나무의 구멍 속에서 살았던 특이한 고대의 종이 아닐까 추측했다. 거의 모든 나라에서는 거북이와 개구리가 이 계절을 미리 알리는 전령사들에 속하며, 봄을 알리려고 반짝이는 깃털을 퍼덕이고 노래를 부르며 날아다니는 새들과, 싹을 틔워 꽃을 피우는 초목과, 불어오는 바람이 모두 힘을 모아, 지축의 기울기가 일으키는 미세한 변동을 바로잡아 자연의 균형을 지켜낸다.

모든 계절이 나름대로 저마다 때맞춰 소임을 찾아 인간에게 최선을 다하고, 그래서 봄이 찾아오면 혼돈에서 우주를 창조하여 황금시대가 실현되니 —

"Eurus ad Auroram Nabathæaque regna recessit.

Persidaque, et radiis juga subdita matutinis."

"동풍은 아우로라와 나비테아*의 왕국으로

그리고 페르시아로, 아침 햇살이 쏟아지는 산등성이로 물러가고"

❋ 　아라비아.

* * *

"인간이 태어났다. 더 나은 세상의 근원인 만물의 조물주가

인간을 신성한 씨앗으로 만들었는가,

아니면 나중에 천상의 대기에서 뽑아낸 흙이

동류인 하늘의 어떤 씨앗을 그대로 간직해왔을까."[*]

* * *

보슬비가 한 번만 내려도 풀이 눈에 띄게 푸르러진다. 그와 마찬가지로 우리도 더 나은 생각을 받아들이면 앞으로의 전망이 밝아진다. 만약 우리가 늘 현재에 충실하게 살아간다면, 그가 받아먹은 아주 적은 양의 이슬방울의 영향력을 솔직하게 표현하는 풀잎처럼, 우리에게 벌어지는 모든 우발적인 상황을 축복으로 활용한다면, 그리고 이른바 마땅히 해야 할 일을 다하지 못했다면서 과거에 주어진 기회를 소홀히 했다고 속죄하느라 시간을 낭비하지만 않는다면, 우리는 축복을 받으리라. 이미 봄이 왔건만 우리는 여전히 겨울에서 벗어나지 못한다. 쾌적한 봄날 아침에는 모든 인간의 죄가 용서를 받는다. 그런 날은 악덕과의 휴전이 실시된다. 그렇게 태양이 활활 타오를 때는, 가장 못된 죄인마저 돌아올지 모른다. 자신의 수수함을 되찾음으로써 우리는 이웃의 순수함을 깨닫게 된다. 어제는

[*]   오비디우스의 『변신 이야기』에서 인용.

그대의 이웃을 도둑이나 주정뱅이나 호색한이라고 생각하여 단지 연민을 보이거나 경멸하면서 세상을 개탄했을지 모르지만, 태양이 눈부시게 빛나며 봄의 첫날 아침을 따뜻하게 비추어 세상을 새롭게 창조하면, 그대는 차분하게 그에 몰두하는 이웃을 보고, 방탕으로 지친 그의 혈관이 고요한 기쁨으로 충만하여 새로운 하루를 축복하면서, 그가 어린 시절의 순수함으로 봄날의 영향력을 느끼는 모습을 깨닫게 되고, 그의 모든 허물을 잊는다. 그의 주변에는 선의의 분위기만 감돌 뿐만이 아니라 갓 태어난 본능처럼 맹목적이고 다소 비효율적인 방식일지언정 성스러움의 맛이 어떤지를 표현하려는 노력조차 엿보이기에, 잠시 동안 남녘 산기슭은 저속한 흠결을 꾸짖지 않는다. 이제 그대는 그의 옹이 진 외피에서 순수하고 아름다운 새싹이 돋아나와, 갓 태어난 어린나무처럼 여리고 싱싱한 모습으로 새로운 한 해의 삶을 시도하려는 모습을 보게 된다. 나아가서 그는 창조주의 기쁨에까지 동참하기에 이른다.* 어찌하여 간수는 감옥의 문들을 활짝 열어놓지 않으며 — 어찌하여 판사는 그의 사건을 기각하지 아니하고 — 어찌하여 설교자는 회중을 풀어주지 않는가! 그것은 그들이 신의 가르침에 순종하지 않을뿐더러 신이 모든 이에게 베푸는 면죄를 받아들이지 않기 때문이다.

"날마다 아침의 고요하고 은혜로운 기운을 맞아 선량한 심성으로 돌아가면, 잎이 떨어진 수목에서 새싹이 돋아나듯, 덕을 사랑하고 악을 미워하는 인간의 원초적인 본성으로 조금이나마 근접하

---

* 「마태오복음」 25장 21-23절 참조.

는 기운이 일어난다. 그와 똑같은 이치로 사람이 낮 동안에 저지르는 악행은 다시 솟아오르는 청명한 기운이 발육하지 못하도록 미덕의 싹을 밟아 죽인다.

　이렇듯 미덕의 씨앗이 발전하지 못하도록 막아버리는 행위가 여러 차례 반복되면, 저녁의 자비로운 숨결만으로는 싹의 기운을 보존하기에 부족해진다. 저녁의 숨결이 싹을 보존하는 힘을 잃으면 그때부터 인간의 본성은 금수와 다를 바 없어진다. 금수와 다를 바가 없어진 이 사람의 본성을 알게 된 사람들은 그에게는 인간 본유의 자질이 아예 없었다고 생각한다. 그것이 인간이 느끼는 참되고 자연스러운 정서이던가?"[＊]

　　"황금시대가 도래했을 때 인간은, 보복하는 자 아무도 없고
　　법 또한 없었건만 성실함과 정직함을 스스로 소중히 여겼다.
　　징벌과 두려움은 존재하지 않았으며, 청동 경고판에서는
　　위협적인 명령이 눈에 띄지 않아서 백성은 판사의 말이 두려워
　　애걸하지를 않았고, 대신 복수를 해주는 이가 없이도 안전했다.
　　산에서 잘려 바닷물로 끌려 내려가 낯선 땅으로 파도에 실려
　　떠내려가는 소나무 또한 아직은 없었다.
　　그래서 인간은 그들이 살아가는 해안 말고는 알 필요가 없었다.
　　---(중략)---
　　때는 언제나 봄이었고, 따뜻한 기운을 몰고 오는 평온한 산들바람은

＊　『맹자』에서 인용.

씨앗조차 없이 그냥 피어나는 꽃들을 다정하게 어루만졌다."[*]

* * *

4월 29일에, 나인 에이커 코너 다리 근처 제방에서 사향쥐들이 자주 출몰하는 버드나무 뿌리 주변 방울새풀이 깔린 자리에 서서 낚시를 하던 나는, 아이들이 손가락으로 막대기를 서로 퉁기며 장난을 치는 듯 특이하게 끼륵거리는 소리를 들었고, 그래서 고개를 들어보니 쏙독새처럼 아주 날렵하고 우아하게 생긴 매 한 마리가 파도를 치듯 하늘로 솟았다가 5미터나 10미터씩 곤두박질을 하는 동작을 반복했는데, 날개의 아래쪽이 햇살을 받아 마치 공단으로 만든 댕기처럼, 조개껍질의 진줏빛 속껍질처럼 반짝였다. 새를 지켜보던 나는 매사냥이 머리에 떠올랐고, 매사냥 놀이야말로 참으로 고상하고 시적인 활동이라는 생각이 들었다. 보아하니 그 매는 이름이 쇠황조롱일 듯싶었지만, 나는 이름쯤은 별로 관심이 없었다. 그의 비행은 지금까지 내가 본 적이 없을 정도로 황홀한 모습이었다. 그는 나비처럼 그저 날개를 퍼덕이기만 하지를 않고, 커다란 매처럼 치솟아 오르지도 않았으며, 자부심과 자신감으로 넘쳐 하늘의 운동장에서 뛰놀았고, 기묘하게 키득거리면서 날아오르고 또 오르다가, 연처럼 몸을 뒤집고 또 뒤집으며 아름다운 자유낙하를 거듭하지만, 땅에 처박히기 직전에 굳건한 대지에는 발을 붙여본 적이

[*]　오비디우스의 『변신 이야기』에서.

없다는 듯 어느새 몸을 뒤집어 솟구쳐 올랐다. 하늘에서 홀로 즐기는 모습을 보니 ― 우주에서 그는 친구가 아무도 없는 듯했고 ― 같이 놀고 싶은 동반자로는 아침과 창공 말고는 아무도 필요치 않은 모양이었다. 그는 외롭지 않았지만, 그의 밑에 깔린 온 세상이 오히려 외로워 보였다. 그를 부화시킨 어미와 가족 그리고 아버지는 하늘 어디에 있을까? 하늘의 나그네인 그는 언젠가 험준한 바위의 틈바구니에서 부화한 알을 통해서만 대지와 인연을 맺은 듯싶었고 ― 그가 태어난 둥지는 어쩌면 석양이 깃든 하늘에서 무지개로 장식한 구름의 한쪽에 대지로부터 피어오른 한여름의 포근한 아지랑이로 테를 두른 그런 집이 아니었을까? 그 둥지는 벼랑 끝에 걸린 구름이다.

뿐만이 아니라 나는 줄줄이 꿰어놓은 보석처럼 보이는 황금색이나 은색, 또는 밝은 구릿빛의 희귀한 물고기를 한 꾸러미 잡았다. 아! 누군가 말하듯 망자들이 무덤 속에서 잠을 자고 있다면, 그들로 하여금 다시 깨어나게 할 만큼 순수하고 찬란한 빛으로 가득한 초봄을 맞아, 골짜기에서 힘차게 흘러내리는 강물과 숲이 봄빛으로 목욕을 하는 아침이면, 나는 초지로 나가 작은 둔덕에서 둔덕으로, 버드나무 밑에서 다른 버드나무 밑으로, 부지런히 쏘다녔다. 불멸성을 증명하기에 이보다 더 확실한 증거는 없으리라. 천지만물이 그런 빛을 받으며 살아가야 한다, 오, 죽음이여, 그대의 독침은 어디 두었더냐! 오, 무덤이여, 그대의 승리는 무엇이었더냐?*

✤ 신약성서 「코린토 신자들에게 보낸 첫째 서간」 15장 55절.

아직 개간하지 않은 숲이나 목초지가 에워싸고 있지 않다면 우리 마을의 삶은 정체하여 썩으리라. 인간은 야생이라는 강장제가 필요하여 ─ 때로는 알락해오라기나 뜸부기가 숨어 사는 늪지를 헤치고 돌아다니며 도요새의 시끄러운 울음소리를 들어보기도 하고, 보다 야생적이고 훨씬 은밀한 조류가 둥지를 짓고 밍크가 바닥에 납작 엎드려 배를 깔고 기어 다니는 그런 곳에 가서 살랑거리는 사초의 냄새를 맡아야 한다. 우리는 만물에 대해서 탐구하여 알아내려고 열망하면서 동시에, 모든 것이 탐험하기가 불가능하여 신비한 상태 그대로 남아 있기를 간절히 바라고, 대지와 바다가 진정으로 불가해하기 때문에 인간으로서는 탐사하고 이해하지 못한 그대로, 한없는 야생의 상태로 보존되기를 원한다. 우리는 자연에 대하여 싫증을 전혀 느끼지 않는다. 광활하고 웅대한 자연의 온갖 양상, 난파선의 부스러기들이 흩어진 바닷가, 살았거나 썩어가는 나무들이 뒤엉킨 황무지, 천둥을 몰고 오는 구름, 그리고 세 주일 동안 쏟아진 비가 일으키는 홍수, 이러한 대자연의 생명력을 둘러보면서 우리는 새로운 활기를 얻는다. 우리는 자신의 한계를 무너트리는 대상, 그리고 인간이 거닐어보지 못한 곳에서 자유롭게 풀을 뜯는 생명체를 찾아봐야 한다. 우리들로 하여금 역겨움과 절망감을 느끼게 만드는 동물의 송장을 먹이로 삼고 거기서 건강과 힘을 얻는 독수리를 보고 인간은 갈채를 보낸다. 언젠가 내 오두막으로 오는 길가 구덩이에서 말 한 마리가 쓰러져 죽었고, 그것 때문에 나는 공기가 습해지는 밤이 되거나 하면 가끔 길을 돌아가야 했지만, 그것이 대자연의 왕성한 식욕과 침해하면 안 되는 건강의 상징이라는 확신으로부터 그런 번거로움에 대한 위안을 받았다. 나는 무수한 생명체가 고통을 받고 희생되면서 서로 잡아먹거나 먹힐 여유가 있을 만큼 생명으로 충만한 대자연이 순환하는 모습을 보고 감탄하는데, 연약한 유기체들이 그토록 태연하게 물컹물컹한 고깃덩이처럼 짓밟혀 터져 목숨이 끊어져서—왜가리는 올챙이를 통째로 꿀꺽 삼키고, 길바닥에서 차바퀴에 깔려 죽은 거북이와 두꺼비의 살과 피가 때로는 빗물처럼 사방으로 쏟아지기도 한다! 사고가 불가피한 상황임을 고려하자면, 그에 대한 변명은 장황하게 늘어놓지 말아야 한다는 현실을 우리는 깨달아야 한다. 현명한 사람이라면 여기에서 만물의 순수한 결백을 인식한다. 따지고 보면 독은 독성이 아니고, 어떠한 상처 또한 치명적이지 않다. 연민의 근거는 아주 빈약하다. 그것은 덧없는 개념에 지나지 않는다. 연민을 옹호하는 주장들이 원칙의 자리를 고수해서는 안 된다.

5월 초순에는 호수 주변의 소나무 숲 여기저기서 떡갈나무, 호두나무, 단풍나무 그리고 다른 나무들의 움이 터서 주변 풍경에 햇살 같은 광채를 나눠주었는데, 특히 구름이 낀 흐린 날에는 태양이 안개를 뚫고 나와 산기슭 이곳저곳에 은은한 빛을 뿌리는 듯했다. 5월 3일과 4일에 나는 호수에서 아비 한 마리를 보았고, 같은 달 첫 주일에는 쏙독새와, 갈색지빠귀와, 참새지빠귀와, 숲딱새와, 붉은허리발풍금새와 여러 다른 새의 울음소리를 들었다. 숲지빠귀의 노래를 들은 지 한참 후의 일이었다. 산적딱새도 이미 돌아와서는 내 집이 그가 들어와 살기에 좋을 만큼 동굴 분위기가 나는지 확인하려고 문과 창문으로 내 오두막 안을 둘러보았는데, 주변

일대를 탐사하는 동안 그는 공기를 움켜잡고 매달리듯 발톱을 꽉 쥐고 날개를 파르륵거리며 공중에 떠서 정지비행을 했다. 얼마 후에는 유황처럼 노란 리기다소나무의 꽃가루가 호반을 따라 흩어진 돌멩이들과 썩은 나무토막들 그리고 호수의 물을 온통 뒤덮어서, 술통으로 하나쯤 꽃가루를 쓸어 담기는 어렵지 않아 보였다. 이것이 바로 사람들이 말하는 '유황 소나기'였다. 칼리다사*의 희곡 『샤쿤탈라』**에서도 "연꽃의 황금색 꽃가루로 노랗게 물든 여울"이라는 구절이 나온다. 점점 높이 자라는 수풀 속을 누군가 거닐며 오가는 동안, 계절은 그렇게 여름을 향해 흘러갔다.

내가 숲에서 보낸 첫해의 삶은 이렇게 끝을 맺었고, 두 번째 해도 그와 크게 다르지 않았다. 나는 1847년 9월 6일에 마침내 월든을 떠났다.

❀ Kālidāsa(Calidas), 5세기에 인도의 여러 경전을 소재로 삼아 산스크리트어로 작품을 쓴 시인이며 극작가.

❀❀ 『바라타 왕조의 서사』에 등장하는 샤쿤탈라[Shakuntala(Sacontala)]를 여주인공으로 삼은 희곡.

마무리

병든 사람에게 의사는 환경과 분위기를 바꿔보라는 현명한 조언을 한다. 정말이지 이곳만이 세상의 전부는 아니라면서 말이다. 뉴잉글랜드에서는 칠엽수가 자라지 않고, 흉내지빠귀의 울음소리는 이곳에서 들어보기 어렵다. 기러기는 캐나다에서 아침을 먹고 오하이오에서 점심 식사를 하며, 남부의 늪지대에서 깃털을 고른 다음 밤을 지내는 습성 때문에 우리들보다 세상 견문이 훨씬 넓다. 들소마저도 어느 정도는 계절과 보조를 맞춰 살아가느라고 콜로라도 강변의 초원에서 가을 수확을 하다가 더 푸르고 맛 좋은 풀을 찾아 옐로스톤 강으로 이동한다. 그렇지만 우리들은 농토 주변의 임시 목책을 허물고 튼튼한 돌담을 쌓아올리고 나면, 그때부터 삶의 경계가 설정되고 운명을 못박았다고 생각한다. 어쩌다 누군가 면서기 자리에 앉기라도 한다면, 그는 이번 여름에 티에라 델 푸에고*까지 가기는 어렵겠지만, 지옥불의 나라로 가야 마땅한 죄를 짓기는 마다 하지 않는다. 우주는 우리가 생각하기보다 훨씬 넓다.

그렇기에 우리는 선박의 갑판으로 나가서 난간 너머 망망대해로 눈길을 보내는 호기심이 많은 여객처럼 더욱 자주 먼 곳을 살펴봐야 하고, 고된 허드렛일이나 하면서 하루살이 인생을 살아가서는 안 된다. 지구의 반대편은 우리가 서신을 주고받는 사람이 사는 곳일 따름이다. 우리는 세계를 가로지르는 항해에 나서야 하건만, 의사는 그냥 피부병 약을 처방해주고 그만이다. 누군가는 기린을 잡겠다고 남아프리카로 서둘러 떠나지만, 그가 추구하는 대상은 분명히 사냥감만은 아니다. 혹시 그렇다한들 도대체 인간이 기린 사냥을 얼마나 오래 계속하겠는가? 도요새와 누른도요 사냥 역시 진기한 오락이기는 하지만, 내가 판단하기에는 자아를 대상으로 삼아 추구하는 사냥이 보다 숭고할 듯싶으니 —

> "시선을 그대의 내면으로 돌려
> 그 속에서 여태까지 눈에 띄지 않았던
> 수천 지역을 답사하면
> 마음의 우주에 통달하리라."**

아프리카는 무엇을 상징하고 — 미국의 서부는 무엇을 상징하는가?

* Tierra del Fuego, 에스파냐어로 '불의 나라'라는 뜻이며, 영어로는 Fireland라고 했음. 남아메리카 대륙 남단에서 마젤란 해협을 건너야 갈 수 있는 군도.
** 17세기 영국의 서정시인 윌리엄 해빙턴(William Habington)이 친구에게 보낸 시에서 발췌.

인간의 내면을 해도(海圖)로 그려봤자 하얀 백지만 남지 않을까? 그러나 해안 지방이나 마찬가지로, 인간 내면 또한 발견이 이루어지면 검은색으로 존재가 드러난다. 우리가 발견해야 할 대상은 진정 나일 강이나 니제르 강 혹은 미시시피 강의 수원이나, 이 대륙의 북서 노정*일까? 이런 탐험들이 인류가 가장 관심을 기울여야 할 문제인가? 행방불명이 되어 아내가 애타게 찾으려고 하는 사람이 프랭클린**한 사람뿐일까? 그리넬***은 자기 자신의 위치가 어디인지를 알고 있을까? 그보다는 오히려 그대 자신의 내면에 존재하는 수많은 강과 바다를 두루 탐험하는 멍고 파크****, 루이스와 클라크*****그리고 프로비셔******가 되어, 그대 자신의 보다 숭고한 경지를 탐험해야 하며―필요하다면 생명을 부지하기 위해 저장 식품

---

* North-West Passage, 18세기 중엽 아메리카 북서부 개척을 위한 통로를 찾아내려고 로벗 로저스(Robert Rogers) 소령과 지도 제작자 랭든 타운(Langdon Towne)이 감행한 탐험 여정.

** John Franklin, 유럽과 미국을 연결하는 북서 항로를 찾으려고 북극해 탐험에 나섰다가 1847년에 실종된 영국 탐험가.

*** Henry Grinnell, 북극 탐험을 적극적으로 후원한 매사추세츠의 기업인으로 존 프랭클린 수색을 여러 차례 시도했으나 실패함.

**** Mungo Park, 18세기에 아프리카를 탐험한 스코틀랜드인.

***** 1803년에 미국이 프랑스로부터 사들인 "루이 왕의 나라(Louisiana)"는 현재의 루이지애나보다 훨씬 넓어 미국 전체에서 3분의 1에 해당하는 중심부의 광활한 지역으로, 토마스 제퍼슨 대통령의 지시에 따라 1804-1806년에 루이스(Meriwether Lewis) 대위와 클라크(William Clarke) 소위가 이끄는 원정대가 북서 노정을 따라 탐사 대장정에 나섰다.

****** Martin Frobisher, 북서 항로를 찾아 신세계로 세 차례 항해한 16세기 영국 사략선장.

으로 가공한 고기를 여러 척의 배에 가득 싣고 떠나서, 빈 깡통을 하늘 높이 쌓아올려 깃발로 삼아야 한다. 저장 식품은 단순히 고기를 보존하기 위해서 발명했을까? 그러하지 않으니, 그대 내면의 새로운 대륙과 세계를 발견하는 콜럼버스가 되어, 무역이 아니라 사상을 전파하는 새로운 항로를 열어야 한다. 인간은 누구나 한 왕국의 군주이며, 그의 영토에 비하면 차르(Czar)의 제국은 지극히 작은 나라여서, 빙하가 휩쓸고 지나가며 남긴 하나의 작은 언덕에 불과하다. 그렇지만 어떤 사람들은 자아를 존중하지 않으면서 나라에 충성하거나, 하찮은 대상을 위해 대의를 희생한다. 그들은 자신의 무덤이 되어줄 흙은 사랑하지만, 흙으로 빚어진 그들의 육신에 아직도 활력을 불어넣는 영혼하고는 공감할 줄을 모른다. 애국심이란 그들의 머릿속을 파먹는 한 마리 구더기다. 야단스러운 행진을 벌이고 막대한 비용을 들여 감행한 남해 원정*이 남긴 의미는, 우리의 정신적인 세계에 존재하는 대륙과 바다가 수없이 많으며 모든 인간은 저마다 그곳에 이르는 지협이나 진입로 역할을 하지만, 인류는 아직 그런 곳은 탐험하지 않고 내버려둠으로써, 한 인간의 유일무이한 바다, 혼자만의 대서양과 태평양을 탐험하기보다는 국가에서 제공하는 배를 타고 500명의 선원이 한 사람을 보좌해가며 추위와 폭풍우와 식인종을 이겨내고 수천 킬로미터를 항해하는 편이

❉ 1838년 미국 해군 장교 찰스 윌크스(Charles Wilkes)가 이끌고 떠난 남극과 태평양 원정(South-Sea Exploring Expedition)은 말롤로(Malolo) 섬에서 87명의 피지 원주민을 학살하여 오명을 남겼다.

휠씬 쉽다는 사실을 간접적으로 인정했다는 정도가 전부이니 ─

"Erret, et extremos alter scrutetur lberos.

Plus habet hic vitæ, plus habet ille viæ."

"그들이 떠돌다가 희한한 호주 원주민들을 구경했으니 어쨌다는 말
인가.

그들은 길을 더 많이 알겠지만, 나는 신을 더 많이 안다."*

잔지바르에 고양이가 몇 마리나 사는지 헤아려보겠다며 떠나는 세
계 일주**라면 그것은 부질없는 짓이다. 그러나 더 훌륭한 소명이
생길 때까지는 그런 일이나마 해야 하고, 그러다 보면 언젠가는 내
부로 통하는 '심스의 굴'***을 발견하게 될지도 모른다. 영국과 프
랑스, 에스파냐와 포르투갈, 황금 해안(Gold Coast)과 노예 해안(Slave
Coast)은 모두 이런 혼자만의 바다로 나아가는 전초기지들이고, 인
도로 가는 가장 빠른 길****이라는 사실은 의심할 나위가 없건만

    ✧   4세기 로마 시인 클라우디아노스(Claudius Claudianus)의 시 「베로나의 늙은이」에
서 인용한 대목인데, 원문에서는 "호주 원주민"이 아니라 "에스파냐 사람들"이
었으나 소로우가 일부러 수정했다고 한다.

    ✧✧   찰스 피커링(Charles Pickering)의 『인종론(The Races of Man)』에서 다룬 잔지바르
고양이에 대한 내용을 뜻함.

    ✧✧✧   미국 군인 존 심스는 1818년에 출간한 책에서 지구 속에 사람이 살 만한 빈 공
간이 있다고 주장했다. 그 출입구를 심스의 굴(Symmes' Hole)이라고 한다.

    ✧✧✧✧   소로우에게 각별한 의미가 있었던 인도의 정신세계로 가는 길을 뜻함.

그러나 지금껏 어떤 선박도 그곳에서 출발하여 육지가 보이지 않는 곳까지 나아간 적이 없었다. 그대가 세계의 언어를 모두 배워 말하고, 모든 민족의 관습을 익히고, 어느 여행가보다도 더 멀리 길을 가고, 모든 풍토에 익숙해지고, 스핑크스로 하여금 머리를 돌에 찧어 깨지게끔 만들고*, 심지어 "그대 자신을 탐구하라."라는 옛 철학자의 가르침을 따르기를 원한다고 가정하자. 그러하다면 눈과 용기가 필요하다. 자신과의 싸움에서 패배하거나 낙오한 자들만이 전쟁터로 가고, 비겁한 자들만이 도망쳐서 군대에 들어간다. 지금 당장 머나먼 서쪽으로 출발하되, 미시시피 강이나 태평양에서 멈추지 말고, 기력을 잃은 중국이나 일본을 향하지도 말고, 여름과 겨울, 낮과 밤이 흘러 지나가고, 해가 지고 달이 지며, 마침내 지구조차 벗어나는 곳까지, 이 창공의 본령으로 곧장 나아가는 길을 찾아가야 한다.

미라보 백작**은 "사회의 가장 신성한 법칙을 정면으로 거부하려면 어느 정도의 결단이 필요한지 확인할 목적으로" 노상강도 행각을 벌였다고 한다. 그는 "무리를 지어 편을 짜서 싸우는 병사에게 필요한 용기는 노상강도에 비하면 절반에도 이르지 못한다."라며—"훌륭한 판단에 따른 군은 결의는 명예나 종교가 막아낼 길이 없다."라고 단언했다. 세상은 이것을 남자답다고 말하지만, 이 또한

---

* 그리스 신화에서 자신의 수수께끼를 풀어낸 오이디푸스의 지혜에 자존심이 상한 스핑크스가 스스로 죽어버렸다는 내용.

** Honoré Gabriel Riqueti, Count de Mirabeau, 방탕한 청년 시절을 보낸 18세기 프랑스 혁명가.

치열한 지경에 이르지 못하면 아무런 쓸모가 없다. 정신 상태가 보다 건전한 사람이라면 "사회의 가장 신성한 법칙"이라고 세상이 간주하는 대상을 "정면으로 거부"하는 방법은 보다 신성한 법칙을 따르는 길임을 깨달았겠고, 그래서 잘못을 저지르지 않으면서 자신의 결의를 시험했어야 옳다. 인간은 모름지기 사회에 대하여 그런 태도를 취하는 대신 자신의 존재를 지배하는 법칙에 순응하는 과정에서 스스로 발견한 길이 무엇이든 그 입장을 지켜나가야 하며, 만에 하나 저항해야만 할 경우에 봉착할지라도 공정한 정부에 대한 반항의 형태를 취해서는 안 된다.

내가 숲을 떠나기로 했던 이유는 그곳으로 들어갔을 때 못지않게 나로서는 그럴 만한 사연이 있어서였다. 어쩌면 나에게는 살아가야 할 삶이 몇 가지나 되었으며, 숲에서의 삶에는 더 이상 시간을 바칠 여유가 없다는 생각이 들었기 때문이었는지도 모르겠다. 놀라운 현상이지만 우리는 상식에 어긋나는 어떤 특정한 길로 너무나 쉽게 접어들어 좀처럼 지워지지 않는 궤적을 남긴다. 오두막 문간과 호숫가 사이를 오가며 내가 밟고 다녀 길이 생겨날 때까지는 숲에서 살기 시작한 지 채 한 주일이 걸리지 않았으며, 그곳을 걸어본 지가 5~6년은 지났건만 지금까지 그 흔적은 여전히 뚜렷하다. 다른 사람들이 나중에 자주 이용하는 바람에 그 길이 사라지지 않았으리라는 가능성을 나는 부정할 생각은 없다. 땅바닥의 흙은 돌처럼 딱딱하지 않기 때문에 사람들이 밟으면 자국이 남기 마련이고, 마음이 지나다니는 길 또한 그와 마찬가지다. 그렇다면 세상의 넓은 여러 도로에서는 바닥이 얼마나 닳고 닳아 먼지가 많이 날리겠으며, 전통과 순응주의가 남긴 전철은 또 얼마나 깊겠는가! 나는 선실에 처박혀 지내기보다는 세상의 돛대 앞으로 나가 갑판에서 수많은 산들에 둘러싸인 중천의 달빛을 한껏 바라보고 싶기에, 객실로 내려갈 마음이 없다.

내가 실험을 통해서 터득한 사실 하나는 누군가 자신의 꿈이 이끄는 방향으로 자신감을 갖고 앞으로 나아가며, 그가 상상 속에서 그려본 삶을 살아가고자 열심히 노력한다면, 평소에는 기대하기 어려운 성공을 이루게 되리라는 가능성이다. 그는 과거의 어떤 부분들을 떨쳐버리며 눈에 보이지 않는 경계를 넘어서게 되고, 그러면 새롭고 포괄적이고 보다 진보적인 법칙들이 그의 주변과 내면에 자리를 잡기 시작하거나, 낡은 법칙들이 진화하여 훨씬 개방적인 의미에서 그에게 유리한 방향으로 적용되겠고, 그러면 그는 더욱 높은 차원의 존재로 살아갈 특권을 얻는다. 그가 자신의 삶을 얼마나 간소하게 영위하느냐에 따라 세상의 법칙들이 훨씬 덜 복잡하게 여겨지겠고, 그러면 고독은 이제 더 이상 고독이 아니요, 가난은 가난이 아니며, 나약함 또한 약점이 아닌 경지에 이른다. 혹시 그대가 공중누각을 하늘에 지었다면, 그것이 허사로 돌아갈 필요는 없으니, 공중누각은 당연히 공중에 떠 있어야 하기 때문이다. 그 밑에 기초를 쌓으면 문제는 해결된다.

너희들은 내가 알아듣는 언어로만 말을 하라는 영국과 아메리카의 요구는 어불성설이다. 사람은 고사하고 독버섯조차 그런 식으로는 성장하지 못한다. 내가 나서서 해석해주지 않으면 아무도 너를 이해하기가 불가능하다는 독선적인 화법이다. 자연계에는 오

492   *walden*

직 한 가지의 이해 체계밖에 없어서 새들은 물론이요 네발짐승들마저, 날짐승은 물론이요 기어 다니는 동물들마저 더불어 돌봐줄 여유가 없으며, 이웃집 우마조차 알아듣는 hush와 who[*]가 최고급 영어라는 그런 논법이다. 어리석어야 안전하다는 주장이겠다.

하지만 나로 하여금 가장 우려하게 만드는 사항은 내 표현이 충분히 extra-vagant[**]하지 못하고, 그래서 나의 일상적인 체험의 좁은 한계를 벗어나 멀리까지 이르지를 못하여, 여태까지 터득한 진리를 제대로 전달하지 못하리라는 걱정이다. '화려한 표현(!)'이란 우리가 어느 만큼이나 울타리 안에 갇힌 삶에 길이 들었는가에 따라 기준이 달라진다. 새로운 초원을 찾아 다른 지방으로 이동하는 들소들은 젖을 짜는 시간에 통을 걷어차 엎어버리고 축사의 울타리를 뛰어넘어 제 새끼를 찾아 달려가는 암소만큼은 멀리 밖으로 벗어나지 못한다. 나는 아무런 한계가 아예 존재하지 않는 곳에서, 깨어나는 순간을 맞은 한 인간이 저마다 깨어나는 순간을 맞은 다른 사람들에게 말을 하는 그런 대화를 나누고 싶은데, 진실한 표현에서는 공감의 기초나마 마련한다는 노력의 중요성이 그만큼 지대하다고 믿기 때문이다. 음악의 선율에 젖어본 사람이라면 현란한 화법을 구사해야 한다는 부담을 어느 누가 더 이상 두려워하겠는가? 가능성이나 미래를 염두에 둔 관점에서 보자면, 앞날에 대하

---

[*] 풀이 · "이랴 낄낄" 정도의 원시적인 어휘.

[**] '사치스러운'이나 '화려한'을 뜻하는 이 단어의 라틴어 어원은 "밖으로 벗어나 (extra) 배회한다(vagari)."라는 뜻이다.

여 우리가 여유를 두고 비교적 막연하게 살아가야 하는 까닭은 앞에서 닥쳐오는 나날의 윤곽이 희미하고 모호하기 때문이며, 인간이 흘리는 땀이 태양을 향해 피어오르는 분량이 얼마나 미미한지는 우리들의 뒤를 따라오는 그림자가 잘 보여준다. 우리가 하는 말에 담긴 얕은 진리는 바닥으로 가라앉은 찌꺼기 발언들의 불완전함을 끊임없이 드러낸다. 그런 말의 진실성은 즉시 제멋대로 곡해되고, 글자만 기념비처럼 홀로 남는다. 우리의 믿음과 영성을 표현하는 어휘들은 의미가 명확하지 않건만, 본성이 고결한 사람들에게만큼은 유향처럼 향기로운 의미를 전한다.

왜 우리는 자신의 인식 능력을 항상 가장 우둔한 수준으로 떨어뜨리면서 그것을 상식이라고 찬양하는가? 가장 하찮은 상식은 잠을 자는 인간의 의식이며, 사람들은 코골이로 그것을 표현한다. 때때로 우리가 지능이 반편 모자라는 반편이(half-witted)와 반편이 넘치는 똘똘이(once-and-a-half-witted)로 사람들을 구분하는 경향은 그들의 지적 능력에서 3분지 1만 인정하기 때문에 발생한다. 어떤 사람들은 온통 붉게 타오르는 아침 해돋이조차 못마땅하게 여기는데, 그런 사람들은 사실 해돋이를 볼 만큼 일찍 일어나는 경우가 드물다. 내가 알기로는 "카비르의 시에 등장하는 네 가지 형태의 지각은 환각, 영혼, 지성, 그리고 베다 경전의 개방적인 교리라고 사람들이 착각"[*]하지만, 이쪽 세상에서는 누군가의 글을 한 가지 이상으

---

[*]　가르생 드 타시(Garcin de Tassy)의 『힌두 문학사(Histoire de la Littérature Hindoui)』에서 인용. 카비르(Kabir)는 5세기 인도의 신비주의자.

로 해석했다가는 반발을 사기가 십상이다. 영국에서는 감자가 썩는 마름병의 치료법을 알아내려고 진력하는 지금, 그보다 훨씬 세상에 만연하고 치명적인 두뇌마름병을 치료하기 위해서는 어째서 아무런 노력이 이루어지지 않을까?

내 존재가 세상이 잊어버렸을 지경에까지는 이르지 않았겠지만, 그런 면에서만큼은 내가 여기에 써놓은 글에서, 월든 호수의 얼음에 대하여 트집을 잡았듯이, 누군가 치명적인 오류를 더 이상 거론하지 않는다면 나는 그나마 흐뭇한 보람을 느끼겠다. 남부의 고객들은 월든 얼음의 빛깔이 파랗다며 못마땅해했지만, 그것은 물이 순수하다는 증거임에도 불구하고 마치 흙탕물이 섞여 들어갔다는 듯 오해하고는, 색깔이야 새하얗지만 수초의 맛이 나는 케임브리지의 얼음을 더 좋아했다. 사람들이 좋아하는 순수함이란 지구를 뒤덮은 안개와 같아서, 그보다 바깥에 존재하는 창공의 정기(精氣)하고는 비할 바가 못 된다.

어떤 사람들은 우리 미국인들, 그리고 전반적으로 현대인들이란 하나같이, 고대는 물론이요 심지어는 엘리자베스 시대*의 사람들과 비교하면 지적인 면에서 소인족에 불과하다고 우리들의 귀를 따갑게 할 정도로 지적한다. 하지만 그들은 어떤 목적으로 그런 주장을 할까? 죽은 사자보다는 살아 있는 개가 낫다. 단지 피그미 소인으로 태어났다는 이유로 멀쩡한 사람이 가서 목을 매야 옳고,

---

＊　엘리자베스 1세가 통치하던 16세기 후반을 역사가들은 영국의 문화가 전성기를 누린 황금기라고 정의한다.

능력이 허락하는 한 가장 몸집이 큰 피그미가 되려고 노력하면 안 된다는 말인가? 남들은 그들이 할 바를 다하도록 내버려 두고, 모든 사람이 저마다 타고난 소임을 완수하는 데나 정진했으면 좋겠다.

우리는 왜 성공하기 위해 그토록 필사적으로 서두르고, 그토록 결사적으로 온갖 무모한 사업을 벌이는가? 어떤 사람이 주변 동료들과 보조를 맞추지 않을 때는, 어쩌면 그는 다른 장단에 발을 맞추고 싶기 때문에 그러는지도 모른다. 아무리 멀리서 들려오고 박자가 아무리 틀릴지언정, 그가 듣고 싶어 하는 음악에 맞춰 걸어가려는 사람을 말리면 안 된다. 사과나무나 떡갈나무처럼 그가 빨리 자라야만 하는지 여부는 중요하지 않다. 그가 봄을 여름으로 살아야만 하는 이유가 무엇인가? 우리가 성취해야 할 여건들이 아직 도래하지 않았다고 해서, 어떤 현실로 인간이 그 조건을 대체하겠는가? 헛된 현실이라는 암초에 부딪혀 배가 파선이 되어서는 안 된다. 온갖 고생을 해가며 파란 유리를 하늘처럼 만들어 공중에 띄어 올려봤자, 기껏 공사를 끝낸 다음에 틀림없이 우리는, 유리 하늘 따위는 존재하지 않는다는 듯, 그보다 훨씬 높은 창공의 진짜 하늘을 보려고 하지 않을까?

쿠루라는 마을에 완벽의 경지에 이르려고 정진하던 장인*이 한 사람 살았다. 어느 날 그는 지팡이를 하나 만들어야겠다고 작정했다. 작품이 불완전해지는 요인들 가운데 하나는 부족한 시간이

＊　artist of Kouroo에 관한 우화의 출처가 확실하게 밝혀지지 않아 소로우가 지어 낸 이야기라는 주장이 제기되었다.

며, 완벽한 작품을 만들려면 시간을 따져서는 안 된다고 판단한 그는, 이제부터 죽을 때까지 다른 일은 아무것도 못하게 될지라도, 모든 면에서 완벽한 지팡이를 만들겠다고 마음을 먹었다. 부실한 재료를 가지고 지팡이를 만들어서는 안 되겠다고 작정한 그는 좋은 나무를 구하러 당장 숲으로 갔고, 그가 나뭇가지들을 하나하나 살펴보며 마음에 들지 않아 계속해서 내버리는 사이에, 친구들은 저마다 하던 일을 하면서 나이를 먹고 늙어 세상을 떠나 차례로 그의 곁에서 사라졌지만, 그는 아무리 시간이 흘러도 늙지를 않았다. 오직 한 가지 목표와 각오에 몰입하고 헌신적인 신념이 무아지경에 이르렀던 그는 자신도 모르는 사이에 영원한 젊음을 얻었다. 그는 시간과 전혀 타협하지 않았고, 그래서 시간이 오히려 그에게 길을 내주고는, 그의 집념을 꺾을 방법이 없다며 먼발치서 한숨만 지었다. 그가 모든 면에서 부족함이 없는 나무를 찾아내기 전에 쿠루 마을은 이미 황량한 폐허로 변했고, 그는 어느 흙더미에 올라앉아 지팡이를 깎기 시작했다. 그가 막대기를 지팡이답게 제대로 모양을 다듬어놓기 전에 칸다하르 왕조가 종말을 맞았고, 그는 지팡이 끝으로 그 민족 마지막 생존자의 이름을 모래 위에 써놓고는 다시 일을 시작했다. 그가 지팡이를 매끄럽게 깎아 광택까지 냈을 때쯤에는, 칼파*가 더 이상 시간의 지표가 아니었으며, 그가 지팡이 끝에 칼코등이 쇠를 두르고 손잡이를 보석으로 장식했을 때는 브라흐마 신마저 여러 차례 잠들었다 깨어난 후였다. 그런데 왜 나는 이런 이야기를 하는가? 그가 작

❈   Kalpa(劫波), 영겁.

품의 마지막 손질을 끝내고 나자, 놀라서 휘둥그레진 장인의 눈앞에서 지팡이는 브라흐마 신의 창조물 가운데 가장 아름다운 존재로 승화했다. 지팡이 하나를 만들어냄으로써 그는 아름답게 충일하는 조화를 이룬 새로운 세상과 우주를 창조했으며, 그곳에서는 비록 옛적 도시들과 왕조들이 모두 숨을 거두었으나, 그보다 훨씬 아름답고 영광스러운 세상이 대신 자리를 잡았다. 그제야 그는 방금 깎아내어 아직 물기조차 싱싱한 나무 부스러기가 발치에 수북이 쌓인 무더기를 보고, 자신과 그의 작품을 견주어보면, 그가 흘려보낸 시간이란 그냥 환각일 따름이요, 브라흐마의 두뇌에서 흘러나온 한 가닥 불똥이어서, 인간의 두뇌라는 불쏘시개에 떨어져 활활 타오르는 데 필요한 시간밖에는 지나지 않았음을 깨달았다. 재료가 순수했고, 장인의 솜씨 또한 순수했으니, 그 결과는 당연히 경이롭지 않겠는가!

우리가 사물에 부여하는 관념들 가운데 결국 진리만큼 우리에게 큰 보람을 주는 작품은 다시없다. 그것만이 오래 견딘다. 대부분의 경우에 우리는 있어야 할 곳에 있지 아니하고, 잘못된 자리에서 버틴다. 우리가 타고난 천성의 방자함 탓으로, 우리는 어떤 사항 하나를 가정하고는 스스로를 그 안에 가두어버리고, 그래서 동시에 항상 두 가지 사항에 얽매인 우리는 혼미로부터 빠져나오기가 두 배나 힘이 든다. 정신이 온전할 때라면 우리는 진실만을 있는 그대로 파악한다. 남들이 듣고 싶어 하는 말이 아니라, 내가 해야 할 말을 해야 한다. 어떤 진실일지언정 거짓보다는 낫다. 교수대에 오른 땜장이 톰 하이드*에게 따로 할 말이 없느냐고 친구가 물었다. 그가 말했다. "옷 짓는 사람들에게 바느질을 잘하려면 바늘에 실을 꿰는 기술부터 제대로 배우라고 전해주시오." 친구가 무슨 기도를 드렸는지는 전해지지 않는다.

아무리 삶이 고달프더라도 당당하게 맞서며 살아가야지, 욕을 하며 등을 돌려서는 안 된다. 아무리 고달픈 삶일지언정 그대 자신만큼 나쁘지는 않다. 그대가 가장 풍족할 때 삶이 가장 초라해 보인다. 남의 잘못만 탓하는 사람은 천국에서도 못마땅한 구석만 찾아낸다. 가난하면 가난한 그대로의 삶을 사랑해야 한다. 빈민굴에서 살지라도 즐겁고, 흥겹고 영광스러운 시간들이 분명히 가끔은 찾아온다. 빈민굴 구빈원의 창문들이 반사하는 저녁노을은 부자의 저택을 비추는 석양 못지않게 밝고, 이른 봄에는 어디에서나 문 앞의 눈이 녹아내린다. 내 눈에는 마음이 평온한 사람은 어디에서나 만족스러워하며 살아가고, 궁전에서 사는 듯 마음이 즐거워 보인다. 가난한 사람들이 내가 보기에는 흔히 마을에서 가장 자유스러운 삶을 살아가는 듯싶다. 어쩌면 그들은 아무런 미련에 얽매이지 않고 세상을 그대로 받아들일 만큼 마음이 넓은 사람들인지 모르겠다. 대부분의 주민들은 마을의 지원을 받아야 할 만큼 자신의 처지가 초라하지 않다고 생각하지만, 따지고 보면 스스로 생계를 해결할 처지가 못 되어 정직하지 않은 방법으로 삶을 지탱하는 경우가 더 많고, 내가 보기에는 그것이 훨씬 수치스러운 일이다. 가난은 산쑥 같은 텃밭의 약초를 가꾸듯이 보살펴야 한다. 옷이건 친구이

※ 뉴잉글랜드 여러 설화 가운데 봉이 김선달 같은 사기꾼이었던 샘 하이드(Sam Hyde) 이야기를 소로우가 잘못 인용했다고 함.

건 새것을 얻으려고 헛된 고생을 하면 안 된다. 헌 옷을 뒤집어 입고, 옛 친구에게 돌아가야 한다. 사물은 달라지지 않고, 우리가 달라질 따름이다. 옷은 팔아버리고 마음은 간직해야 한다. 많은 사람들과의 사교 활동을 통해서만 세상이 돌아가지는 않는다. 다락방 한구석에 거미처럼 갇혀 날이면 날마다 혼자 지낸다고 할지라도, 내 생각을 내버리지 않고 간직하는 한 나에게는 세상이 여전히 넓다. 공자는 이렇게 말했다. "장수를 없애면 세 군단을 혼란에 빠트려 무너트리기가 어렵지 않으나, 아무리 미천하고 속된 인간일지언정 그에게서 생각을 빼앗기는 불가능하다."* 자신을 향상시켜야 한다는 조바심이 지나쳐 갖가지 많은 영향력에 의존했다가는 자아를 상실하기가 십상이다. 겸양은 어둠과 마찬가지로 하늘의 빛을 돋보이게 도와준다. 가난과 미천함의 그림자가 우리 주변으로 모여들 때, "보라! 우주 만물이 우리 눈앞에 활짝 펼쳐진다."** 우리가 흔히 듣는 얘기지만, 크로이소스 왕***의 막대한 재물을 물려받는다 할지라도, 우리의 목적에는 변함이 없어야 하며, 우리가 구사하는 수단들 역시 본질적으로 달라질 바가 없다. 뿐만이 아니라 만약 가난 때문에 운신의 폭이 제한을 받는다고 한들, 예를 들어 책이나 신문조차 구입할 돈이 없다고 한들, 그대는 가장 중요하고 필수적인 체험만 하도록 제한을 당할 따름이어서, 가장 많은 당분과 가장 많은

✿   『논어』에서 인용.

✿✿   18세기 에스파냐 신학자 호세 블랑코(José María Blanco y Crespo)가 영국 시인 새 뮤얼 테일러 코울릿지에게 바친 14행시 「밤과 낮(To Night)」에서 인용.

✿✿✿   Crœsus, 엄청난 부자로 유명했던 기원전 6세기 리디아의 마지막 왕.

전분을 공급하는 재료만으로 타결해나가는 불편함만 극복하면 그만이다. 음식은 돌아오는 몫이 적을수록 맛이 좋고, 삶 역시 그러하다. 검약한 삶은 나태함을 허락하지 않는다. 높은 차원에서 대범한 사람이라면 낮은 차원에서는 잃을 것이 없다. 쓸데없이 많은 재물로는 쓸데없는 사치품밖에 사지 못한다. 영혼에게 필요한 양식을 구할 때는 돈이 필요하지 않다.

나는 한쪽 벽이 납처럼 칙칙한 빛깔인 집에 사는데, 건물을 짓는 과정에서 벽을 올리는 재료로 종을 만들 때 쓰는 합금을 약간 사용했다. 그래서인지 내가 한낮에 휴식을 취할 때면 가끔 바깥에서 들려오는 시끄러운 tintinnabulum*이 내 귀를 어지럽힌다. 그것은 나와 같은 시대를 살아가는 사람들이 내는 소음이다. 이웃들은 나에게 그들이 유명한 신사숙녀들과 어울려 겪은 모험담을 전해주고, 저녁 식사 자리에서 어떤 명사들을 만났는지 자랑하지만, 나는 그런 이야기라면 신문에 난 기사만큼밖에는 관심이 없다. 그들의 관심사와 대화는 주로 의복이나 예절에 관한 내용인데, 무슨 옷을 입히건 거위는 여전히 거위일 뿐이다. 그들은 나한테 캘리포니아와 텍사스, 영국과 서인도 제도, 조지아나 매사추세츠의 고명하신 아무개 선생님에 관해서 얘기하지만, 모두 덧없고 부질없는 사항들이라서 나는 참다못해 맘루크**장교처럼 이웃집 담을 뛰어넘어 도망

---

* 뗑그렁거리는 종소리.
** Mamluk, 이집트의 노예 출신 무사 계급. 1811년 학살 당시 맘루크 장교 한 사람이 성벽에서 뛰어내려 말을 타고 도망쳤다고 한다.

칠 궁리를 한다. 나에게 어울리는 제자리로 돌아와야 나는 기쁨을 찾으니—으리으리한 곳에서 허세를 부리는 행진에 참가하여 활보하느니보다는, 혹시 나에게 그런 권리가 허락된다면, 우주의 창조주와 나란히 걷고 싶으며—이토록 부산하고 초조하고 어수선하며 경박한 19세기를 살아가기보다는, 차라리 한 곳에 서거나 앉아 사색에 잠겨, 이 시대가 어서 지나가기를 기다리고 싶다. 사람들은 무엇이 좋아서 그러는가? 그들은 모두가 무슨 준비위원회에서 한자리씩 차지하고는, 행사 때마다 누군가의 연설을 손꼽아 기다린다. 하나님은 그저 사회자에 불과하고, 웹스터*는 그의 뜻을 전하는 웅변가다. 나는 가장 강력하게 올바른 길로 나를 이끄는 대상에 관하여 따져보고, 결단을 내리고, 마음을 내주고 싶기에—무게가 덜 나가도록 저울을 조작할 생각은 없고—어떤 사례를 추측만 하지 않고 사실 그대로 받아들이고 싶으며, 내가 가야 할 유일한 길을 가되, 그 길에서는 어떠한 힘도 나를 막아서지 않기를 바란다. 기초를 단단히 다지지 못했는데 기념비부터 세우는 일은 나에게 아무런 만족감을 주지 않는다. 우리는 살얼음판에서 놀면 안 된다. 단단한 땅바닥은 어디에나 있다. 우리들이 읽어본 어느 우화에서 나그네가 소년에게 앞에 보이는 늪 바닥이 단단한지를 물었다. 소년은 그렇다고 대답했다. 하지만 나그네가 탄 말이 당장 가슴까지 물에 잠겼고, 그래서 그는 소년에게 따졌다. "넌 이 늪의 바닥이 단단하다고

❋ 　매사추세츠 상원의원 대니얼 웹스터는 유명한 웅변가였고, 소로우는 그가 노예제도를 옹호한다고 믿었다.

그러지 않았느냐." 소년이 대답했다. "바닥은 단단해요. 하지만 아저씨는 바닥까지 아직 절반밖에 내려가지 않았잖아요." 사회의 늪과 모래 수렁도 이와 마찬가지이건만, 아이는 나이를 먹고 늙어서야 그런 사실을 알게 된다. 사람들의 생각과 말과 행동은 희귀하고 우발적인 어느 한 순간에만 유효하다. 나는 수수깡만 얽어 넣고 흙을 바른 엉성한 벽에 못질을 하는 어리석은 사람이 되고 싶지는 않으니, 그랬다가는 밤마다 잠을 설치고 만다. 누가 나더러 망치질을 하라면, 나는 못이 단단히 박힐 만한 곳을 우선 손으로 더듬어 찾겠다. 이것은 접합제로만 해결될 문제가 아니다. 밤에 잠에서 깨어나 생각해봐도 그대가 해놓은 일이 새삼스럽게 만족스럽도록, 못을 제자리에 박아 넣고 마무리를 단단히 해야 하며—그러면 시혼(詩魂)을 불러일으키기에 전혀 부끄러움이 없겠다. 그래야만 신의 가호가 따르겠고, 오직 그것만이 신의 도움을 받는 길이다. 박아 넣는 하나하나의 못이 우주의 틀을 잡아주는 힘이 되도록 그대는 맡은 바 소임에 충실해야 한다.

나는 사랑보다, 돈보다, 명성보다는 진리를 얻고 싶다. 나는 산해진미와 포도주로 넘쳐 나는 식탁에 앉아 아첨이 담긴 시중을 받았으나 그곳에 신의와 진실은 없었고, 그래서 나는 황량한 식탁을 떠날 때 배가 고팠다. 그들의 호의는 얼음처럼 차가웠다. 그런 식사에서는 음식을 차갑게 식힐 얼음이 필요하지 않으리라고 나는 생각했다. 그들은 나에게 포도주의 나이와 생산된 해의 명성을 알려주었지만, 나는 그들이 구하지를 못했고 돈으로 사기가 불가능하며, 그래서 훨씬 오래되었으면서 새로우며 보다 순순한 영광의 산물을 생각했다. 그들의 습성, 집과 대지, 그리고 '대접'은 나에게 아무런 의미가 없었다. 나는 왕을 방문했으나, 그는 나를 연회장에서 기다리게 했으며, 왕은 환대하는 능력이 부족한 사람처럼 처신했다. 우리 마을의 어느 이웃 사람은 속이 빈 나무 속에서 살았다, 그의 몸가짐은 진정으로 왕족 같았다. 그를 방문했더라면 나는 훨씬 기분이 좋았을 듯싶다.

어떤 노동에 견주어보더라도 교만하기가 짝이 없으며 나태하고 고리타분한 미덕들을 실천한다며 우리는 도대체 언제까지 으리으리한 저택의 응접실에 앉아 시간을 보내야 하는가? 그런 미덕은 하루가 시작되자마자 벌써 한참 동안 고생을 많이 했다는 듯 감자밭을 대신 가꿀 일꾼 하나를 고용하여 일을 떠넘기고는, 오후가 되면 미리 계획한 선행을 베풀려고 기독교인으로서의 온정과 자선을 실천하는 행태와 무엇이 다르던가! 제자리만 지키면 그만이라는 인류의 자만심과 중국인들의 오만함을 따져보자. 지금 세대는 뛰어난 혈통의 마지막 후손이라고 자화자찬하는 경향을 조금쯤이나마 보이고, 그 혈통을 오랫동안 이어받아 왔노라고 자부하는 보스턴과 런던과 파리와 로마에서는 예술과 과학과 문학 분야에서 이룩한 만족스러운 발전을 자랑으로 삼는다. 여러 철학 단체들이 각종 기록을 보관하고 위인들을 공공연히 기리는 찬사들이 쏟아져 나온다! 착한 아담이 자신의 미덕을 손꼽아보며 흐뭇해하는 격이다. "그래, 우리는 영원히 사라지지 않을 대단한 업적을 쌓았고, 거룩한 불멸의 노래를 불러왔지."─하지만 그것은 우리의 기억력이 미치는 한계까지만 적용되는 말이다. 아시리아의 해박한 학자들과 위대한 인물들―그들은 어디로 갔는가? 철학을 논하고 실험에 임하는 우리들은 얼마나 어린 철부지들인가! 나의 독자들 중에는 인간의 한 평생을 처음부터 끝까지 다 살아낸 사람이 한 명도 없다. 그들은 인류의 삶에서 겨우 봄철밖에 살아보지 못했으리라. 사랑이건 질병이건 우리는 7년이면 넌더리를 치고, 콩코드에는 17살이 된 매미를 본 사람이 아직 아무도 없다. 우리가 밟고 살아가는 지구에 대하여 인간은 얄팍한 껍질밖에 알지 못한다. 대부분의 사람은 지면에서 2미터*아래까지 파고 들어가거나 공중으로 2미터 높이까지 뛰어올라 본 적이 없다. 우리는 지금 자신의 위치가 어디인지를 모른다. 뿐만 아니라 우리는 인생의 거의 절반을 곤히 잠든 채 보낸다. 그럼에도 우리는 스스로 지혜롭다고 여기며, 지상에 하나의 질서를 확립했다고 믿는다. 정말로 우리는 심오한 사상가이고, 대망을 추구하는 존재들인가! 나는 숲속 땅바닥에 깔린 솔잎들 사이로 기어가는 벌레 한 마리가 내 눈에 띄지 않으려고 머리를 파묻으려는 모습을 굽어보면서, 어쩌면 벌레의 종족에게 기쁜 소식을 전해주는 은인 노릇을 하게 될지 모를 나한테서 왜 기를 쓰며 도망치려고 하는지, 도대체 왜 저렇게 못난 생각을 하는지 의아해진다. 나는 인간 벌레인 나보다 높은 곳에서 나를 굽어보는 위대한 은인 그리고 위대한 지성의 존재를 인지한다.

세상에는 신기하고 새로운 흐름이 그칠 줄 모르고 흘러들건만, 우리는 낡은 무기력함을 믿어지지 않을 정도로 관대하게 용납

❀   묘지의 깊이.

한다. 가장 개화된 여러 나라에서 어떤 설교에 아직도 사람들이 귀를 기울이며 살아가는지는 구차하게 따져볼 필요조차 없다. 세상에는 기쁨과 슬픔 같은 어휘들이 존재하지만, 그것은 콧소리를 울리며 불러대는 찬송가의 부담스러운 요구일 따름이요, 우리는 일상적이고 천박한 대상들을 더 열심히 믿는다. 우리가 생각하는 변화란 옷을 갈아입는 정도가 고작이다. 흔히들 대영제국은 영토가 매우 넓고 훌륭한 나라이며, 미국은 최고로 강력한 국가라고 말한다. 모든 인간의 뒤에는 밀려 들어왔다가 빠져나가는 흥망성쇠의 조수가 끊임없이 넘실대며, 그럴 마음을 혹시 먹기만 한다면 바닷물은 대영제국을 나뭇잎처럼 당장이라도 떠내려 보내리라는 사실을 우리는 믿지 않는다, 훗날 땅속에서 17년을 보낸 어떤 종류의 매미가 기어 나올지를 누가 알겠는가? 내가 살아가는 세상의 통치 체계는 저녁 만찬을 끝내고 포도주를 마시며 나누는 담소에서 사람들이 주장하듯 영국의 정부와 같은 그런 구조가 아니다.

우리 내면의 생명력은 강물과 같다. 그 강물이 올해는 지금까지 인간이 겪어보지 못했을 정도로 수위가 높아져 메마른 고지대까지 넘쳐흐를지 모르고, 그래서 어쩌면 금년은 사향쥐들이 모조리 물에 빠져 죽는 역사적인 한 해가 될지도 모르겠다. 우리가 사는 곳이 태초부터 마른땅은 아니었다. 나는 과학이 그곳 물길의 변천을 기록하기 전에 고대의 물살이 깎아낸 기슭들을 내륙 깊숙한 곳에서 발견한다. 뉴잉글랜드 사람이라면 누구나 들어봤음직한 세간의 풍문에 의하면, 처음에는 코네티컷에서 살다가 나중에 매사추세츠로 이주한 어느 농부가 60년 동안이나 부엌에서 쓰던 낡은 사과나무 식탁의 말라 죽은 판자에서 튼튼하고 아름다운 곤충 한 마리가 기어 나왔다는데—식탁에 남은 나이테로 미루어보아 벌레의 알은 60년보다 훨씬 여러 해 전에, 나무가 아직 살아 있던 시절에 슬어놓은 알이 아마도 주전자의 온기를 받아 깨어났음직하며, 벌레가 나오기 여러 주일 전부터 나무를 갉아 먹는 소리가 났다고 한다. 이런 얘기를 듣고 부활과 불멸에 대한 믿음이 깊어지지 않을 사람이 어디 있겠는가? 날개가 달리고 아름다운 어떤 생명체가 살아 있는 푸르른 나무의 속에 처음 낳은 알이, 말라 죽은 사회의 삶이 남긴 수많은 동심원의 나이테를 품은 하얀 목질 안에 파묻혀, 참으로 오랜 세월에 걸쳐 서서히 무덤으로 변해버린 곳에 갇혀 기다리다가—그 생명체가 다시 오랜 시간 동안 나무를 갉아대는 소리를 어쩌다 들었다면, 식탁에 둘러앉아 즐거운 시간을 보내던 인간의 가족이 얼마나 놀랐겠으며, 마침내 완벽한 여름의 삶을 누리겠다고 지극히 허름한 싸구려 가구를 뚫고 불쑥 세상의 한가운데로 매미가 나오리라고 그 누가 알았겠는가!

나는 영국의 개똥이나 미국의 쇠똥이가 누구나 다 이런 깨우침을 얻으리라고는 믿지 않지만, 그냥 시간이 흘러가기만 했다고 해서는 절대로 찾아오지 않을 내일의 모습이 그러하리라고 생각한다. 우리들로 하여금 눈을 감게 만드는 빛은 어둠이나 마찬가지다. 우리들이 깨어서 기다려야만 날이 밝아온다. 우리 앞에서는 밝아올 많은 새벽이 기다린다. 태양은 아침에 뜨는 별과 같다.

월든 주변의 단상들

1. 뉴잉글랜드에 관한 아주 개인적인 추억

1990년은 옮긴이의 생애에서 가장 수확이 좋았던 시기의 한 해였다. 그는 캐나다의 문화재단이 매년 개최하는 '국제 작가 축제(International Festival of Authors)'의 '하버프론트 낭송회(Harbourfront Reading Series)'에 참가해 달라는 초청을 받았다. 그가 초대를 받은 이유는 영어로 발표한 『하얀 전쟁(White Badge)』에 이어 『은마는 오지 않는다(Silver Stallion)』가 《뉴욕타임스》 추천 도서에 올랐던 덕이 크지 않았나 싶다.

그때까지 11년째 이어온 토론토 낭송회에서 자신의 작품을 육성으로 청중에게 들려준 모든 작가의 목소리는 '국제 작가 기록 보관소(International Archives of Authors)'에 공식 문학 자료로 저장되는데, 그동안 하버프론트에서 작품을 선보인 세계 각국의 시인과 소설가는 1,000명에 달했고, 그들 중에는 솔 벨로, 토니 모리슨, 윌리엄 골딩, 네이딘 고디머, 월레 소잉카, 예프게니 예프투셴코, 알랭 로브-그리예, 움베르토 에코, 해롤드 핀터, 에드워드 올비, 존 치버, 페르난도 아라발, 알베르토 모라비아, 아더 밀러, 스티븐 스펜더, 도리스 레싱, 앨런 실리토, 앨런 긴즈버그 그리고 수많은 다른 문인들의 이름이 쟁쟁했다.

옮긴이로서는 참으로 영광스러운 자리였던 낭송회에 두 주일 동안 '본인과 동행인'이 호텔에서 먹고 마시는 경비까지 모두 주최 측에서 부담한다기에 그는 첫 주일을 미국에 사는 여동생 영자를 불러올려 함께 지냈다. 텍사스에서 『하얀 전쟁』을 영어로 작업하는 동안 4개월에 걸쳐 그를 정성껏 도와준 데 대한 보상인 셈이었다.

두 번째 주일에는 1989년 프랭크 스마이드(Frank Sydney Smythe)의 『산의 환상(The Mountain Vision)』에 이어 1990년 『산의 영혼(The Spirit of the Hills)』의 번역을 맡아 옮긴이가 자주 만나던 수문출판사의 이수용 사장을 캐나다로 초청했다.

10월 12일 토론토 부둣가 '프리미어 무용극장(Premiere Dance Theater, Queen's Quay Terminal)'의 발레 무대에서 반시간 동안 작품을 낭송한 다음 시애틀로 내려가 강연을 끝낸 옮긴이와 이수용 사장은 오래 기억에 남을 여정을 계속했고, 그때 덤으로 얻은 선물이 월든을 찾아간 하루였다.

뉴욕에서 소호출판사(Soho Press) 사장을 만난 직후에 두 사람은 뉴잉글랜드 전성기 문학의 본고장인 보스턴으로 이동했다. 옮긴이가 브리태니커 한국 회사에서 편집개발부장으로 일하던 시절에

부원이었다가 지금은 보스턴 교외에 정착한 최경신 부부의 초청을
받아서였다. 뉴잉글랜드 여행은 문교부에서 근무했던 짐 프리드먼
과 최경신의 쉽지 않았던 '국제결혼'에 옮긴이가 약간의 도움을 준
데 대한 보답의 성격이 담긴 선물이었다.

네 사람은 플리머드의 메이플라워 기념관과 루이사 메이 올
콧, 나다니엘 호돈, 랠프 월도 에머슨 같은 초월주의 문인들의 족적
을 며칠에 걸쳐 둘러보았고, 어느 날 월든 호수까지 다녀왔다. 그로
부터 30년이 흘러간 2019년 여름, 이수용 사장이 불광동으로 옮긴
이를 찾아왔다. 이미 20여 군데서 출판한 『월든』을 새로 번역해 달
라는 청탁을 하기 위해서였다.

지금은 집터만 남은 안내판과 소로우가 잠을 잤던 자리를 알려주는 현판 옆에 누
워본 옮긴이 ⓒ 안정효

2. 콩코드의 한적한 풍경과 초월주의

『월든』을 읽어보면 콩코드는 대전이나 대구처럼 번화한 도시를 연상하기 쉽지만, 실제로는 전혀 그렇지 않다. 1990년 가을에 월든을 둘러보고 나서 들른 콩코드의 한적한 거리를 거닐면서 옮긴이는 도대체 어째서 그곳을 번거로운 속세라며 소로우가 '자연인'이 되는 실험을 감행했을까 의아한 기분이 들었다.

콩코드는 면적이 67.4평방킬로미터여서 약 3평방킬로미터인 여의도가 25개 정도 들어앉을 넉넉한 땅이고, 2020년 현재의 인구는 17,669명이다. 『월든』이 출판된 무렵인 1850년 그곳의 인구는 2,249명이었다고 하니, 여의도 하나에 90명 정도가 살았던 셈이다. 전국 방방곡곡 어디를 가도 '비닐하우스'와 인가가 전혀 눈에 띄지 않는 자연 그대로의 풍경을 보기가 어려운 우리나라 사람의 눈에 아직도 여전히 콩코드는 "복숭아꽃 살구꽃 아기 진달래"가 만발한 곳이라고 홍난파가 노래한 작은 산골 고향 마을과 다름이 없었다.

콩코드를 번잡한 속세라고 여긴 소로우의 의식은 형이하학 대신 형이상학으로 치우쳐 세상을 보려고 했던 초월주의(Transcendentalism) 사상의 공감대에서 생겨났다. 공식적으로 유통되는 자료에 의하면 미국의 초월주의는 독일 초월주의를 영국의 새뮤얼 테일러 코울릿지와 토마스 칼라일의 해석을 거쳐 재조립한 산물이라는 견해가 지배적이지만, '초월주의자'라는 표현은 언론이 붙여준 이름이지 뉴잉글랜드 지식인들이 스스로 표방한 호칭은 결코 아니었다.

옮긴이의 개인적인 소견으로는 보스턴을 거점으로 삼은 뉴잉글랜드 초월주의 문단의 출현은 할리우드에서 유럽의 가극을 변조하여 음악극(musical)을 만들어낸 생성 과정과 비슷한 현상이었다고 여겨진다. 영국과 프랑스의 식민지로 역사를 시작한 국가여서 19세기 미국은 인디언과 싸우고 서부를 개척하느라고 험난한 삶에 쫓겨 문화라는 사치를 누릴 여유가 없는 원시적인 나라였다. 어느 정도 정착에 성공한 서부 개척자들의 경우에는 집 마당에 아내의 무덤이 서너 개씩이었다는데, 질병과 가난과 고난의 삶을 견디지 못해 여성들이 단명했기 때문이었다.

유럽에 대한 열등감이 심했던 식민지 미국인들은, 남부 대농장 저택의 건축양식에서 잘 드러나듯이, 유럽 '대륙 문화(Continental style)'에 대한 열등감을 해소하려고 모조품을 만들기 시작했으며, 지적 활동에서도 마찬가지였다. 이주민들이 처음 정착하여 13개 주를 세운 초기부터 미국의 역사와 문화와 사상의 선구자 노릇을 한 뉴잉글랜드가 초월주의의 발상지가 된 사연은 결코 이상한 일이 아니었다.

초월주의 사상의 성격을 따지는 갖가지 논거를 살펴보면, 독일의 관념주의를 비롯하여 영국의 낭만주의, 그리고 신플라톤주의와 동양 사상 등에서 그 유사성을 찾으려고 한다. 문화적 자산이 빈곤한 미국의 지식인들이 당시에 세계 각처를 풍미하던 여러 사상을 수렴하여 조합한 철학이라는 논리다. 그러나 비록 범세계적인 사조로까지 발돋움하지는 못했지만 미국 문학사에서 뉴잉글랜드 지역 종교인들과 문인들이 벌인 사상운동은 모방과 융합을 거치며

초월주의를 이끈 랠프 월도 에머슨, 헨리 데이빗 소로우, 윌리엄 엘러리 채닝

문화적 종속성을 탈피하고 독자성을 찾아가는 과정에서 첫 단계로 도약한 자연발생적 현상이었다.

　　주요 초월주의자로는 랠프 월도 에머슨(Ralph Waldo Emerson)을 비롯하여 헨리 데이빗 소로우, 소로우가 『월든』 여러 곳에서 소개한 시인 윌리엄 엘러리 채닝, 월트 휘트먼 등이 손꼽힌다. "새로운 시각으로 자연의 가치를 인지하는 사상 체계의 기초"가 되었다는 세평을 받은 『자연(Nature)』을 1836년에 펴낸 에머슨은 본디 목사였는데, 청교도의 기독교적 인간관을 비판하는 "개방적인 종교관" 때문에 사실상 퇴출을 당한 보스턴 시인이었다.

　　소로우 또한 편협한 종교적 독단이나 형식주의를 배척했고, 자연과 신과 인간은 궁극적으로 하나라는 범신론적인 시각을 견지했다. 그가 『월든』에서 가끔 언급하는 '신'과 '하나님'은 기독교 신앙과 완전히 다른 개념으로 이해해야 하는 이유다.

　　'초월'이라는 개념은 오성이나 경험을 넘어 직관에 의해서 진리를 파악해야 한다는 낭만주의 사상에서 뿌리를 찾아야 한다. 가장 심오한 진리는 체험과 논리를 초월하는 통찰력의 산물이며, 인간은 자신을 무엇보다도 존중해야 하기 때문에 사회보다는 개인을 보다 중요시하고, 그러기 위해서는 전통과 관습의 모든 구속으로부터 벗어나 자연에서 새로운 의미를 찾아야 한다는 논리가 초월주의의 골자라고 하겠다.

3. 호수로 간 소로우

보스턴에서 서쪽으로 3킬로미터 떨어진 콩코드에서 태어난 헨리 데이빗 소로우(Henry David Thoreau, 1817-1862)는 하버드 대학을 졸업하고 고향으로 돌아와 공립학교에서 선생 노릇을 하려다가 학생들을 체벌로 다스리는 원칙에 반발하여 두 주일 만에 사표를 냈다. 교육에 평생을 바치고 싶었던 그는 가족과 함께 학교를 설립했지만, 형이 병으로 세상을 떠나자 그마저 포기하고 아버지의 연필 공장에서 일하며 정신적으로 불안정한 한때를 보냈다. 공장 일은 따분하고 피곤했으며, 어머니가 하숙까지 치는 바람에 집에서는 사색이나 글쓰기가 쉽지 않았던 나날이었다.

1841~1844년에 그는 14살 선배인 랠프 월도 에머슨 일가의 '입주 가정교사'로 들어가 에머슨의 비서에 집안 허드렛일과 정원사까지 도맡아 하면서 지역 문인들과의 교류를 시작했다. 그가 동양 사상에 심취했던 이유 또한 에머슨에게서 내리받은 영향 때문이었다.

월든 숲과 호수. 폭 800미터에 둘레는 3킬로미터가 채 안 되는 61.5에이커의 맑고 깊은 초
록빛 호수다 ⓒ 이수용

서양인들이 동양의 정신세계와 종교 사상에 심취하는 성향은
미지의 세계에 대한 동경에서 비롯한다. 중국과 인도의 사상을 탐
하는 서양의 욕구는 서양의 선진 문물과 역동적인 정복의 역사에
동양인들이 매료되었던 현상과 같은 맥락의 자연스러운 호기심이
라고 하겠다. 동양에 대한 서양의 환상은 서양에 대한 동양의 선망
이 역방향으로 흐르는 문화적 동력이다.

우리는 이런 영적인 추구를 훗날 고다마 싯다르타의 생애를 다
룬 헤르만 헤세의 1922년 소설과 "신은 죽었다."라면서 조로아스터
를 초인으로 신격화한 프리드리히 니체의 『차라투스트라는 이렇게
말했다(Also sprach Zarathustra)』(1883~1885)에서 거듭 확인하게 된다.

문화의 교류와 사조에서 한 가지 유의할 점은 지리적인 동양

(위) 월든 숲속의 생활 2년 2개월을 지낸 3×5미터, 높이 2.5미터의 소로우의 작은 오두막
ⓒ 조도순

(아래) 오두막 내부. 침대 하나, 탁자 하나, 책상 하나에 의자 셋이 전부다. ⓒ 조도순

(East)과 영적인 동방(Orient)의 경계선이다. 단순히 분류하자면, 아메리카 대륙의 위상이 높아지기 전까지는 서양인들이 생각하는 동방은 방위(方位)와 관계없이 남녘 이집트와 중동의 페르시아(이란)와 터키를 포함한 모든 지역이었고, 서방(Occident)은 오직 유럽 대륙만을 의미했다. 그리고 19세기 미국처럼 유럽 대륙(西方)을 숭배하던 풍조는 20세기 중반까지 우리나라에서도 왕성하여, 속된 미국으로의 유학보다 고상한 프랑스와 영국으로의 진출을 한국인들이 훨씬 선호했다.

이른바 "세계명작" 전집물이 우후죽순 넘쳐나는 현금에 이르기까지, 온갖 전집에서 우리나라 고전은 물론이요 공자 맹자의 중국이나 인도의 문학작품을 찾아보기 어려운 현상은 그런 인식의 후유증이었던 듯싶다. 분명히 우리나라를 포함한 동양이 '세계'의 절반을 차지하고 있는데도 말이다. 이것은 서양에 대한 열등감이 남긴 우리의 사대사상이 변형하며 남긴 잔상 효과라고 믿어진다.

"나는 자연인"이라고 외친 사람들의 진정한 원조 장-자크 루소의 "자연으로 돌아가자."라는 제안을 소로우가 몸소 실험하게 된 계기는 하버드 동창이며 초월파 문우였던 찰스 스턴스 휠러(Charles Stearns Wheeler)와의 만남이었다. 휠러는 1841~1842년 플린트 호수에서 오두막을 하나 마련하여 몇 달의 고적한 명상 치유의 시간을 보냈는데, 휠러의 은둔처를 다녀온 다음 소로우는 비슷한 체험을 자신도 실행하기로 결심했다고 한다.

1845년에 소로우는 에머슨이 소유한 땅을 한 조각 빌려 오두막을 짓고는 독립기념일에 입주했다. 그는 오두막에서 "한 주일에

하루는 일하고 엿새는 정신적인 삶에 정진하는 삶이 가능한지” 점
검하려는 실험에 착수하여, 엿새 일하고 하루 쉬는 미국인들의 일
상을 뒤집어 보려고 했다. 그가 숲속으로 들어가 은둔을 시작한 이
후 자연인의 삶을 궁금해하는 마을 사람들의 다양한 질문에 대답
하는 강연을 준비하는 형태로 소로우는 1846년부터 『월든』의 집필
을 시작했으며, 그의 오두막은 자연을 관찰하는 집필실이 되었다.

초월주의자 소로우는 평생 독신으로 살다가 대학 시절부터
그를 괴롭혀온 폐결핵으로 44살에 세상을 떠났다.

WALDEN

OR

LIFE

IN THE WOODS

HENRY DAVID THOREAU

안정효

1941년 12월 2일 서울 출생
1965년 서강대학교 영문과 졸업
《코리아 헤럴드》 문화부 기자
《코리아 타임스》 문화체육부장 역임
제1회 한국번역문학상 수상
장편소설 『전쟁과 도시』('하얀전쟁'으로 개제)로 문단에 등단
『하얀전쟁』을 영문판 『White Badge』로 뉴욕의 SOHO출판사에서 펴내어
《뉴욕타임즈》, 《크리스천사이언스 모니터》 등에서 격찬을 받음.
그 외에도 『하리우드 키드의 생애』, 『은마는 오지 않는다』,
『미늘의 끝』, 『번역 공격과 수비』 등을 저술하였음

역서로 프랭크 스마이드 『산의 영혼』, 『산과 인생』 등 150여종의 많은 번역을 했음.

월든 숲속의 생활
Walden, or Life in the Woods

초판 발행 2021. 03. 15. 발행
초판 2쇄 2022. 11. 30. 인쇄

지은이 헨리 데이빗 소로우
옮긴이 안정효
펴낸이 이수용
편집 이현호
마케팅 이호석
디자인 홍세연
펴낸곳 수문출판사
등록 1988년 2월 15일 제7-35호
주소 강원도 정선군 신동읍 소골길 197 우편번호 26136
전화 02-904-4774, 033-378-4774
이메일 smmount@naver.com
블로그 blog.naver.com/smmount
카페 cafe.naver.com/smmount

ISBN 978-89-7301-001-1 (03840)

잘못 만들어진 책은 바꿔 드립니다.